# L'Influence Française en Angleterre

## AU XVIIᵉ SIÈCLE

## LA VIE SOCIALE
## LA VIE LITTÉRAIRE

*Étude sur les relations sociales et littéraires de la France et de l'Angleterre
surtout dans la seconde moitié du XVIIᵉ siècle*

PAR

### Louis CHARLANNE

DOCTEUR ÈS-LETTRES

PARIS

SOCIÉTÉ FRANÇAISE D'IMPRIMERIE ET DE LIBRAIRIE

ANCIENNE LIBRAIRIE LECÈNE, OUDIN ET Cⁱᵉ

*15, rue de Cluny, 15*

1908

# L'Influence Française en Angleterre

## AU XVIIe SIÈCLE

## LA VIE SOCIALE — LA VIE LITTÉRAIRE

*Etude sur les relations sociales et littéraires de la France et de l Angleterre surtout dans la seconde moitié du XVIIe siècle*

PAR

## Louis CHARLANNE

DOCTEUR ÈS LETTRES

><

PARIS

SOCIÉTÉ FRANÇAISE D'IMPRIMERIE ET DE LIBRAIRIE

ANCIENNE LIBRAIRIE LECÈNE, OUDIN ET Cie

15, *rue de Cluny,* 15

1906

A MA MÈRE

*Ce pieux souvenir.*

L. C.

# INTRODUCTION

## Comment s'est développée l'influence française.

Le grand poète que fut si souvent Michelet décrit, anime ces puissants courants, ces énormes fleuves de la mer qui s'en vont, « munis, ou de côté ou en dessous, de leurs contre-courants », contournent les hémisphères, se heurtent à la pointe acérée des caps, roulent en volutes au fond des baies, s'épandent, se rétrécissent, s'étendent à nouveau et prennent une largeur de mille lieues, « gardant longtemps leur vigueur et leur puissante identité ».

« On voit très bien sourdre le nôtre..., écrit l'auteur de *la Mer* ; il sort brûlant de sa chaudière, le golfe du Mexique. Il court, chaud, salé, très distinct entre ses deux murs verts. L'Océan a beau faire ; il le serre, il le comprime, mais il ne peut le pénétrer. Je ne sais quelle densité intrinsèque, quelle attraction moléculaire tient ces eaux bleues liées ensemble, si bien que, plutôt que d'admettre l'eau verte, elles s'accumulent, forment un dos, une voûte qui a sa pente à droite et à gauche; tout objet qu'on y jette en dérive et en glisse. »

L'observateur, le marin se sont appliqués à noter la direction de ces grands fleuves de la mer; ils en ont calculé l'intensité de la course, ils en ont mesuré la largeur, ils en savent la profondeur, ils en connaissent la moindre courbe. La plus petite déviation a été relevée ; bref, sûrs de leurs études vingt fois contrôlées, ils ont dressé avec précision la carte de ces courants sous-marins.

Il n'en va pas autrement, dans la vie sociale et dans le monde des lettres, que dans le monde des eaux. Là aussi ces courants existent, se mettent en marche, lents parfois, rapides souvent, tantôt resserrés entre deux berges peu distantes, tantôt coulant librement au grand soleil, en nappe majestueuse.

Ce sont ces courants sociaux et littéraires qu'il s'agit de noter, ce sont ces influences qu'il faut marquer.

De grands efforts ont été faits ces dernières années pour en dresser la carte.

C'est toute une légion de critiques avisés [1] qui ont pris à tâche de marquer ce va-et-vient continuel, cette réciprocité d'influences affectant la vie sociale et la littérature des différents peuples. On sent qu'il n'est plus possible aujourd'hui à un critique de s'enfermer dans les limites étroites de son pays d'origine, de se complaire à la contemplation des chefs-d'œuvre nationaux sans jeter les yeux autour de lui, au delà des frontières. De même que la critique a pris des allures scientifiques incontestables et qu'il y entre, en proportions à peu près égales, le goût, la sensibilité littéraire, d'un côté, et, de l'autre, les données d'une sûre érudition ; de même cette critique tend de plus en plus à s'élargir, à franchir la ligne géographique qui sépare un pays d'un autre et à rentrer, le vol parfois un peu alourdi par la récolte faite outre-mer ou au delà des monts, mais enrichie aussi d'un butin précieux. On n'a plus le droit maintenant d'ignorer les travaux du voisin, et surtout on n'a plus le temps de penser à nouveau ce qu'un autre, dans un pays parfois limitrophe, a pensé avant nous. Les idées doivent aller vite leur chemin. Il en est de même dans toutes les branches de l'activité humaine. Que dirait-on d'un mathématicien, d'un chimiste, d'un jurisconsulte qui ne voudraient rien savoir de ce qui se passe au delà des frontières, insouciants ou dédaigneux ? Il doit nous arriver, de tous côtés, comme un afflux de connaissances étrangères qui enrichissent notre fonds national et nous donnent parfois une intelligence plus claire de telle modification sociale, une compréhension plus nette et surtout plus complète de tel phénomène littéraire. Comment, par exemple, étudier le romantisme français sans remonter jusqu'aux sources étrangères ? Ceci,

---

1. Je n'en citerai qu'un, J. Texte, mon conseiller souvent, un peu mon ami, si admirablement qualifié pour ces études de littérature comparée. La mort nous l'a pris trop jeune !

souvent, explique ou complète cela, quand il n'y a pas purement et simplement la relation de cause à effet.

« L'étude d'un être vivant est, pour une bonne part, l'étude des relations qui l'unissent aux êtres voisins. De même, il n'y a pas une littérature dont l'histoire se renferme dans les limites de son pays d'origine. A travers toutes les littératures modernes, ce ne sont qu'échanges et prêts successifs, et, comme le disait Voltaire : « Presque tout est imitation... Il en est des livres comme du feu de nos foyers : on va prendre ce feu chez son voisin, on l'allume chez soi, on le communique à d'autres, et il appartient à tous. » Il existe comme une matière fluide qui, se coulant successivement dans des moules divers, court de cerveaux en cerveaux et qui, passant de l'un à l'autre, emporte chaque fois avec elle un nouveau principe de vie et de mouvement[1]. » Un chef-d'œuvre n'est pas une production isolée, spontanée, indépendante. Quelque chose l'a précédé, l'a annoncé, l'a causé peut-être ; quelque chose le suivra, peut-être aussi le complétera.

L'étude de ces influences est donc indispensable. Mais cette étude ne peut avoir de valeur qu'autant qu'elle se dégage de toute préoccupation nationale. Il faut évidemment qu'elle demeure impartiale. L'Italie, l'Espagne, l'Angleterre, l'Allemagne, ont, tour à tour, influé sur notre littérature. Ce courant, venu de l'étranger, violent lorsqu'il part de l'Italie ou de l'Espagne, il faut le noter dans toute son importance, dans toute sa violence. Nous avons été tributaires de l'étranger, à maintes époques ; il serait puéril de méconnaître, de déguiser, d'atténuer l'importance de cet afflux venu de l'extérieur.

Toutefois, après avoir recherché nous-mêmes et complaisamment étalé tout ce que la France doit à ses voisins, n'est-il pas bien légitime que nous tâchions de nous rendre compte de ce que les étrangers peuvent nous devoir ? Nous reconnaissons très loyalement nos dettes, mais nous voulons savoir aussi quelles obligations on peut avoir envers nous. Bref, nous ne voulons pas pêcher par excès de modestie, et nous devons cesser d'être des créanciers vraiment trop

---

1. Joseph Texte, *Jean-Jacques Rousseau et les Origines du Cosmopolitisme littéraire* (Introd., p. xxii).

a'

débonnaires. On a assez parlé de germanomanie et d'anglomanie depuis quelques années, pour que nous n'ayons pas trop mauvaise grâce à rechercher à notre tour comment nos voisins d'outre-Rhin ou d'outre-Manche ont commis le péché de gallomanie, si c'est un péché de regarder par-dessus les frontières et de prendre chez les voisins, pour se l'assimiler, ce qui est vraiment assimilable.

Or, au XVII⁰ comme au XVIII⁰ siècle, la France a été la grande semeuse d'idées: c'est à elle que les nations voisines ont plus ou moins emprunté. Tout vient de France à cette époque. C'est là qu'est le réservoir où l'on puise, semble-t-il, sans se lasser. La France prête, donne à tous, et de son auréole semblent se détacher des rayons qui pénètrent jusqu'aux confins de l'Europe. Et l'on peut reprendre avec satisfaction, en l'élargissant encore, la comparaison de Henri Heine [1]: « Figurez-vous que ce soit par une nuit d'été, que les étoiles, pâles comme de l'argent et grandes comme des soleils, se montrent au firmament d'azur, et que tous les dômes gothiques d'Europe se soient donné rendez-vous sur une plaine immensément vaste : et voilà que vous verriez s'avancer avec lenteur la cathédrale de Strasbourg, le dôme de Cologne, le clocher de Florence, et tous ces monuments feraient très gentiment la cour à la belle Notre-Dame de Paris. Il est vrai que leur démarche est un peu embarrassée, que, dans le nombre, quelques-uns paraissent bien gauches, et que, parfois, on pourrait rire, à les voir tituber dans leur passion amoureuse. Mais ce rire aurait une fin... » Bien vite, en effet, naît en nous une certaine fierté en voyant notre belle Notre-Dame si recherchée et si gracieuse, si adulée et si généreuse.

A tous Notre-Dame sourit, et on l'aima précisément pour la grâce de son sourire.

Que si nous écartons l'image pourtant si poétique de Henri Heine, nous dirons que l'influence de la France était partout. Sa puissance de rayonnement avait pénétré de tous côtés ; sa pensée avait franchi le Rhin, comme la Manche, les Pyrénées, comme les Alpes, là rapide et féconde, ici plus lente et légèrement voilée, mais absente nulle part.

Cette suprématie de la France, Macaulay l'a exprimée ainsi : « La

1. Citée par M. Ehrhard , *Les Comédies de Molière en Allemagne* (Introd., p. VIII).

France réunissait à cette époque tous les genres de supériorité. Sa gloire militaire était à son apogée… Son autorité était suprême dans toutes les matières de bon ton, depuis le duel jusqu'au menuet ; c'était elle qui décidait de la coupe de l'habit d'un gentilhomme, de la longueur de sa perruque ; qui décidait si les talons de ses souliers devaient être élevés ou bas ; si le galon de son chapeau devait être large ou étroit. En littérature, elle donnait des lois au monde ; la renommée de ses grands écrivains remplissait l'Europe. Aucune autre nation ne pouvait montrer un poète tragique égal à Racine, un poète comique égal à Molière, un poète badin aussi agréable que La Fontaine, un orateur aussi puissant que Bossuet. La splendeur littéraire de l'Italie et de l'Espagne s'était éteinte : celle de l'Allemagne ne s'était pas encore levée. Le génie des hommes éminents qui faisaient l'ornement de Paris brillait donc avec un éclat qui s'augmentait encore par le contraste. La France exerçait alors sur le genre humain un empire que la république romaine elle-même n'exerça jamais [1]. »

L'Europe, aurait-on pu dire en étendant le mot d'Opitz, avait Paris pour capitale.

Mais d'où venait ce prestige que la France d'alors exerçait sur tous les esprits, les subjuguant, leur imposant sa livrée?

Les causes en sont nombreuses et d'importance souvent inégale.

En première ligne on a placé la puissance politique et la gloire militaire de Louis XIV. Sans doute la France « avait vaincu de formidables coalitions, dicté des traités, subjugué de grandes cités et de grandes provinces, forcé l'orgueil castillan à lui céder le pas et obligé les princes italiens à s'humilier à ses pieds » ; mais cette puissance militaire, quelque brillante qu'elle ait été, semble bien insuffisante à expliquer complètement la suprématie de la France. Cette gloire, en effet, a eu ses intermittences, voire ses éclipses, et si les traités de Westphalie et de Nimègue marquent des étapes glorieuses, le traité d'Utrecht est loin d'être un triomphe. Et puis, comment expliquerait-on que cette prépondérance de la France ait été, en Espagne, par exemple, et aussi en Italie, non pas contemporaine, comme on s'y attendrait logiquement, de la période de succès, mais

---

1. Macaulay, *Histoire d'Angleterre* (trad. E. Montégut, t. I, p. 434).

de la période de revers et de tristesses, alors que Louis XIV, assombri par de cruelles afflictions domestiques, malheureux sur les champs de bataille, n'était plus guère craint de personne en Europe? Bien plus, en Italie, la période d'influence française est postérieure, non seulement à l'époque si glorieuse pour nos armes, mais même à l'existence du Roi-Soleil. « Puis, comme on l'a fait encore remarquer justement, si la grandeur politique d'un pays suffisait à lui assurer la prépondérance intellectuelle, comment expliquer que l'Espagne au xvi⁰ siècle, l'Angleterre au xviii⁰, l'Allemagne au xix⁰, n'aient pas exercé une pareille influence? Enfin, n'est-il pas à noter que la période du premier Empire, qui est celle d'une grande puissance militaire, coïncide avec un notable abaissement de notre influence littéraire au dehors [1]? »

On a parlé également des qualités inhérentes à l'esprit français, de cette lumineuse clarté, de cette remarquable précision qui auraient assuré par leur excellence sa diffusion à l'étranger; on a bien pris garde d'oublier aussi la situation géographique de la France qui fait d'elle comme le trait d'union entre les peuples du Midi et du Nord. Elle aurait été le point à égale distance des contrées désireuses d'avoir recours à elle, une espèce de lieu de rendez-vous commode, une sorte de foyer central où chaque nation avait pu, sans parcourir des distances énormes, venir allumer son flambeau. Sans doute cela explique, en une certaine mesure, pourquoi la France a pu rayonner à l'extérieur, mais il reste toujours à rechercher pourquoi c'est précisément cette littérature du xvii⁰ siècle qui a été, plus que toute autre, favorable à ce rayonnement.

Et notre curiosité littéraire mal satisfaite, notre esprit à nouveau se met en quête de la cause déterminante de cette prépondérance intellectuelle.

« En premier lieu, a-t-on dit, la grandeur politique du pays y a coïncidé, par un hasard singulièrement favorable, avec la naissance d'une série de grands hommes. Tandis qu'un Dante ou un Pétrarque sont nés avant le temps où leur nom aurait pu se répandre rapidement en Europe, avant le siècle du Tasse et de l'Arioste, — un Racine, un Molière, un La Bruyère, un Bossuet, n'ont eu qu'à

---

1. J. Texte, *Revue des Cours et Conférences* (nov. 1895-mars 1896, p. 324).

profiter de l'influence que la France exerçait déjà dans tout le continent... Ici, les grands écrivains naissent juste à temps pour bénéficier du maximum de puissance politique de leur patrie [1]. »

Puis l'État, c'est-à-dire Louis XIV, « conspire en quelque sorte avec le génie » : par ses agents à l'étranger il favorise la diffusion du goût français. « Tout ambassadeur de France — fût-ce dans la plus petite cour d'Allemagne — représente autre chose encore que la diplomatie française : il représente nos modes, nos goûts, nos livres, notre esprit. »

Cela est d'une justesse absolue, mais ce n'est pas tout, et M. Brunetière [2] peut, à bon droit, donner des raisons nouvelles de l'hégémonie française : le caractère de notre littérature et celui de la civilisation française du temps de Louis XIV.

La littérature française, tour à tour « embarbouillée » de grec et de latin avec Du Bellay et Ronsard, enluminée d'espagnol et d'italien avec Hardy, Mairet et Rotrou, les deux Corneille, Scarron et Quinault, s'affranchit maintenant et devient « nationale », c'est-à-dire qu'elle se dégage mieux des influences extérieures, qu'elle acquiert une existence propre.

Toutefois, ce retour sur soi-même, cette « nationalisation » de la littérature, pouvaient, en lui faisant perdre certains points de contact avec les nations voisines, en rompant toutes ses attaches antérieures, nuire à son expansion à l'étranger. Ce résultat inattendu se produisit, d'ailleurs, en Italie, où, à cette époque et même assez longtemps après, la critique nous pardonna difficilement le dédain affiché par les lettrés français pour la littérature italienne, succédant à un engouement de date si récente. Il nous faut bien reconnaître que cette lutte en faveur de notre indépendance littéraire fut très vive, et la rupture demandée de façon très brusque, sans délais, sans ménagements, presque avec brutalité. Un exemple est-il nécessaire ? Qu'on se souvienne de Boileau rejetant avec dédain les « faux brillants » de l'Italie et le « clinquant » du Tasse.

Avec cette tendance si marquée à devenir nationale, notre littéra-

---

1. J. Texte, *Revue des Cours* (nov. 1895-mars 1896, p. 325).

2. Brunetière, *Manuel de l'Hist. de la Lit. franç.* (Chap. *La Nationalisation de la Lit.*, passim).

ture devenait, en réalité, moins imitable. Sa force d'expansion était donc menacée. Heureusement, en même temps, elle devenait plus générale, plus universelle; elle devenait l'expression « de tous les temps et de tous les pays ». Elle se repliait en quelque sorte sur elle-même, se contractait, si j'ose dire, et cependant son champ d'action s'élargissait dans des proportions considérables. Chaque nation pouvait maintenant, dans cette littérature essentiellement générale et parfaitement humaine, se reconnaître aisément, trouver l'expression de ses propres sentiments, entendre l'écho de sa propre pensée.

Il ne faudrait pas pourtant, en étudiant l'irradiation de la littérature française du xviie siècle, donner une trop grande importance à ce caractère de généralisation, d'universalité que l'on trouve chez presque tous les écrivains de cette époque. On s'apercevrait vite, au moindre contrôle, que pareille allégation n'est pas sans réplique. Il semble bien, en effet, — sans excepter Molière lui-même — que ce soit précisément les écrivains au génie le plus large, le plus humain, je veux parler de Racine et de La Fontaine, qui aient été le moins compris à l'étranger et, partant, le moins goûtés, le moins imités, ou, si l'on veut, imités avec le moins de succès.

Il faut donner une importance tout autre, comme cause de diffusion, au prestige qu'exerça sur l'Europe une civilisation supérieure. « ... En paix comme en guerre, et de quelque côté que soit la prépondérance politique, les idées marchent et arrivent par leur seule force : la littérature qui exprime la plus haute civilisation domine à jour nommé toutes les autres littératures. Le ton donné par Louis XIV, au temps de ses splendeurs, s'était répandu simultanément dans les États du Nord et du Midi ; chaque capitale avait vu les arbitres de la mode prendre parti pour la *politesse*, mot nouveau et déjà européen [1]. » Une société polie s'était, en effet, formée, séduisante pour tous ceux qui, en France ou à l'étranger, avaient les yeux levés vers elle. C'était la cour qui, joyeuse et brillante, donnait le signal de tous les divertissements avec ses festins, ses concerts, ses collations, ses spectacles, ses danses, ses carrousels et ses « boëtes » ; le modèle de toutes les élégances, c'était cette réunion de précieux et de

---

1. De Puibusque, *Histoire comparée des Littératures espagnole et française*, t. II, p. 301.

précieuses, à l'air galant, voire parfois un peu affecté, mais tous
si curieux des choses de l'esprit, si friands de délicatesse, de raffine-
ment, fleurant le doux parfum d'une civilisation supérieure, comparés à
cette société si différente qu'on entrevoyait sur les bords de la Sprée
ou de la Tamise et que Macaulay nous dépeint. « Quant à la châte-
laine et à ses filles, leur bibliothèque se composait d'un livre de
prières et d'un livre de ménage… ; les femmes anglaises de cette génération étaient incontestablement les moins instruites qu'on eût vues
depuis la renaissance des lettres… ; pendant la dernière moitié du
xvii<sup>e</sup> siècle, la culture de l'esprit chez les femmes paraît avoir été
entièrement négligée. Quand une demoiselle avait les moindres notions
superficielles de littérature, elle était regardée comme un prodige.
Des dames très bien nées, très bien élevées et d'un esprit vif par nature, étaient souvent incapables d'écrire une ligne dans leur langue
maternelle sans faire des solécismes et des fautes d'orthographe que
rougirait aujourd'hui de commettre une petite fille des écoles de charité [1]. »

C'est à cet état social, particulier à la France, c'est à cette supériorité incontestable de la société française sous Louis XIV qu'il faut,
sans aucun doute, attribuer une bonne part du rayonnement de notre
pays à l'extérieur.

Qu'on n'aille pas toutefois jusqu'à s'imaginer qu'une seule cause
— celle-ci, ou telle autre cause isolée — ait pu produire cette diffusion de la pensée française. Une cause unique est insuffisante à tout
expliquer : c'est tout un ensemble de raisons qu'il nous faut invo-
quer. Il y eut, comme le dit Rivarol, « un admirable concours de
circonstances.» qui, s'unissant, se complétant, assurèrent au dehors
l'hégémonie intellectuelle de la France. Et encore, malgré ce concours de circonstances, si admirable qu'il confine au merveilleux,
est-il juste d'ajouter qu'aucune cause, qu'aucun ensemble de causes,
n'a suffi pour produire le rayonnement immédiat chez tous nos voisins du clair esprit français. L'influx s'est produit sur-le-champ
quand nulle barrière ne s'est trouvée debout pour résister au courant, chaos littéraire en Allemagne, disparition des grands génies
et épuisement des genres en Angleterre et en Espagne, où Shakes-

1. Macaulay, *Histoire d'Angleterre* (trad. E. Montégut, t. I, p. 431).

peare et ses disciples, Lope de Vega et Calderon laissaient derrière eux de grandes places vides que la France seule pouvait alors occuper. Mais cet influx s'est attardé avant de pénétrer en Italie : notre génie a dû attendre que le terrain d'apparence féconde, entrevu au delà des Alpes, fût prêt à recevoir la semence française. Il n'en est pas moins vrai, pas moins surprenant que, dans l'espace d'un siècle, chacune des grandes littératures de l'Europe se soit arrêtée soudain, comme un laboureur sur un sillon trop pénible à tracer, et se soit tournée vers la France, semblant lui demander une direction littéraire, une inspiration nouvelles.

A cela il y a des causes générales que nous avons essayé de démêler. Mais, indépendamment de ces causes d'ordre général, il existe des raisons particulières à chaque nation.

Il en a été ainsi pour l'Angleterre. Les relations entre la France et l'Angleterre, sympathiques, cordiales même sous le règne de Henri IV que les protestants d'outre-Manche voyaient d'un fort bon œil sur le trône de France, devinrent plus fréquentes encore quelques années plus tard. En 1625, Henriette de France épousa Charles I<sup>er</sup>, roi d'Angleterre. La maison de la nouvelle reine, composée de cent six personnes, constitua, à Londres, une véritable colonie française, très remuante d'ailleurs, souvent fort indiscrète. Parmi les membres les plus marquants, on peut citer Daniel du Plessis, évêque de Mende, grand aumônier, le P. Bérulle, confesseur de la reine, la belle M<sup>me</sup> de Saint-Georges, amie d'enfance d'Henriette, dame du lit, les comtesses de Tillières et de Cypière, dames d'honneur, le comte de Tillières, chambellan, le comte de Cypière, grand écuyer, le marquis d'Effiat et M. de la Ville-aux-Clercs, accompagnés de plusieurs seigneurs et dames de la cour. C'était également la maréchale de Ternines, puis le duc et la duchesse de Chevreuse, qui, trop fidèle peut-être au souvenir de Lord Holland, allait le retrouver à Londres, se faisant suivre de Boisrobert, bel esprit à la mode à la cour de France. Le Père Saucy et le Père Philippe, confesseurs de la reine, s'y firent remarquer trop, et, à force d'exigences, d'indiscrétions et même de provocations — M<sup>me</sup> de Saint-Georges les y aida volontiers — finirent par exaspérer Charles I<sup>er</sup>. Celui-ci, un beau jour, fit reconduire à la frontière, un peu vivement, toute la maison française de la reine. L'heure n'était pas très éloignée où la reine elle-même, de plus en plus impopulaire dans les milieux parlementaires, allait juger prudent de s'embarquer pour la France.

Assez nombreux furent les royalistes anglais qui, par attachement pour la reine et par prudence aussi pour eux-mêmes, suivirent Henriette au Louvre ou à Saint-Germain. Les Wilmot, les Percy, les Elliott, les Sussex, Lord Jermyn, Lord Colepepper, le marquis de Newcastle, partagèrent l'exil de la reine, si l'on peut appeler exil le séjour en France, le pays natal auquel Henriette était toujours restée trop passionnément attachée. Les écrivains anglais ne manquèrent pas chez nous vers cette époque : Hobbes, Cowley, Denham, Waller, D'Avenant, exercèrent autour d'eux une curiosité littéraire toujours en éveil. Bientôt le prince de Galles arriva lui-même à Paris. Bals, concerts, comédies, promenades, fêtes de toutes sortes, rien ne fut ménagé à Fontainebleau pour la distraction des hôtes royaux venus d'Angleterre et de leur entourage. Intimement mêlés à la vie de la cour française, ils en partagèrent les joies et les tristesses, heureux aux heures gaies, attristés, un peu délaissés aux jours sombres de la Fronde, encore que la cour de France, au dire de Guy Joly, ne se privât pas toujours, à la veille des troubles, de dépenses excessives et superflues pour ses distractions du Palais-Royal. Or les Mémoires du temps, tout comme la *Gazette* de Loret, nous montrent les fugitifs anglais jouissant de l'hospitalité française, cordialement offerte à la reine d'Angleterre, au prince de Galles, au duc d'York, à la petite princesse Henriette, tous préférant le séjour de Paris, le voisinage du Louvre, de Saint-Germain et de Fontainebleau aux somnolences, peut-être un peu lourdes, de la cour de Hollande, où se risquaient, par aventure, mais généralement pour peu de temps, les Cavaliers fuyant devant Cromwell.

L'horizon, assez assombri pendant les troubles de la guerre civile et lors de la mort, sous la hache du bourreau, de Charles Iᵉʳ, roi d'Angleterre, s'éclaircit quelque peu, et l'on put entrevoir l'heure, attendue de tous les royalistes anglais en France, où le jeune prince de Galles, sous le nom de Charles II, allait retrouver la couronne de son père. Quand ce joyeux événement se produisit en 1660, on le célébra, à Paris, par des fêtes chez la reine d'Angleterre, auxquelles furent conviés tous les Anglais présents dans la capitale, le nombre de ces derniers s'étant bien accru depuis que la fortune à nouveau souriait à la famille des Stuarts. Tandis que bon nombre de républicains anglais passaient, à leur tour, en France, et que le fils de Cromwell lui-même, entreprenant un voyage en Languedoc, s'arrêtait à Pézenas, la reine-mère Henriette, au moins pour quelque temps, retournait en Angleterre. Cowley, se souvenant du passé, chantait ce retour et Mrs. Philips disait de la princesse royale accompagnant sa mère : « Si les royaumes ont des anges gardiens, c'est vous qui êtes le nôtre ». Ce séjour en Angleterre auprès de Charles II ne dépassa pas un mois, et la mère du nouveau roi rentra en France finir ses jours dans le calme du couvent de Chaillot ou sous les ombrages de Colombes. Il n'en fut pas de même des royalistes anglais. Après un exil aussi long ils furent tout heureux de retrouver le pays natal où ils comptaient, un peu imprudemment peut-être, être comblés de faveurs par Charles II, en souvenir de leur fidélité. Ayant passé en France un grand nombre d'années, quelques-uns une partie de leur jeunesse, ils rentraient en Angleterre profondément transformés, certains absolument francisés. Leur séjour à Paris, auprès de la cour où les avaient séduits les charmes d'une élégance, d'une civilisation supérieures, avait fait d'eux des hommes nouveaux, avec une prédilection très marquée pour les goûts français, les modes et les idées françaises, en un mot pour tout ce qui était français : je dirais presque, si je l'osais, qu'ils emportaient dans leurs bagages le microbe français. Charles Ier, certes, aurait eu quelque peine à reconnaître, à leur retour de France, ces Cavaliers hardis, fidèles, mais peut-être un peu frustes, qui avaient, à Naseby et à Marston-Moor, combattu à ses côtés. Quelques-uns, parmi les lettrés, avaient pu fréquenter les salons de l'Hôtel de Rambouillet et y goûter les joliesses de l'esprit précieux. D'autres, qui avaient assisté à quelques représentations de Molière et de Racine [1], rentraient complètement changés, ne pouvant plus guère s'accommoder du théâtre anglais, tel que l'avaient conçu les successeurs de Shakespeare. Une société, une littérature nouvelles leur avaient été révélées, dont ils s'étaient épris aussitôt.

Et comme s'il était nécessaire de les confirmer dans ces goûts nouveaux que le retour pouvait peut-être, après un certain temps, effacer, les royalistes anglais furent suivis à Londres, après la Restauration,

---

1. John Denis, *Select Works* : A Plot and no Plot, II, ı, vol. II, p. 316

par des Français, gens de lettres, femmes élégantes et grands seigneurs, qui ne laissèrent pas d'entretenir, voire de développer en eux
ce penchant pour les choses de France. Saint-Evremond, le chevalier
de Grammont, Louise de Kéroualle, Hortense Mancini, propagèrent
outre Manche l'influence française, formant de petits cénacles où
Anglais et Français se coudoyaient à l'envi, devisant de toute nouveauté littéraire, adoptant toute fanfreluche venue de Paris, discutant toute pièce de théâtre, tout livre nouveaux qu'apportait régulièrement le courrier de France. Des rapports de société, des liaisons
plus ou moins durables ne manquèrent pas de s'établir entre ces
Français et ces Anglais. Si à cela on ajoute le va-et-vient continuel
de voyageurs et de résidents dont le nombre ne fit qu'augmenter, en
raison même de l'intimité politique des deux pays, et aussi, surtout,
après la Révocation de l'édit de Nantes, on voit, à côté des causes
générales que nous nous sommes efforcé de dégager, les raisons particulières qui firent se propager rapidement en Angleterre l'influence
de la France et assurèrent son hégémonie.

Ces causes indiquées, il nous reste à exposer les résultats obtenus : c'est là notre but dans ce présent ouvrage.

# Influence française en Angleterre

## AU XVII<sup>e</sup> SIÈCLE

---

## LA VIE SOCIALE

---

### CHAPITRE I<sup>er</sup>

**La mode française : le costume, le mobilier, la cuisine.**

### I

L'influence étrangère se fit sentir de bonne heure en Angleterre pour tout ce qui touche à la toilette. Ce fut, dit-on, grâce aux conquêtes d'Édouard III, le vainqueur de Crécy et de Poitiers, que les modes françaises pénétrèrent en Angleterre et en Écosse, où, par suite des relations qu'entretenaient les Écossais avec la cour de France, elles furent vite adoptées. Walsingham fixe la date de l'introduction des modes françaises en Angleterre : ce serait l'année 1347, époque de la prise de Calais. Au temps de Chaucer, le poète ne manqua pas, en maintes circonstances, de ridiculiser la prédominance des modes françaises auprès de ses compatriotes. Plus tard, une gravure du xvi<sup>e</sup> siècle représente un Anglais debout et nu, portant un morceau de drap passé sur son bras droit et tenant de la main gauche une paire de grands ciseaux. Au-dessous, on lit l'inscription suivante : « Je suis Anglais et me voici tout nu, songeant en moi-même quels vêtements je vais mettre : tantôt c'est ceci, et tantôt c'est cela ; enfin je vais mettre je ne sais dire quoi »[1]. Il ne resta pas long-temps embarrassé.

Les voyages devenaient de plus en plus fréquents. Les Anglais, de race essentiellement voyageuse, parcouraient déjà le monde, séjournaient à l'étranger, s'y transformaient souvent, y adoptant de nouvelles coutumes et de nouvelles modes, au grand regret des critiques, leurs compatriotes. Sidney parle avec dédain du « voya-geur tout de travers transformé »[2]. Hall, dans ses *Satires*, se moque de celui dont « la tête française repose sur un cou italien, dont les cuisses viennent d'Allemagne, et la poitrine d'Espagne, Anglais en rien, mais sot en tout »[3]. Roger Ascham n'est pas plus satisfait de ces voyages au long cours vers l'Italie et ailleurs, où ses amis laissent leur foi religieuse et reviennent plus mal transformés qu'on ne le fut jamais à la cour de Circé ; il voit en tout Anglais ita-lianisé un diable incarné[4]. John Lyly, dans *Euphues*[5], constate qu'on dit de tout Anglais coupable de quelque inconduite qu'il est italianisé. Shakespeare, dans *Henri VIII*[6], parle de ces « galants, grands voyageurs, qui emplissent la cour de leurs querelles, de leur bavardage et de leurs tailleurs ». Dans *Comme il vous plaira*[7], ce n'est pas sans ironie qu'il salue celui qui s'en va : « Adieu, Monsieur le voyageur ; songez à grasseyer et à porter des habits étrangers ; dépréciez tous les avantages de votre pays natal ; haïssez votre pro-pre existence, et grondez presque Dieu de vous avoir donné la phy-sionomie que vous avez. » Chapman, dans *Monsieur d'Olive*[8], se rit de « ces mêmes voyageurs qui ne peuvent vivre nulle part, se moquent de tout, et ne vont si loin de chez eux que pour apprendre comment ils peuvent abandonner leurs amis ». L'Italie surtout paraît donc être, aux yeux des critiques ou poètes anglais, la grande corruptrice :

1. D'Israeli, *Curiosities of Literature : Anecdotes of fashion*, p. 84.
2. Sir Philip Sidney, *An Apologie for Poetrie*, pp. 159, 169, notes (éd Cambridge Univ. Press).
3. Hall, *Satires*, 3, 1.
4. Roger Ascham, *Scholemaster*, p. 68 (éd. Mayor).
5. John Lyly, *Euphues*, p. 314 (éd. Arber).
6. Shakespeare, *Henri VIII*, I, 3.
7. Id., *Comme il vous plaira*, IV, 1.
8. Chapmann, *Monsieur d'Olive*, II, 1.

c'est de ce pays qu'il faut se garer. La France inspire moins d'inquiétude à ces censeurs rigides. Sans doute la belle Portia du *Marchand
de Venise* [1] raille volontiers ce seigneur français, M. Le Bon, « qu'il
faut bien considérer comme un homme puisque Dieu l'a fait », mais
qui, au chant de la grive, se met à faire des entrechats et se battrait
en duel avec son ombre : elle ne pourrait, dit-elle, jamais l'aimer.
Sans doute aussi il pourrait bien y avoir dans la *Comédie des Méprises* [2] une insinuation quelque peu blessante pour la moralité et
l'hygiène françaises [3] ; mais à côté de ces restrictions et de quelques
railleries lancées par Mercutio à l'adresse de « ces étranges mou-
cherons, de ces marchands de modes, de ces «pardonnez-moy's » [4],
Shakespeare, dans *Hamlet* [5], rend justice au bon goût et à la richesse du costume français. Quand Laerte, à la veille de son départ
pour la France, veut prendre congé de son père, celui-ci, après lui
avoir donné sa bénédiction, ajoute, entre autres, ce conseil : « Que ta
mise soit aussi somptueuse que ta bourse te le permet, mais ne cède
pas trop à la fantaisie : qu'elle soit riche, mais peu voyante, car souvent le costume révèle l'homme, et ceux, en France, qui sont de
rang élevé et gens de qualité ont, surtout à ce point de vue, le goût le
plus exquis et le plus noble. » Malgré cet hommage que Shakespeare
rend au bon goût français, il faut reconnaître le caractère très com-
posite du costume d'un courtisan à l'époque de la reine Elisabeth.
Il doit, au dire de Puttenham, savoir porter la chaussure droite à
l'anglaise, vague à « turquesque », la cape à l'espagnole, la culotte
à la française [6]. L'Anglais de la gravure d'André Borde pouvait, en
effet, être quelque peu embarrassé pour fixer son choix. Sous Jacques Ier le costume d'un gentilhomme conserva son caractère essentiellement cosmopolite. La France, l'Italie, la Hollande, l'Espagne,
la Pologne même, étaient tour à tour mises à contribution, ce qui,
au dire de Dekker, faisait « ressembler le vêtement d'un Anglais au
corps d'un traître pendu, tiraillé, mis en pièces et exposé en différents

---


1. Shakespeare, *Le Marchand de Venise*, I, 2.
2. Id., *La Comédie des Méprises*, III, 2.
3. Upton, *Critical Observations on Shakespeare*, p. 163.
4. Shakespeare, *Roméo et Juliette*, II, 4. — Upton, *Critical Obs...*, p. 164.
5. Id., *Hamlet*, I, 3.
6. G. Puttenham, *The Arte of English Poesie*, p. 305 (éd. Arber).

— 4 —

endroits ». Le pourpoint venait de France ou d'Espagne, le haut-de-
chausses de Venise, le manteau d'Allemagne, le chapeau de France,
les bottes de Pologne, les éperons d'Écosse ; enfin, ce courtisan à la
mode « n'avait d'anglais que le visage » [1]. Il en était de même pour
une dame de qualité : son costume n'était ni moins varié, ni moins
compliqué : il ne lui fallait pas moins de cinq heures pour que sa
toilette fût achevée ; « un navire est gréé beaucoup plus tôt qu'une
dame de qualité n'est attifée », ajoute, avec malice, un contemporain [2], qui énumère les menus détails d'une toilette entière.
Aussi peut-on être quelque peu surpris de l'étonnement manifesté
quelques années plus tard par J. Howell en ce qui concerne la suite
un peu fastueuse — « messieurs à longs cheveux » — de l'ambassadeur français, venu tout exprès de Calais pour saluer le roi d'Angleterre [3]. N'est-ce pas, en effet, le moment où Butler, dans *Hudibras*,
va se demander spirituellement pourquoi il est nécessaire de se servir de télescopes afin de sonder les mondes lointains ? « Que nous
importe à nous de savoir si les hommes de la lune mangent leur
potage de telle ou telle façon, comment ils font leurs cors ou s'ils
ont des queues ou des cornes ? Quel commerce pouvons-nous entretenir avec eux qui ne soit plus facile avec la France ?... L'homme
de la lune paraît-il être plus grand ou porter une plus vaste perruque ?
Montre-t-il dans sa démarche ou sur son visage plus d'artifices
que les fous que nous avons chez nous ? [4] »

Que Saint-Amant se rassure donc. « Nos preux à la taille d'Hercule » peuvent être ridicules à ses yeux, ils ne le sont pas aux yeux de
l'étranger, qui se prend déjà, et presque exclusivement, à « esplucher
bien nos modes, nos vestemens, nos gestes, nos méthodes » [5], non
pour les censurer, mais pour les adopter. C'en est fait aussi chez les
dames, au moins autant que chez les gentilshommes. « A cette époque, celle de Charles Ier, les dames anglaises de rang élevé, ou même
celles simplement aisées, suivaient de si près les modes françaises


1. Dekker, *Seven Deadly Sinnes of London*, cité par Fairholt : *Costume in England. A History of Dress*, p. 293.

2. Brewer (?), *Lingua : or The Combat of the Tongue and the five Senses...*,
cité par Fairholt (*ibid.*), p. 297.

3 James Howel, *Letters*, p. 81.

4. Butler, *Hudibras*, partie II, chant II, pp. 193-194 (éd. Grey).

5. Saint-Amant, *Œuvres*, pp. 427-429.

que l'on peut considérer comme identique le costume des dames des
deux pays. Sauf quelques nuances, tenant au port plus ou moins
gracieux de ce costume, que le fin et consciencieux burin de Hollar
a su retracer, on ne voit aucune différence importante à signaler [1]. »

Néanmoins, voici venir le temps où, en face des royalistes anglais,
très épris d'élégance, vont se dresser, simples et mornes, les rigides
puritains. Si ceux-ci, avant d'être complètement dominés par Cromwell, avaient encore quelque souci de la parure, c'était pour faire bro-
der sur les différents objets de leur garde-robe des sentences religieuses. « Oui, Monsieur, écrit Jasper Mayne, elle est puritaine jusqu'au
bout de son aiguille. Elle fait des jupons religieux ; en guise de fleurs,
ce sont des histoires d'église ; et puis, les manches de mon vêtement
ont tellement de broderies sacrées, elles sont couvertes de tant d'érudition que je crains de le voir, un jour, cité tout entier par quelque
pieux prédicateur [2] ». La sévérité puritaine, de plus en plus enva-
hissante, enveloppait tout en Angleterre de sa teinte grise uniforme.
Le luxe cosmopolite de jadis se cachait maintenant : on ne le distinguait plus guère sous la lumière blafarde de la doctrine puritaine.
Les « saints » allaient et venaient en costumes sombres, de coupe
fort simple, sans la moindre recherche, sans le moindre ornement.

Il fallait se soumettre à la règle générale, et ceux qui cherchaient à
y échapper étaient priés de vouloir bien s'y conformer. Un jour, raconte Mrs. Hutchinson dans ses *Mémoires*, « l'ambassadeur d'une
grande puissance devait être présenté au parlement en audience solennelle. Il était envoyé par le roi d'Espagne, qui fut le premier à
reconnaître la république et à traiter avec elle. La veille du jour fixé
pour cette audience, le colonel Hutchinson était à la chambre, assis
auprès de jeunes gens fort élégamment habillés... Le colonel avait
aussi, ce jour-là, un vêtement assez riche, mais sérieux et tel qu'il
avait l'habitude d'en porter. Harrisson, s'adressant particulièrement
à lui, se mit à dire qu'il saisissait cette occasion d'avertir ceux qui
l'entouraient que, maintenant que les nations envoyaient des ambassadeurs à l'Angleterre, il fallait que chacun cherchât à se distinguer
en leur présence par sa sagesse, sa piété, sa droiture et sa justice, et

---

1. Racinet, *Le costume historique*. Planche 337 et texte qui l'accompagne.
2. Jasper Mayne, *City Match* (1639), cité par Fairholt (*op. cit.*, p. 308).

non par l'or ou l'argent, ni par toutes ces élégances mondaines qui ne convenaient pas à des « saints » ; qu'ainsi l'on ferait bien, pour la réception de l'ambassadeur, qui devait se présenter le lendemain, de ne point paraître avec des costumes aussi splendides, trop peu conformes avec la sainteté qu'ils professaient. Le colonel était loin de penser qu'il y eût une élégance exagérée dans le costume qu'il portait ce jour-là : il consistait en un bel habit de drap de couleur foncée, brodé d'or avec des ganses et des boutons d'argent. Cependant, voulant éviter avec soin tout ce qui pouvait blesser les regards des personnes religieuses, il se rendit le lendemain à la chambre vêtu d'un habit noir et uni ; et tous ceux qui avaient eu la veille un costume un peu recherché firent de même. Harrisson arriva à son tour : il portait un habit et un manteau écarlates, chargés l'un et l'autre de broderies d'or et d'argent : l'habit surtout était tellement surchargé de clinquant qu'on pouvait à peine reconnaître l'étoffe par-dessous : couvert de ce magnifique vêtement, il alla se placer immédiatement au-dessous de l'orateur, et tous les gentilshommes qui l'avaient entendu la veille ne manquèrent pas de penser que ses pieux discours n'avaient eu d'autre objet que de le faire briller seul aux yeux des étrangers [1]. » Harrisson, par ruse et par fatuité, avait échappé à la loi qui n'en resta pas moins générale, pendant ces quelques années de crise et d'ennui. Voici, en effet, ce qu'en dit le même témoin : « Lorsque le puritanisme commença à devenir une faction, les plus bruyans de ceux qui lui appartenaient, hommes et femmes, cherchèrent à se distinguer par un genre tout particulier de costume, de maintien et de langage... Les puritains affectaient en particulier de se distinguer par la coupe des cheveux : il y en avait peu, de quelque condition qu'ils fussent, qui les portassent assez longs pour couvrir leurs oreilles : les ministres et beaucoup d'autres personnes les faisaient couper tout ras et en rond autour de la tête, laissant seulement une quantité de petites pointes, ce qui leur donnait un air passablement ridicule. C'est ce qui a fait dire à Cleveland, dans son *cri de haro* contre eux, qu'ils portaient *leurs cheveux en commentaire, et leurs oreilles pour texte.* Ce fut de là que leur vint le surnom de *têtes rondes*, qui fut bientôt employé comme terme de mépris, pour dési-

1. Mrs. Hutchinson, *Mémoires*, vol. II, pp. 216, 217.

gner tout le parti du parlement. Sa première armée, en effet, fut presque entièrement composée de gens ainsi coeffés ; mais avec le temps les cheveux repoussèrent, et, deux ou trois ans après, un étranger qui ne les aurait jamais vus eût été fondé à demander l'explication de ce sobriquet [1]. » Quelques-uns cependant ne cédèrent pas à la mode puritaine, Hutchinson, par exemple, « qui, ayant de fort beaux cheveux, et en grande abondance, les soignait beaucoup, en sorte que sa chevelure faisait un ornement à son visage » [2].

Peu à peu, à mesure que les cheveux s'allongèrent, les vêtements devinrent moins simples et les têtes moins rondes. L'homme, pas plus que la femme, n'est fait pour l'ennui à trop longue portée. Sous le règne de Jacques Ier, comme sous celui de Charles Ier, à la cour de Marie-Henriette, avaient brillé un élégant confort, voire un grand luxe de toilette, qui avaient continué dignement les splendeurs de la cour d'Elisabeth. On savait, pour l'avoir observé récemment, que la trame de la vie pouvait être tissée autrement que de chanvre gris : on avait entrevu la soie et l'or, on en avait jadis admiré les plis moelleux et les riches chatoiements. Comment y renoncer à tout jamais ? D'ailleurs, voici venir, retour de France, l'élégante phalange des « cavaliers » exilés.

S'ils ont traversé la rude épreuve de la Fronde, ils ont été aussi, en des jours meilleurs, les témoins ravis des magnificences, des splendeurs ruineuses de la cour de France que Louis XIV avait vainement, à mainte reprise, essayé d'enrayer [3]. Aussi, en Angleterre, comme en France, la fureur des ornements, le luxe du costume furent bientôt tels que, dès 1662, Charles II, imitant une fois de plus Louis XIV, essaya — tentative peu sincère, vaine en tout cas — de faire lui aussi des lois somptuaires [4]. Elles furent sans aucune portée pratique.

Comment pouvait-il en être autrement? Le goût de la toilette avait trop profondément pénétré dans les mœurs. Qu'on ne parle pas aux élégantes d'alors des charmes de la campagne et des promenades solitaires loin du bruit de la ville ; ces plaisirs, elles ne les sentent

---

1. Mrs. Hutchinson, *Mémoires*, vol. 2, p. 232.

2 Id., *ibid.*, p. 233.

3. J. Loret, *La Muze historique*. Lettre cinquante, vol. III, pp. 293 347, 360 ; vol. IV, p. 68,

4. *Calendar of State Papers*, 1661-62, p. 603.

pas : ce ne sont pas de beaux arbres ou de jolies fleurs qui font l'ornement d'un parc ou d'un parterre, c'est la toilette des promeneurs.
« A mon avis, dit l'une d'elles, une demi-douzaine de jeunes hommes
et de belles dames bien mis sont, pour un jardin, un tout autre ornement qu'un désert de sycomores, d'orangers ou de citronniers, et le
bruissement des riches vêtements et des jupons de soie est une musique autrement préférable au murmure des ruisseaux, au gazouille-
ment des oiseaux ou à tout autre de nos plaisirs champêtres [1]. »
Elles sont nombreuses celles qui pensent comme Olivie ; la race n'est
pas près d'en être perdue. Belinda de *la Boucle de cheveux enlevée*,
plus jeune qu'Olivie, n'est-elle pas de la même famille ? Voyons-la à
sa toilette : « Maintenant, plus de voiles, la toilette est là tout étalée :
les vases d'argent y sont disposés en un ordre mystique. D'abord,
vêtue de blanc et tête nue, la nymphe ravie adore la puissance des
cosmétiques. Une image céleste paraît dans le miroir : devant elle,
l'image s'incline ; vers elle, l'image lève les yeux. Une prêtresse
soumise, auprès de son autel, commence en tremblant les rites
sacrés de l'orgueil. D'innombrables trésors s'offrent à la fois, et voici
qu'apparaissent les produits variés du monde : de chacun, délicatement, elle cueille une parcelle avec un soin curieux, puis elle pare
la déesse de cette brillante dépouille. Telle cassette s'entr'ouvre, et
ce sont les gemmes étincelantes de l'Inde ; de telle autre, là-bas, s'exhalent tous les parfums de l'Arabie. Ici, la tortue et l'éléphant réunis se sont transformés en peignes ou mouchetés ou blancs ; ici,
encore, ce sont des quantités d'épingles qui étalent leurs rangées
brillantes, les houppes, les poudres, les mouches, les bibles et les
billets doux. Et maintenant l'impérieuse beauté revêt toutes ses
armes : la belle, à tout moment, s'ajoute un nouveau charme, corrige
son sourire et ravive une grâce, rappelle et déploie toutes les merveilles de son visage, voit monter par degrés un incarnat plus pur et
des éclairs plus prompts jaillir en ses prunelles. Les sylphes empressés l'entourent de leurs tendres soins : ceux-ci ornent la tête, ceux-là
divisent les cheveux ; les uns font une onde à la manche, les autres plis-
sent la robe, et l'on vante Betty d'un succès qui n'est pas le sien [2]. »

---

1. Ch. Sedley, *The Mulberry Garden*, I, 3.
2. Pope, *The Rape of the Lock*, vol. II (éd. Elwin, Courthope).

Belinda et ses semblables furent légion. Addison, à l'humour si
bienveillant et si varié, met toute sa finesse indulgente, toute sa
douce ironie à nous montrer ces élégantes, courant toute une matinée
chez les marchands de nouveautés, à la recherche d'un ruban à assor-
tir, et enrichissant certains audacieux qui doivent leur fortune aux
lotions cosmétiques qu'ils ont composées. « Le paon, dans toute sa
splendeur, n'étale pas la moitié des couleurs que l'on voit dans la
toilette d'une dame anglaise, quand elle est habillée, soit pour un bal,
soit pour un anniversaire de naissance. » Et, poussant l'analyse
plus loin, Addison va jusqu'à faire disséquer devant ses lecteurs —
opération fort délicate, paraît-il — le cœur d'une coquette[1]. Un anato-
miste de sa connaissance a recueilli, dit-il, autour du péricarde, une
espèce de liqueur rougeâtre et déliée qui, placée dans un tube de verre
en forme de thermomètre, monte à l'approche d'un piquet de plumes,
d'un vêtement brodé ou d'une paire de gants à franges, et baisse
aussitôt en présence d'une perruque mal faite, d'une paire de souliers
lourds ou d'un habit démodé. Ce cœur, pris dans la main, est singulièrement léger et, partant, singulièrement vide. Est-il placé sur des
charbons ardents, il peut vivre, comme la salamandre, au milieu du
feu. Loin de le consumer, à peine la flamme parvient-elle à le roussir.

Voilà ce que sont ces coquettes dont la race pullule et dont Addison et Pope n'ont fait, en quelque sorte, que synthétiser les traits.
Chose étrange ! les hommes, pas moins que les femmes peut-être,
aiment la toilette, et il est quelquefois amusant de constater la
satisfaction qu'éprouve Pepys à mettre un vêtement neuf, alors qu'il
ne tardera pas à s'apercevoir avec quelque mélancolie qu'il a dépensé
55 livres sterling pour sa toilette, et sa femme seulement 12 livres[2].
Tout « galant » aime à s'admirer de la tête aux pieds, à peigner sa perruque, à secouer ses « garnitures », à causer toilette, s'inquiétant si
les mouches que telle dame a mises sont trop nombreuses ou trop
rares, trop grandes ou trop petites, si son mouchoir est en point
de Venise ou de Rome, se piquant de connaître la mode dans ses
moindres raffinements et prenant plaisir à paraître au théâtre seulement au dernier acte de la pièce[3]. Le souci de la toilette,

<hr>

1. Addison, *The Spectator*, n°ˢ 10, 33, 266, 281.
2. Pepys, *Diary*, 30 oct. 1663.
3. Ch. Sedley, *The Mulberry Garden*, I, 2.

la recherche des plaisirs mondains ont tout envahi dès la Restauration. A la ville, comme à la cour, grands seigneurs et grandes dames
veulent, coûte que coûte, être « à la mode ». Crise passagère, dira-
t-on. Non ; mais aiguë et persistante, car, en 1710-11, Addison,
commentant cette folie pour y mettre un terme, écrira : « Tout homme
qui réfléchit peut voir aisément que l'affectation d'être gai et à la
mode a dévoré à peu près ce que nous avions de bon sens et de religion [1]. » Cette folie, en effet, avait alors atteint son paroxysme.

Mais de quel côté au début va-t-on s'orienter ? Où va-t-on chercher
des modèles ? On veut être « à la mode », c'est entendu ; mais quelle
mode adoptera-t-on ? L'Angleterre trouvera-t-elle chez elle ce dont
elle a besoin ? Le goût national va-t-il lui inspirer les élégantes créations, les luxueuses inventions qu'elle appelle de tous ses vœux ? Ou
bien empruntera-t-elle à l'époque de la reine Elisabeth, de Jacques Ier
et de Charles Ier ses modes de caractère si cosmopolite, venues sans
doute de France, pour une part très large, mais pas exclusive ?

Une élégante à l'occasion pourra dire encore comme Lady Dorimène:
« Je suis entièrement Anglaise, Madame, je sais me contenter de ce
que mon pays me fournit »; mais elle trouvera bien vite une Lady Prate
pour lui répondre, scandalisée : « Fi donc ! Madame, vous ne me
persuaderez jamais que vous puissiez avoir un aussi mauvais goût[2]. »
Il y aura quelques provinciaux ou quelques originaux, comme Lord
Brooke, qui porteront encore, en 1628, le haut-de-chausses et le pourpoint démodés, mais il y faudra renoncer à la Restauration; autrement
gare aux railleries des élégants, si d'aventure quelque provincial
attardé paraît dans Fleet-Street. Un Sir Fumbler pourra, par exception, rester attaché aux modes de la reine Elisabeth, sa femme pourra
même, afin de lui être agréable, se prêter, pour un temps, à ses caprices,
à ses bizarreries vieillottes ; mais finalement le sacrifice sera trop grand
et le ridicule probablement trop accusé : aussi la verrons-nous bientôt faire son entrée, toutes voiles dehors, à la mode nouvelle[3].

Il y a, en effet, maintenant, une mode ancienne et une mode

---

1 Addison, *The Spectator*, n° 6.
2. Granville, *Once a Lover ; and always a Lover*, III, 3.
3 D'Urfey, *The Old Mode and the New*, citée par Genest : *Some Account of the
English stage*, vol. II, p. 270.

nouvelle : l'une s'en va, astre encore brillant à son déclin ; l'autre
paraît au-dessus de l'horizon et l'éclaire d'une lueur versée à flots. La
mode d'autrefois, c'est la mode cosmopolite de la reine Elisabeth ; la
mode d'aujourd'hui, c'est la mode de France. Plus de chaîne de
Savoie autour du cou d'un Sir Glorious Tipto, attardé en de vieilles
coutumes ; plus de fraises, plus de manchettes de Flandres, plus de
chapeau napolitain, avec ruban de Rome et agate de Florence ; plus
d'épée de Milan et de manteau de Gênes, orné de boutons de Bra-
bant [1]. Rome enverra peut-être encore quelques parfums pour les
cheveux, l'Espagne pour les gants [2] ; mais le dernier mot de l'élégance sera d'être « à la mode de France » [3]. « Qu'est-ce qui est le
plus à la mode, dit Sir Forecast à son ami, le point ou la dentelle, le
ceinturon ou le baudrier ? Que disent vos lettres de France [4] ? »
Et chacun va répétant : « Que disent les lettres de France ? »

A cette époque, en effet, la France est, en Angleterre, comme
ailleurs, l'arbitre de la mode et du bon goût, et le vertueux Pierre
Heylin, qui, pendant son séjour à Paris, s'était quelque peu scandalisé des coutumes françaises, se trouve surpris, à son retour en Angleterre, de voir que ses compatriotes ont pris l'allure dégagée et le
costume des Françaises, dont il ne peut plus guère les distinguer [5].
« Les modes, écrit un scrupuleux historien du costume en Angleterre,
étaient celles de France où Charles II avait si longtemps résidé et où
les frivoles courtisans d'un maître aussi frivole, Louis le Grand,
prenaient plaisir à faire étalage de leur costume. Les énormes
perruques parurent alors pour la première fois, d'une dimension à
éclipser celle d'un juge actuel, quelque monstrueuse qu'elle soit, et
on reconnaissait un homme de bon ton à le voir peigner ses cheveux
sur le mail ou au théâtre. Le chapeau se portait avec de larges bords
sur lesquels reposait une masse de plumes ; une bande de la plus
riche dentelle retombait enveloppant le cou : le manteau court, d'ordinaire jeté négligemment sur les épaules ou porté sur le bras, était

1. Ben Jonson, *The New Inn*, II, 2, cité par Planché : *History of British Costume*, vol. II, p. 232
2. Ch. Sedley, *Works* Epigrams : or, *Court characters*, vol. I, p. 93 (éd. 1722).
3. Crowne, *The English friar*, IV, 1.
4. Ch. Sedley, *The Mulberry Garden*, I, 1.
5. Sydney, *Social England*, p. 19-20.

largement bordé de dentelle d'or, de même que le pourpoint qui était long et droit, bouffant à partir de la taille. De dessous passait une large culotte-jupe, bouffante aussi, et ornée de rangs de rubans au-dessus des genoux, et au-dessous une garniture de large dentelle. Le valet d'un gentilhomme à la mode était aussi richement vêtu [1]. »

De bonne heure, il faut le reconnaître, la reine Marie-Henriette de France avait donné l'exemple. Française encore, Française toujours, elle voulut le rester aussi dans sa toilette. « J'ay fait escrire à Pin, dit-elle, en 1630, dans une lettre à son amie, Mme de Saint-Georges, pour savoir de luy s'il vouloit bien revenir en Angleterre, non pour me servir, mais seulement pour faire mes corps de jupe. Je vous prie de parler à Garnier, car c'est à luy que j'ay recommandé d'écrire, et de savoir quelle response il a eue. Aussy je vous prie de dire vous-même à Pin ou luy écrire, que c'est seulement pour mes corps de jupe, au cas qu'il fasse difficulté, seulement s'il veut venir en voyage pour m'en faire un, il peut retourner et me le faire après à Paris, car celuy que vous m'avés envoyé le dernier est si lourd et si épais que je ne l'ay seu mettre. J'ay toujours mon vieux d'il y a deux ans, lequel est si court pour moy et si usé que j'ay grand besoing d'un autre. — Henriette-Marie [2]. » Plus tard, en France, quand un gentilhomme anglais se présente devant elle avec un habit chargé de tout un flot de superbes rubans rouges et jaunes, charitablement elle le fait avertir de sa méprise, parce qu'on ne manquerait pas de se moquer de l'effet criard produit par le rapprochement de ces deux couleurs. Ce n'est pas là la mode de France.

Charles II, une fois rétabli sur le trône d'Angleterre, s'adresse aux Français pour divers produits qu'on lui apporte de Paris [3]. Ses vêtements viennent de France. Le nom de son grand fournisseur nous a été conservé. C'est un certain Claude Sourceau qui a la haute main sur la toilette royale ; c'est lui qui se charge de pourvoir aux besoins de Charles II. Ces notes de tailleur sont restées. En 1661, lord Mansfield, chargé de les acquitter, doit payer à Claude Sourceau et John Allen, tailleurs du roi, un acompte de 2027 livres 19 shillings

1. Fairholt, *Costume in England*, p. 312.
2. Baillon, *Henriette-Marie de France... Lettre à Mme de Saint-Georges*, p. 355.
3. *Calendar of State Papers*, 1661-62, p. 82.

10 pence « pour vêtements faits en France, du 3 juin 1660 au 14 mai 1661 » [1]. Il semble bien que le paiement n'ait pas eu lieu, car, quelque sept mois plus tard, les deux tailleurs de Sa Majesté, par une pétition datée de Hampton-Court, 10 juin 1662, demandent à être payés de cette même somme, « à eux due depuis longtemps pour les costumes du couronnement ». Charles II n'est pas très pressé de s'acquitter de sa dette : c'est seulement six mois après, le 5 décembre 1662, qu'il écrit de son palais de Whitehall à son Lord Trésorier, Southampton, l'invitant à trouver la somme due à Claude Sourceau et John Allen, ses tailleurs, pour les costumes du couronnement : il ajoute d'ailleurs que, depuis cette époque, ils ont déboursé pour lui d'autres sommes et que, pour n'avoir pas été payés, ils en sont réduits au point de ne pouvoir rien lui fournir désormais [2]. La supplique des malheureux tailleurs royaux avait dû être particulièrement émouvante. Néanmoins la longanimité de Sourceau ne semble pas lui avoir gagné la faveur de l'administration royale, car, cette même année, on saisit tout un stock de rubans, de broderies et autres marchandises importées de France sans qu'on ait acquitté les droits de douane et appartenant à Sourceau [3]. Charles II n'aurait pas fait preuve à l'égard de son tailleur, si patient, si humble dans ses réclamations, d'une prodigalité bien coupable, en ordonnant de lever, pour cette fois au moins, les droits de douane, comme cela avait eu lieu pour les panaches venus de France et destinés aux gardes du corps, lors du couronnement [4].

L'exemple donné par la mère de Charles II et par le roi lui-même est vite suivi de tous, surtout au retour de France, lors de la Restauration. La mode française semble si bien implantée à la cour que lorsque la nouvelle reine, l'infante de Portugal, arrive en Angleterre avec la collection de laiderons qu'elle amène avec elle et qui sont, comme elle-même, habillés à la mode portugaise, c'est, de tous côtés, une surprise mêlée de gaieté à peine discrète. Clarendon, dans ses *Mémoires*, nous conte cette arrivée : « On envoya de Portugal avec la Reine un nombreux cortège d'hommes et de femmes les moins

1. *Calendar of State Papers*, 1660-61, p. 120.
2. *Ibid.*, p. 584.
3. *Ibid.*, p. 617.
4. *Ibid.*, p. 565.

capables qu'on eût pu choisir pour instruire la Reine à se plier, autant qu'il était nécessaire à son bonheur, aux nouvelles habitudes que lui imposait sa condition ; les femmes étaient toutes vieilles, laides et orgueilleuses, incapables d'aucune conversation avec des gens de qualité et ayant reçu une éducation libérale. Tous leurs désirs étaient de s'emparer exclusivement de la Reine, et elles avaient si bien conspiré pour y parvenir qu'elles lui avaient persuadé qu'elle ne devait ni apprendre la langue anglaise, ni s'habiller à la mode du pays, ni se départir en rien des coutumes et des modes du sien. Cette résolution, lui avaient-elles dit, importait à la dignité du Portugal et devait amener promptement les dames anglaises à se conformer aux habitudes de Sa Majesté ; et cette idée avait fait sur elle une telle impression que le tailleur qui avait été envoyé en Portugal pour lui faire des habits ne put jamais obtenir d'être admis ni employé ; et quand elle arriva à Portsmouth et qu'elle y trouva plusieurs dames de rang et de la première qualité qui étaient venues au-devant d'elle pour y prendre auprès d'elle les places que leur avait assignées le Roi, elle n'en reçut aucune jusqu'à ce que le Roi fut lui-même arrivé..... On ne put lui persuader de se parer d'aucun des habillemens que le Roi lui avait envoyés et elle continua à se vêtir de ceux qu'elle avait apportés avec elle jusqu'à ce qu'elle eût vu que cela déplaisait au Roi et qu'il voulait être obéi [1]. » Toute sa suite calqua sa conduite sur celle de la Reine. L'impression fut plutôt pénible [2]. Cet accoutrement à la portugaise n'aida pas la nouvelle Reine à entrer dans les bonnes grâces du Roi qui, s'il faut en croire Pepys, dînait et soupait chez sa maîtresse, Lady Castlemaine, le soir même où flambaient les feux de joie en l'honneur de l'arrivée de la Reine [3]. Sans doute Charles II, à la première heure, ou se souciant peu de faire connaître toute sa pensée à Clarendon, écrivait à celui-ci que la physionomie de la reine lui révélait beaucoup de bonté et qu'il serait le meilleur des maris [4] ; mais nous savons aussi que la première impression du roi, en voyant cette petite personne si noire, si plate et si épaisse, avec une dent faisant saillie sur la lèvre inférieure, fut qu'on lui avait

1. Clarendon, *Mémoires*, t. II, p. 420.
2. Burnet, *Hist. de mon temps*, vol. I, p. 391.
3. Pepys, *Diary*, 21 mai 1662.
4. Lister, *Life of Clarendon*, vol. III, p. 197.

amené « une chauve-souris »[1], sans compter les « six monstres qui se disaient filles d'honneur et une duègne, autre monstre qui se portait pour gouvernante de ces rares beautés »[2]. L'élégance et le charme de Catherine de Bragance n'avaient rien de bien inquiétant pour sa rivale : vraiment, il n'y avait pas là de quoi « désarticuler le nez de Mme Castlemaine », comme le dit Pepys avec quelque pittoresque dans l'expression[3]. Les dames portugaises n'eurent guère qu'un succès de curiosité, voire de gaieté, malgré l'accident arrivé bien vite à l'une d'elles et autour duquel le Roi fit faire le silence[4]. Leurs vertugadins parurent au moins étranges et, si de nombreuses dames et personnes de qualité accoururent pour les voir, ce fut, semble-t-il, pour les trouver ridicules, ou, tout au moins, pour répéter avec Pepys: « Je ne vois en elles rien qui plaise[5]. » Pouvait-il en être autrement dans ce milieu brillant où chaque jour les fêtes se succédaient, où les beautés de la cour et les maîtresses du roi faisaient assaut d'élégante coquetterie, où les gentilshommes eux-mêmes se piquaient du meilleur goût dans le choix de leur costume, se désolaient, comme le chevalier de Grammont, en ne recevant pas, en temps utile pour un bal à la cour, le bel habit qui vient de France[6] ? N'est-ce pas vers cette époque aussi que la belle Mme de Cominges, femme de l'ambassadeur français, se faisait admirer à la cour d'Angleterre, au point que le luxe dont elle s'entourait et la splendeur de ses toilettes ne laissaient pas d'inquiéter un peu son mari, obligé ensuite d'excuser ses dépenses auprès de Louis XIV[7] ?

En 1666, il y eut cependant, chez Charles II, comme un accès de mauvaise humeur : il manifesta brusquement quelques velléités d'indépendance et fit mine de dédaigner ce que Dryden, faisant allusion à ces résistances, appelle un peu plus tard « les friperies de France »[8]. Quelle fut la cause de ce revirement, de ce bouleversement passagers dans la mode d'alors? Evelyn déclare que, quelque

1. Masson, *Life of Milton*, vol. VI, p. 229-30.
2. Hamilton, *Mémoires du chevalier de Grammont*, p. 91 (Ed. Jouaust.)
3. Pepys, *Diary*, 31 mai 1662.
4. Pepys, *Diary*, 22 juin, 1662.
5. Id., *ibid.*, 25 mai 1662.
6. Hamilton, *Mémoires du chevalier de Grammont*, p. 118.
7. Jusserand, *A French Ambassador at the Court of Charles II*, p. 228.
8. Dryden, *Epilogue to the Wild Gallant*, vol. II, pp. 24, 123. (Ed. W. Scott. Saintsbury.)

temps auparavant, il avait soumis au roi une brochure intitulée *le Tyran ou la Mode* [1], dans laquelle il blâmait la tendance générale à imiter la mode française et profitait de l'occasion pour décrire la grâce et la commodité de la mode persane. Il ne va pas jusqu'à attribuer à sa brochure le changement qui s'opéra dans le goût d'alors, « mais je ne puis, dit-il, m'empêcher de noter que c'est exactement la mode à laquelle maintenant s'habille le roi. » Le *Journal* d'Evelyn est fort connu : sa brochure l'est peu : c'est cependant une des premières protestations, et non des moins vigoureuses, contre l'invasion des modes françaises. « Ce n'est pas une remarque triviale, écrit-il, que lorsqu'une nation peut donner et imposer des lois à une autre nation en ce qui concerne le vêtement, c'est généralement — et il en est de même pour le langage — le signe avant-coureur de conquêtes prochaines... Je n'attribue pas à la légèreté de cette nation de Protée la fréquence de ses métamorphoses, comme beaucoup le lui reprochent, car c'est là son intérêt manifeste. Croyez-le, la mode de France est un de ses meilleurs revenus et emplit autant de ventres qu'elle habille de dos ; autrement, on ne parlerait pas de toutes ces armées que cette seule cité de Londres suffit à équiper, on ne viendrait pas en foule s'accrocher aux oreilles, entourer le cou et prendre la taille élégante de nos belles dames, sous forme de pendants, de colliers, d'éventails et de jupons, y compris tous ces autres colifichets sans lesquels le ciel et la terre ne sauraient subsister... Mais, s'il est très excusable pour les Français de changer leurs modes et de les imposer aux autres pour des raisons connues, ce n'est pas moins une faiblesse et une honte pour le reste du monde de les admettre sans réserve et d'en arriver à ce point de légèreté qu'il faille, sans restriction, subir toutes leurs métamorphoses, et que le monde doive se transformer et jouer la pantomime avec eux quand, par fantaisie, nos « Monsieurs » [2] paraissent sur la scène en joueurs de farces ou en paillasses. On dirait qu'un tailleur français, avec son aune à la main, ressemble à la magicienne Circé, transformant les compagnons d'Ulysse. Une de ces inventions, c'est de porter des vêtements tellement lâches que nous avons toujours l'air d'aller à la garde-robe, pour

---

1. Evelyn, *Diary*, 18 oct. 1666.
2. Un « Monsieur » c'est un Français.

ressembler ensuite à des malfaiteurs cousus dans des sacs .. J'ai vu, l'autre jour, se promener à Westminster Hall un beau monsieur tout en soie et portant tant de rubans qu'on eût dit que six magasins avaient été mis au pillage : il y avait de quoi lancer vingt colporteurs : tout son corps était paré comme un mât de cocagne ou le bonnet d'un pensionnaire de Bedlam [1]. Une frégate au gréement neuf fait moitié moins de bruit au milieu de la tempête que les banderoles de cette marionnette, quand le vent soufflait dans ses oripeaux... » Que mes compatriotes ne s'y trompent pas, ajoute Evelyn. S'ils savaient comme on les berne et quelles modes on leur fait parfois adopter sous prétexte qu'elles viennent de France ! « J'ai connu, je vous assure, une Française fameuse par son habileté ingénieuse : elle m'affirmait que les Anglais la tourmentaient tellement pour avoir la mode et craignaient tellement qu'elle ne leur eût point apporté les dernières créations que, chaque mois, pour calmer ses clients, elle inventait de sa tête de nouvelles fantaisies qu'on n'avait jamais portées en France. » Il faut en finir, reprend Evelyn, et en voici le moyen : « Il y a un certain *honestus in observatione decori* qui, une fois trouvé, contribuerait davantage à notre réputation que notre soumission servile aux autres nations, et quand Sa Majesté fixera un modèle pour la Cour, on n'aura pas besoin de lois somptuaires pour réprimer et réformer le luxe qu'on condamne tant dans nos toilettes. Montaigne nous dit qu'à la mort du roi François, pendant un an, on porta le deuil avec du drap et on en vint à délaisser la soie au point que si, de longtemps, quelqu'un en avait porté, on l'eût pris pour un pédant ou un saltimbanque. Certainement, si les grands d'Angleterre voulaient seulement avouer leur pays d'origine et s'affirmer, comme ils devraient le faire, par le choix d'une mode virile et élégante, sans aller aux extrêmes, et s'y tenir désormais, cela nous vaudrait une tout autre réputation que celle que nous avons, maintenant qu'il n'y a rien de fixe et que la liberté est si excessive... Qu'avons-nous affaire à ces papillons étrangers ? Pour l'amour de Dieu, que ce soit nous qui trouvions ce changement sans l'emprunter aux autres ; pourquoi, en effet, devrais-je danser au son du flageolet d'un Monsieur, alors que j'ai pour mes concerts tout un orchestre de violes anglaises ?

1. Bedlam est le Charenton de l'Angleterre.

Nous n'avons besoin des inventions françaises, ni pour la scène, ni
pour notre dos : nous avons pour nos vêtements des étoffes meilleures, s'ils ont des tailleurs meilleurs que les nôtres. Il est étrange
qu'on en vienne à s'estimer d'après une espèce de malheureux, dont
il faut *neuf* spécimens pour faire *un seul homme* ! J'espère voir le jour
où tout cela sera modifié et où le monde entier recevra le mot d'ordre de notre très illustre Prince et de ses Grands... Que de milliers
de bras seraient ainsi employés ! quelle gloire pour notre Prince de
contempler tous ses sujets habillés des produits de son pays, son
peuple partout enrichi, alors que l'argent, actuellement dépensé en
dentelle et en point ou en importations de soies étrangères, serait par
là même épargné et que la nation tout entière s'unirait au cœur de
son souverain, son père indulgent et prévoyant... » Après cet appel
enthousiaste, Evelyn précise le genre du nouveau costume : il entre
dans les détails et s'en prend surtout à l'extravagance du pantalon
bouffant qui est, dit-il, du « genre hermaphrodite et d'aucun sexe ».
Il ne manque rien à son plan de réforme, pas même la flatterie pour
le faire adopter. « Autour d'Alexandre le Grand on portait le cou de
travers, parce qu'il l'avait lui-même de côté, et quand son père Philippe se mit un bandeau sur le front à cause d'une blessure reçue, la
cour ne parut plus sans un bandeau semblable jusqu'à ce que la guérison fût complète ; nous avons un prince dont la tournure est élégante et parfaite jusqu'à l'admiration... ; aussi, de tous les princes
de l'Europe, il est le mieux capable de servir maintenant de modèle à
la mode que nous attendons, non seulement pour sa propre nation,
mais aussi pour le monde entier [1]. »

Charles II n'avait qu'à céder. Aussi, soit parce qu'Evelyn, en
somme, parlait le langage de la raison, soit pour tout autre motif :
versatilité d'humeur, désir de nouveauté ou bouderie contre la France,
le roi déclara en plein Conseil qu' « il était décidé à inaugurer pour
les vêtements une mode nouvelle dont il ne se départirait jamais » [2].
Les courtisans, qui savaient ce qu'il fallait penser de la continuité
de vues et de l'esprit de suite de Charles II, ne purent s'empêcher de

---

1. Evelyn, *Memoirs illustrative of the life and writings of John Evelyn (Tyran-
nus or the Mode)*, vol. II, p. 323 et seq.
2. Pepys, *Diary*, 8 oct. 1666.

sourire. Quelques-uns allèrent même jusqu'à parier une somme d'or avec le roi qu'il ne persisterait pas dans sa résolution [1].

Mais quelle sera cette mode nouvelle qui va abolir la mode française ? Précisément celle dont Evelyn s'est fait le promoteur peu auparavant. Dans l'entourage du roi, sans perdre de temps, on s'apprête à revêtir le costume à la persane. Le 13 octobre 1666, Pepys assiste à la toilette du duc d'York, à Whitehall, il le voit essayer sa « veste » à la mode royale, car c'est le lundi suivant que le duc et la cour entière doivent définitivement arborer la mode nouvelle. Le 15, Pepys ajoute : « C'est aujourd'hui que le roi commence à mettre sa « veste » ; j'ai vu aussi plusieurs personnages de la chambre des Lords et de la chambre des Communes, de hauts courtisans, qui la portent : c'est une longue casaque, enserrant le corps, faite de drap noir découpé sur transparent de soie blanche ; par-dessus, un vêtement vague : les jambes sont garnies de flots de rubans, on dirait des pattes de pigeon : somme toute, je désire que le roi s'y tienne, car c'est un costume fort beau et très élégant » [2]. L'opinion de Pepys est faite : en homme élégant, autant qu'en bon courtisan, il commande lui aussi sa « veste » persane ; et, certes, il est quelque peu en retard, car dès le 17 octobre on ne voit que « vestes » à la cour de Charles II, et nous sommes au 4 novembre. Aussi, ce n'est pas sans impatience que Pepys attend son tailleur. Pepys fera bien de ne pas se presser trop ; en tout cas, cette première tunique pourrait bien lui suffire, car voici Lord Saint-Albans qui a déjà déclaré qu'il ne veut pas du transparent blanc, le noir lui suffira ; le roi prétend également que ce noir, découpé sur du blanc, les fait tous ressembler à des pies. Et le transparent de soie blanche disparaît, puisque le roi commande un costume de velours noir [3]. Déjà donc les modifications s'annoncent comme prochaines.

Du côté féminin, même désir de nouveauté : le vêtement va devenir plus court ; on verra les pieds des dames, la reine y tient beaucoup [4]. Et il n'y a guère plus d'un mois que le grand incendie de Londres a consumé la ville ! les ruines sont encore toutes

1. Evelyn, *Diary*, 18 oct. 1666.
2. Pepys et Evelyn ne sont pas tout à fait d'accord sur cette date. D'après Pepys, le roi se serait vêtu à la mode persane, pour la première fois, le 15 octobre 1666 ; ce ne serait que le 18 du même mois, au dire d'Evelyn.
3. Pepys, *Diary*, 17 oct. 1666.
4. Pepys, *Diary*, 20 oct. 1666.

fumantes, et c'est à peine si la peste cesse de faire rage [1] ! De telles
calamités ne suffisent pas à faire réfléchir ce roi essentiellement léger,
cette cour terriblement frivole. On songe au plaisir quand les maisons croulent, on discute la mode d'aujourd'hui et de demain quand
le chariot funèbre passe dans la rue et qu'on y jette pêle-mêle les cadavres des pestiférés ! C'est partout l'insouciance absolue.

Quelle surprise apportera le lendemain? Nul n'en a cure. Tout
lasse et tout passe, la mode comme le reste, la longue traîne des
dames et la tunique persane des gentilshommes. « Ce costume, dit
Evelyn, était gracieux et viril, c'était trop pour durer ; il nous était
impossible de nous défaire pour tout de bon des frivolités des « Monsieurs [2] ». Pepys n'a pas le temps d'user son nouveau costume,
qu'il est déjà presque ridicule. Le roi de France n'a-t-il pas eu l'audace inconvenante, pour se moquer du roi d'Angleterre et de ses
modes nouvelles, d'ordonner à ses laquais d'endosser la tunique
persane et le surtout polonais ! La noblesse de France elle-même ne
va-t-elle pas suivre l'exemple royal ! C'est une dérision, un affront !
Vit-on jamais raillerie plus ingénieuse, mais en même temps plus
blessante [3] ? C'en était à peu près fait de la mode persane. L'arrivée
d'Henriette d'Angleterre en causa la déroute définitive. « Vers cette
époque, dit Lord Hallifax dans *le Caractère d'un Trimmer*, une humeur générale opposée à la France nous avait fait rejeter ses modes et
revêtir des tuniques pour avoir davantage l'air d'une nation distincte
et n'être pas soumis à une imitation servile... La France ne fut pas
satisfaite de ce commencement de mauvaises dispositions, ou tout
au moins d'émulation, songeant avec raison qu'en commençant par
faire des autres peuples ses singes, il est possible ensuite d'en faire
des esclaves. On pensa que parmi les instructions de Madame il y
avait celle de nous faire renoncer à nos tuniques en les tournant en
ridicule : elle s'en acquitta si bien qu'en peu de temps, semblables à
autant de laquais ayant quitté la livrée de leur maître, nous la repre-
nions et rentrions à son service [4]. » Cette livrée, quelque humi-
liante qu'elle fût, on la porta longtemps encore, car tout gentil-

---

1. Evelyn, *Diary*, 2 sept. 1666, 28 oct. 1666.
2. Id., *ibid.*, 30 oct. 1666.
3. Pepys, *Diary*, 22 nov. 1666.
4. Dennis, *Select works*, vol. 1, p. 413.

homme, toute dame de qualité devaient s'habiller à la française.

Sans doute les poètes comiques raillaient le goût public, mais leurs boutades étaient sans portée. On riait volontiers de leurs créations satiriques, de tous les fats et petits-maîtres qu'ils mettaient en scène ; mais on était et l'on restait convaincu que l'élégance dans le costume était surtout une qualité française. Aussi quel succès pour Mlle d'Epingle ! une Française ! « Sachez, dit Trim, qu'elle est habillée à la toute dernière mode française. Sa toilette est le modèle de leurs costumes, comme elle est elle-même celui de leurs manières ; mais vous allez la voir. » Et Mlle d'Epingle fait son entrée : elle s'incline avec grâce : « *Votre servante*, Messieurs, dit-elle avec un sourire, *votre servante* ! — Je vous jure, répond Campley, que je n'ai jamais rien vu d'aussi seyant que votre toilette ; mais voudriez-vous m'accorder la faveur de condescendre à ce que Trim vous fasse faire une fois le tour de la chambre, pour que je puisse admirer l'élégance de votre costume ? » Mlle d'Epingle, flattée, se laisse volontiers conduire, et Campley, cette fois au comble d'un ravissement partagé de tous : « Oh ! Madame ! s'écrie-t-il, votre air ! l'abandon, le dégagé de vos manières ! Quelle délicatesse chez votre noble nation ! Je jure que seuls ces lourdauds de Hollande et d'Angleterre voudraient résister à des conquérants si bien policés. Quand verra-t-on une Anglaise ainsi habillée ? » Mlle d'Epingle ne se tient pas de joie et, très volontiers, en coquette achevée, s'essaie à la raillerie en un anglais fortement prononcé à la française: « Les Anglais ! pauvres barbares ! pauvres sauvages ! ils ne savent, en fait de toilette, que couvrir leur nudité, dit-elle en glissant, légère, le long de la pièce; ils sont vêtus, mais non habillés [1]. »

Et ce bon goût, cette élégance des manières, qu'on ne songe pas à les acquérir ailleurs qu'en France. « Rien n'est aussi ridicule que d'imiter l'inimitable, déclare Fainlove. — Vraiment, comme vous le dites, reprend son interlocutrice, l'allure française, pas plus que la langue, ne peut s'acquérir sans aller en France [2]. » Qu'on ne s'essaie donc pas, sans un séjour préalable, à cette imitation des manières françaises ; on y est gauche toujours, et souvent ridicule. Il

1. Steele, *The Funeral ; or, Grief A-la-Mode*, III, 1.
2. Steele, *The Tender Husband*, III. 1.

n'est même pas très sûr, s'il faut en croire les deux Espagnoles de Dryden, qu'on y parvienne jamais entièrement, car si ces « sauvages d'Anglais sont des animaux du nord qui apprennent leurs faits et gestes au pays des Monsieurs », s'ils sont Français dans leur costume, leurs singeries leur vont fort mal et le monde entier rit de leur maladresse [1].

Hors de Londres l'imitation est aussi fréquente que maladroite ; cependant il se trouve quelques provinciaux de marque, esprits simples et cœurs droits qui, de leur mieux, résistent à cette invasion de la mode nouvelle, aux bagatelles venues de France, *French Kickshaws* [2], comme on dit dans le style du temps. Aussi, de quel air dégagé les élégantes, nous allions dire les précieuses d'alors, parlent-elles, dès la première heure, de ces « provinciales passant leurs soirées auprès de Mère Lunette, la femme du pasteur, qui se répand en invectives contre la mode de se friser et de se teindre les joues, qui tord le nez avec impatience sur l'huile de jasmin et croit que la poudre de Paris est plus profane que les cendres d'un martyr de Rome ». Et leurs danses, « dans des salons étroits avec un seul violon qui criaille des airs comme un porc qui se sauve », sont-elles assez démodées, assez ridicules [3] ! Mais, si les provinciaux se refusent à adopter les modes nouvelles, sont-ils aussi blâmables qu'ils le paraissent aux élégants de la capitale, et ceux-ci n'ont-ils pas leur part de responsabilité dans le ridicule qu'ils reprochent à leurs compatriotes ? Longtemps après, en effet, nous voyons le *Spectateur* enregistrer la plainte d'un certain Jack Modish, navré de s'apercevoir que les Londoniens en font accroire aux provinciaux et leur donnent, comme modes authentiques, ce qui n'est plus à la mode, ou même ce qui ne l'a jamais été. Aussi, n'est-ce pas une proposition inopportune que celle faite par Budgell, demandant qu'une société soit établie et chargée de contrôler l'authenticité des modes venues de Londres. Ce serait un moyen peut-être de mettre fin aux supercheries dont souffrent nombre de gens de province [4]. Will Honeycomb, si au

1. Dryden, *An Evening's Love*, I, 2.

2. Fairholt, *Costume in England*, p. 314. *Kickshaws*, par sa prononciation, rappelle le mot *queqchoses*, et servait à désigner ces colifichets venus de France.

3. D'Avenant, *The Wits*, II, 1 (Dramatists of the Restoration). Ed. Paterson.

4. Addison, *The Spectator*, n° 175.

courant des modes françaises, parlant londoniennes, serait, par droit de compétence, le président, à l'avance désigné, de cette société. Quant aux Londoniens eux-mêmes, n'est-il pas amusant de les voir sans cesse tourner les yeux vers Douvres et s'enquérir, dès que le courrier arrive, quelles sont les dernières nouveautés de Paris? L'histoire de la poupée modèle qui doit venir de France, et qui n'arrive pas, est assez drôle pour être transcrite tout au long : « Je n'ai pas besoin, je pense, lit-on dans le *Spectateur*, d'informer la partie distinguée de mes lecteurs qu'avant l'interruption malheureuse, par la guerre, de nos relations avec la France, nos dames recevaient de là toutes leurs modes : les modistes prenaient soin de leur en fournir le modèle au moyen d'une poupée articulée qui arrivait ici régulièrement une fois par mois, habillée à la façon des beautés les plus célèbres de Paris.

« Je sais de source sûre que, même au plus fort de la guerre, le beau sexe fit bien des efforts et réunit d'importantes souscriptions pour obtenir l'importation de cette mademoiselle en bois.

« Le vaisseau équipé se perdit-il ou fut-il pris, sa cargaison fut-elle saisie par les fonctionnaires de la douane comme marchandises de contrebande, je ne suis pas encore arrivé à le savoir ; il est sûr, néanmoins, que ces premières tentatives furent sans succès, à la grande déception de tous les milieux féminins ; mais comme la persévérance de ces dames et leur zèle, dans une question d'une aussi grande importance, ne peuvent jamais être assez loués, je suis heureux d'apprendre que, malgré toute opposition, elles sont enfin arrivées à leur but, et c'est ce dont j'ai été avisé par les deux lettres suivantes :

« Monsieur le Spectateur,

« Je suis si passionnément amoureuse de tout ce qui est français, que j'ai dernièrement éconduit un humble admirateur parce qu'il ne parlait pas cette langue et qu'il ne buvait pas de bordeaux. J'ai longtemps déploré en secret les malheurs de mon sexe durant la guerre, car, pendant tout ce temps, nous avons souffert des créations insupportables des couturières anglaises qui parfois savent copier assez bien, mais ne peuvent jamais rien créer avec ce goût que l'on a en France.

« Je désespérais presque de jamais voir un modèle de ce cher pays, quand dimanche dernier, à l'église, dans le banc près de moi, une dame me dit tout bas qu'aux Sept Etoiles, dans King Street, Covent Garden, il y avait une mademoiselle en grande toilette qui venait d'arriver de Paris.

« Je brûlai d'impatience pendant le reste de l'office et, aussitôt qu'il fut terminé, m'étant fait donner l'adresse de la modiste, je me rendis directement chez elle dans King Street ; mais on me dit que cette dame française était chez une personne de qualité, dans Pall-Mall, et ne rentrerait que très tard ce soir-là. Aussi, j'ai dû renouveler ma visite, à la première heure, ce matin, et j'ai pu contempler à mon aise cette chère mignonne de la tête aux pieds.

« Vous ne sauriez croire, digne Monsieur, comme nous avons été, selon moi, ridiculement troussées pendant la guerre et combien une toilette française est infiniment plus belle que les nôtres.

« La mante n'a pas de plombs dans les manches et j'espère que nous ne sommes pas plus légères que les Françaises pour avoir besoin de ce genre de lest ; le jupon n'a pas de baleines, mais se tient d'un air tout à fait galant et *dégagé* : la coiffure est jolie au delà de toute expression ; bref, le costume entier a mille beautés que je ne voudrais pas encore voir trop connues du public.

« J'ai cru bon, cependant, de vous informer de ceci pour que vous ne soyez pas surpris de me voir paraître *à la mode de Paris* à la soirée du prochain anniversaire de naissance.

« Je suis, Monsieur, votre humble servante.

« TÉRAMINTE. »


« Une heure après avoir lu cette lettre, j'en recevais une autre de la propriétaire de la poupée :


« Monsieur,

« Samedi dernier, 12 courant, est arrivée chez moi, King Street, Covent Garden, une poupée française pour l'année 1712. J'ai veillé avec le plus grand soin à ce qu'elle fût habillée par les plus célèbres coiffeuses et couturières de Paris, et je vois que je n'ai aucune raison de me repentir des dépenses que j'ai faites pour ses vêtements et pour les frais d'importation ; cependant, comme je ne connais personne qui puisse mieux que vous juger d'une toilette, s'il vous plaisait de passer chez moi en vous rendant dans la Cité et de l'examiner, je vous promets de retoucher tout ce que vous blâmerez dans votre prochain numéro, avant de l'exposer comme modèle pour le public.

« Je suis, Monsieur,

« Votre très humble admiratrice et votre obéissante servante.

« ELISABETH POINT-CROISÉ. »


« Comme je suis disposé à faire tout ce qui est raisonnable pour être utile à mes compatriotes et que je préfère prévenir les fautes que les découvrir, je me suis rendu hier soir chez ladite M^{me} Point-Croisé. Aussitôt entré, la demoiselle de magasin, prévenue sans doute de mon arrivée, sans me poser aucune question, m'a présenté à la petite Mademoiselle et s'est sauvée appeler sa maîtresse.

« La poupée portait une robe couleur cerise et un jupon, et par-dessus, un court tablier de travail qui laissait apercevoir sa taille et la faisait valoir. Ses cheveux étaient coupés et séparés très gentiment par de petits rubans piqués de tous côtés. La modiste m'a affirmé que son teint était celui de toutes les dames de la plus haute élégance de Paris. Elle portait la tête extrêmement haute, et comme sur ce point j'ai dit depuis longtemps mon sentiment, je n'y ajouterai rien pour le moment. J'ai été choqué aussi par une petite mouche qu'elle portait sur le sein et que je ne puis supposer y avoir été placée dans un but bien louable.

« Son collier était d'une longueur extraordinaire et était fermé devant de telle façon que les deux bouts retombaient jusqu'à la ceinture ; ceux-ci remplacent-ils, au pays de nos ennemis, les « embrassez-moi, jeune homme », et les Anglaises ont-elles l'occasion de les utiliser ? je laisse cela à leurs sérieuses réflexions.

« Après avoir observé les détails de cette toilette, et comme je jetais un coup d'œil sur l'ensemble, la demoiselle de magasin, une gaillarde assez futée, me dit que la *mademoiselle* avait quelque chose de très curieux dans sa façon d'attacher ses jarretières ; mais, comme j'ai tout le respect voulu même pour une paire de baguettes, quand elles sont sous des jupons, je n'ai pas examiné de près ce détail.

Somme toute, j'ai été assez satisfait de l'aspect de cette joyeuse demoiselle ; et cela d'autant plus qu'elle n'était pas bavarde, qualité qui se rencontre très rarement chez le reste de ses compatriotes.

« Comme je prenais congé d'elle, la modiste m'a informé en outre qu'avec l'aide d'un horloger, son voisin, et d'un ingénieux montreur de marionnettes, elle avait imaginé une autre poupée qui, grâce à plusieurs petits ressorts qu'on remonterait intérieurement, pourrait remuer tous les membres, et qu'elle l'avait envoyée à son correspondant à Paris pour y apprendre les différentes façons d'incliner et de baisser la tête, de gonfler le sein, de faire la révérence et de se relever, de marcher d'un pas léger et distingué, d'une allure fière et agréable, comme on le fait actuellement à la cour de France.

« Elle a ajouté qu'elle espérait pouvoir compter sur mon approbation dès que la poupée serait revenue ; mais, comme c'était là une question d'une trop grande importance pour lui donner une réponse immédiate, je l'ai quittée sans répliquer et me suis dirigé de mon mieux vers la demeure de Will Honeycomb, sans l'avis duquel je ne fais jamais au public aucune communication de ce genre [1]. »


## II


Le calque des modes françaises fut, dès le premier jour, très fidèle et tout à fait général. Le grand chapeau à très larges bords, si coquettement porté par Henriette d'Angleterre, lors de son voyage auprès de son frère Charles II, fit aussitôt sensation. L'affriolante Nell Gwyn s'en empara et vint sur la scène, coiffée du chapeau Marie-Henriette, réciter le prologue d'une pièce de théâtre à succès [2]. C'est même grâce à ce chapeau, dont elle avait exagéré la grandeur des bords, que la vendeuse d'oranges, devenue actrice, attira pour la première fois l'attention de son royal amant, s'il faut en croire la légende. Simple moquerie ! dira-t-on. Soit, mais, en tout cas, la moquerie ne porta pas, car nous savons qu'en 1675 on rejeta avec le même mépris « les vêtements simples, les chapeaux anglais, la dentelle au

---

1. Addison, *The Spectator*, n° 277. L'*Essai* n'est pas d'Addison, mais de Budgell, son collaborateur.

2. Dryden, *The Conquest of Granada* (Prologue), vol. IV, p. 32.

fuseau et le haut-de-chausses en laine » [1] ; et au commencement même du xviiie siècle un correspondant du *Spectateur* écrivait, comme pour signaler quelque astre nouveau apparu dans le ciel : « J'ai vu récemment des chapeaux français d'une dimension prodigieuse passer en vue de mon observatoire » [2].

Les longues perruques ne tardèrent pas à faire leur apparition après le retour de Charles II. Les « têtes rondes » s'y prêtèrent d'autant plus volontiers que c'était là un moyen, non dépourvu d'élégance, de cacher des principes aussi rigides que parfaitement démodés : les puritains, à la tête jadis à peu près rasée, étaient assez confus de se voir avec des cheveux trop courts, rappelant le passé, au milieu des cavaliers à la chevelure flottante. Ceux-ci eux-mêmes, entraînés par l'exemple et surtout par la mode, ne tardèrent pas à sacrifier leurs boucles soyeuses pour porter la perruque [3]. Le mot et la chose, toutefois, ne datent pas seulement de la Restauration. Depuis un siècle au moins les termes *peruke* et *periwig* étaient connus en Angleterre [4]. Dans les *Satires* de Hall nous avons le portrait d'un courtisan dont un coup de vent a enlevé la perruque, alors qu'il faisait une révérence : une épigramme de Hayman, une autre de Harrington, aux premières années du xviie siècle, témoignent de l'existence des perruques que l'on ridiculisait déjà [5]. Il faut remonter plus haut si l'on veut retrouver, même par à peu près, l'origine des perruques en Angleterre. D'après Stowe, elles y auraient été introduites vers l'époque du massacre de la Saint-Barthélemy (1572) ; cependant, dès la première année du règne d'Edouard VI (1547), on trouve, dans une liste d'objets nécessaires aux « masques » et divertissements royaux, la mention de huit perruques d'abord, puis celle de cinq autres perruques [6]. « Les deux sexes en portaient, dit Planché, et, vers 1595, les perruques étaient si bien à la mode qu'il était dangereux pour les enfants de se risquer hors de la vue de leurs parents ou de ceux qui les accompagnaient, car c'était une pratique commune

1. Lee, *Nero* (Prologue).
2. Addison, *The Spectator*, n° 545.
3. Strickland, *Lives of the Queens of England*, Henrietta Maria, vol. VIII, p. 351.
4. Planché, *History of British Costume*, vol. II, p. 240.
5. Warton, *History of English Poetry*, p. 969.
6. Planché, *A Cyclopædia of Costume*, vol. 1, pp. 392, 393.

de les attirer dans quelque endroit écarté et de leur couper les cheveux pour fabriquer de ces ornements... Toutefois, la perruque du
xvi<sup>e</sup> siècle n'était pas autre chose que des faux cheveux, portés par
les hommes et par les femmes, comme cela se fait aujourd'hui, et les
termes de *periwig* et *peruke* s'appliquent à une simple mèche de
cheveux ou à l'ensemble de quelques petites boucles... C'est seulement quand nous arrivons à l'époque de Charles II que nous rencontrons les longues perruques que le crayon et le burin nous ont si
bien fait connaître. » On peut même préciser la date de leur apparition : c'est en 1663 que les gentilshommes à la mode prirent la longue
perruque [1]. Chose curieuse à noter : en Angleterre, comme en
France, la mode des perruques était déjà lancée depuis un certain
temps que ni le roi ni les princes de son entourage ne l'avaient
encore adoptée. Charles II, qui porta la perruque neuf ans avant
Louis XIV, eut, pour s'en parer, une excuse, sinon une raison véritable. Pepys, ce témoin, pour nous si utilement indiscret, de tout
ce qui se passe à la cour, nous fait connaître sans façon que le roi
avait fortement grisonné pendant la maladie de la reine [2]. Louis XIV,
au contraire, avait de beaux cheveux à sacrifier ; il ne voulut pas
consentir à ce sacrifice : il fallut trouver une combinaison lui permettant en même temps de conserver ses cheveux et d'adopter la
mode du temps : de là probablement le retard dans le port de la
perruque. C'est seulement en 1673 que cette heureuse combinaison
fut trouvée. Un contemporain nous décrit l'événement. « Le Roi a
commencé ces jours passez à mettre une perruque entière, au lieu
des tours de cheveux ; mais elle est d'une manière toute nouvelle :
elle s'accommode avec ses cheveux qu'il ne veut point couper, et
qui s'y joignent fort bien, sans qu'on les puisse distinguer. Le
dessus de la tête est si bien fait et si naturel, qu'il n'y a personne
sans exception qui n'y ait été trompé d'abord, et ceux-là même qui
l'avoient suivi tout le jour. Cette perruque n'a aucune tresse, tous les
cheveux sont passez dans la coëffe l'un après l'autre. C'est le frère
de la Reine qui a trouvé cette invention et à qui le Roi en a donné
le privilège, mais on dit que ces perruques coûteront 50 pistolles.

1. Macaulay, *Essays : Comic dramatists of the Restoration* (Longmans), p. 572.
2. Strickland, *Lives of the Queens of England* : Catharine of Braganza, vol. VIII,
p. 351.

Il y a déjà pourtant des gens qui en demandent [1]. » Et cependant,
dès 1647, Saint-Amant se gausse très volontiers de cette

> Teste qu'on oste et serre en un estuy,
> Teste de poil qui, de poudre couverte,
> Assez souvent couvre une teste verte,
> Et couvre encore et laine, et soye, et lin,
> De plus de fleur qu'il n'en sort d'un moulin [2].

Des deux côtés donc ce furent les courtisans qui inaugurèrent le
règne de la perruque et assurèrent son triomphe. Pepys, si friand de
toute élégance nouvelle, ne fut pas le dernier, comme on peut bien le
penser, à adopter la longue perruque flottante. C'est le 29 août qu'il
y songe pour la première fois, mais sans grand désir encore, en tout
cas sans y être absolument décidé [3] : il hésite à un tel point qu'il
en retourne une à son barbier qui la lui avait envoyée, espérant
qu'elle lui plairait [4]. Il n'en portera pas pour l'instant. Pepys veut
encore attendre un peu. Il ne lui faut pas moins de deux mois pour
prendre une résolution définitive : cette fois, c'en est fait : « Je n'en
ai encore jamais porté, dit-il, mais ce sera pour la semaine prochaine, si Dieu le veut », et il commande deux perruques au lieu
d'une : la première lui coûte 3 livres et l'autre 2 livres [5]. Enfin,
c'est le 8 novembre 1663 qu'il fait son entrée en perruque neuve.
Son arrivée ne produit pas la sensation à laquelle il s'attendait, ou
plutôt qu'il redoutait, s'il faut bien l'en croire, car il pensait que
tout le monde, à l'église, allait jeter les yeux sur lui [6]. Le lendemain, il se présente chez le frère du roi, le duc d'York, qui le
trouve tellement changé avec sa perruque qu'il ne le reconnaît
pas [7]. Trois mois plus tard, le duc suivait l'exemple de Pepys et

1. Pellisson, *Lettres historiques*, t. I, p. 395.
Voir dans les *Mémoires* du marquis de Sourches, 29 novembre 1686, p. 460, quel
fut le désespoir de tout son entourage quand Monseigneur se fit couper les cheveux
« parce qu'il n'y en avoit pas au monde de plus beaux... »
2. Saint-Amant, *Epistre diversifiée*, vol. I, p. 426.
Loret, *Muze historique*, vol. II, p. 186, raconte une joyeuse histoire de perruques.
3. Traill, *Social England*, vol. IV, p. 485.
4. Wheatley, *Samuel Pepys and the world he lived in*, p. 207.
5. Pepys, *Diary*, 30 oct. 1663.
6. Id., *ibid.*, 8 nov. 1663.
7. Id., *ibid.*, 9 nov. 1663.

sacrifiait de fort beaux cheveux pour prendre une perruque [1]. Le roi lui-même ne tarda pas à la porter aussi. Pepys le rencontre, en perruque, à Hyde Park : cela ne l'a pas changé du tout [2]. En septembre 1665, notre homme est quelque peu inquiet : il n'ose se risquer à mettre la fort jolie perruque qu'il a achetée il y a quelque temps déjà, car à l'époque où il a fait cette emplette, à Westminster, il y avait la peste. Or, quelle sera la mode quand tout sera fini ? Ne renoncera-t-on pas aux perruques ? Osera-t-on, sans crainte de la contagion, acheter et porter des cheveux coupés peut-être sur la tête des pestiférés ? Inquiétante perplexité qui trouble l'âme d'ordinaire assez calme du bon Pepys ! Cependant les perruques apparaissent de nouveau. Et Pepys est ravi ! Il va chez un perruquier, et, d'un seul coup, il s'offre deux superbes perruques. Elles sont « fort jolies, ma foi, trop belles pour moi, peut-être, écrit-il modestement, mais il m'a décidé, et je les ai achetées en effet pour 4 livres 10 shillings les deux [3] ». Aussi, quelle satisfaction pour lui, ou plutôt quel bonheur, quand, deux jours après, Pepys, en deuil et en perruque neuve, s'aperçoit qu'à l'église il produit un effet superbe [4] !

Les dames elles aussi adoptent la perruque. Plus d'un an avant que son mari se soit décidé à en porter une, M<sup>me</sup> Pepys reçoit la visite de la belle Pierce, qui lui apporte deux perruques, telles que la mode veut alors que les dames les portent : « elles sont jolies, déclare Pepys, et faites avec des cheveux de ma femme, autrement je ne les tolérerais pas [5]. » La reine, cependant, porte les « cheveux à la négligence », et à Whitehall, Pepys aperçoit la charmante Stewart dont les cheveux sont flottants sur les épaules, alors qu'un peintre fait son portrait. Lady Newcastle, elle aussi, aime à porter ses cheveux flottants [6]. La perruque ne s'impose donc pas : on adopte ou on rejette ces boucles de cheveux rapportés, très clairs et presque blancs, qui rendent M<sup>me</sup> Pepys si jolie, au dire de son mari, mais qu'il ne veut pas cependant lui laisser porter, parce que ces cheveux ne sont pas

1. Pepys, *Diary*, 15 févr. 1664.
2. Id., *ibid.*, 18 avril 1664.
3. Id., *ibid.*, 29 mars 1667.
4. Id., *ibid.*, 31 mars 1667.
5. Id., *ibid.*, 24 mars 1662.
6. Id., *ibid*, 13 juillet 1663 ; 15 juillet 1664 ; 26 avril 1667.

à elle : ces postiches le choquent au dernier point [1]. S'y habitue-
t-il à la fin, en voyant les dames d'honneur se promener ainsi coiffées
dans les galeries de Whitehall [2], ou cède-t-il, de guerre lasse, devant
l'insistance de sa femme ? Nous l'ignorons ; mais nous savons que les
vues de M^me Pepys finissent par triompher, au moins par une soirée
de distractions joyeuses, car, ce soir-là, elle et deux de ses amies
prennent plaisir à porter une perruque [3]. Et, d'ailleurs, pourquoi
toutes ces résistances ? Cette quantité de boucles soyeuses, adoucissant les traits et mettant autour du visage une auréole claire, devaient
être du plus heureux effet en ajoutant au visage cette grâce enjouée
et mutine qui faisait le charme de la jolie Stewart ou de la sémillante
Miss Jennings [4]. Les beautés de la cour le comprirent bien vite, et
l'intraitable Pepys dut à la fin, lui-même, cesser de protester, puisque, comme il le dit, « c'était la mode » [5]. Oui, c'était bien la mode,
et cette mode des perruques longues pour les gentilshommes et des
boucles pour les dames finit par sévir de tous côtés et dans toutes
les classes de la société [6]. Le clergé même ne sut résister à ces artifices capillaires que l'on peut encore apercevoir de nos jours, bien
écourtés cependant, sur la tête des juges et des avocats dans l'enceinte des Law Courts. Un jour Nathaniel Vincent, docteur en divinité et chapelain du roi, en vint jusqu'à prêcher ainsi devant lui à
Newmarket : il portait la longue perruque alors à la mode chez les
gentilshommes. Charles II en fut offusqué au point de demander au
duc de Monmouth, chancelier de Cambridge, de veiller à ce que désormais les lois concernant la décence du costume fussent observées.
C'est assez dire quelles devaient être les dimensions de la perruque
du prédicateur [7]. Les perruques « à la Chedreux » — du nom de leur
fabricant — furent surtout à la mode [8]. « Comment va ma chedreux ? disait-on alors. — Oh, admirablement, avec les boucles

1. Pepys, *Diary*, 13 mars 1664-5.
2. Id., *ibid.*, 11 juin 1666.
3. Id., *ibid.*, 14 août 1666.
4. Jusserand, *A French Ambassador...*, p. 152.
5. Pepys, *Diary*, 4 février 1666-67
6. Lady of Rank, *The book of Costume*, p. 125.
7. Fairholt, *Costume in England*, p. 327.
8. Dryden, *All for love* (Préface), vol. V, p. 331.
   Otway, *Friendship in Fashion*, V, 1.

peignées et tombantes, comme celles d'une sirène sur une enseigne [1]. » En Angleterre maintenant, comme en France jadis, ce fut
la suprême élégance pour les courtisans, « à la tête si petite sous des
perruques si grandes », d'aller et venir, se promenant, dans l'Allée des
Petits-Maîtres, un peigne à la main, peignant leurs vastes perruques [2]. Au théâtre, dans tous les endroits fréquentés du public,
même habitude chez les élégants de l'époque. Ce n'était point un
peigne minuscule, facile à déguiser, dont ils se servaient, mais de
très grands peignes en ivoire ou en écaille, qu'ils portaient constamment sur eux, curieusement ciselés et ornés de pierres précieuses [3].
Sur le Mail et dans les loges, au théâtre, les gentilshommes causaient
et peignaient leur perruque frisée dont le parfum embaumait l'air [4] :
c'était le premier exercice auquel devait s'habituer pour le pratiquer
avec grâce quiconque voulait passer pour un *galant* ou un bel esprit.
La pratique n'en est, d'ailleurs, pas très aisée : il y faut certainement
un assez long apprentissage. Le *galant* s'incline pour saluer : « d'une
secousse il ramène tous ses cheveux en avant, puis d'un air solennel
il les rejette en arrière et se relève en se secouant comme un cani-
che [5] ». Pour parvenir à la perfection dans l'art de saluer, il faut,
par une longue pratique, arriver d'abord à saisir le mouvement de
tête nécessaire pour rejeter avec grâce sa perruque en arrière, puis
savoir exécuter le long salut incliné à la française, le « French wal-
low », comme l'appelle Dryden avec ironie. Or, ce n'est pas dès le
premier essai que tout cela s'acquiert.

Non seulement la mode des perruques fut de longue durée, car en
1700 « un *beau* ne peut pas plus se passer de perruque, dans une
loge de côté, qu'une pièce de théâtre ne peut exister sans une dédicace » [6], mais « elles continuèrent d'augmenter de dimensions jus-

1. Dryden, *Limberham*, II, 2, vol. VI, p. 32.
2. D'Avenant, *The Man's the Master* (The Epilogue), vol. V, p. 107.
Saint-Amant, *Epistre diversifiée*, vol. I, p. 426.
3. Planché, *Cyclopædia...*, p. 393.
4. Dryden, *Love Triumphant* (Dedication), vol. VIII, p. 376. — *Conquest of
Granada* (2e part.), Prologue, vol. IV, p. 121.
Wycherley, *Love in a Wood*, III, 3.
Lee, *Alexander* (Epilogue), vol. III, p. 215 (Ed. 1734).
5. Etheredge, *The Man of Mode* (Epilogue by Dryden), p. 374. Ed. Verity.
6. Boyer, *Achilles or Iphigenia in Aulis* (Dedication).

que vers le milieu du siècle dernier. Tom Brown, décrivant un *beau*
de son temps, dit : « sa perruque aurait été assez lourde pour charger un chameau » [1]. Plusieurs variétés de perruques furent cependant introduites avant cette époque ; on les appela « perruques de
voyage », « perruques de campagne ». C'est ainsi qu'en 1727 on
porte la petite perruque, et Lord Bolingbroke fut un des premiers à
adopter la nouvelle mode française des « perruques à la Ramilly » [2].
C'est de cette petite perruque que le Français Guernier, illustrant
l'édition de Pope des œuvres de Shakespeare, coiffe le fameux Falstaff, par un joyeux anachronisme [3]. Il est bien vraisemblable qu'Addison fut pour quelque chose dans ce changement de mode, qui resta
française pourtant. Son humour, aussi aimable et doux que fin et
pénétrant, porta sur tous les ridicules de son temps, et l'extravagance de la coiffure, chez les hommes surtout, n'était pas des moindres. Il imagine quatre rois indiens visitant Londres. On devine
leur surprise en apercevant les gentilshommes anglais en vastes perruques, et voici comment ils manifestent leur étonnement : « Au lieu
de ces plumes magnifiques dont nous nous ornons la tête, ils achètent
souvent un tas énorme de cheveux qui leur couvrent la tête et retombent derrière en large toison, plus bas que le milieu du dos, et,
avec cela, ils vont et viennent par les rues d'un air aussi triomphant
que si ces cheveux étaient de leur propre cru [4] ». Addison prodigue
ailleurs les appels à la raison, au bon sens de ses compatriotes, démontrant que tout ornement inutile ne fait que détruire la symétrie
du corps humain [5]. Est-il étonnant, après cela, si les coiffures « à la
Fontange », introduites de France en Angleterre, s'abaissent maintenant [6], si les « commodes » s'écroulent [7] et si les perruques, d'abord réduites, s'envolent tout à fait, alors que, quelques années auparavant, maint élégant, privé de sa perruque, se fût écrié, tout comme
Chapelain décoiffé :

1. Planché, *Cyclopædia...*, p. 394.
2. Pope, *Works*, vol. III, p. 460, note (éd. Elwin, Courthope).
3. D'Avenant, *Macbeth* (Préface de l'édit.), vol. V, p. 308.
4. Addison, *The Spectator*, n° 50.
5. Id., *ibid.*, n° 98.
6. Id., *ibid.*, n° 98.
7. Crowne, *The married Beau*, I, 1.

> O rage ! ô désespoir ! ô perruque ma mie !
> N'as-tu donc tant vécu que pour cette infamie [1] ?

Outre ces perruques longues et tombantes qui donnaient peut-être aux hommes un peu de cette dignité assez généralement absente de la cour de Charles II, les mouches, sur la joue ou sur le front des femmes, témoignèrent chez celles-ci d'une frivolité non moins extravagante. Depuis Henri IV, en France, « on se mettait des mouches de la largeur d'un écu, ou bien des découpures de taffetas noir qui simulaient les ramifications des veines temporales. Certains emplâtres, ordonnés contre les maux de tête, avaient donné l'idée de ces enjolivements » [2]. A l'époque de Richelieu, on continua de se mettre des mouches, et, « par une recherche bizarre, le taffetas qui servait à les faire était souvent découpé en croissants de lune, en étoiles, en figures de fleurs ou même de bêtes et de personnages, de sorte que le visage donnait une véritable représentation d'ombres chinoises ». Les jeunes gens eux-mêmes le disputaient aux belles dans l'art de mettre des mouches et arboraient l'emplâtre noir assez grand sur la tempe, ce que l'on appellait l'*enseigne du mal de dents*. « Nous ne saurions faire autrement, répondent-ils aux critiques qui s'en étonnent, que de suivre l'exemple de celles que nous admirons et que nous adorons [3]. » Les mouches, si fort à la mode en France, passèrent en Angleterre et y furent en grande faveur. C'est environ un demi-siècle plus tard, vers 1640, qu'elles y firent leur apparition, sous le règne de Charles Ier [4]. « Ce serait bien, dit un contemporain, si une seule mouche servait à orner leur visage ; mais il en est qui s'en remplissent la figure et en varient les formes de toutes façons ». Et Bulwer nous montre une élégante de l'époque avec ses mouches sur le front : c'est « une voiture avec un cocher et deux chevaux avec postillons ; des deux côtés de son visage, il y a des croissants de lune : une étoile d'un côté de la bouche, une simple mouche ronde sur le menton ». Ce ne sont pas là des exagérations, ajoute Fairholt, d'autres écrivains en ont parlé aussi : dans *Wit res-*

1. Boileau, *Chapelain décoiffé*, sc. II.
2. Quicherat, *Hist. du Costume en France*, p. 440.
3. Quicherat, *Hist. du Costume*, pp. 470, 478, 500.
4. Planché, *History of British costume*, vol. II, p. 235.

*tored*, poème imprimé en 1658, il est question d'une dame dont « les mouches sont coupées de toutes formes, pour les boutons et pour les cicatrices ; il y a les signes de toutes les planètes errantes et quelques-uns des astres fixes : déjà gommés pour qu'ils puissent tenir, ils n'ont pas besoin d'un autre ciel ». L'auteur de *La voix de Dieu contre la vanité de la toilette* (1683) déclare que ces mouches noires lui rappellent les boutons de la peste ; il lui semble que cette voiture de deuil et ces chevaux tout noirs, s'étalant sur le front des gens, sont là tout prêts pour les emporter vers l'Acheron [1]. On ne vit que mouches, de tous côtés ; « en Angleterre, vieilles et jeunes, fillettes de seize ans et grand'mères aux cheveux gris, se couvrirent le visage de taches noires en forme de soleils, de lunes, d'étoiles, de cœurs, de croix et de losanges ; quelques-unes même en vinrent à ce point d'extravagance qu'elles découpèrent leurs mouches de façon à représenter une voiture et des chevaux » [2]. Ces mouches, qui pouvaient de temps à autre cacher ici ou là quelque irritation de la peau, avaient surtout pour but de faire ressortir, par une opposition de teintes — noir sur blanc — la blancheur de la peau. Cette mode tint bon : sous le règne de la reine Anne elle faisait toujours fureur. « Les mouches n'ont jamais été plus en faveur que sous le règne de la reine Anne, écrit une dame de qualité, et cependant ces *taches noires* ont été sévèrement condamnées par les écrivains du temps, tant français qu'anglais. Un auteur français dit : « L'usage des mouches n'est pas inconnu aux dames Françoises, mais il faut être jeune et jolie. En Angleterre, jeunes, vieilles, belles, laides, tout est *emmouché* jusqu'à la décrépitude ; j'ai plusieurs fois compté quinze mouches et davantage, sur la noire et ridée face d'une vieille de soixante et dix ans. Les Anglaises raffinent ainsi sur nos modes. » D'autres encore nous parlent de ces mouches sous une forme plaisante : « Les femmes ressemblent à des anges, et seraient plus belles que le soleil sans certaines petites taches noires qui paraissent subitement sur leur visage et quelquefois prennent des formes bizarres. J'ai remarqué que ces petits défauts disparaissent très vite ; mais quand ils s'en vont d'un côté de la figure, ils reparaissent très facilement sur un

1. Fairholt. *Costume in England*, p. 303.
2. Lady of Rank, *The book of costume*, p. 130.

autre, car j'ai vu une tache, qui était sur le menton le matin, se trouver l'après-midi sur le front [1]. » L'art de poser une mouche est fort compliqué : c'est ce qu'il y a de plus difficile dans la toilette... une mouche, placée trop bas sur la joue, l'empâte : veut-on vous donner un air calme et posé, une amie — car rien ne vaut une amie sincère et on est mauvais juge de soi-même — tire sa boîte de mouches et vous en met une large sur la tempe, tandis qu'une mouche appliquée tout près de l'œil vous fait loucher aussitôt [2]. Il y a une façon de placer les mouches, selon que le visage est gras ou maigre, long ou ovale. Bien plus, les mouches, d'après la place qu'elles occupent sur le visage, auront un peu plus tard telle ou telle signification politique. Une dame, selon qu'elle porte les mouches du côté droit ou du côté gauche, sera *whig* ou *tory*, et si l'une d'elles les porte indifféremment, tantôt à droite, tantôt à gauche, c'est qu'entre les deux partis elle n'a pas encore fait son choix. Nigrilla est fort ennuyée, parce qu'un maudit bouton sur l'a peau l'a forcée, contre ses opinions, à se mettre une mouche du côté *whig*. On va décidément la prendre pour ce qu'elle n'est pas [3] ! C'est une abdication !

C'est la mode aussi, pour les dames, en 1663, de porter un masque qui leur couvre tout le visage. Lady Mary Cromwell, femme de Lord Falconbridge, est au théâtre : elle a fort bonne mine et porte une jolie toilette ; aussitôt que la salle commence à se remplir, elle met son masque et le garde pendant toute la pièce ; c'est devenu récemment la grande mode pour les dames. Il n'en faut pas davantage à Pepys, qui s'éprend toujours si vite de la dernière nouveauté : Mme Pepys aura son masque ; le voici aussitôt parti aux emplettes [4]. C'est à Covent-Garden, à la Maison Française, chez Mme Charette, qu'il faut aller. Mme Pepys aura donc son masque de chez Mme Charette [5] ! Il ne saurait, d'ailleurs, y avoir une grande hésitation : le masque n'est-il pas accepté à la cour ? Ne danse-t-on pas et ne fait-on pas assaut de toilette avec un masque sur le visage [6] ? Si l'on va au théâtre, il

<hr>

1. Lady of Rank, *The book of costume*, p. 149.
2. Steele, *The lying Lover*, A, III.
3. Addison, *The Spectator*, n° 81,376.
4. Pepys, 12 juin 1663.
5. Id., 27 janvier 1663-64.
6. Id., 4 février 1664-65.

semble être de rigueur. Et comme ce déguisement se prête à de jolies intrigues ! Pepys va voir jouer *The Maid's Tragedy*. Il est tout proche de Ch. Sedley. Deux dames causent avec celui-ci, qui plaisante spirituellement : l'une d'elles garde le masque tout le temps que dure la pièce, et Ch. Sedley, très intrigué, n'arrive pas, quel qu'en soit son désir, à découvrir à qui il a affaire. Pas plus que Pepys du reste, bien que la dame permette au poète d'employer tous les moyens possibles pour découvrir qui elle est, excepté celui de soulever son masque. C'est une « femme vertueuse », croit-il, une personne de qualité. Et l'élégant babillage, les boutades spirituelles de la dame masquée amusent fort Pepys, qui n'a rien entendu de la pièce, dit-il, mais qui est sorti du théâtre fort satisfait quand même de cette agréable rencontre et des remarques fort judicieuses du poète Sedley, tant sur les termes employés par l'auteur que sur la prononciation des acteurs [1]. C'était la coutume, au théâtre, pour les dames, de porter un masque, depuis les plus jeunes jusqu'aux plus âgées. Le masque, d'ailleurs, n'était pas de trop sous le feu roulant des polissonneries, voire des grossièretés, débitées sur la scène et dont regorge tout le théâtre d'alors. « Jadis la mère, avec toute son autorité maternelle, retenait Mademoiselle et l'obligeait toute la journée au travail, et Mademoiselle n'était pas exposée aux cajoleries d'un petit-maître, mais son aiguille travaillait à quelque précieux ouvrage : maintenant vous rencontrez la jeune fille et la mère, allant et venant en voiture de louage, toutes les deux masquées [2]. » On en vint à ce point qu'il fallut, un peu plus tard, l'intervention de la reine Anne pour mettre un terme ou tout au moins, une interruption, à l'usage du masque [3].

Cette habitude, toutefois, ne date pas de la Restauration. Elle remonte à la reine Elisabeth. Marston, Stephen Gosson, voire Ben Jonson, parlent des masques au théâtre. Les « loo-masks » étaient alors déjà connus : c'était là, comme le dit Planché, probablement les demi-masques appelés en français « loups », d'où le terme anglais de « loo-masks » [4]. En France, en effet, l'usage des masques remonte à une époque bien antérieure : c'est au XIVe siècle que le

1. Pepys, 18 février 1666-67.
2. Crowne, *Sir Courtly Nice* (Epilogue), vol. III, p. 354.
3. Genest, *Some Account*, vol. II, p. 297.
4. Planché, *History of British costume*, vol. I, p. 365.

masque parut, d'abord comme travestissement; puis la fréquence des travestissements conduisit à faire entrer le masque dans l'habillement de tous les jours. Sous le règne de Charles IX, le masque était noir, c'était le loup de velours noir. Henri III dormait avec un masque sur le visage et des gants aux mains; les dames de la noblesse et les simples bourgeoises portaient, les unes le masque de velours, les autres une pièce de satin noir, percée de deux trous, qui couvrait une partie du front et les yeux. Sous le règne de Henri IV, le masque n'avait pas été abandonné. A l'époque de Richelieu, les vieilles personnes du beau monde étaient restées fidèles au masque, mais la jeunesse préférait la pièce de crêpe noir sur la face, « pour friponner à travers et paraître plus blanche » Les masques étaient encore à la mode en 1692 [1]. L'antériorité du masque français sur le masque anglais, la parenté des deux mots qui le désignent : *loup* et *loo*, enfin l'habitude pour les Anglais de s'adresser, comme le fit Pepys, pour s'en procurer, aux maisons françaises, tout cela permet bien, à défaut d'un texte précis, de considérer au moins comme vraisemblablement d'origine française l'habitude, en Angleterre, de porter le masque.

Ce ne furent pas seulement les perruques, les mouches et les masques d'importation française qui furent à la mode en Angleterre. Tout objet de toilette envoyé de Paris avait le même succès. Le chevalier de Grammont, fin observateur de toutes les faiblesses féminines, le savait à merveille et se servait adroitement de ce moyen de persuasion qui lui valut maintes fois les bonnes grâces des beautés, peintes par Lily, dont nous admirons encore les portraits dans la collection si connue du château de Hampton-Court. « Les gants parfumés, les miroirs de poche, les étuis garnis, les pâtes d'abricot, les essences et les autres menues denrées d'amour arrivaient de Paris chaque semaine avec quelque nouvel habit pour lui... », et c'était « un vieux valet de chambre, nommé Termes, hardi voleur et menteur encore plus effronté », qui était chargé de veiller à tous les achats, à tous les envois de Paris [2]. La meilleure façon de terminer une brouille entre amants est d'offrir à la boudeuse quelque cadeau venu de France. Qu'une coquette infidèle joue à son adorateur quelque

---

1. Quicherat, *Hist. du costume en France*, pp. 246, 247, 408, 418, 434, 440, 470, 534.

2. Hamilton, *Mémoires du chevalier de Grammont*, p. 100, 108 (éd. Jouaust).

vilain tour : « après six mots aimables, et une fausse larme ou deux,
il faut faire la paix avec un cadeau venu de Chine ou un jupon
français »[1]. Colbert de Croissy, ambassadeur de France à Londres,
quelques années après la Restauration, évolue avec aisance à la cour
de Charles II, dans ce milieu féminin dont les petites brouilles ou les
gros scandales intéressent tant Louis XIV : c'est qu'il sait, au moment
opportun, faire un cadeau agréable : il sème même avec une certaine
profusion toutes les nouveautés, tous les colifichets qui viennent de
France, et on paraît lui en savoir gré. « J'ai distribué, écrit-il, tout ce
que j'avais apporté de France, jusques aux jupes qui estoient pour
l'usage de ma femme. » Veut-il gagner à la cause de Louis XIV la
toute-puissante Castlemaine ? Il ne songe pas, même pour un menu
présent, à quelque bijou, à une emplette quelconque faite en Angleterre ; il s'adresse aussitôt à son frère, le ministre Colbert, et lui demande « un présent de gants, rubans et robes de chambre, ou autres
petits ornements »[2]. S'agit-il d'acheter le bon vouloir de Leyton
qui vient en France faire sa cour au roi ? Celui-ci sait comment il
faut s'y prendre. « Je l'ay régalé d'une bague de 400 pistoles, écrit
Louis XIV. » Et quelques mois plus tard on voit que Leyton, non
moins qu'aux bijoux, est très sensible aux 300 jacobus qu'il reçoit du
roi[3].

Il y a un autre genre de cadeau, également venu de France, qui
opère des merveilles sur l'entourage de Charles II : c'est la « boëte à
portrait ». Louis XIV en fait remettre une de vingt-huit mille livres
tournois à Buckingham, et ce cadeau royal réussit, au moins aussi
bien que l'esprit de Saint-Evremond, à aplanir les difficultés politiques. Arlington reçoit aussi sa « boëte à portrait », et, en plus, une
bague en diamant[4]. C'est maintenant le tour de M$^{me}$ Harvey : une
« boëte » emporterait la place, mais le cadeau, cependant, est un
peu gros. Barillon hésite à faire ce sacrifice. « Je crois absolument
nécessaire, dit il, de retenir M. de Montagu par le moyen de M$^{me}$ Harvey, sa sœur, qui a un grand pouvoir sur son esprit, et dont on peut
tirer beaucoup de services, parce qu'elle est fort agissante  On la

---

1. Ch. Sedley, *Bellamira ; or the Mistris.* A. I, 1, vol. II, page 90 (éd. 1722).
2. *Revue Historique,* art. *Louise de Kéroualle,* par H. Forneron, vol. 28, p. 10.
3. *Ibid.,* p. 14.
4. *Ibid.,* p. 282.

gagnera entièrement par un présent. La boëte destinée pour milord
Holles m'est demeurée entre les mains. Si Votre Majesté juge ce présent trop considérable pour elle, je crois qu'elle ne sera pas si difficile qu'elle ne veuille bien prendre de l'argent, et une somme de
moindre valeur la contentera en lui donnant encore des espérances
pour l'avenir [1]. » Ces hésitations entre la boëte et les jacobus, ce
marchandage enfin, ne sont-ils pas bien amusants ?

Les dentelles et les broderies de France sont aussi en grande faveur : la famille royale, pour son compte, en fait une ample provision,
et, dans ce cas, les droits de douane sont levés à l'entrée en Angleterre [2]. Une Parisienne n'a pas de moyen plus commode pour payer
une dette que d'envoyer, de France, de la soie et des dentelles. Ainsi,
une M^{me} Barbé, de Paris, s'acquitte envers la femme de Sir Samuel
Morland ; et celle-ci, puisque cet envoi n'est que le remboursement
d'une dette, demande, en femme pratique, une autorisation officielle
pour n'avoir pas à solder les droits de douane [3]. Les éventails de
Paris sont les préférés [4]. M^{me} de Boord (Desbordes ?) en est la
grande importatrice vers 1671 : c'est elle qui d'ordinaire apporte de
France les jupons, les éventails et autres colifichets. Aussi jouit-elle
à la cour d'un certain crédit [5]. On sait, en effet, quelle importance,
quel succès ils avaient, quand on a lu la jolie fantaisie d'Addison sur
l'Académie des Éventails. En voici le début tout au moins :

« Les femmes ont pour armes l'éventail, comme les hommes ont
l'épée, et ainsi parfois elles font plus de prouesses. Afin donc que les
dames puissent connaître à fond le maniement de cette arme qu'elles
portent, j'ai fondé une académie pour y dresser les jeunes demoiselles
dans l'exercice de l'éventail, suivant les airs et les mouvements qui
sont actuellement le plus à la mode et qui se pratiquent à la cour.
Les dames qui portent les éventails sous ma direction sont rangées
en bataille deux fois par jour dans ma grande salle où je leur apprends
à manier leurs armes et à faire l'exercice au moyen de ces commandements : Préparez éventails ! déployez éventails ! déchargez éven-

1. *Revue Historique*, vol. XXIX, p. 40.
2. *Calendar of State Papers*, 1661-62, p. 386.
3. *Ibid.*, 1660-61, p. 384.
4. D'Avenant, *The Fair Favourite*, IV, 1, vol. IV, p. 253.
5. Evelyn, *Diary*, 1^er mars 1671.

tails ! reposez éventails ! reprenez éventails ! agitez éventails ! Par
l'exacte observation de ces simples commandements une femme d'intelligence moyenne qui voudra s'appliquer avec soin à cet exercice,
seulement pendant l'espace de six mois, sera capable de donner à
son éventail toute la grâce que comporte cette petite machine à la
mode... » Voilà ce que doit apprendre une élégante d'alors : elle doit
savoir manœuvrer son éventail, comme un soldat son fusil, et nous
voyons que le maniement en est autrement plus compliqué, si nous
lisons jusqu'au bout la charmante fantaisie d'Addison [1]. Vers 1733
cependant, les éventails de Paris sont remplacés par les éventails du
Japon : ceux-ci, tout au moins, l'emportent dans la faveur du public :
ils sont plus à la mode [2].

Mais quelles sortes de gants portent donc ces mains agiles, si
bien exercées au maniement de l'éventail ? C'est la France qui les leur
fournit, et nous savons les noms des fournisseurs en renom. Il n'en
était pas ainsi en 1619. Le gant de peau était bien, semble-t-il, une
spécialité anglaise. A cette époque James Howell est à Rouen, et
dans une lettre à un de ses compatriotes nous lisons : « Je vous prie,
quand vous m'écrirez la prochaine fois, de m'envoyer une douzaine
de paires de gants de peau blancs, les meilleurs que le Royal Exchange
puisse fournir, et aussi deux paires des plus beaux bas de laine blancs,
pour femmes, que vous pourrez trouver, et, en même temps, une
douzaine de couteaux. Envoyez votre domestique les porter à Vacan-
darie, le courrier français de Tower Hill : il me les remettra sûrement. Quand j'irai à Paris, je vous enverrai quelques curiosités équi-
valentes à tout ceci. » De Paris, en effet, il expédie, à l'occasion, des
chapeaux de castor et des trousses, prévenant ses correspondants que
« les chapeaux de castor ont tout dernièrement augmenté de prix, car
les jésuites en ont obtenu du roi le monopole ». Howell tient réellement aux gants de peau et aux couteaux anglais. Le 7 septembre 1622,
il écrit de Poissy à ce même Caldwall : « Il faut que je vous demande,
comme je l'ai fait jadis à Rouen, de m'envoyer par le courrier une
douzaine de paires de gants de peau très blancs pour femmes et une
douzaine de couteaux ; si vous désirez quoi que ce soit venant de

1. Addison, *The Spectator*, n° 102.
2. Pope, *Works*, vol. II, p. 159.

France, j'espère que vous savez de qui vous pouvez disposer [1]. »

Tout cela va changer. Huit ans plus tard, en 1630, la reine d'Angleterre, Marie-Henriette, vient d'être mère : le mari de la nourrice de son fils part pour la France. Après avoir donné, dans une lettre à son amie, M^me de Saint-Georges, des nouvelles de son enfant, si gras, mais si laid, dit-elle, qu'elle a honte de lui, la reine la prie « de lui envoyer douze paires de gants de chamois parfumés et une paire en peau de daim, un jeu de joncheries, un jeu de poule et les règles de toutes sortes de jeux alors en vogue » [2]. Ce seront maintenant les gants venus de France que l'on adoptera de préférence. « Les gants de Martial étaient fort à la mode dans ce temps-là », écrit l'auteur des *Mémoires du chevalier de Grammont*. Et ce sont ces gants-là dont M^lle d'Hamilton, qui en a toujours une provision, fait cadeau à M^lle Blague, puis à M^lle Price [3]. « J'ai rencontré la plus jolie créature dans le Nouveau Spring Garden ! s'écrie un enthousiaste ; ses gants étaient du plus pur Martial... je suis sûr que c'est une personne de qualité [4]. » Les gants Martial, c'est le cadeau facile à offrir, c'est un moyen de conquête assuré. « Je lui ai donné une douzaine de paires de gants Martial, et elle a été, tout le jour, de la plus belle humeur, déclare Keepwell ; nous avons pris l'air l'après-midi, nous avons soupé et sommes allés coucher ensemble [5]. » Les gantiers à la mode devaient réaliser de belles sommes : la fourniture de gants dut être énorme, s'il nous est permis d'en juger, même par à peu près, d'après les nombreuses paires que reçut la sœur de la duchesse de Portsmouth. En effet, pour trois mois, son gantier de Paris, un certain Lesgu, n'a pas fourni à la comtesse de Pembroke moins de dix-huit paires de gants blancs, transparents, parfumés à l'orange ou à l'ambre, et une paire de gants de trente-trois livres, « garnis de rubans or et argent, à petits nœuds et en échelle dans la main », puis quantité d'autres paires de gants simplement « brodés et bridés » [6].


1. Howell, *Letters*, pp. 35, 40, 109.
2. Strickland, *Lives of the Queens of England* : Henrietta Maria, vol. VIII, p. 60.
3. Hamilton, *Mémoires du chevalier de Grammont*, pp. 117.
4. Sedley, *Bellamira*. I, 1, vol. II, p. 97.
5. Id., *ibid.*, p. 90.
6. *Revue Historique*, art. *Louise de Kéroualle*, de M. H. Forneron, vol. XXIX, p. 60.

Les bas de soie furent aussi fort à la mode en Angleterre, surtout
les bas de soie verts : le duc d'York avait vu, paraît-il, ceux de
M^me de Chesterfield. Un jour la belle Stewart venait de montrer sa
jambe jusqu'au-dessus du genou : « il n'y a point de salut pour une
jambe sans bas verts », déclara le duc, ce qui rendit soucieux Hamilton et fort jaloux Lord Chesterfield. Celui-ci relégua bien vite sa
femme à la campagne, trouvant l'histoire des bas verts d'assez mauvais goût, en tout cas passablement suggestive [1]. Les bas de ce
genre et de cette couleur restèrent longtemps à la mode, car, quelque
treize ou quatorze ans plus tard, en 1676, Courtin dit encore dans une
lettre à Louvois : «... il n'y a rien de si propre que la chaussure des
Anglaises, les souliers sont justes sur les pieds, les jupes courtes et
les bas de soye fort propres, les Anglaises même monstrent sans
façon toute leur jambe, j'en vois souvent qui sont faites à peindre. Les
bas de soye verts sont à la mode et on porte au-dessus du genou des
jarretières de velours noir avec des boucles de diamant au défaut du
bas de soye : la peau est blanche et satinée » [2]. D'où viennent les
bas verts de M^me de Chesterfield? Son mari, qui dit de sa femme à peu
près tout le mal possible, afin, sans doute, d'en éloigner les galants, fait
à Hamilton des confidences peu aimables : «... Vous savez qu'elle
a le pied vilain ; mais vous ne savez pas qu'elle a la jambe encore plus
vilaine..... elle l'a grosse et courte, poursuivit-il ; et, pour diminuer
ces défauts autant que cela se peut, elle ne porte presque jamais que
des bas verts [3]. » Ce pouvait donc être une invention de sa coquetterie, car les bizarreries de la mode n'ont souvent pas d'autres causes
que de dissimuler un défaut, ou de faire valoir certains charmes : il
est toutefois difficile de l'affirmer. En France, nous avions vu les bas
de couleurs foncées, gris, bleus et violets ; nous avions vu le bas de
soie rouge à l'époque de Henri IV et de Louis XIII, voire les bas
superposés dont, par crainte du froid, « le poète Malherbe portait une
telle quantité que, pour n'en pas avoir à une jambe plus qu'à une
autre, à mesure qu'il passait un bas, il déposait un jeton dans une
écuelle ». On vit, pour les dames, les bas de couleurs voyantes, les
bas rouges, les bas vert-pomme et bleu-ciel ; mais, il faut le recon-


1. Hamilton, *Mémoires du chevalier de Grammont*, p. 171 et seq.
2. *Revue Historique*, *ibid.*, vol. XXVIII, p. 309.
3. Hamilton, *Mémoires du chevalier de Grammont*, p. 171.

naître : d'après les *Lois de la galanterie,* celles et ceux qui étaient en
bas de soie n'avaient point d'autres bas que d'Angleterre [1]. Les bas
verts de Mme de Chesterfield étaient donc des bas anglais ; les Français se consoleront aisément de n'avoir pas lancé cette mode. En revanche, les jarretières des dames de qualité étaient de fabrication
française. En effet, certains musiciens, curieux sans doute de bizarreries musicales, ont noté les cris de Londres, et nous savons sur quel
air on criait dans le Strand : « Aux jarretières de France » [2] ! mé-
lopée moins dolente, sans doute, que celle d'une petite marchande
de fleurs de lavande, entendue jadis sous mes fenêtres de Bedford
Place.

Les objets de toilette viennent donc de France pour la majeure
partie. Il est de bonne guerre pour une marchande qui veut réussir
à placer ses produits de faire semblant d'ignorer l'anglais, bien qu'elle
soit capable, comme Mlle d'Épingle, de répondre à des épithètes
d'une certaine verdeur par une averse de qualificatifs en bel argot
de Billingsgate. Toute marchandise est acceptée sous pavillon français. Une certaine élégance dans la toilette, une gentille façon de
malmener la langue et la prononciation anglaises, cela ouvre toutes
les portes. Il faut parler français : tant pis, ou plutôt tant mieux si on
ne vous comprend pas : « les Anglais ne veulent pas débourser un
bon prix pour ce qu'ils comprennent ; ils préfèrent payer largement
que de laisser supposer qu'ils ne connaissent pas assez de français
pour savoir ce qu'ils font : ce qui est étranger, ce qui vient de loin,
voilà seulement ce qu'ils aiment [3]. » Pourvu donc qu'on sache
assaisonner sa réclame de quelques termes français, on trouvera des
acheteurs pour « *de Salville, l'eau d'Hongrie* », pour tous les denti-
frices et toutes les essences venant de « *chez Monsieur Marchand de
Montpelier* », voire pour les petits manuels qu'une sœur prévoyante
acquerra pour apprendre à ses frères à faire des compliments.

Tout est bien venu de ce qui arrive de France : Mlle d'Épingle est si
irrésistible, dans sa toilette à la française, avec son accent français,
qu'elle est sur le point de persuader à Lady Harriot, même de changer
de costume devant un homme, sous prétexte que « toutes les femmes de

1. Quicherat, *Hist. du Costume en France,* pp. 410, 442, 460, 471, 496.
2. Hawkins, *History of the Science and practice of Music,* vol. IV, p 18 (note).
3. Steele, *The Funeral,* III, 1.

qualité en France sont habillées et déshabillées par un valet de chambre » ; il paraît que cela rehausse le teint bien mieux que lorsqu'on est aux mains d'une femme de chambre[1]. Toute marchandise française est aussitôt acquise. Les « *bas de soy* » et les « *mouchoirs* », les « *rouleaux* » et les « *engageants* », retombant sur les poignets, les « *échelles* » de rubans variés ornant la poitrine, la barrant comme avec des échelons, les *gants Martial* sont les bienvenus : ils sont même nécessaires pour celui qui veut prendre femme. Les *mouches* les plus fines viennent de Paris : que le futur époux sache placer la *settée*, la *cuppée*, la *frelange*, la *fontange*, la *bourgoigne* et la *jardinée*. La « *cornett* » retombera le long des joues en oreilles de basset ; les *cruches* orneront le front de la fiancée de leurs petites boucles ; les *confidents* folâtreront autour de ses oreilles, les « *crève-cœurs* » caresseront sa nuque, et les « *meurtriers* » feront des victimes parmi les petits-maîtres. La « *commode* », de son fil de fer recouvert de soie supportera et relèvera la coiffure tout entière ; la « *colbertine* » sera la dentelle préférée et, sur le sein, une élégante n'omettra pas de placer ce nœud suggestif qu'on appelle un « *assassin ou venez à moy* »[2]. Rien ne se refuse de ce qui vient de France : aussi est-il assez réjouissant de voir cette coquette de Pénélope, imaginée par Row, recevoir de ses adorateurs, en l'absence d'Ulysse, non seulement du « thé » et de la « porcelaine », mais aussi, de *Messieurs les Beaux*, de compromettants *billets doux*[3]. La mode française, allant jusqu'à corrompre l'active Pénélope, est bien, comme le dit Evelyn, le tyran qui régit tout et devant qui tous et toutes doivent respectueusement s'incliner, y compris même la vraisemblance historique.

Au milieu de cette société essentiellement futile, le tailleur est un personnage d'importance : grâce à lui, on peut briller dans ce monde tout préoccupé de toilette et d'élégance : par lui on devient quelqu'un. Aussi est-il le favori des dames : il pénètre auprès des jeunes filles les mieux gardées, sous l'œil des tantes les plus jalouses et des domestiques les plus revêches[4] : les portes les mieux closes s'ouvrent

1. Steele, *The Funeral*, pp. 41, 42.
2. Evelyn, *Miscellaneous writings*, *Mundus Muliebris*, the Fop Dictionary, p. 710-713.
3. Rowe, *Ulysses* (Prologue).
4. Crowne, *Sir Courtly Nice*, I, 1.

devant le tailleur, si ce tailleur est français ou s'il habille ses clientes à la mode française. Les amoureux le savent et en font parfois leur profit : voici venir Crack, au service du jeune Farewell. Son déguisement le sert à merveille pour pénétrer auprès de Léonora. « Savez-vous au moins bien travailler ? lui demande la tante, dès qu'elle l'aperçoit, car nous sommes très difficiles à contenter. A peine y a-t-il dans la ville un tailleur qui puisse, quand je me regarde, me rendre supportable à moi-même. — Assurément, répond le faux tailleur, je dois bien vous dire que mes compatriotes ne sont pas les meilleurs tailleurs du monde. C'est une belle nation que la nôtre, mais nos tailleurs nous déparent. Le ciel fait de nos femmes des anges, et les tailleurs en font des porcs-épics, c'est un spectacle triste à voir ! pour moi, je puis faire un ange d'une épingle toute tordue. — Ah ! reprend la tante, et où avez-vous appris à être si habile ? — En France, Madame ! » Voilà le grand mot lâché. Le tailleur n'a plus qu'à se presser de prendre les mesures ; mais il tient — et pour cause — à étaler ses échantillons : « Voyez, Madame, voici les plus belles soieries de France ! » Et comme la vieille tante, restée coquette malgré les ans, est absorbée par le soin d'examiner les échantillons, ravie de leur beauté, le faux tailleur fait passer en cachette à Léonora le portrait et une lettre de son amoureux. « Et comment trouvez-vous cela ? demande-t-il à la jeune fille, en jouant sur les mots. — Oh ! charmant ! » répond celle-ci, ne parlant pas des soieries que sa tante est encore en train d'admirer, mais du portrait et du message reçus. Crack n'a plus qu'à s'éloigner : le tour est joué : la vieille tante est encore éblouie du reflet des soieries [1]. Voilà ce que peut un tailleur retour de France !

Derrière le tailleur arrivent les domestiques français. Que Jenny, malgré son dévouement à sa maîtresse, n'ait pas la prétention d'être une femme de chambre comme il en faut une à une élégante telle que M^me Clerimont : une bonne si mal stylée ne saurait lui convenir. C'est que Jenny est restée tout à fait Anglaise, malgré les exemples qu'elle a eus sous les yeux : ses bras sont simplement ballants, elle se meut tout d'une pièce, elle paraît articulée : elle n'a rien de ce balancement du corps qui est si gracieux. Non, décidément, les Anglais et les

---

1. Crowne, *Sir Courtly Nice*, I, 1.

Anglaises ne sont bons à rien : tous les domestiques de Mme Clerimont seront donc français ; du reste, « il ne peut y avoir un bon valet de pied né hors d'une monarchie absolue »[1]. Quant au valet de chambre français, il est supérieur à tous ceux que l'on pourrait avoir en Angleterre : il excelle à présenter un miroir avec grâce, à poser une mouche en bonne place ; nul ne l'égale pour ajouter aux grâces de sa maîtresse et faire valoir son teint. C'est au point que Lady Harriot, femme décente avant tout, qui ne s'habille jamais même devant son mari, n'est pas très éloignée, en dépit de ses airs effarouchés, de souhaiter pour elle-même un valet de chambre français [2]. Cette mode ne va pas, bien entendu, sans quelques inconvénients. Addison les rappelle : « Je me souviens du temps où certaines de nos provinciales les mieux élevées avaient leur valet de chambre, parce que, assurément, un homme était beaucoup plus commode à leurs côtés qu'une personne de leur sexe. J'ai vu moi-même une de ces abigails en pantalon trottiner par la chambre, un miroir à la main, et peigner les cheveux de sa dame toute la matinée. Je ne sais si, oui ou non, il y a quelque chose de vrai dans l'histoire d'une dame rendue enceinte par une de ces soubrettes, mais je crois qu'à présent toute la race en est détruite [3]. » Addison est prudent de ne lancer ses insinuations qu'à distance, c'est-à-dire assez tardivement ; car calomnier des serviteurs français, ou simplement médire des laquais ou valets de chambre, ce n'était pas toujours chose aisée, et il pouvait se rencontrer nombre de gentilshommes, comme M. de Paris, prêts, pour défendre l'honneur des valets de chambre français, à mettre, pour eux, flamberge au vent [4].


III


Autour de ces gentilshommes et de ces grandes dames, si persistants à afficher une gallomanie incurable, tout ce qui fait le confort, le charme ou le luxe de la vie, tout était à la française. On vit le goût

---

1. Steele, *The Tender Husband*, III, 1.
2. Steele, *The Funeral*, III, 1.
3. Addison, *The Spectator*, n° 45
4. Wycherley, *The Dancing Master*, I, 2.

français pénétrer de tous côtés. Choses et gens subirent l'invasion française. On fut français, chez soi, jusque dans son mobilier.

Depuis la Restauration, on n'achète plus les tapisseries en Angleterre : c'est en France ou dans les Pays-Bas que l'on s'approvisionne, au grand désespoir des fabricants anglais, qui demandent, les uns, le monopole, pour une compagnie sous le contrôle du roi, de la fabrication des tapisseries ; les autres, des droits élevés qui frapperont les produits français, entraveront l'importation étrangère et arrêteront la décadence, la ruine, autrement irrémédiable, de l'industrie nationale [1]. Ce n'était guère le roi sur qui il fallait compter pour la favoriser, car le tapissier de Charles II, comme son tailleur, criait famine et n'arrivait pas à se faire payer ce qui lui était dû [2]. Les grandes dames d'alors continuèrent de s'adresser à l'étranger. M^me d'Arlington, par exemple, demandait à M^me Colbert, la femme de l'ambassadeur français à Londres, de lui faire venir de Paris « de la plus belle brocatelle de Venise pour faire une tenture de tapisserie et des chaises d'une antichambre, et un lit de damas vert avec une campane de soie et des chaises de mesme pour une autre chambre ». L'ambassadeur, transmettant la demande, ajoutait : « Si le roy trouvoit à propos pour le bien de son service de faire ce présent, je m'imagine qu'il seroit reçeu fort agréablement. » Les meubles arrivèrent de France et furent offerts à M^me d'Arlington [3]. Ce dut être bien autre chose encore, et la mode des tapisseries françaises dut prévaloir plus que jamais, quand on vit les superbes tapisseries qui ornaient l'appartement de la duchesse de Portsmouth, la favorite du roi Charles II. Evelyn en est tout ébloui. Ce qu'il admire, en accompagnant le roi jusque dans la chambre à coucher et le cabinet de toilette de Louise de Kéroualle, ce n'est pas cette jeune et jolie femme, en costume léger du matin, que ses cméristes sont en train de peigner, tandis que le roi et les galants se pressent autour d'elle ; ce qui excite sa curiosité, c'est le riche et splendide mobilier de l'appartement, chef-d'œuvre de prodigalité et de fantaisie dispendieuse. « J'ai vu là, dit-il, les nouveaux modèles de tapisserie française qui, par leur dessin,

----

1. *Calendar of State Papers*, 1661-62, pp. 110, 111.
2. *Ibid.*, p. 247.
3. *Revue Hist.*, art. *Louise de Kéroualle*, par H. Forneron, vol. XXVIII, p. 22, 1885.

la délicatesse du travail, et l'imitation incomparable des meilleures peintures, dépassent tout ce que j'ai jamais contemplé. Quelques-uns représentent Versailles, Saint-Germain et autres châteaux du roi de France, avec chasses, personnages, paysages et oiseaux exotiques, admirables au point de paraître animés [1]. » Que de désirs, que d'envie même, ces splendeurs durent faire naître dans l'entourage du roi d'Angleterre, sacrifiant lui-même, sans réserve, à la gallomanie ambiante, créée, du reste, surtout par lui ! Dans la construction des palais, soit par préférence personnelle, soit pour faire sa cour au roi, on s'inspirait du goût français, et le château de Lord Montagu était bâti en pavillons à la façon française [2] : il n'y eut pas jusqu'au parquet qui ne fût en bois et marqueté suivant la mode de France [3].

Avant de voir Sheffield muser, les jours de pluie, dans son *salon* à la française [4], une élégante, en Angleterre, comme en France, avait sa *ruelle*. Arthénice avait à Londres de nombreuses imitatrices, et s'il y eut, à Montpellier, des « pecques provinciales », il y eut des « pecques » aussi par delà la mer. C'est dans la *ruelle* — le mot est conservé — qu'une dame de qualité recevait des visites, écoutait un auteur dire ou lire une pièce de vers : c'est là qu'on discutait et jugeait le mérite de telle œuvre littéraire, de telle pièce de théâtre par exemple [5]. Addison nous fait connaître l'habitude de ses compatriotes, renouvelée de nos « précieuses » de France : il s'en scandalise même quelque peu : « Vers le temps où plusieurs individus de notre sexe étaient employés au service des dames, elles introduisirent la mode de recevoir des visites au lit. On considérait alors comme une preuve d'incivilité pour une dame de refuser de voir un homme parce qu'elle n'était pas levée... Comme j'aime à voir tout ce qui est nouveau, un jour, je décidai mon ami Will Honeycomb à m'emmener avec lui chez une de ces dames que les voyages ont instruites, et je lui demandai, en même temps, de me présenter comme un étranger ne sachant pas parler anglais, de façon à n'être pas obligé

1. Evelyn, *Diary*, 4 oct. 1683.
2 Id., *ibid*, 10 oct. 1683.
3 Macaulay, *Hist. of England* (trad. Montégut), p. 326.
4. John Sheffield, *Works*, vol. II, pp. 254, 259, 260.
5. Dryden, *Works*, vol. XIV, p. 139.

de prendre part à la conversation. Cette dame, tout en consentant volontiers à paraître en déshabillé, s'était parée de la plus belle façon et s'était fardée pour nous recevoir. Ses cheveux paraissaient en un très joli désordre, et son vêtement de nuit, jeté sur ses épaules, était plissé avec beaucoup de soin. Pour ma part, je suis si choqué de tout ce qui semble immodeste pour le beau sexe, que je ne pouvais m'empêcher de regarder ailleurs, quand elle bougeait dans son lit, et que j'étais aussi confus qu'on peut se l'imaginer chaque fois qu'elle remuait une jambe ou un bras  A mesure que les coquettes qui avaient introduit cette coutume vieillirent, elles y renoncèrent peu à peu, sachant bien qu'une femme de soixante ans peut jouer de la jambe et se trémousser tout à son aise sans causer la moindre impression [1]. » Que ce spectacle ait un peu troublé l'honnête Addison, on le conçoit assez aisément. Will Honeycomb était certainement moins ému : il savait que cette coutume venait de France, que ce langage, tout fleuri de galanterie, était celui des ruelles françaises, que les pecques anglaises calquaient, en somme, de leur mieux l'élégance de nos manières, l'urbanité de notre conversation  Lady Harriot n'avait-elle pas déclaré qu'en « France on rencontre beaucoup de civilité », et Trim lui-même n'avait-il pas ajouté que, décidément, « les Français sont les gens les mieux élevés du monde » [2] ? Ruelle et salon de France ont donc leurs similaires, ou, tout au moins, leur contrefaçon en Angleterre : c'est un pas de plus dans l'imitation de tout ce qui est de provenance française.

Cette prédilection bien marquée pour tout ce qui était de provenance française s'exerça aussi sur les divers moyens de locomotion. Les carrosses anglais étaient de construction assez primitive, et Bassompierre, en 1626, prenant place dans celui de la reine d'Angleterre, Marie-Henriette, en face d'elle, à la même portière [3], s'accommoda assez mal de cet énorme véhicule aux rideaux de cuir. Il ne tarda pas à faire mettre des glaces à sa propre voiture, si bien qu'à la mort de Richelieu, on en voyait à un grand nombre des carrosses parisiens, si nombreux, ce jour-là, que Bassompierre, s'émerveillant

---

1. Addison, *The Spectator*, n° 45.
2. Steele, *The Funeral*, II, 1 ; III, 1.
3. Bassompierre, *Journal*, p. 83, cité par Strickland, *Lives of the Queens of E.*, vol. VIII, p. 49.

d'en tant voir, disait plaisamment qu'on aurait pu se promener dans
Paris en passant de l'un sur l'autre [1]. Les carrosses anglais, cependant, surchargés de toutes sortes d'ornements, ne perdaient pas
de leur lourdeur primitive ; on en avait conscience en France, car
lorsque la reine d'Angleterre, fille de France, comme on sait, donna
des espérances pour la seconde fois et en fit part, par lettre, à sa
mère Marie de Médicis, celle-ci avisa aux moyens d'éviter un accident semblable à celui qui avait causé la naissance avant terme et la
mort immédiate d'un premier enfant. « Comme les Français, écrit
Baillon, avaient attribué en partie la malheureuse issue des premières couches de la reine à l'horrible dureté de ces véhicules, aussi
mal construits que galamment décorés, qu'on gratifiait par courtoisie
en Angleterre du nom de carrosses, la reine mère s'empressa d'envoyer en présent à sa fille une chaise roulante, dans laquelle elle
pût faire ses promenades sans danger. Le couple royal se montra
fort touché de cette attention, et Charles écrivit à sa belle-mère une
lettre de remerciements .. « Madame, vous avez trouvé un vrai
expédient de nous délivrer du danger des carrosses, par le plaisir
que ma femme prendra de se promener en la belle chaise que vous
lui avez envoyée ... [2] » Quelque trente ans plus tard, en 1660, la
splendeur de l'équipage du prince de Ligne éblouit un peu la cour
d'Angleterre, s'il faut en croire Loret :

> Monseigneur le Prince de Ligne,
> Dont le nom est assez insigne,
> Brave Seigneur, à ce qu'on dit,
> Vaillant, riche, et de grand crédit,
> Comme Ambassadeur magnifique
> De Sa Majesté Catholique,
> Entra dans Londres l'autre jour,
> Suivy d'une pompeuze Cour,
> C'est-à-dire d'un beau cortège
> De chevaux dressez au manège,
> Noirs, alezans, gris, pommelez,
> De carosses bien atelez,
> Avec de brillans équipages,
> Très bien des Ecuyers et Pages,

1. Quicherat, *Hist. du costume en F.*, p. 505.
2. Baillon, *Henriette-Marie de France*, p. 128.

Tous vêtus de si beaux habits,
D'or, satin, velours et tabis,
Qu'on admira leur lestitude,
Aussi bien que leur multitude [1].

On admira, mais les choses restèrent en l'état, au dire de Sorbière: « La promenade du Cours se fait dans un grand parc qui n'est pas désagréable ; mais la quantité de fiacres qui s'y trouvent déshonore l'Assemblée ; car ils ressemblent mieux à des charrettes mal attelées, qu'à des carrosses faits pour la pompe, ou pour le plaisir de la promenade [2]. » Son impartialité, sans doute, ne serait pas au-dessus de tout soupçon, si nous ignorions que ce fut seulement après la Restauration que les carrosses à glaces furent introduits en Angleterre. Sorbière avait pu assister — son livre est de 1664 — à cette période de transition entre la mode ancienne et celle de carrosses nouveau modèle. D'ailleurs, on n'était pas très expert en Angleterre dans l'art de construire un carrosse, puisque Hamilton déclare que « celui qu'on avait fait pour le roi n'avoit pas trop bon air ». C'est alors que le chevalier de Grammont, comprenant que les beautés de la cour d'Angleterre consentaient à regret à être enfermées dans de massifs carrosses où elles n'avaient pas le plaisir d'être vues presque tout entières, et sachant, d'autre part, que la calèche, importée d'Italie, mais transformée maintenant à la française, pourrait être ce « quelque chose de galant qui tînt de l'ancienne mode et qui renchérît sur la nouvelle, fit secrètement partir Termes avec toutes les instructions nécessaires. Le duc de Guise fut encore chargé de cette commission ; et le courrier, au bout d'un mois.., fit passer heureusement en Angleterre la calèche la plus galante et la plus magnifique qu'on ait jamais vue.

« Le chevalier de Grammont avait ordonné qu'on y mît quinze cents louis, et le duc de Guise, qui étoit de ses amis, y en fit mettre jusqu'à deux mille pour l'obliger. Toute la cour fut dans l'admiration de la magnificence de ce présent; et le roi, charmé de l'attention du chevalier de Grammont pour les choses qui lui pouvoient être agréables, ne pouvoit se lasser de l'en remercier... » Le succès qu'obtint le

---

1. Loret, *Muze historique*, oct. 1660, t. III, p. 263.
2. Sorbière, *Relation d'un voyage en Angleterre*, p. 137.

splendide cadeau fut énorme : la cour entière fut ravie de cette nouveauté parisienne. « La reine, s'imaginant que cette brillante machine
pourroit lui porter bonheur, voulut s'y faire voir la première avec
M^{me} la duchesse d'York. M^{me} de Castelmaine [1], qui les y avoit vues,
s'étant mis dans la tête qu'on étoit plus belle dans ce carrosse que
dans un autre, pria le roi de vouloir lui prêter ce char merveilleux,
pour y représenter le premier beau jour de Hyde-Park. La Stewart
eut la même envie, et le demanda pour le même jour. Comme il n'y
avoit pas moyen de mettre ensemble deux divinités dont la première
union s'étoit changée en haine mortelle, le roi fut fort embarrassé ;
car chacune y vouloit être la première

« La Castelmaine était grosse, et menaçoit d'accoucher avant terme,
si sa rivale avoit la préférence. M^{lle} Stewart protesta qu'on ne la
mettroit jamais en état d'accoucher si on la refusoit. Cette menace
l'emporta sur l'autre, et les fureurs de la Castelmaine furent telles
qu'elle en pensa tenir sa parole ; et l'on tient que ce triomphe en
coûta quelque peu d'innocence à sa rivale.

« La reine mère... eut la bonté de se divertir de cet événement selon sa coutume. Elle prit occasion de faire la guerre au chevalier de
Grammont sur ce qu'il avoit jeté cette pomme de discorde parmi de
telles concurrentes. Elle ne laissa pas de lui donner, en présence de
toute la Cour, les louanges que méritoit un présent si magnifique [2]. »

Ce fut donc un véritable enthousiasme que créa, à la Cour d'Angleterre, la vue de la splendide calèche, offerte par ce grand seigneur
français qu'était le chevalier de Grammont. Aussi, bientôt, la calèche
parisienne devint-elle à la mode. Un élégant, comme sir Fopling
Flutter, en ramène une de France et « elle a un tout autre air que
celles de fabrication anglaise ». Celles-ci, négligées, démodées, ne
sont plus que de vilains « tombereaux », et maintenant, comme le
dit Dorimant, « il y a vraiment un *bel air* pour les *calèches*, comme
pour les hommes [3] ».

L'horlogerie et la bijouterie françaises passaient aussi en Angleterre. Un fabricant de montres venait parfois se perfectionner en

---

1. La Castelmaine et la Stewart étaient deux des maîtresses du roi Charles II.
2. Hamilton, *Mémoires du chevalier de Grammont*, p. 137.
3. Etheredge, *The Man of Mode ; or Sir Fopling Flutter*, III, 2.

France [1], et si Charles II faisait cadeau à Louis XIV de deux montres à répétition que le P. Sébastien pouvait ensuite seul ouvrir, car les ouvriers anglais ne se souciaient pas de laisser surprendre leur secret [2], nous savons aussi que les montres françaises représentaient, en Angleterre, une certaine valeur. C'est ainsi qu'on promettait une assez grosse somme pour retrouver une de ces montres perdue. On lit, en effet, aux annonces du *Mercurius Publicus* [3] l'information suivante : « Une montre en or, faite à Paris, pas aussi large qu'un shilling, dans un écrin de cuir noir à clous d'or a été perdue le 11 courant, vers 11 heures du soir, entre King-Street, Westminster et Covent-Garden. Quiconque la rapportera à M. le Roy, à l'enseigne de la Perle de Venise, dans Saint-James-Street, Covent-Garden, recevra trois livres comme récompense. » Et ce n'était pas d'hier que l'horlogerie et la bijouterie françaises étaient bien accueillies en Angleterre. Jadis la duchesse de Chevreuse avait adressé à la reine Henriette un cadeau qui n'avait pas laissé de lui être fort agréable : c'était un cabinet d'argent dont les tiroirs étaient garnis de vases d'or contenant toutes sortes de parfums et d'eaux de senteur qu'on estimait 12.000 écus [4]. On a vu, d'autre part, quel fut, après la Restauration, auprès des grands seigneurs et des grandes dames d'Angleterre, le succès des « boëtes à portrait » enrichies de diamants et de pierres précieuses. Aussi quand un certain Purling [5], inventeur d'un nouveau métal dont le poli, le brillant et le poids étaient ceux de l'argent, s'adressa à Charles II pour obtenir le monopole de cette fabrication en Angleterre, il ne dut pas rencontrer de bien grosses difficultés, puisqu'il exposait dans sa pétition que, depuis quatre ans, il exerçait son métier en France et que le roi Louis XIV venait, l'année précédente, de lui accorder, pour quatorze ans, le monopole de la fabrication de ce métal. N'était-ce pas là la meilleure recommandation ?

---

1. *Calendar of State Papers*, 1660-61, p. 25.
2. Fontenelle, *Eloge du P. Sébastien*, vol. II, p. 218-219.
3. *Mercurius Publicus*, from Thursday, jan. 8, to Thursday, jan. 15, 1662.
4. Baillon, *Henriette-Marie de France*, p. 134.
5. *Calendar of State Papers*, 1660-61, p. 58.

IV

Si, de la ruelle ou du cabinet de toilette, on passe à l'office et aux
choses de l'alimentation, là encore l'influence française se fait aussitôt sentir. Dès les premières années du dix-septième siècle, plus encore qu'auparavant, on recherche les mets préparés à la française, et
un cuisinier est bien accueilli qui excelle dans la préparation de la
*sauce piquante* et du *hautgou*, qui sait larder la viande à la *mode de
France* [1]. Un grand seigneur a un cuisinier venu de France, s'il se
pique de quelque distinction, car il semble bien que la cuisine anglaise, alors comme aujourd'hui encore, n'ait jamais manqué d'être
plus substantielle que raffinée. « Les Anglois, écrit Sorbière au retour
de son voyage en Angleterre, ne sont pas fort friands, et la table des
plus grands seigneurs, qui n'ont pas des cuisiniers François, n'est
couverte que de grosses pièces de viande. Les bisques et les potages y
sont inconnus ; si ce n'est que j'y ay veu quelque broüet dans un
grand plat creux; duquel le maistre de la maison distribuoit par grande
faveur une portion dans une écuelle de pourcelaine à quelques-uns de
ses convives. La patisserie y est grossière et les confitures ne se
peuvent manger. On n'a presque pas l'usage des fourchettes, ny des
aiguières; car on lave les mains en les saussant dans un bassin plein
d'eau, que l'on présente aux assistans [2]. » M. Ragout, le joyeux cuisinier français de Lacy, heureusement obtient sa part de succès ailleurs que parmi les soldats royalistes, et Pepys est tout ravi d'avoir
dîné chez un amphitryon qui vit sur un très grand pied, de façon
très riche et fort luxueuse, tout à fait à la mode, et chez qui, cuisine
et service, tout est à la mode de France [3]. Chacun cependant ne
peut pas s'offrir le luxe d'un cuisinier français; aussi, pour initier les
profanes aux mystères de cet art, essentiellement délicat, de la cuisine
française, on se met à traduire en anglais les ouvrages français qui
traitent de la matière. C'est le *Cuisinier Français*, par exemple, un
excellent livre, paraît-il, que le traducteur anglais a fort mal rendu,

1. Howell, *Letters*, p. 229.
2. Sorbière, *Relation d'un Voyage en Angleterre*, p. 122.
3. Pepys, *Diary*, 11 mars 1667-68.

parce qu'il était dépourvu de toutes connaissances culinaires. Aussi
Evelyn signale-t-il un nouvel ouvrage : les *Délices de la Campagne.*
Qu'on le traduise, dit-il, et on y apprendra les diverses façons de
faire du pain français, on connaîtra tous les mystères de la pâtisse-
rie, des vins et de toutes sortes de liqueurs... ; on saura enfin la manière de traiter des personnes de qualité *à la mode de France* [1].
Les rendez-vous galants et les soupers fins ont lieu au Green Garret,
mais surtout dans les maisons françaises [2]. Un gentilhomme de
quelque distinction ne voudrait, pour rien au monde, être aperçu
dînant dans un restaurant anglais [3]: il y laisserait sa réputation
d'homme élégant. Qu'on ne l'invite pas à prendre un repas chez un
traiteur anglais, cette invitation pourrait bien lui paraître une insulte,
dont il demanderait vite réparation [4]. Addison comprend tout ce que
cette mode a d'exagéré : aussi exhorte-t-il, un peu vainement peut-
être, ses lecteurs à revenir à la nourriture de leurs ancêtres et à se
réconcilier avec le bœuf et le mouton. « C'est, dit-il, cette nourriture
qui a formé cette race vigoureuse d'hommes, les vainqueurs de Crécy
et d'Azincourt »; quelle eût été, ajoute-t-il, l'œuvre de ses compatriotes à Blenheim et à Ramillies, s'ils s'étaient contentés de fricassées et
de ragoûts? car, pour lui, un ragoût français est tout aussi nuisible à
l'estomac qu'un verre de liqueurs fortes. Il en donne les raisons : ces
faux délicats, qui ne s'accommodent que de la nourriture à la française, ont pour règle d'être en contradiction continuelle avec la nature : les mets sont préparés, non pour satisfaire, mais pour exciter
l'appétit : tout ce qu'ils mangent est hors de saison, et ils y renoncent dès que c'est bon à manger : rien n'est acceptable de ce qui
pourrait flatter le palais de tout le monde. « Je me rappelle, dit-il,
avoir été invité, l'été dernier, chez un ami, grand amateur de cuisine
française et, comme on dit, « mangeant bien ». En nous asseyant, je
trouvai la table couverte d'une grande variété de mets inconnus.
J'étais très embarrassé, ne sachant ce que c'était et ne pouvant, par
conséquent, me servir. Ce qui se trouvait devant moi, je le pris pour

1. Evelyn, *The French Gardiner*, au lecteur.
2. Wycherley, *Love in a wood*, III, 3.
3. Id., *The Gentleman Dancing Master*, I, 1.
4. James Howard, *The English Monsieur*, in *Specimens of E. dramatic poetry* by
Charles Lamb, p. 520.

un rôti de porc-épic : je ne me souciai pas cependant de faire des
questions et j'ai su depuis que c'était un dindon piqué de lard. Mes
regards passèrent ensuite sur divers hachis dont, même actuellement,
j'ignore encore le nom, et quand je sus que c'était là des friandises,
je ne crus pas devoir y toucher.

« Entre autres gourmandises, je vis quelque chose qui ressemblait
à un faisan : aussi, je désirais qu'on m'en servît une aile, mais, à ma
grande surprise, mon ami me dit que c'était du lapin, un genre de
mets dont je ne me soucie guère. » Il est temps que ce défilé de mets
plus ou moins étranges prenne fin : Addison meurt d'inanition ; il est
terriblement déçu, mais, heureusement, voilà qu'il flaire le délicieux
parfum du rosbif. D'où viennent ces senteurs exquises ? Où est le plat
tant convoité ? « Je tournai la tête et j'aperçus sur une table de côté le
noble aloyau qui fumait d'une façon délicieuse. J'y eus recours plus
d'une fois, ne pouvant voir sans indignation que ce mets anglais, si
substantiel, fût relégué de si honteuse manière pour faire place aux
petits riens venus de France [1]. »

Bien entendu, on montre de bonne heure une prédilection toute
spéciale pour les vins de France. En 1622, Howell est malade à Paris :
des docteurs français viennent le voir, et l'un d'eux, qui est allé en
Angleterre, disserte avec conviction sur les qualités de l'ale : c'est la
meilleure boisson, affirme-t-il, que l'on puisse absorber ; c'est à l'ale
que les Anglais doivent leur force, leur endurance et leur habileté à
tirer de l'arc ; bref, c'est l'ale qui « remporte la palme » auprès des
médecins français. Howell, en malade docile, les laisse très volontiers
disserter sur les mérites respectifs du vin et de la bière, mais, à la
première occasion, s'il boit à ses amis, c'est avec « la meilleure
liqueur du raisin de France » Il faut, du reste, le voir prendre
plaisir à énumérer les diverses sortes de vin et l'entendre faire lui-
même l'éloge du vin de France : « Ce vin produit de bon sang, le
bon sang produit la bonne humeur, la bonne humeur crée de bonnes
idées, de bonnes idées produisent de bonnes œuvres, de bonnes
œuvres élèvent l'homme jusqu'au ciel, *ergo*, le vin élève l'homme
jusqu'au ciel. Et si cela est vrai, reprend Howell, il y a beaucoup
plus d'Anglais qui vont au ciel comme cela qu'autrement [2]. »

1. Addison, *The Tatler*, n° 148.
2. Howell, *Letters*, pp. 110, 115, 365, 366.

En Angleterre, en effet, on apprécie beaucoup ces « bons vins de Gascogne » dont le père du poëte d'Avenant a une si belle provision qu'il croit utile de rappeler dans son testament les soins à leur donner aussitôt après sa mort. Il estime son vin à 25 livres la tonne [1]. Ce n'est donc pas sans raison que dans *Rutland House* le Français vient dire à l'Anglais: « C'est nous qui plantons la vigne, et c'est vous qui buvez le vin : ainsi nous vous donnons de la bonne humeur, et vous nous donnez de bon argent [2]. » C'est peut-être un peu de cette joyeuse humeur que Charles Ier recherchait quand, sur le qui-vive, à Holmsby, « il prenait un verre de vin de France qu'il arrangeait lui-même sur le buffet [3] ». Autour de Charles II, dans le monde des courtisans, on aimait la bonne chère et on ne se privait guère de bon vin. Le chevalier de Grammont s'entendait à merveille à organiser ces joyeuses parties où la Warmestré était en bonne place. Le brillant cavalier français était fort généreux, et « Dieu sait les pâtés de jambon, les bouteilles de vin et les autres provisions de sa libéralité qui s'y consommoient [4]! » Ils sont, certes, fort rares ceux qui, à l'exemple de Sir Courtly Nice, boudent au bon vin, parce que, étant en France, il a vu les vignerons foulant les raisins de leurs sales pieds nus. Ce n'est pas Surly qui fait ainsi le dégoûté et a peur d'être empoisonné ; aussi avec quel entrain vide t il une et plusieurs rasades à la santé de sa maîtresse [5]! Nombreux, au contraire, sont ceux qui « dans une taverne peuvent vaincre les Français en ne versant d'autre sang que le sang de la vigne, et, au lieu de conquérir la France, lui rendent de fréquents hommages en dégringolant sous les rasades de vin de France et certains accidents d'hygiène, venus aussi de France [6] », les seules raisons qui, pour un temps au moins, les font s'abstenir du jus de la vigne [7]. C'est avec une certaine fierté qu'un jeune débauché, ayant aux lèvres la couleur et au palais la saveur de ces différents vins, déclare tout haut : « Je suis amiral de Bordeaux,

---

1. D'Avenant, *Works* (*Prefatory Memoir*, xxvii).
2. Id., *Works* (*Rutland House*), vol. III, p. 218.
3. Sir Thomas Herbert, *Memoirs*, p. 17.
4. Hamilton, *Mémoires du chevalier de Grammont*, p. 211.
5. Crowne, *Sir Courtly Nice*, III. pp. 294, 296, vol. III.
6. Crowne *The English Friar*, II, vol. IV, p. 56.
7. Duffett, *The Spanish Rogue*, cité par M. Beljane, *Le public et les hommes de lettres en Angleterre*, p. 70 (notes).

duc de Bourgogne, comte de Champagne, vicomte des Canaries et
baron de Xérès[1]. » Pepys lui-même, le joyeux Pepys, court volontiers les tavernes, buvant une pinte de vin à l'Etoile, dans Cheapside.
Régale-t-il ses amis ? ce ne sont que fricassées de lapin et de poulet,
gigots et carpes, côtes d'agneau et pigeons rôtis, homards et
tartes, pâtés de lamproie et plats d'anchois ; mais il a bien garde
d'omettre le vin, « le bon vin de plusieurs sortes »[2]. Pepys a oublié
le vœu qu'il a fait de ne pas boire ; il s'est trouvé fort mal, du reste, de
cet accès de tempérance : il ne risquera plus, après un dîner un
peu trop copieux, de se rendre malade en s'abstenant absolument de
vin. Mais peut-être, en prodiguant les vins, songe-t-il seulement à
être agréable à ses amis. En tout cas, lorsque l'incendie ravage Londres et que les flammes gagnent de proche en proche, il creuse dans
son jardin une fosse où il enterre sa provision de vin et de fromage
de parmesan[3] ; ingénieuse précaution de gourmet ! Les plus grands
seigneurs avaient, depuis longtemps, célébré l'excellence du vin, et
c'est peut-être à Cromwell lui-même que lord Broghill avait adressé
ces vers pleins d'entrain : « C'est le vin qui inspire et apaise les
feux de l'Amour, qui apprend aux sots à gouverner un Etat. Il
est mal vu des belles, car ceux qui l'aiment font fi et se rient de
leur haine... Louons donc le vin, car jamais des yeux noirs ne
firent de blessures que le vin ne put guérir. Celui qui refuse
de boire ce breuvage est un ennemi de notre bonne république[4]. » Plus tard, Sedley ne proclama-t-il pas aussi « la Souve-
raineté du bordeaux », en écrivant : « A deux grands rois je veux
être loyal, à mon Monarque Jacques et au Bordeaux Royal... Qui
voudrait, comme ce vieux fou de Timon, haïr l'humanité ? Non,
Bordeaux souverain, c'est toi que je veux adorer et c'est devant toi
que je me prosterne humblement[5]. »

Les vins de France, sans doute, n'étaient pas les seuls que l'on bût
à cette époque. C'est du vin de Canaries, par exemple, que Charles II

---

1. Crowne, *The English Friar*, IV, vol. IV, p. 84.
2. Wheatley, *Samuel Pepys and the world he lived in*, pp. 106, 200.
3. Pepys, *Diary*, sept. 2, oct. 29, 1663 ; sept. 4, 1666.
4. Crowne, *Works*. Les vers de Lord Broghill sont cités dans la Préface, p. 10.
5. Sedley, *Works*, vol. II, p. 9. *On the Sovereignty of Claret.*

offrait à Dryden, son poète lauréat [1] ; et les vins du Rhin [2], comme les vins de Malaga ou de Madère, dont Pope envoyait quelques bouteilles à Marthe Blount [3], avaient leur place marquée sur une table anglaise. On ne manquait pas toutefois d'apprécier la saveur toute particulière de nos vins de Guyenne et de Gascogne. Tomkinson leur découvrait même certaines propriétés fort surprenantes, auxquelles personne, assurément, n'avait songé jusque-là. Était-ce une bizarrerie de tempérament ? C'est fort possible ; mais les effets se manifestaient régulièrement le lendemain matin, après l'absorption d'une demi-douzaine de bouteilles de bordeaux qu'il emportait chaque soir de la taverne [4]. Les vins provenant du vignoble de Haut-Brion, visité par Locke, atteignaient des prix relativement élevés, passant en quelques années de 60 écus par tonneau à 105 écus, « grâce aux Anglais opulents qui envoyaient des ordres pour s'en procurer à tout prix »[5]. C'était là une excellente source de revenus, et Cominges se consolait assez facilement de l'émigration de l'argent français versé à l'Angleterre pour l'achat de Dunkerque, car il écrivait à De Lionne : « Ce sont nos louis blancs que l'on va travestir en crownes, et si l'acquisition de Dunkerque nous les a ravis, les vins de Gascogne nous les rapporteront [6]. » Le bourgogne, « l'honnête bourgogne », comme l'appelle Wycherley [7], était aussi en grande faveur. Il donnait du ton aux timides et de l'audace aux plus peureux. Addison, assistant, assez inquiet, en compagnie de quelques amis, à la première représentation de *Caton*, soutenait son courage un peu défaillant en dégustant avec eux, dans une loge de côté, deux ou trois flacons de bourgogne et de champagne [8]. Le Dr Walter Pope, exprimant les vœux qu'il forme pour sa vieillesse, ne désire rien tant qu'une vie calme dans une ville de province, en un logis bien chaud, avec une fille jeune et appétissante pour caresser sa tête

---


1. Dryden, *Works*, vol. XVIII, p. 199.
2. *Calendar of State Papers*, 1660-61, p. 508.
3. Pope, *Works*, vol. IX, p. 161.
4. Dryden, *Reasons for Mr. Bayes changing his Religion*, vol. X, p. 104.
5. Rathery, *Les relations sociales et intellectuelles entre la France et l'Angleterre*, p. 82.
6. Jusserand, *A French ambassador* ... p. 46.
7. Wycherley, *Love in a wood*, I, 2.
8. Courthope, *Addison (Englishmen of Letters)*, p. 159.

chaude : il aura un pudding le dimanche, de bonne ale qui mousse, quelques bribes de latin pour embarrasser le curé, et aussi une réserve cachée de vin de Bourgogne, pour boire aussi souvent qu'il le désire à la santé du roi [1]. Lister, rendant compte de son voyage en France, consacre tout un chapitre à disserter, d'ailleurs plus ou moins exactement, sur les vins de France. « Les vins de Bourgogne et de Champagne sont ceux, dit-il, qu'on estime le plus, et ce n'est pas sans raison. Ils sont légers, ne pèsent pas sur l'estomac et ne portent point à la tête, qu'on en tire au tonneau ou qu'on les ait en bouteilles à bouchon volant. » S'il entend beaucoup de tragédies, « sans y prendre de goût, faute de savoir assez la langue », s'il se divertit fort aux pièces de Molière : *M. de Pourceaugnac, le Médecin malgré lui, le Malade imaginaire*, etc., son plaisir n'est pas moindre à absorber un verre de vin de Bourgogne, qui lui convient « beaucoup mieux que toutes ces sottes liqueurs de l'Inde ». A Marly, pour y parvenir, il enfreindra même les règles de l'étiquette, se donnant comme excuse que sa qualité d'étranger, après tout, le lui permet; si l'opinion que quelques officiers du Roi et autres gentilshommes émettent sur ses compatriotes flatte son amour-propre d'Anglais en voyage, la chaude saveur des vins de Bourgogne flatte non moins son palais [2].

Le champagne, aussi bien que les filles, fait partie de tous les soupers fins [3], et volontiers « on noie la chaleur du jour dans le vin de Champagne doux et pétillant comme ces beautés charmantes dont chaque verre rappelle le cher souvenir » [4]. Veut-on se régaler de quelques rasades de vin de France ? On se rend chez un certain « M. Binet qui demeure au bout de Bow-Street, proche du Coventjardin » et, à l'enseigne de Sainte-Cécile, on déguste le vin de Languedoc, rouge et blanc, à 15 sols la pinte, du vin muscat de Frontignan. On n'en a « jamais beu de si bon à Paris » [5]. Joseph Batailhé, marchand à Londres, ne s'attardait pas au commerce de détail, il semble avoir été un des grands fournisseurs de vins français [6]. Si c'est

1. *Chamber's Cyclopædia*, vol. I, p. 311.
2. Lister, *Voyage à Paris*, pp. 147, 157, 190, 191.
3. Sedley, *The Mulberry Garden*, I, 2.
4. Otway, *The Soldier's Fortune*, IV, 1.
5. Claude Mauger, *Grammaire*, p. 141.
6. *Calendar of State Papers*, 1660-61, p. 496.

là le même commerçant que M. Batelier, dont il est question dans le
*Journal* de Pepys, nous savons à quels artifices il avait parfois recours, lui et ses semblables, pour acheter nos vins, en France, à de
bonnes conditions. Étant un jour, avec quelques autres, à Bordeaux,
dans une taverne, où il s'agissait de traiter une affaire de vins, ils
engagèrent un gaillard qui se chargea d'imiter sur une caisse de bois
le bruit du tonnerre, de la pluie et de la grêle, ce dont il s'acquittait
fort bien. La ruse réussit à merveille : les compères persuadèrent
au marchand, un peu bien naïf, il faut le reconnaître, que l'orage
allait gâter son vin et le faire aigrir, et cela lui parut si raisonnable
qu'il accepta le prix offert, baissant le sien de deux pistoles par tonne.
Une grande quantité de vins de France était exportée en Angleterre, aussi bien qu'en Hollande, et la *Gazette d'Oxford*, moniteur officiel, signale, en 1665, dans l'île de Wight, le passage de bateaux
chargés de vins de Bordeaux : elle note que, dans le port de cette
ville, trois à quatre cents vaisseaux opèrent leur chargement de
vins et autres denrées pour diverses destinations [2]. La consommation qu'on faisait des vins de France était, en effet, fort importante :
la table de Charles II en était abondamment pourvue. Richard Beavis
était chargé d'aller lui-même les acheter sur place, et un laissez-
passer, au retour, lui permettait de faire entrer en franchise les vins
pour la maison du Roi [3]. Cette exemption des droits de douane
s'étendait aussi parfois aux étrangers, aux personnages de marque,
occupant des fonctions diplomatiques, par exemple. Ainsi le comte
de Soissons, ambassadeur extraordinaire du roi de France, était
exempté des droits de douane pour seize tonnes de vins de France
qu'il faisait entrer en Angleterre par la Tamise [4]. Les capucins de
la reine mère eux-mêmes n'acquittaient aucun droit pour les trois
tonnes de vin de France qu'ils recevaient chaque année [5]. La douane
percevait-elle son dû ? La taxe était moins lourde pour nos vins que
pour les vins d'Espagne ou les vins du Rhin : les vins français ne
payaient que 8 pence par quart (1 litre 14), tandis que les vins du


1. Pepys, *Diary*, août 31, 1666.
2. *The Oxford Gazette*, published by Authority. — Isle of Wight, nov. 18, 1665.
3. *Calendar of State Papers*, 1661-62, p. 498.
4. *Calendar*, 1660-61, p. 328 ; 1661-62, pp. 91, 141, 175.
5 *Calendar*, 1661-62, p. 203.

Rhin payaient 12 pence : c'était pour nos vins comme un tarif de faveur [1].

Il paraît que les vins importés en Angleterre n'y pénétraient pas toujours sans encombre : ils étaient exposés à de fâcheux accidents de route : tantôt c'était l'équipage qui se régalait aux dépens du destinataire [2], tantôt les commotions politiques, la guerre, arrêtaient l'arrivage des vins, ce qui ne manquait pas de faire murmurer les Anglais contre le Parlement [3]. Les raillait-on de ces privations? Ils déguisaient leur mécontentement : «à ceux qui leur ont dit que cette défense ne tiendrait pas et qu'ils ne pourraient se passer de nos vins, écrit Croullé à Mazarin, ils ont répondu, par manière de raillerie, que les hommes s'accoutumaient à tout, et que, se passant bien de Roi, contre la créance que l'on en avait eue, ils se pourraient bien aussi passer des vins de France [4]. » Néanmoins, ils regrettaient vivement les rasades de vin de Bourgogne et ne se faisaient pas faute d'y revenir dès que cela leur était permis. Bus par l'équipage, interdits et arrêtés en route, les vins français, quand ils pénétraient en territoire anglais, couraient des dangers plus graves encore aux mains des contrefacteurs anglais. « Il n'y a qu'une chose qui soit pire que notre vin, ce sont nos femmes, dit Farquhar : notre bordeaux n'a pas en soi grand'chose de français, mais nos femmes ont le diable au corps et tout le reste : des deux côtés il y a falsification [5]. » On s'imagine assez facilement les manipulations auxquelles devaient être soumis les vins de France, quand on se rappelle la proposition faite par le Dr Goddard et enregistrée, comme un document d'importance, par l'historien de la Royal Society. Il ne s'agit de rien moins que de fabriquer du vin sans raisin. Que les plus habiles planteurs des Barbades s'y essayent, conseille ce bon Dr Goddard, il n'y a rien qui ressemble autant au vin que le jus de la canne à sucre. S'ils y réussissent, les avantages seront considérables : les Anglais vendent mal leur sucre; au contraire, le prix du vin augmente d'année en année. Quels bénéfices à réaliser, si l'on peut arriver

<hr>

1. *Calendar of State Papers*, 1661-62, p. 205.
2. *Calendar of State Papers*, 1661-62, p. 322.
3. Dryden, *Don Sebastian*, Prologue, vol. VII, p. 319.
4. Guizot, *Hist. de la République d'Angl. et de Cromwell*, p. 214.
5. Farquhar, *Love and a Bottle*, II, 1.

à substituer au vin le jus de la canne à sucre ! Quelle satisfaction
pour les colonies, comme pour la mère patrie [1]! Des essais durent
évidemment être faits, aux grands dommage et désespoir de ceux qui ne
tenaient pas, même par patriotisme, à remplacer les vins de France
par d'invraisemblables mélanges. En effet, il y eut pire encore que
le jus de la canne à sucre, qui, somme toute, n'avait rien de malfai-
sant. On alla plus loin dans la voie de la falsification. Addison
révèle à ses compatriotes, probablement plus indignés que surpris,
qu'il y a, en sous-sol, dans d'obscures caves, une société de tra-
vailleurs invisibles, de philosophes souterrains, qui, chaque jour,
par des opérations chimiques, s'occupent de la « transmigration des
liquides et, par le pouvoir de substances médicinales et d'incantations,
créent, sous les rues de Londres, les produits les plus délicats des
collines et des vallées de France », faisant jaillir du bordeaux de la
prunelle pressée, et tirant du champagne d'une pomme. Il semble, dit-
il, que Virgile, dans sa prophétie remarquable :

*Incultisque rubens pendebit sentibus uva,*

ait entrevu cet art qui peut changer en un vignoble une plantation de
haies du Nord. Addison fait comparaître les délinquants devant un
tribunal imaginaire. Un honnête marchand se plaint de cette con-
currence déloyale : les falsificateurs, dit-il, ont tellement vicié le
palais de ses compatriotes, qu'il ne parvient plus, lui, homme probe
par excellence, à placer ses vins d'une pureté absolue. Il énumère la
longue série de maux qui menacent la santé publique. Le président,
un peu inquiet, sans doute, après ces révélations, ordonne que des
expériences soient faites devant lui. Tom Tintoret, grand teinturier
en vins, comme son nom l'indique, prend un verre de belle eau
claire, y verse trois gouttes d'un certain flacon, et voilà l'eau transformée sur-le-champ en un superbe bourgogne pâle. Deux gouttes de
plus, et voilà un vin du Languedoc parfait; puis, c'est un délicieux
vin de l'Hermitage et un vin de Pontac très corsé. On arrive au bordeaux; le président, en homme avisé, ne tient pas à le goûter lui-

---

1. *History of the Royal Society. A Proposal for making Wine*, by Dr. Goddard,
p. 193.

même : il le passe à son chat qui est tranquillement assis sur le bras
du fauteuil : l'animal y va laisser la vie : heureusement les chats ont
la vie dure, autrement il eût passé, au milieu des affreuses convulsions qui le torturent. Ces falsificateurs sont décidément des assassins,
déclare le président avec indignation : il ne fera plus venir son vin,
lui, que des caves de Versailles [1]. C'est là, d'ailleurs, toute la sanc-
tion donnée aux expériences, presque meurtrières, faites sous ses yeux.
Qu'on crie donc à la falsification tant qu'on voudra, que Lord Dar-
mouth propose de ruiner la France en interdisant l'importation de
ses vins en Angleterre, que le traité Methuen, en 1703, s'efforce de
substituer les vins d'Espagne aux vins de France, que les chats passent de vie à trépas au milieu de terribles convulsions, peu importe :
« plutôt que de ne pas boire du vin de France, déclarent les Anglais,
nous oublions nos intérêts, nous commettons toutes les vilenies et
tous les parjures du monde pour en introduire chez nous, parce qu'on
veut absolument en boire et qu'il en faut à tout prix » [2].

Ce n'était pas les vins de France seulement dont on voulait à tout
prix : tout ce qui rappelait, de près ou de loin, la cuisine française était
recherché avec le même empressement. Si le juge Trice, les lunettes
sur le nez, avait près de lui sa bouteille et son fromage de Parmesan [3], ce fromage presque diplomatique, qui constituait un cadeau
digne d'être offert aux plus grands personnages [4], et dont se réga-
laient volontiers les domestiques, quand leurs maîtres avaient le dos
tourné [5], les Anglais, à la Restauration, n'étaient pas moins friands
des « angelots de Brie » [6], et le roi Charles II lui-même ne dédai-
gnait pas les paniers de fromages que Lord Saint-Albans lui apportait de Calais [7], non plus, sans doute, que les « truffes de Péri-
gord » et les « jambons de Bayonne » [8]. Si on n'en est pas encore

---

1. Addison, *The Tatler*, n° 133.
2. Smith, *Life, Journals, etc., of Pepys*, vol. II, p. 202, cité dans Wheatley
*Samuel Pepys....* p. 203.
3. Dryden, *Wild Gallant*, I, 3.
4. *Calendar of State Papers*, 1661-62, p. 206.
5. Crowne, *Juliana*, III. *Dramatists of the Restoration*, vol. I, p. 70.
6. D'Avenant, *The Wits*, IV, 1. *Ibid.*, vol. II, p. 196.
7. *Calendar of State Papers*, 1661-62, p. 616.
8. Pope, *Works*, vol. IV, p. 219.

arrivé à versifier, comme le fit Gay pour l'envoyer à Pope, une recette pour préparer le ragoût de veau, donnée par un cuisinier français [1], William Temple connaît la soupe à l'ail et à l'oignon, appelée, dit-il, par les Français, « soupe à l'ivresse », et il n'est pas fort éloigné de la conseiller à ses compatriotes [2]. M^{me} Clerimont, qui est allée en France, se détourne avec quelque dégoût de ces grosses pièces de viande, placées hier et aujourd'hui encore sur les tables anglaises ; elle fait ses délices maintenant — *horresco referens* — de ces grenouilles et salades que le grand Roi vient de recommander à ses sujets, ce qui ne constitue pas, aux yeux de M^{me} Clerimont, un de ses moindres titres de gloire : la tante de cette Anglaise francisée jusqu'à l'exagération est profondément scandalisée d'avoir embrassé quelqu'un ayant mangé des grenouilles [3] ; il est regrettable qu'elle n'ait pas à son service le qualificatif de : *you nasty froggy ! vilaine mangeuse de grenouilles !* dont on nous gratifie si aisément en Angleterre.

Mais jusqu'à quel degré cette admiration, partant cette imitation de tout ce qui est français, ont-elles pu modifier la manière d'être, les coutumes, la façon de vivre, le caractère même de la société anglaise, voilà ce qu'il peut être intéressant de rechercher. Le type du gentilhomme anglais à la mode, du « beau » d'alors, du « spark », comme on le qualifiait, est un exemple curieux du changement qui s'est opéré en Angleterre après la Restauration. Les poètes dramatiques anglais ont, ici ou là, ébauché son portrait, et, en réunissant ces traits de caractère, épars dans leurs œuvres, en faisant une sorte de synthèse, on obtient le type assez exact du gentilhomme d'alors. Sans doute, chez les poètes anglais, cette peinture a quelque chose

1. Pope, *Works*, vol. VII, p. 80.
2. William Temple, *Essays* (*Of health and long life*).
3. Steel, *The Tender Husband*, V, 1.

de satirique, et on pouvait en sourire ; mais, encore qu'on s'en
moquât un peu, il était de bon ton de ressembler à ce parangon de
toutes les élégances, tant il est vrai que la mode peut être fantasque,
ridicule, mais qu'elle est tyrannique aussi, et finit presque toujours
par s'imposer, même en ses exagérations les plus grotesques.

Ce gentilhomme à la mode porte dans la littérature d'alors différents noms ; il se nomme le « monsieur Anglais », chez Howard.
Un « monsieur », en effet, c'est un Français : donc, le « monsieur
Anglais », c'est l'Anglais retour de Paris, devenu français, ou peu
s'en faut ; il s'appelle Sir Fopling Flutter, chez Etheredge, et ce
vocable marque bien la fatuité remuante de ce petit-maître ; il répond
au nom de Bull jeune, chez Dennis ; c'est le comte Rodophile, chez
Dryden ; et Wycherley, le premier, l'avait baptisé du nom qui lui
convient peut-être le mieux : Monsieur de Paris ! C'est celui que
nous adopterons nous-même, comme nom en quelque sorte patro-
nymique.

Voici donc venir Monsieur de Paris !

Il arrive, en effet, « tout chaud » de Paris : il veut qu'on le sache
bien et ne se fait pas faute de le répéter. Il entre, il salue en
français [1] : « *Serviteur ! serviteur ! la cousine ;* je viens vous donner
le *bon soir* », comme disent les Français. Et son premier soin est de
baiser la main de la dame de céans. Il est de tous points habillé à la
française. Comme il se pavane sous ce « petit costume » qu'il a fait
faire à Paris, tout exprès pour le mettre à son arrivée en Angleterre !
« A peine vaut-il qu'on s'y arrête, » dit-il avec une modestie affectée,
et chacun d'admirer ! Le *pantaloon* est très bien monté, déclare l'un,
comme pour donner le signal des éloges à décerner avec profusion.
— « Je n'ai jamais vu un vêtement de coupe meilleure, » ajoute un
autre. — « Il m'allonge la taille et me rend élancé », s'empresse
de renchérir l'élégant Parisien. — « C'est la forme dont raffolent les
dames, » reprend un ami complaisant. Et celles-ci, comme au coup
de baguette d'un chef d'orchestre, joignent leurs voix au concert
d'éloges : « Ses gants ont de bien belles franges, ils sont grands et
gracieux. — On m'a toujours remarqué pour être *bien ganté*. — Il
ne porte rien qui ne vienne des meilleurs faiseurs de Paris, ajoute

---

1. Tous les mots en italique sont dits en français.

une admiratrice. — Vous dites vrai, Madame, reprend l'élégant. — Le costume ? s'enquiert une belle dame. — De chez Barroy. — La garniture ? — De chez Le Gras. — Les souliers ? — De chez Piccat. — La perruque ? — De Chedreux. — Et les gants ? s'exclament deux dames ensemble. — De l'Orangerie ; vous reconnaissez le parfum, Mesdames. » Et ses bottes à revers ! qu'on les admire. Il donne sa parole qu'il n'en a jamais eu lui allant mieux. Sa jambe, quand il les met, ne ressemble pas du tout à la jambe d'un Anglais. S'il marche, elles font un bruit énorme : impossible de faire la cour à une maîtresse, on n'entend plus rien. Qu'importe ? Ce bruit se justifie de lui-même, c'est un bruit « à la mode de France » ; ce n'est pas un bruit anglais, ce serait alors tout différent. « Sans doute, lui objecte-t-on, vos bottes ont été faites en France, mais elles font du bruit en Angleterre. — Soit, répond-il, mais c'est toujours un bruit français. — Et croyez-vous qu'un bruit français ne puisse pas empêcher d'entendre ? — Non, certainement, explique-t-il, en jouant sur les mots de façon presque intraduisible, et je vais le démontrer, car, voyez, monsieur un bruit français est « agréable », à l'air, donc il ne peut qu' « agréer », donc il ne saurait nuire à l'audition. » Un Français, d'ailleurs, ne marche pas comme un Anglais, encore moins une Française comme une Anglaise. Il voit sur le sable une empreinte de pas : au premier coup d'œil il sait si ce sont des Françaises ou des Anglaises qui ont passé par là. « Je parie cent livres, dit-il, que ce sont trois Anglaises qui nous ont précédés ici. — Et comment pouvez-vous le savoir ? lui demande-t-on un peu surpris. — Parce que j'ai été en France », répond-il. On se demande ce qu'il veut dire, car cela n'éclaircit rien. Alors il s'explique : « En France, j'ai souvent remarqué, dans les jardins, quand la société se promenait après une légère averse, l'empreinte que faisaient les pieds des Françaises. J'ai vu tant de bon ton dans leurs pas que le maître de danse du roi de France n'aurait rien trouvé à reprendre, même pour un seul pas. Ici, je vois que les orteils des dames anglaises ont l'air d'être prêts à monter les uns sur les autres. » N'est-ce pas que cet Anglais, si bien francisé, sait observer le fin du fin dans la démarche des Françaises, et que sa perspicacité admirable, son flair merveilleux à observer une empreinte de pas sur le sol, évoquent le souvenir des coureurs des prairies de Fenimore Cooper ou de Gustave Aimard ?

Œil-de-Faucon n'eût pas été plus clairvoyant. M. de Paris distingue également à première vue ce qu'il peut y avoir de défectueux dans la toilette de ses amis : que son voisin le fuie, s'il ne brille pas par l'élégance de sa cravate, car voici le compliment qu'il va recevoir : « Vos vêtements vous vont bien, mais je ne vous ai jamais vu une belle cravate. Si les vôtres étaient faites comme les miennes, elles donneraient un tout autre air à votre visage. Je vous prie, laissez-moi vous envoyer mon valet de chambre, rien qu'un seul jour. Par Dieu ! un Anglais ne sait pas attacher un ruban ! » Ce valet de chambre, bien entendu, vient de France, il a servi quelque temps sous les ordres de Mérille, le plus grand génie du monde en fait de *valet de chambre*, celui qui appartenait jadis au duc de Candale.

M. de Paris n'est pas soucieux de sa toilette seulement ; c'est un gourmet, on ne pourrait pas dire un gourmand. En sa qualité de connaisseur, il ne saurait s'accommoder de la cuisine anglaise, et le bœuf anglais lui répugne. Qu'on ne lui parle pas d'un traiteur anglais, dût-il y trouver le meilleur bœuf bouilli ou rôti de la ville : qu'on y regarde à deux fois avant de lui proposer de l'y conduire. D'un inconnu, il exigerait des explications immédiates ; d'un ami, il lui faudrait une réparation, car il y aurait insulte à son palais. On ne peut pas dîner comme il faut, si l'on ne mange pas dans une mai-son française, chez Chatelin, par exemple, dans Covent-Garden, où Pepys paye, en maugréant un peu, ses 8 shillings et demi, pour un mauvais dîner, paraît-il, qui ne lui plaît pas — est-ce le prix ou la cuisine ? — mais qui est servi dans une maison à la mode. Un galant qui se respecte ne touche pas aux mets anglais. Ne s'est-il pas battu en duel avec un individu qui avait l'impudence de soutenir devant lui la cuisine anglaise ! il lui a envoyé aussitôt un cartel, comme l'aurait fait tout homme qui a été en France. On s'est battu, il l'a tué. Et qu'on ne croie pas qu'il l'ait frappé n'importe où. Non, il lui a traversé le palais ; c'est sûrement la main de la justice qui a guidé son épée.

Sur ces entrefaites, deux dames de mœurs légères se présentent, qui vont exploiter sa manie pour tout ce qui est français. A leur arrivée, ses deux camarades s'esquivent. « Voilà bien, s'écrie-t-il, la politesse anglaise ! » Certes, il n'en sera pas de même pour lui. « Vous avez trop l'air français », lui dit une des coquettes en le rete-nant ! Et M. de Paris est conquis. « Vraiment, vous pensez que

j'ai l'air bien français ? — Mieux que tout Français au monde, »
repartit l'enjôleuse. Cette fois toutes les résistances tombent, et
l'Anglais francisé appelle le garçon du restaurant pour régaler les
deux belles. Un garçon anglais se présente : il le congédie; vite il lui
faut un garçon français : « *Chere Pierot, serviteur, serviteur, orça à
manger!* » s'écrie-t-il en l'apercevant. Ce n'est qu'un marmiton, mais
peu importe, il l'embrasse avec effusion, puisque c'est un marmiton
français. Naturellement celui-ci s'empresse d'abuser de cet enthousiasme, et c'est un défilé dispendieux de perdrix, de faisans et de
cailles « à la française » que les deux filles voient passer devant elles.
Le régal est, aussitôt, vigoureusement attaqué. Cependant l'amphitryon sent sa bourse se vider et, à mesure que le garçon offre le
« fromage de Brie », chargeant de plus en plus le menu, on entend
le gentilhomme s'écrier d'un air éploré : « Ce *bougre* va me ruiner;
*de grâce, c'est assez, Pierot, va-t'en!* » Mais comment se fâcher ! c'est,
en somme, d'une oreille fort satisfaite qu'il entend M^lle Flirt lui déclarer qu'elle ressent pour lui une passion extrême, car il est si
français ! si puissamment français ! si agréablement français !

Il ne partira pas à pied, et la voiture de son choix est française aussi.
« Avez-vous remarqué la *calèche* que j'ai ramenée ? elle a un tout
autre air que celles de fabrication anglaise », et il y a pour les calèches
un *bel air*, comme pour les personnes : ne pas le remarquer, c'est
être bien *grossier*. Les valets de pied portent tous des noms français,
et, ces noms, il les fait sonner bien haut : « Hé ! Champagne,
Norman, La Rose, La Fleur, La Tour, La Verdue ! » Qu'on ne parle
pas de John Trott! Trott, Trott, Trott ! est-ce assez barbare tous
ces noms de domestiques anglais, ces gaillards dont la perruque sent
le tabac au lieu de l'essence de pulville ! De quel air méprisant il les
regarde tous, eux dont les gants au parfum bizarre ont failli l'empoi-
sonner, et dont la cravate retombe d'un pouce au-dessous de leur
cou ! Comme il est plein de mépris pour l'insulaire qui n'a pas
voyagé ! De grâce, qu'on ne le confonde pas avec ce M. Gerrard dont
on parle tant : il est sans doute spirituel, brave, de *bel humeur*, bien
élevé ; mais pensez donc, dit M. de Paris d'un air dégoûté, son tailleur
habite Ludgate, son *valet de chambre* n'est pas français, et on l'a vu,
à midi, entrer dans un restaurant anglais! Est-ce là ce qu'on appelle
un élégant ! On le dit bien élevé, quelle pitié ! M. Gerrard ne sait ni

faire un pas de danse, ni chanter une chanson française, ni lancer un
juron à la française, ni se servir dans la conversation d'expressions
françaises. Et puis il ne sait pas jouer à l'hombre, à la bassette, au
trente et quarante, au piquet, et il parle trivialement, en bon anglais,
avec la prononciation commune d'un indigène ; il n'a pas ce joli
zézaiement des gens de qualité en France, enfin, pour n'en pas dire
plus, il n'a jamais sur lui une tabatière : il ne parle jamais de ses
voyages, de Henri IV et du Pont-Neuf, à Paris, du Nouveau Louvre
et du Grand Roy, *ventre bleu ! jarnie ! teste bleu !* Comme M. de Paris
lui ressemble peu, lui si *gaillard,* qui ne fréquente que les restaurants
français ! Et combien gaiement, *ma foy,* il entonne en français une
chanson à boire : *La boutelle, la boutelle, glou, glou !* Fi des vieilles
chansons anglaises : *Arthur de Bradley,* ou *Je suis le duc de Norfolk.*
Il n'a passé que trois mois à Paris, mais, bien qu'il ait vécu dans une
maudite maison de pension anglaise, il y a fait tous les progrès possibles. Que s'il jure à la française, *vert bleu ! teste bleu !* qu'on n'aille
pas lui dire qu'il n'a vécu qu'avec des laquais, car, après tout, un
laquais français vaut mieux qu'un squire anglais. Qu'on ne l'appelle ni
Mr. Taylor, ni Mr. Smith, fi donc ! Passe encore pour Monsieur Tailleur, cela aurait son air français ; mais il tient à un nom qui ait quelque
allure, qui sente le *beau monde* ; ce ne sera ni M. Nathaniel Paris,
ni Paris, mais De Paris, s'il vous plaît, Monsieur de Paris, ou
Monsieur Pantaloons ! Voilà un fort joli nom qui vaut bien les de La
Fontaine, de La Rivière, de La Roche et tous les *de* du pays de
France. Avec un nom pareil et un *air français,* si marqué et si apprécié des dames, il devient tout de suite leur favori. C'est un beau
gentilhomme, il chante et danse en Français, il écrit les *billets doux* à
l'admiration, et ce n'est pas là un mince talent. Qu'il est loin, par
conséquent, de cet *étourdi bête* qui n'a pas voyagé ! Il est *charmant.*
Ce n'est pas lui qui, semblable à l'âne d'Esope, et ne sachant faire sa
cour, met les pieds dans le plat et fait toutes choses en maladroit.

« C'est le *galant homme,* l'*honnête homme* par excéllence, qui chante,
danse et s'habille à ravir, qui parle français comme s'il avait été toute
sa vie à Paris et qui admire tout ce qui est français. Il a fait son tour
de France, il a rapporté de nouveaux menuets, ces menuets si admirables ! murmurent ses admiratrices ravies d'aise ; il sait quelles nouvelles pièces on joue à Paris ; c'est lui qui a le mieux dansé au dernier

grand ballet et il est resté en correspondance avec les Français : il est donc informé de tout ce qui s'écrit en France de nouveau, de *beau*, de *délicat* et de *bien tourné*, il est le premier à l'avoir. Chaque jour il a assisté au *levé* du roi. « Ah ! s'écrie une belle, je voudrais vivre et mourir avec lui ! » Son succès est assuré auprès des dames. Il raconte avec complaisance les intrigues qu'il a pu nouer et dénouer en France. Les Anglaises n'entendent rien aux messages d'amour. Aussi il a rapporté à peu près un boisseau de *billets doux* qu'il a reçus de femmes, sœurs et filles de ducs et pairs de France. « Je voudrais, dit-il à son neveu, te les voir traduire pour le plus grand avantage des Anglaises. Notre langue manque de ces choses-là. On y trouvera, à la perfection, *le galant, le doux, le tendre, le délicat, le bien tourné.* » Et, à haute voix, le neveu fait la lecture d'un billet doux que son oncle a reçu d'une duchesse. Il peut se dire « un *homme à bonnes fortunes* » et à « *belles aventures* ». C'est en se promenant aux *Tuilleries* qu'il a été remarqué d'une belle : cent fois il a conversé avec elle, ainsi qu'au *Luxembourg*, *au Palais Royal* et *aux Gobelins* : elle habitait le *Fauxbourg Saint-Germain*, et, comme pas un, près des massifs de fleurs des Tuileries et des allées sablées du Luxembourg, il savait s'exclamer : « *Ouy, Dieu me damne, je l'adore !* » M. de Paris mérite bien son nom de M. de Paris, tant il connaît bien la capitale : il sait même où est la *rue des Bouchers* où logent, assure-t-il, tous les Anglais, parce qu'ayant entendu parler du peu de viande qu'il y a à Paris, ils sont venus se réfugier à proximité du bifteck, pour n'avoir pas à courir après leur mets favori. Aucun étranger à Paris, affirme-t-il, n'y a mieux passé son temps l'hiver précédent : il était reçu dans une douzaine de familles où fréquentaient toutes les dames de qualité, et il est prêt à raconter toutes les intrigues qu'il y a eues, « plus agréables que celles qu'on lit dans un roman ». C'est là, assurément, qu'il a appris qu' « à Paris la mode est de flatter la prude, de rire de la fausse prude, de faire sérieusement la cour à la demi-prude et de se railler simplement de la coquette ». Il excelle dans l'art de faire un compliment « à la française » : il célèbre l'*éclat* d'une beauté qui lui répond en admirant le *brillant* d'un aussi beau langage : il la complimente de son fort *joli point d'Espagne* qu'elle trouve, par modestie sans doute, moins riche que le *point de Venise*. Ce n'est pas lui qui s'empêtre dans ses propos galants, ni dans un

*embarras* de civilités, car il a lu l'*Art de l'affectation*, qui enseigne
toutes les minauderies à la mode, la façon de prodiguer les mots français dans un entretien, ce qui rend charmante une conversation.
Qu'un beau jour sa maîtresse, fatiguée de lui, s'il est possible, vienne
à le congédier ; il se consolera, si son congé lui a été signifié sur un
ton de voix tout français, car, ainsi donné, il ne saurait lui être désagréable. Si, impatientée, elle lui tourne le dos et s'éloigne, on entendra
M. de Paris murmurer à mi-voix, presque satisfait : « Voyez comme
elle s'en va, la voilà qui part d'un pas français ! » Peut-on être plus
gallomane ! Mais comment songer même à congédier un personnage
de si élégantes manières qui était, la veille, au théâtre avec une paire
de gants lui montant jusqu'au coude et une perruque plus régulièrement frisée que la tête d'une dame qu'on vient de coiffer pour le bal ;
un petit-maître qui porte si bien la tête de côté et dont le regard est
plus languissant que celui d'une dame se prélassant dans sa voiture
ou appuyée, au théâtre, contre les montants d'une loge ; un dameret
qui sait si bien s'habiller, si bien danser, qui a le génie des billets
doux, qui est très amoureux, assez discret et pas trop constant, qui
enfin chante à merveille, car c'est à Paris qu'il a appris à chanter, et
c'est Lambert, le plus grand maître de chant du monde, qui l'a instruit. Sa voix, quelque agréable qu'elle soit, manque un peu d'étendue,
comme celle de son maître : aussi ne se soucie-t-il guère de chanter
ailleurs que dans la *ruelle* certaine romance langoureuse, comme
« Phyllis, que vous êtes charmante, que vous me semblez belle ! » Et
c'est Baptiste (Lulli) qui en a fait la musique. Ses pas de danse — courante, bourrée ou menuet, — un peu lourds à la suite des libations de
la nuit précédente, ont été réglés par Saint-André, le fameux maître
de danse, et celui-ci lui déclare qu'avec un peu d'exercice il reviendra vite ce qu'il était et qu'il retrouvera aisément la réputation de bon
danseur qu'il s'est faite à Paris, cette allure française enfin sans
laquelle un Anglais paraît toujours gauche. Comme il veut rester un
danseur distingué, qu'on ne lui parle pas maintenant d'une *bonne fortune* : il se dispose à faire belle figure devant les dames dans le prochain ballet, il lui faut toutes ses forces et pas une femme ne vaut qu'on
perde le pas dans un entrechat. S'il connaît Lulli et Saint-André, il
est moins familier avec les grands noms de la littérature. On cite
devant lui l'exemple de Bussy : « Ah oui, Bussy d'Ambois », réplique-

t-il, quand il s'agit évidemment de Bussy-Rabutin. Il a, d'ailleurs,
tout le mépris qui convient à un « spark » pour ce qui touche à la
littérature ; il n'écrira pas ses aventures, comme on l'en sollicite, car
« écrire est la partie mécanique de l'esprit : un gentilhomme ne va
pas au delà d'une romance ou d'un billet doux ». Au diable les auteurs, il n'y a de vrai que les dames auprès desquelles on peut joliment passer son temps. Que si parfois il se risque au théâtre, il y
enrage : il ne peut, lui qui vient d'entendre à Paris du Molière et du
Racine, souffrir une seule de ces sottes et maudites pièces anglaises. Et
pour bien marquer son dire, il l'appuie d'un juron à la française : *Que
le diable m'emporte !* clame-t-il avec force. Surtout qu'on ne s'avise
pas de médire de la France : on trouverait à qui parler. Que l'on cesse
de tourner en ridicule la nation française, cette nation si *accomplie,*
qu'on imite si mal qu'enfin de compte ce sont les Anglais qui se rendent ridicules : *ma foy !* s'il faut que ses amis raillent quelqu'un, qu'ils
se moquent des Hollandais, *les grosses villains, pendards, insolents.*

Au milieu de ses protestations, M. de Paris, Anglais de naissance, Parisien d'occasion, en arrive à renier son pays d'origine, à
désavouer sa patrie. « C'est un pays de brutes, celui où on insulte les
Français », s'écrie-t-il, en un anglais fortement francisé, partant, bien
à la mode du jour. Qu'on n'en dise pas davantage contre son amie la
France, ni contre ses amis les laquais français. Trois mois de séjour
en France ont produit sur lui une complète métamorphose : il n'aime
plus la bière, sa boisson nationale ; le bourgogne et le champagne seuls
lui agréent : il a oublié sa langue, il parle un anglais détestable, car
c'est maintenant une preuve de mauvaise éducation de bien parler et
de bien écrire en anglais, il est Français ! Ses amis impatientés le ru-
doient : « Vous êtes assez dégoûtant, lui déclarent-ils, assez v... lé, pour
être Français », car il paraît que la gallomanie va jusque-là. « Soit,
répond vivement M. de Paris, c'est la seule qualité française que l'on
puisse acquérir, *ma foy,* sans aller à Paris. » Il est maintenant un
gentilhomme accompli, il a l'*eyre* (air) français dans toute sa perfection. Comme M. de Paris était fier le jour où, aux Tuileries, certain
marquis, le rencontrant et se méprenant sur sa nationalité, l'a hélé
en ces termes : *Hé ! chevalier !* puis s'est galamment excusé de sa méprise ! Courtoisie bien inutile : aucun compliment ne pouvait être
plus flatteur. Être pris pour un Français ! c'est le dernier mot de

l'élégance : il n'y a plus rien à désirer ; le rêve si longtemps, si ardemment poursuivi, est enfin réalisé. M. de Paris nage en pleines délices.

Mais voici que la punition approche et que la catastrophe arrive. M. de Paris va se marier. Pour obtenir la main de la fille de Don Diego, riche Espagnol, aussi fanatique des modes espagnoles que M. de Paris l'est lui-même des modes françaises, il va falloir renoncer au costume français, au bégaiement et autres simagrées. Autrement, rien à espérer ; il n'aura pas la fille de Don Diego : pas de fiançailles entre la veste espagnole et le pantalon français. « Oh, *chere pantaloons*, s'écrie l'amoureux, ayez pitié de mon pantalon, Don Diego, mon oncle. *Hélas ! hélas ! hélas !* — J'ai dit, remarquez bien, qu'il faut que votre costume soit espagnol et votre langage anglais, et je suis entêté, repartit l'inexorable beau-père. — Il me faut donc aussi être trivial, et parler un bon anglais ! *Ah ! la pitiée, hélas !* non, je ne veux pas laisser mon pantalon et ma prononciation française pour toutes les cousines de l'Angleterre, na ! — Je vous le répète, celui qui épousera ma fille aura au moins l'air d'un homme raisonnable, car il portera le costume espagnol ; je suis un entêté Espagnol. — Très bien, très bien, et moi je suis un entêté Français. — Alors, c'est définitif, et si vous n'allez pas immédiatement mettre un costume espagnol que j'ai apporté exprès pour que ce soit votre costume de mariage, si vous ne renoncez pas à toutes ces fanfreluches, à toutes ces frivolités françaises, à toutes vos grimaces, vos *agreeables*, vos *adorables*, vos *ma foys* et vos *jarnies*, je jure sur mes favoris et sur ma tabatière que vous n'épouserez jamais ma fille ; et jamais un Espagnol ne viole son serment. — De grâce, ne jurez pas, mon oncle, car j'aime votre fille *furieusment*. — Si vous l'aimez, vous m'obéirez. — Oh, que vais-je devenir, songez-y ! Comment renoncer à toutes les beautés françaises, toutes les grâces, tous les embellissements à la fois de ma personne et de mon langage ? »

Il faut s'y décider, quelle que soit l'étendue du sacrifice. La scène est du plus franc comique et vaut d'être transcrite.

« Je le veux.

— Alors, c'est ma ruine, c'en est fait de moi. Songez un peu qu'il n'y a pas le moindre ruban de ma garniture qui ne me soit aussi cher que votre fille, *jarnie !*

— Alors, vous ne méritez pas de l'avoir : c'est pourquoi je veux être sûr que vous l'aimez mieux que cela, ou vous ne l'aurez pas, car je suis entêté.

— Voulez-vous me briser le cœur ? Je vous en prie, songez un peu à moi.

— Je le répète : avant ce soir vous serez, de la tête aux pieds, habillé à l'espagnole, ou vous n'épouserez jamais ma fille, sachez-le bien.

— Mais, si vous ne voulez pas songer à moi, songez au moins à votre fille, car elle a pour moi un *amour* passionné, et me préfère avec ce costume plutôt qu'avec le vôtre, na !

— Ce que j'ai dit est dit, et je suis entêté.

— Ne voulez-vous pas même me permettre un juron à la française ?

— Non, vous aurez l'air d'un Espagnol, mais vous parlerez et jurerez comme un Anglais, voilà !

— *Hélas ! hélas !* alors, je vous quitte, *mort ! teste ventre ! jarnie ! teste bleu ! ventre bleu ! ma foy ! certes !* »

Tous les jurons y passent. Il s'en donne à cœur-joie, puisque c'est pour la dernière fois qu'il jure en français.

Les adieux à son costume français sont touchants.

« *Adieu,* cher *pantaloon !* chère ceinture ! chère épée ! chère perruque et cher *chappeau retroussé,* et chers souliers, *jarnie ! adieu ! adieu ! adieu ! hélas ! hélas ! hélas !* voulez-vous toujours être sans pitié ?

— Je suis un entêté Espagnol, sachez-le.

— Plus cruel que l'Inquisition d'Espagne, obliger un homme à un costume contre sa conscience; *hélas ! hélas ! hélas !* »

M. de Paris reparaît un peu après, cette fois habillé en Espagnol : plus de perruque, un chapeau à l'espagnole, un pourpoint à l'espagnole, la dague à la ceinture. Il a cependant conservé sa cravate : à ce suprême sacrifice, il n'a pu consentir.

« Et vous parlez encore français, clame Don Diego ! Et vous avez encore votre cravate, par saint-Jacques, enlevez, enlevez-la !

— Oui, je parlerai désormais un bon anglais vulgaire, mais épargnez ma cravate.

— Je suis entêté, sachez-le.

(M. de Paris entrevoit la golille que lui apporte un petit nègre.)

— Laissez-moi ne pas mettre ce joug espagnol, mais épargnez ma cravate, car j'aime ma cravate *furieusment*.

— Encore vos *furieusments !*

— En vérité, je me suis oublié, mais ayez quelque pitié! (*à genoux*).

— Enlevez, enlevez-la, vous dis-je ! quoi, refuser l'ornement principal du costume espagnol ! »

(Don Diego le prend par la cravate, la lui arrache, et le nègre lui passe la golille)[1].

Le désespoir de M. de Paris fait peine à voir, et ses *hélas ! hélas ! hélas !* disent toutes ses angoisses.

Jamais sacrifice ne fut plus douloureux : jamais adieux ne furent plus poignants.


## VI


Tout était donc à la française, depuis la perruque du courtisan et les dentelles des élégantes, jusqu'au menu des joyeux grands seigneurs et de tous ceux qui se piquaient de quelque distinction. Il fallait, au prix de tous les sacrifices et en dépit de toutes les difficultés, être en tout « à la mode de France ». Naturellement, au milieu de cet entrain général, de cette vogue toujours croissante des produits d'origine française, il se trouva des fâcheux pour ne pas trop bien s'accommoder de toutes ces dentelles, de tous ces déshabillés, même « à la française » [2]. Les écrivains se mirent de la partie. Parmi eux se trouva Dryden, protestant contre l'invasion de ces modes qui, dit-il, créées en France, et une fois usées et épuisées, en sont bannies, puis expédiées en Angleterre, comme de simples huguenots [3].

John Dennis déplore que ses compatriotes ne restent pas purement et simplement Anglais et oppose leurs coutumes d'aujourd'hui à celles de leurs ancêtres : « leur nourriture aussi bien que leurs boissons étaient pour la plupart le produit de leur pays, et le coûteux jus de la vigne était plus souvent employé comme remède que comme

1. Wycherley, *The Gentleman Dancing Master*, III, 1.
2. Crowne, *Works* (*Sir Courtly Nice*, A. IV, 1), p. 311.
3. Dryden, *Works* (*Prologue to the Duke of Guise*), vol. VII, p. 18.

régal... ils avaient une profonde horreur des coutumes étrangères et de ceux qui les introduisaient ». Il reproche aux Anglais leur luxe actuel, si éloigné de la simplicité de jadis. « Maintenant, dit-il, on vit de plus en plus de nouveautés, et comme l'imagination est un peu lente, on s'abaisse très humblement jusqu'à emprunter à nos mortels ennemis ; on est tout fier de ses habits *français*, de ses mets *français* et de ses danses *françaises*. L'esprit public découle de l'amour que l'on a pour son pays, et aimer son pays, c'est en aimer les mœurs : il est manifeste qu'il y a peu d'esprit public parmi nous, car nous n'avons pas de mœurs à aimer, nos mœurs sont celles des nations voisines ». Quelle distance, s'écrie Dennis avec quelque angoisse, nous sépare des anciens Romains qui n'accordaient le droit de cité qu'à ceux qui renonçaient à leurs anciennes coutumes pour se conformer aux leurs ! Combien est fâcheuse pour nos intérêts, pour notre santé même, l'habitude de nous modeler toujours sur l'étranger [1] ! Addison, en maint endroit du *Spectateur*, combat l'imitation des modes de France, « ce pays qui a infecté toutes les nations de l'Europe de sa frivolité » [2]. Cela nous annonce les sorties violentes de Smollett, qui, quelque cinquante ans plus tard, n'épargnant rien, ni personne, dans sa gallophobie brutale, déclarera tout net que « la France est le grand réservoir d'où sortent toutes les absurdités du mauvais goût, du luxe et de l'extravagance qui vont inonder tous les royaumes et tous les États de l'Europe » [3]. Le clergé, au nom de la morale outragée, fait entendre lui aussi ses protestations et « pour une mouche damne à la fois l'âme et le corps » [4]. L'évêque de Llandaff, le D<sup>r</sup> Harris, écrit un livre sur la toilette : il l'intitule *Traité des Modes* ou *Adieu aux Franfeluches françaises*, engageant vivement ses compatriotes à s'habiller suivant leur propre goût et à abandonner les modes de France. Aux littérateurs profanes, au clergé scandalisé vinrent s'adjoindre les commerçants, vivement atteints dans leurs intérêts par la manie de l'étranger. Il y a, datée de l'année 1660, une pétition, signée d'un grand nombre de marchands, de négociants et

---

1. John Dennis, *The Select Works of J. D. (An Essay upon Publick Spirit)*, vol. I, pp. 415, 417, 421, 423.
2. Addison, *The Spectator*, nᵒˢ 435, 478, entre autres.
3. Babeau, *Voyageurs en France*, p. 227.
4. Lee, *Alexander*, Epilogue.

d'artisans de Londres ou des environs, et adressée au roi pour lui
représenter le dommage causé au commerce anglais par l'importation des étoffes de laine, des dentelles, des rubans, des soieries,
bien augmentée depuis la paix faite par Cromvell avec la France.
Ils exposent combien leur est nuisible l'importation des divers genres
de marchandises étrangères par des étrangers qui, en secret, les
vendent au détail, et viennent dans la cité de Londres exercer le même
commerce qu'eux [1]. Ils ne demandent pas l'interdiction de séjour
pour les étrangers, car « leur éloignement serait nuisible, attendu
qu'ils ont apporté avec eux maint métier utile et qu'avec le temps
ils se marient avec des Anglaises et ne font plus qu'un avec le peuple anglais » ; ils réclament simplement que l'importation étrangère
soit arrêtée par une proclamation royale, parce que, ces marchandises étant de petites dimensions, on les introduit en Angleterre en
contrebande; ils supplient le roi d'inviter ses sujets à ne porter, en fait
de toilette, que ce qui est fabriqué en Angleterre, et à désapprouver
l'usage des marchandises étrangères. Le Bureau de Commerce, con-
sulté peut-être par le roi à l'occasion de ces pétitions, déclare, en 1661,
qu'il ne pense pas qu'il y ait lieu d'avoir recours à des mesures plus
sévères, car les droits dont sont déjà frappés les draps étrangers équivalent à l'interdiction presque absolue ; mais il demande que les
employés de la douane perçoivent rigoureusement les droits prohi-
bitifs, mis récemment sur les draps étrangers, que l'on attire en
Angleterre les artisans étrangers, et qu'enfin on accorde au commerce

---

1. Sorbière, dans son *Voyage en Angleterre*, p. 123, trouve d'autres causes au
marasme du commerce anglais. « Il ne se passe presque aucun jour, qu'il ne faille
qu'un artisan aille au cabaret fumer avec quelqu'un de ses amis : c'est pourquoy
tout est plein de tavernes, et la besogne va lentement dans les boutiques. Car il
faut qu'un tailleur, ou un cordonnier, quelque presse qu'il ait, abandonne son travail pour y faire un tour sur le soir. Et comme il en revient souvent fort tard, ou
à demi saoul, il ne se remet guère au travail, et n'ouvre sa boutique, mesme en
Esté, qu'après sept heures du matin. Cela encherit les manufactures, et cause une
ialousie estrange contre les François. Car les artisans de nostre Nation sont d'ordinaire plus diligens ; et comme ils depeschent plus promptement leur besongne,
on vient aussi plus volontiers vers eux, et ils la peuvent laisser à meilleur marché
que les Anglois, qui veulent gaigner autant que les autres sur le peu qu'ils en font,
et se recompenser de la perte de leur temps. Cela mesme, joint à leur voracité, et à
leur molesse est cause que les Hollandois peuvent toujours laisser aussi leurs marchandises à meilleur marché que les Anglois. »

anglais la libre exportation de ses étoffes de laine. Ce sont aussi les
teinturiers anglais qui se plaignent d'être sans ouvrage et de mourir
de faim, à cause de la trop grande liberté laissée en Angleterre aux
marchands qui vont faire teindre et apprêter les étoffes de laine à
l'étranger [1]. Les commerçants anglais avaient de bonnes raisons
pour essayer de faire entendre leurs doléances ; les étoffes n'étaient
pas, comme on l'a vu, les seules marchandises étrangères introduites
en Angleterre, et la ferrandine noire, si à la mode comme toilette de
deuil [2], n'était pas l'unique produit français importé sur les bords
de la Tamise : la toile à voile même, nécessaire à la marine anglaise,
le chanvre brut, les cordages arrivaient à Chatham, venant de France,
des Flandres et de Hollande [3]. Quelles mesures allait-on proposer
pour protéger l'industrie et le commerce anglais, si fortement mena-
cés ? De diverses façons on essaie d'enrayer ce mouvement d'importation réellement inquiétant. En 1665, on apprend que le roi de
France, pour favoriser l'industrie de la soie, a fait rédiger par un
M. Isnard et imprimer une série d'instructions propres à encourager
la plantation de mûriers blancs et l'élevage des vers à soie. Vite, un
Anglais qui veut le bien de son pays, fait connaître à ses compatriotes
le livre de M. Isnard ; il leur en fait une longue analyse, y ajoute
maint développement, le complète de réflexions et de commentaires,
afin que les Anglais puissent reprendre leurs projets de jadis : planter à leur tour des mûriers, élever des vers à soie et enfin fabriquer
eux-mêmes cette soie qui vient à grands frais de l'étranger [4]. On
y réussit assez bien : on fit des soieries en Angleterre, surtout après
l'arrivée des huguenots français, les Lauson, les Mariscot et les
Monceaux. Soieries noires, soieries de couleur, tissus d'or et d'argent, rubans de toutes sortes rivalisèrent avec les importations françaises; mais cette industrie, en dépit des efforts faits pour en hâter
le développement, restait paralysée. Comment fabriquer en hâte ?
comment se pourvoir à l'avance d'un gros stock de soieries ? Quelles
nouveautés créerait demain la mode de France? Ce que l'on recherchait
aujourd'hui pouvait être démodé demain. Il y avait là de trop gros

<hr>

1. *Calendar of State Papers*, 1660-61, p. 363; 1661-62, pp. 80, 181, 621.
2. Ch. Sedley, *The Mulberry Garden*, V, 1.
3 *Calendar of State Papers*, 1661-62, pp. 9, 296, 374, 385, 414, 422, 429.
4. *Philosophical Transactions*, 1665-1666, vol. I, p. 87-91.

risques à courir ; et l'industrie forcément languissait [1]. Un autre
Anglais, un certain Burneby, cherche à remplacer l'orge perlé français par l'orge perlé anglais. Il a trouvé, dit-il, le moyen de le préparer tout aussi bien qu'en France : c'est un procédé à lui, tout
nouveau ; on évitera ainsi l'importation, à grands frais, de ce produit essentiellement français [2]. En dehors de l'initiative individuelle,
très louable en cette occurrence, l'intervention officielle ne manqua
pas de se produire à maintes reprises, sollicitée d'ailleurs par des
pétitions couvertes de signatures. La France fournit elle-même au roi
d'Angleterre une occasion favorable pour intervenir. « La cour de
France, écrit Hume, avoit imposé, vers le commencement du règne
de Charles, quelques droits sur les marchandises anglaises, et les
Anglais, soit par le chagrin qu'ils ressentirent de cette innovation,
soit par animosité contre la France, usèrent de représailles, en
mettant au commerce avec cet Etat des restrictions qui differoient
peu d'une défense. Ils avoient fait des calculs, par lesquels ils
s'étoient persuadé que le commerce françois leur faisoit perdre
annuellement un million et demi, ou près de deux millions. Mais ils
tirèrent si peu d'avantages de ces nouvelles restrictions, que, sous
le règne de Jacques, elles furent levées par le Parlement [3]. » On
sait également les tentatives, un peu éphémères, du roi Charles II
pour débarrasser son pays des modes et, par conséquent, des produits venus de l'étranger. On trouve dans un journal du temps,
*The Newes*, la preuve que cet effort fut au moins bien sincère, sinon
bien efficace : c'est une proclamation du maire de Londres, ainsi
conçue : « Sa Majesté, considérant les vastes sommes d'argent qui
chaque année sortent du Royaume pour l'achat à l'étranger d'objets
de toilette dont on pourrait aisément se pourvoir en Angleterre et
dont la fabrication servirait à employer des milliers de ses sujets,
considérant aussi les mesures rigoureuses prises à la fois en France
et en Hollande pour décourager et empêcher l'importation dans ces
pays des objets manufacturés en ce Royaume, a résolu et déclaré à
son Conseil Privé que désormais Sa Majesté et sa Royale Epouse ne
porteront plus comme vêtements, dessus et dessous, que ce qui est

1. H. D. Traill, *Social England*, vol. IV, p. 451.
2. *Calendar of State Papers*, 1661-62, pp. 480, 506, 523.
3. Hume, *Histoire de la maison de Stuart*, t. III, p. 466-67.

fabriqué dans ce Royaume d'Angleterre (à l'exception seule du linge,
du drap et du calico) et a enjoint à toute la cour — sans aucun doute
tous ses sujets seront prêts et disposés à en faire autant — d'observer
et de suivre en cela leur bon exemple. Ce désir Royal m'a été, par
ordre de Sa Majesté, signifié dans une lettre destinée à être publiée
dans cette cité, pour le bon encouragement de tous ses sujets : en
conséquence, cette lettre est publiée afin que tous les marchands et
détaillants en aient connaissance et désormais évitent de s'approvi-
sionner de dentelles et de points, d'étoffes de soie, de laine ou de
crin ou de tous autres objets fabriqués à l'étranger et destinés à la
toilette, sauf les exceptions ci-dessus, mais emploient des ouvriers
anglais pour fabriquer et fournir ces mêmes produits, ce qui sera,
non seulement profitable, mais aussi, honorable à ce Royaume et
d'un avantage tout spécial à cette Cité [1]. » Ces bonnes dispositions
de Charles II furent de courte durée et d'une efficacité très relative,
car, un peu après 1673, au moment du serment du *test*, il est question, pour trouver des ressources, de taxes sur les objets de luxe tirés
de France, et on se plaint toujours du commerce avec cette nation dont
la balance est, dit Reresby, de treize cent mille livres à notre désa-
vantage [2]. Pétitions et projets, édits et proclamations restaient donc
impuissants en face de la mode irrésistible et partout triomphante.

D'ailleurs, tout n'était pas pure perte pour l'Angleterre dans cette
imitation des manières et des modes françaises. La société anglaise, au contact d'une civilisation que l'on peut bien, sans faux
amour-propre national, déclarer plus raffinée, gagnait assurément
quelque chose de l'élégance, du bon goût, de la juste mesure et de
la distinction qui caractérisaient l'*honnête homme* et dont le chevalier
de Grammont, avec ses défauts mêmes et ses brillantes qualités,
était une des plus heureuses incarnations. Au point de vue matériel,
toutefois, la perte était grave. En France, s'il faut en croire le chevalier Temple, on se rendit très bien compte des avantages ainsi
concédés par l'Angleterre et on s'efforça de les conserver. « Les
Français, dit-il dans ses *Mémoires*, considérèrent que la principale

1. *The Newes*, Published for Satisfaction and Information of the People, Thur-
day, 2 nov., 1665. (L'avis du maire de Londres est du 31 oct.)
2. Reresby, *Mémoires*, p. 28.

source de la grandeur de leur État venait du grand nombre de marchandises et denrées que les nations voisines tiraient de la production de leur terre ou de l'industrie de leurs ouvriers. S'ils avaient eu guerre avec l'Angleterre, tous ces canaux, par lesquels ces immenses richesses coulaient dans la France, auraient été bouchés, excepté du côté de l'Italie, qui est fort peu considérable, parce qu'elle ne prend ni les vins, ni le sel, ni les modes des Français ; au lieu que les autres nations au nord de l'Europe font une infinie dépense pour ces choses, et portent des sommes immenses dans ce florissant royaume, qui, à mon sentiment, est plus favorisé de la nature que tous les autres du monde [1]. » Racine n'ignorait pas non plus ces avantages. En effet, le poète, dont l'appréciation en pareille matière peut surprendre quelque peu, au moins autant que les détails qu'il nous donne sur l'organisation de la milice d'Angleterre, écrivait ce qui suit : « La France tire tous les ans quelque douze millions d'Angleterre, tant par les vins que par les toiles de Bretagne, etc. ; et l'Angleterre ne tire pas de France plus de quatre millions [2]. » L'historiographe royal n'était point le seul, même dans le monde des lettres, à s'en apercevoir. Saint-Evremond s'exprimait sur le même sujet avec plus de pénétration, voyant nettement, avec son clair coup d'œil d'observateur, quels avantages, non seulement au point de vue matériel, mais aussi au point de vue moral, la France retirait d'une pareille situation. « Il n'y a point de pays, écrit-il, où la Raison soit plus rare qu'elle est en France : quand elle s'y trouve, il n'y en a pas de plus pure dans l'Univers ; communément tout est fantaisie, mais une fantaisie si belle, et un caprice si noble en ce qui regarde l'extérieur, que les étrangers honteux de leur bon sens, comme d'une qualité grossière, cherchent à se faire valoir chez eux par l'imitation de nos modes, et renoncent à des qualités essentielles, pour affecter un air et des manières qu'il ne leur est pas possible de se donner. Aussi ce changement éternel aux meubles et aux habits qu'on nous reproche et qu'on suit toujours, devient sans y penser une sagesse bien grande : car outre une infinité d'argent que nous en tirons, c'est un intérêt plus solide qu'on ne croit, d'avoir des Français répandus

1. *Mémoires du chevalier Temple*, p. 290.
2. Racine, *Fragments historiques* (Angleterre).

partout, qui forment l'extérieur de tous les peuples sur le nôtre ; qui commencent par assujettir les yeux, où le cœur s'oppose encore à nos loix ; qui gagnent les sens en faveur de notre empire, où les sentiments tiennent encore pour la liberté [1]... »

La France du xviie siècle, symbolisée par le Roi-Soleil, avait bien, en effet, au suprême degré, sur les autres nations de l'Europe, cette force de diffusion, cette puissance de rayonnement que nous n'avons pas su ou pas pu garder, de tous points entière et absolument intacte, mais dont nous avons encore, à juste titre, le droit d'être fiers.

1. Saint-Evremond, *Œuvres* (*Observations sur le goût et le discernement des François*), vol. IV, p. 208. (Éd. 1740.)

# CHAPITRE II

## Sciences et arts : médecine, peinture, architecture, horticulture, musique, danse, escrime.

### I

Dès le commencement du xvıᵉ siècle, un certain nombre de médecins français étaient déjà à Londres, et les premiers membres du Collège des Médecins furent des étrangers. Quand Oxford et Cambridge purent fournir à leur tour un contingent de docteurs, ceux-ci eurent pour confrères des docteurs venus de Padoue et de Montpellier, ces derniers n'ayant pas vraisemblablement la spécialité de soigner cette maladie qu'on nous a fait l'honneur d'appeler française et dont la guérison, chez un jeune homme de la cour, coûtait 20 shillings, pris sur la cassette particulière de la reine[1]. A l'époque de Shakespeare, les médecins français jouirent en Angleterre, semble-t-il, d'une certaine notoriété. On trouve, en effet, dans les *Joyeuses Commères de Windsor*, le docteur Caïus, un médecin français. Son talent, s'il est celui d'un personnage-type, ne consiste pas seulement à estropier la langue anglaise : ses malades, il faut bien l'espérer, sont plus en sûreté, et s'il a quelque tendance à porter à autrui quelque coup de rapière, il sait probablement panser et guérir les blessures qu'il a faites à l'occasion. En 1630, quand Marie de Médicis vit que l'époque des couches de sa fille Henriette, reine d'Angleterre, approchait, elle se disposa à lui envoyer de France la sage-femme qu'elle lui avait promise, et en qui la jeune reine pourrait avoir confiance. Celle-ci dépêcha alors en France son nain favori, le minuscule Geoffrey Hudson, qui n'excellait pas seulement — il était

---

1. Traill, *Social England*, vol. III, p. 150.

haut de dix-huit pouces — à sortir à l'improviste de dessous la croûte d'un pâté pour saluer la reine, fort suprise et, d'ailleurs, absolument charmée de cette apparition, mais savait s'acquitter de messages d'une certaine importance. Le nain de la reine avait pour mission d'escorter la sage-femme française et de l'amener saine et sauve en Angleterre. La traversée fut loin d'être heureuse : un corsaire de Dunkerque, sans respect pour ces voyageurs de marque, captura et la sage-femme et maître Geoffrey, ne se faisant aucun scrupule de piller les riches présents qu'ils apportaient à la reine, de la part de Marie de Médicis. Ce qu'il y eut de pis encore, c'est que la sage-femme fut gardée prisonnière jusqu'au jour où ses bons offices furent absolument inutiles à l'auguste malade [1]. Cet accident n'empêcha pas, plus tard, la régente de France, Anne d'Autriche, alors que les temps étaient très durs pour la famille régnante d'Angleterre, d'envoyer à sa belle-sœur, sur le point de devenir mère, M^{me} Péronne, sa propre sage-femme, porteuse de 50.000 pistoles et de tous les objets nécessaires [2]. Cette fois, il n'y eut pas l'intervention malencontreuse des corsaires. Henriette de France eut toujours auprès d'elle, en Angleterre, son médecin français. Plusieurs médecins, il est vrai, soignèrent sa fille, la jeune princesse Henriette, quand, après la Restauration, et à la suite d'une courte visite à son fils, Charles II, la reine mère fut retenue à Portsmouth par la maladie de sa fille, atteinte de la rougeole; mais ce furent surtout les avis du médecin français qu'elle écouta, et ce fut lui qui, au départ, fixa le jour où Lord Sandwich put mettre à la voile [3]. Jusqu'à son dernier jour, Henriette crut à la science des médecins français : son médecin en Angleterre Mayerne avait eu beau lui défendre jadis de prendre de l'opium : le jour où, au château de Colombes, M. Vallot, premier médecin de Louis XIV, M. Espoit, premier médecin du duc d'Orléans, et M. Juelin, médecin de la duchesse, se furent prononcés pour l'emploi des granules d'opium, leur avis prévalut [4].

---

1. Strickland, *Lives of the Queens of England* (Henrietta Maria), vol. VIII, p. 57. Baillon, *Henriette-Marie de France*, p. 130.
2. Baillon, *Henriette-Marie de France*, p. 208.
3. *Calendar of State Papers*, 1660-61, p. 483.
4. Strickland, *Lives of the Queens*, vol. VIII, p. 251.

Il faut voir avec quel zèle on recherche tout remède venant de
France, avec quelle attention on suit toute expérience tentée à Paris,
tant il semble que l'on soit persuadé qu'en Angleterre, comme le dit
Sorbière, « la Médecine auroit bien besoin d'estre un peu secouruë
par M. Vallot »[1]. Ce sont d'abord les instruments et les prépa-
rations chimiques, les alcools, les huiles et essences, les drogues de
toutes sortes qui, venant de France, entrent à Londres en franchise,
à l'adresse de Mons. Le Febvre, apothicaire du roi[2], ce même
Mons. Febvre, probablement, dont parle Evelyn, qui avait été jadis
son maître à Paris, et qui excellait à préparer le fameux cordial de
Sir Walter Raleigh, donnant en français, devant Sa Majesté, de
savantes explications sur les divers ingrédients employés[3]. En
1665, au moment de la peste, l'affolement est général : les journaux
du temps annoncent tous les remèdes imaginables. La gazette, *The
Newes*, informe ses lecteurs de l'apparition d'un livre contenant
« un Divin Antidote contre la peste », appelé encore « Larmes de
deuil, en soliloques et en prières » et propre à écarter le redoutable
fléau[4]. L'*Intelligencer* garantit l'efficacité d'une poudre merveilleuse, « la poudre de la Comtesse de Kent, récemment expérimentée
avec un succès admirable sur diverses personnes infectées », et
insère en bonne place l'annonce suivante : « Les fameux remèdes de
M. Augiers, pour arrêter et prévenir la peste, recommandés non
seulement par plusieurs certificats de Lyon, Paris, Thoulouse, etc.,
mais aussi expérimentés ici sous la direction spéciale des Lords du
très honorable Conseil privé de Sa Majesté..., se trouvent chez
M. Briggs[5]. » Le correspondant de la Société Royale n'hésite pas à
faire connaître à ses compatriotes qui ne peuvent en lire le récit en
français — le livre du savant Parisien, M. Thévenot, étant d'ailleurs
assez rare — une découverte scientifique comme celle-ci : « Dans
les Indes Orientales, et dans le royaume de Quamsy (Kouang-si ?)
en Chine, on trouve dans la tête de certains serpents, appelés d'un
nom qui signifie Serpents à longs poils, une pierre guérissant les

1. Sorbière, *Voyage en Angleterre*, p. 166.
2. *Calendar of State Papers*, 1661-62, p. 115.
3. Evelyn, *Diary*, 20 sept. 1662.
4. *The Newes*, 9 août 1665.
5. *The Intelligencer*, 11 sept 1665.

morsures de ce même serpent, qui, autrement, tueraient en vingt-quatre heures. Cette pierre est ronde, blanche au milieu et, sur les bords, bleue ou verdâtre. Posée sur la blessure, elle y tient d'elle-même et ne tombe qu'après avoir absorbé le poison : on la lave ensuite dans du lait, et on l'y laisse un certain temps, jusqu'à ce qu'elle revienne à son état naturel. C'est une pierre rare, car si on la met une seconde fois sur la blessure et si elle y adhère, c'est le signe qu'elle n'avait pas absorbé tout le venin, lors de la première application ; mais, si elle ne tient pas, c'est la marque que tout le poison a été extrait la première fois. » Il est heureux que pareille découverte soit contresignée d'un savant parisien, d'un homme comme M. Thévenot [1] ! En 1668, la question de la transfusion du sang est à l'ordre du jour à Londres. On cherche, bien entendu, à connaître l'opinion parisienne, car si le bruit court à Paris que les magistrats de Londres ont interdit la transfusion du sang, on dit aussi à Londres que la transfusion est interdite à Paris. Un membre de la Société Royale, fort perplexe et voulant être fixé sur ce point, s'adresse à un Jean Denis, docteur en médecine et professeur de mathématiques, à Paris. Celui-ci lui conte le cas qui s'est produit, il y a six mois, à Paris, où la transfusion rencontre des ennemis acharnés. « La tranfusion, écrit-il en substance, a été opérée sur un fou, avec du sang de veau, et cela a si bien tempéré la chaleur excessive du sang de ce fou qui, pendant quatre mois, avait parcouru tout nu les rues de la ville, qu'il s'est endormi deux heures après l'opération, et qu'après dix heures de sommeil il s'est éveillé avec tout son bon sens qu'il a conservé environ deux mois. Mais la compagnie trop fré-quente de sa femme et ses débauches en vin, tabac et spiritueux, lui ont valu à nouveau de très violents accès de fièvre. On a encore voulu pratiquer la transfusion, sur les instances de la femme du fou : une incision a été faite au bras et au pied : le sang n'a pas coulé et l'opéré a eu une crise tellement violente qu'on n'a même pas ouvert l'artère du veau : la nuit suivante le patient est mort, non pas de la transfusion du sang, mais de l'arsenic que la femme du fou, pour se débarrasser de son mari, mettait dans ses potages. » Jean Denis donne ensuite de curieux détails sur les procédés employés

---

1. *Philosophical Transactions*, 5 nov. 1665, vol. I, p. 102.

envers leurs confrères par les médecins hostiles à la transfusion
du sang, et note qu'il a été décidé qu'à l'avenir la transfusion ne
serait plus jamais opérée sur aucun corps humain sans l'approbation des médecins de la Faculté de Paris. Il n'y a donc pas d'interdiction absolue, comme on le prétend à Londres, mais il y a création
d'un privilège dont les médecins de Montpellier, de Reims et autres
Universités de France sont fort mécontents [1]. A l'abondance des
détails très ciconstanciés fournis par Jean Denis à son correspondant
anglais, on devine aisément l'intérêt qui s'attachait alors aux expériences tentées à Paris, à toute nouvelle d'ordre scientifique venant
de France, depuis les verres concaves obtenus par un M. de Sons et
les verres pour télescopes, polis sur un tour, « avec la même facilité
qu'on polit du bois », jusqu'aux études de M. de Bills sur les vaisseaux lymphatiques [2] et à la recette de la soupe à l'oignon et à l'ail,
appelée, dit William Temple, « la soupe à l'ivresse »,car elle est d'un
usage fréquent au lendemain d'une débauche [3].

Le climat de France était également recherché pour les malades.
Cromwell, reçu dans son château par la femme de Sir Walter
Stewart, dont le fils maintenant malade lui avait servi de guide, conseillait à la mère de le faire changer de climat [4], ajoutant que
Montpellier, dans le midi de la France, serait pour lui le meilleur
séjour. En 1662, le comte de Comminges, ambassadeur de France à
la cour de Whitehall, écrivait à Louis XIV : « La Reine Mère ne se
porte pas bien : elle est extrêmement maigrie, et a une toux qui tire
à la consomption. Son médecin lui a déclaré qu'il n'y avoit point de
sureté pour sa vie, si elle ne retourneroit en France, puisque l'air
d'Angleterre lui étoit mortel. Tous ses gens sont de cet avis... Ainsi,
Sire, je croy que si elle peut mettre ordre à ses affaires, V. M. la
reverra bientôt à Paris [5]. » W. Temple explique pourquoi le climat
de France lui paraît plus sain : « la chaleur de l'air, dit-il, tient les
pores ouverts, et, par une transpiration continuelle, chasse au dehors
ces humeurs qui engendrent la plupart des maladies, si dans les cli-


1. *Philosophical Transactions*, 15 juin 1668, pp. 710-715.
2. *Ibid.*, 4 déc. 1665, 19 oct. 1668.
3. William Temple, *Essays (Of Health and long Life)*, p. 86.
4. Guizot, *Hist. de la République d'Angleterre et de Cromwell*, p. 146.
5. Pepys, *Diary* (Ed. Braybrooke), Appendix, p. 752.

mats plus frais on n'y aide pas par l'exercice : et c'est pour cette raison, à mon avis, que notre tempérament anglais se trouve si bien de l'air de Montpellier, surtout pour les rhumes de longue durée, la consomption et les maladies de langueur. » M. de Pomponne a beau prétendre qu'il n'a jamais connu en France un seul centenaire ; cela provient, assure Temple, « de ce que l'excellence du climat, ni trop froid, ni trop chaud, donne à l'humeur et au tempérament français tant d'entrain que cela dispose les habitants aux plaisirs de toutes sortes plus que ceux des autres pays, et les plaisirs trop longtemps continués ou trop souvent répétés peuvent épuiser la vigueur, et partant la vie trop vite pour qu'elle dure longtemps ; de même, si on souffle le feu trop souvent, il brûle d'autant mieux, mais il dure d'autant moins [1] ». Au siècle suivant, Pope, dans une lettre, fait entendre à son ami Gay que « l'air d'un climat meilleur, comme celui du midi de la France, pourrait lui être ordonné pour sa guérison » et que, dans ce cas, il l'accompagnerait volontiers, attristé qu'il est lui-même à la pensée que sa mère va peut-être mourir. Swift, ajoute-t il, qui s'abandonne à la douleur que lui a causée la mort de Stella, voudra très probablement se joindre à eux [2]. Il faut voir quelle verdeur d'expression Swift emploie, un peu plus tard, quand il parle de M<sup>me</sup> Howard, qui l'a détourné d'aller faire un séjour en France, où le climat aurait pu rétablir sa santé. « Qu'elle aille se pendre, s'écrie-t-il, que la peste l'empoigne, c'est la pire des trahisons [3] ! » Nombreux sont ceux qui étaient disposés à dire, comme plus tard Cowper, en parlant de l'Angleterre : « Ton climat est rude, saturé de vapeurs, il dispose fortement tous les cœurs à la tristesse, le mien plus que tout autre [4]. »

C'est donc en France, sous le soleil du Midi, que l'on vient alors d'Angleterre pour chercher joie et santé, comptant sur l'air de Montpellier beaucoup plus que sur le savoir des médecins, dont les contemporains John Sheffield, duc de Buckingham, et Addison lui-même, ne font pas précisément l'éloge. « Les médecins, dit Sheffield, sont,

1. W. Temple, *Essays* (*Of health and long life*), pp. 60, 61, 62.
2. Pope, *Lettre de Pope à Gay*, vol. VII, p. 431.
3. Swift, *Lettre de Swift à Gay* (Pope, vol. VII, p. 231).
4. Cowper, *The Task*, liv. V, vers 462.

croit-on, d'une profession à la fois honnête et habile : cependant leur
art ne vaut guère mieux que celui d'un jongleur ou d'un astrologue,
qui n'est autre que l'art de duper les ignorants. Ils n'ont d'autre but,
je parle en général, que de retarder la guérison, aussi bien que la mort,
de leurs patients... Les chirurgiens sont encore un peu moins respectés que les médecins, ce qui est un tort : leur art serait bien réellement un art, et un art des plus utiles, s'il était pratiqué de bonne
foi, ce qui, je m'en doute, arrive bien rarement. Les apothicaires sont
trop peu appréciés, car lorsqu'ils sont hommes de jugement et de
pratique, ils sont aussi utiles que les médecins, qui n'ont pas le temps
de soigner leurs malades comme ils le devraient, ou ne veulent pas l'y
consacrer [1]. » Addison, avec plus d'humour, est peut-être moins
indulgent encore : « Si nous considérons la profession de la médecine, nous trouverons là une réunion d'hommes des plus formidables.
Les voir, cela suffit pour faire réfléchir un homme, car nous pouvons
poser en principe que dans toute nation où les médecins abondent,
le nombre des gens diminue... On peut dire que chez nous cette
réunion d'hommes ressemble à l'armée des Bretons au temps de
César ; les uns tuent, montés dans des chariots, les autres étant à
pied. Si l'infanterie fait moins d'exécutions que ceux qui sont en
chariots, c'est parce qu'elle ne peut pas se transporter si vite dans
tous les quartiers de la ville et dépêcher tant d'affaires en si peu de
temps. En plus de ce corps de troupes régulières, il y a les irrégu-
·liers, qui, sans être dûment inscrits et enrôlés, font un mal infini à
ceux qui ont la mauvaise fortune de tomber entre leurs mains [2]. » Ne
faut-il voir dans ces appréciations que de simples boutades lancées
de tout temps, y compris celui de Molière, contre les médecins, ou
bien y a-t-il là l'expression d'une réalité ? Cette dernière manière de
voir expliquerait pourquoi, lors de la maladie de Streater, peintre
anglais, paysagiste de talent, le roi d'Angleterre, qui estimait beaucoup cet artiste, manda de Paris un chirurgien français pour l'opérer
de la pierre, se reposant sur lui du soin de cette guérison [3]. On com-
prendrait aussi pourquoi le médecin français Bourdelin fut si flatteu-
sement accueilli, lors de son voyage en Angleterre, par la Société

1. John Sheffield, *Works*, vol. II, p. 246.
2. Addison, *The Spectator*, n° 21.
3. Evelyn, *Diary*, 20 janv. 1675.

Royale de Londres, qui, sans aucune sollicitation de sa part, tint à honneur de lui ouvrir ses portes, hommage rendu par là même à la science française [1].

## II

L'Angleterre a été la dernière des nations de l'Europe à avoir une école de peinture réellement nationale. On a attribué ce fait à la position insulaire de l'Angleterre [2], à cette situation géographique qui en aurait presque fait « une île escarpée et sans bords ». Il resterait, dans ce cas, à expliquer pourquoi, sur d'autres points, en matière d'art, ce retard ne s'est pas produit, et comment les autres Muses ont pu découvrir ces insulaires séparés du reste du monde — *penitus toto divisos orbe Britannos.* Quelle qu'en soit la cause, le fait n'est pas douteux : l'école anglaise n'existe pas au dix-septième siècle. L'Italie et l'Allemagne ont depuis longtemps leurs grands noms : Michel-Ange, le Titien et le Corrège ; Albert Dürer et Holbein, pour ne citer que les plus grands. L'école flamande et l'école hollandaise comptaient, l'une, des artistes comme Rubens, les Teniers et Van Dyck ; l'autre, des peintres non moindres que Rembrandt, Van den Velde et Ruysdael. L'Espagne, de son côté, pouvait s'enorgueillir de Velasquez et de Murillo ; la France, d'autre part, pouvait être fière de Jean Cousin, de Nicolas Poussin, de Gaspard Dughet, surnommé Guaspre-Poussin, de Claude Lorrain, de Sébastien Bourdon, de Lesueur, de Lebrun, de Rigaud et de toute la floraison de ses autres artistes : les Philippe de Champagne, les Jouvenet de Rouen, les Valentin, les Colombel et les Santerre. L'Angleterre seule, au dix-septième siècle, reste sans un grand nom à inscrire dans ses annales artistiques : sous le titre « peinture », la page est blanche : il n'y a pas d'école anglaise ; demain, mais demain seulement, resplendiront d'une lumière éclatante les noms d'Hogarth, de Reynolds, de Wilson, de Gainsborough, de Romney et de Stothard. Pendant que l'art de la peinture se développe partout sur le continent, l'Angleterre reste à peu près inactive : elle s'attarde à

---

1. Fontenelle, *Eloge de Bourdelin*, vol. I, p. 248.
2. George H. Shepherd, *A short History of the British School of Painting*, p. 3.

peindre des missels, et quand Holbein l'initie à l'art si délicat, si admirable sans doute, encore que secondaire, de la miniature, elle s'y exerce avec intérêt, y réussit, mais ne va pas au delà [1].

Aussi, c'est l'âge d'or pour les artistes étrangers qui ne tardent pas à accourir en Angleterre, dès qu'ils y trouvent des patrons pour protéger leurs personnes et leurs intérêts : les peintres Paul Van Somer d'Antwerp, Cornelis Janssens d'Amsterdam, Daniel Mytens de la Haye, sont des peintres à la mode et jouissent, auprès de Jacques Ier, des faveurs royales [2] ; parmi ces étrangers, il n'y a d'autre Français que Salomon de Caux, maître de dessin du prince Henri : nulle part il ne s'agit de tableaux, ni de peintres venus de France. Avec Charles Ier on sentit vite qu'un ami des arts était sur le trône d'Angleterre. Collectionneur avisé, protecteur éclairé, il sut découvrir le mérite et l'encourager. Il distinguait aisément les qualités ou les défauts d'un tableau : on le vit affirmer que sur une même toile deux pinceaux différents s'étaient exercés, l'un peignant la tête, l'autre s'appliquant au reste ; c'était rigoureusement exact : la veuve d'un artiste pauvre était venue demander à un camarade de terminer de son mieux un tableau commencé par son mari, pour pouvoir, la toile finie, en tirer quelque argent [3]. Charles Ier envoya ses émissaires en France, en Italie, en Espagne, pour y rechercher des œuvres d'art, et ses ambassadeurs étaient sans cesse à épier l'occasion de découvrir quelque chef-d'œuvre : c'était pour eux une excellente façon d'être agréables à leur souverain. Il acheta les cartons de Raphaël que l'on voit aujourd'hui au musée de Kensington, tandis que, plus tard, George Villiers, duc de Buckingham, acquérait la magnifique collection faite par Rubens, comprenant dix-neuf peintures du Titien. A cette époque Rubens et son élève Van Dyck séjournèrent en Angleterre et exercèrent sur les premiers artistes anglais, George Jamesone et William Dobson, une influence bien marquée. En copiant leurs tableaux, ceux-ci acquirent une part de leur talent, au point, paraît-il, que certaines de leurs œuvres, aussi bien que les tableaux copiés par eux, ont pu souvent passer pour des originaux de Rubens et de Van Dyck et être vendus comme

1. George H. Shepherd, *A short History of the British School of Painting*, pp. 3-6.
2. Traill, *Social England*, vol. IV, p. 71.
3. H. Walpole, *Anecdotes of Painting in England*, vol. I, p. 261.

tels [1]. Mais par les nombreux achats qu'il fit, par la protection qu'il accorda aux artistes, par les invitations qu'il leur adressa de venir en Angleterre, Charles Ier n'encouragea en rien l'art français. Dans la longue liste des peintres vivant sous le règne de Charles Ier, les Hollandais et les Flamands abondent : à peine peut-on croire, sur un témoignage quelque peu suspect, que le roi d'Angleterre invita un certain Simon Vouet à entrer à son service, ce que celui-ci refusa [2]. Si la peinture française fut ainsi laissée à l'écart par le mari d'Henriette de France, il n'en fut pas tout à fait de même pour la sculpture. Plusieurs artistes français surent se distinguer. Ce fut, par exemple, Hubert Le Sœur, qui arriva en Angleterre vers 1630. Il fit un buste de bronze de Charles Ier, avec casque surmonté d'un dragon, à la romaine, haut de trois pieds, sur un piédestal noir, la fontaine de Somerset-House avec plusieurs statues, et six statues de bronze à Saint-James ; tout cela a disparu. Mais il reste de lui — et cela permet de présumer la valeur de l'œuvre perdue — une statue en bronze de Guillaume, comte de Pembroke, qui se trouve dans la galerie de peintures à Oxford, et la statue équestre de Charles Ier, à Charing-Cross [3], dont chacun peut admirer la grâce imposante et la beauté du cheval. En 1633, l'artiste était en train de mouler cette statue, non loin de l'église de Covent-Garden : elle devait être élevée dans les jardins du Lord trésorier Weston. Malheureusement la guerre civile éclata ; la statue n'était pas terminée, et on ne put, à temps, l'enlever de l'endroit où elle se trouvait ; le Parlement s'en saisit et la vendit à un chaudronnier du nom de Rivet, avec ordre formel de la briser. Celui-ci, soit par respect pour son roi, soit parce qu'il avait conscience de la valeur artistique, par conséquent, matérielle, de l'œuvre de Le Sœur, se garda bien de la mettre en pièces : cheval et statue furent enfouis sous terre. Pour dépister la rage des briseurs de statues, il leur montra de vieux morceaux de bronze, prétendus restes de l'œuvre mutilée ; on dit même qu'il fabriqua et vendit des centaines de couteaux faits, affirmait-il, avec les débris de la statue de Charles Ier, joyeuse

---

1. Sixpenny Magazine, *French Influence on English Art* ; July 1862, p. 223.
2. *Ibid.*
3. H. Walpole, *Anecdotes of Painting*, vol. II, p. 42.

supercherie qui conciliait sa fidélité au roi avec le désir de réaliser une bonne petite affaire. A la Restauration, le fils du trésorier, à qui l'œuvre de Le Sœur était destinée, annonça à la Chambre des Lords que la statue du roi n'avait pas été brisée et qu'il savait l'endroit où elle avait été cachée. Il la réclama comme étant sa propriété, mais le droit du chaudronnier fut probablement reconnu, car Rivet offrit la statue à Charles II, et elle fut élevée en 1674 — Walpole dit vers 1678, — à l'endroit où on la voit encore aujourd'hui [1], et où, au dire du poète Waller, « les gens en passant accordent au bronze sacré ce respect dont on manqua jadis » [2]. Deux autres statuaires français avaient précédé Le Sœur en Angleterre, et avaient construit plusieurs monuments funéraires à l'époque de Charles Ier ; l'un, François Anguier, né à Eu, en Normandie, en 1604 ; l'autre, Ambroise Du Val. Ils arrivèrent encore jeunes en Angleterre, attirés par la noblesse anglaise, qui, leur reconnaissant sans doute une aptitude particulière, leur commanda des tombes monumentales. Après quelques années de séjour à Londres, Du Val rentra en France, sur l'ordre de Colbert, et c'est lui qui sculpta le monument élevé à Condé : le plan en avait été fait par Pérault [3]. A côté des sculpteurs français, il faut citer le graveur Nicolas Briot, né en Lorraine, graveur général du roi de France, qui émigra en Angleterre vers 1628 et fut, l'année suivante, nommé par Charles Ier directeur général de la monnaie [4] : il sut donner aux monnaies anglaises, non une certaine hardiesse de dessin qu'elles avaient déjà, mais une plus grande netteté de contours, un relief plus accusé, une exécution de tous points plus soignée. En somme, s'il y a en Angleterre, au commencement du dix-septième siècle, quelques statuaires ou graveurs français, pas un grand peintre ne sait s'imposer à l'admiration, partant à l'imitation, des sujets de Charles Ier.

Il en fut de même pendant tout l'interrègne parlementaire. Cromwell n'était pas le chef mélancolique et morose, ennemi des arts, que l'on a parfois vu en lui : il était musicien et jouait lui-même de

1. H. Walpole, *Anecdotes of Painting*, vol. II, p. 42.
   Thorn Drury, *The poems of Edmund Waller*, p. 340 (notes).
2. *Ibid. On the statue of King Charles Ier*, p. 203).
3. Walpole, *Anecdotes* (notes de Dallaway), vol. II, p. 43.
4. Traill, *Social England*, vol. IV, p. 75.

l'orgue dans ses appartements privés, à Whitehall : il aimait la peinture, et, en secret, négociait l'acquisition des chefs-d'œuvre d'art
que contenaient les collections du roi décapité, dispersées à sa mort :
il savait se délecter à la vue d'un beau tableau, tandis que Lambert,
le général parlementaire, l'ami de Cromwell, son conseiller artistique, était lui-même peintre amateur et peignait des fleurs avec un
certain talent. C'est Cromwell qui, le premier, patronna le peintre
hollandais Peter Van der Fas, plus connu sous le nom de Pierre
Lely, à qui il demandait, en posant pour son portrait, non pas de le
flatter, mais de le peindre avec sincérité, tel qu'il était, avec les boutons, les verrues et les aspérités de son visage. Robert Walker fut
le peintre favori de la République parlementaire : c'est ce peintre
anglais qui fit le portrait du Protecteur, d'Ireton, son gendre, de
Fleetwood, de Keeper Keble, de Lambert et d'un grand nombre de
parlementaires en renom [1]. La peinture française, pendant l'interrègne parlementaire, comme sous Charles Ier, était donc tenue à
l'écart ou ignorée : les seuls artistes français qui eurent à Londres
quelque notoriété furent encore deux graveurs, Thomas Violet et
surtout Pierre Blondeau, qui, appelé en Angleterre, y importa, pour
les monnaies, son procédé nouveau de fabrication au moulinet, mais
ne put résister, bien que chargé officiellement de la frappe de la
monnaie anglaise, aux efforts combinés et dirigés contre lui, à la
jalousie enfin des monnayeurs indigènes [2].

Que se passa-t-il lors de la Restauration ? Charles II n'était point
artiste, ni par nature, ni par éducation. Il avait cependant appris
à dessiner dès sa jeunesse, et l'on conserve, dans la bibliothèque impériale de Vienne, une vue de l'île de Jersey, esquissée par le futur
roi d'Angleterre [3]. Une fois sur le trône, s'il accorda quelque protection aux arts, ce fut surtout par esprit d'imitation, ou bien à cause
des jouissances plus sensuelles qu'artistiques qu'ils pouvaient lui
procurer. Charles II vit que le roi de France avait des galeries de
tableaux ; aussi voulut-il avoir les siennes : il mit quelque soin et
quelque argent à retrouver et à conserver les collections que son
père, Charles Ier, avait formées avec une véritable passion d'artiste :


1. Traill, *Social England*, vol. IV, p. 394-395.
2. H. Walpole, *Anecdotes of Painting*, vol. II, p. 74.
3. Id., *ibid.*, p. 76.

c'est ce qui a valu à l'Angleterre la possession de tant de superbes toiles de Rubens et de Van Dyck. Par bienveillance naturelle, par bonté native, plus que par volonté ferme de protéger les arts, Charles II défendit contre toute agression les peintres et leur famille, employés à l'embellissement du château de Windsor [1]. Si Pierre Lely devint le peintre de la cour, si le roi lui accorda la même pension que celle jadis accordée à Van Dyck, c'est-à-dire 200 livres par an [2], ce fut moins par suite d'une juste appréciation du talent de Lely — l'annuité eût alors été mieux proportionnée — que parce que celui-ci excellait à peindre les beautés de la cour, avec leurs yeux langoureux, leur teint de roses et de lis, leurs épaules et leur gorge nues, le moelleux de leurs chairs, leurs robes flottantes, on dirait presque voluptueuses, qu' « une seule épingle retenait ». On les retrouve au palais de Hampton-Court, un peu éteintes sans doute, mais belles encore, plus belles que nature, paraît-il, car le pinceau de Lely savait flatter ce monde féminin au milieu duquel le peintre vivait, dans ses tableaux gracieux, mais peu ressemblants, « s'étudiant lui-même beaucoup plus que celles qui posaient devant lui » [3]. Kneller, qui lui succéda, ou plutôt qui le supplanta, car Charles II était aussi variable en ses goûts artistiques qu'il l'était en ses amours, cultiva un genre de peinture sensiblement le même, grossissant le nombre de ces femmes plus ou moins dévêtues, dont les portraits sont le meilleur commentaire des *Mémoires*, parfois assez scandaleux, encore que véridiques, écrits par Hamilton. Outre les noms de Lely et de Kneller, la liste des peintres étrangers contient ceux de nombreux artistes, presque tous flamands et hollandais [4]. Les peintres anglais, et français surtout, y sont en incontestable minorité. Parmi ceux-là, Isaac Fuller, qui étudia plusieurs années en France sous la direction de Perrier, et Robert Streater, peintre d'histoire, élève de Du Moulin, que ses contemporains ont parfois la complaisance flatteuse de comparer et même de préférer à Rubens, exagération manifeste à

---

1. Noel Sainsbury, *Artists patronized by King Charles II*, dans *The Fine Arts Quarterly Review*. New series, vol. II, p. 325.
2. *Calendar of State Papers*, 1661-62, pp. 129, 282.
3. Dryden, *Preface on translation*, vol. XII, p. 285.
4. H. Walpole, *Anecdotes*, vol. II, pp. 76-161.

laquelle Pepys se garde bien de souscrire [1]. Les quelques peintres français, encadrés, pour ainsi dire, par cette légion d'artistes flamands et hollandais qui se pressent à la cour de Charles II, méritent cependant une mention. C'est d'abord Claude Le Fèvre, né en 1633, artiste peu fortuné, formé à l'école de Lesueur et de Lebrun et portraitiste d'un certain talent. Il s'était adonné à ce genre pour lequel son maître Lebrun lui avait découvert des dispositions particulières. D'ailleurs, le portrait était comme à la mode en peinture en littérature, et un artiste pauvre trouvait là une source de revenus. Le Fèvre, sachant que cette mode sévissait à Londres, au moins autant qu'à Paris, passa en Angleterre, où, avec cette facilité de comparaisons vraiment trop flatteuses, on le qualifia de « second Van Dyck » [2]. C'est aussi Henri Gascar, portraitiste français, que la duchesse de Portsmouth, Louise de Kéroualle, fait venir à Londres vers 1680 et qui, tout de suite, grâce au patronage de la puissante Française, est bien en cour. Il y obtient un certain succès, car, à son départ d'Angleterre, il emporte 10.000 livres, somme considérable pour l'époque, trop considérable peut-être, qu'il faut probablement réduire en livres françaises, au lieu de livres anglaises [3]. On a de lui deux portraits de la duchesse de Portsmouth : l'un la représente avec la coiffure à la portugaise ; l'autre, qui a été gravé par Stanislas Baudet, la montre assise et occupée à défendre, contre un Amour, un oiseau qui se débat entre ses genoux. Le portrait représentant Louise de Kéroualle sous les traits de Flore, tel qu'on le voit au château de Hampton-Court, pourrait ne pas être de Gascar, mais de Varelst. Gascar a peint encore Lady Pembroke, sœur de la duchesse de Portsmouth. Ce portrait se trouve actuellement à Hampton-Court, chambre à coucher du roi Guillaume [4]. De Gascar enfin, le portrait de Philippe, comte de Pembroke, beau-frère de sa protectrice, que celle-ci lui aurait fait faire en cachette [5]. Philippe Duval, élève de Lebrun, passa aussi

1. Traill, *Social England*, vol. IV, p. 396.

2. H. Walpole, *Anecdotes*, vol. II, p. 111, d'après d'Argenville : *Abrégé de la vie des plus fameux peintres*, vol. II, p. 329.

3. H. Walpole, *Anecdotes*, vol. II, p. 114 (note de Dallaway).

4. H. Forneron, *Louise de Kéroualle*, dans la *Revue Historique*, vol. XXIX, p. 46, 1885.

5. H. Walpole, *Anecdotes*, vol. II, p. 114.

en Angleterre et y peignit plusieurs tableaux ; l'un, pour la belle
Stewart, duchesse de Richmond, représentait Vénus recevant de
Vulcain une armure pour son fils ; mais la coiffure de la déesse, ses
bracelets et les Amours avaient plutôt, comme on l'a remarqué, l'air
de Versailles que du Latium. Sur l'enclume on lisait le nom du peintre et la date de 1672. Moins heureux que Gascar, dont il n'avait pas
le puissant patronage, il ne fit pas fortune, malgré les études sérieuses qu'il avait faites auprès de Lebrun ; il fut tout heureux de
recevoir de M. Boyle, à cause des connaissances chimiques que
celui-ci lui avait découvertes, une pension de 50 livres par an. Malheureusement le savant anglais mourut, et Duval tomba dans l'indi-
gence absolue, devint à peu près fou et fut enterré dans le cimetière
de Saint-Martin, à Londres, vers 1709 [1]. On peut encore citer, plutôt pour mémoire, Alexandre Souville, connu seulement pour certaines peintures de l'Inner-Temple, et Rambourg, ce peintre français
qui fut autorisé en 1682 par Louis XIV à se rendre en Angleterre
« pour travailler aux ouvrages de peinture que Sa Majesté Britannique fait faire à Windsor » [2], comme Charles II envoya ensuite
Kneller à Paris pour peindre le portrait du Grand Roi. Il y grossit
le nombre de ces artistes étrangers, occupés à l'embellissement du
palais royal, parmi lesquels Jacob Coquet et Michel Touroude, peintres, René Cousin, doreur, et quelques autres, portent des noms qui
semblent bien français [3]. Jacques Rousseau, de Paris, peintre paysagiste et architecte, voyant ses frères protestants persécutés, quitta
le château de Marly, où il travaillait, et se retira en Suisse, d'où
Louis XIV essaya en vain de le faire revenir. Après un court séjour
en Suisse, puis en Hollande, le duc de Montagu l'invita à passer en
Angleterre et à venir orner la demeure somptueuse qu'il se faisait
construire dans Bloomsbury, aujourd'hui le « British Museum ».
Pierre Puget en avait fourni les plans et était venu diriger les travaux. Rousseau se rendit à cette invitation, fit de nombreuses peintures, tout comme un autre peintre français du nom de Monoyer, et

1. H. Walpole, *Anecdotes*, vol. II, p. 133.

2. H. Forneron, *Louise de Kéroualle*, dans la *Revue Historique*, vol. XXIX,
p. 46, 1885.

3. Noel Sainsbury, *Artists patronized by King Charles II*, dans *The Fine Arts
Quarterly Review*. New series, vol. II, p. 326.

reçut du duc, en récompense de ses services et de son talent, une pension de 200 livres par an. Il en profita deux années seulement et mourut à l'âge de soixante-huit ans, en 1693, dans Soho-Square. Il y a au palais de Hampton-Court quelques-uns de ses tableaux ; ils représentent des ruines au milieu de paysages et étaient destinés à décorer des panneaux d'appartements. Le duc de Montagu invita également Charles de la Fosse (1640-1716), jouissant en France d'une grande réputation de coloriste, peintre de la coupole des Invalides, à venir en Angleterre. Celui-ci accepta l'offre du noble duc et peignit pour lui deux plafonds, l'*Apothéose d'Isis* et une *Assemblée des Dieux*, aidé par Parmentière qui se chargea des couleurs mates, des fonds probablement, dans les travaux effectués à Montagu-House. La Fosse s'en retourna à la Révolution, mais revint ensuite terminer ce qu'il avait commencé. C'est en vain, toutefois, que Guillaume III chercha à le retenir en Angleterre : il voulut rentrer en France [1].

Citons aussi Thomas Benière (1663-1693), né en Angleterre de parents français, qui sculpta de petits sujets de marbre assez recherchés et des portraits d'après nature, qu'on lui payait deux guinées. Il vécut et mourut près de Fleet-Ditch. Louis Laguerre (1663-1721) peignit, au palais de Hampton-Court, des fresques aujourd'hui bien détériorées. Quoique réparées depuis peu de temps, on a quelque peine à distinguer les *Travaux d'Hercule* brossés pour Guillaume III, et disposés, en allant de gauche à droite, dans l'ordre suivant : Combat contre l'hydre de Lerne ; Combat contre le lion de Némée ; le Cerf de Cérynée en Arcadie ; le Sanglier d'Erymanthe ; les Oiseaux du lac Stymphale ; le Taureau de Crète ; les Écuries d'Augias ; les Chevaux de Diomède ; la Ceinture d'Hippolyte ; les Bœufs de Géryon ; les Pommes d'or des Hespérides ; Cerbère. Laguerre peignit également nombre de plafonds, d'escaliers et de halls à Burghley, Petworth, Blenheim et autres lieux. Il fut en très grande faveur auprès du roi et fut admis à habiter dans le palais royal. Dans les comptes du Trésor on retrouve la trace de fortes sommes qui lui furent alors payées. Une preuve bien certaine de l'estime dont jouissait le peintre français, c'est le fait d'avoir été chargé des réparations à faire à la précieuse série de neuf tableaux : *le*

1. H. Walpole, *Anecdotes*, vol. II, pp. 190, 191.

*Triomphe de Jules César*, par l'Italien Andréa Mantegna. On lui a reproché depuis de n'avoir pas montré toute la fidélité et toute la discrétion nécessaires en ravivant les couleurs que deux siècles environ et des soins inintelligents avaient fanées.

Enfin Nicolas Largillière (1656-1746), le grand portraitiste français, peintre d'histoire également, d'animaux, de fleurs et de fruits, fit trois séjours en Angleterre. Sous Charles II eut lieu son premier voyage : il avait alors dix-huit ans ; il entra en relations avec le peintre officiel de la cour, ce Pierre Lely que jadis Cromwell avait si efficacement patronné et qui s'était fait, depuis lors, une si large place parmi les courtisans, toute grande dame désirant avoir son portrait fait par le peintre à la mode, chez qui on ne sait trop ce qui l'emportait, du savoir ou du savoir-faire. En effet, « dans le monde élégant où il vivait, il s'était fait un idéal, aussi bien pour le satinage des carnations anglaises, volontiers d'une qualité aristocratique, que pour les yeux de ses modèles, arbitrairement expressifs et langoureux, et pour leurs accoutrements où la fantaisie, çà et là pastorale et galante, tenait plus de place que de vérité. Lely, surchargé de commandes, avait besoin d'être aidé dans son travail : on connaît plus d'un de ses collaborateurs, à qui il faisait faire des draperies volantes, des accessoires, des fleurs. Le jeune Largillière devint un de ses aides et se prêta complaisamment à toutes ces besognes. Il fit aussi autre chose avec Lely : il se mêla à un art subtil, la restauration des tableaux, qu'il avait déjà vu pratiquer en Flandre. Horace Walpole représente Lely comme attaché par Charles II à la conservation des peintures de Windsor, peintures qui exigeaient de fréquents remaniements, des agrandissements et des retouches, car on avait alors d'étranges idées sur la garde des tableaux, dont on modifiait le format en raison de la place qu'ils devaient occuper dans les appartements royaux. C'est ce système que Louis XIV appliqua plus tard à Versailles, comme on le voit par plusieurs peintures du Louvre. Largillière s'est occupé de ces ravaudages plus ou moins légitimes [1] », réparant certains tableaux d'anciens maîtres, en repeignant certaines parties. Sa dextérité le fit remarquer de Charles II. Un jour, le roi vit un tableau réparé par le jeune peintre français : c'était un Amour endormi dont

---

1. Paul Mantz, *Largillière*, dans la *Gazette des Beaux-Arts*, août et oct. 1893, p. 92.

Largillière avait repeint les jambes. Étonné de trouver tant de talent chez un garçon si jeune, il dit en français aux grands qui l'entouraient : « Regardez cet enfant, on ne croiroit jamais, si on ne le voyoit, car ce n'est qu'un enfant. » Il s'intéressa à lui et lui demanda de lui montrer quelqu'une de ses œuvres : le jeune maître en produisit trois qui suffirent pour lui assurer aussitôt la faveur royale [1]. Largillière séjourna environ quatre ans en Angleterre, car il était de retour à Paris en 1678. Lors de son avènement, Jacques II rappela le peintre français à Londres, où il fit le portrait du roi, revêtu d'une armure, avec une immense perruque et un panache de plumes sur son casque, placé près de lui. Il fit aussi celui de la reine, qu'il para de dentelles et de brocart, celui du prince de Galles, de Sir John Warner, de sa fille et de sa petite-fille. Son séjour à Londres fut de courte durée, et Largillière revint à Paris. Ce n'était pas un retour définitif. Sachant que la noblesse anglaise savait lui offrir, pour les portraits qu'il faisait, des prix très rémunérateurs, il reprit la route de Londres, où il s'aperçut bien vite que les peintres anglais lui marquaient une très vive hostilité. Cela le décida à rentrer en France. Ce fut son troisième et dernier voyage en Angleterre, pays hospitalier aux artistes français, où Nanteuil jadis avait gravé le portrait d'Evelyn et de sa femme, où un peintre du nom de Chanterel et un autre appelé Bourdon [2] avaient tour à tour reproduit les trait du chroniqueur et de Mme Evelyn. A l'époque où Largillière quitta l'Angleterre, celle-ci, du reste, faisait mine, s'il faut en croire le correspondant du *Spectateur* — Steele en la circonstance, — de revendiquer pour elle-même la supériorité dans l'art de peindre les portraits [3]. C'était oublier trop facilement que les Rembrandt, les Van Dyck, les Lely et les Kneller, les Largillière enfin, étaient des étrangers. D'autre part, le temps des Hogarth, des Reynolds, des Gainsborough et des Romney n'était pas encore venu. Si donc une école de peinture triomphait en Angleterre à cette époque — et en aucun pays du monde, suivant l'épistolier du *Spectateur*, on ne réussissait aussi bien les portraits, — ce n'était ni l'école anglaise, qui n'existait pas à

---

1. H. Walpole, *Anecdotes* (note de Dallaway, qui cite d'Argenville : *Abrégé de la Vie des plus fameux peintres*), vol. II, p. 193.
2. Evelyn, *Diary*, 27 fév. 1649.
3. Addison, *The Spectator*, nᵒ 555.

proprement parler, ni l'école française, quel que soit le nombre d'artistes que nous avons trouvés à Londres et qui sont tous, il faut le reconnaître, à l'exception de Largillière, du deuxième et même du troisième ordre, c'était l'école flamande et hollandaise qui s'imposait, tant par le nombre que par la valeur même de ses peintres.


## III


Au commencement du XVIᵉ siècle, en Angleterre, l'architecture du moyen âge semblait devoir disparaître à bref délai. Des signes non équivoques d'une transformation prochaine se manifestaient de divers côtés : un style nouveau se faisait jour : c'était le style élisabethain, ou si, au lieu d'un terme qui marque une date, on préfère un mot peut-être plus significatif, le style de transition, reliant le passé à l'avenir, le gothique d'hier au style classique de demain. Qu'était-ce, en effet, que ce style de transition ? Un mélange de ce qui avait été avec ce qui allait être, des formes gothiques du moyen âge avec le goût classique qui s'annonçait par l'apparition, ici ou là, sous un pignon du moyen âge et une fenêtre à meneaux gothiques, de quelques pilastres classiques indiquant un changement ou, si l'on veut, une rénovation en architecture. Le mélange de ces formes diverses avait quelque chose d'étrange, de confus, et les éléments n'en sont pas toujours faciles à démêler. La caractéristique du style de transition se découvre néanmoins dans une certaine vulgarité des formes, une grossièreté d'exécution, une inhabileté dans le détail voisinant, soit dans le même monument, soit dans le monument d'à côté, avec la pureté classique. Ce style nouveau, bâtard, sans principes nettement arrêtés, sans caractère parfaitement défini, appartenant encore au moyen âge par ce pittoresque qu'il recherchait toujours, visait cependant parfois à la régularité, à la symétrie parfaites. Colonnes et pilastres, balustrades et corniches témoignent de ce souci de l'ordre classique, alors qu'à côté les figures et les bas-reliefs, grossièrement exécutés par des artisans malhabiles, retiennent quelque chose de grotesque et d'excentrique qui déconcerte un

peu et contraste défavorablement avec la beauté de l'art classique [1].
Ce style de transition, à la fois inférieur au style gothique, dont il ne
savait conserver qu'en partie le pittoresque et la richesse, et au style
classique, dont il ignorait l'ordre et la grandeur, était un étrange
compromis qui laissa ses traces un peu partout en Angleterre, dans
les demeures somptueuses de la noblesse et de la gentry, dans les
universités et dans les diverses écoles. Mais, pas un monument
public réellement important, pas un château, pas une cathédrale
n'ont été élevés à cette époque, conservant l'empreinte incertaine et
grossière de ce style bizarre, sans autre originalité que celle qu'il
tirait d'un utilitarisme bien approprié aux besoins de la vie anglaise,
aux sites au milieu desquels il se détachait et gardant par là une
certaine couleur locale. « Ce style de transition eut ainsi un caractère
national bien marqué : s'il n'eut pas la grandeur de l'art italien, dit
un critique, il était mieux adapté aux besoins et aux goûts anglais,
aux exigences du climat. S'il lui manquait le pittoresque du style
français avec sa profusion de lucarnes, de balcons, de tourelles, il
avait néanmoins une couleur locale, un bon effet tout particuliers,
convenant parfaitement aux parcs, aux clairières et aux vallées des
comtés anglais [2]. »

On a dit, non sans raison, que l'architecture et la littérature vont
souvent de pair, se suivent pas à pas, s'inspirant l'une de l'autre, se
reflétant toujours [3]. Il y a, dans le cas présent, une analogie certaine.
Aucun ouvrage ne marque d'une façon plus sensible cette marche
parallèle que le poème de Spenser, la *Reine des Fées*. Le prince
Arthur, le héros du poème, amoureux de la reine des fées, à la
recherche de laquelle il parcourt tout le pays, Merlin, les géants
et les nains, les reines et les chevaliers, ces châteaux enchantés et
ces lacs songeurs, ces magiciens et ces sorcières, ces dragons, ces
monstres de toutes sortes, ces vertus et ces vices personnifiés, n'est-
ce pas là tout l'attirail allégorique représentant le moyen âge dans ses
créations les plus bizarres, comme dans ses fantaisies les plus étin-

---

1. Fergusson, *History of the Modern Styles of Architecture*, vol. IV, p. 280 et
*passim*.

Barry, *Lectures on Architecture*, pp. 299-302, 313.

2. Barry, *Lectures on Architecture*, vol. IV, p. 269.

3. Fergusson, *History of... Architecture*, vol. IV, p. 269.

celantes ? Et cependant ce Rubens de la poésie anglaise n'est pas tout ampleur, tout lumière, tout couleur. Il a sur sa palette autre chose que des teintes rutilantes : Taine lui a trouvé la simplicité et la clarté d'Homère, les redondances et les naïvetés, les comparaisons redoublées, les grandes épithètes d'ornement, pareilles à celles du vieux conteur ionien. « Nul moderne, a-t-il dit, n'est plus semblable à Homère [1]. » Narrateur comme lui, archaïque à l'égard de Chaucer, comme Virgile empruntant au vocabulaire d'Ennius, Spenser fond en un tout la fantaisie du moyen âge et la claire simplicité classique. « Par delà la chevalerie chrétienne, il y a l'Olympe païen... Çà et là, au milieu des armures et des passes d'armes, il dispose les satyres, les nymphes, Diane, Vénus, comme des statues grecques parmi les tourelles » gothiques ; « sous les chênes aux feuilles luisantes, au vieux tronc profondément enfoncé dans la terre, il peut voir deux chevaliers qui se pourfendent, et un instant après une bande de Faunes qui viennent danser. Les flaques de lumière qui viennent s'étaler sur les mousses de velours, sur les gazons humides d'une forêt anglaise peuvent éclairer les cheveux dénoués, les blanches épaules des nymphes [2]. » Venus et Diane frôlent Belphabé et Amoret : l'antiquité païenne côtoie la chevalerie du moyen âge. Avec Spenser, nous avons en littérature, mais certainement avec plus d'éclat, un reflet du style de transition chrétien et païen tout à la fois, mi-partie gothique et mi-partie classique, qui pendant quatre-vingts ans, avant l'avènement des Stuarts, s'implante et fleurit en Angleterre, même quand les artistes, architectes et sculpteurs, semblèrent vouloir s'inspirer du goût classique.

Lente, en effet, est l'évolution vers l'architecture classique, se faisant par degrés, insensiblement presque, car on ne peut, à aucun moment donné, découvrir une marche en avant bien marquée, sans retour en arrière, constamment progressive vers le but à atteindre, l'idéal classique. Aussi est-il bien difficile, voire impossible, d'établir une date précise à l'apparition — le mot marque une brusquerie, une soudaineté qui ne sont pas dans les faits — du goût et de l'architecture classiques. En effet, bien longtemps, tel pilastre corinthien

---

1. Taine, *Histoire de la Littérature anglaise*, vol. I, p. 322.
2. *Id. ibid.*, p. 331.

voisine avec tel détail d'architecture gothique. Inigo Jones, cependant, est considéré comme le premier architecte classique. A quarante ans, vers 1612, il partit pour l'Italie, afin d'y étudier les chefs-d'œuvre dont il devait plus tard s'inspirer. Il arrivait sur la terre classique à une époque particulièrement favorable à sa culture artistique et au développement de son talent : la cathédrale de Saint-Pierre était à peu près terminée et l'enthousiasme, à Rome, était général [1]. Inigo Jones suivit les enseignements des maîtres italiens, de Palladio plus spécialement. Pourtant, il ne faut pas voir dans Inigo Jones, bien qu'il ait puisé aux sources fécondes, un pur classique. Le portique de Saint-Paul, en soi de belle venue classique, de pur style corinthien, produisit un effet étrange à côté de cette vaste cathédrale gothique. Peut-être se proposait-il de la reconstruire un peu plus tard [2] : cela expliquerait cette erreur de goût qu'on lui a maintes fois reprochée. La salle des Banquets à Whitehall présente aussi le même mélange, la même confusion de styles : la fantaisie gothique, qu'accuse de tous côtés la rupture des lignes, s'y allie à la simplicité, à la grandeur classiques. L'œuvre d'Inigo Jones, interrompue par les troubles de la guerre civile, dénote incontestablement un progrès considérable, une orientation assurément classique : le style de transition s'épure peu à peu, mais ce n'est pas encore le style classique. Jusqu'ici, il faut le reconnaître, l'influence française sur cette rénovation artistique est d'importance à peu près négligeable. Si l'on sait qu'en 1609 Inigo Jones fit un voyage en France, porteur de lettres royales ; si l'on retrouva, après sa mort, dans sa bibliothèque, avec l'autographe du grand architecte anglais, un exemplaire du *Livre des édifices antiques* d'Androuet du Cerceau, publié à Paris, et le premier tome de l'ouvrage de Philibert Delorme [3], cet architecte lyonnais qui construisit le palais des Tuileries, il est difficile de déterminer la part d'influence qu'exercèrent sur Jones ce voyage en France et la lecture de ces ouvrages d'architecture.

Il n'en est pas tout à fait de même pour Sir Christopher Wren, le

---

1. Barry, *Lectures on Architecture*, p. 332.
2. P. Cunningham, *Inigo Jones*, p. 31.
3. *Dictionary of Architecture*, mot : *Jones*.

successeur d'Inigo Jones, après la Restauration. Wren ne connut pas
l'Italie, pour laquelle, tout compte fait, il n'éprouve pas un grand
enthousiasme. On a de lui une lettre à son fils qui, pendant un séjour
à Paris, avait écrit à son père, tant pour faire un appel de fonds que
pour se plaindre du climat et de la cuisine de France, de la salade,
des œufs et de la morue qu'on lui servait avec trop de profusion pendant le carême. Le jeune Anglais demandait à Wren de lui permettre de passer en Italie. «... Si tu penses, lui répondit son père, que
tu puisses dîner à meilleur marché en Italie, tu peux essayer ; mais le
passage des Alpes et le danger résultant du licenciement des armées,
ajoutés à l'état abominable des logements, compenseront cet avantage ; tu veux voir de beaux monuments, je m'aperçois que cela te
tente... tu veux pouvoir dire ensuite que tu as vu Rome, Naples et
cent autres beaux endroits : cent autres peuvent en dire autant et
davantage : calcule si cela vaut la dépense et les risques au point de
vue des avantages à en retirer à ton retour. Je t'ai envoyé en France
à une époque d'activité où tu pourrais observer à ton aise et faire des
connaissances qui pourraient, dans la suite, t'être utiles au cours de
ton existence : si, cependant, c'est ton idée, je te laisse volontiers aller
en Italie, pourvu que tu sois vite de retour »[1]... Pareil voyage
coûte cher, et le jeune homme dépense sans compter. Ce voyage,
d'ailleurs, dans l'esprit de Wren, était loin d'être indispensable ; il
savait toutes les ressources artistiques que son fils pouvait trouver à
Paris. N'y avait-il pas séjourné lui-même ? Wren, en effet, partit
pour Paris en 1665, vers le milieu de l'été. Il arriva chez Lord Saint-
Albans, ambassadeur anglais, avec des lettres de recommandation.
Il fut tout de suite accueilli avec grande cordialité ; une généreuse
hospitalité lui fut offerte, car il était précédé d'une réputation scientifique que sa charge de professeur à Gresham College et ses conférences avaient solidement établie. N'avait-il pas aussi été en correspondance avec Pascal, dont la courte carrière n'est pas sans analogie
avec la sienne ? Pascal était son aîné de onze ans. Sous le nom de Jean
de Montfert il avait proposé aux mathématiciens anglais un problème
dont la solution, donnée à jour fixe, devait valoir à l'auteur une récompense de vingt pistoles. Wren envoya la solution de cette énigme

---

1. Lucy Phillimore, *Sir Christopher Wren, his family and his times*, p. 281.

scientifique. Le savant français trouva qu'elle faisait le plus grand honneur au savoir de Wren, mais, pour une raison ou pour une autre, celui-ci ne reçut jamais les vingt pistoles promises. Les études mathématiques de Wren et de Pascal étaient parallèles; tous deux s'occupaient de la question des cycloïdes : tandis que Wren écrivait des études mathématiques sur ce point, Pascal découvrait la *roulette* [1]. Le lustre de cette correspondance entre deux savants qui ne se rencontrèrent jamais, car Pascal était mort trois ans avant le départ de Wren pour son voyage sur le continent, sa qualité de franc-maçon de haut rang fournirent à celui-ci l'occasion de se faire de nombreuses relations dans le monde des architectes, des sculpteurs et des artisans, si nombreux à Paris. La réputation scientifique du voyageur anglais lui fit aussi ouvrir les portes de l'Académie royale des Sciences que Louis XIV venait de reconnaître officiellement et où avait fréquenté Pascal, alors que les savants de l'époque, sans appui officiel, se réunissaient ici ou là. Ils se faisaient part dans ces conférences, en quelque sorte intimes, de leurs études ou découvertes scientifiques. Wren, en sûreté à Paris, alors que la peste faisait rage dans son pays, y était arrivé à un moment des plus propices. Louis XIV était en pleine gloire, entouré de grands capitaines, de remarquables hommes d'État, de brillants écrivains et de nombreux artistes. Un champ des plus fertiles en observations de toutes sortes s'offrait à l'activité de l'architecte anglais qui était parti, du reste, avec l'intention bien arrêtée de mettre à profit son séjour auprès des artistes français, à Paris. « J'en appellerai, écrit-il, à Monsieur Mansard et à Signor Bernini : je les verrai tous deux à Paris avant quinze jours. » Il a raconté lui-même, dans une lettre à ce Dr Bateman qui lui avait donné des lettres d'introduction auprès de Lord Saint-Albans, une partie de son séjour dans la capitale française. « Je me suis occupé, dit-il, d'observer les édifices les plus estimés de Paris et des environs : le Louvre pendant un certain temps a été mon but quotidien : il n'y a pas moins de mille ouvriers qui y sont constamment occupés, les uns à poser de puissantes assises, d'autres à élever des étages, des colonnes, des entablements, etc., avec d'énormes pierres, à l'aide de grandes et utiles machines, d'autres enfin à sculpter, à

1. Lucy Phillimore, *Sir Christopher Wren, his family and his times*, p. 201.

incruster des marbres, à plâtrer, à peindre, à dorer, etc., ce qui réellement fait une Ecole d'Architecture, la meilleure probablement à
cette époque en Europe. Le Collège des Quatre Nations est généralement admiré, mais l'artiste l'a, à dessein, mal placé, afin de pouvoir
montrer son habileté en luttant contre une situation défavorable. Une
Académie de peintres, de sculpteurs, d'architectes et des principaux
artisans du Louvre, se réunit tous les premier et dernier samedis du
mois. M. Colbert, surintendant, vient voir les travaux du Louvre
tous les vendredis, et quand les affaires le lui permettent, le jeudi.
Les ouvriers sont payés régulièrement tous les dimanches. M. l'abbé
Charles m'a présenté à Bernini qui m'a montré ses dessins du Louvre et de la statue du roi. L'abbé Bruno veille à ce que les rares
curiosités de la bibliothèque du duc d'Orléans soient bien pourvues
d'excellentes tailles-douces, de médailles, de collections de plantes
et d'oiseaux en miniature. L'abbé Burdelo a ouvert chez lui chaque
lundi, l'après-midi, une Académie de Philosophie. Mais il ne faut
pas songer à décrire Paris et tout ce qu'on peut y observer dans les
limites étroites d'une lettre. Je ne pouvais manquer d'aller voir les demeures royales : Fontainebleau présente une solitude imposante et une
étendue qui convient au désert où il se trouve. L'antique masse du
château de Saint-Germain et les jardins suspendus sont délicieusement
surprenants (je parle pour tout homme de jugement), car le plaisir
qu'on éprouve dans le bas disparaît dans l'effort de respiration qu'il faut
faire pour monter. Le palais, ou, si vous préférez, le cabinet de Versailles, m'a demandé deux fois pour le visiter : le mélange de brique,
de pierre, de tuile bleue et d'or en fait comme une riche livrée :
à l'intérieur il n'y a pas un pouce d'espace qui ne soit encombré de
curieux petits ornements : les femmes, qui font ici le langage et la
mode et se mêlent de politique et de philosophie, font aussi autorité
en architecture ; le filigrane et les babioles sont en grande vogue ;
mais l'architecture devrait certainement viser à l'éternel et, par conséquent, rester seule à ne pas se prêter aux modes nouvelles. » Puis,
c'est le Palais Mazarin que Wren décrit, avec ses statues et ses bustes
de porphyre, ses bas-reliefs, ses tableaux de grands maîtres, ses tentures, ses mosaïques, ses vases de porcelaine peints par Raphaël : il
a visité aussi « les villas incomparables de Vaux, Ruel, Coutances,
Chilly, Essonnes, Saint-Maur, Saint-Mandé, Issy, Meudon, Rincy,

Chantilly, Verneuil, Liancourt et bien d'autres encore. Pour ne pas perdre l'impression qu'ils m'ont faite, je vous rapporterai la France entière sur papier : pour avoir le dessin du Louvre de Bernini, j'aurais donné ma peau ; mais le vieil Italien avisé ne m'a permis de le voir que quelques minutes : c'était cinq dessins sur papier, pour chacun desquels il a reçu 1000 pistoles. Je n'ai eu que le temps de le copier dans mon imagination et ma mémoire, et je pourrai, par la plume ou le crayon, vous en faire un compte assez exact. J'ai acheté un grand nombre de tailles-douces pour donner à nos compatriotes des exemples des ornements et des *grotesques* où les Italiens eux-mêmes avouent que les Français excellent. J'espère que je vous rendrai très bien compte de tous les meilleurs artistes de France : je m'occupe actuellement de fourrer le nez dans le commerce et dans les arts. Je revêts toutes les formes, je me prête à tous les caprices : c'est pour moi une comédie à laquelle je ne suis pas près de renoncer, bien qu'elle soit parfois coûteuse. » Parmi les artistes de marque qu'il connaît, il cite Bernini, Poussin, Mignard, Mansard et d'autres encore. Il ne quittera pas la France sans avoir terminé ce qu'il a sur le métier, ses « Observations sur l'état actuel de l'Architecture, des arts et des produits fabriqués en France » [1]. Mais une grave nouvelle arrive d'Angleterre à Paris : l'incendie a dévasté une grande partie de la capitale anglaise. Il quitte la France en toute hâte, rappelé probablement par un ordre royal : on a besoin de ses services : il ne manquera pas, sur les bords de la Tamise, de ruines à relever.

Il est certain, comme Wren le dit lui-même, qu'il revint en Angleterre enchanté de son séjour en France. Ses notes, ses dessins, témoignaient assez du soin incessant qu'il avait mis à observer les moindres détails de construction dans l'œuvre vraiment grandiose qui s'était accomplie et qui était encore en France en voie d'exécution. Sa pensée était hantée des nombreux souvenirs qu'il emportait et qui ne pouvaient qu'exercer sur le talent de Wren une certaine influence. On ne l'a pas contesté d'ailleurs, mais on a essayé d'en atténuer la portée, et on est allé jusqu'à déclarer que, dans l'architecture d'alors, le goût était généralement mauvais et corrompu par l'imitation

---

1. Lettre de Wren, citée par Lucy Phillimore, *Sir Christopher Wren*, pp 146-152.

française [1]. Walpole, regrettant que Wren n'ait pas pu pousser plus loin que Paris et visiter l'Italie, où il aurait eu sans doute beaucoup à voir et à retenir, trouve que le grand nombre de dessins qu'il fit des monuments de France n'eurent sur son talent qu' « une influence trop visible. Mais heureusement pour Sir Christopher Wren, ajoute-t-il, Louis XIV n'avait élevé que des palais et pas d'églises : la cathédrale de Saint-Paul échappa, mais le palais de Hampton-Court fut sacrifié au dieu du mauvais goût [2]. » A ce propos, on a prétendu retrouver l'influence de Mansard dans l'extrême profusion de détails architecturaux de la partie centrale. Qu'on s'en console. 'Arry et Arriet', au retour de Bushy Park ou du Labyrinthe, s'aperçoivent peut-être eux-mêmes, s'ils ne sont pas trop absorbés par leurs effusions sentimentales, que la colonnade de la seconde cour, formée de piliers d'ordre corinthien de proportions si classiques et si élégantes, est ce que l'on peut relever de plus heureux dans l'architecture de ce palais royal. On peut ajouter qu'elle a été manifestement inspirée à l'artiste par les nombreuses colonnades — celle du Louvre, notamment — que Wren avait admirées pendant son séjour en France. L'éditeur de Walpole, M. Dallaway, a fait bonne justice de ses assertions, tant à propos du mauvais goût que Wren pouvait avoir acquis au contact des architectes français que de la chance qu'avait eue l'architecte anglais de ne pas trouver en France d'églises à admirer, puisque Louis XIV n'en avait pas construit. Avant l'année 1675, sous Louis XIV, étaient terminées ou sur le point d'être finies, le façade de l'église de Saint-Roch par Mercier, la façade et la coupole de la chapelle du Collège des Quatre Nations par Le Veau ; et la chapelle et la coupole des Invalides par Jules-Hardouin Mansard étaient alors en cours d'exécution. Avec tous ces architectes de monuments religieux Wren fut directement en communication. Perrault, alors âgé, avait fini la colonnade du Louvre, et Mansard avait dessiné et était en train de faire construire Versailles, avec sa chapelle singulièrement belle. Peut-on à bon droit prétendre, dit M. Dallaway, que de tels modèles d'architecture auraient pu vicier le goût de Wren, ou que des palais seulement, mais pas d'églises, avaient été

1. Walpole, *Anecdotes of Painting in England*, vol. III, p. 173.
2. Walpole, *ibid.*, p. 177.

élevés sous le patronage de Louis XIV [1] ? Wren ne manquait donc pas de modèles pour les cinquante-quatre ou cinquante-cinq églises qu'il a construites ou réparées pendant les cinquante ans (1668-1718) où, libre de tout contrôle — n'étant plus l'auxiliaire du poète Denham — il exerça les fonctions importantes de directeur général des travaux royaux [2].

Non seulement Wren était venu en France s'inspirer du goût des Mansard et des Perrault, mais, à l'occasion, les architectes français passaient en Angleterre. C'est ainsi qu'en 1678 Pouget se rendit à Londres et dirigea la reconstruction de Montagu-House, demeure de l'ambassadeur français qu'un incendie avait détruite. La Cour de France prit à sa charge la moitié des frais, à condition qu'un architecte français et des peintres français seuls seraient employés. Il s'agissait, prétention bien osée, parce que Wren était alors dans tout l'éclat de son talent, d'apprendre aux Anglais la façon parfaite de construire et d'embellir un palais [3]. Sans doute, il n'est pas très aisé de déterminer d'une façon précise jusqu'où est allée l'influence française en matière d'architecture, de savoir exactement ce que le dôme de Saint-Paul doit au dôme des Invalides de Mansard, et jusqu'à quel point la colonnade du Louvre de Perrault a inspiré le talent incontesté de Sir Christopher Wren : il y faudrait une minutie de détails où nous n'avons pas ici le loisir d'entrer, mais où le « Journal » de Wren pourrait être d'une très grande utilité. Il ne s'agit pas d'ailleurs de peser, si possible, à un gramme près, la part d'originalité qui revient au successeur d'Inigo Jones : les grandes lignes nous suffisent : c'est assez pour nous d'avoir établi que Wren n'est jamais allé en Italie, qu'il est venu en France avec l'intention d'étudier l'œuvre de nos grands architectes, qu'il s'y est appliqué avec une attention soutenue, un intérêt inlassable, qu'il a noté ses impressions avec soin dans son *Mémoire sur l'état actuel de l'architecture en France*, qu'il a « emporté, suivant son expression, toute la France sur papier », et que nous retrouvons dans son œuvre l'inspiration de Mansard et de Perrault.

1. Walpole, *Anecdotes*, vol. II, p. 177 (renvois et remarques de M. Dallaway).
2. Alex. Chalmers, *The general Biographical Dictionary* (art. Wren).
3. Walpole, *Anecdotes*, vol. II, p. 175.

## IV

Les jardins anglais étaient, au commencement du xvie siècle, réservés uniquement à la culture des herbes médicinales et des légumes, sans même que cette culture y fût très florissante, car on raconte que la reine Catherine recevait des salades de Flandre, ne pouvant s'en procurer en Angleterre à cette époque; la carotte, le panais et les navets qu'on faisait bouillir, pour les beurrer ensuite, telles étaient à peu près les plantes comestibles cultivées dans les jardins anglais L'agriculture n'était pas plus florissante, malgré les efforts faits au cours du siècle par deux écrivains anglais, Thomas Tusser et Barnaby Googe; le premier, avait mis en vers de nombreux préceptes de culture, memento commode de connaissances pratiques, résumé complet de tout ce que l'on savait sur ce point; le second avait publié, en 1577, ses « quatre livres d'agriculture », où il insiste sur la nécessité de fumer les terres, et recommande la culture du « trèfle de Bourgoyne [1]. » A leurs efforts vinrent se joindre ceux de traducteurs consciencieux, comme Richard Surflet qui, en 1600, mit en anglais *La Maison rustique* de Charles Estienne et Jean Liebault, rééditée en 1616 par cet écrivain touche-à-tout Gervase Markham, avec additions tirées des livres sur l'agriculture d'Olivier de Serres, de la *Maison champêtre* de Vinet, et de divers ouvrages espagnols ou italiens. Ici et là, tout était réservé à l'utile, rien à l'agrément. Sous le règne d'Elisabeth, cependant, les dames de qualité commencèrent, en été, à porter à la main des bouquets et des piquets de fleurs, dont elles respiraient le parfum, et à s'en parer le sein [2]. Quelques parterres, de forme géométrique, parurent dans les vastes jardins de Nonesuch, et les haies de romarin, au château de Hampton-Court, devinrent fameuses [3]. La culture des fleurs, de longtemps toutefois, ne fut pas très prospère, car la reine Henriette, femme de Charles Ier, qui aimait passionnément les jardins et les fleurs, dont on se souciait assez peu en Angleterre, avait installé à Wimbledon, l'une de ses résidences,

---

1. Traill, *Social England*, vol III, pp. 358, 359.
2. Markham Gervase, *Maison rustique, or The Countrey Farme.*
3. Traill, *Social England*, vol. III, p. 398.

un jardinier qu'elle protégeait tout particulièrement, et elle écrivait à sa mère, en France, pour lui demander l'envoi de nombreuses variétés de fleurs et d'une collection d'arbres à fruits qu'elle naturalisa dans son royaume [1]. Quelques années plus tard, Evelyn, celui qui a écrit un *Journal* si intéressant pour l'historien du XVIIe siècle, traduisit en anglais l'ouvrage *Le Jardinier Français*, « le meilleur certainement qui existe sur le sujet, malgré le nombre de ceux qui ont paru ces dernières années [2]. » Evelyn n'était pas un simple amateur, sans compétence aucune : il avait beaucoup voyagé en France, où il avait admiré les jardins des Tuileries, les bosquets, les plantations d'arbres, les ormes et les mûriers, les cyprès formant labyrinthe, les haies de grenadiers et, en dehors des fontaines et des échos merveilleux, les arbustes précieux et les fruits rares : ces jardins lui avaient paru « un paradis ». Il n'avait pas négligé non plus les vignobles entourant la villa de Richelieu, à Rueil, ni les terrasses et les autres merveilles, un peu artificielles, de Saint-Germain. Rien ne lui avait échappé des beautés sauvages de Fontainebleau ; il avait admiré la forêt avec ses affreux rochers et toute sa grandeur imposante, le palais avec ses splendeurs, le jardin avec ses carpes s'approchant familièrement pour recevoir la nourriture qu'on leur donnait, le parc dont la vaste étendue l'avait étonné ; puis les jardins du Luxembourg, « où l'on voit dans les allées ou les coins retirés, tantôt de beaux messieurs et des dames, tantôt des moines mélancoliques, ailleurs des écoliers studieux, ailleurs encore de joyeux citadins, les uns assis ou couchés sur le gazon, les autres courant, sautant, d'autres enfin jouant aux boules et à la balle, quelques-uns dansant et chantant, et tous, sans se gêner le moins du monde, tant l'endroit est vaste ». Enfin, il avait visité le jardin de M. Morin, « en ovale parfait » ; et il n'est pas bien sûr qu'il n'ait pas pris là l'idée du tracé en ovale exécuté plus tard dans son élégante retraite de Sayes-Court ; en tout cas, il y avait été ravi des tulipes, des anémones, des renoncules et des crocus qui attiraient chez ce collectionneur une foule de visiteurs [3]. Son goût si marqué pour l'horticulture avait fait de lui un observateur attentif, très pratique à l'occasion, et nul n'était mieux

1. Baillon, *Henriette-Anne d'Angleterre, duchesse d'Orléans*, p. 128.
2. Evelyn, *The French Gardiner* (The Epistle Dedicatory).
3. Evelyn, *Diary*, 8 févr., 27 févr., 7 mars, 1er avril 1644.

qualifié que lui pour traduire, à la requête de son ami Thomas Henshaw, le livre de l'horticulteur français. Aussi intervient-il souvent pour commenter le texte : il le fait tantôt à l'aide de parenthèses, tantôt à l'aide de notes en marge de l'ouvrage, quand il s'agit, par exemple, de faire connaître à ses compatriotes la culture en espaliers, « très usitée en France ». Il leur apprend la façon de conserver les cerises, suivant la manière de France : on les fait sécher au four, et après les avoir liées en petits bouquets, on les enferme dans de grandes boîtes rondes qu'il faut parfaitement fermer. *Le Jardinier Français* est un ouvrage très complet dont Evelyn n'a rien omis : il y est question de l'emplacement du jardin, du sol et de la façon de l'amender, de la culture en espaliers, des arbres et du choix qu'il en faut faire, des semis et des pépinières, des greffes, de la manière de les choisir et du procédé pour greffer, enfin des arbres et des arbustes, avec le moyen de les guérir de certaines maladies. Dans la seconde partie, on traite des légumes, melons, artichauts, choux, racines, plantes potagères, haricots, pois et autres plantes légumineuses, oignons, ail, ciboules, poireaux, plantes odorantes et d'agrément. Evelyn ne néglige pas, en appendice, la question des fruits et la façon de les conserver; il va même jusqu'à donner à ses compatriotes, d'après le livre français, la recette pour faire la moutarde de Dijon, « mustard à la mode de Dijon [1]. »

Comme ses sujets qui avaient voyagé en France, plus qu'eux peut-être, Charles II était très au courant, très amateur des choses de ce pays. A peine sur le trône, il eut soin de mander auprès de lui des jardiniers français auxquels il remit l'entretien des jardins royaux de Whitehall, de Saint-James et de Hampton-Court. Le roi, désirant les voir de tous points satisfaits, confia à un certain Adrien May la mission de veiller à l'examen de leurs notes et comptes, au payement régulier de leur salaire, qui s'élevait à 200 livres par an. Il ne recula pas, pour son jardin de Saint-James, devant des dépenses considérables, et un de ses jardiniers, Gabriel Mollet, acheta à Paris des fleurs pour le compte du roi : la liste de ces fleurs nous a été conservée, et la somme à payer pour cet achat s'éleva à 1487 livres françaises ou 115 livres anglaises [2].

1. Evelyn, *The French Gardiner, passim,* et p. 293.
2. *Calendar of State Papers,* 1661-62, pp. 175, 209.

Le « Memoire general des fleurs que Gabriel Mollet, jardiner ordinaire de Sa Majesté de la grande bretagne a fourny et acheptée à paris pour lornement du grand jardin Royal du parcq St-james a Londre, en lannée 1661 [1] » contenait quantité de livres d'anémones de toutes espèces et de toutes couleurs, « anémosne simple du Levant, anémosne incarnadine d'espagne double, anémosne double-fleur de pesché, anémosne blanche double de la grande espèce, anémosne Violette double fort belle, anémosne Coulonbine double, anémosne incarnadine despagne, anémosne Amarente Regatte, anémosne a pluche appelé angelique..... », quelques-unes cultivées chez M. de Ligny, d'autres provenant de chez le sieur Oger, fleuriste. Le même mémoire note un grand nombre de renoncules, « renonculle cramoisy, renonculle pivoine, l'une des plus belle fleurs qui soient en France, renonculle panaché, renonculle orengé panaché, renonculle dalep ou Salamine qui est le plus Rare qui soit a present en France, renonculle jaune double de la grande espece ». Enfin, nous trouvons « une douzaine de gros ognons de jacinthe double avecque une douzaine de jonquille jaune ». Le tout à la charge du trésor royal.

On essaya aussi, en divers endroits, de planter de la vigne, mais ces premières tentatives échouérent. En 1666, Rose, jardinier de Charles II pour ses jardins royaux de Saint-James, — et c'est, dit-il, la toute suprême gloire pour notre profession d'avoir la qualité de jardinier de Votre Majesté, — tàcha d'encourager ses compatriotes, malheureux en viticulture, à renouveler leurs essais. Dans son livre : *Défense de la vigne en Angleterre et manière de faire le vin de France*, il affirme que « le découragement ne provient que de l'erreur commise sur la question importante du choix du terrain et de l'exposition, alors qu'on a prêté l'oreille aux conseils de jardiniers étrangers venus en Angleterre : on a adopté une méthode pratiquée dans des pays ayant peu d'affinité avec le nôtre, sans tenir suffisamment compte du climat qui est si nécessaire et si efficace en fait de plantation de cette nature ». Il n'y a donc pas lieu de désespérer : il enseigne aux futurs vignerons comment on choisit le terrain, il leur montre comment la vigne, en Angleterre, peut être plantée, cultivée et reproduite [2], enfin il

<hr>

1. *State Papers*, Charles II, vol. XLVII, f. 77 (British Museum).
2. John Rose, *The English vineyard vindicated, and the way of making wine in France*, pp. 9, 40.

indique les différentes sortes de plants qui conviennent à la culture anglaise ; on en trouvera la liste à la fin du volume et il pourra les fournir à des prix modérés. Les *Philosophical Transactions* de la Société Royale analysèrent longuement le petit traité de John Rose, qui obtint un assez grand succès, car il n'eut pas moins de cinq éditions en vingt-quatre ans [1]. On était encore loin cependant de l'époque où William Temple allait s'enorgueillir d'avoir des raisins aussi bons que ceux que l'on peut manger en France, de ce côté-ci de Fontainebleau, des chasselas, des Frontiniac, cette « arboyse » qu'il a importée lui-même de Franche-Comté et qui s'acclimate si facilement en Angleterre, des raisins de Bourgogne et des muscats qui mûrissent très bien, plants alors très répandus chez les jardiniers et aussi chez plusieurs personnes de qualité. Le moment n'est pas encore venu où il recommandera, parmi les meilleures pêches, la chevreuse et la rambouillet ; les brugnons de France ; les poires blanquette et rousselette, de Saint-Michel et celles de Saint-Germain, la poire du bon-chrétien, bonne seulement à faire cuire au four ; les pommes de Normandie, celles d'Anjou qui leur sont préférables, et celles de Gascogne bien meilleures encore [2].

Vers 1670, Le Nôtre, le célèbre dessinateur des jardins des Tuileries, des parcs de Trianon et de Fontainebleau, alla en Angleterre, sur la demande de Charles II, pour réformer le goût anglais, et fit planter les parcs de Saint-James et de Greenwich. Il innova en Angleterre les grandes avenues convergeant d'un côté vers un même centre ou rond-point et s'ouvrant, de l'autre, sur la rase campagne. Beaucoup, parmi les représentants de la noblesse anglaise, adoptèrent ces mêmes plans et rendirent ainsi hommage au talent du dessinateur français. Le Nôtre n'était pas allé seul en Angleterre ; il avait emmené avec lui son compatriote et ami, son aide aussi, Grillet, célèbre par sa science hydraulique. Celui-ci fit jaillir fontaines et cascades : les plus remarquables, rappelant les merveilles de Versailles, furent celles de Chatsworth, créées en 1694, pour le duc de Devonshire, et en 1702, celles de Bretby pour Lord Chesterfield ; les deux principaux jets d'eau de Chatsworth s'élevaient, l'un à soixante,

---

1. John Rose, *The E. vineyard...*, édit. 1666, 1672, 1675, 1676, 1690.
2. W. Temple, *Essays* (of Gardening) *passim*.

l'autre jusqu'à quatre-vingt dix pieds ; à Bretby, le plus haut ne monta qu'à cinquante pieds. Mais le coût de leur création et ensuite de leur entretien les fit négliger peu à peu ; ils se délabrèrent graduellement et disparurent : à la fin, en 1780, il ne restait plus rien à Bretby des créations de Grillet [1]. Ce qu'il y avait encore d'artificiel dans les plans de Le Nôtre, en si grand progrès cependant sur le « jardin-bibelot », inventé par la Renaissance, importé d'Italie, et offrant avant lui l' « aspect des magasins de bric-à-brac [2] », fut loin de disparaître en Angleterre. S'écartant des idées et des plans de l'artiste français, on s'éprit du style hollandais pour tracer les jardins et donner une forme aux plantes et arbustes qui en constituèrent l'ensemble : ce fut le triomphe de l'artificiel et du compliqué. Le *Guardian* [3] cite un exemple de la façon dont la nature fut alors tordue et défigurée comme à plaisir : c'est le catalogue d'un fameux jardinier qui se propose, pour donner un air plus distingué aux villas et jardins de Londres et ne pas les laisser confondre avec ceux où la nature reste brute, de vendre à tout venant les merveilles de sculpture qu'il énumère avec soin :

« Adam et Eve, en if ; Adam un peu gâté par la chute de l'Arbre de science dans une grande tempête ; Eve et le Serpent en très bon état.

« L'Arche de Noé en houx, les flancs un peu endommagés par suite du manque d'eau.

« La Tour de Babel, pas entièrement finie.

« Saint Georges, en buis, son bras à peine assez long, mais qui sera en état de percer le Dragon, le mois d'avril prochain.

« Un Dragon vert, de même, avec une queue de lierre rampant pour le présent.

« Nota. Ces deux pièces ne peuvent se vendre séparément.

« Edouard, le Prince Noir, en cyprès.

« Un ours de laurier-thym, en fleur, avec un chasseur de genièvre maintenant en fruits.

1. Walpole, *Anecdotes, Supplementary Anecdotes of Gardening in England* by M. Dallaway, vol. III, pp. 76, 97.

2. *Revue des Deux Mondes*, art. Arvède Barine sur *La Grande Mademoiselle*, 1er oct. 1899, p. 590 et suiv.

3. *The Guardian*, 29 sept 1713, n° 173.

« Une couple de Géants, abâtardis, à bon marché

« Une reine Elisabeth, en philaria, penchant tant soit peu aux pâles couleurs, mais dans son entier développement.

« Une autre reine Elisabeth, en myrte, qui était très avancée, mais qui a avorté pour avoir été trop près d'un sabinier.

« Une vieille Fille d'Honneur, en absinthe.

« Un Ben Jonson, d'une grande beauté, en laurier.

« Divers illustres poètes modernes, en laurier femelle, un peu abîmés, mais qu'on aura pour un sol la pièce.

« Un Cochon à racines vives, changé en porc-épic, pour avoir été oublié une semaine en temps de sécheresse.

« Un porc en lavande, avec de la Sauge qui croît dans son ventre.

« Une paire de Pucelles en sapin, très avancées.

« Il peut aussi représenter toute une famille, hommes, femmes et enfants, de sorte que tout gentleman peut avoir le portrait de madame, en myrte, et le sien, en charme cornu [1]. »

Pope avait, comme on voit, d'excellentes raisons pour réagir contre ces futilités ridicules, ces inventions artificielles, pour demander le retour à plus de simplicité, à la nature enfin.

« Pour bâtir, pour planter, quoi que vous veuilliez faire, pour élever une colonne ou pour courber une arche, pour créer une terrasse ou creuser une grotte, en tout que la Nature jamais ne soit oubliée ; mais traitez-la comme une belle modeste, ne la parez pas trop, ni ne la laissez entièrement nue ; que toutes ses beautés partout ne se voient pas, quand il peut être habile de les cacher modestement..... en tout consultez le génie du lieu [2]. » C'était bien là, semble-t-il, qu'était la vérité, la Nature dominant l'Art, sans l'exclure cependant, car il lui enlève ce qu'elle peut avoir de trop fruste ou même de trop négligé, et corrige le contraste trop brusque, trop violent, qui existerait entre le monument, château ou palais, aux lignes artistiques et savantes, et la ceinture de bois ou de gazons croissant, au hasard, dans un désordre qui, pour être naturel, n'en serait pas moins choquant.

En somme, c'était le retour, semble-t-il, à la conception et à la méthode de Le Nôtre.

1. Contant d'Orville, *Les Nuits Anglaises*, vol. I, p. 236-238. Traduction, par endroits complétée ou légèrement modifiée.

2. Pope, *Moral Essays, Epistle IV : to the Earl of Burlington*, vers 45-54, 57.

## V

Charles Ier était, en musique, un « juge compétent » : il jouait de la viole et n'y manquait pas d'habileté. Dès son avènement, il s'était montré très disposé à encourager les arts libéraux, particulièrement la musique. La reine Marie-Henriette était, comme sa mère, Marie de Médicis, douée d'une voix merveilleuse ; elle dansait admirablement, et sa voix, naturellement douce et étendue, avait été très cultivée. Jeune mère, elle berçait son enfant en chantant, et les galeries de Whitehall retentissaient parfois de la musique divine de son chant. C'est ce qui a fait dire à d'Israeli que, si Marie-Henriette n'avait pas été reine, elle aurait pu être en Europe une *prima donna* incomparable [1]. Lors de son mariage avec Charles Ier, ce fut, dans la cathédrale de Cantorbéry, une véritable solennité musicale. Orlando Gibbens, un des meilleurs musiciens et organistes du temps, connu par les splendeurs de sa musique religieuse, — on cite de lui un *Hosannah* qui est un modèle de composition, — fut mandé à Cantorbéry, et y fit admirer la belle harmonie, la naïve simplicité et la grandeur inexprimable qui caractérisaient son talent musical, car il avait, sur ordre royal, composé la musique de cette cérémonie nuptiale [2]. Gibbons était Anglais, et, sous le règne de Charles Ier, comme, d'ailleurs, sous celui de Jacques Ier, les noms des musiciens, organistes, compositeurs et chanteurs étaient anglais : les listes des artistes de l'époque n'indiquent la présence en Angleterre d'aucun étranger. Néanmoins de nombreux essais de musique française avaient déjà passé en Angleterre. En 1629 fut dédié à la reine Marie-Henriette un recueil d'*Airs de cour français avec paroles en anglais*. De nombreuses poésies, dont l'une de Ben Jonson, placées en tête de l'édition anglaise, célébraient le mérite de ces airs et de ces chants, composés par Pierre Guedron ou Antoine Boisset. Les compositeurs Lefèvre, Guedron et Boisset, dont les chansons étaient si à la mode en

1. Strickland, *Lives of the Queens of England* (Henrietta Maria), vol. VIII, pp. 8, 15, 64.

2. Hawkins, *A General History of the Science and Practice of Music*, vol. IV, p. 36.

France sous le règne de Louis XIII, n'étaient pas moins en faveur en
Angleterre [1]. Mais le silence ne tarda pas à se faire : chants religieux et profanes cessèrent tout à coup sous l'influence puritaine.
Les Têtes Rondes, dans leur zèle aussi pieux qu'excessif, pillèrent
les collections de musique, brisèrent de nombreuses orgues, inter-
dirent les chants, supprimèrent toute musique, comme étant inspirée
par le démon. Quelle fut la part personnelle de Cromwell dans cette
réaction musicale, dans cette profanation artistique ? Il ne partageait
certainement pas la folie antimusicale des Parlementaires. Artiste à
ses heures, il aimait la musique et protégeait les musiciens : l'un
d'eux, Mr. Quin, chantant devant lui, fut non seulement accueilli avec
bienveillance et largement régalé de vin des Canaries, mais il fut
complimenté par Cromwell lui-même, qui lui rendit, à Christ-Church,
la place dont il avait été chassé. Cromwell ne pouvait que réprouver
la fureur aveugle des briseurs d'orgues. Quand celles de Magdalen
College, à Oxford, furent démontées et enlevées, il ordonna de les
transporter avec soin dans le palais de Hampton-Court et les fit
placer dans la grande galerie où il prenait plaisir, à ses rares heures
de loisir, à assister à des concerts. A la Restauration, elles furent
rendues à leurs propriétaires. Si les orgues d'Oxford avaient échappé
au massacre général, c'est manifestement à Cromwell qu'on devait
leur salut [2]. Mais les Côtes de Fer ne partageaient pas les sentiments artistiques de leur chef : la musique, le chant, restèrent
pour eux des inventions diaboliques. Un grand silence se fit,
long et pesant, pendant toute la durée de la guerre civile : les
violes se turent ; la musique anglaise était morte, ou, tout au moins,
assoupie.

Pendant cette léthargie qui ne dura guère moins d'un quart de
siècle, le prince de Galles, plus tard Charles II, obligé par les Parlementaires de séjourner à l'étranger, restait surtout en France et formait son goût musical aux auditions de musique française. A la cour
de France, en effet, la musique était en très grand honneur. Loret
nous a conservé le souvenir de quelques-unes de ces solennités artistiques, par exemple, de ces « cent acors mélodieux » dont était

1. Ch. Burney, *A General History of Music*, vol. III, pp. 402, 594.
2. Hawkins, *A General History...* vol. IV, p. 45.

charmé l'auditoire qui se pressait dans l'église de la Conception en
octobre 1657. Par lui nous savons le nom de l'auteur de cette symphonie religieuse qui l'avait ravi :

> Cambert qui batoit la mézure,
> Qui par étude et par nature,
> Et par un merveilleux talent,
> Excelle en cet Art excellent :
> Cambert, dis-je, avec son génie,
> De cette admirable harmonie
> Avoit tous les airs composez,
> Qui furent tout-à-fait prizez,
> Airs sacrez et non pas profanes,
> Et lesquels avoient pour organes,
> Non des flûtes, ny des haut-bois,
> Mais quantité de belles voix,
> Orgues, luts, clavessins, violes,
> Qui (sans dire icy d'hiperboles)
> Tant par leurs sons, que par leurs chants,
> Firent des éfets fort touchans (1).

Dans la chapelle du Louvre, on entendait :

> Un saint Motet si muzical,
> Qu'il n'ùt, dit-on, jamais d'égal.
> Toute la Cour en fut ravie :
> Et je vous jure, sur ma vie,
> Que moy, Loret, qui l'entendis,
> Je croyais être en Paradis,
> A tout le moins, jusqu'aux oreilles.

C'était aussi les « saints, et sacrez Cantiques et divers Motets An-
géliques », composés par Dumont, organiste de Saint-Paul. A côté
de cette musique religieuse ne manquaient pas les concerts profanes.
Lulli, en février 1658, avait organisé, avant l'entrée du ballet du roi,
« Un grand Concert, des plus charmans, Compozé d'octante Instru-
mens, Encor, dit-on, octante-et-quatre [2] », dont trente-six violons,
ajoutés aux flûtes, clavecins, guitares, téorbes, luths et violes. Comme
Loret :

1. Loret, *La Muze historique*, vol. II, p. 389 ; vol. III, pp. 54, 133.
2. Id., *ibid.*, vol. II, p. 444, vol. III, pp. 25, 51.

> Il faut prendre quelque soucy
> De parler de la Symfonie,
> Et de cette grande Harmonie
> De plus de septante Instrumens
> Dont les celestes agrémens
> Charmoient, avec leur rézonance,
> Les Etrangers, et ceux de France.

Quelque trois mois plus tard, au village d'Issy, avait lieu la représentation d'une pastorale comique, à laquelle assistaient au moins trois cents personnes, dames de condition et bourgeoises. M. Perrin en avait fait les vers et

> Cambert, Maître par excellence
> En la Muzicale science,
> A fait l'Ut, ré, mi, fa, sol, la,
> De cette rare Pièce-là.

En plus de ces auditions de musique sacrée ou profane, organisées pour la Cour, les professeurs de musique eux-mêmes, tant de Paris que de la Cour, en nombre fort respectable, une centaine au moins, savaient, à l'occasion, organiser un concert : celui qu'ils donnèrent aux Augustins, en avril 1660, ne laissa pas de flatter agréablement l'oreille des assistants, car « l'harmonie en fut plus qu'humaine[1] ». Le goût de la musique se marquait donc, d'une façon bien nette, dès la première moitié du XVIIe siècle. Comme le fait remarquer M. André Hallays [2], le XVIIe siècle, si riche de poètes, d'écrivains, d'orateurs, d'architectes, de peintres et de statuaires, avait aussi d'admirables musiciens, et, de nos jours, la *Schola Cantorum*, en reprenant cette musique de jadis, et la *Tribune de Saint-Gervais*, en fouillant le passé pour découvrir ce qui reste de nos vieux musiciens français, rendent un grand service aux amateurs et surtout aux musiciens, à qui elles révèlent des modèles d'un art bien français.

Charles II, pendant son séjour sur le continent, alors que Cromwell en quelque sorte régnait en maître sur le trône laissé vide par l'exécution de Charles Ier, n'avait guère entendu que de la musique fran-

---

1. Loret, *La Muze Historique,* vol. III p. 194.
2. André Hallays, *Journal des Débats* (24 mai 1902) : « Le goût de la musique au dix-septième siècle. »

çaise. De retour en Angleterre, son premier soin fut d'imiter ce qu'il avait vu à la cour de Louis XIV. Les instruments de musique, en usage à la cour de France, le devinrent en Angleterre, aussitôt après la Restauration. Charles II, comme Louis XIV, eut sa troupe de vingt-quatre violons. Elle jouait pendant les repas une musique vive et animée et exécutait des symphonies dans la chapelle royale [1]. C'est probablement de cette troupe que se moquait d'Urfey dans ses *Pilules pour purger la Mélancolie* :

> Les vingt-et-quatre violoneux,
> Tous sur un rang et non sur deux !

De cette époque date la vogue du violon en Angleterre [2] : le succès des violons de la cour de France les mit à la mode. Cet instrument de musique n'était pas auparavant inconnu à Londres, car, même au théâtre, vers le milieu du xvie siècle, lors de la représentation de l'*Aiguille de la vieille mère Gurton*, il est fait mention des violons. Dans les pièces de Shakespeare, à tout instant il y est fait allusion [3] ; mais cet instrument, dont se servaient aussi les chanteurs ambulants, ainsi que les ménétriers qui, dans le hall, lors des fêtes de Noël, présidaient aux danses de l'époque, était tenu en médiocre estime : les violoneux qui, à cette occasion, recevaient de l'argent et des vête-ments, étaient un peu traités comme les domestiques de la maison [4]. Il en fut tout autrement lors de la Restauration : le violon devint l'instrument noble par excellence, digne de figurer dans les concerts royaux ; il remplaçait la viole dont les gentlemen jouaient à Oxford, pensant que le violon était indigne d'être admis dans leurs concerts, et le mot *fiddler* (joueur de violon) cessait d'être un terme de reproche [5]. Le premier chef de cette musique de violons fut un certain Balthazar de Lubeck, praticien habile, qui mourut dès 1663. Si, à la Restauration, comme l'a remarqué Hawkins, la liste des interprètes de musique sacrée, dans la chapelle royale, compositeurs, organistes

---

1. Grove, *Dictionary of Music and Musicians*, mot, *Grabu*, vol. IV, p 653.
2. Ch. Burney, *A General History of Music,* vol. III, p. 512.
 Hawkins, *A General History...*, vol. IV, p. 382.
3. Ch. Burney, *General History...*, vol. III, pp. 331-343.
4. Hawkins, *A General History...*, vol. IV, p. 382.
5. Id., *ibid.*, vol. IV, pp. 325, 342.

et chefs de chœurs, ne contient que des noms anglais [1], nous savons aussi que Charles II avait auprès de lui, dès 1660, c'est-à-dire, l'année même où il devenait roi, six musiciens français [2] : « Ferdinand de Florence, maistre de la musique ; Claude des Granges, basse de ladite musique, Eléonor Gingant, basse taille de ladite ; Nicolas Fleuri, haute-contre de ladite ; Guillaume Sartre, haute-taille de ladite ; Jean de la Vollée, joueur de clavessin de ladite. »

C'est à Paris que Charles II envoyait le jeune Pelham Humphrey pour y compléter ses études musicales et se former à l'école de Lulli. L'artiste anglais en revenait en 1667, transformé, dit Pepys, « en un parfait Monsieur » et prêt à composer la musique nécessaire aux violons du roi. Malheureusement il mourut à 27 ans, n'ayant pu fournir la carrière qui s'annonçait pour lui très brillante [3]. Banister, qui fut appelé à la direction de la musique du roi, avait été, lui aussi, envoyé en France par Charles II pour apprendre le violon et se préparer à ses importantes fonctions de chef de musique royale [4]. Il y acquit un certain talent, mais, un beau jour, il eut l'audace grande de déclarer que les violonistes anglais étaient bien supérieurs aux violonistes français. Aussitôt il fut cassé aux gages, et ces gages étaient de quarante livres par an [5]. Il crut devenir fou en apprenant qu'un Français, Louis Grabu, était arrivé de Paris et allait prendre sa place pour diriger les violons du roi [6]. Assurément le propos désobligeant tenu par Banister avait pu en partie occasionner sa disgrâce ; mais il n'est pas téméraire de croire qu'elle avait d'autres causes, moins apparentes peut-être, mais tout aussi réelles. Charles II préférait à la dignité, à la majestueuse harmonie de la musique anglaise des Tye, des Tallis, des Bird, des Farrant et des Gibbons [7], la gaieté légère, le mouvement rapide, la mesure vivement cadencée de

---

1. Hawkins, *A General History...*, vol. IV, p. 352.

2. *Calendar of State Papers*, 1660-61, p. 7. C'est au *British Museum*, dans les *State Papers*, recueil de manuscrits se rapportant au règne de Charles II, que l'on relève les « noms des musiciens français de Sa Majesté ».

3. Traill, *Social England*, vol IV, p. 401.

4. Ch. Burney, *A General History...*, vol. III, p. 469.
   Davenport Adams, *The Merry Monarch*, vol. I, p. 121.

5. *Dictionary of National Biography* (mot *Banister*).

6. Pepys, *Diary*, 27 février 1667.

7. Hawkins, *A General History...*, vol. IV, p. 363.

la musique française. Un nouveau style musical s'acclimatait à la
cour d'Angleterre. Et cependant les innovations voulues par le roi
ne plaisaient pas à tout le monde, même dans l'entourage immédiat
de Charles II. Evelyn, par exemple, regrettait la musique d'autrefois,
grave, solennelle, et les instruments à vent qui accompagnaient l'orgue.
Ce concert de vingt-quatre violons, jouant entre chaque pause, à la
manière française, fantaisiste et légère, lui semblait convenir plutôt
à une taverne ou à un théâtre qu'à une église[1]. Playfort constatait
aussi que « ces dernières années la musique grave et solennelle était
délaissée, étant trop lourde et trop monotone pour les talons et le
cerveau légers de cet âge si alerte et si folâtre, qu'il n'y avait d'autre
musique acceptée et généralement estimée que celle des étrangers,
qu'il n'y avait pas une matrone citadine, même une cabaretière, qui
n'eût l'ambition de voir M. La Noro Kickshawibus apprendre à ses
filles la guitare, cet instrument vieux-neuf, en usage jadis à Londres, à
l'époque de la reine Marie[2] ». La guitare, en effet, devint aussi un
instrument favori à la cour de Charles II : « Tout le monde en jouoit,
dit Hamilton, bien ou mal, et sur la toilette des belles on étoit aussi
sûr de voir une guitare que d'y trouver du rouge et des mouches... et
Dieu sait la raclerie universelle que c'étoit[3] ! » Sous l'influence
du roi et de son entourage, tout aussi francisé que Charles II lui-
même, le goût se modifiait peu à peu : à la cour, comme au théâtre
et dans la chapelle royale, la musique française florissait : c'est cette
musique seule qui était en faveur auprès du beau monde. Baptiste
Lulli l'avait rendue fameuse dans l'Europe entière, et les compositeurs de Londres s'efforçaient de rivaliser avec lui[4]. L'opéra anglais,
à peine né, — il s'agit du *Siège de Rhodes* de d'Avenant, — était, dès
sa naissance, soumis à l'influence française. D'Avenant avait séjourné
en France, et il ne cachait pas que, si le récitatif était inconnu en
Angleterre, il était très estimé chez d'autres nations ; de là, sa tentative de l'introduire sur la scène anglaise[5]. Les noms de Quinault et

---

1. Evelyn, *Diary*, 21 déc. 1662.

2 Playford, *Musick's Delight on the Citheren*, Préface (1666), citée par W. C.
Sydney dans *Social life in England*, p. 380

3. Hamilton, *Mémoires du chevalier de Grammont*, p. 167.

4. North, *Memoirs of Musick*, p 102, cité par Ch. Burney, *A General History...*,
vol. III, p. 468, et par Sydney, *Social life*, p. 380.

5. D'Avenant, *The Siege of Rhodes*, to the Reader, vol. III, p. 235.

de Lulli étaient partout : on savait quelle faveur avait accueilli leurs opéras en France : on chercha aussitôt à les imiter, on sema d'airs et de chœurs les divers actes de *La Tempête* et de *Macbeth* de Shakespeare, et ces représentations obtinrent un grand succès. Lulli avait mis à la mode l'ouverture dite « à la manière française » : on s'ingénia à l'imiter ; ce genre d'ouverture ou de symphonie devint général. Les opéras français eux-mêmes n'allaient pas tarder à faire leur entrée sur la scène anglaise. A côté des Mathew Lock, des Banister et du grand musicien anglais Purcell, deux Français occupèrent une place considérable. Grabu fut le premier d'entre eux.

C'est Grabu qui, sur un propos imprudent de Banister, remplaça celui-ci dans la faveur royale. Il arriva en Angleterre vers 1666, et, peu après, supplanta l'artiste anglais, qui ne s'en consola pas. Le 1er octobre 1667, dans le palais de Whitehall, Grabu fit exécuter devant le roi un *Chant sur la Paix* qu'il avait composé lui-même et qu'il dédia à Charles II. « Dieu me pardonne, s'écrie Pepys, qui assiste à cette audition, je n'ai jamais de ma vie été moins satisfait d'un concert de musique ! Cette façon d'arranger les mots et de les répéter sans ordre, et cela avec un certain nombre de voix, me rend malade : tout le sens de la musique vocale est ainsi perdu. Il y avait là une foule de gens, je n'en ai pas vu beaucoup de satisfaits ; seulement, la musique instrumentale, à force d'exercice, jouait fort juste [1]. » Grabu était néanmoins *persona grata* auprès de Charles II, ce qui n'était pas sans causer quelque jalousie dans le monde des musiciens anglais, qui comprenaient mal — et ils avaient certainement raison — qu'un musicien tel que Grabu fût préféré à Purcell. On intrigua sans doute autour de lui, mais rien n'y fit : la bienveillance du roi resta acquise au musicien français. Quand Dryden composa son opéra *Albion et Albanius*, il ne crut mieux faire, pour flatter le roi, que d'en confier la musique à l'artiste tant choyé de Charles II, au musicien étranger à qui il avait découvert « un talent extraordinaire ». Et il exprime ainsi toute sa satisfaction : « Les meilleurs juges et gens de qualité qui ont honoré ses répétitions de leur présence n'ont pas moins loué son heureux génie que son habileté. Qu'il me soit permis d'ajouter une chose, c'est qu'il a si

1. Pepys, *Diary*, 1er oct. 1667.

exactement exprimé mes idées partout où j'ai voulu exciter les passions qu'il semble avoir pénétré dans ma pensée et avoir été le poète
aussi bien que le compositeur. Et ceci, je le dis, non pour le flatter,
mais pour lui rendre justice : car, pour un certain nombre de musiciens anglais et pour leurs disciples qui ne peuvent manquer de
juger d'après eux, le fait d'être français suffit pour créer une coterie
qui le décrie avec malice. Mais la science qu'il a des poètes Latins et
Italiens, unie à son talent musical, et la connaissance qu'il a acquise
de tous les opéras français en assistant à leur représentation, ajoutée
au bon sens qui lui est naturel, tout cela l'a élevé bien au-dessus de
quiconque aura la prétention de rivaliser avec lui sur notre théâtre.
Quand un de nos compatriotes l'emportera sur lui, je serai heureux,
par amour pour la vieille Angleterre, qu'on me montre mon erreur :
en attendant, que le mérite soit loué, bien qu'en la personne d'un
étranger. » Et plus loin encore Dryden aggrave son cas en déclarant
que « les Anglais ne sont pas absolument aussi bons musiciens que
les Français [1] ». On pense si de telles déclarations chatouillèrent
désagréablement l'amour-propre des musiciens anglais. Ceux-ci
se gardèrent bien de les oublier. On s'apprêtait à représenter l'o-
péra de Dryden et de Grabu : musique et chœur, danses et machines,
tout était à peu près terminé. Charles II « avait bien voulu le faire
représenter devant lui, deux ou trois fois, surtout le premier et le
troisième acte, et il avait déclaré publiquement, et répété, que
la composition et les chœurs étaient plus justes et plus beaux que
tout ce qu'il avait entendu en Angleterre [2] ». Tout à coup le roi
mourut. Ce fut là pour les deux auteurs une occurrence bien fâcheuse.
Naturellement la représentation d'*Albion et Albanius* dut être dif-
férée. Quatre mois après l'accession de Jacques II au trône d'Angleterre, après de grandes dépenses faites pour la mise en scène,
réellement somptueuse, la musique française de Grabu et la poésie
de Dryden allaient sortir victorieuses d'une aussi longue épreuve.
Au lieu d'un triomphe, ce fut un désastre, ou peu s'en fallut.
L'opéra fut joué six fois seulement, et la Compagnie chargée de
l'entreprise ne retrouva pas la moitié des frais qu'elle avait faits [3].

1. Dryden, *Albion et Albanius* (Préface), vol. VII, pp. 235, 239.
2. Id., *ibid.*, p. 240.
3. Downes, *Roscius Anglicanus*, p. 40.

On a attribué à l'insuffisance de la musique de Grabu cette chute
retentissante. Ce n'en est pas la seule cause : d'abord, l'opéra de
Dryden avait un but politique : il s'agissait de célébrer la victoire du
roi Charles II sur ses adversaires, le triomphe du loyalisme sur
l'insurrection. Or, on s'imagine mal la possibilité du succès d'un
opéra ayant pour thème des événements encore récents, quand, sous
chaque rôle et par-dessus l'épaule de l'artiste, on aperçoit la silhouette
d'un personnage politique aisément reconnaissable. Une œuvre de
parti ne peut que faire des mécontents : si les uns applaudissent, les
autres vitupèrent. Il y eut aussi, pour la représentation d'*Albion*, une
coïncidence fâcheuse. On apprit subitement que le duc de Monmouth
venait de débarquer dans l'ouest de l'Angleterre, révolté et menaçant : la nouvelle connue, les spectateurs s'enfuirent du théâtre au
milieu même de la représentation. On sait également quelle jalousie
avaient excitée parmi les dramatistes et les musiciens anglais la faveur
royale accordée à l'opéra de Dryden et l'éloge pompeux que celui-ci
avait fait du génie — le mot y est — du Français Grabu. Rien de
tout cela n'avait été oublié. Les attaques ne manquèrent pas, prouvant cet état d'esprit, cette hostilité bien marquée. « Monsieur
Grabu » devint l'homme du jour : son nom, joint à celui de Dryden,
revenait régulièrement à la fin de chaque couplet d'une ballade
satirique à eux consacrée, et l'un des mécontents alla jusqu'à insi-
nuer, non sans humour, du reste, que Bayes (surnom de Dryden)
et Grabu s'étaient trompés de métier, Grabu ayant fait les vers
et Dryden la musique [1]. Quand le musicien français, en tête de
son œuvre, publiée par lui en 1687, déplore que le nombre si
restreint de bons chanteurs que l'on trouve dans cette île d'Angleterre
ne lui ait pas permis de disposer de voix assez nombreuses et assez
bonnes pour la représentation de son opéra dans toute sa perfection,
il n'ignore pas qu'*Albion* a succombé sous l'esprit de parti, les whigs
s'étant sentis atteints par la satire de Dryden, et sous la coalition des
poètes et des musiciens anglais qui, heureux par là même de faire
pièce à Dryden, ont, pour une bonne part, contribué à l'échec de
Grabu, rival heureux de Purcell et de tous les représentants de
l'école anglaise [2]. Grabu, dont on a retrouvé quelques chansons

1. Dryden, *Works*, vol I, p. 254, vol. VII, p. 227.
2. Id., *ibid.*, vol. I, p. 253.

éparses dans certaines collections du temps, perdit probablement sa situation de chef de musique royale, lors de la Révolution. Il ne semble pas cependant avoir quité l'Angleterre, car, en 1690, il composait la musique destinée à la représentation de la pièce de Waller : *The Maid's Tragedy* [1]. Alors, il eut probablement la douleur un peu amère de voir Dryden, en ses incohérences, infidèle à l'amitié de jadis, déclarer, à propos de la musique d'*Amphitryon*, confiée cette fois à Purcell, que la composition de l'artiste anglais était « excellente », et qu'en sa personne « on venait enfin de trouver un Anglais égal aux meilleurs musiciens étrangers ». Ce ne fut pas sans quelque aigreur qu'il entendit Dryden, autrefois pour lui si élogieux, voire si enthousiaste, associer maintenant à sa gloire Purcell, « ce grand génie qui n'a rien à redouter que d'auditeurs ignorants et de mauvais juges », le sacrer « Orphée Britannique », dans une ode composée au lendemain de sa mort, en 1695, et inscrire sur sa pierre tombale que Purcell s'en était « allé vers ce lieu béni, le seul où son harmonie pouvait être dépassée [2] ». Grabu, sans les mériter sans doute, avait connu, de la part de Dryden, ces mêmes éloges, ces mêmes enthousiasmes. Ce mot de *génie* avait été prononcé pour lui, comme pour Purcell : il dut, si la mort ne lui épargna pas l'amertume d'assister au triomphe posthume de son rival, faire de bien tristes réflexions sur l'inconstance des amitiés artistiques ou littéraires.

Un autre musicien français, Cambert, joua en Angleterre un rôle peut-être plus intéressant. En 1661, en France, avaient lieu les répétitions d'*Ariane*, opéra de l'abbé Perrin. Cambert, surintendant de la musique de la reine mère et organiste de Saint-Honoré, déjà musicien réputé, en avait composé la musique : ce fut son chef-d'œuvre, affirme-t-on. La mort de Mazarin empêcha que l'œuvre ne fût jouée. *Pomone*, pastorale de l'abbé Perrin, avec musique de Cambert, parut peu après et obtint un grand succès. Pendant tout le carnaval de 1670, on joua pour le roi, dans la grande salle des Machines du palais des Tuileries, une tragédie-ballet, *Psyché*, paroles de Quinault et Molière, musique de Lulli. Paroles et musique furent trouvées excellentes. Perrin, qui après la publication de *Pomone* avait, en 1663,

---

1. Grove, *Dictionary of Music*, mot *Grabu*.
2. Dryden, *Works*, vol. I, p. 302 ; vol. VIII, pp. 9, 135 ; vol. XI, p. 149.

obtenu du roi des lettres patentes pour l'établissement d'une Académie d'opéras en langue française, songea, averti par le succès de
*Psyché*, qu'il était prudent de profiter aussitôt des avantages à lui
conférés ; « mais comme il ne pouvoit fournir seul aux soins et à la
dépense excessive que demandoit une telle entreprise, il s'associa
pour la Musique avec Cambert, pour les Machines avec le marquis
de Sourdiac, et pour fournir aux frais nécessaires avec le nommé
Champeron... Peu de temps après, on les vit représenter *Pomone* à
Paris, au mois de mars 1671, sur le théâtre de Guenegaud. C'est le
premier opera qui ait paru sur le Théatre François. « La Poësie en
était fort méchante (Saint-Evremond), la Musique belle : on voyoit
les Machines avec surprise, les Danses avec plaisir : on entendoit le
chant avec agrément, et les paroles avec goût. Cependant il fut
représenté huit mois entiers avec un applaudissement général. Une
chanteuse, nommée la Cartilly, qui étoit une actrice assez laide, faisoit le rôle de Pomone dans cet Opera, qui fut tellement suivi, que
Perrin en retira pour sa part plus de trente mille livres. » Mais bientôt la discorde se mit parmi les associés. Lulli, ne voyant pas avec
plaisir grandir la réputation de Cambert, obtint, par le crédit de
M^me de Montespan, que l'abbé Perrin, moyennant une somme d'argent, lui céderait son privilège. Son titre de surintendant de la
musique du roi, dont il avait su gagner la faveur, l'aida dans ses
projets. Perrin, dépossédé, irrité, découragé, se retira. Lulli devint
maître de la place. Cambert n'avait plus qu'à disparaître : les deux
rivaux ne pouvaient vivre côte à côte. Cambert le comprit et passa
en Angleterre en 1672 [1].

La réputation des opéras et des musiciens français l'avait devancé
à Londres. Le roi, Charles II, heureux d'accueillir un artiste dont le
talent pouvait flatter son goût bien connu pour la musique française,
le nomma maître de la musique royale. Cambert, mieux que personne, puisqu'il était lui-même compositeur, pouvait faire connaître
aux Anglais l'opéra français naissant. Le succès, à Paris, de son
opéra de *Pomone* l'incita à le produire sur la scène anglaise. L'année
même de son arrivée, — c'est dire tout l'empressement qu'il y mit, —
on représenta à la cour de Charles II, en français, l'opéra de Cam-

---

1. Quinault, *Théâtre*, t. I, pp. 34-37 (la Vie de Ph. Quinault), éd. 1739.

bert et Perrin [1]. L'année suivante, en février, ce fut le tour de *Psyché*, transformé par Shadwell en ce qui concerne les paroles et mis en musique par l'Anglais Lock, en collaboration avec Battista Draghi : les danses avaient été réglées par le plus fameux des maîtres de France, M. Saint-Andrée. Bien que Shadwell cherche à persuader ses auditeurs que le thème est d'Apulée, à qui il l'a, dit-il, emprunté, on sent, à ne pas s'y méprendre, le voisinage, l'imitation de Quinault et de Molière. « En ce qui concerne la musique, écrit Ch. Burney, on voit qu'elle a été composée beaucoup d'après le modèle de Lulli. La mélodie n'est ni en récitatifs, ni en airs, mais elle tient des deux, avec un changement de mesure aussi fréquent que j'en aie jamais vu dans aucun ancien opéra français sérieux. Lock avait, en fait d'harmonie, assez de génie et de savoir pour surpasser son modèle, ou pour donner à la musique un mouvement à lui, mais telle était la passion de Charles II et par conséquent de la Cour à cette époque pour tout ce qui était français, que, selon toute probabilité, on recommanda à Lock d'imiter Cambert et Lulli [2]. » Cet opéra n'était donc qu'un démarquage assez mal déguisé de l'œuvre de Quinault, Molière et Lulli. En 1674, l'opéra d'*Ariane* ou le *Mariage de Bacchus*, traduit en anglais, était représenté par les messieurs de l'Académie de musique, au théâtre royal, à Covent-Garden. Le succès des opéras français, ou fortement marqués de l'influence française, — et il faut y ajouter *les Peines et les Plaisirs de l'Amour*, — ne fut pas considérable en Angleterre : Cambert mourut à Londres en 1677, désolé du peu de réussite de sa musique, si appréciée en France trois ou quatre ans auparavant. « L'envie, dit Bourdelot, qui est inséparable du mérite, lui abrégea les jours. Les Anglois ne trouvant pas bon qu'un étranger se mêle de leur plaire et de les instruire. Le pauvre garçon mourut là un peu plus tôt qu'il ne seroit mort ailleurs [3]. »

Que l'arrivée en Angleterre de ce Français, que sa présence dans une situation aussi en vue que celle de maître de la musique royale, aient créé quelque jalousie chez les artistes anglais, c'est assez vraisemblable. On ne trouve néanmoins aucune trace de cabale montée

---

1. Ch Burney, *A General History...*, vol. IV, p. 188.
2. Id., *ibid.* p. 187.
3. Hawkins, *A General History...*, vol. IV, p. 239.

contre lui. Il ne faut donc pas chercher là, uniquement, la cause du
succès, assez douteux pour les historiens de la musique en Angleterre, des opéras français : il faut le voir plutôt dans la nouveauté de
ce genre de spectacle pour un public anglais qui fut certainement
dérouté, soit par ces représentations en français, soit par ce genre
de semi-opéra, à la manière française d'alors, où les scènes sont
coupées par de la musique, des danses ou des chœurs, soit enfin par
la musique même de Lulli, dont la légèreté contrastait avec l'harmonie soutenue, à laquelle était fait le goût anglais. Que la portée de
cette influence française n'ait pas été très considérable, au moins en
fait de résultats immédiats et permanents, c'est assez notre avis.
Néanmoins, il est curieux de voir nos premiers opéras, à peine joués
à Paris, passer si vite à Londres par l'entremise de Cambert. Peut-
être aussi serait-il intéressant pour un musicologue de rechercher
exactement jusqu'où est allée l'influence de Cambert et de Lulli sur
Lock et Purcell, en quoi consiste cette « forte ressemblance » que
l'on a signalée [1] entre la musique du Français Cambert, du Toscan
francisé Lulli, et des artistes anglais dont la notoriété, à cette époque, a quelque peu souffert de la présence des Français et de la
faveur à eux témoignée par le roi, la cour et parfois certains poètes,
comme Dryden [2].

Quoi qu'il en soit, les Français que leur fantaisie ou, bien plus
souvent, les nécessités de l'exil avaient jetés en Angleterre, ne manquèrent pas d'entretenir et au besoin de faire naître le goût pour la
musique française. Un orchestre français, celui du roi, prêté par

1. Ch. Burney, *A General History*, vol. III, p. 508 ; vol. IV, p. 187.
2. Le demi-succès des opéras français de Perrin et Cambert — s'il n'y eut que
demi-succès — s'explique aisément, et par la nouveauté du spectacle et par la jalousie
des rivaux du musicien, victime de Lulli. La mort de Cambert parut suspecte.
Différentes versions circulèrent à cette époque. Cambert aurait, au contraire, obtenu un réel succès en Angleterre ; mais « le succès, la faveur, la fortune obtenus
loin de son ingrate patrie, ne le consolèrent pas d'une douleur secrète poignante.
Elle altéra bientôt la santé du malheureux fugitif. Cambert cessa de vivre en 1677,
à l'âge de 49 ans ». L'artiste français serait donc mort de chagrin. Une autre
version veut qu'il ne soit pas mort dans des conditions naturelles, mais assassiné
par un domestique, et d'autres enfin donnent à entendre que le poignard de
l'assassin avait été dirigé et soudoyé par Lulli. Voir, sur la question, l'ouvrage très
intéressant de M. Arthur Pougin, *Les vrais créateurs de l'opéra français, Perrin et
Cambert*, p. 248-255.

Charles II à Cominges, attirait chez l'ambassadeur français une foule d'auditeurs, y compris la maîtresse du souverain, qui se délectaient de ces auditions musicales. « Le roi, écrivait Cominges à de Lionne, le 17 avril 1664, m'a fait l'honneur de me prêter sa musique française qui attire chez moi beaucoup de beau monde, et principalement Mᵐᵉ de Castelmaine, que je vas régaler de mon mieux [1]. » Le chevalier de Grammont, joyeux grand seigneur, faisait partie de toutes les fêtes données à la Cour. Quand la chaleur et la poussière ne permettaient pas la promenade du Parc, courtisans et grandes dames descendaient les degrés conduisant du palais royal à la Tamise, et alors avaient lieu de brillantes promenades sur l'eau. « Un nombre infini de bateaux découverts, qui portoient tous les charmes de la cour et de la ville, faisoit cortège aux berges où étoit la famille royale. Les collations, la musique et les feux d'artifice en étoient. Le chevalier de Grammont en étoit toujours aussi ; et c'étoit un grand hasard quand il n'y mettoit pas quelque chose du sien pour surprendre agréablement par quelque trait de magnificence et de galanterie. Tantôt c'étoient des concerts entiers de voix et d'instruments qu'il faisoit venir de Paris à la sourdine, et qui se déclaroient inopinément au milieu de ces navigations. Souvent c'étoient des ambigus qui partoient aussi de France pour enchérir au milieu de Londres sur les collations du roi. La chose étoit quelquefois au delà de ses espérances ; quelquefois elle y répondoit moins ; mais il est constant qu'elle lui coûtoit toujours infiniment [2]. » Chez la duchesse de Portsmouth aussi, la petite Bretonne, Louise de Kéroualle, on entendait de la musique française. Elle donna un jour un grand dîner au comte et à la comtesse de Ruvigny et à Courtin : les musiciens de la Chambre de Louis XIV, qui voyageaient alors en Angleterre, se firent entendre pendant le repas, et Charles II vint les écouter : les chanteurs étaient Gilet, Laforest et Godenesche, le clavecin était tenu par Lambert [3]... Chez la comtesse de Sussex, où le roi se rencontrait parfois tête à tête avec Mᵐᵉ Mazarin, on trouve aussi des musiciens français. Mᵐᵉ Middleton, cette blonde et blanche beauté,

---

1. Jusserand, *A French Ambassador*, p. 226.
2 Hamilton, *Mémoires du chevalier de Grammont.* ., p. 135.
3. *Revue Historique*, mai-août 1885, p. 303. Etude de H. Forneron : *Louise de Kéroualle*.

auprès de qui de Grammont avait échoué, accueillait avec plaisir les artistes venus de France. Courtin, qui professe pour elle une admiration assez tendre, écrit d'Angleterre à Pomponne : « ... J'ai dans mon voisinage M^{me} Middleton qui est la plus belle femme qui soit dans ce royaume. Je lui mène les après-disner les musiciens françois, et puis je la retrouve avec eux sur les onze heures du soir dans le parc de Saint-James [1]. »

Des concerts de musique française avaient également lieu chez Hortense Mancini, à Londres. On sait le peu de goût de Saint-Evremond pour l'opéra, « où l'esprit a si peu à faire » et où « le seul plaisir qui reste à des spectateurs languissans, c'est l'espérance de voir finir bientôt le spectacle qu'on leur donne ». Ce genre, dit-il, est « contre la nature », car on ne peut s'imaginer « qu'un maître appelle son valet ou qu'il lui donne une commission en chantant ; qu'un ami fasse en chantant une confidence à son ami ; qu'on délibère en chantant dans un Conseil ; qu'on exprime avec du chant les ordres qu'on donne, et que mélodieusement on tue les hommes à coups d'épée et de javelot dans un combat » [2]. Il y a bien là, peut-être, si l'on y ajoute l'extravagance des héros, de quoi mettre à l'envers la cervelle de Crisotine [3]. Mais, si Saint-Evremond n'aimait pas l'opéra, il n'en était pas moins très amateur de musique. Que M. de Lionne, écrit-il à celui-ci en France, veuille bien lui faire parvenir dans sa retraite « les airs et ce qu'il y a de nouveau » ; mais, comme il ne veut pas coûter tant de ports, « ne m'envoyez rien, ajoute-t-il, qui ne vous ait fort plû, soit en musique, soit en autre chose [4] ». Pour les concerts qui avaient lieu chez M^{me} Mazarin, Saint-Evremond lui-même composait parfois des idylles en musique, comme celle de *Lisis et Tircis*, avec flûtes et violons, voix humaines et hautbois [5]. Toutefois, en ce qui concernait les ouvertures, les chœurs et les symphonies, il les abandonnait à quelque musicien capable, comme M. Paisible, le fameux compositeur de musique pour flûte. Ces concerts et représentations musicales chez Hortense Mancini avaient un grand succès ; un

1. *Revue Historique*, mai-août 1885, pp. 305, 306.
2. Saint-Evremond, *Œuvres*, vol. III, pp. 245, 246 (sur l'Opéra). Ed. 1740.
3. Id., *Les Opera*, comédie, I, 4, vol. III, p. 267.
4. Id., *Lettre à M. le Comte de Lionne*, vol. III, p. 49.
5. Id., *Idylle en musique*, vol. III. p. 376.

luxe extrême y était déployé, des artistes des différents théâtres y
prenaient part avec les meilleurs instrumentistes de l'époque. Une
foule de courtisans et de dames de qualité s'y pressaient à l'envi.
Tout cela n'était pas sans entretenir le goût pour la musique française.
Le roi resta, jusqu'au dernier jour, amateur convaincu et fidèle de
l'art français. Le jour vint pourtant où Charles II, mal assis sur son
trône, eut tout à craindre des caprices populaires : il sentit que la
présence des musiciens français et catholiques était loin de lui concilier l'affection de ceux qui venaient de massacrer Coleman : il
vit là un danger et manda à Barillon par M^me de Portsmouth qu'il
lui ferait plaisir de recueillir ces pauvres gens [1]. Enfin, et jusqu'au
bout, au déclin même de ses jours, quand l'abus des plaisirs avait
courbé son corps, débilité sous une vieillesse précoce, c'était en som-
nolant que Charles II berçait sa pensée flottante aux mélodies de
François Dupérier, interprétées par des musiciens français [2], sous
le regard de ses deux favorites, deux Françaises aussi, l'une au moins
par son mariage, Louise de Kéroualle, duchesse de Portsmouth, et
M^me Mazarin.

Après la mort de Charles II et vers la fin du dix-septième siècle,
le goût pour la musique française languit d'abord et cessa peu à
peu. L'Angleterre allait-elle se reprendre et retrouver quelque originalité? La chose n'était point aisée. Les musiciens anglais capables de créer un art vraiment national étaient tous morts très jeunes:
Orlando Gibbons avait disparu en 1625, à l'âge de 44 ans; Pelham
Humphrey était mort en 1674, n'ayant que 27 ans; Henri Purcell
enfin n'était âgé que de 37 ans, quand il disparut en 1695. Carrières trop
vite brisées, car le talent de ces grands artistes, de Purcell surtout,
aurait pu affranchir la musique anglaise de toute imitation étrangère.
Ce n'était pas Staggins, comme l'espérait Crowne [3], qui pouvait devenir tout à coup l'émule des plus grands maîtres que la France et
l'Italie aient jamais produits, et, en se révélant grand artiste, secouer
de sa main trop débile le joug qui pesait, en Angleterre, sur l'art
national. C'est vers l'Italie que le goût public allait désormais

---


1. *Revue Historique*, sept.-déc. 1885, p. 33. H. Forneron, *Louise de Kéroualle*.
2. *Ibid.*, sept.-déc. 1885, p. 61.
3. Crowne, *Calisto* (To the Reader), vol. I, p. 240.

s'orienter, comme jadis au temps de la reine Elisabeth. La tradition, interrompue pendant près d'un siècle, allait être reprise. Le temps n'était pas loin où l'opéra italien allait, presque de prime-saut, conquérir toute la faveur du public anglais. Après la France, l'Italie ; mais toujours pas de musique anglaise : absence complète d'un art national.

VI

La danse, comme la musique, ne fut pas sans subir, mais de meilleure heure peut-être, l'influence française. Dès le commencement du xvi<sup>e</sup> siècle on voulait savoir danser à la française, et on demandait, à ceux qui pouvaient y avoir quelque compétence, la façon de devenir un bon danseur, une élégante danseuse. A la suite du livre d'Alexandre Barclay : *Introduction à l'écriture et à la prononciation du Français* (1521), se trouve une sorte de manuel de la danse où l'on apprend, dit Rob. Coplande qui a traduit ce petit traité français en anglais, « la manière de danser au bal les danses de France et autres lieux [1] ». Les danses françaises, en effet, avaient de bonne heure pénétré à l'étranger, en Angleterre notamment, laissant cependant coexister, dans les milieux populaires, les danses indigènes, les rondes autour de l'arbre de mai, la danse des Laitières, le jour de Mai, et surtout la vieille danse de Robin Hood, peut-être même cette danse essentiellement anglaise, appelée « hornpipe » ou « cornemuse » ; mais c'étaient là surtout des danses populaires. A la cour, l'influence étrangère se faisait mieux sentir. Nulle reine peut-être n'aima davantage la danse que la reine Elisabeth. La pavane était sa danse favorite : elle y excellait, et la légende veut que la souveraine d'Angleterre ait fait de Sir Christopher Hatton un lord chancelier, moins à cause de sa science du droit que de son talent admirable à danser la pavane [2]. C'était bien la danse de cour par excellence, danse grave et majestueuse, qui convenait admirablement au costume de l'époque, à ces encombrantes jupes à cerceaux, à ces chaussures

1. Lilly Grove, *Dancing*, p. 178.
2. Id., *ibid.*, p. 136.

à talons hauts, et surtout à ces coiffures monumentales, toutes semées
de poudre et chargées d'ornements, qui se seraient difficilement ac-
commodées d'un mouvement rapide et de volte-face trop brusques :
l'harmonie de la toilette eût été singulièrement compromise. La pavane était-elle une danse française? L'origine en est incertaine, dit
Littré, bien que le Dictionnaire de Trévoux l'annonce comme « une
danse grave venue d'Espagne où les danseurs font la roue l'un devant
l'autre, comme les paons avec leur queue, d'où lui est venu le nom »,
et que Brantôme la nomme « pavane d'Espagne ». En effet, ajoute le
savant lexicographe, le mot latin *pavo* (paon) aurait donné *pavone* ;
et *pavana*, contraction de *padovana*, padouane, danse de Padoue, est
bien difficile à admettre[1]. La pavane ne serait-elle pas, comme l'a
pensé Mrs. Grove, « une danse essentiellement française », ou, tout
au moins, n'aurait-elle pas passé de France en Angleterre ? La « Sel-
lenger » ou « Sillinger », ronde de Saint-Léger, tout comme le
branle, était d'origine française, car le mot *brawol*, pour une fois
qu'on le rencontre chez Ben Jonson avec l'épithète d' « italien », revient à tout instant chez les poètes et prosateurs anglais du xvie siècle,
voire du xviie, chez Massinger[2], puis chez Addison[3], sous la déno-
mination de « branles français, branles venus de France ». Telles
étaient les danses préférées. Il n'est donc pas bien sûr que le neveu
de Milton ait été bien avisé, un peu plus tard, de faire demander par
Bess à Sarah de danser « quelque contre-danse du nord qui plaira
aux dames bien mieux que toutes les pirouettes et gambades françaises[4] ».

Pendant la guerre civile, la danse, comme la musique, fut pros-
crite : c'était un art diabolique. Les danseurs durent attendre des
jours meilleurs. Ils parurent bientôt, lors de la Restauration. La
danse, depuis les Valois, était, à la cour France, un plaisir favori.
Une Académie royale de danse établie en 1661[5] témoignait de l'importance qu'on lui accordait. Louis XIV veillait avec un soin jaloux
à sa réputation de bon danseur, et ce ne fut pas sans regret qu'il crut

1. Littré, *Dictionnaire*, mot *Pavane*.
2. Lilly Grove, *Dancing*, p. 180.
3. Addison, *The Spectator*, n° 67.
4. Lilly Grove, *Dancing*, p. 175.
5. Despois, *Hist. du théâtre sous Louis XIV*, p. 329.

devoir renoncer à ce passe-temps, quand il pensa que sa dignité souffrait peut-être un peu, soit de la comparaison que l'on pouvait faire avec tel grand seigneur de l'époque, soit de cette similitude de goûts et de distractions, communs alors à tous les courtisans. Le souvenir de la splendeur des bals donnés, soit à la cour de Louis XIII, soit à la cour du Grand Roi, était bien vivant dans l'esprit de Charles II et des royalistes anglais, qui avaient si longtemps séjourné à Paris durant les troubles parlementaires. Ce souvenir, leur goût naturel aussi, les incitaient à la danse. Le roi préludait aux fêtes de la Restauration, en dansant à la Haye, seul à seule, avec sa sœur aînée, en présence de la reine mère, de Marie-Henriette, de la reine de Bohême et de toute la cour, émerveillée de la grâce du futur souverain d'Angleterre [1]. La reine, Catherine de Portugal, bien que d'allure peu gracieuse et de tournure assez inélégante, aimait passionnément la danse, et les pamphlets du temps lui reprochaient, avec le peu d'agrément de sa personne et sa stérilité, cet amour immodéré de la danse [2]. A la cour d'Angleterre, aussitôt après la Restauration, les bals et fêtes de toutes sortes furent très fréquents. Le marquis de Flamarens, qui, à la suite d'un duel, avait cru prudent de passer à Londres, s'y faisait distinguer par les dames anglaises, au moins pour le menuet, « dont il fut l'introducteur en Angleterre, et qu'il dansoit avec assez de succès [3] ». M. et M^me Pepys, bienvenus à la cour, étaient eux-mêmes obligés d'apprendre à danser, afin d'y faire bonne figure.

Nous avons le récit de quelques-uns de ces bals donnés à la cour d'Angleterre. C'était le 31 décembre 1662. Un grand bal avait lieu au palais royal de Whitehall. Les plus grandes dames de la cour se pressaient dans la salle. Le roi ne tarda pas à arriver, et, avec lui, la reine, le duc et la duchesse d'York et tous les grands personnages. On s'assit : alors le roi choisit la duchesse d'York ; le duc d'York, la duchesse de Buckingham ; le duc de Monmouth, lady Castelmaine ; et les autres grands seigneurs choisirent chacun une grande dame, et on dansa le branle. Après cela, le roi, avec une dame, conduisit une courante, et chacun des grands seigneurs, à son tour, la dansa avec une dame : un bien noble spectacle ! s'écrie Pepys, j'y ai pris grand

---

1. Airy, *Charles II*, p. 100. Voir la gravure représentant ce bal.
2. Dryden, *Works*, vol. IX, p. 219.
3. Hamilton, *Mémoires du chevalier de Grammont*, p. 202.

plaisir. Puis, à la demande du roi, ce furent les contredanses : le roi
dansa la première : « les Cocus tout de travers », une vieille danse
d'Angleterre. Et Pepys de signaler les meilleures danseuses : la maîtresse du duc de Monmouth, lady Castelmaine, et une fille de sir
Henri de Vicke. Quand le roi danse, continue le chroniqueur, toutes
les dames qui sont dans la salle de bal, la reine elle-même, se tiennent
debout : en vérité, il danse admirablement, bien mieux que le duc
d'York ; et Pepys ne quitte le bal, pour rentrer chez lui, qu'après
avoir longtemps admiré les groupes de danseurs [1]. Quatre ans plus
tard, les bals de la cour n'avaient rien perdu de leur splendeur. C'est
l'anniversaire de la naissance de la reine. M. et Mme Pierce, dont
Pepys admire beaucoup la toilette, les dentelles surtout, vont au bal.
Il s'y rend aussi. La salle s'emplit, les lumières brillent ; le roi,
la reine et toutes les dames s'assoient. C'était un spectacle superbe,
s'écrie le chroniqueur, assez facilement enthousiaste quand il s'agit
d'une jolie femme à admirer, de voir Mme Stewart en dentelles noires
et blanches, la tête et les épaules ornées de diamants : bien d'autres
grandes dames en avaient aussi : la reine seule n'en portait pas : le
roi, en riche veste de soie riche avec garniture d'argent, comme le duc
d'York et tous les danseurs présents, les uns en drap d'argent, les
autres d'une autre façon : tout cela était très riche, déclare Pepys,
en répétant ses mots, comme pour nous donner une impression de
toutes ces richesses qui l'ont ébloui. Aussitôt après l'entrée du roi,
celui-ci prit la reine : quatorze autres couples environ se trouvaient
là ; on commença les branles. Et le témoin énumère avec complaisance les grands seigneurs et les nobles dames dont les jupons et les
robes, les diamants et les perles l'ont émerveillé. C'est encore par les
branles que s'ouvre le bal, puis vient la courante et, de temps en
temps, une des danses françaises ; mais celles-ci sont si jolies que la
courante, au dire de Pepys, devient ennuyeuse, et qu'il voudrait
qu'on ne la dansât plus. La belle Stewart obtient un réel succès,
d'abord parce qu'elle est une excellente danseuse, mais aussi par ses
danses françaises, une surtout, que le roi appelle la Nouvelle Danse, et
qui est très jolie [2]. Ces bals de la cour, où l'ordre des danses semblait

1. Pepys, *Diary*, 31 déc. 1662.
2. Id., *ibid.*, 15 nov. 1666.

être fixé par un cérémonial invariable, branles d'abord, courantes ensuite, étaient parfois l'occasion d'assez gros scandales. Ne vit-on pas, au milieu de la danse, un nouveau-né s'échapper des jupes de l'une des danseuses, et venir, très inopinément d'ailleurs, s'initier, dès la première minute de son existence, aux beautés du branle et de la courante ? Bien vite, le poupon disparut, enveloppé d'un mouchoir, et on ne connut pas la coupable, car le lendemain matin, pour ne pas être soupçonnées, toutes les dames d'honneur parurent de bonne heure à la cour ; l'une d'elles cependant, Mme Wells, maîtresse de Charles II, tomba malade l'après-midi et disparut le jour même : on en conclut que c'était elle l'auteur du méfait. Le roi trouva très intéressant, quelques jours après, de disséquer le petit cadavre [1]. C'est pendant un bal chez Mme Pierce — la femme du chirurgien royal — que l'on apprit subitement que le palais de Whitehall brûlait et que les Horse-Guards étaient en flammes. On grimpa en hâte jusqu'au haut de la maison, d'où l'on aperçut les horreurs de l'incendie ; puis on entendit des explosions ; les dames étaient terrifiées : l'une d'elles même eut une crise de nerfs. Le bal, un moment interrompu, reprit après le souper, auquel on ne renonça pas pour cela. Toutefois, l'entrain avait disparu, car on se sépara peu après, heureux d'apprendre que l'incendie était terminé, puisque les danseuses croisèrent, dans la nuit, des gens qui rentraient du lieu du sinistre [2]. Ces descriptions, tout en nous révélant l'état d'âme de ce monde de la cour, si friand de plaisir, si joyeux et si insouciant, nous renseignent aussi de façon très précise sur les amusements en faveur en Angleterre après la Restauration.

Les danses préférées étaient, comme on le voit, le branle, la courante [3], le menuet et autres danses de France, parfois les contre-danses. Le branle et la courante ouvraient le bal : les musiciens étaient des Français, car Buckingham parle de « grenouilles vertes coassant une courante de France [4] ». Le menuet, d'origine poitevine [5], créé, dit-on, par un maître de danse de Poitiers, à l'occasion des

1. Pepys, *Diary*, 7 février 1662-3.
2. Id., *ibid.*, 9 nov. 1666.
3. John Crowne, *Juliana*, III, vol. I, p. 70.
4. Georges Villiers. *The Rehearsal* (Arber's reprints), p. 115.
5. Littré, *Dictionnaire.* — *Grande Encyclopédie*, p. 872.

noces d'argent d'un gentilhomme de la province, et aussitôt apporté à Paris, était la danse élégante par excellence : c'était plaisir, ravissement, nous assure-t-on, de voir le duc de Monmouth, cet Adonis de la Cour, comme on l'a appelé, y obtenir de très beaux succès [1], tandis que le poète Sedley prenait le « minouet » pour sujet de poésie [2]. A côté des branles, courantes et menuets, danses en quelque sorte classiques à cette époque, il y avait d'autres danses françaises de fantaisie que tout ami, revenant de France, songeait à rapporter en Angleterre, ce dont on lui savait le meilleur gré. Toute danse nouvelle y était accueillie avec le plus grand plaisir ; on l'apprenait aussitôt. Angelica, dans *Once a Lover*, sait la Danse d'Amour, qu'un intime, retour de Paris, lui a fait connaître : elle s'empresse d'en enseigner les mouvements gracieux et moelleux à Lady Prate, qui répète mots et gestes avec soin. Angelica est en place pour la danse ; elle accompagne chaque mot, chaque membre de phrase d'un pas, d'un tour particuliers. « Doucement, dit-elle en dansant, je glisse d'un pied léger. — Je fais un pas vers votre cœur — et doucement — j'avance — d'un air languissant — je m'approche de vous — comme cela — puis allant peu à peu — de *Fleurette* à *Fleurette* — d'une hardie — irrésistible cabriole — je saute d'un coup entre vos bras. » Et lady Prate recevant son amie, les bras ouverts, de s'écrier : « O chose ravissante ! *Encore ! Encore !* (ces mots, bien entendu, sont dits en français). Allons ! recommençons [3] ». Quelle est, au juste, cette Danse d'Amour venue de Paris ? L'authenticité en est peut-être douteuse, mais qu'importe ? Granville montre assez clairement, assez spirituellement surtout, quel zèle, quel empressement on apporte à accueillir toute danse d'origine française, ou prétendue telle. « Quels menuets avez-vous rapportés de France ? leurs menuets, c'est miracle [4] ! » Voilà la première question faite à un cavalier à son retour du continent. Il n'en était pas de même des danses anglaises ou contre-danses. On s'y risquait, seulement quand les danseurs n'étaient pas en nombre suffisant [5], en fin de bal en quelque sorte. Si on leur trou-

1. John Crowne, *Calisto* (Notes of the performers in the Masque), vol. I, p. 335.
2. Ch. Sedley, *Works*, vol. II, p 22.
3. George Granville, *Works*, III, 3, vol. III, p. 58.
4. Dryden, *Works*, « Mariage à la Mode, » II, 1, vol. IV.
5. Hamilton, *Mémoires du chevalier de Grammont*, p. 122.

vait quelque agrément, on pensait aussi qu'elles manquaient de distinction. Il y a certain correspondant du *Spectateur*, probablement un riche commerçant logé du côté de la Bourse, qui s'en scandalise assez fort : « Monsieur, écrit-il, je suis un homme avancé en âge et, par une honnête industrie dans le monde, j'ai gagné assez de bien pour donner à mes enfants une bonne éducation que je n'ai pas eue moi-même. Ma fille aînée, qui a seize ans, est depuis quelque temps sous la conduite de M. Rigaudon, un de nos maîtres de danse, et, hier au soir, elle m'a engagé, de concert avec sa mère, à aller à un de ses bals. Je vous avoue, Monsieur, que je n'avais été de ma vie à un pareil spectacle, et que j'ai été agréablement surpris d'y voir ce qu'on appelait *danser à la française*. Il y avait quantité de jeunes messieurs et de jeunes demoiselles, dont les corps ne semblaient avoir d'autre mouvement que celui que le violon leur imprimait. Après qu'on eut fini ces gambades, l'on en vint aux *contredanses*, où il y avait aussi quelque chose qui ne déplaisait pas, et diverses figures emblématiques, composées sans doute par d'habiles gens, pour servir à l'instruction de la jeunesse. — J'en observai une, entre autres, qu'on nomme, si je ne me trompe, la *Chasse de l'Ecureuil*, où le cavalier donne la chasse à la demoiselle qui le suit ; mais, lorsqu'elle se tourne vers lui, il se sauve lui-même, et la demoiselle court après. Il me semble que la moralité de cette danse est fort propre à inculquer la modestie et la discrétion au sexe féminin. Mais, comme les meilleures institutions sont sujettes à se corrompre, je dois vous avertir, Monsieur, qu'il s'est glissé de terribles abus dans cet exercice. Je tombai de mon haut en voyant ma fille donner la main à ces jeunes garçons, ou les saisir elle même avec tant de familiarité ; et je ne l'aurais jamais crue capable d'en venir là. Ce n'est pas tout, ils s'émancipaient souvent jusqu'à se mettre dans l'attitude la plus impudente et la plus lascive qu'on se puisse imaginer, qu'ils appelaient une *Pause*, et que je n'oserais vous décrire, qu'en vous disant que c'est le revers de ce que nous appelons *Dos à Dos*. Enfin, un jeune effronté dit aux violons de jouer l'air de « Marion Pately », et après avoir fait deux ou trois cabrioles, il courut à sa danseuse, la prit sous les bras, et la fit tourner en l'air d'une telle manière, que moi, qui étais assis sur un des bancs les plus bas de la chambre, je vis, au-dessus du soulier de la demoiselle, plus haut qu'il n'est à propos de vous le dire ici. Quoi qu'il en

soit, choqué de toutes ces énormités, et sur le point de voir pirouet-
ter ma fille, j'accourus, la pris par la main et la ramenai au logis...
Vous en penserez tout ce qu'il vous plaira, mais, si vous aviez été à
ce bal, je suis bien persuadé que vous auriez trouvé ample matière à
spéculer.

« Je suis, etc. »

Je crains, ajoute Budgell, qui se substitue ici à Addison, comme
rédacteur du *Spectateur*, que mon correspondant n'ait eu que trop
sujet d'être un peu fâché de la manière indécente dont on traita sa
fille ; mais il l'aurait bien été davantage, s'il se fût trouvé à une de
ces *Danses aux baisers*, où mon ami, Mr. Honeycomb, m'assure que
les hommes sont obligés de se tenir collés presque une minute sur la
bouche de leurs belles, s'ils veulent du moins suivre les violons et ne
pas danser à contretemps... Pour ce qui regarde les *contredanses*,
j'avoue que la grande familiarité qu'on voit entre les deux sexes peut
avoir quelquefois des suites très dangereuses, et qu'il y a peu de jeunes
demoiselles dont le cœur soit assez insensible pour n'être pas attendri
par les charmes de la musique, l'entraînement des poses et la mine
d'un jeune homme bien tourné, qui frappe sans cesse leurs yeux et
leur donne des preuves convaincantes qu'il a un parfait usage de tous
ses membres...[1] » Si le brave commerçant anglais trouve quelque
peu excessives les pirouettes de « Marion Pately », il n'a pas laissé
d'admirer la grâce et l'harmonie des danses françaises ; nul doute
qu'il ne préfère le branle à la contredanse, et c'est très certainement
de ce côté-là que M. Rigaudon devra orienter son enseignement. Les
plus jeunes filles de l'honnête commerçant ne renonceront pas pour
cela à apprendre la danse qui fait partie de l'éducation de toute jeune
fille, comme de tout jeune homme, qui se pique de quelque élégance[2].

Il va de soi que le maître de danse devint tout de suite un personnage d'une certaine importance ; pas d'éducation complète sans lui,
plus d'agrément dans la société sans les ressources de son enseignement et les charmes de son art, puisque gentilshommes et femmes de
qualité, et même commerçants enrichis, devaient savoir danser,

1. Addison, *The Spectator*, n° 67. Traduction fr. *Le Spectateur ou le Socrate
Moderne*, 1732, vol. I, p. 353, légèrement modifiée.
2. Otway, *Works : Friendship in Fashion*, V. 1, vol. II, p. 86 (éd. 1813).

comme ils devaient savoir parler français, chanter et s'habiller à la française. Comment donc choisira-t-on ce maître de danse ? Le roi, la jeune duchesse d'York, les enfants du roi, dit Pepys, dansent à merveille. Or, c'est un Français qui est leur maître de danse [1], car un Français seul est qualifié pour d'aussi importantes fonctions : il ne viendrait à l'idée de personne de s'adresser à un maître d'une autre nationalité. Ainsi Jevon, maître de danse anglais, doit cumuler ses fonctions avec celles d'acteur, ce qui indique, pour lui, un succès très relatif, puis les délaisser complètement, devenir auteur, abandonnant l'enseignement de la danse pour la littérature [2]. C'est donc un maître français que l'on recherchera avant tout. Qu'il ressemble au maître de danse dont parle Sheffield [3], qu'il soit boiteux au point de ne pouvoir marcher ou se tenir debout, on le lui pardonnera peut-être, pourvu qu'il arrive de Paris. Qu'on ne s'imagine pas surtout que le maître de danse soit un homme de petite envergure, et qu'on ne se permette pas de le traiter avec une familiarité trop peu respectueuse. Il veut être pris très au sérieux, car il a pleine conscience de l'importance de son rôle. Du reste, chez lui, il prépare ses leçons de danse, avec un entrain que les voisins trouvent au moins quelque peu bruyant, quand ils ne pensent pas avoir affaire à un fou [4]. Un des maîtres de danse les plus réputés, celui que ni Wilson, ni Dryden n'ont oublié et à qui ils n'ont pas ménagé leurs éloges, c'est Saint-André ; le duc de Monmouth, peut-être le plus élégant danseur de la cour, l'avait ramené de France [5]. Non seulement les leçons de Saint-André étaient fort recherchées, mais c'était lui qui réglait les danses sur la scène, et un musicien s'estimait fort heureux d'obtenir sa collaboration : c'était la réussite assurée [6].

Les menuets de M<sup>lle</sup> Subligny, les ballets de MM. Labbé, Balon, Desbargues, Du Ruel et Cherrier, les chaconnes ou passacailles de M. Pecour devinrent fameux, et la faveur populaire, qui allait au théâtre du duc d'York, retourna au Théâtre Royal, le jour où des danses

---

1. Pepys, *Diary*, 2 avril 1669.
2. *Biographia Dramatica*, mot *Jevon*.
3. Sheffield, *Works*, (Essays), vol. II, p. 243 (éd. 1740).
4. Addison, *The Tatler*, n° 88.
5. Wilson, *Works*, notes sur *The Cheats*, p. 9. (Dramatists of the Rest.)
6. Dryden, *Works*, vol. X, pp. 351, 445.

françaises furent exécutées par des danseurs français : le succès s'imposa [1]. Un M. Isaac se mit à composer des danses nouvelles pour telle ou telle occasion, telle ou telle fête qui devait avoir lieu à la cour; il créait, avec la collaboration d'un maître de danse français, M. de la Garde, la Danse de l'Union, pour un anniversaire de naissance de Sa Majesté, la Britannia et le Royal Rigodon [2].

La danse, pour les maîtres français, devenait réellement un art. « Que le danseur, comme Démosthène, disait déjà John Weaver, se présente devant une grande glace, qu'il juge de ses mouvements, qu'il les améliore et s'efforce de distinguer ce qui convient de ce qui ne convient pas. Il faut reconnaître que les Français excellent dans ce genre de danse... et celui qui, en Angleterre, s'en acquitte le mieux, c'est, à mon avis, M. Desbargues [3]. » On ne saurait rivaliser avec les maîtres de danse français — et les noms des professionnels de la chorégraphie reviennent à plusieurs reprises dans l'ouvrage anglais — « à moins que quelque génie merveilleux ne paraisse et ne porte cet art, jadis célèbre, à cette perfection... des Grecs et des Romains d'autrefois [4] ». Ces maîtres n'abusaient-ils pas un peu parfois de la situation privilégiée qui leur était faite ? Sûrs d'eux-mêmes, trop sûrs peut-être du public auquel ils s'adressaient, ils ne faisaient pas toujours, au théâtre, de grands frais d'imagination pour varier leurs pas. La même danse servait, à une semaine d'intervalle, d'abord comme entrée pour quatre Furies, puis pour représenter les quatre Vents, et bientôt les quatre Saisons [5]. Et pourtant, malgré cette négligence, la faveur publique leur restait invinciblement attachée. Après les danses françaises à la cour, après les danses de société, on eut les danses françaises au théâtre ; partout le même succès. Le temps vient presque où Odell, dans un poème en trois chants sur la danse, pourra dire, après avoir décrit la salle de bal, qu'il compare à un parterre de fleurs : « D'abord, que chaque bal commence par les

1. John Weaver, *Essay towards an History of Dancing*. Préface et p. 164.
Hawkins, *A General History... of Music*, vol. IV, p. 337 (notes) ; vol. V, p. 474.
2. John Weaver, *A small treatise of Time and Cadence in Dancing* (avec les danses de M. Isaac).
3. John Weaver, *Essay towards an History of Dancing*, p. 164.
4. Id., *ibid.*, Préface.
5. Id., *ibid.*, p. 167.

danses françaises, et qu'aucune contredanse n'intervienne avant la
fin : c'est par elles que la Muse donnera de la grâce à ses premiers
essais ; les autres viendront après, à la place qui leur convient. Les
Français, si les anciennes légendes disent toute la vérité, formés par
la règle, à la danse excellèrent les premiers : ce sont eux qui, les premiers, ont porté cet art à toute sa perfection, et, par des préceptes
fixes, ont enseigné des pas fixes aussi. De là sont venues toutes ces
danses pleines d'art et d'agrément que, d'après leurs auteurs, nous
appelons « danses françaises ». La sage nature, d'une main toujours
prudente, à chaque pays dispense des dons divers, à chaque nation
gravement attribue un génie propre à certains arts. Les Allemands
réussissent surtout en mécanique, les Hollandais dans le commerce,
et à la guerre les Suédois. C'est à juste titre que la Grande-Bretagne
est fière d'avoir découvert les îles les plus lointaines, ses voiliers
ayant fait le tour du monde : les doux arts de la paix ornent les plaines
de l'Italie : c'est là que règnent la peinture, la poésie et la musique :
c'est là que le doux Corelli a d'abord accordé sa viole, c'est là que
Raphaël a peint, et c'est là que Vida a chanté ; mais la France, il
faut l'avouer, en fait de danse et de toilette, est supérieure à toutes
les autres nations... C'est à elle que nous devons nos danses les plus
nobles, le joyeux Rigaudon, le Louvre glissant, la Bourrée et la Courante, longtemps inconnues, l'immortel Menuet et la douce Bri-
tange... Longtemps l'art de la danse resta libre et sans règles fixes,
partant égaré dans l'erreur et l'incertitude, n'observant aucun précepte, n'obéissant à aucune loi, chaque maître enseignant une
manière différente... enfin Fuillet parut [1]. » Ce Malherbe de la danse
réduisit en préceptes ce qui n'était auparavant que confusion ; il nota
les différentes danses que les maîtres des pays les plus éloignés purent
connaître et enseigner ensuite, et, dit-il, « les rigaudons d'Isaac du-
reront aussi longtemps que les peintures de Raphaël ou les chants de
Virgile ». La comparaison est flatteuse, au moins pour M. Isaac, dont
la tête pourtant s'entoure chaque jour davantage des ombres de
l'oubli. S'il n'y a qu'exagération dans les éloges poétiques d'Odell
décernés au faiseur de rigaudons, il y aurait quelque injustice à ne
pas reconnaître, comme lui, que nos danses françaises ont eu un

1. Odell (?), *Poem in honour of Dancing*, pp. 10-14 (1725).

grand succès en Angleterre, que les danses, même étrangères, comme la sarabande et la volte, l'une d'origine mauresque, l'autre italienne, y sont arrivées francisées et ont été accueillies aussitôt, faisant sinon oublier, au moins reléguer au dernier plan, les danses indigènes, les contredanses anglaises ; que les maîtres français les ont acclimatées à la cour aussi bien qu'au théâtre, qu'ils en ont fixé les règles, qu'ils ont fait, de ce qui n'était que pratique incertaine et variable, un exercice ou un plaisir obéissant à des lois maintenant déterminées et très précises. Bref, avec les Français, la danse, en Angleterre, est devenue un art.

## VII

L'escrime et le duel se ressentirent, à un moment donné, de l'influence française. La « Noble Science de Défense », comme on l'appelait alors, était en grand honneur en Angleterre, vers la fin du seizième siècle surtout : on frappait, non d'estoc, mais de taille [1] : c'était du tranchant de la lame, du fil aiguisé de l'arme qu'il fallait savoir se garder : époque des larges taillades et des envolées de chair saignante, copeaux rougis détachés d'un grand geste, spectacle plus émouvant peut-être, mais à coup sûr moins dangereux, que le coup de pointe, si finement meurtrier. C'est l'époque où Macbeth, « brandissant son sabre fumant d'une exécution sanglante, comme le favori de la valeur, se *taille* un passage jusqu'à son ennemi et le découd — opération, d'ailleurs, assez singulièrement dirigée — du nombril jusqu'aux mâchoires [2] ». Vers ce temps-là arrivèrent en Angleterre des maîtres d'armes italiens et espagnols, Rocko, son fils Jeronymo, Vincentio Saviolo et Caranza, auxquels Shakespeare et Fletcher font souvent allusion. A Londres surtout, les maîtres italiens et espagnols firent fureur, au grand déplaisir des maîtres d'armes anglais : Rocko recevait couramment vingt, quarante, cinquante et même cent livres pour une série de leçons ; c'était un prix énorme pour l'époque. L'installation de sa salle d'armes, au reste, ne laissait rien à désirer ; il y avait là tout ce qui était nécessaire aux gentils-

1. Walter Pollok, *Fencing* (Introd.), p. 16, 17.
2. Shakespeare, *Macbeth*, I, 2.

hommes, ses élèves : une grande table carrée, avec un tapis vert
entouré d'une très large frange d'or, et sur cette table une très belle
écritoire garnie de velours rouge, avec de l'encre, des plumes, de la
poussière, de la cire à cacheter et des cahiers d'excellent papier fin et
doré, à l'usage des nobles et des messieurs qui avaient des lettres à
écrire. Il y avait même dans un coin de la salle d'armes une pendule
avec un très beau cadran [1]. La vogue du maître d'armes italien et de
ses compatriotes ne manqua pas de faire naître une ardente rivalité
et une vive jalousie chez les maîtres d'armes anglais : des paroles de
mépris, des provocations, des rencontres s'ensuivirent. Rocko, le
plus jalousé des nouveaux venus, fut fort malmené : un jour, il fut
jeté à terre et foulé aux pieds. Son fils, Jeronymo, fut moins heureux encore. Un Anglais l'ayant aperçu dans une voiture en compagnie d'une femme à laquelle il était plus ou moins attaché, profita
de l'occasion qui s'offrait, le provoqua et le perça de part en part [2].
Saviolo, qui entra au service du comte d'Essex, l'Achille anglais,
comme il se plaisait à l'appeler, sans doute pour flatter son noble
élève, jouit d'une grande notoriété : c'est lui qui, en 1595, dans son
livre, conseillait l'usage de la rapière et du poignard, les Anglais
restant obstinément attachés à leur système de grandes tailIades,
se refusant à se servir de la pointe, dont la pratique leur paraissait
déloyale et traîtresse. Il codifiait en quelque sorte les divers genres
d'outrages et de mensonges, ce dont se souvient Touchstone, dans
la pièce de Shakespeare *Comme il vous plaira* [3]. Saviolo, bien entendu, se fit également de nombreux ennemis ; le plus acharné fut
l'Anglais George Silver, qui, au livre : *la Pratique de V. Savolo*,
opposa son propre ouvrage : *Paradoxes de Défense*, où il combattait
l'usage de la rapière qui, disait-il, n'était pas l'arme nationale ; et il
appuyait ses dires de provocations à l'adresse de Saviolo qui avait eu
l'audace grande de nier l'habileté des tireurs anglais. C'est en vain,
du reste, qu'il les fit placarder sur les murs de Londres, dans South-
wark et Westminster [4]. Les duels, sous l'impulsion donnée par les

---

1. George Silver, *Paradoxe of Defence* (1599), cité par Eg. Castle, *Schools and Masters of Fence*, p. 23.
2. Eg. Castle, *Schools and Masters of Fence*, p. 18.
3. Drake, *Shakespeare and his Times*, p. 422.
4. *Dictionary of National Biography*, mots *Saviolo, Silver*.

maîtres italiens, devinrent très nombreux : tout gentilhomme anglais
se piqua d'être un duelliste distingué : la moindre offense, le plus
petit différend, comme déchirer les couleurs d'une maîtresse, souffler
sur son portrait, tout était prétexte à provocation et à duel, et un
parfait gentilhomme ne pouvait se dérober à une rencontre [1], si bien
que Jacques Ier, voyant le nombre des duels augmenter sans cesse,
s'efforça, d'abord par son intervention personnelle, d'en empêcher
plusieurs, puis, par une proclamation, les interdit tout à fait. Bacon
poursuivit devant la Chambre Étoilée deux adversaires qui s'étaient
provoqués en combat singulier et déclara que les mêmes mesures
seraient prises contre tous ceux qui, de n'importe quelle façon, com-
mettraient un acte tendant à lancer ou à accepter un cartel [2]. il
semble bien que, pour un temps au moins, le but poursuivi fut en
partie atteint, s'il faut s'en rapporter aux dires des poètes dramatiques de l'époque, car le duel est à tout instant blâmé dans leurs
écrits, et les Anglais qui persistaient sous Charles Ier, à vouloir se
battre en duel, ne pouvaient le faire qu'après avoir passé la mer,
sur les grèves de Calais [3]. Le nombre des duels diminua toutefois,
dans de notables proportions, sous le règne de Jacques Ier et de
Charles Ier. Sous la République et Cromwell, ils durent disparaître
tout à fait. Mais cette accalmie ne fut pas de longue durée.

Lorsque les grands seigneurs royalistes rentrèrent de France, à la
Restauration, ils se souvinrent de ce qu'ils avaient vu ou entendu
raconter, sur les bords de la Seine, comment le chevalier de Guise,
par exemple, avait tué le baron de Luz dans la rue Saint-Honoré, le
fils de celui-ci ayant péri aussi de la main de ce célèbre spadassin.
Ils n'étaient pas sans admirer l'audace du comte de Montmorency, au
lendemain de l'édit sévère de Richelieu, revenant de Bruxelles, où il
s'était réfugié, pour se battre à Paris, en plein midi, sur la Place
Royale. Le geste du comte des Chapelles, qui lui avait servi de second
et qui fut décapité, comme lui, en place de Grève, s'imposait aussi à
leur admiration. Au sortir d'une représentation du *Cid*, ils n'avaient
pas manqué de trouver fort beaux, fort « mousquetaire », ces duels

1. Ben Jonson, *Every Man ont of his humour*, I, 1 sc. (éd. Gifford), p. 34.
2. Gardiner, *Hist. of England*, vol. II, p. 212.
3. Ward, E. *Dramatic Lit.*, vol. II, p. 402. Bibliographie de la question.

où duellistes et leurs témoins, parfois quatre contre quatre, s'entr'égorgeaient pour satisfaire au point d'honneur, au mépris, non seulement des sermons de Vincent de Paul, de Bossuet et de Bourdaloue, mais aux édits extrêmement rigoureux de Henri IV, de Richelieu et de Louis XIV [1]. De retour en Angleterre, ils ne pouvaient qu'y importer cette coutume qui, pour dangereuse qu'elle fût, ne manquait ni d'élégance, ni de crânerie. Ce fut la mode dès 1660, pour les gentilshommes, de sortir l'épée au côté, et Pepys, toujours à l'affût des nouveautés, ne manqua pas de l'adopter : bien plus, les valets de pied eux-mêmes avaient droit au sabre, qu'ils tiraient d'ailleurs volontiers pour blesser douloureusement, en lui tranchant presque les doigts, quiconque faisait mine de vouloir les frapper [2]. Quand le sabre est ainsi porté librement, il ne reste pas longtemps au fourreau. Les duels devinrent vite très nombreux en Angleterre, et la mode qui avait sévi avec tant de fureur en France, et que rien d'ailleurs n'avait pu déraciner, sévissait maintenant à Londres avec la même intensité. Les théâtres, comme celui du Red Bull, ou le Nouveau Théâtre, étaient souvent loués aux escrimeurs de profession qui s'y battaient en conscience, alors que les spectateurs, entre les différentes reprises, leur jetaient de l'argent à profusion pour entretenir leur ardeur. Pepys fut témoin, en 1663, d'un duel sanglant qui eut lieu dans ces conditions entre un certain Mathews et un autre duelliste du nom de Westwicke. Celui-ci fut fortement taillladé à la tête et aux jambes et sortit de la lutte tout couvert de sang, en bien triste état [3]. Ces duels entre professionnels étaient très fréquents.

Ils avaient lieu, non pas seulement entre professionnels, qui se disputaient un prix, bénéfice immédiat, ou se faisaient ainsi, sur la scène, une réclame intéressée, mais aussi entre gentilshommes du meilleur monde, souvent pour le motif le plus futile. Deux amis dînaient ensemble, nous conte Pepys : ils se nommaient Sir Bellarsis et Tom Porter. Ils causaient aussi amicalement que possible, quand Sir Bellarsis, à un moment donné et sans y prendre garde, se mit à parler un peu plus haut à son commensal. Quelques personnes pré-

1. Corneille, *Le Cid* (Introd. par Félix Hémon, p. 39, 44).
2. Pepys, *Diary*, 3 févr. 1660-61, 12 sept. 1662.
3. D'Avenant, *The Play House te be let*, vol. IV, p. 20 (note).

sentes crurent à une querelle. « Non, leur dit Sir Bellarsis ; sachez
que je ne querelle jamais sans frapper, c'est là une règle. — Frapper !
s'écrie Tom Porter, je voudrais bien voir quel homme en Angleterre
oserait me frapper ! » Là-dessus, Sir Bellarsis le soufflette. Ils sortent pour vider la querelle, mais on les empêche de se battre. « Je
veux me battre aussitôt, déclare Tom Porter, car si j'attends à
demain, nous aurons d'ici là fait la paix, et c'est moi qui aurai empo-
ché l'affront. » Sir Bellarsis dégaine, on se bat, et les deux adversaires sont blessés, Sir Bellarsis si gravement que sa vie est en
danger. Il appelle son ami Tom, l'embrasse et lui recommande de
tâcher de se tirer d'affaire. « Tom, lui dit-il faiblement, tu m'as touché, mais je vais m'arranger de façon à me tenir debout sur mes
jambes pour que tu puisses te sauver et que personne ne fasse
attention à toi, car je ne voudrais pas que l'on t'inquiétât à cause de
ce que tu as fait. » Tom, de son côté, lui montre sa blessure. Quelques jours après, Sir Bellarsis mourait des suites de ce duel, et l'on
ne se priva pas de dire que c'étaient là deux nigauds qui s'étaient
tués par affection [1]. Un autre duel, celui-là parfaitement ignoble,
fut celui qui eut lieu, en 1668, entre le duc de Buckingham et le
comte de Shrewsbury. Lady Shrewsbury était depuis longtemps
la maîtresse du noble duc. Quand l'adultère tourna au scandale, le
mari outragé provoqua son rival. Le duel eut lieu à Barne Elms :
c'était, avec Covent Garden, Hyde Park et Lincoln's Inn Fields,
le lieu ordinaire de rendez-vous pour les affaires d'honneur. Les
quatre témoins, comme jadis en France, se battirent aussi. Le comte
de Shrewsbury fut transpercé au sein droit et à travers l'épaule,
un de ses témoins fut également blessé au bras, et un témoin du
duc de Buckingham fut tué sur le coup ; tous furent plus ou moins
grièvement atteints. Ce duel avait, dit-on, été décidé de concert avec
Lady Shrewsbury, et toute la matinée elle trembla pour son amant,
souhaitant la mort de son mari. On prétend même que, pendant la
rencontre, elle était cachée dans un fourré voisin et, déguisée en
page, tenait par la bride le cheval du duc, pour favoriser la fuite de
son amant, dans le cas où son mari serait tué. Pope dit même que
Lady Shrewsbury reçut, le soir même, dans son lit, le duc de Buc-

1. Pepys, *Diary*, 29 juillet 1667,

kingham, dont la chemise était encore toute tachée du sang de la victime [1]. Sans. doute le roi fit bien mine d'intervenir dans cette circonstance, mais il pardonna vite au coupable. Aussi est-on quelque peu surpris de trouver à Charles II l'énergie de faire mettre à la Tour Sir W. Coventry, qui se disposait à se battre avec Buckingham pour quelque pièce de théâtre où Sir Coventry devait être tourné en ridicule [2]. C'est en vain que le roi, par une proclamation de 1679, interdit le duel, menaçant les coupables des extrêmes rigueurs de la loi, il ne parvint pas à l'abolir. Où Louis XIV avait échoué, Charles II ne pouvait guère avoir de chances de réussir : on ne se battit, semble-t-il, que de plus belle, d'une façon générale, dans tous les rangs de la société anglaise, sans souci ni des saisons ni de l'heure, et Sir John Reresby, dans ses *Mémoires* [3], fait le récit d'un duel qui eut lieu au mois de décembre à neuf heures du soir, au clair de lune. Cela ne manquait ni d'imprévu ni de pittoresque.

Mais, dans tous ces duels, de quelle arme se servait-on ? Si l'espadon, longue et large épée que l'on tenait à deux mains, était toujours en usage parmi les professionnels de l'escrime en public et sur la scène, les gentilshommes ne se servaient plus que de la pointe, à la manière française. Le duel à la française, en effet, s'était imposé, tant par les exemples que les cavaliers avaient eus sous les yeux pendant leur séjour sur le continent que par l'ascendant pris, de tous côtés, par l'école française, longtemps tributaire de l'école italienne, affranchie maintenant avec des maîtres et des théoriciens tels que Saint-Didier, Ducoudray, Besnard de Rennes, De La ͵Touche, Liancourt et Labat [4]. Au dix-septième siècle, un Anglais, Sir William Hope, auteur de plusieurs ouvrages sur l'escrime, rappela dans une de ses préfaces le mot de Turenne sur les grandes armées bien disciplinées : « Dieu est toujours du côté d'une bonne armée », et l'appliqua aux duellistes à peu près dans les mêmes termes : « De même je dis : « Il est pour la plus part du côté d'un bon et adroit homme

---

1. Pepys, *Diary*, 17 janv. 1667-68.
   Joseph Spence, *Observations, anecdotes, and characters*, p. 104.
2. Pepys, *Diary*, 4 mars, 7 mars 1668-69.
3. Sir John Reresby, *Memoirs*, p. 291 (édit. Cartwright).
4. Pollock, *Fencing* (Introd.), pp. 12, 13.

d'épée », c'est-à-dire, la Providence est presque toujours du côté le plus fort[1]. » « Il faut apprendre le français, conseille-t il ailleurs à ses lecteurs, car actuellement la plus grande partie des termes d'art, dont on fait usage en escrime, sont tirés de la langue française... et la connaissance de cette langue, non seulement dans ce but, mais pour bien d'autres raisons encore, est de nos jours un talent tout à fait distingué[2] ». Ce n'est pas, cependant, que William Hope accepte en bloc la pratique de l'escrime française. Il pense que le jeu français, consistant en feintes et passes, fort gracieuses aux yeux des spectateurs, présente pour le tireur moins de sécurité que le jeu anglais, où on lie le fer de son adversaire avant de risquer le coup de pointe[3]. « Je puis affirmer, dit-il dans un autre ouvrage, que personne au monde n'a la main plus prompte pour porter un coup de pointe, mais qu'il n'y a personne aussi qui soit moins serré et plus hésitant dans la parade que les Français. » La raison de cette négligence dans l'art de la parade, c'est qu'ils recherchent surtout — souvent à leur grand dommage — la distinction, la variété et l'amusement des spectateurs[4]. Hope revient ainsi, à tout instant, à la critique du jeu français, auquel il reconnaît beaucoup de « bonne grâce », de rapidité, d'entrain, mais auquel il reproche une recherche trop attentive de l'art des feintes et une négligence trop grande à s'assurer du fer de l'adversaire : c'est ce qui fait, prétend-il, que, lorsque deux Français tirent ensemble, ils sont tous deux tués, ou, tout au moins, dangereusement blessés[5]. Il a, du reste, sa méthode à lui, basée, bien entendu, sur la pratique française, mais témoignant néanmoins d'une certaine originalité. Que le tireur « s'efface » autant que possible, qu'il tourne la pointe du pied droit bien en dehors, comme le demandent avec insistance les maîtres français; mais, ajoute Hope, (à tort évidemment, car il rend ainsi moins solide la base du tireur,) qu'il en fasse autant du pied gauche, et qu'il plie sur les jarrets plus que ne le font les Français. Le maître anglais a aussi sa parade à lui, qui déroute et paralyse toute feinte, et

---

1. William Hope, *A Vindication of the true Art of Self-Defence* (Preface).
2. Id., *A New Method of Fencing*, p. 48.
3. Id., *The Compleat Fencing Master* (Epistle to the Reader).
4. Id., *A New Method of Fencing*, pp. 79, 84.
5. Id., *The Swordsman's Vade Mecum*, p. 4 (Pref. To all True Artists).

qui est de beaucoup la meilleure et la plus sûre. S'agit-il de « se
fendre » ? Il revient exactement au système préconisé par Liancourt ;
il se sert, très correctement dans son dernier ouvrage, des mêmes
termes que les maîtres français, dont on sent qu'il s'est fort bien assimilé la méthode, et il introduit dans le vocabulaire de l'escrime
l'expression de « bottes », créée par Le Perche et Liancourt[1]. Satisfait autant des enseignements qu'il leur a donnés que des progrès
faits par ses compatriotes, William Hope recommande de ne plus
désormais s'adresser qu'à des maîtres anglais et de n'être plus tributaires des nations voisines pour l'instruction de la jeunesse anglaise.
Ses conseils ne seront pas suivis de tous points, car s'il affirme qu'en
Angleterre l'art de l'escrime est enseigné avec beaucoup de soin, il
a aussi l'imprudence ou la franchise d'ajouter : « Nous ne l'ensei-
gnons peut-être pas avec une grâce aussi parfaite qu'à l'étranger[2]. »
Son contemporain Blackwell, autre théoricien de l'escrime, est à
peu près du même avis en ce qui concerne l'opportunité de n'avoir
pas de maîtres anglais ; mais il donne des raisons différentes : « On
peut ici, dans ce royaume, enseigner l'escrime aussi bien que dans
n'importe quel pays du monde, bien que les Français en aient
toute la réputation..... Ce qui rabaisse cet art en Angleterre auprès
de notre gentry et des étrangers, c'est que beaucoup de ceux qui prétendent l'enseigner ignorent le premier mot de la chose, et quand des
gentilshommes de ce pays ou des étrangers viennent à découvrir
quelques-uns de ces faiseurs d'embarras, ils en concluent que tous
les autres maîtres leur ressemblent, à moins qu'ils n'en connaissent
quelques-uns intimement. Voilà pourquoi nous perdons l'estime que
nous méritons et qu'on la reporte sur les maîtres de France ; mais,
si c'était ici comme à Paris, si personne ne pouvait enseigner sans
avoir été approuvé et sans avoir une autorisation pour cela, nous
n'aurions pas, à des centaines près, tant de prétendus maîtres qui
s'attribuent ce titre[3]. »

En dépit de ces conseils, et malgré toutes ces exhortations qui,
implicitement, sont autant d'aveux d'infériorité, longtemps encore

1. Eg. Castle, *Schools and Masters of Fence*, pp. 193, 194, 198.
2. W. Hope, *The Compleat Fencing Master* (Epistle to the Reader).
3. H. Blackwell, *The English Fencing Master*, p. 49.

l'escrime française conserva sa suprématie en Angleterre. Sous le règne de la reine Anne et de Georges Ier, alors même que Steele et Addison essayaient de détourner leurs compatriotes du duel, en leur distribuant ces grains de pur bon sens que sont les articles du *Babillard* et du *Spectateur*[1], les maîtres d'escrime restaient toujours en vogue et s'appelaient Tente, Bergerreau, Martin, Dubois, Morin, jouissant d'une notoriété au moins égale à celle des Campbell, des Brent, des Barney Hill, des Low et des Tully[2]. C'est encore à Paris que se forma l'Italien Angelo : il y résida quelque dix ans, et c'est la science de l'Académie des Armes, celle de Teillagory, de La Boessière et de Danet, qui passa en Angleterre avec Angelo, à la suite de la célèbre beauté anglaise Margaret Wossington, dont le bouquet de roses, crânement planté sur la poitrine du champion italien où aucun assaillant n'avait pu égratigner la moindre feuille, pendant un match fameux, à Paris, fit, presque autant que son talent, la fortune de l'aîné des Angelo[3].

Vers la fin même du dix-huitième siècle, Olivier, le fameux maître d'armes d'alors, ne devait-il pas encore auprès de ses élèves, dans son école de Saint-Dunstan's Court, se recommander de Paris et de l'escrime française ? Son livre : *l'Escrime rendue familière*, est imprimé dans les deux langues : la page de gauche est en anglais, celle de droite en français. On voit tout de suite le soin qu'il apporte à bien établir que son enseignement est puisé à une source autorisée et qu'on ne saurait se former à meilleure école : « Les principes que je vous donne ici sont le résultat de la plus sérieuse combinaison sur tous les coups ordinaires et possibles, simplifiés d'après les observations et l'opinion des plus grands tireurs et maîtres de l'Académie de Paris. Le dernier séjour que vous scavez que j'ai fait dans cette capitale n'a eu pour objet que votre avancement et le mien, trop heureux si je puis réussir à vous prouver par mes soins l'envie que j'ai de vous rendre cet art agréable et utile. » Et plus loin il ajoute : « Je n'ai cessé pendant mon dernier séjour à Paris de rechercher la compagnie des plus habiles maîtres pour m'instruire, en

---

1. Voir dans le *Tatler* les n[os] 25, 93, et dans le *Spectator* les n[os] 9, 76, 84, 91, 97, 99, qui traitent du duel.
2. Eg. Castle, *Schools and Masters of Fence*, p. 207.
3. Id. *ibid.*, pp. 213, 214.

les faisant raisonner sur tous les coups et parades. Dans leurs discours j'ai remarqué que leurs vues ne tendaient qu'à simplifier les règles de l'art, les rendre plus certaines. Telle était mon opinion : telle a toujours été ma façon de montrer..... Maintenant que les armes sont en vigueur en Angleterre plus que jamais, que chacun s'empresse à l'envi l'un de l'autre, par une honnête émulation, à pratiquer cet exercice et à encourager les maîtres, quel bien n'en résultera-t-il pas [1] ! » Enfin, c'est un Français, M. de Saint-George, qu'il propose comme modèle aux tireurs anglais : « Ceux qui ont vu tirer M. de Saint-George (qui est sans contredit le premier tireur que nous ayons) doivent avoir remarqué que, quoique d'une fort grande structure, il n'est presque pas fendu sur sa garde. Par là, il est hors de la portée de son adversaire, qui est cependant à la sienne [2]. » Mac Arthur lui-même, en 1780, demande encore à ses compatriotes de cultiver avec soin et d'une manière plus générale l'art de l'escrime, de façon, dit-il, « à nous mettre sur le même pied que nos voisins du continent et à pouvoir égaler leur supériorité si vantée [3] ». C'est assez dire que l'influence française, prédominante en Angleterre dans la seconde moitié du dix-septième siècle, se prolongea longtemps encore, jusqu'au jour où le duel cessa d'y être pratiqué et où l'escrime, délaissée, ne fut plus qu'assez rarement même une distraction d'amateurs.

1. Olivier. *Fencing Familiarized ; or, a New Treatise on the Art of Sword Play.* Illustrated by Engravings (Preface, pp. xv, xxxix).

2. Olivier, *Fencing Familiarized*, p. 150.

3. Mac Arthur, *The Army and Navy Gentleman's Companion ; or, a New and Complete Treatise of the Theory and Practice of Fencing*, p. x (Preface).

## CHAPITRE III

**La langue française en Angleterre. Maîtres et livres.
Le Français chez le roi, à la cour, dans la société, chez
les écrivains, au théâtre.**

### I

Les deux seules langues vivantes connues en France au xviiᵉ siècle
étaient l'espagnol et l'italien. On sait le mot de Cervantès : « En
France il n'y a homme ni femme qui manque d'apprendre l'espagnol. » L'assertion de l'auteur de *Persiles et Sigismonde* était peu
exagérée.

Mais, si l'italien et l'espagnol étaient fort connus en France, il n'en
était pas de même de l'anglais. L'ignorance était générale. Quand le
prince de Galles, qui s'appellera plus tard Charles II, arrive en
France et qu'il veut faire sa cour à Mademoiselle, il produit sur
celle-ci une détestable impression : elle le trouve gauche, il s'exprime
avec peu d'aisance en français, et Mademoiselle ne connaît pas l'anglais [1]. Pourquoi le saurait-elle ? Tout étranger de marque ne doit-il
pas s'exprimer en français ? Henriette de France, mère de ce jeune
prince, témoigna toujours d'une certaine aversion pour la langue
anglaise, et son mari Charles Iᵉʳ le constata non sans regrets. Il
s'appliqua à y remédier. Des pastorales, des ballets étaient représentés à la cour d'Angleterre. Le caractère de la reine, plein de gaieté
et d'entrain, s'accommodait à merveille de ces spectacles brillants dont
Inigo Jones était chargé de peindre les décorations et de dessiner les
costumes  De son côté, Charles Iᵉʳ, malgré la mélancolie qui était le

1. *Mémoires de M*ˡˡᵉ *de Montpensier*, pp. 32, 57, 58.

fond de son caractère, s'y prêtait volontiers, « parce que c'était le
meilleur moyen qu'il pût trouver pour faire faire à Henriette de véritables progrès dans la langue anglaise. La leçon, du reste, était
parfois un peu fatigante, et la reine s'en plaignait piteusement aux
auteurs un peu prolixes des paroles. On raconte que la représentation
de l'un de ces ballets, la *Pastorale de la Reine,* ne dura pas moins
de huit heures, tant les rôles d'Henriette et de ses dames furent
cruellement longs [1] » C'étaient là, évidemment, d'excellentes leçons
d'anglais, encore qu'un peu lassantes par la durée de l'effort, que
l'agrément de la représentation pouvait seul faire oublier. Sa fille,
Henriette d'Angleterre, connaissait mieux l'anglais, et cela lui fut
utile jusqu'au dernier jour de sa vie. Mourante, elle s'adresse à l'ambassadeur anglais, Lord Montaigu, qui cherche à connaître la cause
de sa mort pour la mander au frère de la jeune princesse, Charles II,
roi d'Angleterre. On a parlé d'un empoisonnement. Il questionne
Henriette presque expirante. Celle-ci, en présence des personnages
considérables qui l'entourent, de Bossuet lui-même, répond en
anglais, car ceux-ci ne la comprendront pas. En effet, aucun des
nombreux courtisans qui sont là ne peut saisir le sens de l'entretien,
et il faut que le mot « poison » soit commun aux deux langues pour
que M. Feuillet, chanoine, qui assiste la princesse et reçoit sa con-
fession générale, interrompe la conversation, sentant ce qu'il y a
là de grave [2]. Quand le roi d'Angleterre Jacques II, détrôné, arriva
en France, il « conta au roi, dans la chambre du prince de Galles,
où il y avait quelques courtisans, le plus gros des choses qui lui
étaient arrivées, et il les conta si mal que les courtisans ne voulurent
point se souvenir qu'il était Anglais, que par conséquent il parlait
fort mal français : outre qu'il bégayait un peu, qu'il était fatigué [3]... »
Évidemment, Jacques II se fût exprimé de préférence en anglais
s'il avait cru être compris, même par à peu près. Roi et courtisans
partagent la même ignorance. Lockart, envoyé de Cromwell, vient
au Louvre : il est reçu en audience solennelle par Louis XIV et
s'exprime en anglais. Heureusement, dit Loret,

---

1. Baillon, *Henriette-Anne d'Angleterre, duchesse d'Orléans,* p. 124.
2. *Mémoires de M^{me} de La Fayette,* p. 118.
3. *Ibid.,* p. 206.

> Un assez expert Interprète,
> D'une façon toute discrète,
> En mots de notre nation
> En donna l'explication.

Les diplomates français n'étaient pas mieux instruits. Ils ne semblent pas, du reste, s'être souciés outre mesure d'apprendre la langue de la nation auprès de laquelle ils étaient accrédités. C'est le cas de Cominges, ambassadeur français à la cour de Charles II. Il se délecte aux études classiques et se réjouit de pouvoir « faire conversation avec les plus honnêtes gens de l'antiquité », ce qui lui permet, dans ses dépêches officielles, de corroborer ses dires par l'exemple des Romains, de citer tantôt Platon, et tantôt Aristote, mais aussi le laisse fort embarrassé, quand il s'agit de converser avec un Anglais qui, par hasard ou pour le moment, n'a pas appris le français. Ainsi Cominges va voir Clarendon. Celui-ci vient le recevoir à la porte de la salle et lui donne audience dans son cabinet ; mais la présence d'un interprète est nécessaire, et c'est par l'organe du sieur Bennet que le chancelier répond au discours de Cominges. On comprend les regrets que ressent Clarendon lors du départ de d'Estrades, avec qui, par exception, il pouvait s'entretenir en anglais. « Je plains tous les jours le départ de M. d'Estrades d'ici et, aussi souvent que j'ai occasion de parler sur les affaires de France, souhaite que ce pourrait être avec lui. » Cette ignorance de la langue anglaise explique assez que Cominges ait si mal renseigné Louis XIV sur le nombre et la valeur littéraire des écrivains d'Angleterre, où l'ambassadeur français ne découvre qu' « un nommé Miltonius ». L'orthographe même de Cominges est fort défectueuse. Veut-il donner une adresse particulière à De Lionne pour que les lettres venant de France ne s'égarent pas dans la poche des courriers ou ne soient pas ouvertes en route, car, ici, dit M. de Ruvigny en 1665, « l'on croit même que cela a le bel air et que l'on ne saurait être grand homme d'État sans arrêter les paquets » ? Ce sera l'adresse de Monsieur Aymé, chirurgien, *Rue Rose Straet'* au Commun Jardin, sans se douter que *rue* et *straet* (au lieu de *street*), c'est tout un. Les noms des personnages les plus connus à la cour de Charles II sont massacrés de lamentable façon : les ducs de Buckingham et de Monmouth deviennent les ducs de « Boquinquan » et « Momous ». Le roi ne va pas à Windsor ou

Kensington, mais à « Ouindsor » et « Qinzinton. » Les Quakers
sont transformés en « Kakers ». On se rend à cheval, non à Wool-
wich, mais à « Ouleiks ». La jolie petite Jennings est défigurée en
« Mistris Genins ». Enfin, nombre d'erreurs du même genre pourraient être relevées partout dans la correspondance de Cominges[1].
Est-il bien étonnant après cela que le *Journal des Sçavans* n'ait pu
alors trouver un collaborateur pour rendre compte des ouvrages,
d'ailleurs remarquables, disait-on, que publiait alors la Royal Society
de Londres ? D'autre part, n'est-il pas un peu amusant de voir
M^me de La Fayette expliquer gravement à ses contemporains que
« London », en anglais, veut dire « Londres », et que de là vient
« Londonderry » ?[2]

S'il faut du Roi et de la Cour passer aux écrivains ou voyageurs
connaissant l'anglais, la liste en serait peu longue à dresser. On cite
les aventuriers littéraires Schelandre, d'Assoucy, Saint-Amant,
Boisrobert, Le Pays et Pavillon, sans parler de Saint-Evremond.
« Indépendamment de ces voyageurs et de quelques autres, on comp-
terait presque tous ceux qui passaient alors pour savoir l'anglais,
Jean Doujat, La Mothe le Vayer, qui avait épousé une Écossaise,
peut-être Regnier Desmarais, qui dans sa *Grammaire* fait quelquefois
des rapprochements avec cette langue alors si peu étudiée. L'on
citait un sieur de la Hoguette, homme de lettres et grand voyageur,
qui était allé en Angleterre et avait appris l'anglais tout exprès pour
voir Bacon et pour lire ses ouvrages, et le biographe du savant
Jérôme Bignon ne croit pas pouvoir donner une preuve plus singulière de sa prodigieuse érudition qu'en rapportant qu'on le mit un
jour, par curiosité, aux prises avec ce sieur de la Hoguette... Mais
pour tous autres que quelques rares érudits et savants de profession,
l'anglais passait pour une espèce de jargon barbare, et le maréchal
de Villars rapporte quelque part dans ses *Mémoires* que le duc de
la Ferté, quand il avait un peu bu, parlait anglais, au grand ébahis-
sement de tous ses auditeurs[3]. »

1. Jusserand, *A French Ambassador at the Court of Charles II*, p. 194, 198, 206,
242 et passim.
2. *Mémoires de M^me de La Fayette*, p. 250.
3. Rathery, *Les relations sociales et intellectuelles entre la France et l'Angleterre*,
p. 50.

Cette ignorance de l'anglais n'allait pas, d'ailleurs, sans quelques inconvénients. En effet, ce n'était pas en médiocre estime que nous tenions les ouvrages de science de nos voisins. Or, comment en acquérir la connaissance, puisqu'il était impossible aux curieux français de les lire dans le texte et qu'aucune traduction n'en avait été faite ? Aussi ne faut-il pas être surpris de trouver des regrets ainsi exprimés : « Les Anglais ont beaucoup de bons ouvrages. C'est dommage que les auteurs de ce pays-là n'écrivent guère que dans leur langue ; car ceux de celui-ci n'en peuvent profiter, faute de les entendre[1]. » Au fait, pourquoi les Anglais s'obstinent-ils à n'écrire que dans leur langue, quand il serait si facile d'écrire en latin ou en français ? Les savants français le déplorent, et on comprend de reste leurs regrets. Si leur curiosité scientifique était quelque peu piquée, on n'en rencontrait pas moins, ailleurs, une indifférence à peu près générale. C'est pourquoi les livres anglais étaient fort rares, en dehors de quelques ouvrages d'enseignement d'allure très rudimentaire, et Corneille pouvait conserver avec jalousie dans sa bibliothèque et montrer comme une curiosité la traduction anglaise du *Cid* par Rutter. Les maîtres d'anglais étaient aussi en fort petit nombre et sans notoriété d'aucune sorte. Pourquoi d'ailleurs seraient-ils venus chercher fortune en France ? Il n'y avait pas place pour eux et ils connaissaient déjà, sans aucun doute, la loi de l'offre et de la demande. Le dédain des Français pour le langage de leurs voisins n'était-il pas partagé même de ceux qui, comme Saint-Amant, avaient le plus pratiqué l'Angleterre et entendaient le mieux la langue ? « C'est de l'anglois, c'est assez », dit-il dans son poème heroï-comique *l'Albion*. Ce « sot baragoin » ne doit pas traverser la mer. Pas un insulaire qui ne soit

> ... bien assez matois
> Pour juger que ce patois
> Bourru, vilain et frivole
> Est un oyseau qui ne vole
> Qu'aux environs de ses tois (2).

C'était donc, en France, non seulement l'ignorance presque complète de l'anglais, mais encore le dédain absolu pour la langue de ce

1 Rathery, *Les relations sociales et intellectuelles...*, p. 51.
2. Saint-Amant, *Œuvres complètes*, vol. II, *l'Albion*, pp. 461, 462.

peuple de rebelles qui venait d'immoler son roi. Au xviiie siècle seulement, ces préjugés commencèrent à tomber. « Depuis la dernière Paix, écrit Du Resnel, le traducteur de Pope en 1738, nous commençons, il est vrai, à nous familiariser avec les Anglois. La plupart de ceux qui se piquent de bel esprit ou de science, se croyent à présent obligés d'apprendre leur Langue. Leurs illustres Ecrivains ne nous sont plus inconnus... Mais cette espèce de liaison est encore trop récente, pour me persuader que nous soyons bien disposés à sympathiser ensemble ; et il est étonnant qu'étant si voisins, nous soyons si éloignés de goût et de sentimens[1]. »


II


Si les Français, au xviie siècle, ignoraient l'anglais, la réciproque n'était pas vraie. Depuis plusieurs siècles déjà on étudiait notre langue en Angleterre. Après l'invasion de Guillaume le Conquérant il y eut pour le dialecte normand, qui ne tarda pas, du reste, à se modifier, une période de diffusion dont la durée et la portée n'ont pas été jusqu'ici déterminées d'une façon absolument définitive. Que le vainqueur n'ait pas apporté à la suppression du vieil anglais le zèle maladroit qu'on lui a prêté, qu'il se soit efforcé de paraître le roi légitime et l'héritier d'Édouard le Confesseur, que, dans ce but, il ait usé de quelques ménagements, cela n'est pas douteux[2]. Mais, s'il ne s'efforce pas, brutalement, de détruire l'idiome national pour lui substituer le dialecte normand, s'il va même, comme on l'a prétendu, jusqu'à essayer d'apprendre la langue du pays vaincu, l'influence normande n'est pas sans se faire sentir. Presque tous les évêques sont, en peu de temps, remplacés par des évêques normands qui parlent une langue nouvelle. Un soulèvement a-t-il lieu dans le comté de Kent ou ailleurs ? Les propriétés sont confisquées et données par Guillaume à ceux qui l'ont suivi venant de France. De riches abbayes sont aussi attribuées à des abbés normands, si bien qu'avant peu, tous ceux

---

1. Du Resnel, *Les Principes de la Morale et du Goût en deux poëmes traduits de l'Anglois de Pope* (Disc. préliminaire, xxij).
2. A. C. Champneys, *History of English*, p. 158 et seq.

qui appartenaient, comme nous disons aujourd'hui, aux classes diri-
geantes, parlèrent un idiome différent du vieil anglais, le normand-
français. Dans les écoles, c'était le français qu'on enseignait aux élèves,
et c'était en français qu'ils devaient traduire le latin. Dans les universités, il fallait s'entretenir en latin ou en français, et les actes du
parlement étaient rédigés en cette langue. Cette ancienne coutume
d'employer le français comme langue officielle s'est maintenue jusqu'à nos jours, où le Roi et la Reine inscrivent encore au bas du texte
d'une loi à promulguer : « Le Roi, ou la Reine le veut. » Le crieur
public lui-même, sa cloche à la main et en costume spécial, commence
son annonce en criant : *Oh ! yes*, reste, presque méconnaissable, du
vieux français *Oyez !* Assurément le français resta surtout le langage
de l'aristocratie et ne déracina jamais l'idiome populaire, mais notre
langue forcément se répandit un peu dans tous les rangs de la société.
Vainqueurs et vaincus étaient là côte à côte, et les nécessités de la vie
les forçaient chaque jour à communiquer entre eux pour les ordres
à donner ou à recevoir, pour l'échange de certains produits, pour tous
les rapports enfin qui constituent la vie sociale.

Peu à peu néanmoins le français perdit de sa force d'expansion.
Dans la seconde partie du xive siècle, les écoliers cessèrent de traduire le latin en français, et notre langue ne fut plus employée dans
les actes officiels. C'est vers cette époque que jaillit la fameuse
source de Marlborough. Tous ceux qui y buvaient étaient sûrs de
parler un français détestable. Si la prieure de Chaucer parlait habilement, non le français de Paris, mais celui de Stratford-at-Bowe [1]
ou de Marlborough, comme on disait auparavant, c'était encore quelque chose de notre langue qu'elle s'était assimilé. L'anglais, même
près de deux siècles plus tard, était loin encore de jouir de la faveur
générale. Le comparait-on aux langues classiques ? On affirmait
qu' « Ovide et Martial exprimaient leurs pensées en latin avec incomparablement plus de grâce et de charme qu'on ne pouvait en attendre
de la langue anglaise [2] », que celle-ci était mêlée d'éléments étrangers et qu'après tout elle manquait de grammaire [3]. Des écrivains de

1. Champneys, *History of English*, p. 163, 167, 168.
2. Elyot, *Governour* (éd. Croft), vol. I, p. 129.
3. Sir Philip Sidney, *An Apologie for Poetrie*, p. 60. (Cambridge Univ. Press.)

l'époque étaient obligés de prendre la défense de l'idiome national. C'est ainsi que Puttenham affirme, dans *The Arte of English Poesie* (1589), que la langue anglaise n'est « ni moins pleine de sève ni moins expressive » que celle des Latins et des Grecs, qu'elle n'a « pas moins de règles et moins de délicate variété que la leur » et qu'avec elle la poésie peut tout aussi bien être un art[1]. Webbe ne peut admettre dans la préface de *A Discourse of English Poetrie* (1586) que l'anglais manque de maturité, qu'il soit si grossier et que la phrase soit si dure[2]. Sidney, dans *An Apologie for Poetrie* (1595), n'admet pas qu'on puisse reprocher à la langue anglaise de manquer de grammaire. « Elle pourrait en avoir une, dit-il, mais elle n'en a pas besoin, étant si aisée d'elle-même et si libre de ces désinences incommodes des cas, des genres, des modes et des temps qui, à mon avis, devaient faire partie du fléau de la Tour de Babel et obligeaient à envoyer un homme à l'école pour y apprendre sa langue maternelle[3] ». Au ton que prennent ces écrivains, on sent que la supériorité, ou même la valeur de la langue anglaise, n'est pas établie sans conteste : elle reste disqualifiée, semble-t-il, aux yeux d'un grand nombre, si on la compare au grec ou au latin. Et s'il s'agit des langues modernes, la faveur s'attache à l'italien et à l'espagnol et surtout au français. En effet, dès 1387, Jean de Trévise disait déjà : « Les hommes sans aucune culture veulent ressembler aux gentilshommes et s'efforcent à grand'peine de parler français pour se mieux distinguer[4]. » Cette mode n'était pas près de disparaître. En 1581, George Pettie s'excuse presque d'écrire en anglais, tant est grande à cette époque l'hésitation à se servir de l'idiome national, tant est « délicat l'estomac de ces voyageurs qui, rentrés chez eux, ne peuvent plus rien avaler que ce qui est français, italien ou espagnol et estiment leur langue stérile, barbare et négligeable[5] ». S'il était indispensable à une dame de la cour, sous la reine Elisabeth, de parler ce langage affecté que le livre de Lyly : *Euphues* (1578-1580) avait mis à la mode sous le nom d' « euphuisme », le temps n'était pas éloigné où elle devrait parler français, si elle ne voulait pas passer

1. George Puttenham, *The Art of English Poesie*, pp. 21, 22 (Arber).
2. William Webbe, *A Discourse of English Poetrie* (Preface), pp. 18, 19 (Arber).
3. Sir Philip Sidney, *An Apologie for Poetrie*, p. 60.
4. Champneys, *History of English*, p. 164.
5. Jusserand, *The English novel in the time of Shakespeare*, p 72.

inaperçue. Qu'on y veille toutefois, écrit Puttenham, qui veut prêcher la prudence à ses compatriotes, que personne ne « parle de Robin Hood sans s'être servi de son arc [1] ». Qu'on ne se hasarde pas à se servir des langues étrangères dans les circonstances graves, quand on n'en a pas une connaissance exacte : les inconvénients sont nombreux qui peuvent en résulter. Il cite des exemples : celui de l'ambassadeur délégué par Henri VIII à Charles-Quint. L'envoyé ignore les nuances de la langue espagnole, et par l'usage malheureux du mot « ingrato » n'obtient d'autre résultat que celui de se faire congédier sur-le-champ. « Il est donc à désirer, dit Puttenham, qu'un ambassadeur ne se serve, pour marquer le but principal de sa mission, que de sa langue maternelle : s'il use d'une autre, il faut qu'elle lui soit tout aussi familière, et il en est ainsi dans tous les pays du monde, excepté en Angleterre [2]. » Il a vu lui-même les cours de France, d'Espagne et d'Italie, celle de l'Empereur et bien d'autres cours plus petites. Les personnages les plus nobles, quoiqu'ils sachent très bien parler les langues étrangères, ne répondent, quand on s'adresse à eux, que dans leur propre langue, le Français en français, l'Espagnol en espagnol, l'Italien en italien, et un prince hollandais lui-même ne se sert que du hollandais ? Est-ce par fierté, est-ce par crainte de quelque erreur ? Puttenham ne saurait le dire. Que n'imite-t-on le comte d'Arundel, qui, reçu à la cour de Bruxelles, refuse de dire un seul mot de français, bien qu'il parle assez bien cette langue, ne répond qu'en anglais, et préfère avoir recours à des interprètes, subir même le reproche d'ignorance, tant il désire ne se servir que de la langue lui permettant le mieux d'exprimer sa pensée. C'est enfin l'exemple de cet ambassadeur envoyé par l'Empereur à la cour de France. On donne pour lui fêtes et banquets. Une grande princesse est assise à table à ses côtés et, tout en causant, lui demande si l'Impératrice, sa maîtresse, allant à la chasse ou voyageant pour son plaisir, va à cheval ou dans son coche. L'ambassadeur, sans y prendre garde, ignorant le sens exact du mot, répond : « Par ma foy elle chevauche fort bien, et si en prend grand plaisir. » Grandes dames et nobles seigneurs sourient, l'ambassadeur ignore pourquoi et sourit comme

1. George Puttenham, *The Arte of English Poesie*, p. 273.
2. G. Puttenham, *The Arte of E. P.*, p. 277.

tout le monde. « C'est, dit Puttenham, que le mot *chevaucher* a en français un vilain sens, surtout quand il s'applique à une femme à cheval [1]. » Voilà les bévues auxquelles on s'expose. Qu'on soit donc prudent dans l'usage d'une langue étrangère : qu'on ne s'en serve qu'à bon escient ; qu'on l'étudie d'abord, qu'on la sache complètement.

L'étude du français va sans cesse progressant, l'emportant bientôt sur le latin, l'espagnol et l'italien. Milton, environ un siècle plus tard, aussitôt après la publication du *Paradis perdu*, cherche, inutilement d'ailleurs, à ramener ses compatriotes à l'étude du latin, en essayant de rendre cette étude plus facile et plus rapide. « Depuis longtemps, dit-il au commencement de sa grammaire latine, — le grand poète épique ne dédaigne pas de se faire petit grammairien, — on se plaint de tous côtés et non sans raison de ce que, dans l'éducation d'un jeune homme, un dixième de sa vie, quand elle est de durée moyenne, se passe à apprendre, très imparfaitement du reste, la langue latine [2]. » Il espère que sa nouvelle grammaire, rédigée cette fois en anglais, au lieu d'être en latin, réparera tout le mal. Il n'en sera rien. Le temps n'est pas éloigné où Charles Sedley écrira : « Maintenant, gallants, vous êtes pour la plupart si bien élevés que le français a depuis longtemps chassé le latin de votre tête, et pour Térence, vous l'avez oublié ou ne l'avez jamais lu [3]. » Et Locke ajoutera que, sans doute, il faut enseigner le latin aux enfants, car « tout le monde convient que le français et le latin sont nécessaires vu l'état présent des choses », mais que c'est par le français qu'il faudra commencer ; c'est la première langue qu'on doit enseigner à un enfant qui sait sa langue maternelle : « Dès que votre enfant, dit-il, saura parler anglais, il est temps qu'il apprenne quelque autre langue ; et si je conseille de commencer par le français, je ne serai contredit par personne. La raison de cela, c'est qu'on est accoutumé à la véritable méthode d'enseigner cette langue aux enfants, qui est de les faire toujours parler français, en conversation, sans leur embarrasser l'esprit d'aucune règle de grammaire [4]... »

<hr>

1. Puttenham, *The Arte of E. P.*, pp. 277, 278.
2. David Masson, *The Life of Milton*, vol. VI, p. 640.
3. Sir Charles Sedley, *Works : Bellamira, or The Mistris* (Epilogue), vol. II, p. 144.
4. Locke, *De l'éducation des enfants*, vol. I, p. 373.

III

Comment apprendra-t-on le français? Ce pourra être par la conversation, comme le dit Locke, par un séjour en France et enfin par la grammaire.

De très bonne heure on s'était aperçu, en Angleterre, que la véritable méthode pour apprendre le français consistait, et consiste encore, à franchir le détroit. Froissart, qui avait bien pu se gausser de la prieure de Chaucer, parlant le français de Stratford-at-Bowe, raconte que les Anglais « disoient bien que le françois que ils avoient apris chiès eulx d'enfance, n'estoit pas de telle nature et condition que celluy de France estoit et duquel les clers de droit en leurs traittiés et parlers usoient[1] ». Et nombre d'entre eux s'étaient mis en route pour venir chez nous acquérir notre accent et notre prononciation. Où allaient-ils résider de préférence, surtout au XVIIᵉ siècle? Quelles villes choisissaient-ils pour un séjour en France? De quelle façon allaient-ils apprendre le français ?

James Howell, qui enseignera plus tard le français en Angleterre, a trouvé de prime-saut les conditions requises — souvent trop oubliées des jeunes Français à l'étranger — pour faire de rapides progrès. « Je suis logé ici, écrit-il de Paris en 1620, tout près de la Bastille, parce que c'est fort éloigné de ces endroits que fréquentent les Anglais, car je voudrais arriver à connaître un peu la langue aussi vite que possible[2]. » C'est donc à Paris que le futur maître de français vient se fixer et s'isoler. Il semble toutefois que, plus tard, il ait un peu changé d'avis et préféré le séjour d'une autre ville pour l'étude de la langue française. Voici, en effet, ce qu'il écrit de Londres à un de ses compatriotes M. E. Field, alors à Orléans : « Dans votre dernière lettre vous m'écrivez que vous vous êtes établi pour un certain temps à Orléans, la plus charmante ville sur la Loire et la meilleure école pour apprendre la langue dans toute sa pureté; car, de même

1. Petit de Julleville, *Hist. de la langue et de la littérature française*, vol. II, p. 523 (Brunot, *le français à l'étranger*).
2. James Howell, *Epistolae Ho-Elianae, Familiar Letters*, p. 38, éd. 1737.

que le dialecte attique en Grèce, de même l'Orléanais en France emporte la palme[1]. » Howell acquiert rapidement une connaissance très sûre du français et, dans une autre de ses lettres, il disserte fort joliment, tantôt sur la mobilité de notre langue, ajoutant que « les langues ressemblent aux lois et aux pièces de monnaie qui changent chaque fois qu'arrive un nouveau prince », tantôt sur ses origines, sa prononciation, ses progrès, ses écrivains, ses modifications et les contresens qui peuvent se produire, lors du passage d'un mot d'une langue à l'autre[2].

Lockier est à peu près du même avis que Howell : « Si une personne, avait-il dit, veut voyager pendant trois mois pour apprendre la langue française et pouvoir ensuite entreprendre un plus long voyage, la dépense entière peut ne pas dépasser cinquante livres. Orléans serait le meilleur endroit, ou Caen. Si vous emmenez un ami avec vous, cela vous fera manquer mille occasions de poursuivre votre but. Vous partez, c'est pour apprendre le français ; et il serait bien préférable d'éviter, si possible, de faire la connaissance de tout Anglais que vous rencontrerez. Converser avec les savants, ce sera aussi manquer votre but, si votre séjour doit être de courte durée : comme conversation, c'est ce qu'il y a de pire ; vous feriez mieux de fréquenter les dames qui excellent sur ce point. » Et Lockier donne à son voyageur d'excellents conseils : « Quand nous écrivons dans une langue étrangère, nous ne devons pas penser en anglais : autrement, ce que nous écrivons ne sera, au mieux, qu'une traduction. Si on veut écrire en français, il faut s'habituer à penser en français ; et même alors, pendant longtemps, nos anglicismes garderont le dessus et nous trahiront en écrivant, comme notre accent natif nous trahit quand nous sommes au milieu d'eux[3]. »

Paris, Orléans et Caen ne sont pas les seules villes où les Anglais qui veulent apprendre notre langue séjournent volontiers. C'est ainsi qu'on peut voir dans les *Papiers d'Etat* un « laissez-passer pour Philippe et Guillaume, fils de Sir Thomas Cotton, baronnet, qui se rendent à Saumur, en France, pour se perfectionner dans la langue[4]. »

1. James Howell, *Epistolae Ho-Elianae, Familiar Letters*, p. 468.
2. Id., *ibid.*, pp. 470-475.
3. *Spence's Anecdotes*, pp. 212, 213.
4. *Calendar of State Papers*, 1661-62, p. 243.

Blois, au dire de Pope, est également un lieu de séjour très propice pour ceux qui veulent apprendre le français, et il ne semble pas qu'il y ait de meilleure recommandation — Warburton confirme le dire de Pope — pour un Français qui veut servir un grand seigneur anglais que de dire : « Ce garçon est de Blois... son français est pur, ainsi que sa voix[1]... » C'est à Blois également que se rend Addison quand il veut apprendre le français, et c'est là qu'il passe plus d'un an[2].

Les voyages et les séjours en France étaient assurément les meilleurs moyens d'apprendre notre langue, mais ce n'était là, semble-t-il, que le parachèvement des études : les Anglais venaient en France moins pour apprendre que pour se perfectionner. C'est qu'en effet, chez eux, ils ne manquaient ni de méthodes de français, ni de grammaires, ni de dictionnaires, ces outils indispensables à tout ouvrier qui veut acquérir la connaissance parfaite d'une langue. Leurs grammairiens se sont mis à l'œuvre de bonne heure[3].

Le premier grammairien qui ait tenté de répandre notre langue semble bien être Walter de Biblesworth ou Bibelesworth, vers la fin du xiiie siècle. Nous avons sur lui peu de renseignements biographiques. Nous savons cependant qu'il prit la croix et partit en 1270 pour la Terre-Sainte, s'efforçant, en un dialogue français qui nous est resté, et où il traite de la croisade, d'emmener avec lui Henri de Lacy, comte de Lincoln, qui s'était croisé, mais, au dernier moment, ne pouvait se décider à quitter la dame qu'il aimait. Biblesworth mourut probablement entre 1277 et 1283[4]. Il ne faudrait pas appeler une grammaire le second ouvrage de Biblesworth : c'est un traité en vers, sorte de nomenclature rimée, composé pour une grande dame du temps, Denise de Mounchensy, désireuse d'apprendre le français. Le but de l'écrivain anglais est d'ailleurs exposé en tête du traité : « Le treytyz Ke moun sire Gauter de Bibelesworth fist à ma dame Dyonisie de Mounchensy, pur aprise de langwage, ço est à saver, du

1. Pope, *Works* : *the second Epistle of the second Book of Horace*, vol. III, p. 379.
2. Spence, *Anecdotes*, p. 151.
3. Jean Palsgrave, *L'éclaircissement de la langue française* (Introd. par Genin, p. 6 et suiv.).
4. Leslie Stephen, *Dictionary of National Biography*, vol. IV, p. 463.

primer temps ke homme nestra, ouweke trestut le langgage pur saver
nurture en sa juvente ; pur trestut le Fraunceys de sa neyssaunce,
et de membres du cors... pus to le Fraunçoys com il en court en
age de husbonderie, cum pur arer, rebiner, waretter, semer, sar-
cher, syer, faucher, carier, batre, moudre... ; pus tot le Fraunsoys
Kaunt à espleyt de chas, cum de venerie, pescherie en viver ou en
estang... ; pus tot le Fraunçoys des bestes et des oyseus... ; pus tot
le Fraunsoys de boys, prée, pasture, vergeyer, gardyn curtilage,
ouveke tot le Fraunsoys de flures et des frus ke il i sount. E tut issi
troveret-vus tot le ordre en parler e respoundre ke checun gentys-
homme covent saver ; dount touzdis troverez-vus primes le Fraunsoys et pus le Engleys suaunt ; et ke les enfauns pussunt saver les
propretez des choses ke veyunt, et kaunt dewunt dire moun et ma,
soun et sa, le et la, moy et jo. »

Voici le début du traité, la forme en est assez curieuse :

> Femme, ke approche soun tens
> Enfaunter, moustre sens,
> Ke ele se purveyt de une ventrere,
> Ke seyt avisé counseylere.
> Kaunt le emfès sera nées,
> Lors deyt estre maylolez.
> En soun berz l'enfaunt chochet,
> De une bercere vus purvoyet,
> Où par sa norice seyt bercé.
> . . . . . . . . . . .

On ne devra pas trop tarder à apprendre le français à l'enfant :

> Quaunt le emfès ad tel age
> Ke il seet entendre langage,
> Primes en Fraunceys ly devez dire
> Coment soun cors deyt descrivere,
> . . . . . . . . . . . .

Et après le dernier vers — car il s'agissait probablement d'apprendre le tout par cœur — on lit : « Ici finist la Doctrine monsire

Gauter de Byblesworde[1]. » — Il est probable que le traité de
Biblesworth iouit alors d'une certaine notoriété, car on n'a pas compté
moins de 6 manuscrits au British Museum, 2 à Cambridge et 1 au
moins à Oxford.

Vers la fin de ce même siècle nous trouvons l'*Orthographia Gallica*, traité d'orthographe française, écrit en latin et attribué à Colyngh-
burne[2]. « Le but principal de Colyngburne, écrit M. Génin, paraît
avoir été de venir en aide aux copistes et aux secrétaires écrivant
sous la dictée. C'est en leur faveur qu'il rédige un manuel de l'orthographe... » Il leur conseille, quand ils écriront du français, de
se gouverner d'après l'étymologie latine et leur donne toute une série
de règles en vue de cette transcription. Ce traité nous est connu par
quatre manuscrits : le plus ancien, celui de la Tour de Londres, date
du xiiie siècle[3], et les trois autres, en succession régulière, des trois
siècles suivants.

Au xive siècle, paraissent les *Cartulaires* et les *Epistolaires* ou *Recueils de lettres*, remontant à l'époque d'Edouard III (1327-1377)[4].
C'est pour donner aux enfants des notions de droit usuel et leur fournir les modèles des divers contrats qu'ils pourront avoir à rédiger
au cours de leur existence, que l'auteur a rédigé son traité : « purceo
qe j'estoie requis par ascunz prodeshommez de faire un chartuarie
pour lour enfantz enformer de faire chartours, endenturs, obliga-
cions, defesance, acquitancez, contuaries, salutaries en Latyn, Franceys ensemblement... fesant les chartours, escripts, munimentz a de
primes en Latyn et puis en Franceys[5] ». A côté de ce code de droit
pratique, on trouve un premier recueil de lettres. L'expression s'est
modifiée sans doute, mais les sentiments sont restés les mêmes, et l'on
a, dès le xive siècle, un bel exemple de faiblesse ou, si l'on préfère,

1. Thomas Wright, *A volume of Vocabularies* (*The Treatise of Walter de Biblesworth*), pp. 142-174.

2. Jean Palsgrave, *L'Eclaircissement* (Introd. par Génin, p. 33).

3. J. Stürzinger, *Orthographia Gallica*, p. xxiv. — M. Stürzinger publie, p. 1, le
texte critique des manuscrits de la Tour, du British Museum, de Cambridge et
d'Oxford. — M. Génin avait donné auparavant la traduction française de l'*Orthographia Gallica* (texte d'Oxford) dans son Introduction à l'œuvre de Palsgrave
p. 30.

4. Stürzinger, *Orthographia Gallica*, p. xvi.

5. Manuscrit harléien 4971 (British Museum).

de tendresse maternelle. C'est la lettre qu'une mère adresse à son fils à l'école : « Salut avecque ma benicon, treschier filz. Sachiez que je desire grandement de savoir bons novelles de vous et de vostre estat ; car vostre pere et moy estions a la faisance de ces lettres en bon poynt la Dieu merci. Et sachiez que je vous envoie par le portour de ces lettres demy marc pur diverses necessaires que vous en avez a faire sans escient de vostre pere. Et vous pri cherement, beau tres doulz filz, que vous laissez tous mals et folyes et ne hantez mye mauvaise compaignie ; car se vous le faitez, il vous fera grant damage, avant que vous l'aperceiverez. Et je vous aiderai selon mon pooir oultre ce que vostre pere vous donnra. Dieux vous doint sa benicon, car je vous donne la mienne... » C'est ensuite la lettre d'une sœur à sa propre sœur, pour lui apprendre combien elle est désolée du mariage projeté pour elle : « Salut et bon amour, treschiere et tresamee soer. Vueillez savoir que mon pere m'a enprocurce un mariage grandement encontre ma voulantee, car c'est une leede personne et pour nulle chose de monde il ne fera jamais copulacion entre nous. Pour ce, ma treschiere soer, je vous pri chierement, comme je m'affi de vous, que vous en parlez à vostre s<sup>r</sup> qu'il me vueille envoier un de ses chiualx, que je puis demourer deux jours ou trois en vostre compaignie tan que sa malencolye soit essuagee et abessee, car il est forment coroucee avecque moy pour ce que j'ay son comandemen refusee... »

Et la « treschiere soer » de répondre : « ... abessez vostre cuer et ne soiez mye si hautayne ne si orgueillouse ne rebelle de respons contre nostre pere comme vous estez, car se vous refuseez sa compaignie, par aventure vous devendrez folle pour ce que vous n'avez rien de quoy vous pourrez vivre ne estre sustenu. Et ramembrer vueillez de ce que le sage dit : Mieux vault la verge que plie, que ne fait cely que rumpe... »

Enfin c'est une lettre d'amour qui vaut d'être transcrite ici :

> A m'amie tres belle et chiere
> En qui est toute ma pensere.
> Saluz voûs mande milles cent
> Et moy a vostre commandement,
> Tant des fois vous mande saluz
> Comme foilles sont ou boais et plus ;

Atant de foys vous salue chierment
Comme estoiles sont en firmament.
Il n'y a femme que tant desire,
Combien que de vynt porroi' eslire.
Vous estez ma mort, vous estez ma vie,
En vous est toute ma druerye (1).

. . . . . . . . . . . . . . .

Un autre ouvrage destiné à l'enseignement du français et d'une importance plus grande encore, c'est la *Manière de langage* de Kirnyngton, manuel de conversation, que nous désignerons ainsi, bien que le nom de Kirnyngton, lu dans une phrase finale, semble devoir s'appliquer au copiste plutôt qu'à l'auteur lui-même. Cette fois, nous avons une date précise. Nous savons, en effet, par l'auteur, que ce traité a été « escript a Burg saint Esmon, en la veille de Pentecost l'an de grace mil trois cenz quatre vinz et seize [2] ». Après s'être signé « en nom du Pere, Filz et Saint Esperit, Amen », l'auteur s'adresse au lecteur : « Ci commence la maniere de language que t'enseignera bien a droit parler et escrire doulz françois selon l'usage et la coustume de France ». Quelques lignes plus loin, il expose plus nettement encore son triple but ; il veut « aprendre a parler, bien soner et a droit escrire doulz françois, qu'est la plus bel et la plus gracious language et plus noble parler, après latin d'escole, qui soit au monde, et de tous gens mieulx prise et amee que nul autre ; quar Dieux le fist si doulce et amiable principalment a l'oneur et loenge de luy mesmes. Et pour ce il peut bien comparer au parler des angels du ciel, pour la grant doulceur et biaultee d'icel. » De cet enthousiasme non déguisé, Kirnyngton passe vite au côté pratique des choses. Il enseigne au lecteur d'abord les diverses parties du corps humain, puis il suppose que le « signeur de l'ostel » s'adresse, pour les charger de différentes commissions, « a un chivaler ou a un escuier, a un varlet, ou autrement a un de ses varletons ou garçons ». Il montre

---

1. *Zeitschrift für neufranzösische Sprache und Literatur*, Band I, pp. 8-11 (E. Stengel, *Die ältesten Anleitungsscriften*). J. Stürzinger. *Orthog. Gallica*, pp. XIX, XVII. Autres Recueils de Lettres :

    Ms. harléien (British Museum), 3998, époque de Richard II (1377-1399).

    Ms. All Souls (Oxford). 182, époque de Richard II (1377-1399).

2. *Revue critique d'Histoire et de Littérature*, 5e année, 2e semestre, 1870, p. 404 (Etude et texte publiés par P(aul) M(eyer).)

ensuite « coment un homme chivalchant ou cheminant se doit contenir et parler sur son chemin, qui voult aller bien loins hors de son
païs ». Ce sont maintenant les chevaux que le seigneur ordonne à son
« varlet » de mener à la forge, le planturcux dîner fait avant le départ,
avec un long menu des plus variés et des plus savoureux — autant de
mots qui passent dans la mémoire de celui qui apprend le français, —
les chevaux que Janyn va seller, la montée en selle, les questions
pour s'informer du chemin vers Aurilians (Orléans), la chanson qui
égaye la longueur de la route, la halte à la tombée de la nuit, le
départ de Janyn, qui va en avant tout préparer pour l'arrivée de son
maître, les hésitations de l'hôtelier à entrebâiller l'huis, ses excuses,
l'entrée du consciencieux varlet dans la chambre réservée à son
maître, « la plus belle et la plus honeste chambre et mieux aournée et
araiée de fin draps d'or et de soye que vous vistes aucques mais jour
de vostre vie ». Voici, maintenant que tout est prêt, l'arrivée du seigneur à l'hôtellerie, la bienvenue que lui souhaite « la dame de l'ostel
ou la damoiselle », la présentation qu'elle lui fait, à la demande du
seigneur, de deux « fillettes tres belles et tres bien et graciousement
entaillez du corps et aussi gresles que vous les porez empoigner entre
voz deux mains », dit-elle au voyageur qu'elle héberge. Et les déclarations galantes et les baisers du seigneur à l'une d'elles, Isabelle,
qu'il préfère à Margarete, le souper tête à tête, servi par le fidèle
Janyn, le vin clairet ou le vin blanc, la gracieuse et amoureuse chanson dite à la belle, et puis... le lendemain, le réveil un peu maussade,
le lever, la toilette et l'arrivée de la sympathique « dame de l'ostel »
qui demande au seigneur de ses nouvelles, le déjeuner avec force
poisson. Enfin l'heure du départ est venue : « le s$^r$ se monte à
chival et baise la fillete sa compaingne, et li baille trent francs a
paier pour ses despens, et li dit courtoisement ainsi « Ma tres doulce
amie et très chiere compaigne, a Dieu vous comande jusques a revoir,
car je m'en irai pour esbatre a Aurilians un poy de temps, mais je
n'aresterai guaire ». Et puis le s$^r$ s'en chivalche sur son che-
myn... » A côté des propos galants et de ces petites scènes d'hôtellerie qui font qu'on ne s'ennuie guère en compagnie de Kirnyngton —
de nos jours, on apprend les langues vivantes de façon moins gaie
et partant, peut-être, moins efficace, — on trouve le stock de mots et
de locutions nécessaires pour s'adresser aux « labourers et œuvrers

des mestiers », au « closier d'un jardyn, a un fosseour qui foue les
terres ou les fosses », au « bolengier qui bulete la bulée », aux divers
« merchans » ; enfin on acquiert les formules indispensables pour
saluer courtoisement, et jusqu'à la façon de le consoler, quand on voit
« un enfant plorer ou gemir ». Que l'on aille en pèlerinage en l'honneur de saint Thomas de Cantorbéry, que l'on ne rencontre sur sa
route qu'une mauvaise auberge pour y passer la nuit au grand dommage de ses jambes ou de son dos, saignant bientôt sous les morsures des insectes qui se trouvent en « grand cop gisans en le poudre
soubz les juncs », que l'on tressaille au contact du pied froid d'un
camarade de lit, ou que l'on soit chatouilleux, on ne sera pas embarrassé : l'auteur de la *Manière de langage* a tout prévu et veillé à
tout. Comme on a débuté en faisant son signe de croix, le traité se
termine par un *De profundis* [1].

Il n'y a qu'à citer pour mémoire le traité latin d'orthographe française, de Coyfurelly, intitulé *Tractatus ortographie gallicane per M.
T. Coyfurelly* [2]. Il s'agit surtout, pour l'auteur, d'expliquer la prononciation des lettres françaises : il les prend dans l'ordre consacré et,
sur chacune d'elles, fait les remarques qu'il juge utiles ou nécessaires.
Selon que telle lettre est précédée ou suivie de telle autre, elle se prononce de telle ou telle autre façon. Ce traité fut bien en usage en
Angleterre. Témoin les manuscrits du British Museum et d'Oxford
qui nous l'ont conservé, à preuve aussi les nombreux exemples pro-
posés, où il est fait allusion au « Roy de l'Engleterre », au « duques de
Launcastre », à « l'amiral d'Engleterre », à ceux enfin dont les « ves-
timentz sount bien et fetisement entailliez selon la guise du France ».
Les explications concernant la prononciation sont en latin ; les
exemples, servant d'application à la règle donnée, sont en français,
puisqu'il s'agit, en effet, de prononciation française. Le traité date du
temps de Richard II, c'est-à-dire doit être placé entre 1377 et 1399.

Tandis que le traité latin de Coyfurelly rappelle assez l'*Orthogra-*

---

1. *Revue critique d'Histoire et de Littérature*, 1870. Texte de la *Manière de langage*,
pp. 382-404.
   Voir nombreuses variantes dans l'article de M. Stengel, p. 1, cité plus haut.
2. *Tractatus ortographie gallicane*, par M. T. Coyfurelly, canonicum Aurilianum,
doctorem utriusque juris... (Edité par E. Stengel dans la *Zeitschrift für neufranzösische Sprache and Literatur*, 1879, pp. 16-22.)

*phia gallica*, le livre connu sous le titre : *Un petit livre pour enseigner les enfantz de leur entreparler comun francois* [1] est une sorte de manuel de conversation, en français, comme la *Manière de langage*, de la même époque du reste, vers 1399, c'est-à-dire seulement trois ans plus tard. — L'auteur enseigne d'abord aux enfants les noms des saisons, des mois et des jours : il leur apprend ensuite à compter ; puis, c'est le nom des choses les plus usuelles ; enfin, c'est la « manier de language pour demander le droit chemin, pour parler des bourdeus et de trufes et tensons, pour parler aus dames et aus damoiselles, pour parler pour hostiel, pour saluer les bons gens, pour achetre et vendre, encor pour saluer de bonnes gens dedens ou dehors ou en quel lieu qu'ils soient, pour parler aus bonnes gens ». Quelque utile qu'il puisse être, ce manuel de conversation est beaucoup moins intéressant que le précédent. Par cela même qu'il est destiné aux enfants, il ne renferme presque aucun des détails de mœurs contemporaines qui abondent dans la *Manière de langage*.

Au xv⁰ siècle, au seuil du siècle, nous avons le *Donait francois* de Jean Barton [2]. Le but est marqué par le titre même : *Donait francois pur briefment entroduyr les Anglois en la droit language du Paris et de pais la d'entour fait aus despenses de Johan Barton par plusieurs bons clercs du language avandite.* Jean Barton semble s'être réservé la préface, pour ainsi dire, de ce traité, consacré par la suite à un enseignement grammatical un peu sec. Voici comment il s'exprime ·
« Pour ceo que les bones gens du Roiaume d'Engleterre sont embrasez a scavoir lire et escrire, entendre et parler droit Francois, afin qu'ils puissent entrecomuner bonement ove lour voisins, c'est a dire les bones gens du roiaume de France, et ainsi pour ce que les leys d'Engleterre pour le graigneur partie et aussi beaucoup de bones choses sont misez en Francois, et aussi bien pres touz les s<sup>r</sup>s [3] et toutes les dames en mesme roiaume d'Engleterre volentiers s'entrescrivent en romance — tresnecessaire je cuide estre aus Englois de scavoir la droite nature de Francois. A le honneur de Dieu et de sa tresdoulce miere et toutz les saintez de paradis, je Johan Barton, escolier de Paris, nee et

---

1. Edité également par Stengel, même Revue, pp. 10-15.
2. E. Stengel, même Revue, p. 25.
   J. Stürzinger, *Orthographia Gallica*, p. xxii, xxiii.
3. Seigneurs.

nourie toutez voiez d'Engleterre en la conte de Cestre, j'ey baille'aus avant diz Anglois un Donait francois pur les briefment entroduyr en la droit language du Paris et de pais la d'entour, la quelle language en Engliterre on appelle : doulce France. Et cest Donait je le fis la fair a mes despenses et tresgrande peine par pluseurs bons clercs du language avandite. Pur ce mes chiers enfantz et tresdoulcez puselles que avez fam d'apprendre cest Donait sachez qu'il est divise en bolcoup de chapiters si come il apperera cy avale. » — Et l'enseignement grammatical commence aussitôt : voyelles et consonnes, mots simples et mots dérivés, nombres et genres, cas et degrés, modes et temps, parties du discours, noms et pronoms, verbes surtout, ce grand épouvantail de tous les étrangers qui s'adonnent à l'étude de notre langue.

A côté d'une autre *Manière de langage* qui se place dans la seconde moitié du xve siècle, nous trouvons enfin, au lieu des manuscrits observés jusqu'ici, le livre imprimé par Caxton, à Westminster, en 1483, et intitulé : *Vocabulary in French and English, a book for travellers*. Il est à noter que, parmi les premiers livres sortis des presses de Caxton qui vient d'importer de Bruges en Angleterre l'art de l'imprimerie, on rencontre, aussitôt après que le premier imprimeur anglais a donné à ses compatriotes Chaucer et Lydgate, un livre destiné à l'enseignement du français, dialogue sur deux colonnes, à gauche le texte français, à droite le texte anglais [1].

Au xvie siècle, les ouvrages qui permettent aux Anglais d'apprendre le français vont devenir plus nombreux. Le successeur de Caxton, Wynkyn de Worde, imprime, en 1503, un *Lytell Treatyse for to lerne Englisshe and Frenssche*, contenant à la fois des modèles de lettres et des dialogues. L'auteur du traité commence ainsi : « En nom du père et du filz et du saint esperit, je vueil commencer a apprendre a parler Francoys, affin que je puisse faire ma marchandise en France et aillieurs en aultre pais, la ou les gens parlent Francoys » ; et les dialogues ont pour but d'apprendre les formules nécessaires pour se saluer à l'arrivée et au départ, pour vendre et acheter, pour demander son chemin [2].

<hr>

1 J Stürzinger, *Orthographia Gallica*, pp. xv, xxii.
2. Id., *ibid.*, pp. xvi, xx, xxiii.

Un autre ouvrage, second en date, puisqu'il est de 1521, c'est celui d'Alexandre Barclay : *The Introductory to writte and to pronounce Frenche*. Ce traité est en anglais et pour des Anglais. Deux savants français, M. Génin, dans son Introduction à l'ouvrage de Palsgrave, et M. Paul Meyer, dans la *Revue critique*[1], déclarent, le premier, que « tous ses efforts pour découvrir un exemplaire de ce curieux ouvrage ont été inutiles », le second, qu'il ne peut juger de ce traité « infiniment rare » que par les extraits publiés par A. Ellis dans son grand ouvrage : *On early English pronunciation*. Il n'existe en effet qu'un seul exemplaire, tout en écriture gothique, du traité de Barclay, et il est dans la Douce Collection de la Bibliothèque Bodléienne à Oxford. — Barclay, Anglais ou Écossais, la question est encore pendante, sait comment on apprend les langues vivantes. Dans sa jeunesse, il a vu Rome, Paris, Lyon, Florence, peut-être les Pays-Bas et l'Allemagne. En 1506, il avait déjà préludé à ses études sur la prononciation du français en publiant sans nom un livre appelé *Castell of Laboure*, traduction de l'allégorie de Pierre Gringoire : *Le château de Labour* (1499)[2]. Il apportait à son œuvre une compétence incontestable : il explique, en effet, fort clairement le mystère des liaisons, souvent dangereuses pour nos voisins d'outre-Manche. « Quand les mots *nous*, *vous*, *ilz*, sont placés, dit-il, devant les verbes commençant par une consonne, l's et le *z*, à la fin de ces mots, perdent généralement pour les gens de France leur son dans la prononciation, bien qu'on conserve ces lettres dans l'orthographe. Mais si elles sont jointes à des verbes commençant par une voyelle, l's et le *z* gardent tout leur son dans la prononciation. » Puis l'auteur passe en revue les différentes lettres de l'alphabet et saisit très bien qu'en français la lettre *h* en réalité n'est pas une lettre, mais un simple signe d'aspiration, de non-liaison, placé devant les mots *hors*, *dehors*, *honte*, *haut*, que l'*h* s'écrit mais ne se prononce pas, comme dans *heure*, *hélas*, *homme*. Le livre de Barclay, toutefois, n'est pas entièrement réservé à la prononciation ; c'est ainsi qu'il contient toute une nomenclature des nombres, des jours de la semaine, des mois, des fêtes, des grains,

---

1. Jean Palsgrave, *L'Eclaircissement de la Langue française* (Introd., p. 13).
   *Revue critique d'Histoire et de Littérature* (5e année, 2e semestre, 1870), p. 381.
2. *Dictionary of National Biography*, mot *Barclay*.

des poissons, etc. [1]. A la compétence, l'auteur joint la modestie :
« Bien d'autres, dit-il, avant ce jour, ont essayé d'écrire un pareil
traité ; cependant j'espère le rendre plus clair, plus facile, soit parce
que j'ai eu sous les yeux les grandes lignes des traités écrits auparavant, soit parce que j'ai été, dans ma jeunesse et depuis lors, accoutumé et exercé à la pratique du français et de l'anglais. » Il n'est
d'ailleurs pas permis, sans passer pour n'être pas de noble origine,
d'ignorer cette langue tant vantée chez les infidèles, les Turcs et les
Sarrasins [2].

En 1528 parut, au dire de M. Ellis, un traité de prononciation
française, rédigé en français, où l'attention des lecteurs était attirée
principalement sur les points qui présentent des difficultés aux
Anglais [3]. Ne serait-ce pas l'œuvre de ce Petrus Vallensys (Pierre
Duval?), précepteur du jeune comte de Lyncoln, que Palsgrave cite
comme l'un de ses prédécesseurs immédiats [4] ?

A la même époque Giles Dewes (Gilles du Guez ?), maître de
français du roi Henri VIII, écrivit, « sur les instances de divers grands
personnages », soit quelque petit traité aujourd'hui disparu, soit quelques dialogues spécialement à l'usage de la princesse Marie dont il fut
aussi le précepteur. Palsgrave en eut connaissance : il en témoigne,
avec une brièveté qui semble un peu voulue [5]. Ces dialogues étaient
précieux pour les élèves de Gilles du Guez par la méthode ingénieuse
dont il se servait pour leur apprendre le français en tirant des événements contemporains, des accidents personnels, le sujet de ses
entretiens. Ils sont loin d'être pour nous sans intérêt. D'abord ils
contiennent bon nombre de renseignements sur la personnalité de
l'auteur lui-même, puis, par eux, il nous est permis de nous faire une
idée assez exacte de la situation d'un maître de français à la cour de
Henri VIII [6]. L'ensemble de ces dialogues ne fut publié par du Guez
qu'en même temps que son *Introductorie for to lerne to rede, to pronounce and to speke French trewly*, c'est-à-dire en 1532 ou 1533, aussi-

1. Alex. J. Ellis, *On Early English Pronunciation*, passim.
2. E. Stengel, revue citée, contenant, p. 23, *The prologue of the auctour*.
3. Paul Meyer, *Revue critique*, p. 381.
4. Palsgrave, *The Authours Epistell* (Génin, p. vii).
5. Id., *ibid*.
6. Palsgrave, *L'Eclaircissement de la Langue fr.* (Introd. de M. Génin, p. 18).

tôt qu'il le put, après que Palsgrave eut publié lui-même son *Esclair-cissement de la langue francoyse* en 1530. Celui-ci, en effet, tout en reconnaissant que « bon nombre de clercs avaient déjà écrit sur la matière », s'attribuait le mérite « d'avoir réduit la langue française à des règles certaines et à des préceptes grammaticaux », ce qui n'avait « pas été même une seule fois tenté jusqu'alors [1] ». Or, Palsgrave avait eu, de son propre aveu, connaissance des travaux de Gilles du Guez et en avait fait son profit. Le maître français fut indigné de tant d'audace. « C'est alors, dit M. Génin, que Gilles du Guez, mécontent de voir exploiter par un rival et l'autorité de son nom et le résultat de ses travaux, rassemble à son tour ses traités partiels, en fait une œuvre d'ensemble, courte, claire, bien digérée, amusante même par les dialogues dont il fait suivre son exposé théorique [2]. » L'œuvre du grammairien français paraît. Le Prologue [3] en est ironique, agressif. Il raille avec verve ces maîtres « tant qualifiéz es bonnes lectres » qui, sans « estre naturel et natif du territoire et pais », se sont hasardés à un travail pour lequel ils sont peu préparés, exposant « règles et principes pour introduction en la dicte langue lesquelz peult estre... ont ensegnés auant que auoir esté scauantz » eux-mêmes. De quoi, d'ailleurs, se mêle-t-il, cet Anglais de Palsgrave, qui n'est pas nommé, mais clairement désigné ? « Ne sembleroit ce point chose rare et estrange ueoir ung Francois se ingerer et efforcer dapprendre aux Allemans la lange tyoise, uoire et qui plus est, sur icelle composer règles et principes... » ? Ce n'est pas lui qui s'est risqué à lancer des « règles infallibles », ainsi, « de première abordée ». Il n'est pas de ceux qui connaissent « ung langage moienement et come par emprunt ». A moi, dit-il, « la dicte langue est maternelle ou naturelle » et, « par lespase de trente ans et plus me suis entremis (combien que soie tres ignorant) densegner et apprendre pluisieurs grandz princes et princesses ». Il y avait rivalité entre les deux maîtres de français, tous deux à la mode, tous deux familiers des rois, des princes et des grands seigneurs de la cour. Gilles du

---

1. Palsgrave, *L'éclaircissement* (*The Authours Epistell*, pp. VI, VII, VIII).

2. Id. ibid. (*Introd.* de M. Génin, p. 18).

3. Id , ibid. (*An Introductorie for to lerne to speke French Trewly*). L'œuvre de Gilles du Guez est publiée après celle de Palsgrave, même volume, p. 894.

Guez est assurément un peu vif à l'égard de Palsgrave, qui, tout
étranger qu'il fût, avait fait en France un assez long séjour, s'y était
fait recevoir licencié à l'Université de Paris et avait ainsi acquis une
connaissance très approfondie, sinon absolument impeccable, de la
vieille langue française. Il faut reconnaître néanmoins que Palsgrave
mit une hâte bien grande à publier son *Esclaircissement*, et peut-être
tout ne se passa-t-il pas avec une entière loyauté. Un contrat intervint
entre l'imprimeur et l'auteur. Le normand Pynson, établi en Angleterre, s'engageait à imprimer chaque jour une feuille entière, des
deux côtés, et, d'autre part, Palsgrave promettait de ne pas lui faire
attendre la « copie »[1]. Cet empressement si étrange pouvait bien
n'avoir d'autre but que celui de devancer son collègue du Guez, après
avoir profité de ses travaux personnels. Le livre parut : probablement
*inde iræ*. Il y a encore une autre raison qui nous fait croire que les
rapports entre les deux maîtres de français n'étaient pas précisément
très amicaux. Il existe en France un seul exemplaire de l'œuvre de
Palsgrave, sortant des presses de Pynson, c'est celui de la Bibliothèque
Mazarine. On en trouve deux seulement en Angleterre, tous deux au
British Museum. C'est que Palsgrave — *business is business* — n'entendait pas que les confrères pussent se servir de son livre, d'ailleurs assez peu maniable, puisqu'il fallut aussitôt en faire un résumé.
Il défendit à Pynson, l'imprimeur, de vendre d'autres exemplaires
que ceux destinés aux personnes désignées par Palsgrave lui-même,
dans la crainte que ses profits, comme maître de français, ne fussent
diminués : cette précaution est, il faut le reconnaître, d'un esprit
bien pratique. La rivalité, provenant du choc des intérêts, n'est pas
douteuse. De là, assurément, le ton aigre-doux que prend Gilles du
Guez dans son Prologue. L'œuvre des deux grammairiens est cependant bien différente. On en a marqué la destinée et la valeur respec-
tives avec une science et une précision que nous ne saurions atteindre. « La fortune des deux ouvrages, dit M. Génin, fut bien différente ; Gilles du Guez en peu d'années fit trois éditions ; Palsgrave
ne paraît pas être jamais arrivé à l'honneur de la seconde. Du Guez
avait, d'une main leste et sûre, esquissé la petite Grammaire de Lho-
mond ; Palsgrave avait laborieusement compilé la Grammaire des

1. *Dictionary of National Biography*, mot *Palsgrave*.

grammaires ; l'in-folio fut étouffé par l'in-18. Cela se voit souvent
dans la littérature, où le quatrain de Saint-Aulaire triomphe de la
*Pucelle* de Chapelain.

« Mais la circonstance qui dans son temps décida la défaite de
Palsgrave est précisément ce qui nous le rend aujourd'hui précieux.
Son défaut avec le temps s'est changé en une qualité. Où cherche-
rait-on ailleurs cette quantité d'observations parfois minutieuses, je
l'accorde, mais toujours intéressantes comme la vérité ? cette multitude de faits grammaticaux recueillis dans toutes les parties de la
langue et appuyés d'exemples tirés des écrivains illustres ? Du Guez
fut habile, mais Palsgrave est savant. Notre compatriote a sans doute
fait davantage pour les Anglais contemporains de Palsgrave ; mais
Palsgrave à son tour rendra plus de services aux Français du xix$^e$ siècle qui se proposent, non pas d'apprendre à parler français, mais
d'étudier l'histoire de la langue française ; car, et c'est une observation essentielle, du Guez n'écrit que pour les élèves, et Palsgrave s'est
donné la tâche de former non seulement des élèves, mais aussi des
maîtres [1]. »

A Gilles du Guez et Palsgrave succéda le Français Desainliens ou
de Sainliens, qui, pour les Anglais, s'appelait Hollyband, et qui, parfois, latinisait son nom en Claudius a Sancto Vinculo. Ce fut, en
Angleterre, un maître de français infatigable. Il n'écrivit pas moins
de huit ouvrages destinés à l'enseignement de sa langue maternelle,
et les éditions se multiplièrent [2]. Son *French Littleton* surtout eut
une très grande vogue, mais le succès de la méthode de Claude de
Sainliens s'était affirmé dès son premier ouvrage : « Quand j'eus
composé et publié le *French Scholemaster*, écrit-il en anglais, à l'usage

---

1. Palsgrave, *L'Eclaircissement de la Langue française* (*Introd.* de M. Génin
pp. 23-24).

2. Ouvrages de Claude Desainliens :

   *a)* The *French Scholemaster*, London, 1573 (2$^e$ éd.), 1582, 1612.

   *b)* The *French Littleton*, London, 1566, 1578, 1581, 1583, 1593, 1607.

   *c)* The *Treasurie of the French Tonge*, London, 1580, 1593.

   *d)* De *Pronuntiatione Linguæ Gallicæ*, London, 1580.

   *e)* A *Treatise for Declining of Verbs*, London, 1580.

   *f)* *Campo di Fior* ; or else *The Flourie Field of four Languages*, London, 1580.

   *g)* A *Dictionarie, French and English*, London, 1593.

   *h)* *Grammar for the French Verbs*, London, 1599.

de ceux qui étudient la langue française, je ne savais pas alors quel serait le succès que mon travail atteindrait ; mais, voyant que ce travail — contrairement à mon attente — était estimé à la fois par la noblesse et la classe moyenne de ce Royaume florissant, je fus encouragé à continuer... » Son livre, ajoute-t-il, est indispensable. De même que ceux qui veulent connaître les lois de ce Royaume travaillent d'ordinaire dans le livre appelé *Tenures de Littleton*, de même ceux qui veulent apprendre le français doivent avoir ce Littleton pour guide et laisser de côté « tous les autres ouvrages qui sont pleins d'épines et ne conviennent pas[1] ». On crut Desainliens sur parole. N'avait-il pas la recommandation précieuse du poète anglais George Gascoigne, dont les vers flatteurs étaient imprimés en tête du volume? En voici la traduction : « Cette perle de prix que les Anglais ont cherchée si loin, à l'étranger, et qui leur a coûté si cher, on la trouve maintenant ici, dans notre pays, et c'est à bien meilleur marché qu'on peut l'acheter chez nous, je veux parler du français : cette perle d'agréable langage que quelques-uns sont allés chercher au loin, qu'ils ont payée de leur vie ou de leur santé et même au prix des verrous et des chaînes, cette perle incomparable, tous ont eu une peine extrême à se la procurer. Maintenant Desainliens — un Français qui est bien notre ami — s'est mis en peine pour que chaque Anglais, à son aise, puisse ici, chez soi, apprendre ce langage : et pour prix, il ne veut d'autre récompense que des cœurs reconnaissants à qui ses perles puissent plaire. Oh, toi, remercie-le, lui qui mérite tant de remerciements. » Puis, tout à côté, un sonnet en français, probablement de Desainliens lui-même, prêchant l'entente entre les deux peuples :

Anglois, tu as esté séparé du Françoys ;
Et toy aussi, François, de l'Anglois qui t'embrasse
De langage divers, plus long temps que de Race,
Tu l'as esté de foy, et quelque temps de Loys.

Les Loys n'ont empesché, ô Françoys, que l'Anglois
Ne t'aye ia receu, car Foy t'a mis en grace,
Foy qui tous les esluz enfans de Dieu ramasse
En un corps avec Christ, l'Eternel Roy des Roys :

---

1. *The French Littleton*, éd. 1566. (*The Epistle to the Worshipfull and Towardly Yong Gentilman M. Robert Sackevill*).

Il ne reste donc plus que le divers langage.
Mais voicy Hollyband, qui faict un mariage
De tous les deux, sus donc, lisez-le d'un accord.

Si qu'en langage, en race, en Foy, et Loys unis
Viviez en double paix, de vray amour munis :
Et le monde vaincrez, peché, satan, la mort.

*Pax in bello.*

Le *French Littleton* est une série de dialogues. L'auteur marque d'un signe + les lettres qui sont inutiles dans la prononciation : il ne les supprime pas, dit-il, pour que l'orthographe reste entière. Mis en face d'autres textes, sans ces signes, le lecteur se rappellera facilement, croit-il, les lettres qui doivent être prononcées et celles qui doivent ne l'être pas. En ouvrant le livre, sur la page de gauche on trouve le texte anglais ; en face, sur la page de droite, le texte français. Voici d'ailleurs un passage du livre qui permettra d'en avoir une idée exacte. C'est la façon dont le maître donne son adresse :

| | |
|---|---|
| In Paules Churcheyard, hard by | Au cymitière de Sainct Paul, près |
| the signe of the Lucrece ; there is | l'enseigne de la Lucrece ; il y a là |
| A Frenchman which teacheth bothe | un François, qui enseigne les deux |
| the tongues : in the morning till eleven, | langues : le matin jusques à unze heures, |
| the Latine tongue, and after dinner | la langue Latine : et après disner, |
| the French : and which doth his duetie. | la Francoise ; et qui fait son debvoir. |
| It is the chiefest point : for there be some | C'est le principal : car il y en a |
| which be very negligent and slougish : | qui sont fort negligens et paresseux : |
| and when they have taken monie | et quand ilz ont prins argent devant |
| afore hand, they care not very much | la main, ilz ne se soucient pas beaucoup, |
| if their scholers do profit or no. | si leurs escholiers profitent, ou non. |
| They be folke of an evill conscience : | Ce sont gents de mauvaise conscience : |
| the same is as kinde of theft. | cela est comme une espece de larcin |
| Who doubteth of it ? what is his name ? | qui en doubte ? Comment s'appelle il ? |
| I cannot tell truely : I have forgotten it ? | Je ne sçay certes, je l'ay oublié : |
| John, how is thy maister called ? | Jehan, comme s'appelle ton maistre ? |
| He is called MM. Claudius Hollyband. | Il s'appelle M. Claude De sainliens. |
| Is he married ? He hath wife & children. | Est-il marié ? Il a fame et enfants. |

Ces dialogues sont loin d'être sans intérêt. Ils nous montrent la vie d'un professeur de français en Angleterre, au xvie siècle, et nous en donnent la physionomie assez exacte. Voici un monsieur qui arrive. Il amène son fils à qui il veut qu'on apprenne le français. Desainliens promet d'apporter, de son côté, tous ses soins. On fait le prix des leçons à donner :

— Que prenez-vous par moys, par semaine, par quartier [1] ?

— Un solz la semaine, un escu le mois, un real le quartier, quarante sols l'an.

Le père du jeune homme marchande : du reste, le maître n'est pas intraitable :

— C'est trop : vous estes trop cher.

— Si c'est trop, rabbattez en ; mais ie vous diray une chose, que si vostre filz apprend bien, ce n'est pas trop : mais s'il n'apprend rien, encore que je l'ensegnasse pour un groz le mois, ce serait trop cher pour vous et luy.

Un peu soupçonneux, et afin de se rendre compte de l'enseignement du maître de français, le père interroge quelques-uns des élèves. Satisfait sans doute, mais sans grandes illusions sur l'aptitude intellectuelle de son fils, il termine ainsi : « Monsieur de Sainliens, prenez un peu de peine avec mon filz : il est un peu dur d'esprit, d'entendement, de mémoire : il est honteux, mignard, mauvais, menteur, desobedient au père et à la mère : corrigez, chastiez, amendez toutes ces fautes, et je vous recompenseray : tenez je vous advanceray le quartier. » Le maître s'incline et remercie, puis s'enquiert auprès de l'élève s'il a tout ce qu'il faut : sac, sachet, livres, encre..., etc.

L'enseignement grammatical semble singulièrement délaissé chez Desainliens : en tout cas, il ne l'a pas placé au premier plan. Ce sont les dictons, les proverbes, les mots dorés qu'il enseigne d'abord avec quelque complaisance. Quelques-uns sont curieux et méritent peut-être qu'on les cite. « On dit en nostre paroisse que jeunes medecins font les cymitieres bossus, et vieux procureurs procès tortus ; mais au contraire que jeunes procureurs, et vieux medecins, jeune chair, et vieil poisson sont les meilleurs. » Puis il énumère les « choses qui vont bien ensemble : un coureur et un chemin uny, un asne et un meusnier, une belle fame et beaux abillements, un pourceau

___

1. Nous ne conservons plus ni le texte anglais, toujours en face du texte français, ni la disposition typographique, ni les signes conventionnels placés sous les lettres qu'il faut supprimer dans la prononciation. — Un exemple suffit pour montrer la méthode.

affamé et un es…. chauld, une femme eshontée et un baston, un petit
enfant et une bone mamelle. » Parmi les choses qui « n'accordent
point ensemble » : un petit cheval et un pesant home, un qui a grand
soif et un petit pot, chiens et chats en une cuisine, un jardinier et
une chevre, grosse gabelle et povres marchants, un home antien et
une jeune fame. » Voici maintenant ce qu'il faut savoir cacher, car
« il ne se fait pas bon vanter de ces choses : Que tu as de bon vin,
que tu as une belle femme, que tu as force escuz. » Ces contrastes et
ces rapprochements, ces remarques parfois fort pittoresques ont,
après tout, quand il s'agit d'un vocabulaire à faire retenir, une autre
valeur mnémotechnique que les longues et sèches listes de mots que
l'on donnait naguère encore à apprendre aux élèves.

L'enseignement religieux a sa place marquée. Desainliens enseigne
à son élève l'Oraison dominicale en français, les douze articles de la
Foy, une Oraison enfin. Puis, comme exercice de lecture, un
« Traicté des danses, auquel est monstre quelles sont comme accessoires et dependances de paillardise… ». Et c'est seulement après tout
cela, relégué à la fin de ce volume, qu'apparaît l'enseignement grammatical : les règles de prononciation et la conjugaison des verbes.
N'y a-t-il pas là une méthode à retenir?

Un maître de français, contemporain de Desainliens, fut Jacques
Bellot, qui ne voyait pas en lui un rival, mais un ami. C'est ainsi qu'il
écrivit le sonnet placé en tête du *Campo di Fior*, et ce sonnet se termine par les vers suivants :

> Goustez Anglois, Gent bien-heureuse,
> Les fleurs qu'en vostre Isle argenteuse,
> Vous donne Holliband pour un gage.

Sa *Grammaire française*, publiée en 1578, est introuvable, au moins
au British Museum ; mais il y a un ouvrage de lui, évidemment destiné
aussi à l'enseignement du français, c'est *Le Jardin de vertu et bonnes
mœurs, plein de plusiers belles fleurs et riches sentences avec le sens
d'icelles, recueillies par plusieurs autheurs et mises en lumière par
J(acques) B(ellot) Gen(tilhomme) cadomois.* L'ouvrage de Bellot, imprimé à Londres par Thomas Vautrouillier, demeurant à « Blacke-
friers », est daté de 1581 et dédié « A la tres Vertueuse et Invincible
Majesté de La Reine Elizabeth ». Le livre n'est pas disposé comme

celui de Desainliens. Il est divisé en deux colonnes : cette fois, le
français est sur la colonne de gauche, l'anglais sur celle de droite, et
les deux colonnes sont sur la même page. La *Grammaire française*
pouvait bien être imprimée de la même façon, car elle avait aussi
paru à Londres, seulement trois ans auparavant.

Outre les grammaires ou méthodes de français, les dictionnaires ne manquent pas au xvie siècle. Un certain Luke ou Lucas
Harrisson, imprimeur et libraire anglais, publie en 1570 un *Dictionnaire: Français et Anglais*. Son contemporain John Baret, aidé de ses
élèves, à Cambridge, où il enseigne le latin et le français, publie
avec eux et pour eux, en 1573, un dictionnaire anglais-latin-français.
Son vocabulaire s'appelle la *Ruche* ou *Triple Dictionnaire* [1]. Pendant
dix-huit ans, avec ses élèves, il réunit les matériaux nécessaires, et
c'est pour témoigner de ces efforts communs, de ces recherches faites
en collaboration, qu'il donne à son ouvrage le nom de *Ruche*. Chaque mot anglais y est d'abord expliqué, puis son équivalent est
donné en latin et en français. Une seconde édition de l'œuvre de
Bellot paraît en 1580, mais cette fois la *Ruche* devient un *Quadruple
Dictionnaire*, et le grec y prend une importance à peu près égale à
celle des autres langues. A cette époque Bellot est mort, car il y a
en tête du livre une poésie adressée au lecteur, dans laquelle l'éditeur
du nouveau dictionnaire déplore la mort de l'auteur [2]. De son côté,
Desainliens avait annexé à son *French Scholemaster* un vocabulaire,
et publié, en 1593, un *Dictionnaire Français-Anglais*.

A côté des grammaires et dictionnaires, il convient de ne pas
oublier l'ouvrage anglais de John Eliot. Le titre *Ortho-Epia-Gallica*
ou *Fruits d'Eliot* (1593) [3] n'est pas sans un air bizarre : le livre ne
l'est pas moins. L'auteur est un joyeux gaillard qui, dans une
épître, en tête de l'ouvrage, s'adresse ainsi, en anglais, « Aux savants

---

1. John Baret, *An Alvearie* or *Triple Dictionarie in English, Latin and French*
(2 February 1573-4).

2. *Dict. of National Biography*, mot *Baret*.

3. John Eliot, *Ortho-Epia-Gallica*, Eliot's Fruits for the French ; enterlaced with
a double new Invention, which teacheth to speake truely, speedily and volubly,
the French tongue. Pend for the practise of all English Gentlemen who will ende-
vour by their owne paine, studie and diligence, to attaine the Naturall accent, the
true Pronunciation, the swift and glib grace of this noble, famous and courtly language. — London, 1593. John Wolfe.

professeurs de langue française en la fameuse cité de Londres :
Messires, quelles nouvelles de France, en avez-vous à nous dire ?
Encore des guerres, des guerres. Nouvelles bien pénibles à apprendre en vérité : cependant, si vous êtes en bonne santé, si vous avez beaucoup d'élèves et si vous faites bonne provision de couronnes, si vous buvez de bon vin, tout ira bien, je n'en doute pas, et je désire que le bon Dieu du Ciel continue de vous traiter ainsi. A-t-on, oui ou non, fait de bonnes vendanges cette année en France ? Il me semble que nos vins de Bordeaux sont très chers et vraiment, de bonne foi, j'en suis bien fâché. Mais ils seront à des conditions plus raisonnables, si tous ces mêmes ligueurs de haut rang veulent enfin se tapir et arriver à une bonne entente…. Je prie le prince du Paradis de verser sa paix sur eux en secret, pour que nous puissions en sûreté aller chercher leur déifiante liqueur, qui teint promptement nos visages flegmatiques d'une belle couleur de sang. En vérité, pour ma part, France, je t'aime bien ; Français, je ne vous hais pas, mais devant vous je jure, par « S. Siobe cap de Gascongne ! » que j'aime une coupe de vin nouveau de Gascogne ou de vin vieux d'Orléans autant que le Français le meilleur de vous tous… » Après cette boutade en l'honneur des vins de France, pour lesquels Eliot semble avoir décidément une prédilection bien marquée, il nous donne sur son compte quelques détails biographiques : « J'ai habité, dit-il, le doux pays de France où j'ai passé en joyeux compagnon, le poignard à la ceinture, jusqu'à ce que le Moine (chancre de couvent maudit) se mit à tirer la lame nue des coutelas et tua le bon roi Henri de France, et ce fut grand' pitié ! Depuis ce temps-là je me suis retiré parmi les muses joyeuses et, à l'aide de ma plume et de mon encre, j'ai désencrifistibulisé [1] un ramas fantastique de dialogues, pour qu'on ne voie pas en moi un frelon oisif au milieu de tant de maîtres fameux et de professeurs de nobles langues, qui, chaque jour, s'occupent à imaginer et à publier de nouveaux livres pour instruire nos gentilshommes anglais de cette honorable cité de Londres. » Eliot veut, lui aussi, pour sa part, contribuer à enseigner le français : il ne négligera rien, certes. Que l'on s'empresse, d'ailleurs, de critiquer son livre, dit-il, que les maîtres français déclarent qu'il ne vaut rien, puisqu'il est

---

1. « I have dezinkhornifistibulated »

fait, non par eux, mais par un Anglais ; il n'en voudra à personne. Que les Dieux lui conservent longtemps la santé pour pouvoir jouir en ce monde d'une vie aussi belle qu'Epictète, qui ne fit autre chose, au dire du poëte français, que

> Saulter, dancer, faire les tours,
> Boire vin blanc et vermeil,
> Et ne rien faire tous les jours,
> Que conter escuz au soleil.

Après ses collègues, ce sont ses « chers compatriotes » à qui il adresse une épître. Il célèbre d'abord « la dignité de la langue française, dont un flot d'éloquence ne suffirait pas à faire l'éloge depuis le commencement ». Il veut être bref : il leur suffira de savoir que « c'est un langage de cour, parlé et compris par la plupart des princes, nobles et gentilshommes de la chrétienté tout entière, parce que les plus beaux esprits prennent plaisir à lire des livres sur l'art du gouvernement, de la politique et de la guerre, sur la physique, l'homme, l'histoire et la divinité, et que nombre d'écrivains, parmi les plus distingués, ont traité de ces matières en français. D'autres s'adonnent à la lecture de poésies ou fantaisies amoureuses ; or, les plus jolies qu'on puisse lire sont en français et ont été composées par Dubartas, Marot, Ronsard, Belleau, Desportes et divers autres esprits inimitables en poésie : d'autres encore veulent apprendre le métier des armes et la conduite de la guerre, et le français est la seule langue pour un soldat ; d'autres enfin désirent trafiquer avec l'étranger, et le français est la seule langue commerciale de l'Europe. Et puis, si nous remarquons bien la situation de la France, elle se trouve au cœur même de la chrétienté et c'est là qu'on envoie des ambassadeurs de tous les autres points de l'Europe… » Si Eliot fait ainsi un bel éloge de la langue française à la fin du XVI<sup>e</sup> siècle, il n'en ignore pas les difficultés. Il sait l'écueil contre lequel se heurteront ses compatriotes et il le signale : « Il vous faut comprendre que la plus grande difficulté qui empêche notre nation anglaise d'apprendre promptement cette langue, c'est la vraie prononciation naturelle. » Aussi apporte-t-il un soin tout particulier à la question de la prononciation, et c'est après en avoir scrupuleusement donné et expliqué les règles, qu'il propose à ses élèves une série de dialogues, le français et l'anglais mis en regard. Avant d'en finir avec les ouvrages destinés à l'enseignement du français au xvie siècle, il est juste de citer encore, en 1595, l'*Alphabet français* de G. de la Mothe [1], qui, s'il faut en juger par le titre, « enseigne, en très peu de temps et de la façon la plus aisée, à prononcer le français naturellement, à le lire parfaitement et à le parler en conséquence... » Enfin, le livre imprimé à Londres en 1598 par Adam Islip [2] peut, jusqu'à un certain point, n'être pas négligé, car il se rattache à la question de l'éducation d'une jeune fille de condition à cette époque.

IV

Au xviie siècle, l'étude de la langue française se poursuit en Angleterre avec non moins de zèle. Les grammairiens et maîtres français ne sont ni moins nombreux ni moins fidèles à leur tâche. Pour quelques-uns même l'Angleterre est devenue leur pays d'adoption, une seconde patrie. Témoin un certain Guy Le Moyne qui, après y avoir pendant de longues années enseigné le français, veut mourir en Angleterre En 1660, il adresse au roi, Charles II, une pétition afin d'obtenir le poste d'agrégé à l'Université de Cambridge, réservé, semble-t-il, à un Français. Il a, dit-il, passé la plus grande partie de sa vie à enseigner le français à la noblesse anglaise et aux familles de distinction ; il a servi le feu roi et le duc de Buckingham et instruit Sa Majesté ; il est âgé de 72 ans ; il a passé sept ans à Cambridge, où il veut finir ses jours [3]. A côté de Laur du Terme et de sa *Fleur-de-Lis* [4], qui n'est autre chose qu'un traité sur la langue française, et de William Colson, qui publie, en 1620, la *Première partie de la Grammaire*

1. *The French Alphabeth*, teaching in a very short time, by a most easie way, to pronounce French naturally, to reade it perfectly, and to speak it accordingly : together with the Treasure of the French Tong, containing the rarest Sentences, Proverbs, etc. London, 1595. — Autre édit., en 1639.

2. *The Necessary, Fit, and Convenient Education of a young Gentlewoman, Italian, French and English*, London, 1598.

3. *Calendar of State Papers*, 1660-61, page 162.

4. Laur du Terme, *The Flower de Luce, or : a Treatise of the Pronunciation and Understanding of the French Tongue*, London, 1619.

*française* [1], un peu avant Gabriel du Grès et Pierre Bense, qui écrivent en latin des traités de langue française [2], il convient de citer William Anfield, le traducteur anglais de la *Grammaire française* de Charles Maupas [3], grammairien de Blois. Son livre y fut imprimé en 1607 et eut au moins une nouvelle édition en 1625, à Paris. La traduction anglaise est dédiée au prince Georges, duc, marquis et comte de Buckingham. Dans l'épître dédicatoire, en tête du volume, Anfield s'exprime ainsi : « ..... Vous pourrez, avec l'aide de bons maîtres, être si habile dans la pratique des langues que, si Votre Grâce va en d'autres pays, vous pourrez en étudier les hommes, alors que d'autres en étudieront le langage. Afin que Votre Grâce puisse y parvenir avec plus de commodité en ce qui concerne le français, je vous présente humblement les meilleurs préceptes qui aient jamais été écrits sur cette langue, au dire de tous ceux qui connaissent cet ouvrage.... Cet ouvrage fut très recherché quand il parut pour la première fois en Angleterre; mais, les règles étant écrites en français, il ne pouvait être utile qu'à ceux qui déjà connaissaient le français. C'est pourquoi je l'ai traduit en anglais.... » C'est donc une œuvre étrangère, celle d'un Français, dont il veut faire profiter ses compatriotes. Et dans sa Préface au lecteur, Anfield donne quelques renseignements sur Maupas : « L'auteur de ce livre, dit-il, était pendant sa vie un homme connu pour être un maître de français renommé qui, pendant trente ans, instruisit la noblesse et les familles de distinction en Angleterre et en Hollande ; et pendant ce temps il recueillit, concernant cette langue, les observations les plus exactes que j'aie jamais vues et dont on m'ait jamais parlé, depuis que je me suis mis à l'étude

1. William Colson, *The First Part of the French Grammar artificially rendered into Tables*, London, 1620.

2. Gabriel du Grès, *Grammaticæ Gallicæ Compendium*, Cantab., 1636.

*Dialogi Gallico-Anglico-Latini*, Oxon, 1639, 1652, 1660.

Bense Peter, *Anglo-diaphora Trium Linguarum Gall., Ital., et Hispan., unde innotescit quantum, ab Idiomate Romane deflexerunt*, Oxf., 1637.

3. William Anfield, *A French Grammar and Syntaxe*, conteining most exact and certaine Rules, for the Pronunciation, Orthography, construction and use of the French language. Written in french by Ch. Maupas of Blois. Translated into English with many additions and explications, peculiarly usefull to the English. Together with a preface and an Introduction wherein are conteined diverse necessary Instructions, for the better understanding of it, by W. A. London. Printed for Richard Mynne in little Brittaine at the signe of Saint Paul, 1634.

du français il y a maintenant dix ans et plus. » L'auteur, Charles Maupas, avait trente ans d'enseignement à son actif; le traducteur, Anfield, dix ans au moins d'études de français : c'étaient là les garanties les plus sérieuses pour faire œuvre utile.

Un autre maître de français, non moins intéressant à rappeler, c'est Claude Mauger[1], qui, avec une connaissance parfaite de l'anglais, enseigna sa langue maternelle, le français, tour à tour en Angleterre, à Bordeaux et à Paris, où il avait surtout une clientèle anglaise, passant son temps tantôt en France, tantôt en Angleterre. Ses livres, publiés à Londres, « sont fort bien accueillis au delà de la mer, et surtout en France »; aussi, sa grammaire française, parue à Londres en 1653, y est-elle, trente-six ans après, rééditée pour la treizième fois, et, en même temps, en France « achevée d'imprimer pour la première fois, le 20 juillet 1689, à Bordeaux, chez Simon Boe, Imprimeur et Marchand Libraire, rue Saint-Jâmes, près du Marché ». Mauger apporte un très grand soin à la publication de son livre. Sans doute, dit-il en anglais au lecteur, si je retourne en Angleterre, c'est à cause de « l'extrême affection que j'éprouve pour ce pays généreux,... pour y voir mes parents et mes amis », mais c'est aussi pour « corriger moi-même cette treizième édition ».

On peut être sans crainte sur la valeur de son enseignement : « Je vous assure, dit-il à ses élèves anglais, qu'il n'y a dans ma grammaire ni mots ni phrases qui ne soient très à la mode, car j'étais chaque jour avec les gentilshommes les plus instruits de Port-Royal qui m'ont assuré que ma grammaire est dans leur bibliothèque... » Voilà, certes, une excellente recommandation. Le vieux grammairien avait une autre façon de se recommander aux lecteurs : c'était d'inscrire en tête de ses ouvrages le nom de ses élèves de marque en leur adressant quelques vers français avec compliments flatteurs. C'est ainsi qu' « à la loüange de sa très honorée, très illustre et très généreuse écholière, M^lle Marie Windham », il compose un sonnet se terminant par ces vers :

> Vous avés l'esprit admirable
> Et la pointe fort agréable,
> Qui vous faict prendre un tel effort,

1. Claude Mauger, *The True Advancement of the French Tongue, or : A New Method, and more easie directions for the attaining of it*, London, 1653.

C'est cette excellente mémoire
Qui vous donnera la victoire
Vous faisant vivre après la mort.

Il constate en ces termes les progrès de M^lle Elizabeth Carleton :

Noble de Carleton, je ne sçaurois qu'à l'ombre,
De vos rares vertus, par un tremblant pinceau,
Effleurer vos beaux traicts, car tout ce qui est de beau,
De poly, de parfect, en vous on l'y rencontre.
Le françois que l'on croit être si difficile,
Vous vous l'êtes acquis, et parlés nettement,
Et vous vous en servés dans le ravissement ;
Aussi bien que l'Anglois, il vous semble facile.

Aux « très généreuses et très Illustres Demoiselles, Mesdemoiselles Catherine, Marguerite, et Marie Kinaston, Sœurs », il dit agréablement :

Vostre vertu est admirable,
Vostre sçavoir inimitable,
Pour le françois en vérité,
Vous en avés cueilly les roses,
Par vostre diligence écloses,
Son accent et sa pureté.

Les demoiselles Jeanne Thornehill et Jeanne Cold ne peuvent que sourire d'aise aux éloges de leur maître :

Vous paroissés par tout toutes deux si courtoises,
Vos ports Majestueux, vos regards gracieux,
Vous font passer par tout pour mignonnes des Cieux,
Et dans nostre parler on vous prend pour françoises.

Être prise pour une Française ! n'est-ce pas, au xvii^e siècle, l'élégance suprême ? Mauger, comme on le voit, ne manque pas d'affectueuses prévenances à l'égard de ses élèves anglais. Ils sont bien son unique préoccupation, même lorsqu'il publie, à Bordeaux, sa grammaire française. L'allure de certains dialogues nous permet de croire que Mauger, en les écrivant, songeait aux Anglais au moins autant qu'à ses compatriotes. Les règles — ceci est à noter, car il y a là l'indication d'une méthode — tiennent en trente-huit pages seule-

— 195 —

ment. Vite il lance ses élèves dans les « Englicismes » et s'attache à
leur donner un vocabulaire aussi nombreux que varié. Les mots se
rapportant à la religion, l'univers, l'enfer, viennent en tout premier
lieu. Arrive ensuite tout le vocabulaire qui concerne la terre, les
villes, la justice, les villages, le jardin, les « bêtes et oyseaux, l'or,
l'argent et toutes choses qui se fondent »; puis ce sont « les choses
qui se vendent dans les boutiques », avec le nom des gens du métier
et leurs instruments : un maréchal, un cordonnier, un « poisson-
nier », un marchand de vin, un épicier, un « apoticaire », un médecin, les bêtes venimeuses, enfin, scrupuleusement, tout ce qu'il y a
de mots très usuels, d'un emploi absolument fréquent. Lorsque son
élève est en possession d'un stock de mots suffisant, il lui apprend à
les grouper; il lui enseigne la façon de demander, en phrases toujours
très courtes et très simples, tout ce dont il peut avoir besoin. Rien
de compliqué, aucune recherche d'élégance dans la phrase ; la clarté,
la brièveté, la simplicité de l'expression, voilà ce qu'on remarque
dans la méthode de Claude Mauger, et il est vraiment impossible de
ne pas être frappé du caractère essentiellement pratique qu'il donne
à son enseignement. Il sait aussi le graduer habilement et n'aborder
une difficulté nouvelle qu'au moment opportun. En effet, quand son
élève peut grouper les mots si judicieusement choisis, il lui donne,
comme modèles de conversation, une série de dialogues dont quelques-uns ne manquent pas d'un certain intérêt historique ou humo-
ristique. C'est d'abord, comme il faut s'y attendre avec un maître
aussi convaincu, l'éloge de la langue française, qui est « fort belle » :
aussi « tout le monde parle Français : toutes les personnes de qualité
parlent Français, c'est à présent la langue universelle ; on parle français dans toutes les cours de l'Europe[1] ».

Mauger ne dédaigne pas l'actualité : « Nous voici à l'Opéra, dit-il
à son élève, le Roy y est avec le Duc et la Duchesse. Il est beau, fort
beau ! » Et si son élève n'a pas envie de séjourner en Angleterre, la
faute n'en est pas au grammairien. « Que dites-vous de l'Angleterre ?
demande-t-il à son interlocuteur. — C'est le plus beau pays du
monde. — N'avons-nous pas ici de belles dames ? — Elles sont
belles comme des anges. — Prenez garde, Monsieur. — De quoy,

1. Claude Mauger, *Grammaire*, p. 91. Edit. de Bordeaux.

Monsieur ? — De tomber dans leurs chaînes. — Je ne demande pas mieux. — Vous ne les romprez pas quand vous voudrez. — Monsieur, si j'y tombe, j'y veux mourir [1]. » Tout cela est dit, comme on voit, en termes fort galants, et le voyage en Angleterre de nos jeunes lycéens est, de nos jours, moins bien amorcé. Il s'agit maintenant de montrer à son élève les splendeurs de Versailles. Voici donc une description très complète du palais, des jets d'eau, des merveilles mythologiques, de la Cascade, du Petit Parc, du Trianon, de la Ménagerie, de la « Grote », du Grand Escalier et du Palais du Roy, » doré sur le haut d'or pur ». Cet élève ne s'ennuiera pas — et il est manifeste maintenant que c'est bien un Anglais qui voyage ; — il prend « le Coche à Calais pour Paris » et arrive — c'est sa récompense — en vue des « Clochers de nôtre Dame », puis il entre « dans la rüe de Seine, au Faux-bourg Saint-Germain » et descend, un peu las peut-être, mais toujours intéressé, « à l'Hôtel de Rode, vis-à-vis de l'Hôtel de Marsillac [2] ». Le repos ne dure guère. Voici maintenant le classique voyage aux châteaux de Touraine qui ne date pas d'hier, comme on voit, mais le coche tenait lieu du sleeping-car. Ce voyage ne manque pas d'agrément : on visite Orléans et, avant Blois, « la belle ville de Bois-jancy », puis « Chambaur, le plus beau château du monde », le château de Chiverny, celui de Beauregard, les villes de Blois et Angers. On rentre à Paris, et l'élève de Mauger a le loisir d'y goûter « du pain de Gonesse, du pain à la Reine, du pain de Chapitre, du pain de Sigonie ou du pain d'Amonition [3] ». Jusqu'ici le grammairien français n'avait guère fait porter son enseignement que sur les choses de la vie matérielle. *Paulo majora...*, et la seconde partie des Dialogues est écrite « Pour ceux qui sont déja avancez en la Langue Française, avec des Compliments, et autres Choses Nécessaires ». Nos féministes modernes y trouveraient une devancière convaincue qui revendique l'égalité des sexes, prétendant que « les Hommes tiennent les Femmes dans l'ignorance pour toujours avoir le dessus [5] », et nos faiseurs de bons mots seraient enchantés à la

---

1. Claude Mauger, *opus cit.*, p. 100.
2. *Ibid*, p. 156.
3. *Ibid.*, p. 160.
4. *Ibid.*, p. 163.
5. *Ibid.*, p. 184.

lecture de certain dialogue où une dame anglaise s'entretient d'amour
avec un gentilhomme français. Elle lui reproche, avant d'écouter ses
protestations enflammées, les douceurs qu'il confesse « avoir trouvées en la conversation de cette beauté de Paris », aimée « avec tant
de feu ». Le galant n'est pas pris. « Madame, l'eau a éteint cet amour
en passant la mer, je n'aime plus que vous. » Mais l'Anglaise avisée
a tôt fait de répondre plaisamment : « Monsieur, je ne veux pas prétendre à une conquête, car... l'eau a toujours ses mêmes effets[1]. » Mauger s'ingénie à rendre son enseignement intéressant. Il ne néglige
rien de ce qui peut piquer la curiosité de son élève, exciter en lui un
intérêt fécond en résultats, et il y réussit. Ses contemporains firent,
du reste, le meilleur accueil à son livre, qui eut au moins quinze éditions. Il s'était adjoint pour la quinzième édition, à la Haye, un collaborateur connu, un autre maître de français, Paul Festeau[2], dont
le nom figure, à la première page, à côté du sien. Encouragé par le
succès obtenu dès l'apparition du livre, Mauger écrivit des *Lettres
Françaises et Anglaises* (1676) et aussi un *Livre d'Histoires curieuses
du Temps*, destinés aussi à ses élèves. C'est en tête de ses *Lettres*
qu'il témoigne du succès obtenu par ses ouvrages et des soins assidus
qu'il apportait à leur composition : il dit, en effet « Au Lecteur : —
Mon cher lecteur, je suis si sensible à la faveur qu'on me fait d'approuver mes livres, que cela m'encourage à en faire souvent de nouveaux pour la satisfaction du public ; je sçay qu'il y a des particuliers qui ne sont pas dans mes intérests, qui les décrient hautement,
non pas tant par malice que par jalousie. Ce qui me console est que
l'Angleterre honore mes ouvrages de son approbation générale, et
qu'à son exemple, ils ont celle des autres Nations ; ce qu'on voit par
expérience, puisqu'à Paris, témoin tous les Gentilshommes Anglois
qui y vont, on se sert de ma Grammaire et de mes Lettres comme
icy..... Je n'ay que faire de vous dire que je suis exactement le plus
beau stile de la Cour, et que mes écrits sont assortis de tous les Mots
à la Mode, La France me rendant justice en cela, personne ne l'ignore.
Car quoyque je sois en ce pais icy, Je suis tous les jours auprès des

---

1. Claude Mauger, *Grammaire*, p. 198.
2. Paul Festeau ne fut pas seulement le collaborateur de Mauger ; il composa
lui-même une *Grammaire française*, publiée à Londres en 1675. La cinquième édition, revue et augmentée, date de 1685. Il y a une autre édition en 1701.

hommes de Cour, tant Ambassadeurs qu'autres Grands Seigneurs, à qui J'ay aussi l'honneur de monstrer la langue Angloise. Outrecela, Je sçavois bien la mienne quand Je vins à Londres, car chacun sçait que j'ay esté sept ans le Maître de Langues le plus approuvé de Blois dont la prononciation ne se change point. Et comme je suis curieux de lire tous nos Livres nouveaux, et que j'ay correspondance à Paris avec nos meilleurs Autheurs, il ne faut pas s'étonner si je me sers toû-jours du beau Langage. » C'était donc le langage à la mode, le langage de la Cour qu'il s'agissait d'enseigner à la noblesse d'Angleterre, et Mauger y apportait tous ses soins.

En même temps que Mauger et Festeau, Pierre Lainé [1] et Paul Cogneau ou Cougneau [2] enseignaient le français en Angleterre, publiant des ouvrages qui soutenaient et complétaient leur enseignement, sans pouvoir, selon eux, dispenser de la présence du maître. On n'apprend pas le français dans les livres seulement : Cogneau est très précis, très affirmatif sur ce point. Le livre, c'est bien, dit-il, mais le maître, c'est encore mieux : sans lui pas de résultats sérieux. « J'ai observé, dit-il en anglais au lecteur, que nombre de mes compatriotes se sont donné beaucoup de peine et beaucoup de mal pour montrer aux Anglais au moyen de lettres la façon de prononcer les lettres [3] françaises ; mais ces hommes peinent en vain, car je sais que la vraie prononciation de n'importe quelle langue ne peut s'enseigner ainsi, et personne ne peut apprendre ainsi [3], à mon avis, à la parler bien et exactement comme il convient : apprendre à la comprendre au moyen de telles règles, on le peut avec du temps et beaucoup de mal, mais, comme je l'ai dit, jamais bien et parfaitement, sans les leçons d'un maître. Je ne dis pas que les règles ne soient pas profitables, non, car elles sont très profitables si on s'en sert bien et si l'élève est bien guidé et les comprend bien, mais, comme je l'ai dit [3], et comme je le dis encore, quiconque veut apprendre ce noble et fameux langage doit choisir quelqu'un qui sache parler un bon français et qui ait une

1. Pierre Lainé, *A compendious introduction to the French Tongue...*, whereunto is annexed an alphabetical rule, for the true and modern orthography of that French now spoken, being a catalogue of many necessary words, never before printed. London, 1655, 8°.
2. Paul Cogneau, *A sure Guide to the French Tongue*, London, 1658, 8°.
3. Les répétitions de mots, voulues ou non, sont dans le texte de Cogneau.

bonne méthode pour enseigner, et la première chose à apprendre de
lui, ce doit être à prononcer parfaitement nos vingt-deux lettres et
à donner à chacune exactement le son et la prononciation. » Inutile
d'ajouter que Cogneau a absolument raison.

De tous les maîtres de français, le plus fertile en livres d'enseignement est certainement Guy Miège, qui naquit à Lausanne en 1644, y
fut élevé et mourut probablement en 1718. Il quitta la Suisse en 1660
et arriva en Angleterre pour assister au couronnement de Charles II.
Il y séjourna moins de trois ans, et après avoir passé par la Russie, la
Suède et le Danemark, comme sous-secrétaire de l'ambassadeur anglais, il voyagea en France, à ses dépens, jusqu'en 1668. C'est après
cette date qu'il alla probablement se fixer en Angleterre d'une façon
définitive, car on le trouve, dix ans plus tard, vivant dans Panton
Street et enseignant à la fois le français et la géographie [1]. Jamais
maître de français ne s'adonna à sa tâche avec plus de zèle laborieux
et de persistance éclairée. On cite de lui — grammaires ou dictionnaires — pas moins de huit ouvrages destinés à l'enseignement du
français [2]. Miège paraît avoir été considéré comme une autorité, car
Mauger cite son dictionnaire dans la grammaire française qu'il publia
lui-même. Or il ne semble pas que les maîtres de français au xviie siècle aient fait preuve d'une bien grande sympathie les uns pour les
autres. Témoin Abraham Roussier [3], qui, dans la préface de sa grammaire française, écrit en anglais ce qui suit : « Les Français ne s'é-
prennent que de ce qui est à la mode et ils sont aussi curieux dans
leur langage que dans leurs vêtements : qu'une chose soit d'elle-même

1. *Dictionary of National Biography*, mot *Miège*.
2. Miège, *A new Dictionary, French and English, with another English and French*,
London, 1677.

*A New French Grammar, or a New Method for Learning of the French Tongue*,
London, 1678, 1698.

*A Dictionary of Barbarous French..., taken out of Cotgrave's Dictionary, with
some Additions*, London, 1679.

*A Short Dictionary, English and French, French and English*, London, 1684.

*Nouvelle Méthode pour apprendre l'Anglais*, London, 1685.

*Nouvelle Nomenclature Française et Anglaise*, London, 1685.

*The Grounds of the French Tongue. or a New French Grammar, with a voca-
bulary and dialogues*, London, 1687.

*The Great French Dictionary*, London, 1688.

3. Abraham Roussier, *A new and compendious French Grammar*, Oxon, 1700, 8°.

belle et de choix, si de tous points elle n'est pas conforme à la mode
actuelle, ce n'est qu'un objet de ridicule. On pourrait en dire autant
des Grammaires françaises que d'un vêtement fait douze ans auparavant : il est très riche et très beau, mais c'est dommage qu'il ne soit
plus à la mode. Je ne passerai pas mon temps, et je ne veux pas me
donner cette peine, à parler de toutes les grammaires imprimées de ce
temps, mais je veux seulement, en peu de mots, parler d'une Grammaire parue récemment et qui est, j'ose dire, la meilleure Grammaire
française et anglaise que j'aie vue... » Roussier cite des exemples, puis
il ajoute : « Cette façon de s'exprimer était peut-être usitée il y a
200 ans, et il se peut qu'actuellement le vulgaire s'en serve encore dans
ces provinces de France où l'on parle très mal. Mais ceux qui ont
quelque connaissance et quelque science de la langue française ne
diront pas : « je viens de chez la, ou j'ai parlé à la le Maître » ; mais ils
diront : « je viens de chez Madame ou Maîtresse, ou la bonne femme
le Maître, j'ai parlé à la bonne femme le Maître. » D'après ceci on peut
juger du reste de l'ouvrage ; ce n'est pas mon dessein de préciser
et de noter toutes les fautes dont notre Grammairien Royal s'est rendu
coupable, car alors ma Préface serait plus longue que ma Grammaire.
C'est cette confusion et cette mauvaise méthode qui m'ont décidé
à publier cette Grammaire qui contient tous les principes de notre
langue. » Ces commentaires assurément ne sont pas de la plus
grande courtoisie [1].

A côté des grammairiens, les lexicographes ne restent pas inactifs.
En premier lieu, chronologiquement d'abord, et ensuite parce qu'il
est le plus éminent, il faut citer Cotgrave, qui publia son grand *Dictionnaire français-anglais* en 1611, puis une seconde édition en 1632.
C'est une œuvre très soignée pour l'époque, contenant une foule de
renseignements précieux, tant sur le français que sur l'anglais, au
commencement du xviie siècle. On y relève assurément bon nombre

---

1. Entres autres grammairiens, il reste au moins à rappeler les noms de :

John de Grave, *The Pathway to the Gates of Tongues, in Latin, French and
English*, London, 1633, 8°.

Howell James, *Remarks upon the French language*, 1670.

Denys Vairasse d'Alais, *A Methodical French Grammar*, 1681, 12°.

Id., *An Abridgment of that Grammar in English*, 1683, 12°.

Berault, Peter, chaplain in his Majesty's Ships, the Kent and Victory, *French
and English Grammar*, London, 1698, 8°.

d'erreurs philologiques, dont quelques-unes furent déjà signalées par
Howell, dès 1650, lorsqu'il publia une édition du Dictionnaire de
Cotgrave, revue et augmentée ; mais il y a là, malgré tout, une source
où puisent tous ceux qui, en France et en Angleterre, s'occupent de
philologie. Nous citerions encore les noms des lexicographes Minshieu
ou Minsheu [1], Miège et Villers, ces ancêtres modestes des Furetière
et des Moreri, d'Abel Boyer [2] enfin, qui, au seuil du xviiie siècle, composait une grammaire avec vocabulaire, et le *Dictionnaire Royal*
français-anglais et anglais-français ; mais n'avons-nous pas à craindre le reproche de voir peut-être un peu menu ?

Et cependant, ces hommes qui ont tant fait pour la diffusion de
notre langue, cherchant à en diminuer les difficultés, donnant à leurs
élèves un enseignement intéressant et pratique, écrivant des grammaires et des méthodes, compilant des dictionnaires, sans se laisser
rebuter par un travail parfois énorme, ces hommes, dis-je, méritent-
ils de rester dans l'oubli, ou tout au moins dans la demi-obscurité
qui les a, pour la plupart, enveloppés jusqu'ici ? N'y a-t-il pas là
une dette de reconnaissance restée à peu près impayée? Nous l'avons
cru. De là notre soin à en acquitter au moins une petite partie. Les
contemporains, moins que nous assurément, se méprenaient sur l'importance des services rendus par ces grammairiens laborieux. Bayle,
vers la fin du siècle, eût cru manquer à son devoir en omettant de
signaler dans sa *République des Lettres* tout ouvrage publié ici ou là,
et destiné à mieux faire comprendre et aimer la langue française.
C'est une Méthode de français dont il annonce l'apparition à Paris en
1674 ; et lorsque paraît le *Génie de la Langue françoise*, par le sieur D.
à Paris, en 1685, le chroniqueur vigilant approuve en ces termes
cette nouvelle publication : «... il est néanmoins loüable de proposer
les règles des plus grands Maîtres, car si elles sont trop difficiles pour
être exactement pratiquées par tout, elles servent du moins à faire

1. Minshieu John, *A Dictionary of Nine Languages*, viz. English, Welsh, High
and Low Dutch, French, Spanish, Portuguese, Latin, Greek and Hebrew Languages, London, 1626, fol.
   id., *A dictionary of Eleven Languages*.
   Villiers, Jacob, *Vocabularium Analogicum, or, the Affinity between the English,
French and Latin, alphabetically digested*, London, 1680, 8°.
2. Abel Boyer, *The compleat F. master... A short Grammar*. London, 1694.
   id      *Dictionnaire royal...* La Haye, 1702.

approcher de la perfection. Ainsi l'on se doit croire obligé à cet Auteur, de ce qu'il a pris la peine de recueillir et de rédiger en un fort bel ordre tout ce que Vaugelas, le P. Bouhours et M. Ménage ont remarqué concernant la Langue Française... Cette sorte de travaux produit en même temps deux effets : l'un qu'elle justifie l'attachement qui règne dans toute l'Europe pour la Langue française ; l'autre qu'elle facilite le dessein que l'on a par tout d'apprendre à bien s'exprimer en Français. On serait ingrat si l'on ne confessait pas que l'honneur qui revient de tout cela à cette langue, est dû à l'Académie Française, l'un des plus beaux ornements qui soient en France [1]. » Tout ce qui pouvait contribuer à la propagation de la langue française et assurer sa suprématie en Europe était accueilli avec plaisir et reconnaissance. Or, cette universalité du français, au xviie siècle, est un fait dont Bayle témoigne avec une satisfaction évidente. « On l'entend ou on le parle dans toutes les cours de l'Europe, et il n'est point rare d'y trouver des gens qui parlent Français et qui écrivent en Français aussi purement que les Français eux-mêmes. Combien y a-t-il de villes, d'ailleurs très souvent en guerre avec la France, dans lesquelles non seulement tout ce qu'il y a de distingué dans l'un et dans l'autre sexe, parle Français, mais aussi plusieurs personnes parmi le peuple ? Veut-on qu'un libelle courre bien le monde, aussitôt on le traduit en Français, lors même que l'original en est Latin : tant il est vrai que le Latin n'est pas si commun en Europe aujourd'hui que la Langue Française [2]. »

V

En était-il de même, en Angleterre, au xviie siècle, que partout ailleurs en Europe? Et l'ami de la Sapho anglaise, Catherine Philips, plus connue dans la littérature du temps sous le nom d'Orinda, avait-il raison d'écrire en tête de ses poésies : « Si notre langue était aussi généralement connue dans le monde que le grec et le latin

1. Bayle, *République des Lettres*, mai 1685, vol. I, p. 296.
2. Bayle, Préface de M Bayle pour la 1re édition du *Dictionnaire de Furetière*, en 1691. *Œuvres de Bayle*, t. IV, p. 190.

l'étaient autrefois, ou que le français l'est actuellement, ses vers ne pourraient rester confinés dans les limites étroites de nos îles, mais pénétreraient aussi loin que le continent a des habitants ou que les mers ont des rivages [1]. » Notre langue, en effet, était connue partout en Europe à cette époque, et en Angleterre peut-être plus qu'ailleurs. Charles Ier, encore prince de Galles, savait le français. Étant en Espagne et y rencontrant sur le trône une Française, qui lui inspirait la plus grande admiration, mais autour de laquelle veillait avec jalousie une garde espagnole, prête à poignarder tout gentilhomme suspect de galanterie pour la reine, le jeune prince eut les plus grandes difficultés pour l'approcher et lui adresser quelques mots en français ; c'était une grave imprudence, paraît-il : « Il ne faut pas, lui répondit celle-ci, que je converse avec vous en français sans permission, mais je tâcherai de l'obtenir. » La jeune reine y parvint, et ce fut en français, au théâtre, dans la loge royale, qu'elle manifesta au prince de Galles le désir de lui voir épouser sa sœur Henriette de France [2]. La connaissance de la langue française devint pour Charles Ier une nécessité absolue, car, au moins pendant les dix-sept premières années de vie conjugale, la reine d'Angleterre ne sut l'anglais que fort mal, et toute conversation en anglais avec son royal époux eût été un exercice trop laborieux, auquel se serait difficilement prêtée l'humeur assez inégale de la reine. Son fils aîné, cependant, plus tard Charles II, resta jusqu'à l'âge de seize ou dix-sept ans sans s'être bien familiarisé avec la langue française. C'est ainsi que Mlle de Montpensier, dans ses Mémoires, après avoir fait de lui un portrait assez flatteur, ajoute : « Ce qui en était le plus incommode, c'est qu'il ne parlait ni n'entendait en façon du monde le français [3] ». Trois ans après, en 1649, le jeune prince de Galles avait fait quelques progrès. « Comme il fut dans le carrosse le Roi lui parla de chiens, de chevaux, du prince d'Orange et des chasses de ce pays-là : il répondit en français. » Néanmoins il n'était pas encore, semble-t-il, très sûr de lui, ou bien trouvait-il, dans son ignorance affectée de la langue française, une excuse commode pour ne point répondre à certaines questions peut-être embarrassantes. « La Reine lui voulut

1. Mrs. Katherine Philips, *Poems* (the Preface).
2. Agnes Strickland, *Lives of the Queens of England*, vol. VIII, p. 12.
3. Mlle de Montpensier, *Mémoires*, p. 32.

demander des nouvelles de ses affaires, il n'y répondit point. Comme
on le questionna plusieurs fois sur des faits fort sérieux, et qui lui
importaient assez, il s'excusa de ne pouvoir parler notre langue » ;
cela, d'ailleurs, produisit à la cour de France une détestable impression, surtout auprès de Mlle de Montpensier, qui trouva ce personnage presque muet d'une gaucherie déconcertante[1]. Elle lui préfère,
à n'en pas douter, son frère, le duc d'York. « C'était alors, dit-elle,
un jeune prince de treize à quatorze ans, fort joli, bien fait, et de
beau visage : il était blond et parlait bien français ; ce qui lui donnait
un meilleur air qu'au Roi, son frère. Rien ne défigure tant une personne, à mon gré, que de ne pouvoir parler : il parlait fort à propos,
et je sortis de sa conversation, que nous eûmes ensemble, fort satisfaite de lui[2]. » En 1651, au retour de la malheureuse expédition
d'Écosse, quand le prince de Galles, vaincu, rentra en France, Mlle de
Montpensier trouva cette fois « qu'il parlait fort bien français ». Il
fit, en effet, un récit fort détaillé et douloureusement circonstancié
de ses malheurs, de son odyssée à travers la campagne anglaise, des
dangers courus avant de s'embarquer pour la France, des vicissi-
tudes de la traversée. Or, Mlle de Montpensier n'a pas encore fini de
tout nous conter que déjà, par une contradiction fort imprévue, elle
déclare que tout ceci fut dit « en assez mauvais français ». Qu'on se
rassure : cette contradiction n'est qu'apparente. La grande Demoiselle, à ses heures, joue fort bien aussi la grande coquette. Elle nous
donne une explication qui chatouille agréablement son amour-propre,
si elle ne flatte pas autant notre amour de la vérité. « Le Roi d'Angleterre, dit Mlle de Montpensier, faisait toutes les mines que l'on dit
que les amants font. Il avait de grandes déférences pour moi, me regardait sans cesse, et m'entretenait autant qu'il le pouvait : il me
disait des douceurs, à ce que m'ont dit des gens qui nous écoutaient,
et parlait si bien français lorsqu'il me tenait ces propos-là, qu'il n'y
a personne qui ne doive convenir que l'Amour était français plutôt
que de toute autre nation. Quand le Roi parlait ma langue, il oubliait
la sienne, et n'en perdait l'usage qu'avec moi. Les autres ne l'entendaient pas si bien[3]. » Tout est là : seul à seule, le futur Charles II

1. Mlle de Montpensier, *Mémoires*, pp. 57, 58.
2. Id., *ibid.*, pp. 53, 54.
3. Id., *ibid.*, pp. 82, 83.

parle admirablement français ; mais devant quelque compagnie il hésite, balbutie, erre, se fait difficilement comprendre. Que voilà un savoir bien intermittent !

La vérité est qu'à cette époque, après les lenteurs du début, le prince de Galles parlait français fort honnêtement. Dix ans plus tard, lors de la Restauration, après un aussi long séjour en France, séjour à peine interrompu, pendant quelque temps, par des nécessités politiques, Charles II savait parfaitement notre langue. Les preuves en sont multiples. C'est en français que s'adressent au nouveau roi ceux qui, comme Philemon Fabri, veulent obtenir une faveur : c'est en français que compose « Le Pater Noster des Anglais au Roi », celui qui sollicite de la bienveillance royale le poste de professeur d'éloquence française à l'université d'Oxford [1]. N'est-ce pas en français aussi que, très souvent, on prêche devant Charles II à la chapelle de Saint-James? Nous avons sur ce point le témoignage d'Evelyn. Aux sermons d'Alexandre Morus, le grand antagoniste de Milton, assistent le Roi, le duc d'York, l'ambassadeur de France, Lord Aubignie, le comte de Bristol et une foule de catholiques accourus pour entendre cet éloquent prédicateur protestant [2], dont les saillies d'imagination, les allusions ingénieuses et l'allure paradoxale tenaient attentif, même un auditoire anglais, et qui, de Paris, était venu en Angleterre, en 1662, pour se concilier la faveur de Charles II [3]. C'est la liturgie de l'Église d'Angleterre que l'on observe, mais telle qu'elle a été traduite en français par le D<sup>r</sup> Durell, et celui-ci, prêchant devant la maison royale, à Whitehall, lit dans ses notes tout son sermon, « ce que je n'avais jamais vu faire par un Français », ajoute Evelyn [4]. Il est vrai que le prédicateur avait été élevé à Paris, mais était né à Jersey. Evelyn va encore écouter le sermon d'un Français qui prêche devant le Roi et la Reine ; et une centaine de réfugiés français assistent, dans l'église même de Greenwich, après que le service paroissial est fini, au sermon français qu'un M. Lamot leur prêche pour les exhorter à la patience et à la confiance en Dieu [5].

1. *Calendar of State Papers*, 1661-62, p. 439.
2. John Evelyn, *Diary*, 12 jan. 1662.
3. Masson, *Life of Milton and His Time*, vol. VI, p. 421.
4. John Evelyn, *Diary*, 20 mars 1670.
5. Id., *ibid.*, 6 sept. 1685 ; 24 avril, 12 juin, 23 juin 1687.

A la Chambre des Lords la langue française a sa place également.
« Le secrétaire de la Chambre, nous rapporte aussi un témoin bien
informé, lit le titre du projet de loi, regarde à la fin, et y trouve,
écrit en français, probablement par le Roi lui-même : « Le Roy le
veult ». Il lit ; puis se tournant vers les autres, il dit : « Soit fait
comme vous désirez ». Charles II veut-il remercier le Parlement des
subsides accordés ? Il écrit en français : « Le Roy remerciant les Seigneurs et Prelats et accepte leurs benevolences [1] ». Parfois, cependant,
il prenait fantaisie au roi de comprendre difficilement le français,
mais c'était alors une simple ruse diplomatique lorsque, pris au dépourvu, il désirait gagner du temps. Cela se produisit un jour que
Charles II, aux prises avec ce « charmeur » de Courtin, était un peu
ébloui des saillies spirituelles, des réponses habiles et pressantes
de l'envoyé français. « Depuis que je suis dans mon Royaume, dit
le roi, j'ai quasi oublié la langue française, et, dans la vérité, la peine
que j'ai à trouver les paroles me fait perdre mes pensées. C'est pourquoi j'ai besoin d'être soulagé et d'avoir du temps pour délibérer sur
les affaires qui m'ont été proposées en cette langue... Comme il se vit
pressé, ajoute Courtin rendant compte à Louis XIV de ses démarches
diplomatiques, il ajouta que ses commissaires n'entendraient pas le
français. Je (Courtin) lui représentai qu'il y avait beaucoup de personnes dans son Conseil qui le parlaient aussi bien que nous et qu'en
tous cas nous traiterions en latin, si ces Messieurs en voulaient prendre le parti [2]. » Le résultat fut le même, tout aussi négatif. Charles II
ne se prononça pas, ne prit aucun engagement. Pour cette fois, le
roi d'Angleterre avait oublié le français. Ainsi il échappait à ce malin
petit homme qu'était de Courtin.

Dans le monde diplomatique évoluant autour du roi, on parlait
français. Pepys est heureux de s'exprimer en français avec aisance :
il témoigne même quelque pitié pour certain convive qui, à un dîner
chez l'ambassadeur d'Espagne, ne sait ni le français, ni l'espagnol.
Il le trouve ridicule. « Il y avait là, dit le joyeux Pepys, un savant
d'Oxford, en robe de Docteur en droit envoyé par le Collège... pour
saluer l'ambassadeur avant son départ pour l'Espagne. Cet homme,

---

1. Pepys, *Diary*, 27 juillet 1663.
2. J.-J. Jusserand, *A French Ambassador at the Court of Charles the Second*, p. 236.

bien que savant aimable, resta là assis comme un sot, faute de savoir le français ou l'espagnol, ne connaissant que le latin [1]... » On parlait français chez le roi, dans le salon de Whitehall où le duc d'York se mêlait à la conversation. « Ce fut dans l'été de cette même année, nous conte Reresby dans ses Mémoires, que le duc d'York fit, pour la première fois, quelque attention à moi : je causais avec l'ambassadeur de France et quelques autres gentilshommes de cette nation dans le salon d'audience de Whitehall : le prince qui aimait beaucoup la langue française et voyait d'un œil favorable ceux qui la parlaient, se joignit à nous, et le soir, en venant souper chez le Roi, il s'entretint long-temps avec moi [2]. » Toutes les grandes dames de l'époque savaient le français, ce qui ne laissa pas de faciliter les allées et venues, voire les intrigues du chevalier de Grammont à la cour d'Angleterre. En effet, « le chevalier de Grammont, dès longtemps connu de la famille royale et de la plupart des hommes de la Cour, n'eut qu'à faire connoissance avec les dames. Il ne lui fallut point d'interprète pour cela. Elles parloient toutes assez pour s'expliquer et toutes entendoient le françois assez bien pour ce qu'on avoit à leur dire [3] ». Le voilà fort à l'aise auprès de la belle Stewart, car « elle avoit de la grâce, dansoit bien, parloit le françois mieux que sa langue naturelle ; elle étoit jolie, possédoit cet air de parure après lequel on court, et qu'on n'attrape guère, à moins que de l'avoir pris en France dès sa jeunesse. » Il n'était pas davantage dépaysé auprès de La Price qui, elle aussi, parlait français et savait avoir de l'esprit [4]. Les grandes dames, un peu partout en Europe, se servaient fort joliment de notre langue. Buckingham, pendant une entrevue avec la Princesse d'Orange, à la Haye, cherchait à convaincre celle-ci de l'affection de l'Angleterre pour les États. « La Hollande, dit-il en anglais, n'est pas pour nous une maîtresse, nous l'aimons comme on aime une épouse. » Et la princesse de répondre, en français, au volage Buckingham, avec une ironie bien cinglante : « Vraiment, je crois que vous nous aimez comme vous aimez la vôtre [5]. » L'aisance élégante avec laquelle était lancée

---


1. Pepys, *Diary*, 5 mai 1669.
2. Reresby, *Mémoires*, p. 8.
3. Hamilton, *Mémoires du chevalier de Grammont*, p. 91.
4. Id., *ibid.*, pp. 101, 118.
5. Warton, *The Wits and Beaux of Society*, p. 37.

cette pointe pourrait se retrouver chez mainte noble dame de la cour anglaise à cette époque.

La connaissance du français faisait partie de l'éducation nécessaire à une jeune fille bien née, et Marguerite Cavendish, duchesse de New-castle, sachant la danse et la musique et connaissant admirablement le français, est un exemple, entre cent, du soin que l'on apportait à ce qu'aucune jeune fille de famille n'ignorât le français[1]. C'était la première langue vivante qu'on lui apprenait. Bien élevée, elle parlait français à quinze ans, et c'est six mois après qu'on lui enseignait l'espagnol et l'italien[2]. Aussi, très rares étaient celles qui voulaient à tout prix apprendre le grec, comme le désirait un peu plus tard la correspondante du *Spectateur*[3]. Et c'est bien à ses compatriotes, éprises des beautés françaises, que songe Dryden quand, traduisant la sixième satire de Juvénal, il écrit des Romaines : « C'est en Grèce qu'elles vont chercher tous leurs arts d'agrément. Leurs modes, leur éducation, leur langage, doivent être grecs ; mais ignorantes de tout ce qui appartient à Rome, elles dédaignent de cultiver leur langue maternelle. C'est en grec qu'elles flattent, et qu'elles disent toutes leurs craintes, comme aussi tous leurs secrets ; bien plus, c'est en grec qu'elles grondent, et, même en amour, elles se servent de ce langage[4]. » Et Dryden d'ajouter en note : « Les femmes alors apprenaient le grec, comme les nôtres maintenant parlent français. » Toute femme se piquant de quelque distinction ne pouvait ignorer notre langue : la connaissance du français était non seulement une élégance à rechercher, mais aussi une recommandation des plus utiles. C'est ainsi que la comtesse de Berkshire adresse au roi, pour qu'il l'admette au nombre des dames chargées d'habiller la reine, sa proche parente, Mrs. Dorothy Tyndale, qui est restée douze ans en France et parle français admirablement[5]. Une dame anglaise donne-t-elle un rendez-vous à son amoureux ? Elle termine son billet doux par ces mots écrits en français : « Adieu, Mon Mignon[6]. » Une élé-

1. Baker, *Biographia Dramatica*, mot *Cavendish*, Margaret.
2. Middleton, *More Dissemblers besides Women*, I, 4.
3. Addison, *Spectator*, n° 278.
4. Dryden, *Works*, vol. XIII, p. 163.
5. *Calendar of State Papers*, 1661-1662, p. 4.
6. Steele, *The Tender Husband*, V, 1, p. 43.

gante cesserait de l'être si elle négligeait d'imiter Mélantha et Doralia
du *Marriage à la Mode*, c'est-à-dire si elle omettait de piquer sa
conversation d'expressions françaises. Mais, pour pratiquer ce feu
roulant, il faut des provisions. Et il est nécessaire de varier ses pro-
jectiles. C'est donc un large stock de mots français qu'il est indispensable d'avoir à sa portée, pour les lancer au fur et à mesure de la
conversation. Qu'on en cherche de tous côtés, qu'on en découvre
enfin : c'est une nécessité absolue. Mélantha attend sa provision
quotidienne. C'est Philotis, sa suivante, qui est chargée de ces recherches. Et Philotis n'arrive pas ! Quelle impatience chez Mélantha ! et quel dommage ! Les visites ne pourront qu'être retardées, la
coquette manque de phrases à la mode ; elle n'aura rien à dire. Oh !
détestable Philotis ! Être si bien payée pour fournir les mots nécessaires à la conversation de chaque jour, et laisser sa maîtresse
exposée à parler comme quelqu'un du vulgaire, sans avoir à sa disposition une seule expression qui ne soit déjà complètement usée et
bonne tout juste à être jetée à des paysans ! Enfin voici venir Philotis
avec un papier à la main. Et la suivante vite de s'excuser : « Vraiment, Madame, j'ai fait toute diligence à m'acquitter de ma mission,
mais vous avez si bien mis à sec toutes les pièces de théâtre françaises, tous les romans français, qu'ils ne peuvent plus fournir de
mots pour votre consommation journalière » Philotis, néanmoins,
montre la cueillette qu'elle a faite, tous les mots ou expressions
qu'elle a pu découvrir. « Quatorze ou quinze mots, s'écrie Mélantha
désespérée, pour me servir toute une journée ! Que je meure, si, à ce
compte-là, je pourrai durer jusqu'au soir ! » La suivante commence
son énumération. C'est d'abord le mot « sottises ». Oh ! que voilà un
mot bien trouvé ! Il m'a dit, ou elle m'a dit mille « sottises » ! L'effet
sera merveilleux. Et les termes français se suivent et, hélas ! se ressemblent. C'est le vocabulaire précieux de l'époque qui défile. La
coquette est enchantée. Sa liste en main, tandis que Philotis tient la
glace élevée devant elle, Mélantha étudie ses poses pour la journée,
s'exerce à rire avec charme, à mettre en son regard quelque chose de
« languissant », en ses soupirs je ne sais quoi d' « incendiaire ». Et à
chaque expression française, à chaque épithète qui la transportent,
Mélantha détache telle ou telle partie de sa toilette pour en faire
cadeau à Philotis. C'est sa gorgerette de dentelle, puis sa dernière

robe de l'Inde, son jupon, et, pour quelques autres expressions
de ce genre, elle irait volontiers, dit Mélantha elle-même, jusqu'au
bout de sa garde-robe, au point de rester nue pour l'amour du français. « Rester nue ? reprend la suivante avec un sourire, car elle a
conscience du ridicule de sa maîtresse, mais, alors, vous seriez une
Vénus, Madame [1]. »

Que de grandes dames anglaises pouvaient à cette époque s'appeler
Mélantha, tant elles étaient comme à l'affût de toute locution venant de
France! Un jeune homme veut-il se marier? L'ensemble de ses qualités importera moins assurément que si l'on peut dire de lui : « Il parle
français, il chante, il danse, il joue du luth [2]. » Une belle reçoit-elle
un billet doux ? Elle ne saurait s'en fâcher. Ce billet est « si français,
si gallant et si tendre ! » C'est, d'ailleurs, en l'attaquant avec des mots
français qu'on doit triompher d'elle. « Votre mérite personnel parle
assez haut, dit Philotis à un courtisan amoureux; seulement ne
manquez pas de l'attaquer avec des mots français, et je vous garantis
que vous avancerez vos affaires. » Palamède tient compte de l'avis.
Et il faut voir sous quelle pluie battante de vocables français les deux
amoureux se font la cour, Mélantha ayant, du reste, fort bonne
figure sous l'averse et finissant par se déclarer vaincue « sans nulle
réserve ni condition [3] », ceci dit, bien entendu, en français, comme
il convient à une élégante d'alors. Est-il étonnant que cette profusion
de mots à la mode, jetés au vent chaque jour, que le soin tout particulier mis à enseigner le français à la jeunesse d'alors, aient causé la
mauvaise humeur de Swift, qui trouve « pernicieuse la coutume
qu'ont les familles riches et nobles d'entretenir dans leurs demeures
des maîtres de français, détestables pédagogues auxquels le père
ordonne de veiller spécialement à ce que le jeune garçon acquière
un français parfait [4] » ?

1. Dryden, *Marriage à la Mode*, III, i, vol. IV, p. 303.
2. Dryden, *Sir Martin Mar-All*. V, i, vol. III, p. 71.
3. Id., *Marriage à la Mode*, III, i, vol. IV, p. 305 et suiv.
4. Swift, *Works, An Essay on Modern Education*, p. 486. (Ed. Nimmo )

## VI

Cette manie du français ne date pas d'hier. Sans remonter jusqu'à
la prieure du conte de Chaucer, Butler, dans *Hudibras*, ne parle-
t-il pas des cuisiniers français, de leurs « haut-gousts, bouillies ou
ragousts[1] » ? Cowley ne sème-t-il pas ses écrits de termes étrangers,
allant jusqu'aux jeux de mots comme celui-ci : « Pas de Vie. Pas de
Calais », sans se douter, pour nous servir d'une de ses expressions
favorites, que « le jeu ne vaut pas la chandelle[2] » ? On trouve des ins-
criptions françaises jusque dans le château du marquis de Winchester. Pendant deux ans J. Powlet résista aux Têtes Rondes, et quand
Cromwell, après avoir donné l'assaut, y pénétra, il trouva que le
marquis avait, sur chacune des fenêtres, écrit avec un diamant :
« Aymez Loyaulté », devise courageuse, mais provocatrice, qui rendit furieux les Parlementaires et leur fit incendier le château[3]. Nombreux étaient ceux qui, comme le marquis, savaient notre langue. Il
faudrait, pour en avoir une liste à peu près exacte, citer tous les
grands seigneurs, tous les voyageurs, tous les hommes de lettres de
l'époque. A côté des spécialistes, grammairiens et lexicographes, à
côté de James Howell, qui, par une pétition adressée au Lord Chancelier, demande de lui faire obtenir à la Cour le poste de maître de
langues vivantes[4], les polyglottes sont, en effet, très nombreux. C'est,
pour en citer seulement quelques-uns, Ben Jonson, qui, étant en
France en 1613, s'entretenait, avec le cardinal du Perron, de Virgile
et de Ronsard, dont il appréciait fort les odes, son chef-d'œuvre, déclarait Jonson[5]. Bien avant lui, Lodge, très fier de cette fantaisie
littéraire, n'écrivait-il pas en français des sonnets qu'il accrochait à la
houlette de ses bergers[6] ? Ceux qui, comme Loveday, sentent leur

1. Butler, *Hudibras*. Part II. Canto i, p. 137. (Ed. Murray.)
2. Cowley, *Prose Works*, p. 161, 171 et *passim*. (Ed. Cassell.)
3. Dryden, *Epitaph on the Monument of the Marquis of Winchester* (vol. XI,
p. 154).
4. *Calendar of State Papers*, 1661-62, p. 37.
5. Ben Jonson, *Works*, Ed. Gifford, p. 36.
6. *Transactions of the New Shakespeare Society*, 1880-5. Part. II, p. 291.

français quelque peu teinté d'anglicismes, s'excusent des fautes commises dans les lettres qu'ils écrivent, promettent à leurs correspondants d'aller en France au plus tôt, pour se perfectionner dans l'usage de la langue, et terminent leurs lettres rédigées en anglais par un « Baise les mains » pour tous leurs amis. Loveday tient parole : il se met à l'étude avec beaucoup de soin et non sans succès, car bientôt, dans une de ses lettres, il annonce qu'il a traduit du français plusieurs pièces de poésie et qu'il va les publier. Enfin, vient-il de perdre son maître de français ? Il dit tous les regrets que lui cause ce départ [1]. Evelyn, dont le journal est si précieux pour ceux qui veulent connaître la société anglaise au xviie siècle, sait le français, tout aussi bien que le joyeux Pepys. Est-il besoin de parler de Dryden, dont le nom revient sans cesse sous notre plume dans cette étude ? Granville compose en anglais une poésie dédiée à la Princesse d'Auvergne, mais tout aussitôt il la traduit en prose française et fort galamment termine ainsi : « Les Captives (sic) de l'Amour souvent recouvrent la Liberté ; Il n'y a que la mort seule qui puisse affranchir les vôtres [2]. » Le poète dramatique Rowe connaissait assez bien l'italien et l'espagnol, mais parlait français très couramment [3]. Etheredge, cet avant coureur de la brillante gaieté de Sheridan, non seulement sait notre langue, mais il est si violemment épris des charmes de la vie parisienne qu'il s'accommode fort mal de son séjour à Ratisbonne. Il y fréquente surtout la société qui se réunit à l'ambassade de France, et, à un de ses amis, à Paris, il écrit en français son mortel ennui. Après s'être plaint des manières grossières des gens du pays, de leur chaste et glaciale étiquette à laquelle il est obligé de se plier, Sir George Etheredge ajoute : « Le divertissement le plus galant du pays cet hiver c'est le traîneau, où l'on se met en croupe de quelque belle Allemande, de manière que vous ne pouvez ni la voir, ni lui parler, à cause d'un diable de tintamarre des sonnettes dont les harnais sont tous garnis [4]. » Peu après, afin, sans

---

1. Loveday, *Letters*, pp. 120, 128, 193, 232.
2. Granville, *Works*, pp. 126, 127. (Ed. 1736.)
3. Austin, *The Lives of the Poets-Laureate*, p. 229.
   Johnson, *Lives*, Rowe, p. 218. (Ed. Warne.)
4. Sir George Etheredge, *The Letterbook*. (Article de M. Edmond W. Gosse dans *The Cornhill Magazine*, mars 1881, p. 298 et suiv.)

doute, de rompre la monotonie de son existence loin de Paris, il fait
la connaissance d'une actrice, la comédienne Julia, qui arrive, étoile
de sa troupe. On se scandalise, on proteste. Etheredge n'écoute
rien. Un soir que l'envoyé anglais dîne en compagnie de la comédienne, survient un groupe d'étudiants et de jeunes seigneurs masqués.
Ils lancent des pierres contre les fenêtres et demandent, excusez du
peu, qu'il leur jette la belle Julia. Etheredge donne à ses laquais
des armes improvisées et, à leur tête, charge les assaillants et les
repousse par la force, ce qui n'empêche pas l'actrice d'être, dès le
lendemain, emprisonnée pour avoir causé du désordre dans la rue.
Le jeune Anglais apprend que c'est le baron de Sensheim qui était
en tête des trouble-fête. Indigné et méprisant, il adresse au baron
allemand, en français, le billet suivant, sachant trouver dans une
langue qui n'est pas la sienne le terme ironique, l'expression énergique : « J'estois surpris d'apprendre que ce joly gentil-homme
travesty en Italien hier au soir estoit le Baron de Sensheim. Je ne
savois pas que les honnêtes gens se méloient avec des lacquais
ramassez pour faire les fanfarons, et les batteurs de pavez. Si vous
avez quelque chose à me dire, faites le moy savoir comme vous
devez, et ne vous amusez plus à venir insulter mes Domestiques ni
ma maison, soyez content que vous l'avez échappé belle et ne re-
tournez plus chercher les récompenses de telles follies pour vos beaux
compagnons. J'ay des autres mesures à prendre avec eux. » Nous
avons aussi, en français, les vers langoureux adressés à sa Julia :
c'est bien le jargon amoureux de ce temps. Enfin tout le théâtre
d'Etheredge, semé de mots français à profusion, ne témoigne-t-il pas
de la connaissance complète que Sir George avait de notre langue ?
On connaît aussi sur Pope et Kneller l'anecdote rapportée par
Spence : le peintre venait de terminer un portrait et en commentait,
en français, les mérites. Le poète, voulant voir jusqu'où allait la vanité
de l'artiste, lui fit, en français, le compliment que voici : « On lit dans
les Ecritures Saintes, que le bon Dieu, faisoit l'homme après son
image ; mais je crois, s il voudrait faire un autre à présent, qu'il le
feroit après l'image que voilà. » Et Kneller, sans chanceler sous le
coup d'une flatterie de si belle taille, de répondre gravement :
« Vous avez raison, Monsieur Pope ; par Dieu je le crois aussi[1]. »

1. Spence, *Observations, Anecdotes, and Characters*, p. 178. (Ed. 1820.)

Prior, qui avait séjourné à la cour de France, en qualité de secrétaire d'ambassade, parlait français avec toute la finesse, voire toute
la malice désirables, et Johnson cite telle de ses boutades bien capable de réduire au silence le voisin tapageur qui, au théâtre, accom-
pagnait de sa voix le chanteur principal. On sait aussi qu'en compagnie de joyeux Français qui, tour à tour, chantaient une chanson
dont le refrain était : « Bannissons la Mélancolie », Prior put, après
avoir écouté la jeune femme assise à ses côtés, improviser en français ces quelques vers :

Mais cette voix, et ces beaux yeux,
Font Cupidon trop dangereux,
Et je suis triste quand je crie
Bannissons la Mélancolie [2].

Addison lui-même, qui avait appris le français à Blois, était assez
sûr de lui pour rédiger en français des lettres et communications
officielles de la plus haute importance diplomatique « touchant les
prétentions de Sa Majesté Danoise sur l'isle de Saint Thomas et
autres petites isles adjacentes ». Il allait même jusqu'à rectifier, par
ordre du roi, et préciser certains détails de nature fort délicate, concernant les bruits de querelle dans la famille royale qui s'étaient
répandus au dehors [1]. Il fallait là une sûreté d'expression, un sentiment des nuances, une délicatesse de touche qu'un homme très versé
dans l'étude de la langue française pouvait seul avoir acquis et
qu'Addison possédait au suprême degré.

Toute dame de distinction, tout homme de marque, appartenant
aux lettres ou à la diplomatie, parlaient donc français. Et cependant,
de cette langue si répandue en Angleterre et ailleurs, de cette
langue dont il est bien difficile, semble-t-il, de se passer, il est fait
parfois, par ceux-là mêmes qui s'en servent le plus, une critique assez
vive. Dès 1625 environ, Pierre Heylin en reconnaît les qualités,
mais laisse percer quelques regrets : « La langue française est douce
et agréable : dégagée de l'encombrement des consonnes, elle coule
avec facilité ; mais, dans mon opinion, elle a plus d'élégance que


1. Johnson, *Lives of the Poets*, Prior, p. 261 (Ed. Warne).
2. Addison, *Works* (Ed. Hurd, vol. VI, pp. 482, 514).

d'ampleur, et, faute de mots, a souvent recours à des périphrases.
D'ailleurs l'action y joue un grand rôle, et, outre la langue, la tête,
le corps et les épaules se mettent de la partie. Le Français abonde en
formules de politesse qui font que le plus pauvre savetier a, comme
ils disent, son eau bénite de cour [1]... » Dryden. parlant du français
comme langue à employer dans un opéra, le trouve dur quand on le
compare à l'italien, si doux, si harmonieux. « Sans doute, dit-il, les
Français ont réformé leur langue... ils en ont augmenté la douceur
et la pureté en rejetant les consonnes inutiles qui rendaient leur
orthographe ennuyeuse et leur prononciation dure ; mais, après tout,
comme une chose ne peut pas être améliorée au delà de ce que son
genre le comporte et davantage que sa nature le permet, comme
celui qui a une vilaine voix, quelque soin que l'on apporte à lui
apprendre les règles de la musique, ne pourra jamais parvenir à
chanter avec harmonie, et comme maint critique honnête ne fera
jamais un bon poète, de même la rudesse naturelle du français, son
accentuation perpétuellement mauvaise, ne pourront jamais s'améliorer au point d'égaler la parfaite harmonie de l'italien [2]. » Il est vrai,
ajoute-t-il, que l'anglais est pire encore : les mots d'origine germa-
nique, presque tous des monosyllabes, sont encombrés de consonnes, et il est heureux qu'il se trouve dans la langue anglaise des
mots tirés du latin, du français, et quelques-uns, mais fort peu,
venant du grec, de l'italien et de l'espagnol. Ailleurs Dryden trouve
sa langue « barbare [3] » et, vers la fin de sa carrière, il parle encore
de son « anglais grossier, surchargé de consonnes », pas assez riche
et manquant de mots à tout instant ; or « on ne forge pas des mots
comme on frappe de la monnaie [4] ». Mais, après s'être plaint ainsi
assez amèrement du peu de ressources qu'offre l'anglais à un écrivain, il n'est pas sans citer les défauts de la langue française, que
nombre d'auteurs anglais de la même époque souligneront avec assez
d'ensemble. Il a déjà trouvé le français d'une harmonie toute relative, en tous cas pas comparable avec celle de l'italien. « Leur langue,

1. Rathery, *Des relations sociales et intellectuelles entre la France et l'Angleterre*,
p. 75.
2. Dryden, *Albion and Albanius*, Preface, vol. VII, p. 232.
3. Dryden, *Cleomenes* : Dedication, vol. VIII, p. 215.
4. Id., *Dedication of the Æneis*, vol. XIV, pp. 204, 205, 224.

dit-il maintenant en parlant des Français, n'est pas pourvue de
muscles, comme notre anglais, elle a la souplesse d'un lévrier, mais
non la masse et le volume d'un dogue. » La pureté est sa qualité
dominante, mais elle manque de vigueur ; en littérature elle convient
au sonnet, au madrigal, à l'élégie, mieux qu'au genre héroïque[1].
Avec leur pureté affectée, dit-il un peu plus loin, les Français recu-
lent devant toute métaphore : « ils pourraient cependant se réchauffer à cette joyeuse flamme sans en approcher d'assez près pour se
roussir les ailes[2] ». Cette critique n'avait rien de bien original. Rapin,
ou son traducteur anglais, avait appris tout cela à Dryden[3]. Rymer
avait solennellement déclaré que la langue française manquait de
force et de muscles et qu'elle était « trop faible pour supporter le
poids et la majesté de la tragédie[4] ». Ailleurs Dryden précise encore sa pensée : « Leur langue, dit-il, est affaiblie ; elle est si épurée,
que, semblable à l'or pur, elle cède à la moindre pression[5]... » De
son côté, Roscommon, dont l'abbé du Resnel, en termes un peu
lâches, cite l'opinion en tête de sa traduction de Pope, reproche au
français son manque de concision : « L'illustre Auteur que j'ai déjà
cité, et qui est regardé comme un des grands Critiques de sa Nation,
avoüe que la Langue Françoise est abondante, fleurïe, agréable à
l'oreille : il ajoûte qu'elle a peut-être même plus de douceur que
l'Angloise : mais en récompense, il défie qu'on lui montre jamais
dans aucun de nos ouvrages cette force, et cette Energie Angloise,
qui en peu de mots comprend tant de choses. Un trait, dit-il, une
pensée que nous renfermons dans une ligne, suffiroit à un François
pour briller dans des pages entières[6]. » Sheffield aussi, dans une
de ses lettres, ne pense pas qu'Homère puisse jamais être traduit
convenablement en vers français, cette langue ne pouvant s'élever à
pareille hauteur[7]. Rymer n'avait pas dit autre chose. Enfin William
Temple regrette l'époque de Montaigne, où la langue, moins polie,

---

1. Dryden : *Dedication of the Æneis*, vol. XIV, p. 209.
2. Id., *ibid.*, p. 221.
3. Rapin, *Reflections on Aristotle's Treatise of Poesie*, p. 50.
4. Rymer, *A short View of Tragedy*, p. 64.
5. Dryden, *Epistle the Fourteenth to my Friend Mr Motteux*, vol. XI, p. 68.
6. Du Resnel, *Les œuvres de M. Pope*, traduites en françois (Discours préliminaire, xiv).
7. John Sheffield, *Works*, vol. II, p. 266. (Ed. 1740.)

devait avoir plus de force, plus de vigueur et plus d'étendue [1]. Les critiques ne manquaient donc pas au xviie siècle, et de tous côtés on marquait quelque mauvaise humeur contre cette langue à laquelle tout chacun empruntait à l'envi. On retrouve là ce sentiment un peu amer qu'éprouve parfois le débiteur à l'égard de son créancier. On médisait à plaisir de cette langue française dont on ne pouvait cependant se passer. Se rendre indispensable n'est pas toujours, en effet, la meilleure façon de se faire aimer. Et le français était, au xviie, indispensable aux étrangers, puisqu'il était partout. C'est ce dont témoigne Bayle parlant de M. Charpentier, de l'Académie française, et de son livre : *De l'excellence de la langue française.* « Il rapporte, écrit l'auteur des *Nouvelles de la République des Lettres*, qu'il y a des écoles de Langue françoise dans tous les Etats du Nord où elle est enseignée par des Professeurs publics à l'égal des Langues illustres de l'Antiquité. Il cite M. de Saint-Didier qui a dit, dans sa curieuse *Relation des Conférences de Nimègue*, qu'il n'y avait point de Maison d'Ambassadeur où la Langue Françoise ne fût presque aussi commune que leur Langue naturelle : que les Ambassadeurs Anglois, Allemans, Danois, et ceux des autres nations tenoient leurs Conférences en François : que les deux Ambassadeurs de Dannemarc convinrent même de faire leurs dépêches communes en cette Langue : que pendant les négociations de la Paix, il ne parut presque que des écritures Françoises ; que la gravité Espagnole n'empêcha point le Marquis de Los-Balbasès, chef de l'Ambassade d'Espagne, de répondre en François au compliment des Ambassadeurs de France ; que toutes les Ambassadrices, excepté la Marquise de Los-Balbasès, parlaient François.... Il rapporte une Lettre que M. l'Evêque de Beauvais lui a écrite, pour lui assurer que pendant son Ambassade de Pologne, tous les principaux Ministres Etrangers se servoient de la Langue Françoise dans leurs odiences.... Tout le monde veut sçavoir parler François ; on regarde cela comme une preuve de bonne éducation ; on s'étonne de l'entêtement qu'on a pour cette Langue, et cependant on n'en revient point : il y a telle Ville où pour une Ecole Latine, on en peut bien conter dix ou douze de Françoises : on traduit par tout les

---

1. Sir W. Temple, *Miscellanea*, The Second Part, 64. (Ed. 1690.)

Ouvrages des Anciens, et les Sçavants commencent à craindre que
le Latin ne soit chassé de son ancienne possession [1]... »

Ce n'était pas seulement chez les ambassadeurs et les ministres
étrangers que l'on parlait français. Au théâtre, en Angleterre, la
conversation était toute semée de mots français et d'expressions
françaises qu'il était bon de loger en sa mémoire pour s'en servir à
l'occasion. Mais encore fallait-il, pour trouver quelque attrail aux
pièces représentées sur la scène, que le public pût suivre le sens,
saisir le piquant de telle saillie de l'esprit français, le pittoresque de
telle locution empruntée, la grâce mignarde de telle périphrase
galante, les sous-entendus, parfois risqués, de telle expression jetée
dans la conversation. Les comédies de l'époque, surtout, fourmillent
de termes français, parfois exactement empruntés, parfois à peine
modifiés et très aisément reconnaissables. Il est élégant, au jeu, de
perdre « en cavalier » ; on soupire auprès d'une beauté « charmante
et mignonne » et on est « désespéré au dernier ». On presse la main
d'une belle « à la dérobée », en lui faisant les « doux yeux » : on
passe pour un « Beaugarzoon ». Veut-on une exclamation enthousiaste ? On crie en français : « Victoire ! victoire ! » A-t-on besoin,
dans la conversation, d'une transition commode ? On se sert de :
« A propos ! » On met de jeunes personnes « in pension » dans un
couvent de bénédictines : on fait ses « simagree ». On entretient un
correspondant de mille « bagatelles » chaque semaine. Après une
victoire, on brûle sur un bûcher les « corps » des rois ; les rebelles
et fauteurs de troubles sont les « boutefeus » de l'Etat : ils font acte
d' « overt rebellion ». On voit sur une table, non le « bacon » anglais,
mais le « lard » français, tout fumant. Un héros est-il en danger ? Le
peuple entier vole à son « succour ». Parfois une belle n'est pour un
galant qui soupe avec elle qu'un « Piz allez » ou « pisallee » ; une
raillerie est faite « mal à propos » ; on parle « à contretemps » ; on
possède une fortune « argent comptant » ; on se laisse troubler par
un « double entendre », et il faut en venir à un « ecclaircissement » ;
on se déclare « désespéré » ; on est fidèle à ses amours « jusqu'à la
mort ». Un galant aborde sa belle et la salue en français : « Votre

<hr>

1. Bayle, *Nouvelles de la Rép. des Lettres*, art. VII, p. 113, vol. I.
   Voir aussi Addison, *Spectator*, n° 314.

valet bien humble ! » dit-il en s'inclinant. Et elle de répondre, avec
non moins d'élégance : « Votre esclave, Monsieur, de tout mon
cœur ! » La manie du terme français va si loin, au théâtre et dans le
monde, qu'il n'est rien de plus heureux pour plaire à une dame que
de lui chanter quelque romance française, comme celle qui célèbre
« Et la lune et les étoiles ». Il pourra y avoir des « reprises » [1].
Benito, s'accompagnant de sa guitare, chante l'aubade :

> Eveillez vous, belles endormies ;
> Eveillez vous ; car il est jour ;
> Mettez la tête à la fenestre,
> Vous entendez parler d'amour.

La prosodie est un peu maltraitée. Qu'importe, puisque Benito
chante en français [2] ? Comme Mélantha est ravie en entendant le courtisan Palamède entonner :

> Ah qu'il fait beaux dans ces bocages.
> Ah que le ciel donne un beau jour !
> Ces beaux séjours, ces doux ramages...

Et, sans le laisser terminer, elle joint sa voix à la sienne pour répéter
à l'unisson :

> Ces beaux séjours, ces doux ramages,
> Ces beaux séjours nous invitent à l'amour.

Elle massacre les vers des musiciens poitevins dans le *Bourgeois
Gentilhomme*, mais qu'importe de sacrifier Molière à la mode d'alors [3] ?
Enfin l'usage du français est tellement répandu que Wycherley peut
introduire Monsieur de Paris et, sur le théâtre, au beau milieu d'une
pièce anglaise, en face d'un public anglais, le faire parler français
pendant une scène presque entière [4].

1. Dryden, *Marriage à la mode*, passim
   Id., *The Assignation*, passim.
   Id., *The Vindication of the Duke of Guise*, passim.
   Id., *An Evening's Love*, passim.
   Crowne, *Sir Courtly Nice*, passim.
   Rowe, *The Biter*, passim.
   Sedley, *Bellamira*, passim.
2. Dryden, *The Assignation*, II, 3.
3. Dryden, *Marriage à la Mode*, V, 1.
4. Wycherley, *The Gentleman Dancing Master*, I, 1.

## VII

De cet enseignement si répandu du français, de cet emploi si général de notre langue, il y eut des résultats indiscutables : quantité de
termes français passèrent en anglais, les uns pour n'y pas rester et
retourner bien vite à leur pays d'origine, les autres pour s'implanter
dans la langue et s'y fixer définitivement. Les écrivains de l'époque
eux-mêmes ne se faisaient que peu de scrupules au sujet de ces emprunts : ils les recommandaient à l'occasion. Loveday écrit, en effet,
dans une de ses lettres : « Je voudrais bien savoir, dans le cas où nos
devanciers des siècles passés, usant du même procédé, n'auraient
pas précédemment inséré quelques-unes des plus belles greffes des
fruits étrangers sur notre tronc anglais, si notre langue barbare aurait
jamais acquis une telle richesse d'expressions justes et serait parvenue à cette force et à cette beauté qu'elle possède maintenant[1]. »
Dryden d'abord proteste contre les emprunts faits à l'étranger : « Je
suis fâché, dit-il, que, parlant une langue aussi noble que la nôtre,
nous n'ayons pas une règle plus certaine, comme ils en ont une en
France, où une Académie a été fondée dans ce but et pourvue de
riches privilèges par le roi actuel. Je voudrais qu'enfin nous cessions
d'emprunter des termes aux autres nations, ce qui est maintenant chez
nous un pur caprice et non une nécessité ; mais aussi longtemps que
certains affecteront de les employer en parlant, il s'en trouvera toujours d'autres assez hardis pour s'en servir en écrivant[2]. » C'est le
blâme direct à ceux qui empruntent à l'étranger. Quelques années
après, le blâme et l'éloge sont mêlés en proportions à peu près égales :
« Il est clair que nous avons adopté bon nombre de mots nouveaux
et d'expressions nouvelles dont quelques-uns nous étaient nécessaires, ce qui a d'autant enrichi notre langue, comme elle le serait par
l'importation de lingots d'or ou d'argent ; d'autres servent d'ornements plutôt qu'ils ne sont nécessaires : cependant, en les adoptant,
la langue est devenue plus élégante et revêt d'autant mieux notre

1. Loveday, *Lettres*, Letter cxxxiv, p. 248.
2. Dryden, *The Rival Ladies* (Dedication, vol. II, p. 134).

pensée. On les trouve éparpillés dans les auteurs de notre temps, et ce n'est pas mon affaire de les rechercher. Ceux qui ont écrit récemment avec le plus de soin, ont, je crois, pris pour guide la règle d'Horace : ne pas mettre trop de hâte à accepter des mots nouveaux, mais plutôt attendre que l'usage nous les ait rendus familiers :

Quem penes arbitrium est, et jus, et norma loquendi.

Je ne puis pas, en effet, approuver cette façon de polir notre langue, de corrompre notre idiome anglais en y mêlant trop de français : c'est là une falsification de la langue et non une amélioration : c'est transformer l'anglais en français plutôt que polir l'anglais au moyen du français. Nous rencontrons journellement ces petits-maîtres qui se targuent de leurs voyages et prétendent ne pas pouvoir exprimer leur pensée en anglais ; c'est qu'ils veulent nous exhiber quelques expressions françaises de la dernière édition, sans réfléchir, c'est là tout leur savoir, que nous en avons de meilleures chez nous. Mais ce ne sont pas là les hommes qui pourront polir notre langue : leur talent consiste à innover des modes, et non des mots : tout au plus peuvent-ils être utiles à un écrivain, comme Ennius l'était à Virgile. On peut *aurum ex stercore colligere* [1]... » Enfin, vers la fin de sa carrière, Dryden, entraîné peut-être par un courant irrésistible, ou se rendant mieux compte, en traduisant Virgile, que sa langue n'était ni assez souple ni assez riche, n'éprouve plus guère aucun scrupule à emprunter à l'étranger. Il y a en lui comme un écho de Joachim Du Bellay. « Il est vrai, dit Dryden, que lorsque je trouve un mot anglais précis et bien sonnant, je n'emprunte ni au latin, ni à aucune autre langue ; mais, quand je n'en ai pas chez nous, il me faut bien aller le chercher à l'étranger. Si nous ne produisons pas, si nous ne fabriquons pas, chez nous, de mots bien sonnants, qui m'empêchera d'en importer de l'étranger ? Je n'emporte pas au dehors le trésor de la nation, ainsi perdu à tout jamais ; mais ce que j'apporte d'Italie, je le dépense en Angleterre : cela reste chez nous et y circule, car si la pièce de monnaie est bonne, elle passera de main en main. Je trafique à la fois avec les vivants et avec les morts pour enrichir notre langue maternelle. Ce que nous avons en Angleterre nous suffit pour pourvoir au nécessaire ; mais si nous voulons du luxe et de la splen-

1. Dryden, *Defence of the Epilogue*, vol. IV, p. 234-5.

deur, c'est par le commerce qu'il nous faut l'obtenir [1]... » Ces mots nouveaux, ajoute-t-il, ne doivent pas être créés à tout hasard : il faut consulter des « amis judicieux », connaissant les deux langues. Bref, c'est à peine si Dryden recommande maintenant quelque discrétion dans ces emprunts aux langues étrangères : le néologisme ne l'effraie donc pas, et c'est à bon droit que Walter Scott s'étonne de lui voir reprocher à Chaucer les gallicismes dont il avait bien garde de se priver lui-même [2].

Dryden n'était pas une exception dans le monde des lettres à cette époque : il appartenait au parti des xénophiles, c'est-à-dire de ceux qui, pour les mots comme pour les individus, alors comme aujourd'hui, admettaient et admettent la libre naturalisation, pensant avec raison rendre ainsi la langue anglaise la plus riche, la plus flexible, la plus universelle des langues du monde [3].

Ce serait une œuvre, sinon impossible, tout au moins fort difficile et fort périlleuse, de vouloir établir pour chaque auteur du xviie siècle le nombre de mots français qu'il a lui-même introduits dans la langue [4], ceux qu'il y a ressuscités, ceux qu'il y a glissés pour un certain laps de temps seulement et ceux enfin qui s'y sont maintenus jusqu'à nos jours. On l'a fait pour Dryden [5]. Il resterait à l'essayer pour ses contemporains : on pourrait alors fixer à peu près le nombre de ces gallicismes, incorporés en quelque sorte désormais dans la langue anglaise. On verrait que Johnson, et après lui Walter Scott, eurent tort de croire que seulement de très rares mots français pénétrèrent alors en anglais et y restèrent à demeure. De tous côtés, comme Dryden, écrivains et grands seigneurs, dames de la cour et mondaines élégantes, chacun, dans la mesure de ses forces, apporta sa part.

Le langage militaire fut vite encombré de mots français [5]. On pourrait citer *attack*, *ambuscade*, *barricade* (*barricado* pouvait être courant, *barricade* ne l'était pas), *commandant*, *compaign*, *corps*, *cuirassier*, *detach*, *dragoon*, *engineer*, *gendarm*, *volunteer*, pour n'en

<hr>

1. Dryden, *Dedication of the Æneis*, vol. XIV, p. 227.
2. Id., *Works*, (*Life of the Author*, by Sir Walter Scott), vol. I, p. 419.
3. Id., *Works* (Appendix, Dryden's Gallicisms, Saintsbury), vol. XVIII, p. 283.
4. Id., *Athenæum*, 11 juin 1892, p. 753.
5. Beljame, *Quae e gallicis verbis in anglicam linguam Johannes Dryden introduxerit*, p. 75.

donner que quelques exemples. Cet usage fréquent que les militaires faisaient de notre langue ne tarda pas à devenir une manie. Il faut lire, pour s'en rendre compte, les moqueries du *Spectateur* au commencement du xviii<sup>e</sup> siècle. « Comme il y a, d'après notre constitution, plusieurs personnes chargées de veiller à nos lois, à notre liberté et à notre commerce, je voudrais aussi qu'il y ait certains hommes désignés comme arbitres de notre langue, afin d'empêcher tous mots de fabrication étrangère de passer chez nous, et, en particulier, de frapper d'interdit toutes expressions françaises pénétrant dans ce royaume, alors que celles de notre crû valent tout autant. La guerre actuelle a tellement altéré notre langue par l'introduction de mots étranges qu'il serait impossible à un de nos ancêtres de savoir ce que ses descendants ont fait, s'il lui fallait actuellement lire leurs exploits dans un journal. Nos guerriers sont très habiles à propager la langue française, en même temps qu'ils remportent succès et gloire en abaissant la puissance de nos voisins. Nos soldats sont, pour l'action, gens de volonté ferme, et ils accomplissent des exploits tels qu'ils sont incapables de les exprimer. Ils manquent de mots en leur langage pour nous dire leurs hauts faits : aussi nous envoient-ils le récit de leurs actions en un jargon qu'ils apprennent chez leurs ennemis vaincus. Ils devraient cependant être pourvus de secrétaires et être aidés par nos représentants à l'étranger qui, à leur place, nous raconteraient leur histoire en anglais tout simplement et nous diraient, en notre langue maternelle, ce que font nos braves compatriotes...

« Pour ma part, pendant les deux ou trois jours que dure un siège, je m'y perds absolument et reste ahuri, en face de tant de difficultés inextricables, si bien que je sais à peine quel côté l'emporte, jusqu'au moment où les canons des remparts m'apprennent que la place s'est rendue. Assurément il y a lieu de céder un peu au point de vue militaire, car les fortifications étant d'invention étrangère, on trouve là, par conséquent, quantité de termes étrangers. Mais quand nous avons gagné des victoires qui peuvent être décrites en notre langue, pourquoi nos journaux s'emplissent-ils de tant d'exploits inintelligibles et pourquoi les Français doivent-ils nous prêter une partie de leur langue avant que nous puissions savoir la façon dont ils ont été battus ?... »

Et le *Spectateur* s'amuse de toutes ces innovations inutiles Chez nos ancêtres, dit-il, Edouard III savait bien découvrir l'ennemi sans se

servir du mot « reconnoitre », et le Prince Noir n'avait besoin ni
de « pontoons » pour passer les rivières, ni de « fascines » pour
franchir les fossés. On ne comprend plus rien aux comptes rendus
militaires. « J'ai vu, dit-il, maint citoyen avisé, après avoir lu chaque article, demander à son voisin quelles nouvelles le courrier avait
apportées ». Et comme exemple typique de cette manie du terme étranger, Addison cite la lettre qu'un jeune homme de famille adresse à
son brave homme de père. Cette lettre, écrite en style à la mode, est
tellement encombrée de termes français que celui-ci n'y voit goutte.
Il déclare, après l'avoir lue, qu'il y a là le récit d'événements impor-
tants, mais qu'il ne peut deviner ce dont il s'agit. Aussi s'empresse-t-il
de communiquer la lettre au pasteur de la paroisse, qui n'y voit pas
plus clair, se met en colère et finit par déclarer que ce n'est ni chair
ni poisson. Que nous parle-t-il de « trompette en colère », de « tambour portant des messages », et qu'est-ce que c'est que cette « charte
blanche » (pour « carte blanche ») ? Comme en anglais le même
mot ne désigne pas l'instrument et celui qui en joue, le clergyman
n'arrive pas à comprendre qu'une trompette puisse se mettre en colère et que cet instrument qui s'appelle le tambour puisse porter un
message. Le père, qui a grande confiance dans la science du pasteur,
est inquiet. « Mon fils n'est pas fou cependant, dit-il. Voyez la façon
dont il m'écrivait il y a quelques jours seulement. Il me demandait
de l'argent. Comme alors il parlait clairement ! » Personne, en effet,
ne s'exprime plus nettement que le jeune capitaine quand il lui faut un
harnachement neuf pour son cheval. Heureusement le brave homme
se rassure vite : il lit les publications du jour et s'aperçoit que ce sont
partout les mêmes termes étrangers, la même affectation, et qu'en
somme son fils Charles écrit comme tout le monde à cette époque [1].
Son étonnement, son inquiétude, ont alors sans doute leur raison
d'être ; mais tous ces mots français, quand il s'agit d'opérations militaires, ont si bien et si définitivement passé dans la langue anglaise
que, de nos jours, on ne songerait guère à s'exprimer autrement que
le faisait le jeune officier du *Spectateur*. — Dans le domaine des lettres,
les mots français foisonnent également. Dans celui des beaux-arts,
en dessin, en peinture, en musique les gallicismes abondent. Dans la

1. Addison, *Spectator*, n° 165.

société élégante, les objets de luxe, les distractions, les plaisirs sont désignés par des termes d'origine française. L'art culinaire, le costume enfin, ne sauraient se passer du vocabulaire français : on se régale d'un *dessert* ; on goûte à la *fricasse* ou au *ragout* ; on met une *cravat*, on s'orne le chef d'une *peruke*, on porte un *pantaloon*, un *surtout* ou une *gimp*. Il y a donc là un afflux considérable de mots français pénétrant dans la langue anglaise, la plupart d'une façon définitive.

Il est peut-être intéressant de montrer, après M. Beljame, quel fut le sort de ce vocabulaire nouvellement importé en Angleterre. Se conserva-t-il intact ? ou bien eut-il, en fait d'accentuation et de prononciation, à subir l'influence du milieu ambiant, c'est-à-dire à se modifier suivant les lois de l'accentuation anglaise ? — Il n'en fut rien au point de vue de l'accentuation : les néologismes d'origine française gardèrent l'accent sur la dernière syllabe sonore, suivant la règle française. Bien plus, quand parfois l'orthographe fut modifiée, le mot ne laissa pas de conserver son accentuation française : c'est le mot *calash* pour *caléche*, *engineer* et *volunter* pour *ingénieur* et *volontaire*, *debauchee* et *refugee* pour *débauché* et *réfugié*. On trouve cependant par-ci par-là certains mots importés dont l'accentuation fut changée. Ce changement s'explique aisément. Si l'accent recula parfois d'une ou plusieurs syllabes vers le commencement du mot, c'est uniquement par analogie avec certains vocables anglais de même physionomie ou de même famille. Ainsi *brutal* devint en passant le détroit *brútal* ; *carnaval* se changea en *cárnival*, par analogie avec nombre de mots anglais en *al* qui, tout en étant d'origine française eux-mêmes, avaient, à une époque antérieure, perdu leur accentuation native pour prendre l'accentuation anglaise [1]. Enfin, chose plus surprenante, non seulement l'accentuation française fut adoptée pour les mots d'importation récente, mais encore elle affecta certains autres mots qui étaient déjà dans la langue : c'est ainsi que les mots *éffort*, *éssay*, *éxile*, *impulse*, *instinct*, *insult*, sont souvent accentués *effórt*, *essáy*, *exíle*, *impúlse*, *instínct*, *insúlt*, avec l'accent

----

1. Beljame, *Quæ e gallicis verbis...* La question de l'accentuation et de la prononciation des mots nouveaux a été très amplement traitée par l'auteur : nous nous sommes à peu près contenté de la résumer ici.

français sur la pénultième. Il n'y a pas jusqu'au mot *theatre* qui, un peu partout dans Dryden, ne porte l'accent sur la lettre *a*.

Il en fut de même pour la prononciation : les mots nouvellement adoptés conservèrent généralement leur prononciation native, aussi fidèle qu'elle put l'être en passant d'un pays à l'autre, alors qu'aux époques antérieures les termes d'origine française avaient, en quelque sorte, déteint et perdu leur physionomie propre pour prendre l'accent et la prononciation d'Angleterre. On a cité quelques exemples [1] pris dans Dryden, où, par nécessité de la rime, il semble, à première vue, que certains mots, venus du français, aient dû prendre la prononciation anglaise pour rimer avec le vers correspondant. Ces exemples, d'ailleurs en petit nombre, sont-ils absolument probants? Et ne peut-on pas admettre — la rime, en anglais, ne s'étant jamais imposée avec la même rigueur qu'en français — qu'il y ait eu là simplement une rime pour l'œil quant au texte, et pour l'oreille une rime par à peu près, fournie par la prononciation française, assez flottante probablement ? On sait, en effet, que prononcer à la française, « à la mode », comme on disait alors, fut la tendance générale. Nos voyelles conservèrent leur son français : *a* resta *a* dans *rally, naive, naivete, vase* ; *e* garda le son de *é* dans *naivete, reveille* ; *i* resta *i* dans *mien, suite, caprice, chagrin, critique, fatigue, intrigue*, etc. ; la prononciation de nos groupes de voyelles ne fut point altérée ; celle de nos diphtongues ne fut point modifiée, et le caractéristique *ch* — en anglais *tch* — se prononça à la française dans les mots tels que *carte-blanche, chagrin, couchee, debauchee*, etc. Enfin les mots *beau, corps, tendre, suite, critique, tour, amour, courant* et bien d'autres encore ne se prononcèrent pas autrement qu'en français [2]. On alla plus loin : on s'efforça si bien de reproduire la prononciation française qu'on en vint jusqu'à emprunter celle-ci, alors même qu'elle était fautive, ou tout au moins très familière. Un

---

1. Christie, *The Poetical works of John Dryden*, pp. 401, 412, 428, 478.
 *cavalier* rimerait avec *near* et *here* Dryden, *Prologue and Epilogue to « The Tempest »*).
 *rendez-vous* rimerait avec *house* (Dryden, *Prologue for the « Women Actors »*).
 *barbare* rimerait avec *stare* (Dryden, *Epilogue to « Aureng-zebe »*).
 *guerre* rimerait avec *aver* (Dryden, *Epilogue to « Henri II »*).
2. Beljame, *Quæ e gallicis verbis...* p. 97.

personnage de théâtre, Limberham, prononce correctement les mots *quelque chose.* Et son interlocuteur de se scandaliser et de s'écrier, l'air méprisant : « *Quelque chose !* O ignorance de la perfection suprême. C'est *Kek shose* qu'il veut dire ! — Eh bien, soit, va pour *Kek shose !* » reprend, en défigurant encore un peu la prononciation, Limberham assez confus [1].

Quant à l'orthographe des mots récemment importés, elle resta aussi sensiblement la même ; il y eut sans doute, ici ou là, quelques modifications orthographiques : *calash* pour *calèche, debauchee* pour *débauché, profile* pour *profil, peruke* pour *perruque, pantaloon* pour *pantalon, gimp* pour *guimpe, painture* pour *peinture, minuet* pour *menuet, houss* pour *housse,* et quelques autres ; mais ce sont là des modifications peu importantes, n'altérant que très légèrement la physionomie primitive. Et le souci de reproduire l'orthographe française fut si répandu que Dryden lui-même, comme on l'a remarqué [2], est amené parfois à modifier la sienne pour se rapprocher du français.

On peut donc dire d'une façon générale que, sous l'influence de la mode régnante, l'enseignement du français se développa d'une manière remarquable, en Angleterre, au xviie siècle ; que des maîtres de français nombreux et extrêmement soucieux du progrès de leurs élèves se firent connaître alors, prodiguant leurs livres et leurs leçons ; que, de tous côtés, à la cour et à la ville, on ne laissa pas de parler français ; qu'à cette époque enfin quantité d'expressions françaises et de mots français, à peu près intacts comme accentuation, comme prononciation, voire comme orthographe, passèrent en Angleterre et, pour la plupart, y sont restés définitivement.

1. Dryden, *Limberham,* III, i, vol. VI p. 63.
2. Christie, *The Poetical Works of John Dryden* (Preface, xiv).

# SECONDE PARTIE

## LA VIE LITTÉRAIRE

### CHAPITRE I<sup>er</sup>

#### Le théâtre.

I

L'hostilité à l'égard du théâtre et des acteurs se manifesta de bonne heure très violente en Angleterre. Dès 1572 un acte du Parlement déclara que « tous Escrimeurs, Possesseurs d'Ours, communs Acteurs d'Interludes et Ménestrels, n'appartenant à aucun baron du royaume ou à aucun autre honorable personnage de plus haut rang », étaient « des coquins, des vagabonds et de fieffés mendiants », qu'au premier délit hommes ou femmes seraient « violemment fouettés, qu'avec un fer rouge, d'environ un pouce de grosseur, on leur traverserait le cartilage de l'oreille droite pour marquer ainsi leur genre de coquine imposture ». A la seconde faute, ils seraient déclarés félons ; à la troisième, ce serait la mort. Les troupes régulières d'acteurs, encouragées par la Cour, étaient traquées par la Cité, et, en 1575, la Corporation expulsa tous les acteurs de la Cité de Londres.

Comme, jusque-là, ils avaient donné leurs représentations dans les cours des différents hôtels, il fallut construire de grands théâtres en dehors des « franchises » de la Cité. Le premier fut le *Theatre*, puis le *Curtain* et, cette même année, en 1576, le théâtre de *Blackfriars*. Le clergé, tout de suite, se montra fort hostile à la nouvelle entreprise et, dans ses sermons, ne se priva pas d'attaques moins sincères qu'intéressées. « Une sale pièce, s'écriait un prédicateur, avec l'aide d'un coup de trompette n'attirera-t-elle pas ici mille auditeurs, plutôt qu'une sonnerie de cloche pendant une heure n'en attirera un cent au sermon? » Un autre appelait le théâtre « le nid du diable et l'égout de tout péché ». L'esprit puritain soufflait déjà avec une rare violence, quand, en 1579, un jeune homme d'Oxford, Stephen Gosson, acteur lui-même, poète et dramaturge, mit tout son talent et toute son érudition à écrire l'*Ecole des Abus*, attaque vigoureuse « contre les poètes, les musiciens, les acteurs, les bouffons et autres mêmes chenilles de la République[1] ». Quatorze ans plus tard, le Dr. Reynolds, dans son livre : l'*Abolition des pièces de théâtre*, prouvait, à grand renfort de citations tirées de l'antiquité, des Pères de l'Église, que le théâtre corrompt les mœurs et qu'une pièce est une infamie[2].

Un gros livre parut en 1633. Il avait pour titre *Histrio-Mastix*, titre fort significatif, et portait la signature de William Prynne. C'était une nouvelle attaque contre le théâtre, pièces et acteurs. L'écrivain y prouvait, en s'appuyant sur l'autorité des conciles et des Pères de l'Église, que « les pièces de théâtre sont des spectacles coupables, païens, obscènes, impies, causes de corruption des plus pernicieuses, condamnés de tout temps, pour le mal intolérable qu'ils font aux églises, aux républiques, aux mœurs, à l'esprit, à l'âme des hommes, et que la profession d'auteur et d'acteur, en même temps que le fait d'écrire, de jouer, ou de voir jouer des pièces de théâtre, sont illicites, infâmes et malséants pour les chrétiens ». Prynne allait plus loin : ses invectives portaient sur la danse, le jeu et l'habitude de

---

1. Stephen Gosson, *The Schoole of Abuse...* (Arber's reprints), Introduction, pp. 7-15.

Pour se rendre compte de la portée exacte de ces attaques, voir pp. 32, 35, 36, 40, 41, 58, 60, 61, 71, 73.

2. Disraeli, *Curiosities of Literature : The History of the Theatre during its suppression*, p. 281 (éd. Routledge).

boire à la santé des gens, et sa conclusion était la suppression du
théâtre[1]. Le livre fit scandale à la cour de Charles Ier : le roi, la reine
s'en émurent, car celle-ci, Henriette de France, assistait souvent à
des représentations théâtrales, parfois jouait même un rôle dans certains masques ou pastorales et figurait dans les ballets en son honneur[2], dansant, d'ailleurs, à merveille. On y vit des attaques
personnelles, et l'auteur fut cité devant la Chambre Étoilée. Il fut
condamné au pilori, à l'amputation des deux oreilles, à une forte
amende et à la prison perpétuelle[3]. La répression fut brutale et exécutée, malgré l'intervention généreuse de la reine en faveur de
Prynne.

Cependant masques, ballets et pastorales n'en continuèrent pas
moins d'aller leur train; mais l'idée du rigide censeur faisait son
chemin, et les critiques acerbes de Gosson n'étaient pas oubliées.
Quand on vit l'Angleterre « menacée d'un nuage de sang par la guerre
civile », on chercha « par tous les moyens possibles à apaiser et à
détourner le courroux de Dieu », on jeûna, on pria. Et comme « les
divertissements publics ne s'accordaient guère avec les malheurs
publics, ni la représentation de pièces de théâtre avec ces temps
d'humiliation », — les spectacles « exprimant trop fréquemment une
gaieté et une légèreté lascives » —, une ordonnance des Lords et des
Communes, datée du 2 septembre 1642, interdit désormais toute
représentation de pièces de théâtre[4]. Les six ou sept théâtres de
Londres, le *Blackfriars*, le *Globe*, le *Cockpit*, le *Salisbury Court*, le
*Fortune*, le *Red Bull* et peut-être le *Whitefriars*, s'il ne doit pas être
confondu avec celui de *Salisbury Court*, furent fermés aux représentations dramatiques, tandis que les cinq troupes d'acteurs durent se
disperser[5].

Que devinrent ainsi auteurs et acteurs, mis subitement en inter-

---

1. Genest, *Some Account of the English Stage*, vol. I, pp. 9-10.
    Ward, *A History of English Dramatic Literature*, vol. II, p. 413 (citation de
l'Argument de la première partie de l'ouvrage de Prynne), éd. 1875.
2. Strickland, *Lives of the Queens...* (Henrietta Maria), vol. VIII, p. 69.
3. Genest, *Some Account*, vol. I, p. 10.
4. John Downes, *Roscius Anglicanus*. En appendice, fin du volume.
5. Downes, *Roscius Anglicanus*, p. 1.
    Genest, *Some Account*, vol. I, p. 20.

dit, nombre d'entre eux étant, par là même, du jour au lendemain, privés de leurs moyens d'existence ?

Quelques poètes et éditeurs, voyant la scène désormais muette, commencèrent à recueillir et à publier certaines pièces déjà jouées et aimées du public, tandis que d'autres se mettaient à l'œuvre et écrivaient pour une scène imaginaire, celle qui devait se rouvrir dans un laps de temps plus ou moins éloigné. C'est ainsi que la première édition d'ensemble des œuvres de Beaumont et Fletcher date de 1647. Shirley, qui s'y était fort intéressé, publia lui-même deux de ses pièces, *le Triomphe de la Beauté* en 1646 et *le Secret de la Cour* en 1653. D'Avenant fit imprimer *les Amants malheureux* en 1643 et *l'Amour et l'Honneur* en 1649. Francis Quarles étant mort en 1644, sa comédie de *la Veuve Vierge* parut en 1649. *La Dame obstinée*, de Sir Aston Cokain, est de 1657, son *Trappolin supposé Prince* fut imprimé en 1658, et *la Malheureuse et Belle Hélène*, tragédie de Gilbert Swinhoe est de 1658. Enfin William Chamberlayne écrivait sa pièce *la Victoire de l'Amour* et la publiait en 1658, uniquement pour les lecteurs, pendant que « la scène en deuil était muette ». Pour que son œuvre vît le jour, il attendait avec espoir des temps meilleurs [1].

Sans doute les auteurs pouvaient, par suite de ce silence à eux imposé, ressentir quelque impatience et déplorer cette attente pénible ; mais les acteurs, presque tous sans ressources, étaient bien autrement à plaindre. La plupart d'entre eux, ceux tout au moins qui avaient la jeunesse et la vigueur nécessaires, s'enrôlèrent dans l'armée du roi. Un Robinson fut tué par le fanatique Harrison, qui, refusant de lui faire quartier, lui tira un coup de feu dans la tête après qu'il eut déposé les armes, en disant : « Maudit soit celui qui fait l'œuvre du Seigneur avec négligence ! » Presque tous reçurent des grades. Mohun fut capitaine et, à la fin de la guerre civile, servit en Flandre, où il reçut la paye de major. Hart fut lieutenant de cavalerie dans le régiment du prince Rupert ; Burt fut porte-étendard dans la même troupe, et Shatterel quartier-maître ; Allen, du *Cockpit*, fut major et quartier-maître général à Oxford. Swanston fut, dit-on, le seul acteur

---

1. Ward, *A History of E. Dramatic Literature*, vol. II, pp. 317, 332, 449-51. Baker, *Biographia Dramatica*, mot *Swinhoe*.

de quelque notoriété qui se rangea du côté parlementaire : il était presbytérien, et entreprit le métier de bijoutier[1].

A ce propos, on a comparé la conduite des acteurs anglais de cette époque avec celle des acteurs de la France révolutionnaire, et l'on a dit : « Un misérable acteur seulement déserta la cause de son souverain, tandis que, de la vaste multitude de ceux qui avaient été nourris par la noblesse et la famille royale de France, il n'y eut pas un seul individu qui ait adhéré à leur cause : tous follement se précipitèrent au pillage et à l'assassinat de leurs bienfaiteurs. » Donc, d'un côté, le loyalisme ; de l'autre, la trahison. — « Le contraste est frappant, reprend Disraeli, mais le résultat doit être attribué à un principe différent, car les deux cas ne sont pas parallèles, comme ils le paraissent. Les acteurs français n'étaient pas dans la même situation que les nôtres. Ici les fanatiques fermèrent le théâtre et chassèrent l'art et les artistes ; là, les fanatiques, avec enthousiasme, convertirent le théâtre en un instrument de révolution, et les acteurs français trouvèrent par conséquent un meilleur patronage national. Il était naturel que les acteurs ne désertassent pas une profession florissante. C'est à eux-mêmes, comme Français, mais non comme acteurs, qu'incombent assurément « le pillage et l'assassinat ». La suppression du théâtre, chez nous, était le résultat d'une querelle ancienne entre le parti puritain et le *corps dramatique* tout entier[2]. »

Parmi les acteurs, ceux qui étaient trop vieux, comme Lowin, Taylor et Pollard, ne restèrent pas moins fidèles à la cause du roi et s'excusèrent de ne pouvoir prendre du service dans l'armée de Charles Ier : leur âge ne le leur permettait pas. Lowin, qui avait été un Hamlet admirable au beau temps du romantisme shakespearien, et qui avait créé le rôle de Henri VIII dans la pièce du poète de Stratford-sur-Avon, devint finalement un misérable aubergiste, aux Trois Pigeons, à Brentford, où il mourut très âgé et très pauvre[3]. Taylor, qui fit, dit-on, le portrait de Shakespeare, mourut à Richmond et y fut enterré. Pollard vécut dans le célibat et, comme il

---

1. Genest, *Some Account*, p. 22, d'après Wright, *Historia Histrionica*.

2. Disraeli, *Curiosities of Literature*, *The History of the Theatre during its suppression*, p. 280.

3. Suivant Malone, Lowin serait mort et aurait été enterré, non à Brentford, mais à Londres, à l'âge de quatre-vingt-trois ans.

avait acquis une certaine aisance, il se retira chez des parents qu'il avait à la campagne ; Perkins et Sumner, du *Cockpit*, s'établirent ensemble à Clerkenwell et y furent enterrés[1]. C'est ainsi que ces acteurs éminents, qui avaient paru sur les planches peut-être aux côtés de Shakespeare lui-même, furent réduits à tenir des buvettes ou des auberges de village, n'ayant plus rien de l'acteur, mais excellant toujours à raconter une anecdote en versant l'ale à leurs clients[2]. Quelques-uns passèrent probablement à l'étranger, car, en ces temps troublés où l'art dramatique était virtuellement mort, on trouve un comédien anglais à Vienne en 1654[3]. Certains autres, pour satisfaire aux exigences de la vie, demandèrent quelques ressources à la réimpression d'anciennes pièces de théâtre déjà populaires ou à la publication de pièces manuscrites qui étaient restées la propriété de leurs troupes dissoutes. En une seule année, dit-on, cinquante pièces nouvelles furent publiées, perdues maintenant, mais dont les titres ont été conservés[4]. C'est ainsi que fut imprimée en 1652 la *Chasse à l'Oie sauvage* de Beaumont et Fletcher, dont la vente fit tomber quelque menue monnaie dans l'escarcelle des acteurs en détresse : leur sort, en effet, était pitoyable.

Au début, aussitôt que les théâtres furent fermés, plus fâchés que clairvoyants, ne mesurant pas d'un coup d'œil bien juste les conséquences désastreuses que cette suppression allait entraîner pour eux, ils se prirent à railler assez vivement le Parlement, qui ne put que se sentir atteint par leur verve caustique. Dans une première pétition, datée de 1642, l'année même de la fermeture, ils demandaient, sur un ton fort gouailleur, à rouvrir les théâtres, à réapparaître sur la scène, « cette boutique de vérité et de fantaisie où nous nous engageons à ne rien jouer que vous désapprouviez. Nous n'aurons pas l'audace, disaient-ils au Parlement, de nous moquer de vos votes étranges... Catilina, le conspirateur, sera sûrement oublié, ainsi que le sanguinaire Séjan et quiconque a pu comploter contre la sûreté de l'État. Nous ne penserons plus à la guerre entre le Parlement et Henri VI le

1. Genest, *Some Account*, p. 24, d'après Wright, *Historia Histrionica*.
2. Masson, *The life of John Milton*, vol. VI, p. 347.
3. Ward, *A History of E. Dram. Lit...*, vol. II, p. 444.
4. Disraeli, *Curiosities of Lit...* (*The Hist. of the Theatre...*), p. 284.

Juste, nous n'en parlerons pas, car le pouvoir du Parlement non seulement l'a placé, mais oublié à la Tour. Nous ne comparerons pas davantage, avec le moindre soupçon, votre Concile avec l'Inquisition d'Espagne. Tout ceci, et telles autres maximes qui pourraient entraver l'envolée de vos projets, ou vous montrer tels que vous êtes, nous les omettrons de peur que nos créations ne les ébranlent... Nous faisons rire à la vue d'étranges spectacles, mais en riant de nous, on rit aussi de vous..... vos tragédies s'expriment de façon plus réelle, vous assassinez les gens pour de bon ; nous, c'est seulement pour rire : en cela nous vous sommes inférieurs. » Et, pour terminer leur supplique, moins modeste qu'opiniâtrément agressive, ils concluaient : « Aussi humblement que nous avons commencé, nous vous prions, chers maîtres, de nous donner vite la permission de jouer, avant l'arrivée du roi, car nous serions contents de dire que vous avez fait quelque bien pendant que vous avez siégé : votre pièce est presque finie, aussi bien que les nôtres, — puisse-t-elle n'avoir jamais commencé ! — mais nous verrons avant la fin du dernier acte *entrer le Roi et sortir le Parlement* [1]. » Les auteurs de la pétition, si gaiement et, en même temps, si amèrement malicieux, n'entrevoyaient même pas la suite possible des événements. L'année suivante, dans la *Remontrance des Acteurs*, ceux-ci, moins agressifs, parce qu'ils avaient peut-être maintenant une vision plus nette des réalités du lendemain, se plaignaient simplement de voir prohiber les pièces de théâtre, alors que les combats d'ours et les marionnettes étaient toujours autorisés [2].

Mais comme le ton est changé quelque sept ou huit ans plus tard, vers 1650 ! Comme on sent que les difficultés de la vie, la misère même, ont éteint la verve gouailleuse des malheureux acteurs ! et comme, sous les morsures de la faim, ils deviennent suppliants ! « A la Suprême Autorité du Parlement de la République d'Angleterre, l'humble pétition de quelques pauvres malheureux, autrefois acteurs du *Blackfriars* et du *Cockpit*, expose que vos bien pauvres pétitionnaires souffrent depuis longtemps d'un dénuement extrême par suite de l'interdiction de leur profession d'acteurs, pour laquelle

1. Disraeli, *Curiosities of Lit...*, p. 283.
2. Hazlitt, *The E. Drama and Stage*, p. 259.

ils ont été élevés depuis leur enfance, ce qui les rend incapables de tout autre moyen de gagner leur vie ; qu'ils sont maintenant tombés dans une pauvreté si lamentable qu'ils ne savent comment se procurer de la nourriture pour eux-mêmes, leur femme et leurs enfants, le payement de dettes importantes étant, en plus, exigé d'eux, alors qu'ils ne sont pas en situation de satisfaire leurs créanciers, et qu'actuellement, sans votre bienveillante permission, ils devront tous périr inévitablement. Aussi qu'il veuille bien plaire à l'honorable Parlement de prendre en pitié leur triste et misérable condition, et de leur accorder la liberté de donner, rien que quelque temps et pour s'assurer qu'elles sont inoffensives, seulement quelques représentations morales et innocentes, qui en aucune façon ne déplairont à la République et ne nuiront aux bonnes mœurs. Ils se soumettent humblement à toute autorité connue par son jugement et sa fidélité à l'État, qui sera désignée pour les surveiller, eux et leurs actions ; ils consentent à acquitter sur leurs pauvres efforts ce que l'on jugera bon et ce qu'on leur demandera de payer chaque semaine ou autrement, pour le service d'Irlande ou au gré de l'État. Toujours fidèles à leurs devoirs, ils prieront..., etc. [1]. » On sent que la misère a passé par là, et qu'elle s'est installée, hâve et grelottante, au foyer de ces malheureux.

Aussi, poussés par la faim, n'hésitent-ils pas à s'exposer aux plus sévères répressions en exerçant parfois, en cachette, leur métier d'acteurs, en dépit de toutes les ordonnances du Parlement. Une première représentation, celle de *Un Roi et Pas de Roi* de Beaumont et Fletcher, eut lieu et fut interrompue par les autorités, sous l'inspiration des « Tartuffes de la scène », comme les appelle Disraeli. D'autres spectacles durent aussi, de temps en temps, être organisés, car, le 22 octobre 1647, une nouvelle ordonnance renforça les termes de la première, exécutée peut-être avec une énergie insuffisante, ou tombée un peu en désuétude : elle donnait aux magistrats le droit de justice sommaire sur tous acteurs convaincus, par déposition de deux témoins, d'avoir joué dans un quelconque des théâtres de Londres [2].

1. *Notes and Queries*, 16 juin 1894 8ᵉ série, vol. V, p. 464. — Contribution de M. C.-H. Firth, d'Oxford.

Les *Notes and Queries* sont en Angleterre notre *Intermédiaire des Chercheurs*.

2. Collier, *Annals of the Stage*, vol. II, p. 111 ; Hazlitt, *The E. Drama and Stage*, p. 64 ; cités par Ward, *A Hist. of E. Dram. Lit.*, vol. II, p. 445.

Malgré ces menaces et ces ordres nouveaux, une représentation de *le Frère sanglant* de Fletcher fut organisée au *Cockpit* aussi secrètement que possible pendant l'hiver de 1648. Après quelques jours de représentation, trois ou quatre jours seulement, Lowin, Taylor, Pollard, Burt et probablement Hart, tenant les principaux rôles, une troupe de soldats parlementaires les surprit au milieu du spectacle et les emmena en prison, sans même leur laisser le temps de quitter leurs costumes de théâtre : on les y retint un certain temps, on confisqua leurs costumes, puis on les remit en liberté, les laissant à l'abandon[1]. Cette pratique de confisquer aux acteurs leurs costumes d'apparat devint assez fréquente, si bien que les malheureux durent les remplacer par des vêtements de toile peinte[2]. Enfin le 11 février (? 9 février) 1648, un acte fut voté par le Parlement portant « que tous les acteurs sont des coquins punissables en vertu des lois de la reine Elisabeth et du roi Jacques, que toutes scènes et galeries, tous sièges et loges seront démolis par ordre de deux juges de paix ; que tous acteurs de pièces coupables à l'avenir seront fouettés en public et auront à fournir des garanties qu'ils ne commettront plus désormais le même délit, que tous spectateurs d'une représentation auront à payer cinq shillings pour chaque contravention[3] ». Cette fois, la mesure prise réussit, au moins pour cinq ou six ans : « On avait passé la charrue sur la terre du drame », suivant l'expression de Disraeli.

Le sillon, cependant, ne resta pas longtemps vide : telle était « l'incorrigible vitalité du drame », soutenue par la misère des acteurs autant peut-être que par le goût invétéré du public pour le spectacle, que de nouvelles représentations et aussi de nouvelles répressions eurent lieu. Parmi les journaux du temps, le *Perfect Account* cite une représentation interrompue par des soldats qui, par exception, « se conduisirent avec beaucoup de civilité envers les spectateurs » ; le *Mercurius Fumigosus* rapporte une histoire de comédiens réunis pour répéter une pièce ; le *Weekly Intelligencer* raconte comment certaines

---

1. Genest, *Some Account*, vol. I, p. 23.
2. Disraeli, *Curiosities of Lit. Hist. of The theatre during its suppression)*, p. 282.
3 Neale, *The History of the Puritans...*, cité par M. Beljame, *Le Public et les Hommes de Lettres en Angleterre au XVIII<sup>e</sup> siècle*, p. 29 (notes).
Consulter également Collier, Hazlitt et Ward, ouvrages cités.

représentations furent brusquement interrompues, les acteurs arrêtés sur la scène, les costumes saisis et les spectateurs forcés d'acquitter sur-le-champ l'amende de cinq shillings. Quelques-uns d'entre eux
n'ayant pas d'argent durent abandonner leurs manteaux, et beaucoup
de femmes furent obligées de laisser en gages leurs capuchons, leurs
tabliers et leurs fichus, qu'on se disposa à vendre lors de la prochaine
foire : elles alléguèrent leur pauvreté, firent entendre leurs plaintes,
et, après une sévère réprimande pour leur faute, on leur rendit leurs
vêtements ; le *Public Intelligencer* dénonce un groupe de débauchés
qui ont eu l'audace de braver la loi, qui ont été saisis et fouettés, et
dont il imprime les noms [1]. Si les représentations publiques de pièces
de théâtre étaient formellement interdites, parce que les « réjouissances publiques s'accordaient mal avec les malheurs publics », les
acteurs, sous le Protectorat de Cromwell surtout, parvinrent à donner quelques représentations privées, à trois ou quatre milles au
moins en dehors de la ville, tantôt à un endroit, tantôt à un autre,
parfois dans les demeures des nobles, à Holland House, par exemple,
où la noblesse et les familles de distinction se réunissaient, mais en
petit nombre, et, après le spectacle, faisaient la quête pour les malheureux acteurs. Il arrivait même parfois, à Noël, que l'officier commandant à Whitehall se laissait corrompre par quelque présent adroitement distribué, et, avec sa complicité, on jouait au *Red Bull*, pendant
quelques jours au moins, si les soldats ne s'avisaient pas d'intervenir
au dernier moment pour empêcher ou pour interrompre la représentation [2].

A côté de ces représentations toujours un peu risquées, le drame,
« cet ennemi si semblable à Protée », fut de nature assez souple pour
revêtir différentes formes, vivre quand même, et ne pas perdre tout
contact avec le public d'autrefois. Bien plus, il sut charmer jusqu'à
ses adversaires les plus décidés, les puritains eux-mêmes, en se pré-

<hr>

1. *The Perfect Account*, 27 déc., 3 janv. 1654-55.
  *Mercurius Fumigosus*, 13-20 déc. 1654, 7-14 fév. 1655.
  *Weekly Intelligencer*, 11-18 sept. 1655.
  *Public Intelligencer*, 14-21 janv. 1655-56.
  Voir *Notes and Queries*, 7º série, vol. VII, p. 122. Contribution de M. C. H.
Firth, d'Oxford.
2. Genest, *Some Account*, vol. I, p. 23.

sentant à eux sous le costume qui pouvait le mieux les séduire. Le théâtre de marionnettes resta florissant même sous la République : les sujets choisis rappelaient les anciens Mystères : c'étaient des histoires de l'Ancien et du Nouveau Testament qui se déroulaient sur cette scène minuscule. Laissant de côté, par une habile tactique, les fables historiques ou mythologiques qui s'étaient ajoutées aux thèmes d'ordre essentiellement religieux, vers la fin du règne d'Elisabeth, les marionnettes se bornèrent vraisemblablement à représenter des sujets tirés de l'Ecriture sainte, et durent à cette sage précaution, d'abord leur existence, ensuite leur succès. En ce qui concerne *Ninive, avec Jonas et la Baleine*, les puritains, au dire de Cowley, faisaient très volontiers taire leur horreur pour la « représentation profane des pièces de théâtre » et fréquemment venaient assister à ce « spectacle sacré[1] ».

Les représentations du théâtre de marionnettes ne furent pas les seules manifestations de la vitalité du drame à cette époque d'oppression. Les Drôleries ou Farces eurent leur succès sans crainte presque d'aucune intervention de l'autorité : c'étaient, soigneusement déguisées, les parties comiques de ces pièces en cinq actes dont la représentation était interdite ; on les ornait, pour moins éveiller les susceptibilités de censeurs que l'on savait sévères, de danses sur la corde ; on les semait de dialogues drôlatiques. Ces Farces contenaient les meilleurs passages comiques des pièces de Shakespeare, de Marston, de Shirley et autres dramaturges sur lesquels pesait l'interdit : aussi elles attiraient, non seulement dans les baraques de foires de campagne, mais même au grand théâtre du *Red Bull*, un public tellement nombreux que beaucoup devaient s'en retourner faute de place, regrettant de ne point revoir, un peu transformé sans doute, car les circonstances l'exigeaient, un peu moins volumineux, le joyeux Falstaff des anciens jours[2]. Un vieil acteur, Robert Cox, se

---

1. D'Avenant, *The Dramatic Works* (Dramatists of the Restoration), vol. I. Prefatory Memoir, lxiii.

2. Ces Farces ont été recueillies d'abord par Marsh, en 1662, puis par Kirkman, en 1672, sous le titre de *The Wits*.

Voir Disraeli, *Curiosities of Lit.* (*The Hist. of the Theat. during its suppression*), p. 282.

Langbaine, *The lives of the E. Poets*, p. 89.

distingua, non pas seulement par son habileté à fondre en des pièces
nouvelles les parties comiques du répertoire romantique, mais par
ses créations originales qui obtinrent un très grand succès et firent
de lui, adaptateur ou auteur et acteur de ses propres pièces, « l'incomparable Rob. Cox », comme l'appelle Kirkman, un de ses éditeurs.
Les types créés par lui, *Jean le Matelot récureur* (John Swabber) et
*Simplice le Forgeron* (Simpleton the Smith), attiraient l'admiration,
surtout de la partie féminine de l'auditoire, qui se réjouissait de voir
apparaître sur la scène Cox avec sa large tartine de pain et de beurre.
On raconte qu'il jouait le rôle du forgeron avec tant de naturel qu'un
jour de foire dans une ville de province, alors qu'on représentait la
farce de Simplice, un maître forgeron qui assistait au spectacle
s'approcha de l'acteur et lui dit : « Quoique ton père dise du mal de
toi, cependant quand la foire sera finie, si tu veux venir travailler
avec moi, je te donnerai vingt-quatre sous par semaine de plus que
ce que je donne à mes autres compagnons [1] » ; l'illusion avait été
complète ; le maître forgeron s'était cru en face, non d'un acteur de
talent, mais d'un véritable et excellent ouvrier. L'habileté de Cox
était si grande qu'il était accueilli avec plaisir et applaudi, non seulement dans les campagnes, les jours de foire, mais aussi à Londres,
voire dans les Universités où l'on allait jusqu'à écrire un prologue
pour telle de ses œuvres [2]. Succès comme farces, soit ; mais farces
encore, quelque joyeuses et pleines d'action qu'elles aient été, et rien
que farces, forme inférieure de l'art dramatique. Tragédies et comédies interdites, théâtre de marionnettes et farces, voilà le large fossé,
sinon l'abîme, où était tombé le grand art des shakespeariens.
C'était, non le mutisme absolu, mais la déchéance incontestable.
« Les Muses étaient bien ensevelies sous les ruines de la monarchie [3] »,
suivant l'expression de Dryden.

1. Baker, *Biog. Dramatica*, mot *Cox*, vol. I, p. 154.
2. Les œuvres de Cox sont au nombre de onze. Elles sont énumérées dans Baker,
*Biog. Dram.*, au mot *Cox*, vol. I, p. 154.
3. Dryden, *The Works of J. Dryden* (*An Essay of Dramatic Poesy*), vol. XV,
p. 354.

## II

Les circonstances étaient graves. Un poète, royaliste plus que suspect par son passé tout de dévouement à la monarchie, par son séjour en France auprès de la reine fugitive, sa conversion à la religion catholique, les diverses missions confidentielles dont Henriette de France l'avait chargé, et son emprisonnement à la Tour, D'Avenant, allait tenter l'entreprise la plus hardie et la plus dangereuse, en ses conséquences pour l'art dramatique, qui se puisse imaginer. Il ne s'agissait de rien moins que de rouvrir les portes du théâtre si longtemps closes. Il fallait, pour la mener à bien, une intelligence très déliée, des précautions minutieuses et un tact merveilleux. Il y avait peu de temps que des acteurs venaient d'être saisis et fouettés : la moindre imprudence pouvait tout compromettre et tout perdre.

Cromwell était dans sa troisième année de Protectorat. Professait-il pour l'art, pour le théâtre enfin, cette haine farouche de ceux qui s'appelaient les « saints », mutilaient brutalement les œuvres jaillies du ciseau ionien, interdisaient tous les amusements publics, depuis les luttes d'athlètes jusqu'aux représentations théâtrales[1] ? Non ; Cromwell n'avait rien du zèle trop austère du puritanisme primitif, de ce sectarisme violent, de ce fanatisme étriqué. Il avait pour les lettres un goût bien marqué. « Quoique sans culture d'esprit, il n'était pas insensible au mérite littéraire. Usher, tout évêque qu'il fût, reçut une pension de lui. Marvel et Milton étaient à son service. Waller, qui était de ses parents, eut part à ses caresses. Ce poète disait souvent que le Protecteur n'était pas aussi peu lettré qu'on le supposait. Il faisait une pension annuelle de cent livres sterling au professeur de théologie d'Oxford, et l'historien du puritanisme, Neale, considère cette libéralité comme une preuve de son goût pour la littérature[2]. » Sans être un protecteur bien dévoué des chanteurs et des instrumentistes, qu'il laissa sans encouragement pendant le Protectorat et qui furent même obligés de se cacher auprès de personnages leur accor-

1. Macaulay, *History of England*, vol. I, chap. II, p. 161 (édit. Longman).
2. Hume, *Hist. de la Maison de Stuart*, vol. II, p. 357.

dant un asile plus ou moins sûr, Cromwell, on le sait, avait quelque goût pour la musique instrumentale : il avait sauvé les orgues d'Oxford d'une destruction assurée, et prenait plaisir, soit à en écouter les accords dans son palais, soit à en jouer lui-même. Peut-être même avait-il, dans sa jeunesse, paru sur la scène et joué, à Cambridge, un rôle qui n'aurait pas été sans influence sur sa destinée, en lui inspirant certains sentiments d'ambition exprimés en un monologue hardi [1].

Tout cela, D'Avenant l'avait observé ou s'en souvenait, et, grâce à cette étude qu'il avait probablement faite du caractère de Cromwell, il pouvait se risquer à entamer la lutte : la réussite n'était pas impossible. Qui sait s'il n'allait pas, à force de souplesse, parvenir à lui prouver que « c'est la sagesse d'un gouvernement d'autoriser les pièces de théâtre, comme c'est la prudence pour un charretier de mettre des grelots à ses chevaux pour que ceux-ci portent gaiement leur fardeau [2] » ? Approuvé et encouragé par un certain nombre de personnages de marque, amateurs de musique et capables de trouver des charmes à une représentation artistique, s'il parvenait à en organiser une, il s'adressa à Cromwell dans ce but et sollicita l'autorisation de faire représenter un « opéra » [3]. La nouveauté du mot et de la chose put, aussi bien que l'intervention d'amis puissants, faire obtenir au poète l'autorisation demandée. Quoi qu'il en soit, D'Avenant réussit dans sa requête, et produisit sur la scène, « pour l'amusement du peuple », non un opéra, comme il l'avait d'abord qualifié, mais ce qu'il appelait maintenant du titre, encore plus ou moins exact, de *Premier jour de divertissement à Rutland House, à l'aide de déclamation et de musique d'après la manière des anciens.* Les anciens avaient bon dos. Le 21 mai 1656, eut lieu la première représentation. La musique ayant, en quelque sorte, servi de passe-port à D'Avenant, c'est par là que commença le spectacle. Une fanfare jouée par des trompettes : les rideaux glissèrent et le Prologue se présenta, hésitant, craintif. « Il me semble, dit-il,

1. Baker, *Biographia Dramatica*, mot *Brewer*. Voir aussi page 108 de ce même volume.

2. Dryden, *Works* (*A parallel of Poetry and Painting*), vol. XVII, p. 309. Dryden cite D'Avenant (Préface de *Gondibert*).

3. D'Avenant, *Works*, vol. III, p. 195.

comme si j'étais sûr de quelque disgrâce, que je devrais revenir sur
mes pas avant même de laisser entrevoir mon visage : ce n'est pas
que je sois terrifié de ne pas savoir faire mon entrée, ni m'incliner et
faire ma révérence, mais c'est que j'aperçois du mécontentement
dans vos regards qui semblent se détourner et rester de travers.
Avant même de blesser, sommes-nous en disgrâce [1] ? » Les premiers
pas, comme on voit, sont timides, les mots qui suivent doucement
flatteurs et insinuants ; puis, le prologue fini, les rideaux sont tirés.
C'est maintenant un concert de musique instrumentale composée
par les meilleurs artistes du temps, le Dr Coleman, le capitaine
Cook, Henry Lawes et George Hudson, et bien adaptée au caractère
sombre de Diogène le Cynique, qui fait son entrée avec le poète
Aristophane, tous deux portant le vêtement qui convient à leur pays
et à leur profession. Tout de suite et de prime-saut ils posent la
question du théâtre, l'un prenant parti contre la scène, l'autre
défendant « les divertissements publics à l'aide de représentations
morales ». Notons que, par prudence sans doute, on ne parle pas
de « pièces de théâtre ». Dans sa harangue, Diogène affirme que
l'opéra enseigne, non la « civilité », comme on le prétend, mais la
« dissimulation », que la musique est « un art trompeur dont l'action porte tout mal à l'extrême, faisant du mélancolique un fou et du
joyeux un fantasque », que les décors enfin sont inutilement trom-
peurs. Quand Diogène a fini, un nouveau concert se fait entendre :
la musique en est gaie, et rappelle le caractère enjoué d'Aristophane,
qui va répondre au philosophe grec. Cette réponse est singulièrement hardie, fourmillant d'allusions que tous les spectateurs évidemment saisissent et dont il est très curieux que le parti parlementaire ne se soit pas senti blessé. « Diogène, reprend le poète, est
implacablement offensé de ce qui est récréation. Il vous voudrait
tous logés comme lui-même, chacun restant chez soi, dans son tonneau..... il s'imagine peut-être que la création nous a donné trop
d'espace, que l'air est trop vaste pour les oiseaux, les bois pour les
animaux, la mer pour les poissons..... Ce cynique morose voudrait
de tout temps faire minuit et changer toute science en une magie
mélancolique. La gaieté l'offense au point qu'il accuserait volontiers

1. D'Avenant, *Works*, vol. III, p. 197.

la nature de manquer de gravité en ramenant le printemps si joyeu-
sement au chant des oiseaux. Quand vous êtes jeunes, il voudrait
que tous vous paraissiez vieux et solennels comme des nigauds revê-
tus de quelque autorité. Quand vous êtes vieux, il voudrait vous
ramener aux cris de l'enfance, comme si vous étiez toujours en train
de percer vos dents. » On laisse, après tout, « leurs sonnettes aux
animaux chargés de lourds fardeaux, et on les distrait en sifflant
quand on les fait avancer avec l'aiguillon ». Bref, que Diogène n'ait
pas « le temps et le pouvoir d'élever et d'accroître une secte mélancolique ». La secte mélancolique ne comprit pas, ou, plutôt, ne voulut
pas comprendre, car personne ne pouvait se méprendre sur la personnalité réelle de ceux qui, comme « les chiens des faubourgs,
aboient aux Muses, cherchant à mordre et tourmenter la poésie, de
leurs gencives seulement, car ils n'ont plus de dents ». Nouveau
chant, nouveau chœur, nouveau concert.

Maintenant un Parisien et un Londonien sont introduits qui vont
discuter sur l'excellence de Paris ou de Londres. « Vos rues sont
étroites, dit le Parisien, vos constructions inégales, sans symétrie,
des géants à côté de nains ; vos bateliers sont avides et turbulents ;
les toits de vos maisons sont si bas qu'il est à croire que chez vous
les maris restent tête nue devant leur femme, car il n'y a pas de
place pour leur chapeau ; le pain est lourd, la boisson épaisse dans
des verres assez mal lavés, les lits sont étroits, les rideaux courts,
le bœuf encombrant la cuisine ; les cheminées font de Londres une
ville enfumée ; vous buvez notre vin pur, et nous, nous l'étendons
d'eau ; vous êtes prodigues en tenant toujours maison ouverte, nous
sommes économes ; vous êtes trop sévères pour vos enfants, qui plus
tard ne vous connaissent plus ; vos voitures sont mal suspendues et
fort étroites, vos jeux de foot-ball affreusement gênants dans vos
rues si irrégulières et si rétrécies ; enfin vos blanchisseuses ont
l'audace d'étendre leur linge aux endroits réservés au public ; avouez
qu'il en est autrement au Luxembourg et aux Tuileries. » — Et le
Londonien de répondre sur le même ton : « Quelle lenteur que celle
de vos courriers pour aller de Dieppe à Paris ! et vos chevaux normands, sous les coups d'éperon, arrivent, bien qu'ils n'aient pas
autant de pattes, à marcher juste aussi vite que des chenilles ; vos
rues ne sont pas toutes aussi larges que les rues Saint-Antoine, Saint-

Honoré et Saint-Denis, et il en est, certes, où vos jolies femmes
n'ont besoin ni de voiles ni d'éventails et doivent tendre des pièges,
aux fenêtres, pour attraper quelques rayons de soleil. Votre Louvre,
commencé depuis si longtemps, n'est pas encore fini : cela ne prouve
pas la richesse de ceux qui le construisent. Vos bateliers, en effet,
sont moins turbulents que les nôtres, mais ils ont l'air aussi moroses
qu'un patron hollandais après le naufrage de sa barque. Et puis,
quelle étrange façon de passer les gens à la perche pour les débarquer ensuite dans la boue ! Les toits de vos maisons sont très élevés,
c'est vrai, mais dans ces vastes constructions viennent s'entasser
des familles de misérables, et l'on y entend un bavardage, un bruit
insupportable. Vous ne tenez pas maison ouverte, dites-vous ; c'est
que vous dépensez tout votre argent en toilette et en luxe ; vous avez
de grands lits, mais les punaises y abondent ; votre cuisine n'est-elle
pas terriblement compliquée, et qui peut se reconnaître au milieu de
vos « pottages, carbonnades, grillades, ragoûts, hachis, saupiquets,
demi-bisques, bisques, capilotades et entre-mets » ? Trop de liberté
est accordée à vos fils, qui deviennent ensuite turbulents, révoltés,
prêts aux insurrections, si fréquentes chez vous. Votre Pont-Neuf
est fameux surtout par les vols qui s'y commettent et les générations de mendiants et de filous qui s'y sont établis à demeure.
Quant à votre politesse, elle est singulièrement exagérée; elle
rappelle celle de ces deux vieux crocheteurs qui, pliant sous le
faix, ne peuvent se décider à passer l'un devant l'autre : « Monsieur, c'est à vous. — Monsieur, vous vous moquez de votre
serviteur ! » si bien qu'ils s'affaissent tous deux sous le poids
de leur fardeau et meurent, partageant à eux deux la gloire d'une
éducation distinguée. » Les rideaux tirés sur cette boutade ne se
rouvrent, après de nouveaux chants avec chœurs, que pour l'épilogue, où le poète donne un dernier regret au passé en disant :
« Telles étaient vos pièces autrefois, mais rattrapez-les, si vous le
pouvez. » Et le spectacle se termine, comme il a commencé, par
une fanfare bruyante[1]. Cette seconde partie n'avait rien de très
audacieux et tempérait ce que la première avait de trop risqué.
Combien hardies, en effet, les allusions incessantes blessantes par-

1. D'Avenant, *Works* (*Entertainment at Rutland House*), vol. III, p. 195-230.

fois pour la « secte mélancolique » et semées un peu partout dans
la discussion entre Diogène et Aristophane ! Encore un coup, c'est
miracle qu'elles aient pu passer sans encombre et que de telles
audaces soient restées impunies. Personne, semble-t-il, ne s'en offus-
qua : aucune protestation ne se produisit ; la voie était maintenant
ouverte, il n'y avait plus qu'à s'y avancer avec une certaine prudence.
C'est ce que fit D'Avenant.

Cette même année, en 1656, il fit jouer *le Siège de Rhodes*, demandant, sans ambages, cette fois, la construction d'une salle plus
grande, se trouvant très à l'étroit pour représenter la flotte de Soly-
man le Magnifique, son armée, l'île de Rhodes, pour établir enfin
ces décors mobiles et peints en perspective, dessinés par John Web,
qu'il introduit pour la première fois et qui seront, avec le *récitatif*,
une innovation jusqu'ici « inconnue en Angleterre, mais en très
grand honneur parmi les autres nations [1] ». Dès cette seconde représentation, nous sommes déjà loin de la discussion, presque par
demandes et par réponses, entre Diogène et Aristophane, entre le
Parisien et le Londonien. D'Avenant avançait à grands pas sur le terrain par lui déblayé ; il venait de faire jouer *le Siège de Rhodes*, le
premier opéra anglais.

D'Avenant, que le succès rendait plus hardi, ne se contenta plus
pour ses spectacles de la partie plus ou moins retirée, plus ou moins
cachée, de Rutland House : c'est au Cockpit, cette fois, à trois heures
de l'après-midi, qu'il fit représenter son *Siège de Rhodes*, puis son
second opéra *la Cruauté des Espagnols au Pérou* (1658), que Cromwell vit d'un œil très favorable, car il détestait les Espagnols : il le
lut d'abord, affirme-t-on, et non seulement en autorisa la représentation, mais l'approuva [2]. Qui sait, après tout, si ce sujet n'avait pas
été choisi à dessein par D'Avenant, et s'il ne faut pas voir, dans ce
choix, une nouvelle preuve de son esprit ingénieux ? Avoir l'approbation de Cromwell en flattant ses inimitiés, n'était-ce pas le moyen
de faire un pas nouveau, une enjambée plus large sur un terrain
désormais plus sûr ? La musique vocale et instrumentale, les décors,
les ornements de toutes sortes, rien ne fut négligé. Peu après fut

---

1. D'Avenant, *Works (The Siege of Rhodes)*, vol. III, pp. 233-235.
2. Id., *ibid.* (Introductory Notice), vol. IV, p. 4.

joué, toujours au Cockpit, le troisième opéra de D'Avenant : *l'Histoire de Sir Francis Drake* (1659), avec le même soin dans la mise en scène. Le poète, jusqu'ici, avait été heureux : à peine si ses innovations, décors et musique, avaient été quelque peu raillées et si, dans une ballade satirique, on avait comparé la musique des nouveaux opéras au « cri d'un pourceau ou aux chats qui font l'amour » [1]. En somme, sa tentative avait réussi : la scène n'était plus vide maintenant, ni les acteurs pourchassés. Cependant l'œuvre n'était pas complète, car si le théâtre avait rouvert ses portes, c'était jusqu'ici à l'opéra, et non aux pièces de théâtre. Il s'agissait donc d'aller jusqu'au bout de l'œuvre entreprise. D'Avenant n'était pas homme à s'arrêter en chemin.

Il fit jouer au Cockpit sa *Belle Favorite*, drame en cinq actes, écrit depuis longtemps déjà, peut-être même joué quelque vingt ans auparavant, mais laissé dans l'ombre pendant l'interrègne parlementaire : il mit à la scène *la Loi contre les Amoureux*, tragi-comédie, adaptation et profanation de deux pièces de Shakespeare : *Mesure pour Mesure* et *Beaucoup de bruit pour rien*, soudées ensemble, combinées. Ce fut un fort beau succès, qu'il faut attribuer moins à D'Avenant sans doute qu'au grand Will, aisément reconnaissable sous le déguisement qui lui avait été imposé. Les critiques les mieux disposés à atténuer la faute de D'Avenant diront peut-être que c'était un moyen habile de ménager la rentrée au théâtre de l'œuvre de Shakespeare, longtemps délaissée. On souscrirait volontiers à cette assertion si on ignorait que ce fut là le premier essai de toute une série de profanations du même genre, commises plus tard par D'Avenant et par d'autres, à une époque où ces mutilations n'avaient pas d'autre raison d'être que le mauvais goût du jour. A ces deux pièces succédèrent *le Siège* — qui n'a rien de commun avec l'opéra *le Siège de Rhodes* — et *les Détresses* [2], œuvres du même poète, jouées à la veille de la Restauration. Opéras et pièces de théâtre avaient désormais le champ libre, et si D'Avenant faisait, en 1659, encore quelques jours de prison, c'était comme incorrigible conspirateur, et non

1. D'Avenant, *Works* (Introductory Notice), vol. IV., p. 5.
2. Id., *ibid.*, vol. I (Prefatory Memoir, p. liii) ; vol. IV, pp. 203, 367.

comme auteur [1]. Cromwell était mort depuis le 3 septembre 1658 : son fils Richard n'était plus qu'un Protecteur sans énergie, sans valeur et sans autorité [2] ; toutes les barrières étaient à terre maintenant : l'art dramatique allait retrouver sa liberté.

Le 25 mai 1660, Charles, prince de Galles, débarquait à Douvres, rappelé par Monk. La cour exilée revenait en Angleterre, et le prince errant, qui avait vécu si longtemps à l'étranger, allait être couronné roi d'Angleterre. L'enthousiasme fut général : les poètes mirent toutes les cordes à leur lyre, et ceux-là même qui, comme Dryden, avaient le plus haut et le plus fort chanté la gloire de Cromwell, sa « piété unie à sa valeur », saluèrent le nouveau roi de leurs palinodies. Après une aussi longue absence, alors que « l'Église et l'État avaient gémi » et que Dryden avait ressenti un « profond désespoir à voir les rebelles prospères et les loyalistes abaissés », le futur poète-lauréat s'écriait : « Salut maintenant, grand monarque, sois le bienvenu chez les tiens ! » Et Dryden, après l'*Astræa Redux*, avait d'autres alleluias en réserve : il les gardait pour le jour du couronnement. De Douvres à Cantorbéry le voyage de Charles ne fut qu'un triomphe : des guirlandes de fleurs ornaient toutes les rues où le futur roi passait, et la foule ravie partout se pressait sur ses pas. A Londres, en l'attendant, on allumait des feux de joie, les cloches sonnaient à toute volée, et on buvait copieusement à la santé du roi [3]. La joie redoubla lors de l'arrivée de Charles : vingt mille cavaliers et fantassins, brandissant leurs sabres, poussaient des cris de joie inexprimable ; les routes étaient jonchées de fleurs, les cloches sonnaient, les rues étaient tendues de tapisseries, des fontaines coulait du vin ; le maire, les aldermen et toutes les compagnies étaient en grand costume avec leurs chaînes d'or et leurs bannières ; les lords et les nobles, vêtus de drap d'argent, d'or et de velours ; les fenêtres et les balcons étaient garnis de dames ; des trompettes, de la musique de tous côtés ; des milliers de personnes se pressaient jusqu'à Rochester, et il fallut au cortège sept heures pour traverser la Cité, de deux heures de l'après-midi à neuf heures du soir. « J'étais

1. Austin, *The Lives of the Poets-Laureate* (Sir William Davenant), p. 131.
   Evelyn, *Diary*, 3 sept., 22 oct. 1658.
2. Green, *History of the English People*, vol. III, p. 317.
3. Pepys, *Diary*, 2 mai 1660.

dans le Strand, et je contemplais tout cela, bénissant le Seigneur »,
ajoute le fidèle Evelyn [1]. Les adresses de félicitations affluèrent vers
le roi de tous côtés, et le moindre écrivain composa au moins un
sonnet. Les réjouissances furent générales : partout on cria : « Vive
le roi ! » Il y eut même quelques excès, et une proclamation signala
à la sévérité des magistrats certains individus qui, sous prétexte
d'honorer le roi, injuriaient et menaçaient leurs concitoyens,
passant leur temps dans les tavernes de la ville [2]. Il se produisit
en Angleterre, lors de la Restauration, un peu de ce qui se passa
plus tard en France à la mort de Louis XIV [3] : des deux côtés
on était délivré comme d'un cauchemar, des deux côtés on respirait enfin librement.

Au sortir de ce long carême, il fallait des plaisirs [4]. Le puritanisme avait comprimé, arrêté l'élan de l'âme anglaise ; la royauté
devait lui rendre sa liberté ; le long ennui de l'interrègne puritain
devait maintenant avoir sa contrepartie : aux Cavaliers qui rentraient de France, il ne fallait pas songer à imposer la solennité et
l'austérité des Têtes-Rondes : c'était une vie brillante et joyeuse qui
seule, après l'exil, pouvait convenir aux royalistes. Témoins de la
splendeur des représentations théâtrales qui, à la cour de France,
étaient une des distractions favorites, ils rapportaient de l'étranger
un goût très marqué pour le théâtre, et ce penchant s'affirma d'autant mieux que ces amusements mêmes étaient comme une protestation contre la rigueur puritaine : assister à un spectacle, c'était, en
somme, faire preuve de loyalisme envers la royauté. Charles II, non
moins que les Cavaliers de son entourage, témoignait un goût très
vif pour les choses de la scène. A peine avait-il retrouvé le trône
de ses pères, le 9 juillet 1660, qu'un ordre fut donné d'accorder à
Thomas Killigrew, valet de la chambre du roi, l'autorisation « de
réunir une troupe d'acteurs qui devra être la troupe du roi, et de
bâtir un théâtre, avec le pouvoir de rétribuer les acteurs à sa guise,
de les obliger à tenir leurs engagements, de réduire au silence et de

---

1. Evelyn, *Diary*, 25 mai 1660. — Voir aussi Pepys, même date.
2. *Calendar of State Papers*, 1660-61, pp. 4, 5, 2.
3. Macaulay, *Essays : Comic dramatists of the Restoration*, p. 569 (éd. Longmans
4. Taine, *Hist. de la Litt. anglaise*, vol. III, p. 3 et suivantes.

rejeter les mutins » ; et la pièce officielle ajoutait : « ... Comme on a
fait preuve récemment de grande licence en matière de ce genre,
aucune autre troupe d'acteurs ne sera désormais autorisée, excepté
celle-ci, et celle accordée par le feu roi à Sir William D'Avenant,
toutes les autres seront absolument supprimées[1]. » Le 20 août, le
roi déclarait aux autorités compétentes qu' « il était informé que des
acteurs se réunissaient au théâtre du Red Bull, au Cockpit et au
théâtre de Salisbury Court, que l'on y représentait des pièces profanes et obscènes, et il donnait l'ordre de les supprimer avec rigueur,
menaçant les coupables de pénalités sévères[2] ». A nouveau, le
31 juillet 1661, un ordre de suppression était lancé contre tous acteurs, acrobates, et danseurs de corde qui n'avaient pas l'autorisation
de Sir Herbert, le maître des réjouissances, en raison du scandale
contre l'Église et l'État commis par certaines personnes qui, ayant
secrètement obtenu des commissions du roi, les vendaient ou les
prêtaient[3]. Ces menaces et ces interdictions visaient, semble-t-il,
les acteurs de Rhodes au Cockpit et ceux de la troupe du Red
Bull.

Donc, à la suite de lettres patentes accordées à Killigrew et à
D'Avenant en août 1660, et renouvelées en 1662, deux troupes
d'acteurs étaient formées, devant jouer dans deux théâtres différents[4]. La première était sous la direction de Killigrew, « qui s'était
fait accepter de son souverain autant par ses vices et ses folies que
par son esprit et son attachement au roi dans ses malheurs[5] » ; elle
s'appela « les Serviteurs du Roi » et fut formée des vieux acteurs
qui jouaient sans autorisation régulière au Red Bull. L'endroit où
allaient avoir lieu les représentations était connu sous cette désigna-
tion courte et claire : le Théâtre. L'autre troupe était sous la direction et la responsabilité de William D'Avenant. Déjà sous Charles Ier,
il avait été autorisé par lettres patentes, et depuis il s'était signalé,
non seulement par un talent réel et novateur, mais aussi par des
services rendus au roi et à la reine, en France et en Angleterre,

<hr>

1. *Calendar of State Papers*, 1660-61, p. 114.
2. *Ibid.*, p. 196.
3. *Ibid.*, 1661-62, p. 47.
4. *Ibid.*, pp. 244, 460.
5. Baker, *Biographia Dramatica*, Introd. xxi.

où il avait payé de plusieurs séjours à la Tour sa fidélité à la cause royale. Ce furent « les Serviteurs du duc d'York », troupe formée des acteurs recrutés par Rhodes au Cockpit. Ce théâtre, en souvenir du passé et des représentations musicales données par D'Avenant avant la Restauration, s'appela l'Opéra [1]. Ces deux troupes, ayant chacune à sa tête un directeur responsable et éprouvé, avaient le monopole des représentations théâtrales, et l'autorité veillait à ce qu'on ne violât pas le privilège accordé à la troupe du Roi — en France, la Troupe Royale — et à la troupe du Duc — à Paris, la Troupe de Monsieur.

Ces deux compagnies jouissaient de la protection de Charles II, et il ne fallait pas songer à leur nuire en aucune façon. Les deux directeurs se rendaient parfaitement compte de la situation privilégiée dont ils jouissaient et n'hésitaient pas, le cas échéant, à s'adresser au roi. Le théâtre des marionnettes, dont le succès ne s'était jamais démenti, même au temps de la République, pouvait nuire à la prospérité des deux nouveaux théâtres : il y avait là pour Killigrew et D'Avenant une rivalité inquiétante. Sûrs par avance de la bienveillance du roi, ils demandèrent à Charles II l'éloignement des marionnettes qui lésaient leurs intérêts et, en tout cas, excitaient la jalousie des directeurs des théâtres royaux [2]. Il arriva aussi qu'un certain John Richards, acteur de la troupe de D'Avenant, quitta, un beau matin, ses camarades pour Dublin, séduit par les promesses qui lui avaient été faites. Le roi, informé de cette désertion, prit fort mal la chose et fit écrire incontinent de Hampton-Court au duc d'Ormond en Irlande, lui enjoignant d'avoir à obliger John Ogilby, du théâtre de Dublin, à renvoyer tout de suite en Angleterre l'acteur infidèle, avec défense expresse d'attirer jamais en Irlande ou ailleurs aucun des acteurs de la troupe du duc d'York [3]. Charles II n'entendait pas qu'on lui soutirât ses acteurs, non plus que ceux de la troupe de son frère ; il veilla aussi à ce que la brillante phalange que Killigrew et D'Avenant avaient su réunir avec Betterton, Bird, Hart, Mohun, Lacy, Burt, Kynaston, avec des actrices comme Mrs. Corey,

---

1. John Downes, *Roscius Anglicanus*, Preface xxiv, pp. 1, 3.
   D'Avenant, *Works* (Prefatory Memoir), vol. I, lxix.
2. D'Avenant, *Works* (Prefatory Memoir), vol. I, lxiii, lxiv.
3. *Calendar of State Papers*, 1661-62, p. 455.

Mrs. Marshall et Mrs. Hughes, pour ne citer que les plus en vue, ne fût pas, un jour ou l'autre, décimée; d'autres acteurs devaient être là tout prêts à les remplacer au besoin. Aussi, à la demande des deux directeurs, il accorda, en 1665, à William Legg, un des serviteurs de la chambre royale, des lettres patentes lui permettant de bâtir un théâtre, d'y réunir des jeunes garçons et des jeunes filles pour les instruire et y former des artistes pouvant passer, selon les besoins du moment, dans la troupe de D'Avenant ou de Killigrew. C'était la Nursery, sorte de pépinière où, selon le mot de Dryden, « on formait des reines et élevait de futurs héros, où des acteurs imberbes apprenaient à rire et à pleurer et à défier les dieux [1] ».

Deux théâtres, deux troupes, une Nursery pour en combler les vides, la protection royale assurée, que fallait-il autre chose pour entreprendre une série de brillants spectacles et contenter la cour, si avide de divertissements dramatiques ? Il manquait des pièces de théâtre, un répertoire abondant et varié pour piquer la curiosité et exciter l'intérêt des spectateurs tout prêts à applaudir. Les éléments personnels pour une nouvelle littérature dramatique étaient d'ailleurs largement suffisants, et les écrivains de talent ne manquaient pas qui pouvaient collaborer à l'œuvre de restauration théâtrale [2]. Le vieux dramaturge Shirley avait alors soixante-six ans ; Waller, D'Avenant, Jasper Mayne, Milton, Sir Aston Cokain, avaient dépassé la cinquantaine ; Killigrew, Butler, Denham, Cowley, William Chamberlayne, Sir Samuel Tuke, Alexander Brome, Roger Boyle, avaient entre quarante et cinquante ans. Parmi les jeunes, au-dessous de quarante ans et par rang d'âge, se trouvaient Marguerite Cavendish, le marquis de Newcastle, son mari, Sir Robert Howard, John Wilson, George Villiers, duc de Buckingham, et Edward Phillips. John Dryden et Catherine Philips avaient trente ans ; Dillon, comte de Roscommon, en avait vingt-huit ; George Etherege, vingt-cinq ; Sir Charles Sedley, seulement vingt-trois, tandis que Shadwell et Wycherley avaient juste vingt-un ans. Tels sont, à peu

1. Molloy, *Famous plays*, pp. 14-16.
2. Masson, *Life of Milton*, vol. VI, pp 292-321.
  Id., *Essays biographical and critical chiefly on English poets*, p. 96.
  *Quarterly Review*, July I, 1854, article Dryden, *The Literature of the Restoration*, p. 10-11.

près, les poètes qui pouvaient, par leur tournure d'esprit ou leurs antécédents dramatiques, contribuer au réveil du drame, après la Restauration ; la phalange était certainement suffisante, et par le nombre et par le talent. Mais à quelle théorie allait-on souscrire ? à quel système dramatique allait-on s'arrêter ? Emprunterait-on au vieux fonds classique ? Demanderait-on aux romantiques shakespeariens de quoi subvenir aux besoins des deux théâtres ? ou bien allait-on créer quelque combinaison nouvelle par la juxtaposition d'éléments divers, empruntés à diverses écoles, surtout à l'étranger, à la France, par exemple ?

# CHAPITRE II

## Classicisme ou romantisme?

La formule classique  n'était certes point inconnue en Angleterre.
Dès le quatrième, peut-être le septième siècle, dans certaines compositions dramatiques comme le *Querolus* et les comédies latines de
Hroswitha, religieuse bénédictine qui vivait au dixième siècle, on
distingue déjà l'inspiration et l'imitation  classiques. Tandis que
la comédie du *Querolus* est une imitation de l'*Aululaire* de Plaute, on
retrouve dans les pièces de Hroswitha, tenant à la fois du miracle et
de la moralité, et destinées à être lues plutôt que représentées,
la manière de Térence, toute la forme extérieure de l'écrivain latin,
dont l'*Andrienne* était traduite en anglais dès la seconde décade du
onzième siècle [1]. C'est donc sur le berceau même du drame anglais
que la muse latine se pencha bienveillante et protectrice. Dans les
moralités aussi on entend sa voix aisément reconnaissable au milieu
des fredons populaires ; et l'antiquité classique, grecque et romaine,
transparaît clairement sous l'enveloppe un peu fruste où s'enferme,
sans s'isoler, le génie anglo-saxon. L'*Epreuve de Fortune* est l'œuvre
d'un auteur dont on ne peut nier la science classique : les allusions
mythologiques à Junon, à Vénus, à Minerve et à Mars, voire au
malheur de Vulcain, foisonnent dans ces vers déjà rimés, où ne manquent non plus, ni les souvenirs littéraires d'Orphée et d'Amphion,
ni les citations d'Esope et surtout de Cicéron, ni la connaissance de
la philosophie de Diogène et d'Epicure [2]. Le prologue de *Jack le Jongleur* commence par deux hexamètres latins, et c'est seulement après

1. Ward, *English Dramatic Lit.*, vol. I, p. 2-4.
2. Dodsley, *Old English Plays*, vol. III, p. 261-301.

réflexion que l'auteur déclare qu'après tout « il vaut mieux parler anglais », ce qui ne l'empêche pas d'ailleurs, un peu plus loin, de reprendre ses citations latines et de semer, ici et là, les noms de Plutarque, de Socrate, de Platon et de Cicéron. La pièce n'est peut-être pas à proprement parler une imitation de l'*Amphitryon*, bien que le Prologue déclare que « le fond est emprunté à la première comédie de Plaute », mais cela en est comme la parodie par l'exagération du ridicule des traits et de la vulgarité du langage, tout incident y devenant grotesque, toute expression triviale, Amphitryon se transformant en Maître Boungrace, berné par sa femme et sa servante [1].

Ce goût du classicisme, bien marqué dans ces œuvres littéraires, était, d'ailleurs, répandu de tous côtés : les classiques étaient lus dans le texte même. De grandes dames comme Jeanne Grey, la duchesse de Norfolk, la comtesse d'Arundel, s'éprenaient volontiers de Platon et de Cicéron. La reine Marie, comme la reine Élisabeth, avait reçu une forte culture classique, et l'on sait combien le précepteur de celle-ci, Roger Ascham, était fier du savoir de son élève, la reine Élisabeth lisant, pendant son séjour au château de Windsor, « plus de grec en un jour qu'un chanoine ne lit de latin en une semaine ». Grandes dames et filles de duchesses devaient apprendre le latin et le grec, et il ne leur était permis d'ignorer ni les poètes, ni les historiens, ni les orateurs de l'antiquité. La reine Élisabeth honorait-elle de sa visite quelque représentant de la haute noblesse : elle était saluée à son entrée sous le hall par les dieux Pénates, et c'était Mercure qui la conduisait à ses appartements privés. Les pâtissiers eux-mêmes, s'il faut en croire Warton [2], devaient être experts en mythologie et pouvoir servir, en pièce montée, telle ou telle des Métamorphoses d'Ovide : le plum-cake avait des allures historiques et s'appuyait savamment sur un bas-relief représentant la chute de Troie. L'après-midi, si la reine se promenait dans les jardins, le lac était couvert de Tritons et de Néréides : les pages étaient transformés en nymphes des bois dont le regard filtrait, à la dérobée, de chaque bosquet, tandis que les valets de pied gambadaient sur les pelouses, sous les traits de Satyres. La chambre où dormait la reine était

---

1. Dodsley, *Old English Plays*, vol. I, p. 107 (*Jack Juggler*, Introduction).
2. Warton, *History of English Poetry*, p. 944-946 (éd. Ward, Lock).

tendue de tapisseries figurant le voyage d'Énée, et si Élisabeth chassait dans le parc, c'était Diane qui venait à sa rencontre, la proclamait vierge chaste et pure et l'invitait à s'égarer dans des bosquets, sans craindre la présence indiscrète d'Actéon. Quand elle passait à cheval dans les rues de la ville de Norwich, Cupidon, à la requête du maire et des aldermen, s'avançait hors d'un groupe de dieux ayant quitté l'Olympe pour rehausser de leur présence le royal défilé, et lui tendait une flèche d'or. L'arme, un peu tardive, était reçue cependant avec reconnaissance par la reine, qui, même à cinquante ans, ne se dérobait pas à pareilles flatteries. La royale coquette allait, dit-on, jusqu'à ne pas reculer devant certains spectacles où la louange affectée revêtait une forme rien moins que discrète : les trois déesses rivales, Junon, Minerve et Vénus, avaient pour compagne la reine Élisabeth, et Pâris adjugeait à Vénus la pomme d'or qui, dans la pensée de l'auteur de l'interlude, devait revenir à la reine.

Ce goût pour l'antiquité classique n'était pas confiné dans les li-mites plus ou moins étroites de la cour, il s'était également répandu au dehors, et ce qui contribua sans nul doute à sa diffusion fut, en même temps que l'étude directe des textes, le nombre des traductions grecques ou latines dont la lecture permettait aux moins lettrés de s'instruire des chefs-d'œuvre de la Grèce et de Rome et, partant, de saisir au moins ce qu'il y avait d'extérieur dans les littératures anti-ques. Très nombreuses, en effet, furent ces traductions. Homère, depuis la *Batrachomyomachie* jusqu'à l'*Iliade* entière, était traduit par Christopher Johnson, en vers latins, il est vrai, puis par Arthur Hall et Chapman, à la fin du seizième siècle. La *Jocaste* d'Euripide passait en anglais dès 1566. Virgile et Ovide étaient accueillis avec un enthousiasme que marque bien le nombre des traductions. Phaer, Henri, comte de Surrey, Twyne, Robert Stanyhurst, Abraham Fle-ming, Webbe, Abraham Fraunce, s'attaquent victorieusement à tout ou partie de l'œuvre du poète de Mantoue. L'*Énéide* d'abord, puis les *Bucoliques* et les *Géorgiques* sont traduites en alexandrins de quatorze pieds ou en hexamètres. Il n'y a pas jusqu'au *Culex* qui ne se prête à une vague paraphrase par Spenser, sous le titre de « Vir-gil's Gnat », le *Moucheron de Virgile*. Le *Ceiris* même, qu'il soit de Virgile ou de Cornelius Gallus, entre, en un long passage, dans le troisième livre de la *Reine des Fées*. Ovide aussi, Ovide surtout, jouit d'une faveur toute particulière. Après la traduction des quatre premiers livres des *Métamorphoses* par Arthur Golding en 1565 et des quinze livres complets par le même, en 1575, réimprimés trois fois, *Élégies, Épîtres, Satires* et *Tristes*, l'œuvre entière devient anglaise. Horace, Martial sont familiers aux lecteurs anglais, et, en quelque vingt ans, dix tragédies de Sénèque revêtent la forme anglaise [1]. Aussi William Webbe ne veut-il pas oublier de louer comme ils le méritent les Jasper Heywood, les Alexandre Nevill, les John Studley, les Thomas Nuce et les Thomas Newton, « ces savants gentilshommes qui ont peiné et fait œuvre si utile en traduisant les poètes latins en notre langue anglaise : leur mérite à cet égard est au-dessus de toute expression [2] ». La littérature dramatique anglaise ne pouvait échapper à l'influence directe de Sénèque, qui était lu alors et relu en Angleterre, grâce à ces nombreuses traductions.

Est-ce à dire que cette influence directe ait été la seule ? Non pas. L'influence indirecte du poète latin est peut-être d'une importance au moins égale. Par la tragédie italienne, alors tout imprégnée d'esprit classique, se fit sentir, indéniable, l'influence de Sénèque, de Plaute et de Térence, et M. Churton Collins, bouleversant un peu, avec sa brusquerie savante, les idées reçues jusqu'ici, va jusqu'à prétendre que ce n'est pas à Sénèque même, mais aux imitateurs italiens de Sénèque, que les dramaturges anglais empruntent et le sujet et la manière même de leurs pièces [3]. Que l'influence classique ait été directe ou indirecte, ou, ce qui est plus vrai selon nous, à la fois l'une et l'autre, nous n'avons pas ici à le déterminer ; il nous suffit que cette influence ait été réelle, et ceci est au-dessus de toute discussion : l'esprit classique, la méthode classique se retrouvent dans le théâtre anglais du seizième siècle.

L'empreinte classique devait nécessairement être sur toute pièce destinée à la cour ou aux universités pour qui, d'ailleurs, certains poètes comme Rightwise, Alabaster et Legge écrivaient en latin des tragédies telles que *Dido, Roxana* et *Richardus* [4]. C'est cette em-

1. Warton, *History of E. Poetry*, p. 905 et suiv.
2. W. Webbe, *A Discourse of E. Poetrie*, p. 33 (éd. Arber).
3. Churton Collins, *Essays and Studies*, p. 121.
   Voir aussi Cunliffe, *Influence of Seneca on Elizabethan Lit.*
4. Churton Collins, *Essays and Studies*, p. 126.

preinte que l'on découvre aisément dans *Ralph Roister Doister*, la première en date (1550) des comédies anglaises. Elle procède directement du *Miles Gloriosus* de Plaute, avec, ici et là, quelques saillies de la verve d'Aristophane, le Pyrgopolinices de Plaute étant le prototype de ce lourdaud vaniteux et lâche qui s'appelle Ralph dans la comédie de Nicholas Udall [1]. La première tragédie anglaise, *Gorboduc* [2], de Sackville et Norton, représentée en 1561 devant la reine Élisabeth, et imprimée sous le titre de *Ferrex et Porrex*, imitée de Sénèque ou des imitateurs italiens de Sénèque, porte très visible l'empreinte classique, encore que cette empreinte soit par endroits un peu effacée. Sans doute cette tragédie n'est pas rigoureusement et absolument classique : les unités de temps et de lieu — si tant est que ce soit là un critérium infaillible — y sont violées, et le chœur y perd de son union intime avec le drame lui-même pour devenir non seulement un accessoire, un prétexte à effusions lyriques, sans lien très étroit avec les sentiments et les passions mis en jeu, mais simplement une scène muette entre les différents actes, une espèce de pantomime entre quatre vieux philosophes exprimant par une mimique plus ou moins précise ce qui va se produire dans l'acte suivant. Et pourtant la tragédie de Sackville est bien classique par ailleurs : chaque prince y a son confident, son conseiller; bien que l'histoire soit violente, le plus jeune des deux frères, Ferrex tuant son aîné Porrex, la mère tuant le plus jeune pour venger la victime, le peuple révolté égorgeant le père et la mère, aucune de ces scènes sanglantes ne se passe sur la scène : elles ne nous sont connues que par un récit. La *Jocaste* de Gascoigne, adaptation libre des *Phéniciennes* d'Euripide, et jouée en 1566, ne peut assurément que laisser voir son origine classique. *Tancred et Gismunda* [3], produite d'abord sur la scène devant la reine Élisabeth, en 1568, bien que tirée d'un roman de Boccace et d'allure romantique par le choix même du sujet, ne laisse pas non plus de présenter un caractère classique par la façon de traiter ce sujet. Prologue par l'Amour, chœurs de jeunes filles, événements violents, comme la mort du

---

1. *Ralph Roister Doister* est publié dans le recueil de Dodsley.
2. *Gorboduc* est publié dans Dodsley, *Old Plays*.
3. *Tancred et Gismunda*, publié dans Dodsley, *Old Plays*.

comte Tancrède tout au moins, longuement racontés par un messager, voilà bien à nouveau la manière classique. Il en va de même pour *les Malheurs d'Arthur* de Thomas Hughes (1587), où l'on retrouve toute la grandeur tragique du génie d'Eschyle. La comédie de Lyly, *Alexandre, Campaspe* et *Diogène*, puis *Endymion*, sont des compositions toutes pleines de souvenirs classiques. Entre 1568 et 1580, au dire de Collier, il n'y eut pas moins de dix-huit pièces construites sur des sujets classiques et jouées à la cour[1]. En somme, ce qui abonde jusqu'ici, ce qui domine peut-être dans la littérature dramatique anglaise, si on ajoute les noms de Daniel avec sa *Cléopâtre*, d'allure si classique, et de Samuel Brandon avec *la Vertueuse Octavie*, c'est le goût et l'influence de l'art classique, encouragés, on pourrait presque dire imposés, par la cour et les universités. Et c'est au point même que si les Anglais puisent les sujets de leurs tragédies aux sources italiennes, ils adoptent, pour les traiter, la manière antique, celle de Sénèque tout au moins, les resserrant, les réduisant, les comprimant, en un mot, les faisant entrer de force dans le moule classique, où semble pouvoir être coulé désormais le drame anglais.

En effet, à côté des traducteurs et des dramaturges, grands imitateurs de Sénèque, il y a les critiques de l'école classique qui, de toute la puissance de leur talent, exposent, défendent et prônent la théorie classique. C'est la forme du vers classique qu'ils recommandent d'abord. Sidney forme une sorte de tribunal poétique, un Aréopage ou Sénat de Poètes[2], qui devra édicter les lois de la poésie, ou plutôt de la métrique anglaise. Deux de ses camarades d'université, partisans comme lui de la culture et de l'imitation classiques, Fulke Grevil et E. Dyer, lui prêtent leur concours, et bientôt Gabriel Harvey, avec quelques autres, vient grossir le nombre de ces juges po tiques qui s'attachent, en vain, d'ailleurs, à donner pour base à la versification anglaise, non l'accent, mais la quantité des anciens mètres. Spenser même se joignit au nouveau groupe qui prétendait introduire les trimètres iambiques, les hexamètres, les vers saphiques et autres combinaisons de l'antiquité grecque et romaine. Ajoutant l'exemple au précepte, Sidney et Spenser se mirent à l'œuvre : heureusement ils

1. Ward, *E. Dramatic Lit.*, vol. I, p. 113.
2. Churton Collins, *Essays and Studies*, p. 141.

ne persistèrent pas longtemps dans çette entreprise plutôt malheureuse. Néanmoins cette tentative fut faite : l'autorité classique était non seulement reconnue par ce groupe littéraire, mais l'aréopage poétique des Sidney et des Spenser tendait à la faire accepter, à l'imposer presque à tous ceux qui les entouraient. Les efforts des critiques classiques ne portèrent pas seulement sur la versification anglaise, mais aussi sur la conception même de la tragédie qu'ils voulaient rigoureusement classique. Whetstone, en tête de *Promos et Cassandra*, en 1578, a écrit, non pas, comme on l'a insinué, une petite Préface de Cromwell du romantisme anglais, mais, dans la dédicace qui précède la pièce, il a surtout donné les règles classiques et fait la critique du drame de son époque, vagabondant parfois trop librement, selon lui, dans le temps et dans l'espace. « L'Anglais, dit-il, d'abord fonde son œuvre sur des impossibilités : puis, en trois heures, il court à travers le monde, se marie, a des enfants, fait de ces enfants des hommes, et ces hommes conquièrent des royaumes, égorgent des monstres, font descendre les dieux du ciel et vont chercher les diables en enfer. Et ce qui est pire, ce fond est moins imparfait que la mise en œuvre ne manque de mesure ; comme les poètes ne pèsent rien, on rit d'eux et de leurs folies, et cela va jusqu'au mépris ; souvent, pour créer de la gaieté, ils font d'un rustre le compagnon d'un roi ; dans leurs conseils les plus graves, ils laissent les sots émettre leur avis, et c'est le même discours qu'ils donnent à tous les personnages, ce qui est un grossier manque de decorum, car un corbeau contrefera mal la voix délicieuse du rossignol ; et même un langage si affecté convient mal à un rustre ; pour qu'une comédie soit bien faite, les graves vieillards doivent instruire, les jeunes gens doivent avoir les imperfections de la jeunesse, les courtisanes doivent être lascives, les jeunes garçons malheureux, les rustres doivent parler sans art, et toutes ces actions doivent s'entremêler de telle façon que ce qu'il y a de grave puisse instruire, et ce qui est plaisant puisse divertir ; sans cette variété, l'attention serait mince et la faveur peu marquée [1]. » Qu'est-ce autre chose que l'unité de temps recommandée par Whetstone à ses contemporains, la séparation des genres, et l'unité de caractère ?

---

1. Sidney, *An Apologie for Poetrie* (éd. Cambridge Press, notes, p. 152).

Cette même théorie classique se retrouve, en termes presque identiques, reproduite par ce fidèle admirateur de l'antiquité qui a nom
Sidney. « Il arrive d'ordinaire, dit-il, que deux jeunes gens, prince et
princesse, s'éprennent l'un de l'autre : après de nombreuses épreuves,
elle devient enceinte et met au jour un beau garçon ; celui-ci disparaît,
grandit et devient un homme, tombe amoureux, il est tout prêt à faire
un autre enfant, et tout ceci dans l'espace de deux heures. » Sidney
trouve que ce n'est pas sans raison qu'on proteste contre la tragédie et
la comédie, telles qu'on les conçoit alors, car on n'observe les règles
ni de la bienséance ni d'une poésie habile. Ce qu'il admire avant
tout, c'est « le discours majestueux et les phrases bien sonores, s'éle-
vant jusqu'à la hauteur du style de Sénèque ». Il n'y a de possible et
de vraie qu'une conception dramatique, celle qui s'inspire des règles
d'Aristote et du bon sens, c'est-à-dire celle où sont observées les
unités de lieu et de temps, toutes deux absolument nécessaires, l'action devant s'enfermer en un seul lieu et se borner à un seul jour.
Qu'on n'aille donc pas mettre « l'Asie d'un côté et l'Afrique de l'autre
avec tant de royaumes de moindre importance que l'acteur, en entrant, doive toujours commencer par dire où il est, autrement on ne
comprendra rien à l'histoire. Nous aurons, ajoute Sidney, trois
dames se promenant et cueillant des fleurs, et il nous faudra croire
que la scène est un jardin. Bientôt nous apprenons la nouvelle d'un
naufrage au même endroit, et alors c'est notre faute si nous n'y voyons
pas un rocher. A la suite de cela surgit un monstre hideux, avec du
feu et de la fumée ; alors les malheureux spectateurs sont obligés de
prendre cet endroit pour une caverne. Pendant ce temps, deux
armées se présentent, représentées par quatre sabres et quatre boucliers, et alors qui aura le cœur assez dur pour ne pas voir là un
vrai champ de bataille ? » Sidney conçoit la tragédie comme la voient
Aristote ou ses commentateurs, avec les unités, les récits à la manière des anciens, en observant la règle de la concentration, c'est-à-
dire, pour l'action, en ne remontant pas trop loin dans le passé, *ub
ovo*, comme dit Horace, en se bornant à la « crise », en tenant compte
de la séparation des genres, ne mélangeant jamais le tragique et le
comique [2]. Bref, chez Sidney, c'est la conception classique dûment

1. Sidney, *An Apologie for Poetrie*, p. 52 (Cambridge Press).
2. Id., *ibid*, pp. 51, 52, 53, 54.

et doctement appuyée de l'autorité d'Aristote et d'Horace, sans cesse invoquée, et dont les citations reviennent à tout instant sous la plume du critique anglais : c'est de Sidney même [1] — nous dirions plus volontiers de Whetstone, la priorité devant certainement lui être attribuée — que serait venue, pour la première fois clairement formulée, la règle de l'unité de lieu, longtemps avant la *Silvanire* (1625) et la *Sophonisbe* (1629) de Mairet, que l'on considère — la *Cléopâtre* de Jodelle étant peut-être un peu trop oubliée — comme les premières pièces de la scène tragique en France. A côté de Sidney, Webbe ajoute à son *Discours de la Poésie anglaise* (1586) les règles prescrites par Horace dans son *Art poétique*, déclarant que ce sont là « des observations très nécessaires qui doivent être notées par tous les poètes [2]. Il résume, en formules claires et courtes, toute la pensée de l'auteur de l'*Épître aux Pisons*. George Puttenham croit aussi à la nécessité des règles dans son *Art de la Poésie anglaise* (1589) et pense qu'il est possible et utile pour ses compatriotes d'avoir un *Art poétique*, comme en ont eu les Grecs et les Latins. Ce sera « un ensemble de règles et de préceptes établis par des personnes instruites et réduits en méthode [3] ».

Malgré la cour, malgré les universités, malgré les traducteurs, les imitateurs de Sénèque et aussi les critiques influents, le classicisme ne put triompher, et le courant romantique, chaque jour plus rapide, chaque jour plus violent, finit par tout entraîner avec les Peele, les Greene, les Kyd, les Marlowe et surtout avec Shakespeare. Est-ce à dire pour cela que le courant classique fut brusquement interrompu et que, pareil à certains fleuves qui soudain disparaissent sous terre, il se perdit en des profondeurs impénétrables, invisible désormais ? Il n'en est rien, et, à vrai dire, les pré-shakespeariens ne sont pas sans devoir eux-mêmes quelque chose à la culture classique. Élèves et gradués des universités de Cambridge et d'Oxford, ils reçurent une forte éducation classique dont ils témoignèrent, soit par les traductions entreprises par eux, soit par le nombre de citations semées dans leurs œuvres. Marlowe va jusqu'à la profusion dans *le Juif de*

---

1. H. Breitinger, *les Unités d'Aristote avant le* Cid *de Corneille*, pp. 36-41.
2. Webbe, *A Discourse of English Poetrie*, p. 85-92 (éd. Arber).
3. G. Puttenham, *The Arte of English Poesie*, p. 21 (éd. Arber).

*Malte*, *Édouard II*, et *Didon* surtout, où il suit Virgile avec une grande
fidélité. Les allusions classiques y abondent aussi : on y rencontre
Junon et Vénus, Circé et les Cyclopes, Hélène et Protée, Pluton et
Mercure, les divinités de l'Olympe, et, à l'occasion, les grandes
figures de l'histoire romaine. Le traducteur d'Ovide et de Lucain sait
souvent, par son vigoureux talent, nous faire souvenir de la grandeur
tragique d'Eschyle. Peele, venu d'Oxford, Greene, à la fois de
Cambridge et d'Oxford, le premier dans *la Mise en accusation de
Pâris*, et le second dans *Alphonse, roi d'Aragon*, mettent à contribution toute la mythologie de l'antiquité. Kyd, dans *Cordelia*, Lodge,
Nash, Lyly, dont l'euphuisme n'est pas sans profondes racines classiques et dont les pièces *Sapho et Phaon*, *Alexandre et Campaspe*, ont
pour sujet des fables classiques, tous les pré-shakespeariens enfin
ont voisiné avec les littératures de la Grèce et de Rome.

Shakespeare lui-même, s'il ne tient aucun compte de la règle des
trois unités qu'il viole à tout instant, ne la brave pas délibérément
et s'excuse plutôt dans le prologue de *Henri V* de ne pas enfermer
son action dans les limites de temps et de lieu, et il compte sur la
présence du chœur et l'imagination des spectateurs pour aider ceux-
ci à suivre sa « Muse de feu escaladant le ciel étincelant de l'invention » et franchissant d'un bond le temps et l'espace. N'emprunte-
t-il pas aussi au drame antique son prologue et son épilogue ? Sans
doute il ne leur conserve pas tout à fait le rôle important qu'ils
avaient dans la tragédie grecque ; mais si dans *Roméo et Juliette* ce
n'est qu'un simple sonnet, exposant cependant très clairement le
sujet de la pièce, c'est-à-dire la tragique histoire de « deux amoureux
sous des étoiles funestes » ; si, dans *Troilus et Cressida*, le prologue
s'allonge un peu et renseigne aussitôt le spectateur, tant sur le lieu
de l'action que sur le sujet de la pièce, ce prologue, mis en tête de
*Richard III*, prenait les proportions d'une véritable exposition à la
manière antique [1]. Les chœurs de *Henri V* de Shakespeare, comme
ceux de *Faust* dans Marlowe, ne sont-ils pas aussi des vestiges du
chœur antique [2] ? et la rime à la fin de certaines scènes, surtout la
dernière de chaque acte, dans quelques pièces comme *Macbeth*, n'est-

1. Ward, *E. Dramatic Lit.*, vol. I, pp. 385, 509.
2. Chetwood, *A General History of the Stage*, p. 11.

elle pas là, comme on l'a supposé, pour remplacer en quelque sorte le
chœur du drame grec[1] ? Enfin, sans creuser ici la question plus
qu'il ne convient, ne trouve-t-on pas dans les craintes, les remords,
les épreuves, la mort de Macbeth, quelque chose de la Némésis antique ? N'y a-t-il pas aussi dans les prédictions des sorcières sur la
lande dévastée, dans le : « Macbeth, tu seras roi ! » une manière
d'oracle antique, source de toute action, propulsion de toute énergie?
Hamlet et Oreste, comme on l'a signalé[2], ne s'imposent-ils pas à la
comparaison du lecteur attentif ? Si l'on a décrit le Romantisme des
Classiques pour ce qui concerne la littérature française, je ne sais
s'il n'y aurait pas lieu d'écrire, au sujet des pré-shakespeariens et de
Shakespeare lui-même, une étude qui aurait pour titre : le Classicisme
des Romantiques ; le sujet ne serait ni mince ni futile ; un intérêt
certain s'attacherait à la démonstration de la persistance de l'élément
classique chez les grands romantiques, à l'époque la plus prospère
du romantisme anglais.

Avec Ben Jonson, contemporain de Shakespeare, l'art classique
trouve un champion des plus autorisés. Alors que William Alexander faisait jouer, entre 1603 et 1605, ses tragédies classiques de
*Darius, Crésus, Jules César* et d'*Alexandre*, « prenant pour modèle les
Anciens en introduisant le chœur entre les actes[3] » et en reproduisant le ton grave et sentencieux des tragédies de Sénèque ; quand
Daniel, l'Atticus de son époque, comme on l'appelait, écrivait sa
*Cléopâtre* et faisait jouer son *Philotas*, Ben Jonson, en pleine floraison romantique, apportait sa gerbe de fleurs, moins étincelantes
de libre fantaisie, de forme moins irrégulière et moins capricieuse,
mais fleurant bon aussi, car le parfum dont elles étaient imprégnées
venait — un peu évaporé cependant — d'Athènes et de Rome. « Jonson fut sans aucun doute le meilleur classique des dramaturges de
son temps, et il revendique aussi vigoureusement que Voltaire au
siècle suivant le droit pour l'antiquité de déterminer les principes
du drame[4]. »

1. Shakespeare, *Macbeth* II, 1. Appendice VII. ed. Morel.
2. Stapfer, *Shakespeare et les tragiques grecs*.
3. Langbaine, *The Lives of the E. Poets*, p. 2 ; Ward, *E. Dramatic Lit.*, vol. II,
p. 145.
4. *The Edinburgh Review*, July 1855 (article *The Genius of Dryden*), p. 35.

Jonson était un classique par son éducation même. Dès vingt-trois ans il s'était assimilé les classiques grecs et romains ; il était un des hommes certainement les plus instruits de son époque : il avait traduit Horace avec une merveilleuse fidélité, et, semble-t-il, la *Poétique* d'Aristote. Sa bibliothèque était abondamment fournie des meilleures éditions des classiques et on se demande s'il existait dans tout le royaume une bibliothèque personnelle plus riche que la sienne en livres rares et précieux[1]. « Il était digne d'être l'élève de Camden et l'ami de Selden. Les classiques grecs et romains étaient lus à son époque, mais nul ne s'en pénétra plus complètement. Les philosophes grecs, les historiens et les poètes de Rome lui étaient familiers, et il passait d'auteurs moins connus, de Libanius et Athénée, à Lucien et à Plutarque, à Tacite et à Virgile. Sa vénération pour Aristote n'était pas dite du bout des lèvres ; il comprenait la définition et les règles de la *Poétique* mieux que ceux qui, dans la suite, arrivèrent à en grignoter les restes desséchés[2]. » Taine a décrit toutes ces merveilles d'érudition : « Peu d'écrivains ont travaillé plus consciencieusement et davantage ; son savoir était énorme, et dans ce temps des grands érudits, il fut un des meilleurs humanistes de son temps, aussi profond que minutieux et complet, ayant étudié les moindres détails et compris le véritable esprit de la vie antique. Ce n'était pas assez pour lui de s'être rempli des auteurs illustres, d'avoir leur œuvre entière incessamment présente, de semer volontairement et involontairement toutes ses pages de leurs souvenirs. Il s'enfonçait dans les rhéteurs, dans les critiques, dans les scoliastes, dans les grammairiens et les compilateurs de bas étage ; il ramassait des fragments épars, il prenait des caractères, des plaisanteries, des délicatesses dans Athénée, dans Libanius. dans Philostrate. Il avait si bien pénétré et retourné les idées grecques et romaines, qu'elles s'étaient incorporées aux siennes[3]. » Et comme pour résumer en un mot et concentrer en une épithète toute cette variété, cette profondeur, cette sûreté d'érudition, Taine ajoute que Jonson semble « spécial en tout genre ». Ayant bu à si longs traits

---

1. Ben Jonson, *Works* (éd. Gifford, Introduction, pp. 23, 43).
2. Ward, *E. Dramatic Lit.*, vol. I, p. 595.
3. Taine, *Hist. de la Lit anglaise*, t. II, p. 104.

aux sources grecques et romaines, et s'étant, par là même, rendu
compte de tout ce qu'il y a de vérité et de simplicité dans le théâtre
antique, Jonson ne pouvait qu'être frappé de l'irrégularité, un peu
inartistique, au moins à nos yeux de fils de races latines, du
théâtre romantique anglais. Son esprit, conscient de cette mesure, de
cette harmonie dans les proportions qui sont le propre du drame
classique, se scandalisa de l'enflure fréquente de la forme, surtout
chez les pré-shakespeariens, des inégalités, du choc parfois un peu
brutal des éléments, tragique et comique, qui caractérisent la manière shakespearienne. Si dans son *Poétastre,* comédie d'allure fort
satirique, Jonson réhabilite en quelque sorte Horace, calomnié de
Crispinus-Marston « par ignorance, par sottise et par malice » ; si le
critique latin distribue à son détracteur, dont il veut purger la cervelle aussi bien que l'estomac, les pilules qu'il porte sur lui et qui
ne tardent pas à produire l'effet attendu, car elles sont faites de
l'ellébore du plus beau blanc [1] ; si les anciens ont toute l'admiration,
toutes les préférencs du poète anglais, celui-ci ne manque pas de
ridiculiser le drame un peu sonore de quelques-uns de ses devanciers ou de ses contemporains. A un autre point de vue aussi — je
ne parle pas de l'immoralité qu'il reproche aux auteurs de son temps,
— il veut se tenir à l'écart et s'abstenir de « ces expressions si
impropres, de ces solécismes si nombreux, d'un tel manque de sens,
de ces images si hardies, de ces métaphores si usées... capables de
violer l'oreille d'un païen [2], » qui constituent la monnaie courante
des écrivains autour de lui. C'est vers le style régulier, pondéré,
classique, en un mot, que Jonson incline manifestement. Avec lui
rien de violent, rien d'exagéré. « Nous ne rencontrons point sur
notre route d'images extraordinaires, soudaines, éclatantes, capables de nous éblouir et de nous arrêter ; nous voyageons éclairés
par des métaphores modérées et soutenues ; Jonson a tous les procédés de l'art latin [3]... » Classique par son style, il ne l'est pas
moins par le choix des sujets : il les emprunte, non à l'histoire nationale ou à la légende britannique, sources presque intarissables où

1. Ben Jonson, *The Poetaster,* A. V, 1 (éd. Gifford, p. 131).
2. Ben Jonson, *Works* (éd. Gifford, p. 172. *Volpone or The Fox* (Dédicace).
3. Taine, *Hist. de la Lit. angl.,* t. II, p. 106.

a si amplement puisé Shakespeare, mais c'est dans l'histoire romaine qu'il prend le sujet de ses pièces. Il va, en fait de vérité historique, jusqu'à se faire l'esclave du texte latin ou grec qu'il traduit littéralement. Ce n'est plus du Jonson que nous lisons, c'est du Cicéron ou du Salluste. On a cité l'apostrophe fameuse de la première Catilinaire : Quousque tandem abutere, Catilina, patientia nostra ? quamdiu furor iste tuus nos eludet ?... » rendue ainsi  mot à mot :

> Whither at length wilt thou abuse our patience,
> Still shall thy fury mock us ?...

On a comparé, pour en marquer l'absolue ressemblance, l'exclamation bien connue : « O tempora ! o mores ! Senatus hæc intelligit, consul videt ; hic tamen vivit. Vivit ? immo vero in senatum venit... » et la traduction de Jonson :

> O, age and manners ! this the Consul sees,
> The Senate understands, yet this man lives.
> Lives ? Ay, and comes here into council with us... [1]

Et cela continue, non pour quelques lignes, ici ou là, mais pour des tirades entières, semées en maint endroit et dont on pourrait aisément multiplier les exemples. Il oublie trop que la vérité dramatique et la vérité historique sont choses fort différentes ; il ne songe pas que, si l'on demande à l'historien de tracer des portraits exacts, on exige assurément moins de fidélité au poète dramatique; il oublie que celui-ci, en revanche, doit avant tout créer des peintures vivantes. A poursuivre scrupuleusement, religieusement la vérité historique, telle qu'elle jaillit du texte antique, Jonson n'a pas donné une idée aussi exacte, une conception aussi nette du monde romain que Shakespeare, avec toutes ses fautes et tous ses anachronismes. Le classique Jonson a reproduit le costume, l'enveloppe extérieure du vrai Romain, le romantique Shakespeare a mieux sondé l'âme romaine et nous l'a mieux fait connaître.

1. Austin, *The Lives of the poets laureate*, pp. 87-88.

Et cependant Jonson avait pris toutes ses précautions pour écrire
des chefs-d'œuvre. Il y a, croit-il, des règles pour composer une bonne
pièce, et ces règles, il faut d'abord les apprendre, ce que ses contemporains oublient trop souvent : « instruits et ignorants, tous écrivent
des pièces : il n'en était pas ainsi jadis. On exerçait un métier quand
on avait été élevé pour cela et qu'on en connaissait les procédés. Un
honnête fabricant de rapières faisait de bonnes lames, et le médecin
apprenait aux hommes à vomir et à... Le savetier s'en tenait à son
alène ; mais maintenant celui-là veut être poète qui peut à peine guider une charrue [1] ». Il y a donc une technique du métier à apprendre
avant tout. Quiconque veut faire du théâtre doit en connaître les lois.
Or, quelles sont pour Ben Jonson ces lois du théâtre ? Toute sa
théorie dramatique ne nous est point connue : elle était probablement
développée dans les « Observations » qu'il se proposait de publier
avec la traduction de l'*Art poétique* d'Horace ; mais si nous avons
l'*Épître aux Pisons*, les « Observations » sont perdues. Cependant,
par ses préfaces en tête de ses pièces, par ses *Découvertes*, nous en
savons assez pour affirmer que son idéal était évidemment l'idéal
classique et que c'est de ce côté-là qu'il s'orientait lui-même. Et pourtant on peut se demander si Jonson parfois reconnaissait bien la
nécessité des règles : voici, en effet, ce qu'il disait de Sophocle : « Je
ne suis pas d'avis d'enfermer la liberté du poète dans les étroites
limites des lois que les grammairiens ou les philosophes ont prescrites ; car avant la découverte de ces lois il y avait un grand nombre
d'excellents poètes qui les observaient déjà, et parmi eux aucun ne
fut plus parfait que Sophocle, qui vivait un peu avant Aristote. » N'est-
ce pas l'indépendance à peu près absolue du poète qu'il proclame là ?
On serait tenté de le croire, si on négligeait de lire ce qui précède et
ce qui suit ces déclarations. « Notre poète, dit-il, doit veiller à ce que
toutes ses études ne consistent pas seulement à apprendre de lui-
même, car celui qui affecte d'agir ainsi avoue qu'il a toujours un sot
pour maître. Il doit lire beaucoup, mais toujours ce qu'il y a de meilleur et de parfait : ceux qui peuvent lui apprendre beaucoup doivent
toujours être considérés comme ses maîtres et être respectés ; parmi
eux Horace et Aristote, qui l'a instruit, méritent le plus d'estime.

1. Ben Jonson, cité par Langbaine, *The Lives of the E. Poets*, p. 34.

Aristote fut le premier critique exact, le juge le plus sûr et même le plus grand philosophe que le monde ait jamais eu... »

Les règles, assurément, ne constituent pas le talent, ne créent pas le génie, et toute méthode est vaine « sans un esprit naturel et surtout une nature poétique » ; ce ne sont pas les règles qui font qu'un homme écrira mieux ; mais si la nature l'y prédispose déjà, il deviendra un écrivain d'autant plus parfait. Les grands maîtres à suivre sont évidemment Aristote et Horace : « ce que la nature, à n'importe quelle époque, a dicté aux plus heureux, ou une longue pratique aux plus laborieux, de tout cela, la sagesse et le savoir d'Aristote a fait un art... [1] » Qu'on n'aille pas mépriser les unités pour vagabonder librement dans le temps et l'espace ; « là-dessus, écrit Taine, il a une doctrine ; ses maîtres sont les anciens, Térence et Plaute ». Il observe presque exactement l'unité de temps et de lieu. Il se moque des auteurs qui, dans la même pièce, « montrent le même personnage au berceau, homme fait et veillard de soixante ans, qui, avec trois épées rouillées et des mots longs d'une toise, font défiler devant vous toutes les guerres d'York et de Lancastre, qui tirent des pétards pour effrayer les dames, renversent des trônes disjoints pour amuser les enfants [2] ». Les procédés bruyants du drame romantique ne lui agréent point. Ce n'est pas chez lui qu'on entendra « rouler un boulet pour annoncer qu'il tonne, ni jouer du tambour en tempête pour dire que l'orage approche [3] ». L'unité de caractère n'est-elle pas, d'autre part, clairement recommandée par Cordatus dans *Chacun hors de son caractère* : « Verse, verse, s'écrie Carlo à George, qui revient avec du vin ! » Et Mitis de se scandaliser ! mais Cordatus lui ferme aussitôt la bouche par une citation d'Horace :

> Servetur ad imum
> Qualis ab incepto processerit, et sibi constet [4].

Joignant l'exemple au précepte, Jonson écrivit *Volpone ou le Renard* en se conformant à la règle des unités et s'en vantant presque

---

1. Ben Jonson, *Discoveries* (éd. Gifford, p. 763).
2. Taine, *Hist. de la Lit. angl.*, t. II, p. 124.
3. Ben Jonson, *Every Man in his Humour*, Prologue (éd. Gifford, p. 89).
4. Ben Jonson, *Every Man out of his Humour*, V, 4 (éd. Gifford, p. 64).
   Voir aussi *The Magnetic Lady*, I, 1, fin de la scène.

dans la préface : « Comme les meilleurs critiques l'ont prescrit, le
poète observe les lois de temps, de lieu et de caractère, et ne s'écarte
d'aucune règle utile [1]. » Et, en effet, l'action se passe entièrement à
Venise. Dans *la Femme silencieuse* et *l'Alchimiste*, c'est le même
souci des préceptes classiques. Si Jonson rejette toute imitation du
chœur antique, c'est parce que, dit-il, la scène anglaise n'a « ni la
majesté ni la splendeur nécessaires » ; aussi les chœurs de *Catilina*
ne furent jamais chantés, ni même destinés à être chantés, et, comme
le constate son éditeur, « c'est une simple enfilade de réflexions morales se dégageant du sujet, dans le silence du cabinet, n'étant
appropriées à aucun personnage, mais ajoutées à la pièce pour se
conformer à la pratique de son temps ». D'un autre côté, si dans
*Séjan*, par exemple, la confusion des genres peut être constatée quand
le médecin Eudenus est en train de peindre les joues de Livie et
quand Régulus fait preuve de mouvements un peu désordonnés lorsqu'il quitte son lit ; si les personnages sont parfois plus nombreux
sur la scène que ne le comporte le théâtre des Grecs et des Romains,
par exemple dans *Catilina* et dans *Séjan*, Jonson, malgré ces légers
accrocs donnés à la formule sacro-sainte de l'antiquité, n'en reste
pas moins le champion vigoureux de l'art classique au commencement du XVIIe siècle, en plein romantisme. Ses contemporains, d'ailleurs, ne s'y trompèrent pas. J. Donne, s'adressant en vers latins à
l'auteur de *Volpone*, lui disait : « Personne, autant que toi, n'a suivi
les anciens [3] .. », et Bolton déclarait Jonson le premier qui ait découvert et offert aux tentatives heureuses des poètes anglais de son temps
« le drame savant, les monuments antiques du théâtre des Grecs et
des Latins ». Francis Beaumont faisait de lui le seul poète qui ait
enseigné les unités de temps, de lieu et autres règles. Tous enfin,
contemporains et successeurs [4] de Ben, virent en lui le héraut de l'art
classique, le défenseur de l'antiquité, dont il commentait les préceptes
sans prendre garde aux clameurs soulevées contre lui, et dont il
recommandait les règles avec l'autorité grande qui s'attachait à son

---

1. Ben Jonson, *Volpone or The Fox*, Prologue (*ibid.*, p. 174).
2. Ben Jonson, *Works* (*Memoirs of Ben Jonson by Gifford*, p. 64).
3. Ben Jonson, *Works*, p. 77.
4. Ben Jonson, *Works*, pp. 77, 78, 80, 791, 793, 798, 799, 802.

nom, insoucieux du mépris de la foule [1], écrivant seulement pour les connaisseurs, seuls à lui rendre justice. Et l'autorité de Jonson était indiscutable quand il présidait le groupe de ses amis et le cercle de ses admirateurs — *the tribe of Ben,* — non plus au club de la Sirène, où il se rencontrait avec Shakespeare, Beaumont et Fletcher, c'est-à-dire ses égaux, mais à la Taverne du Diable, dans la salle d'Apollon, où il gouvernait en monarque constitutionnel, d'après une charte qu'il avait établie lui-même [2].

Avec Chapman, contemporain et ami de Jonson, traducteur d'Homère, nous avons un autre classique. « C'était, avec moins de force, un esprit de la même famille que celui de Ben Jonson, solide, exact, net, dépourvu de souplesse et incapable d'élan... ; la tournure de son esprit, son éducation littéraire et sa science le rapprochent beaucoup de Ben Jonson, dont il n'est pas éloigné de partager les idées sur l'art et qu'il se laisse aller à imiter, au moment où tout le monde, où le public et les écrivains se prononcent contre ses doctrines. Par goût il inclinait vers l'école classique, et, dès 1599, on trouverait dans une de ses pièces une allusion moqueuse à l'habitude qu'avaient les poètes à la mode de mêler le tragique et le comique [3]. » N'y a-t-il pas dans Massinger même, dans son *Acteur Romain,* quelque chose qui n'est pas du pur romantisme, et qui, par la majesté du ton, se rapproche assez de l'art classique, quelque chose enfin de racinien, comme on l'a dit, ou plutôt de cornélien [4] ?


IV


Donc, depuis la première heure, pour ainsi dire, où le drame anglais revêtit une forme littéraire, l'art antique l'inspira continuellement, sinon uniquement et exclusivement. Mais à côté du courant

---

1. Ben Jonson, *Cynthia's Revels.* Prologue, p. 71. *The Poetaster,* Author to the Reader, p. 136 *The Alchemist,* to the Reader, p. 238. *Catiline,* to the Reader, p. 272 *Bartholomew Fair.* Introduction, p. 306. *The Staple of News* : Prologue, p. 376. *The Magnetic Lady.* Introd., p. 438, chorus, III. p. 448.

2. Ward, *Hist. of Dram. Lit.,* vol. 1, p. 534.

3. Mézières, *Contemporains et successeurs de Shakespeare,* pp. 194. 201.

4. Saintsbury, *A History of Elizabethan literature,* p. 400.

classique, et parallélement, coulait le courant romantique, distinct en
sa course, mais aussi, parfois, mêlant aux ondes plus calmes ses
flots tumultueux. Voguer sur ce fleuve lumineux serait traverser
ravi le pays enchanté où s'est épanouie brillante, irrégulière, admirable toujours, la floraison des chefs-d'œuvre romantiques. Nous
n'en avons pas le loisir. Si nous nous sommes un peu attardé à muser
dans les champs classiques, c'est qu'il nous plaisait de vagabonder au
hasard des détours du chemin sur un terrain assez peu exploré, dont
la topographie reste encore à établir et la carte à dresser d'une façon
précise : notre curiosité littéraire de fils de race latine y trouvait son
compte. Mais nous devons renoncer à la même course vagabonde sur
le domaine romantique. Le romantisme, en effet, mais c'est, sinon
toute la littérature anglaise, au moins la part la plus grande et aussi
la meilleure. Aussi traverserons-nous en hâte, à pas précipités, les
champs romantiques, évitant de nous laisser entraîner à cueillir trop
de fleurs le long de la route, à capturer trop de papillons.

Sans remonter à cette époque un peu lointaine des miracles et des
moralités, compositions sensiblement les mêmes en France et en
Angleterre, et où cependant nous ne manquerions pas de relever des
traces certaines d'influence française, sans étudier même cette période
où la littérature italienne fournissait au drame anglais la forme classique et l'éclat de sujets romantiques, repris quelquefois ensuite par
les grands shakespeariens, il nous suffira de marquer cette époque
où le drame anglais, ne se bornant pas au choix de sujets classiques,
à l'imitation de modèles classiques, puisait en soi sa propre nourriture, sa force et aussi son originalité. On se prit alors à feuilleter les
annales nationales et à inaugurer en Angleterre la tragédie historique
alimentée par les faits tirés de la légende et de l'histoire britanniques.
C'est de là qu'est sorti au moins le sujet des *Malheurs d'Arthur* et
des *Fameuses Victoires de Henri V*; le *Règne troublé du roi Jean* n'a
pas d'autre origine, non plus que *la véritable Histoire du roi Lear et
de ses trois filles : Gonorill, Ragan et Cordella*. Tandis que le drame
tragique s'inspirait de la légende et de l'histoire nationales, la comédie, par les soins de John Heywood, ne passait pas les frontières, en
quête de sujets à traiter, regardait à ses côtés et cherchait dans la vie
de chaque jour les éléments nécessaires au divertissement du public.
De cette source jaillirent successivement : *la joyeuse Pièce entre Jean*

*Jean le mari, Tyb sa femme, et sir John le prêtre,* puis la farce intitulée
*Les quatre P* (quatre personnages dont le nom, en anglais, commence
par un P), enfin *la joyeuse Pièce entre le pardonneur et le moine, le curé
et le voisin Pratte,* et quelques autres compositions d'une gaieté un
peu grosse, précédant les véritables comédies anglaises : *Ralph, Roister
Doister* et *l'Aiguille de la vieille mère Gurton.* Il y avait deux publics
à contenter, celui des universités et de la cour, n'admettant rien de ce
qui ne portait pas l'estampille classique, et celui des théâtres populaires, qui restait fidèlement épris de grosse farce et de bouffonnerie :
c'est à ce dernier surtout qu'étaient destinés ces premiers essais de
comédie anglaise.

Si maintenant nous continuons cette revue sommaire des œuvres
romantiques, nous avons sous les yeux une luxuriante moisson : c'est
Kyd avec sa *Tragédie espagnole,* où la grâce souple et touchante d'une
belle scène d'amour avant la mort d'Horatio. et le désespoir poignant,
le désir de vengeance d'un vieux père découvrant le cadavre de son
fils, ont trouvé une expression tendre et forte tour à tour ; c'est Marlowe avec son *Tamerlan le Grand,* son *Histoire tragique du Docteur
Faust,* son *Juif de Malte,* où la pensée monte haute et large, emphatique souvent, jusqu'aux sommets de l'art dramatique, où l'expression
s'enfle et résonne dans toute l'ampleur d'un « vers puissant », annonçant le *Marchand de Venise* de Shakespeare et le *Faust* de Gœthe ;
c'est Peele, c'est Greene, c'est Lodge aussi, c'est Nash également,
enfin c'est Shakespeare, chez qui — et nous parlons de tous les romantiques — on sent comme le bouillonnement d'une vie nationale
intense, on contemple ébloui les splendides caprices d'une imagination colorée et ardente, sans répit, à peine, quand il s'agit de Shakespeare, pour apercevoir quelques taches dans ce soleil resplendissant.
Et l'on redit tout bas ce qu'un autre prince du romantisme a écrit du
grand tragique anglais : « Shakespeare a la tragédie, la comédie, la
féerie, l'hymne, la force, le vaste rire divin, la terreur et l'horreur, et,
pour tout dire en un mot, le drame. Il touche aux deux pôles. Il est
de l'olympe et du théâtre de la foire. Aucune possibilité ne lui manque[1]. » Héros et héroïnes sont pour nous superbes, ceux-là et celles-
ci également prenants dans l'œuvre si touffue, si variée, si complète

1. Victor Hugo, *William Shakespeare,* p. 259.

du poète de Stratford. « Hamlet, le doute, est au centre de son œuvre, et aux deux extrémités, l'amour ; Roméo et Othello, tout le cœur.
Il y a de la lumière dans les plis du linceul de Juliette ; mais rien
que de la noirceur dans le suaire d'Ophélia dédaignée et de Desdemona soupçonnée. Ces deux innocences auxquelles l'amour a manqué
de parole ne peuvent être consolées. Desdemona chante la chanson
du saule sous lequel l'eau entraîne Ophélia. Elles sont sœurs sans
se connaître, et se touchent par l'âme, quoique chacune ait son drame
à part. Le saule frissonne sur toutes deux. Dans le mystérieux chant
de la calomnie qui va mourir flotte la noyée échevelée, entrevue. »
Mais il était écrit au grand livre de la destinée, avant d'être inséré
dans l'ode de Victor Hugo, que « le semeur d'éblouissements » pour
nous, peut-être, « a des égaux, mais pas de supérieurs[1] ».

Shakespeare mort, il ne restait que de rares et maigres épis à glaner
dans les champs presque épuisés du romantisme anglais : la différence, la décadence, se firent aussitôt sentir. La reine Élisabeth disparue, la vie nationale diminua aussitôt d'intensité pour s'éteindre
peu à peu, et, par là même, la vie dramatique. C'en était fait maintenant de cet enthousiasme vibrant qui inspirait jadis les grands
romantiques : l'Angleterre de Jacques Ier n'était plus l'Angleterre de
la reine Élisabeth, jouant dans le monde le grand rôle que l'on sait :
elle renonçait aux grandes entreprises qui déterminent de puissants
courants dans la vie d'un peuple, elle se tenait à l'écart du reste de
l'Europe, s'isolait presque et se risquait, pour s'y égarer bientôt, sur
la lande desséchée de la controverse religieuse. Or, on l'a dit avant
nous, « le théâtre ne peut exister que comme image de la vie. Dans
les mains des auteurs du temps d'Élisabeth, il reflétait l'énergie d'une
nation qui s'éveille. Marlowe et Shakespeare voyaient se former
autour d'eux de vastes rêves de conquêtes, des plans de découvertes,
et briller l'enthousiasme de la Renaissance avec la conscience de la
liberté religieuse ; leurs pièces en étaient l'image. Le grand poète
est l'homme qui saisit la direction générale et dominante de la pensée
de son siècle[2]... » Aussi le métal se refroidit-il sur l'enclume sonore
où les grands romantiques forgeaient leurs chefs-d'œuvre. Adieu la

1. Victor Hugo, *William Shakespeare*, pp. 262, 281, 473.
2. Perry. *Littér. anglaise...* (Traduction Lemarquis, p. 105.)

— 275 —

ferveur des enthousiasmes d'antan, partant, plus de spontanéité et de
fantaisie brillante, plus d'accents ravis, plus de battements d'ailes,
plus d'enivrements ! c'en était fait de toute cette poésie semée, comme
des étoiles, de tous côtés. Shakespeare lui-même, renaissant de ses
cendres, n'aurait pu faire revivre, et, peut-être, ranimer même un
instant le drame romantique mort, ou tout au moins moribond. La
décadence éclate aux yeux de l'observateur même le plus superficiel.

Quelle distance sépare les successeurs immédiats de Shakespeare
du grand génie qui avait créé *Roméo et Juliette*, *Hamlet*, *le Marchand
de Venise*, *le roi Lear*, *Macbeth* et *Othello !* Webster accumule
comme à plaisir les horreurs sur la scène : il se complaît parfois dans
des situations épouvantables, au milieu des plus terrifiants spectacles.
L'effet, à n'en pas douter, est prodigieusement intense : le poignard y
fait merveille, les crânes roulent de tous côtés, la mort est partout :
ce ne sont qu'assassinats et cercueils, tombes toujours ouvertes,
meurtriers toujours à l'œuvre. Qu'on lise *la Duchesse de Malfi*[1] : on
voit là comme un entassement des horreurs les plus tragiques. Y a-t-il
quelque chose de plus épouvantable que ce baiser donné par la duchesse, dans l'obscurité, à la main glacée d'un homme mort, son
mari ? Y a-t-il rien de plus horrible que la vue, par cette malheureuse,
des figures d'Antonio et de ses enfants qu'elle croit assassinés ? Je ne
pense pas qu'il y ait dans aucune autre littérature rien de plus lamentablement sinistre. Webster atteint au comble de l'horreur tragique.
A côté des personnages de Webster, d'un relief vraiment trop puissant, les caractères de Massinger manquent assurément de l'intensité
de vie qu'on leur désirerait, leur silhouette est grise, voire un peu
effacée : chez lui, la passion est sans chaleur, et, dans les crises
les plus émouvantes, ses personnages n'ont rien de ce qui les exalte,
de ce qui nous transporte : ils restent inférieurs aux situations qu'ils
ont créées et comme écrasés sous le poids de la passion par eux déchaînée. Avec Ford, plus qu'avec Webster — on peut les rapprocher
pour la violence angoissante de certaines scènes[2] — les réminiscences

1. Voir Mézières, *Contemporains et successeurs de Shakespeare*, p. 220-228.
2. Voir dans *'Tis Pity She's a whore*, comment Giovanni, frère incestueux d'Annabella, tue sa sœur, entre dans la salle du festin où le mari d'Annabella doit la faire
assassiner, porte au bout d'un poignard le cœur de la malheureuse victime, sa
maîtresse, dit-il en présence de tous, et tue son vieux père par cette révélation

de Shakespeare sont trop fréquentes. Palladio rappelle Hamlet, et l'on n'est pas loin de reconnaître Viola dans la douce Eteocla de *la Mélancolie de l'Amant*. Dans *le Sacrifice de l'Amour*, d'autre part, d'Avolos, excitant la jalousie du duc contre Fernando, n'est qu'un Iago démarqué. Ajoutons à cela — car nous indiquons seulement les points qui marquent la décadence indéniable du drame romantique — une trop grande hâte dans l'établissement de ces pièces, fort éloignée du grand art que l'on trouve partout dans l'œuvre de Shakespeare[1]. Chez Shirley, à côté d'heureux exemples d'une originalité incontestable, n'y a-t-il pas nombre d'emprunts à Jonson et à Shakespeare, et les sujets traités par le poëte ont-ils toute la variété qu'on leur désirerait ? Brome, à son tour, se dégage-t-il absolument de l'influence de Jonson et sait-il éviter de trop se souvenir du *Roi Lear* et de *Macbeth* dans *l'Echange de la Reine* ? Avec les Cartwright, les Jasper Mayne, les Suckling et Denham lui-même, c'est toujours, plus manifeste encore, la décadence romantique, s'accusant de tous côtés par une collaboration trop active, des emprunts trop fréquents. La déclamation remplaça l'expression de la passion vraie. Il y a une trop grande uniformité dans le choix des sujets, dans le ton même dont sont traitées des passions différentes. Les derniers successeurs de Shakespeare ne rappellent que de loin en loin la force, l'élévation, l'essor shakespeariens. Avec la poésie, la forme du vers s'altérait aussi, se désarticulait en quelque sorte, perdant toutes les qualités qui avaient fait le vers sonore, majestueux de Marlowe, le vers plein, varié et fort de Shakespeare.

Du côté romantique donc le drame était visiblement épuisé, comme ces terrains qui, trop longtemps fertiles et fatigués d'une culture trop intense, d'une production trop abondante, doivent pendant quelques années au moins rester en jachère. Il n'y avait rien à espérer pour les dramaturges de la Restauration ; il était inutile de souffler sur les cendres romantiques déjà froides ; pas la moindre étincelle à raviver : la large flambée shakespearienne était éteinte, peut-être à tout jamais ; en tout cas, le drame ne devait pas retrouver, en Angle-

---

subite, perce d'un coup d'épée le mari d'Annabella et meurt lui-même sous les coups d'assassins.

1. Moulton, *Shakespeare us an artist*.

terre; l'éclat rayonnant qui nimbait le front du poète de Stratford-sur-Avon. Pouvaient-ils consulter les modèles classiques et trouver dans l'imitation des anciens les éléments d'une renaissance dramatique ? Il n'y fallait guère compter. Les tragédies classiques de Ben Jonson n'avaient pas passé sans protestations. Son fougueux éditeur, Gifford, qui le défend avec une inlassable énergie, est bien obligé de reconnaître que, si elles ne furent pas condamnées brutalement, une opposition constante leur fut faite et qu'elles ne reçurent pas l'accueil favorable, le succès même qu'à ses yeux elles méritaient [1]. Par instinct, en quelque sorte, l'Anglais se détournait de l'art classique. On peut se demander comment un peuple, par ailleurs si précis, si méthodique, si ami de l'ordre, a pu, en matière littéraire, se montrer si indocile, si irrégulier, si inégal, si ennemi de toute règle établie, de toute loi promulguée par Aristote ou Horace, ou bien interprétée par un Sidney. Cette indépendance jalouse, cette impatience de tout joug littéraire ne sont pas le moindre de nos étonnements. Mais il faut bien le constater : chaque fois que l'art classique a tenté de pénétrer et de s'implanter en Angleterre, chaque fois il a été renié et repoussé. Il semble, comme l'a dit un critique anglais qui ne manque ni de science ni d'autorité, qu'un Charles Martel anglais ait chaque fois, en une bataille littéraire de Tours, arrêté et refoulé l'envahisseur [2].

Quelle peut être la cause de cette résistance invincible ? Pour l'époque lointaine où la pensée saxonne tentait ses premiers bégaiements, on conçoit assez bien que la culture latine ait eu fort peu de prise sur l'esprit saxon. Taine l'a expliqué, et les raisons qu'il en donne restent entières : « Les Saxons avaient trouvé la Bretagne abandonnée des Romains ; ils n'avaient point subi, comme leurs frères du continent, l'ascendant d'une civilisation supérieure ; ils ne s'étaient point mêlés aux habitants du sol : ils les avaient toujours traités en ennemis ou en esclaves, poursuivant comme des loups ceux qui s'étaient réfugiés dans les montagnes de l'Ouest, exploitant comme des bêtes de somme ceux qu'ils avaient conquis avec le sol. Tandis que les Germains de la Gaule, de l'Italie et de l'Espagne,

---

1. Gifford, *The Works of Ben Jonson*, pp. 19, 20, 24, 29, 44.
2. Saintsbury, *Elizabethan Lit.*, p. 58.

devenaient Romains, les Saxons, gardant leur langue, leur génie et
leurs mœurs, faisaient en Bretagne une Germanie hors de la Germanie. » Ils restèrent donc intacts dans leur isolement et aussi leur originalité. Un siècle et demi après, mis un peu en contact avec l'antiquité par la *Consolation de Boëce,* que traduisit pour eux leur roi
Alfred, ils ne se laissèrent pas davantage entamer. Le traducteur dut
dépouiller le texte latin de tout ce qu'il avait d'élégant, de travaillé,
de classique, pour le réduire à une simplicité presque enfantine et le
mettre ainsi à la portée de l'esprit saxon, « esprit tout neuf, qui n'a
jamais pensé et ne sait rien ». Une âme aussi inculte ne pouvait
tout d'un coup s'ouvrir à la culture latine, « il y avait un mur infran-
chissable entre la savante littérature ancienne et l'informe barbarie
présente ». Ce n'était pas tout : un autre obstacle, permanent celui-
là, et tout aussi puissant, se dressait entre l'esprit saxon et l'esprit
latin : « Par delà cette barrière, qui séparait invinciblement la civilisation de la barbarie, il y en avait une autre non moins forte qui
séparait le génie saxon du génie latin. La puissante imagination ger-
manique, où les visions éclatantes et obscures affluent subitement et
débordent par saccades, faisait contraste avec l'esprit raisonneur
dont les idées ne se rangent et ne se développent qu'en files régulières, en sorte que si le barbare, en ses essais classiques, gardait
quelque portion de ses instincts primitifs, il ne parvenait qu'à produire une sorte de monstre grotesque et affreux [1]. » Cette observation qui, dans l'esprit de Taine, ne s'applique qu'à l'époque primitive,
aux premiers siècles de la littérature anglaise, vaut également pour
expliquer l'antagonisme persistant qui s'est manifesté depuis les origines jusqu'à nos jours. Peut-on, en effet, concevoir Shakespeare
classique ? Comment serait-il parvenu à enfermer dans le moule classique, étroit malgré tout, cette tempête de passion et de visions qui
tourbillonnaient en son âme ardente ? Qu'on se fasse d'abord une
idée du grand tragique : nul mieux que Taine ne peut nous y aider.
« Shakespeare, écrit-il, imagine avec abondance et avec excès ; il
répand les métaphores avec profusion sur tout ce qu'il écrit ; à chaque instant les idées abstraites se changent chez lui en images ; c'est
une série de peintures qui se déroule dans son esprit. Il ne les

1. Taine, *Hist. de la Lit. angl.*, tome I, pp. 58, 59, 66, 67.

cherche pas, elles viennent d'elles-mêmes ; elles se pressent en lui, elles couvrent les raisonnements, elles offusquent de leur éclat la pure lumière de la logique. Il ne travaille point à expliquer, ni à prouver ; tableau sur tableau, image sur image, il copie incessamment les étranges et splendides visions qui s'engendrent les unes les autres et s'accumulent en lui... » Et plus loin, Taine ajoute : « Il faut bien qu'une pareille imagination soit violente. Toute métaphore est une secousse. Quiconque involontairement et naturellement transforme une idée sèche en une image a le feu au cerveau ; les vraies métaphores sont des apparitions enflammées qui rassemblent tout un tableau sous un éclair. Jamais, je crois, chez aucune nation d'Europe et en aucun siècle de l'histoire, on n'a vu de passion si grande. Le style de Shakespeare est un composé d'expressions forcenées. Nul homme n'a soumis les mots à pareille torture. Contrastes heurtés, exagérations furieuses, apostrophes, exclamations, tout le délire de l'ode, renversement d'idées, accumulation d'images, l'horrible et le divin assemblés dans la même ligne, il semble qu'il n'écrive jamais une parole sans crier... Comme un cheval trop ardent et trop fort, il bondit, il ne sait pas courir. Il franchit entre deux mots des distances énormes et se trouve aux deux bouts du monde en un instant. Le lecteur cherche en vain des yeux la route intermédiaire, étourdi de ces sauts prodigieux [1]. » Allez donc discipliner pareille imagination, soumettre à des règles pareille fantaisie et faire tenir en main, par Aristote ou Horace, un coursier de ce caprice et de cette vigueur ! L'imagination flamboyante de Shakespeare ne lui permettait pas d'être classique, il ne *pouvait pas* être classique. Et ce qui est vrai de Shakespeare l'est du génie saxon en général.

Ce n'est pas Taine seulement qui s'est attaché à étudier cet antagonisme de l'esprit saxon et de l'esprit latin. Un savant allemand, M. Carl Horstman, qui a fait de la littérature anglo-saxonne le culte de sa vie d'anachorète, s'y est appliqué de toute la force de sa robuste intelligence en une préface qui lui a suscité en Angleterre de nombreux ennemis, parvenus à altérer un instant son calme de philosophe. Selon lui, le classicisme n'a jamais réussi et ne réussira jamais en Angleterre, parce qu'il est contraire au génie de la race, incapable

---

1. Taine, *Hist. de la Lit. anglaise*, t. I, pp. 185, 187, 190.

d'atteindre à la perfection classique. Voici d'ailleurs la théorie de M. Horstman : les termes mêmes valent bien d'être traduits et rapportés : « Dans la patrie de l'Angleterre, la Germanie, deux principes différents sont représentés par deux tribus différentes : chez le Saxon, c'est le mâle ; chez le Franc, c'est la femelle qui domine. Le Franc, une fois arrivé à l'âge de maturité, cède à l'instinct (*trieb*), au sexe (*kind*), perd l'affirmation de son individualité et met bas les armes devant la femme, son « complément », qui désormais le prend en mains, le gouverne et façonne sa destinée d'après son idéal à elle ; ainsi il est arrêté dans sa marche vers l'individualité. — Le Saxon, lui, ne cède pas, il est naturellement chaste, répugne au « trieb », comme à tout pouvoir tendant à troubler son équilibre et menacer son indépendance. L'indépendance, pour lui, c'est l'existence. Toute intervention, invasion de son *statu quo*, venant du dehors ou du dedans, fait naître sa résistance, et sa puissance de résistance est énorme. Quand la nature triomphe de lui, il subjugue son penchant pour la femme et reste le maître. Il est essentiellement individuel, personnel ; il s'affirme lui-même, compte sur lui-même, se possède lui-même, calme et ramassé dans l'orage de la passion comme dans le choc de la bataille. — Le Franc, dans son contact avec le sexe, vit en commun, il est sociable ; le Saxon est solitaire et timide ; il se retire de la masse et bâtit sa demeure loin de la foule : son « home » est son univers. Aussi le Saxon développe-t-il en lui une forte individualité, tandis que le Franc disparaît sous le sexe. Mais le penchant du Franc pour le sexe est récompensé par le penchant de la nature pour lui ; elle lui donne la *benigna naturæ vena* pour s'exprimer. Son esprit calme, à l'abri des conflits intimes, devient expressif, éloquent, facile dans le choix des mots, facile dans l'expression, artistique ; il peut méditer sur ses conceptions, les former, les modeler à son aise et attendre qu'il ait atteint le fini de la dernière touche ; il possède par excellence le sentiment de la forme et de la beauté. Le Saxon, tenu à l'écart de toute satisfaction, est perpétuellement agité, perpétuellement consumé par le « trieb » auquel il résiste, en proie aux pensées et aux sentiments confus qui se pressent en lui et rapidement se succèdent ; il est d'une imagination sans bornes ; son esprit est trop plein, trop encombré pour trouver l'expression, pour passer au crible, arranger et rendre claires ses conceptions, trop agité pour suivre et développer une vue particulière jusqu'à ce qu'elle soit convenablement exprimée et menée à sa perfection. Ses idées, nées de la vérité immédiate de sa propre sensation et de sa propre expérience, ne sont pas sans valeur : c'est un penseur original et un homme de cœur ; il ne manque pas de bon sens ; toute la difficulté pour lui réside dans la forme. — C'est dommage qu'une moitié de l'humanité ne puisse concevoir la façon dont l'autre moitié sent et pense.

« Le Franc a colonisé la France ; le Saxon, l'Angleterre, et ainsi les deux différents principes se retrouvent dans les deux nations. Il est vrai qu'en Angleterre la lourdeur saxonne a été en partie allégée par l'invasion des Normands ; mais le fond de la nation reste saxon, et ses qualités les plus précieuses, individualité, indépendance, force de volonté, ténacité dans les desseins, sentiment du vrai et du juste, sont d'héritage saxon. On peut même dire de l'Angleterre insulaire que le principe d'individualité du Saxon y a trouvé son plein développement, son développement excessif. Il a triomphé du roi, de l'Église, comme de toutes les puissances ennemies de la libre émancipation de l'individu, et l'histoire d'Angleterre est la réalisation continuelle de ce principe.

D'autre part, nous trouvons la même difficulté de forme. Le premier poète anglo-saxon, Caedmon, trouva l'expression, au dire de Bède, seulement par miracle. Beowulf et, en vérité, toute la poésie anglo-saxonne, sont des épopées avortées dès leur début, avant d'être parfaites et complètement édifiées. De courtes épithètes de nature remplacent la comparaison homérique ; variantes, répétition d'expressions synonymes, arrêtent la marche. Ces poèmes exhalent un sentiment profond et passionné, une vérité immédiate, mais le principe de la forme reste non développé. La conquête normande n'a pas matériellement changé ces conditions, bien qu'elle ait introduit des formes et des modèles français. En somme, la littérature anglaise du moyen âge et même des temps modernes reste individuelle, empruntant à l'expérience individuelle, exprimant des pensées et des sentiments individuels, mais le développement de la forme est négligé et traîne en arrière. Au contraire, les auteurs français cultivent la forme pour la forme elle-même, par suite du sentiment inné qu'ils ont de la forme, et cherchent à reproduire l'idéal classique, même au prix, souvent, de la vérité individuelle. On peut dire que presque jamais, même chez ses plus grands écrivains, la littérature anglaise n'a atteint à la perfection classique. L'individualisme saxon, l'inquiétude saxonne semblent être incompatibles avec l'harmonie parfaite de la forme[1]. »

Cette analyse du caractère saxon est assez intéressante et assez remarquable pour être donnée ici en entier : au surplus, elle est, en France, à peu près inconnue. S'ajoutant aux considérations de Taine, elle nous aide à comprendre pourquoi le génie saxon s'est toujours montré rebelle à la culture classique ; elle nous donne la raison de cet antagonisme permanent, et surprenant au premier abord, entre deux éléments, deux principes que nous voyons maintenant opposés et s'excluant l'un l'autre pour ainsi dire ; elle nous explique, en un mot, pourquoi l'Angleterre a toujours été romantique et pourquoi, en vérité, l'Anglais n'a pas la tête classique.

Qu'allaient donc faire les dramaturges de la Restauration ? D'un côté, inaptitude certaine à s'assimiler l'esprit antique, à entrer dans le moule classique sans le briser aussitôt sous l'effort d'une imagination trop ardente et d'un individualisme trop subjectif ; et d'autre part, impossibilité absolue de puiser à la source romantique, à peu près tarie, à peine murmurant encore sur un lit presque desséché. Le temps n'était pas aux méditations prolongées : les circonstances se prêtaient mal aux hésitations et aux lenteurs de l'hésitation. Il fallait, tout de suite, du jour au lendemain, pouvoir disposer d'un certain nombre d'œuvres dramatiques. Les deux théâtres de Killigrew et de D'Avenant étaient ouverts, les deux troupes d'acteurs, les Serviteurs du Roi et les Serviteurs du Duc, ne demandaient qu'à jouer et à donner au souverain et aux courtisans le plaisir qu'ils réclamaient. Or, des pièces de théâtre ne s'improvisent ni en quelques heures ni en quelques jours ; on était pris au dépourvu ; on n'avait pas le loisir de se demander qui on allait imiter, quelle école on continuerait, quel système dramatique on adopterait ; il fallait d'abord assurer la représentation du lendemain et celles des jours suivants. Et pour cela, inutile de songer à se mettre à l'œuvre, à écrire à la hâte et fiévreusement quelques pièces nouvelles : il n'y avait d'autre ressource que celle de puiser dans le vieux répertoire, de revenir à

1. C. Horstman, *Rolle of Hampole*, vol. I, Introd. (Lib. of Early E. Writers.)

trente ou quarante ans au moins en arrière, de reprendre ces pièces
qui étaient là toutes prêtes, à la portée de la main : on n'y manqua
pas.

Dans les trois ou quatre premières années qui suivirent la Restauration, on vit passer sur la scène, une ou plusieurs fois, onze différentes pièces de Shakespeare : *Henri IV*, *Hamlet*, *la Douzième Nuit*
ou *Ce que vous voudrez*, *les Joyeuses Commères de Windsor*, *Roméo
et Juliette*, *le Songe d'une nuit d'été*, *Henri VIII*, *Macbeth*, *Othello*,
*la Mégère apprivoisée* et *la Tempête* [1]. On joua également vingt-quatre
pièces de Fletcher, ou issues de la collaboration de Fletcher et
Beaumont. C'est même l'œuvre de ces deux poètes qui jouit surtout
de la faveur de la cour. On le voit et par le nombre des pièces jouées
et par la hâte mise à les reprendre. Il y a aussi le témoignage de
Dryden affirmant qu'on jouait alors deux pièces de Beaumont et
Fletcher contre une de Shakespeare ou de Jonson [2]. Ce dernier
cependant n'était pas négligé : *la Femme silencieuse* fut représentée
aussi sans perte de temps, avec *la Foire de la Saint-Barthélemy*, *l'Alchimiste* et *Volpone*. Tous, Ford, Massinger, Middeton, Brome,
Glapthorne, Suckling, Shirley, Webster, Heywood, retrouvèrent
leur place et aussi leur succès sur la scène anglaise où ils avaient si
longtemps triomphé. Downes, le souffleur de la troupe de D'Avenant, « assistant chaque matin à la répétition des acteurs et dans
l'après-midi à leurs représentations », constate qu' « aucune tragédie, pendant plusieurs années, ne valut à la troupe plus de succès et
d'argent que cette tragédie » d'*Hamlet* et que le grand acteur Betterton, incarnant le rôle du prince de Danemark, y fut fortement
applaudi, comme dans tous ses premiers rôles shakespeariens [3].
Webster, le sombre Webster lui-même, fit salle comble huit jours de
suite avec sa *Duchesse de Malfi* [4], tandis que les directeurs de théâtres, Killigrew et D'Avenant, reprenaient, à l'occasion, leurs propres

---

1. Ces deux dernières pièces, toutefois, ne furent pas jouées avant 1667. Voir
Pepys, *Diary*, 9 avril 1667, 7 nov. 1667.

Pour toutes les représentations qui eurent lieu à partir de 1660, consulter
aussi Genest, *Hist. of the Stage*, vol. I, p. 32 et suiv.

2. Dryden, *Essay on Dramatic Poesy*, vol. XV, p. 346.

3. Downes, *Roscius Anglicanus* (to the Reader) et pp. 21, 52.

4. Id., *ibid.*, p. 25.

pièces écrites avant la Restauration, anxieux qu'ils étaient de partager ce succès d'estime et d'argent que provoquaient, à côté de Betterton, l'acteur shakespearien par excellence, Mohun, Bird, Hart, Lacy, Burt, Cartwright, Kynaston et Clun, brillante phalange que le roi et toute la cour venaient applaudir [1].

Mais, au milieu même de ces applaudissements, on sentait que quelque chose était changé : de fâcheux symptômes se faisaient jour ; la réputation des princes de la scène apparaissait maintenant comme un peu vacillante. Shakespeare lui-même, à qui ses contemporains avaient fait l'aumône d'un peu de gloire, sans le gâter pourtant d'une libéralité excessive, parut, aux yeux du joyeux auditoire royaliste, avoir besoin de quelques retouches. Ceux qui préféraient les reparties vives et spirituelles, la gaieté de Beaumont et Fletcher aux passions fortes et profondes, douloureusement exprimées par Shakespeare, trouvèrent le drame de *Roméo et Juliette* bien trop sombre : la fin tragique des deux amants de Vérone attristait trop péniblement ces courtisans qui n'avaient d'autre but que le divertissement et le plaisir immédiats : aussi James Howard se mit-il à l'œuvre pour transformer le drame au goût du moment : il en fit une tragi-comédie, laissant, au dénouement, Roméo et Juliette vivants. Un jour, on jouait le drame de Shakespeare en lui conservant son dénouement tragique ; le lendemain les deux amants échappaient à leur sombre destinée [2]. Evelyn, dès 1661, s'apercevait du changement produit dans le goût public : « J'ai vu jouer *Hamlet, Prince de Danemark*, dit-il dans son Journal, mais maintenant les vieilles pièces ont commencé à dégoûter ce siècle raffiné, depuis que Leurs Majestés ont vécu si longtemps à l'étranger. » Pepys, de son côté, n'était pas tendre pour les chefs-d'œuvre de Shakespeare : *Roméo et Juliette* est pour lui « la plus mauvaise pièce qu'il ait jamais entendue » ; *le Songe d'une nuit d'été* est la pièce « la plus ridicule et la plus insipide qu'il ait jamais vue » ; *Henri VIII* est « faible » ; *Othello* est « pauvre », et *la Tempête* est « sans grand esprit [3] ». On se détournait maintenant du grand romantique. On avait eu recours au théâtre de Shakespeare, on avait

---

1. Downes, *Roscius Anglicanus*, pp. 2, 18.
2. Id., *ibid.*, p. 22.
3. Beljame, *Le Public et les Hommes de Lettres*, p. 40 (note).

adopté l'ancien répertoire parce qu'on avait été pris au dépourvu et qu'il fallait donner des représentations dramatiques pour le roi et pour la cour ; mais bientôt on vit que l'admiration pour les dramaturges du règne d'Élisabeth n'était plus spontanée : on se permettait de remanier *Roméo et Juliette* ; Evelyn et Pepys — celui-ci restant cependant fidèle au culte de Ben Jonson — constataient l'état de l'opinion publique défavorable aux poètes de l'époque shakespearienne ou condamnaient le vieux répertoire. Il était évident que le goût public avait évolué, qu'aucune sympathie n'existait plus entre le passé et le présent, et que si le lien qui les rattachait n'était pas absolument rompu, il était considérablement relâché. Une nouvelle influence avait agi, elle s'était exercée fortement sur ce public composé du roi, de la famille royale, de grandes dames et de courtisans, sur ces spectateurs dont quelques-uns assistaient pour la première fois, dans leur pays d'origine, à une représentation dramatique, ne sachant que peu de chose sans doute des vieilles gloires dramatiques de l'Angleterre, tandis que les autres, séparés du passé par les troubles de la guerre civile et de la République, semblaient en avoir perdu le souvenir. Cette influence nouvelle était incontestablement l'influence française.

# CHAPITRE III

## L'influence française et l'organisation matérielle
## du théâtre.

Cette influence s'exerça d'abord sur l'organisation matérielle du théâtre. A l'époque de Shakespeare, il y avait à Londres sept principaux théâtres, dont quatre seulement étaient appelés des théâtres publics : Le Globe, Le Rideau, Le Taureau Rouge et La Fortune. Il n'y avait toutefois que six troupes d'acteurs, l'une d'elles jouant dans deux théâtres différents, au Globe en été, au Blackfriars en hiver. Trois autres théâtres de moindre importance s'établirent sur les bords de la Tamise : Le Cygne, La Rose et L'Espérance : ce dernier servait surtout aux combats d'ours. Il y eut donc, à Londres, une dizaine de théâtres à l'époque de Shakespeare : c'est au Globe et au Blackfriars que furent représentées toutes les pièces du grand dramaturge anglais.

Le Globe était un bâtiment, à l'extérieur, de forme hexagonale, mais l'intérieur était probablement rond. Construit en bois, comme tous les autres théâtres, il était en partie à ciel ouvert et en partie couvert de chaume ; il était, comme La Fortune, de dimensions considérables, et on y jouait toujours en plein jour ; sur le toit flottait un drapeau qui, probablement, ne restait hissé que pendant les heures de représentation. Le spectacle commençait à trois heures dans les théâtres publics ; des trompettes sonnaient trois fois : la troisième sonnerie indiquait le commencement de la représentation. Les spectateurs qui se réunissaient au Globe, tout en étant moins distingués que ceux du Blackfriars, n'appartenaient certainement pas, comme ceux du Taureau Rouge ou de La Fortune, aux dernières classes de la société. Au milieu du théâtre du Globe se trouvait une cour à ciel ouvert, rappelant les cours d'auberges où les acteurs, à cette époque encore, érigeaient une scène à l'occasion. Tout autour du bâtiment, les spectateurs se plaçaient dans des galeries superposées où ils s'installaient moyennant la somme de douze sous ; les loges étaient vraisemblablement à un shilling, et, dans les théâtres de dernier ordre, le spectateur ne payait sa place que deux ou quatre sous. Au théâtre de Blackfriars, théâtre distingué entre tous, les spectateurs étaient admis sur la scène : c'était la place des critiques et des beaux esprits de l'époque : ils s'asseyaient, les uns par terre, les autres sur des tabourets ; des pages qui accompagnaient ces gentilshommes leur passaient leurs pipes et leur tabac : on fumait sur la scène, comme partout ailleurs dans le théâtre. Souvent on y buvait de la bière, on jouait aux cartes, on cassait volontiers des noisettes et l'on croquait des pommes. La scène était recouverte de roseaux : on ne levait pas le rideau, mais il s'ouvrait par le milieu, et on le tirait, le long d'une tige de fer, à droite et à gauche de la scène. Ces deux rideaux étaient en laine, parfois cependant en soie. A l'arrière de la scène, il y avait, à huit ou dix pieds au-dessus du sol, une sorte de balcon soutenu probablement par des piliers ; de là, partait une partie du dialogue provenant de personnages qui étaient censés-être dans des tours par exemple ou dans quelque endroit élevé. Deux rideaux pouvaient à l'occasion cacher ces acteurs à la vue des spectateurs. De chaque côté de ce balcon se trouvait une loge.

En ce qui concerne les décors, ils étaient certainement réduits à un minimum [1]. On sait les plaintes de Sir Philip Sidney [2] : « Vous aurez maintenant trois dames s'avançant pour cueillir des fleurs, il nous faudra croire que la scène est un jardin. Bientôt on nous apprend la nouvelle qu'un naufrage a eu lieu en ce même endroit, et c'est nous qui aurons tort si nous n'y voyons pas un rocher. A l'arrière sort un monstre hideux avec du feu et de la fumée, il faut alors que les malheureux spectateurs prennent la scène pour une caverne ; cependant deux armées entrent en hâte ; elles sont représentées par quatre

---

1. Malone. *History of the E. Stage*, pp. 48-66.
2. Sidney, *An Apologie for poetry*, p. 52 (Cambridge Press).

épées et quatre boucliers ; et qui aura le cœur assez dur pour ne pas
voir un camp où des tentes sont dressées ? » On n'ignore pas non plus
les excuses données par Shakespeare dans le prologue de *Henri V* :
« Pardonnez, indulgente assemblée, pardonnez à l'impuissance du
talent, qui a osé, sur ces planches indignes, exposer à la vue un
objet si grand. Cette arène à combats de coqs peut-elle contenir les
vastes plaines de la France ? pouvons-nous entasser dans cet O [1] de
bois tous les milliers de casques qui épouvantèrent le ciel d'Azincourt ? Pardonnez, si un chiffre si minime doit représenter ici, sur
un petit espace, un million. Permettez que... nous fassions travailler la force de votre imagination... ; réparez par vos pensées toutes
nos imperfections ; divisez un homme en mille parties et voyez en
lui une armée imaginaire ; figurez-vous, lorsque nous parlons des
coursiers, que vous les voyez imprimer leurs pieds superbes sur le
sein foulé de la terre. C'est à votre pensée à orner en ce moment nos
rois [2]... » L'absence de décors mobiles n'était cependant pas absolue :
on avait certains moyens de représenter les murs d'une ville, peut-
être même une tour. Il y avait des décors peints, puisque l'on retrouve
dans les comptes de la cour le montant des sommes qui y étaient
alors consacrées [3] ; mais rien n'indique que ces toiles peintes, représentant soit des villes entières, soit des créneaux simplement, aient
été mobiles : c'est bien, comme le dit Malone, en 1605, lors des trois
pièces représentées à Oxford en l'honneur du roi Jacques Ier, que
parurent en Angleterre les premiers décors mobiles, perfectionnés
ensuite par Inigo Jones dans les masques joués alors à la cour.
Jusqu'à l'époque shakespearienne on n'avait vu, en fait de décors,
que les trappes par où Vénus descendait sur la scène [4], le chaudron
des sorcières de *Macbeth*, le tombeau de *Roméo et Juliette*, les inventions nécessaires pour l'apparition subite des fantômes, dans *Hamlet*
par exemple, des esprits et des monstres. Un écriteau accroché bien
en vue sur la scène, servait à indiquer le lieu de l'action, quand un
acteur ne venait pas prévenir les spectateurs qu'elle se passait à tel
ou tel endroit. Il ne pouvait manquer d'y avoir les objets indispen-

---

1. Allusion à la forme circulaire du théâtre.
2. Shakespeare, *Henri V* (trad. Guizot, vol. VII, p. 125).
3. Collier, *Hist. of Dram. poetry and Annales of the Stage*, vol. III, pp. 173, 174.
4. Traill, *Social England*, vol. III, p. 571.

sables pour que l'inventaire minutieux de la chambre d'Imogène et
la description précise de l'extérieur du château d'Inverness fussent
intéressants ou même supportables [1]. On sait aussi que le dessous
du toit, au-dessus de la scène, était peint en bleu clair ou tendu d'une
tapisserie de la même couleur pour représenter le ciel, et il y a de
bonnes raisons de supposer que, lorsqu'il s'agissait de représenter
une nuit sombre et sans étoiles, le ciel, au-dessus de la scène, devait
être tendu d'étoffe noire [2], alors que parfois aussi, afin d'évoquer
l'idée d'obscurité, de nuit noire, un homme portant une lanterne suffisait [3].

Cette absence relative de décors n'allait pas sans de grands avantages que la critique anglaise n'a pas manqué de souligner. « Les
décors peints et mobiles étaient primitivement inconnus sur notre
théâtre, écrit Collier, et c'est une circonstance heureuse pour la
poésie de nos anciennes pièces de théâtre qu'il en ait été ainsi ; c'est
seulement à l'imagination du spectateur que le poète faisait appel, et
nous devons à l'absence de toiles peintes un grand nombre de passages descriptifs qui se trouvent dans Shakespeare, ses contemporains et ses successeurs immédiats. L'apparition des décors, croyons-
nous, indique la date où commence le déclin de notre poésie dramatique... A un autre point de vue, il est heureux que les décors
mobiles n'aient pas existé. C'est le grand trait distinctif de notre
drame romantique qu'il néglige les unités de temps et de lieu : il
défie à la fois le probable et le possible, et si nos anciens poètes
avaient été obligés de se borner uniquement aux changements qu'aurait permis à cette époque primitive le déplacement des toiles peintes
ou des planches dressées, nous aurions beaucoup perdu de cette variété infinie de situations et de caractères que permettait cet heureux
mépris de toute contrainte [4]. » Cette absence de décors n'a pas, est-il
besoin de le dire? que des avantages, et nous sommes souvent heureux de voir le poète et le peintre s'unir en une collaboration féconde
dont nous admirons les résultats enchanteurs parfois, sur nos grandes

1. Drake, *Shakespeare and his Times* (éd. Baudry), p. 447.
   Malone, *Hist. of the E. Stage*, p. 86 (notes).
2. Drake, *Shak. and his Times*, p. 447.
3. Consulter aussi Genest, *Hist. of the Stage*, vol. I, p. 1 et suivantes.
4. P. Collier, *Hist. of Dramatic poetry*, vol. III, p. 170.

scènes modernes. C'est sans surprise qu'il faut lire ces jugements formulés par la critique anglaise, car on ne peut s'empêcher de reconnaître que le jour où, vers la fin du xvii<sup>e</sup> siècle, les décors envahirent la scène de leur profusion encombrante, c'en fut fait de la poésie dramatique en Angleterre : le peintre et le machiniste furent tout, le poète rien, ou presque rien.

Si la mise en scène était d'aspect très rudimentaire dans les théâtres publics, elle était soignée et relativement luxueuse à la cour pour ces spectacles à grand effet qu'on appelait les « masques », où la poésie, la peinture, la musique, le chant, la danse et les machines étaient combinés de la façon parfois la plus heureuse pour la distraction des grands [1], quand Ben Jonson et Milton apportaient le concours précieux de leur talent poétique. Vers 1630, l'importance des décors était réelle. Inigo Jones, le dessinateur et l'organisateur de ces sortes de spectacles, se créa à la cour une situation enviée. Il se mit volontiers sur le même pied que Ben Jonson, et quand le poète eut l'audace grande de placer son nom avant celui de son collaborateur sous le titre d'un masque appelé « Chlorida », Inigo Jones, froissé dans son amour-propre, rompit brusquement avec ce rival qu'il trouvait bien trop ambitieux. Usant du crédit qu'il avait à la cour, il évinça Ben Jonson, remplacé aussitôt par des poètes de second ordre qui devinrent, à la place du « rare Ben », les fournisseurs attitrés des spectacles de la cour. Plus souples, plus modestes que Jonson, ils ne firent aucune difficulté pour s'incliner devant l'homme, nous allions dire le héros du jour, et pour placer des mentions spéciales en tête de leurs œuvres, afin de reconnaître la valeur d'une collaboration si éminente [2]. Quelle qu'ait été la splendeur de ces spectacles donnés à la cour sous Jacques I<sup>er</sup> et Charles I<sup>er</sup>, ce luxe de la mise en scène resta inconnu des théâtres publics, qui, du reste, l'eussent trouvé trop dispendieux, partant impossible. Lors de la fermeture des théâtres, l'aspect de la scène était resté sensiblement le même, et la simplicité des décors shakespeariens était toujours de mise.

Il en était tout autrement en France. On a sans doute prétendu qu'au commencement du xvii<sup>e</sup> siècle la mise en scène était presque

---

1. Disraeli, *Curiosities of Literature* (éd. Routledge, p. 381).
2. D'Avenant, *Works* (Introd. de *Britannia Triumphans*), vol. II, p. 250.

nulle, et que le système décoratif, très primitif à l'époque de Garnier et de Hardy, tout en marquant quelques progrès vers l'époque de Corneille, restait encore insignifiant lors de l'apparition du *Cid*, quand, pour représenter le chef-d'œuvre de Corneille, « le théâtre était une chambre à quatre portes avec un fauteuil pour le roi[1] ». Des recherches plus précises et plus récentes ont établi que, sans parler des pièces à machines, où il faut voir le triomphe de la mise en scène[2], la simplicité des décorations était loin d'être aussi primitive qu'on s'est plu à l'affirmer. Ainsi, par exemple, les décorations de l'*Agarite* de Durval[3] ne laissent pas d'être assez compliquées. On sait également que, même pour le *Cid*, la mise en scène ne fut pas précisément très rudimentaire, car Mondory, « le Roscius Auvergnac », comme l'appelait Balzac, ne négligea rien pour que le jeu des acteurs, la beauté des costumes, l'exactitude de la mise en scène, fussent dignes de l'œuvre : aussi le succès fut-il attribué par les jaloux, Mairet surtout, au soin tout particulier que Mondory avait apporté à monter la pièce[4]. A l'époque même où D'Avenant s'essayait à introduire les premières décorations sur la scène publique en Angleterre, Loret, en 1657, admirait les Grands Comédiens, qui, dit-il,

> Ont trouvé des expédiens
> Pour, de leur superbe Teâtre,
> Rendre tout le Peuple idolâtre,
> Par les grandes diversitez
> Qu'on y void de tous les côtez,
> Assavoir des Mers, des Rivages,
> Des Temples, Rochers et Bocages,
> Des concerts, Danses et Balets,
> Dragons, Démons, Esprits-folets,
> Pluzieurs Perspectives changeantes,
> Plus de vingt Machines volantes,
> D'admirables Eloignemens.
> Des Feux et des Embrazemens[5].

---

1. Despois, *Le théâtre sous Louis XIV*, pp. 126, 412.

2. Voiture, *Lettres et autres œuvres* (A Mgr le cardinal Mazarin, sur la Comédie des Machines), p. 411 (éd. Amsterdam).

3. Rigal, *Le théâtre français*, p. 248.

4. *Le Cid* (éd. Grands écrivains), vol. III, p. 8.
   *Le Cid* (éd. Hemon), p. 108.
   *Le Cid* (éd. Larroumet), pp. 10-11.

5. J. Loret, *La Muze Historique* (Lettre cinquantième), vol. II, p. 420.

Ce fut D'Avenant, en effet, qui tenta cette innovation lorsqu'il organisa. en 1656, avec une prudence et une habileté consommées, ces spectacles, *le Siège de Rhodes*, puis *les Cruautés des Espagnols au Pérou*, qui allaient peu à peu faire rouvrir les portes des théâtres, fermées par la sévérité intolérante des puritains. Deux séjours de D'Avenant en France — le dernier de plusieurs années, — auprès de la reine d'Angleterre et de la famille royale, avaient permis à cet artiste, curieux des choses de l'esprit, de se mettre et de se tenir au courant de ce qu'il pouvait y avoir d'intéressant et de nouveau sur la scène française. Il ne passa pas son temps, en dehors du rôle politique et confidentiel qu'il jouait auprès de la reine fugitive, uniquement à composer les deux premiers livres de son poème de *Gondibert*; il avait jeté les regards autour de lui avec tout l'intérêt d'un homme qui songe déjà au théâtre. De retour en Angleterre, il apporta, dès qu'il lui fut permis de tenter son essai d'opéra, des modifications assez importantes au système décoratif employé avant l'interdiction des spectacles dramatiques. Ce furent de nouveaux décors qui, pour la première fois, parurent sur une scène publique [1]. Dryden, qui a presque toujours quelque difficulté à rendre à César ce qui est à César, et aux Français ce qui leur revient, prétend que c'est à l'Italie que D'Avenant a pris l'idée et le modèle de ses décorations nouvelles. Or D'Avenant n'a jamais mis le pied en Italie, tandis que, pendant ses deux séjours en France, l'hôte bien accueilli, l'ami fidèle de la cour d'Angleterre n'aurait pu que de propos délibéré, ou par une insouciance peu vraisemblable chez celui qui a déjà en germe un certain talent dramatique, rester étranger aux choses de la scène française, en un temps où Corneille n'avait pas fini d'écrire ses chefs-d'œuvre et où son nom, par le fait même de cette production littéraire, était dans toutes les bouches. Du reste, la manière de voir de Dryden n'a pas prévalu, car la critique anglaise s'accorde à reconnaître que c'est à la France que D'Avenant emprunta l'idée des innovations successives introduites sur la scène anglaise [2]. Avant D'Avenant, on tirait les rideaux, qui glissaient l'un à droite, l'autre à gauche;

---

1. Dryden, *Works* (Essay on heroic plays), vol. IV, p. 20.
2. *Biographia dram.* Mot *D'Avenant.*
   D'Avenant, *Works*, vol. I, p. lxxiv.

après lui on leva le rideau ; les musiciens de l'orchestre étaient jusque-là placés dans une galerie élevée ou sur la scène, tout à côté des rideaux ; quand D'Avenant et Dryden firent jouer leur adaptation de *la Tempête* de Shakespeare, l'orchestre fut placé, comme il l'était en France et l'est encore aujourd'hui, entre la scène et les spectateurs. Et, il faut bien l'admettre aussi, c'est en France que Charles II, après la mort de D'Avenant, envoya son successeur Betterton, pour voir, à Paris, quelles innovations pourraient contribuer au perfectionnement de la mise en scène en Angleterre [1] : ce furent même ces embellissements qui firent la fortune du théâtre de Dorset Gardens, fréquenté de préférence à celui de Drury Lane. Quand ce dernier fut incendié et détruit en 1671-72, c'est à Paris que Hart et Killigrew envoyèrent Haynes pour étudier le mécanisme de la scène française et rapporter toute nouveauté, toute invention scénique pouvant être adoptées à Londres [2]. Plus tard même, quand l'abus de la mise en scène fut manifeste, quand la splendeur des décors remplaça l'excellence de la poésie [3] et que ce luxe nouveau atteignit tout son excessif développement dans *Mustapha* de Lord Orrery [4], dans *l'Impératrice du Maroc* de Settle [5], et dans *la Destruction de Jérusalem* de Crowne [6], quand Dennis eut inventé son fameux tonnerre et montré son habileté à faire jaillir des éclairs [7], quand Shadwell et Steele eurent déploré, chacun de leur côté, ce grand luxe de décors « apportés d'une nation voisine » et les excès évidents de la mise en scène [8], par opposition à la simplicité shakespearienne [9], on trouvait encore à cette époque dans un inventaire de décors « une chute de neige en papier français des plus blancs et un ensemble de nuages à la mode française, rayés d'éclairs » [10].

1. D'Avenant, *Works*, vol. I, pp. LXXIV, LXXVIII, LXXXI.
2. Wilson, *Works*, p. 5.
3. Beljame, *Le Public et les Hommes de lettres*, pp. 37-314.
4. Downes, *Roscius anglicanus*, pp. 25-26.
5. Dryden, *Works*, vol. I, pp. 158-160.
6. Crowne, *Works*, vol. II. p. 315.
7. Pope, *Works*, vol. IV, p. 332. *Spectator*, n° 592.
8. Beljame, *Le Public et les Hommes de lettres*, p. 39.
9. Steele, *The Funeral* (Prologue).
10. Hurd, *Addison's Works*, vol. II, p. 4.

## II

Si dans l'organisation matérielle de la scène anglaise nous trouvons l'influence française, c'est aussi à l'exemple des Français que les Anglais durent leurs premières actrices.

A l'époque de Shakespeare, et longtemps après, les rôles de femmes étaient tenus, en Angleterre, par des hommes ou de jeunes garçons. En 1629 une troupe d'actrices et d'acteurs français arrivait à Londres ; elle fut autorisée, moyennant deux livres payées au Maître des Réjouissances, Sir Herbert, à jouer une farce au théâtre de Blackfriars. C'est le 4 novembre qu'eut lieu la représentation. L'apparition de femmes sur la scène fit scandale. « Des femmes françaises, ou plutôt des monstres, ont essayé de jouer à l'époque de la Saint-Michel en 1629 une pièce française au théâtre de Blackfriars », écrivait quelque trois ans après Prynne dans son *Histriomastix*, devançant Nicole et Bossuet dans leurs anathèmes lancés contre les gens de théâtre, auteurs et acteurs, vrais « empoisonneurs publics ». C'est là, ajoutait-il avec indignation, « une tentative impudente, honteuse, indigne de femmes, perverse, c'est le fait de prostituées ». Malone s'est demandé si cette troupe française avait obtenu, ou non, quelque succès, car le fougueux ennemi du théâtre qui, dans cette lutte, allait laisser ses deux oreilles, avait déclaré qu'à cette représentation il y avait eu « une grande affluence de spectateurs[1] ». Ces actrices françaises, paraissant pour la première fois sur la scène anglaise, ne purent qu'exciter une vive curiosité, et le fait qu'il y eut beaucoup de monde à cette représentation n'implique pas forcément un succès. Collier, historien documenté en matière de théâtre, tend à prouver que cette audacieuse tentative ne réussit pas. Il a en effet découvert dans la bibliothèque de l'archevêque de Cantorbéry une lettre écrite le 8 novembre 1629 par un certain Thomas Brande et

---

1. Malone, *Hist. of the E. stage*, p. 101.

probablement adressée à Laud, évêque de Londres. « Il faut que vous sachiez, écrit l'auteur de la lettre, que, hier, des acteurs français nomades, chassés de leur pays, ont, avec *ces femmes*, essayé — donnant par là un juste sujet d'offense à toutes les personnes vertueuses et de bonne disposition qui habitent cette ville — de jouer en français une certaine comédie lascive et impudique, au théâtre de Blackfriars. C'est un bonheur pour moi de vous dire qu'ils ont été sifflés, hués et qu'on les a chassés de la scène en leur lançant des pommes ; aussi, je ne pense pas qu'ils soient disposés à recommencer. Avaient-ils une autorisation pour cela, je n'en sais rien, mais ce que je sais, c'est que s'ils étaient autorisés, le Maître des Réjouissances devrait en rendre compte [1]. » Brande se trompait : le Maître des Réjouissances n'eut pas à rendre compte de sa conduite, et les actrices et acteurs français qui, en somme, avaient attiré beaucoup de monde — c'était probablement ce qui leur importait — renouvelèrent leur tentative : ils changèrent de théâtre, et ce fut tout. Ils allèrent, cette fois, au Taureau Rouge et à La Fortune, en payant à Sir Herbert deux livres pour une seule représentation, le 22 novembre, au premier de ces deux théâtres, et une livre pour pouvoir jouer un après-midi à La Fortune, le 24 décembre 1629 [2]. Pourquoi ces migrations d'un théâtre à l'autre ? Pourquoi ces conditions pour un seul jour de représentation, pour un seul après-midi? Très vraisemblablement parce que les actrices et les acteurs français, malheureux une première fois au théâtre de Blackfriars, craignaient de l'être également au Taureau Rouge, et, peu satisfaits de l'accueil reçu à ce dernier théâtre, redoutaient de paraître à La Fortune. C'était proba·blement cette incertitude qui empêchait la troupe de prendre des engagements à trop longue échéance. Et leurs appréhensions n'étaient que trop fondées, car le registre de Sir Herbert nous apprend que s'il n'a reçu qu'une livre pour la représentation donnée à La Fortune, c'est parce qu' « il lui a fait plaisir de rendre aux acteurs une pièce d'argent eu égard à leur malchance ». C'est assez dire que les résultats ne furent pas précisément brillants.

Ces premiers essais n'étaient pas encourageants, et les actrices de

---

1. Collier, *Hist. of E. Dramatic poetry*, vol. I, pp. 451, 452, 453.
2. Id., *ibid.*, p. 453.

troupes françaises purent y regarder à deux fois avant de passer la
mer pour aller visiter Londres. Quelque six ans plus tard, au printemps, en 1635, une nouvelle troupe, forte du patronage d'Henriette
de France, arriva en Angleterre. Celle-ci, indépendamment de ses
goûts tout français, n'avait-elle pas un précédent pour l'encourager à
faire venir à la cour des acteurs de son pays d'origine? Henri VII
n'avait-il pas eu, à ses côtés, des comédiens venus de France [1]? La
reine Henriette aimait beaucoup le théâtre : le roi s'en aperçut vite
et, en mari avisé, sut, par là, arriver à ses fins, c'est-à-dire faire
apprendre l'anglais par la reine qui s'obstinait à parler français, refusant nettement d'apprendre jamais la langue de ses sujets. Charles Ier
fit organiser et jouer dans son palais de Whitehall un grand
« masque », appelé *la Pastorale de la Reine*, où celle-ci dut tenir, en
anglais, un rôle d'une longueur désespérante, dont elle se plaignit
d'ailleurs, car « il était aussi long qu'une pièce tout entière [3] ». La
faveur d'Henriette était acquise aux acteurs et, en 1632, la reine leur
fit don des costumes qu'elle portait ainsi que les dames de la cour,
lors de la pastorale jouée à Whitehall [2]. Cela tendrait donc à prouver qu'il y avait, dès lors, des actrices en Angleterre? Pas absolument, car ces toilettes pouvaient être transformées et mises à la taille
des hommes ou jeunes garçons qui jouaient les rôles de femmes.
Cependant il se peut que l'exemple des actrices françaises ait été
suivi presque aussitôt, et il n'est pas impossible que quelques actrices
anglaises aient paru alors sur la scène, car Lady Strangelove dans
*Court Beggar*, comédie de Brome, jouée en 1632, déclare que « les
actrices sont maintenant en grande demande [3] ». Si la reine Henriette
avait déjà fait preuve de générosité à l'égard d'une troupe anglaise,
on devine aisément avec quelle faveur elle accueillit ses compatriotes.
Elle fut leur protectrice et les recommanda au roi. Après avoir joué
devant elle, ils furent admis sur la scène du Cockpit dans Whitehall et, le 17 février 1635, représentèrent devant le roi et la rein
une comédie française, appelée *Mélise* (*Mélite*, de Corneille), que
ceux-ci approuvèrent fort et que le roi récompensa d'un cadeau de

<hr>

1. Malone, *Hist. of the E. stage*, pp. 102.
2. Strickland, *Lives of the Queens of England* (Henrietta-Maria), p. 69.
3. Strickland, *Lives of the Queens of England* (Henrietta-Maria), p. 62.

dix livres. Trois jours après, le 20 du même mois, le roi dit au Maître des Réjouissances toute sa satisfaction et lui donna l'ordre de faire jouer cette troupe française les deux jours de sermon de chaque semaine, pendant le carême, au théâtre de Drury Lane, où les comédiens de la reine jouaient habituellement. Le roi veilla de très près aux intérêts matériels de la troupe, sans toutefois nuire, par là même, aux acteurs anglais attachés au théâtre de Drury Lane, car ceux-ci restaient inactifs pendant le carême, les jours de sermon, de sorte que le directeur de la troupe anglaise, Beeston, n'eut à concevoir, de la présence des Français, aucune jalousie. Le succès des acteurs français fut, cette fois, incontestable. Cette autorisation accordée les jours de sermon leur valut une recette de 200 livres au moins et de riches costumes qui leur furent généreusement donnés. Ce succès alla croissant, car, grâce à l'intervention de Sir Herbert, ils purent, à leur aise, jouer toute la semaine qui précéda celle de Pâques : le roi voulut bien le leur permettre. Les acteurs français, reconnaissants au Maître des Réjouissances, lui offrirent un cadeau de 10 livres, qu'il refusa, dit-il, sans cesser pour cela de les obliger gratis en maintes circonstances, heureux qu'il était de rendre, par là, à la reine, sa maîtresse, un service qu'elle pût accepter. Après Pâques, les acteurs français furent obligés de laisser libre la scène du Cockpit, préalablement réservée à la troupe anglaise de Beeston ; mais le 4 avril, le lundi de Pâques, ils jouèrent à la cour le *Trompeur puny* avec plus d'applaudissements, au dire de Sir Herbert, qu'ils n'en avaient reçu pour l'autre pièce, probablement la *Mélite* de Corneille ; et, le vendredi soir, 16 avril 1635, ils donnaient la pièce française d'*Alcimedor*, qui fut bien accueillie. La faveur royale et la faveur publique s'attachèrent de plus en plus à la troupe française, car, le mois suivant, un nouveau théâtre fut construit, spécialement pour les acteurs protégés d'Henriette de France. Nous avons les noms de quelques-uns d'entre eux, Josias d'Aunay et Hurfriis de Lau, dont l'orthographe peut bien avoir été un peu défigurée, soit par Sir Herbert, soit par ceux qui les ont ensuite cités. Le roi abandonna au profit de la troupe française son manège, et M. Le Febure fut autorisé à s'entendre avec les Français pour y « construire une scène, un échafaud, des sièges et tous autres accessoires jugés nécessaires afin de pouvoir jouer et représenter des interludes et des pièces de théâtre, sans

qu'on pût les déranger, les troubler et les interrompre ». Sir Herbert,
qui aime décidément à faire remarquer son désintéressement, ajoute
que c'est grâce à son intervention que le roi a abandonné son manège et que tout cela s'est fait gratis, car la reine lui avait recommandé les comédiens : c'est à peine si le généreux Maître des Réjouissances a permis à Blagrave, son assesseur, de recevoir des Français
3 livres pour sa peine. Tous les préparatifs pour la construction et
l'aménagement du nouveau théâtre furent menés assez rapidement,
car, au mois de décembre de la même année, la troupe française,
alors dirigée par Josias Floridor, joua une tragédie devant Sa Majesté. Il reçut, de ce fait, 10 livres pour lui et les autres acteurs de la
troupe, tandis que, à la même époque, les jeunes filles françaises au
service de la reine donnèrent à la cour un spectacle que rappelle
en ces termes l'empressé Sir Herbert : « La pastorale de Florimène
fut représenté (*sic*) devant le roy et la royne, le prince Charles,
et le prince Palatin, le 21 décembre jour de Saint-Thomas, par les
Filles Françoise (*sic*) de la royne, et firent très bien, dans la grande
sale (*sic*) de Whitehall aux dépens de la royne [1] ».

Malgré les précautions prises, la faveur avec laquelle les acteurs
français avaient été accueillis par la reine et le roi, par la cour et par
le public, ne manqua pas d'exciter quelque jalousie parmi les acteurs
et les auteurs anglais, en général assez mal payés par Charles II. En
1639, un personnage de comédie, Freshwater, dans *le Bal*, disait, en
parlant des peintres étrangers, mais aussi des acteurs : « Il vous faut
encourager les étrangers pendant que vous vivez : c'est la caractéristique de notre nation : nous sommes fameux par notre habitude de
rabaisser nos propres concitoyens [2] ». On trouve également dans
une comédie du temps, *le Privilége des Dames*, de Glapthorne, un
passage très curieux où il est question, pour le tourner en ridicule,
du jeu des Français. Le dépit perça donc dans la littérature d'alors
contre les étrangers. Cela n'empêcha pas ces nouveaux acteurs de

1. Malone, *Hist. of the E. stage*, pp. 102-103.
   Collier, *Hist. of E. dramatic poetry*, vol II, pp. 2, 3, 4.
   Fleay, *Hist. of the stage*, p. 319.
2. Shirley, *The Ball*. III, 3, cité dans la préface de Downes, *Roscius anglicanus*,
p. 8.

prospérer : à toute époque, en effet, après la Restauration, nous trouvons des traces du séjour d'acteurs français en Angleterre.

En 1661, Charles II faisait verser à Jean Channoveau une prime de 300 livres pour être distribuée aux comédiens français[1], et, en 1663, un laissez-passer leur permettait d'amener de France leurs décorations pour la scène. Quand le théâtre de Dorset Gardens fut ouvert en 1671, les dorures, les nouvelles inventions pour produire le tonnerre, les éclairs et autres effets scéniques récemment importés de France, attirèrent une foule de spectateurs au détriment de la troupe rivale. Tout le beau monde courait après une troupe d'acteurs français, jouant en français, et que l'on applaudissait très fort de peur d'être accusé de ne point savoir la langue, ce qui était un manque de distinction absolu. En vain, pour les ridiculiser, la fantaisiste Ellen Gwyn portait-elle, en exagérant ses dimensions, le chapeau à grands bords et les ceintures qu'avaient la duchesse d'Orléans et sa suite, lors de son voyage en Angleterre, et que les actrices avaient vraisemblablement adoptés[2].

En vain les auteurs et les acteurs anglais, rivaux malheureux, se plaignaient-ils par la voix de Dryden du vieux théâtre où ils jouaient, de leurs « décors d'auberge et de leurs costumes tout usés » ; en vain, précisant leurs plaintes, disaient-ils d'un ton dolent : « Et comme si tous ces maux ne pouvaient suffire à nous perdre, une troupe de Français délurés est devenue vos chères délices ; avec leurs longues affiches rouge-sang ils vous invitent chaque jour à rire au théâtre, au point de faire sauter vos boutons, ou bien à voir une pièce sérieuse tombée probablement de quelque plume incomparable ; aussi, Messieurs, si vous voulez nous faire cette grâce, envoyez vos laquais de bonne heure pour garder votre place. Nous n'osons pas empiéter sur votre privilège ou vous demander pourquoi vous les aimez tant. Ce sont des Français. Aussi quelques-uns y vont-ils avec une courtoisie excessive, non pour entendre ou pour voir, mais pour montrer leur bonne éducation. Toute dame s'évertue à rire plus fort que tout le monde pour paraître avoir compris la plaisanterie. Leurs compatriotes entrent, ne payent rien et nous apprennent à

---

1. *Calendar of State Papers*, 1661-62, p. 174.
2. Dryden, *Works* (Prologue to *The Conquest of Granada*), vol. IV, p. 32.

nous Anglais à quel endroit de la pièce il faut applaudir. Belle courtoisie, ma foi ! A notre pays hospitalier incombe toute la charge de
comprendre pour eux. Et cependant nous restons languissants et
négligés, comme vos femmes, pendant que vous êtes en meilleure
compagnie. Dans votre intérêt et sans la moindre satire, nous vous
souhaitons un peu moins de bonne éducation ou une meilleure
nature[1]. » Tout aussi inutile est leur désespoir quand Dryden, formu-
lant encore les plaintes générales, s'écrie, en parlant des acteurs qui
ont quitté Londres pour le séjour plus hospitalier d'Oxford : « Le
pauvre paysan hollandais à qui la peur donne des ailes ne s'enfuit
pas plus précipitamment à l'approche des troupes françaises que
nous venons avec notre cortège poétique nous réfugier ici loin de
la ville infestée : le ciel, pour nos péchés, a jugé bon cet été de nous
envoyer toutes les pestes de l'esprit. Une troupe française a d'abord
tout balayé devant elle, mais ces bouillants Messieurs étaient trop
actifs pour rester. Et cependant, à nos frais, dans ce court espace de
temps, nous trouvons qu'ils ont laissé derrière eux la gale de leurs
nouveautés..... ces méchantes inventions appelées des machines. Du
tonnerre et des éclairs, voilà maintenant l'esprit qu'on nous donne
au théâtre[2]..... » L'angoisse des malheureux acteurs anglais devient
parfois tout à fait pathétique quand leur interprète favori expose leur
dénuement, montrant leur « maigre scène sans dorures », leurs
« costumes tout unis ». Ayez pitié de nos malheurs, clament-ils en
se lamentant, « nous ne luttons plus pour la gloire et pour l'honneur,
nous renonçons aux deux ; tout ce que nous demandons, c'est de
vivre... » Et le dépit de reparaître aussitôt : « Tandis qu'accourent
ici des troupes de Français faméliques qui rient de ceux dont les
aumônes les font vivre, nos vieux auteurs anglais disparaissent et
cèdent la place à ces nouveaux conquérants de race normande : c'est
avec moins de résistance que vos pères que vous vous soumettez ;
vous êtes maintenant, en fait d'esprit, devenus leurs vassaux. Remarquez, quand ils jouent, comme nos beaux muscadins proclament le
grand mérite de ces hommes de France[3]... » La plainte continue,

1. Dryden, *Works* (Prologue to *Arviragus*...), vol. X, p. 405.
2. Dryden, *Works* (Epilogue to *the University of Oxford*), vol. X, p. 382.
3. Dryden, *Works* (Prologue spoken at the opening of the New House), vol. X,
p. 318.

touchante maintenant, mais alors inutile, car, en 1678, il y avait encore à Londres une troupe de comédiens français, et Charles II ne manquait pas une seule de ses représentations, se tenant toujours « fort près » de M^me Mazarin, qui, en rivale séduisante, disputait alors à la Bretonne Louise de Kéroualle la faveur royale [1]. Plus tard, vers la fin du dix-septième siècle, quand il fallut aux Anglais, non plus des acteurs seulement, mais, la passion pour l'opéra augmentant chaque jour, des chanteurs et des danseurs, c'est à la France encore que Betterton s'adressa, et l'on vit en Angleterre M. Labbé, M. Balon, M. Cherrier, Maria Gallia, dont le nom, ou le pseudonyme, indique assez l'origine, M^me Delpine, qui fut assez heureuse au théâtre et auprès de la petite noblesse pour se créer un pécule de plus de 10 mille guinées, somme presque incroyable pour cette époque [2]. C'est assez dire le succès qu'eurent toujours en Angleterre, après les hésitations du début, les troupes françaises qui passaient en grand nombre outre Manche, attirées certainement par d'autres avantages que les surprises agréables ou désagréables, mais variées, que crée l'esprit d'aventures.

Ces voyages fréquents d'acteurs français en Angleterre, aussi bien que le séjour en France de la cour anglaise, accompagnée de gentilshommes, de poètes, de lettrés de toutes sortes, eurent une influence incontestable sur la pratique du théâtre. L'Angleterre doit à la France les décors de ses scènes publiques : elle lui doit aussi ses premières actrices. Après le premier moment de surprise à l'apparition des artistes françaises, les Anglais comprirent vite quelles ressources il y aurait pour l'art, quel charme il y aurait pour les spectateurs dans « la grâce spontanée, la voix attendrissante et les regards caressants d'une femme [3] », et, comme le dit Macaulay : « à la fascination de l'art vint se joindre la fascination du beau sexe, et le jeune spectateur vit, avec des émotions inconnues aux contemporains de Shakespeare ou Jonson, les tendres et piquantes héroïnes du drame représentées par de jolies femmes [4]... » Dès 1632, comme nous l'avons

---

1. *Revue Historique* (H. Forneron. Louise de Kéroualle), t. XXIX, sept.-déc. 1885, p. 23.
2. Downes, *Roscius anglicanus*, pp. viii, 46, 47, 49.
3. Disraeli, *Curiosities of literature*, p. 281.
4. Macaulay, *Hist. of England...* (trad. Montégut, p. 439).

vu, on réclama la présence d'actrices sur la scène, et six ans plus
tard, un personnage de théâtre disait, en parlant des représentations
qui avaient lieu à Paris : « Les femmes sont les meilleurs acteurs :
elles jouent elles-mêmes leurs rôles, une chose qu'on désire beaucoup en Angleterre[1]. » On en venait donc à souhaiter la présence
sur la scène de celles que Prynne avait appelées des « prostituées
notoires ». Et cependant, une vingtaine d'années s'écoulèrent encore,
les théâtres étant restés fermés pendant neuf ans environ, sans qu'il y
eût d'actrices anglaises sur la scène. Ce fut en 1656 que D'Avenant,
habitué pendant son séjour en France à la vue des actrices[2], tenta
en Angleterre cette heureuse innovation, lors de la représentation de
son opéra *le Siège de Rhodes*. Mme Coleman fut la première femme
qui se risqua sur les planches, n'ayant à dire, dans le rôle d'Ianthe,
qu'un court récitatif[3], de sorte qu'on peut à peine l'appeler la première actrice, mais plutôt la première cantatrice anglaise. La première actrice parut en 1659 ou 1660 dans le rôle de Desdémone, mais
on ignore son nom : ce pouvait être Mme Hughs, qui remplissait ce
rôle en 1663 et l'avait rempli auparavant ; il est possible aussi que
Mme Saunderson ait mérité ce titre quand elle joua le rôle de Juliette
et d'Ophélie, peut-être aussi celui de Cordelia, témoignant d'un goût
tout particulier pour les rôles shakespeariens : en tous cas, c'est elle
que la tradition désigne comme la première actrice anglaise[4]. Le
3 janvier 1661, Pepys note que pour la première fois il a vu dans
*Beggar's Bush* des femmes sur la scène, et le 12 février de la même
année, comme c'est une femme qui joue le rôle de *la Dame dédai-
gneuse*, il trouve que la pièce a fait cette fois sur lui un tout autre effet.
Les actrices ne furent pas aussitôt accueillies avec enthousiasme.
En 1662, un poète devait encore plaider leur cause : « Il est possible
qu'une femme vertueuse exècre toute sorte de désordre et joue pourtant : jouer sur la scène, quand tout le monde a les yeux sur vous,

---

1. Genest, *Hist. of the Stage*, vol. I, p. 38. Downes, *Roscius anglicanus* (Introd.
p. VII).

2. Voir sur les actrices en France, Despois, *Hist. du théâtre de Louis XIV*, pp. 57,
148 ; Germain Bapst (*Cours et Conférences*, nov. 1894, mars 1895).
    Rigal, *Le Théâtre français*, p. 81.

3. Malone, *History of the E. Stage*, p. 107 ; D'Avenant, *Works* (Introd. p. LXIV),
vol. I, puis vol. III, p. 248.

4. Malone, *Hist. of the E. Stage*, p. 108.

prendrons-nous cela pour un crime quand la France le prend pour un honneur?... Nos femmes (des hommes jouent leurs rôles) sont si défectueuses, elles ont une taille telle qu'on croirait voir quelque homme de la garde déguisé; pour dire la vérité, certains hommes jouent le rôle de jeunes filles de quinze ans, alors qu'ils en ont eux-mêmes quarante ou cinquante : leurs os sont si gros, leurs muscles si peu souples, que lorsque vous appelez Desdémone, c'est un géant qui entre [1]. » Le moment n'était pas très éloigné où le roi, assistant à la représentation d'*Hamlet* et témoignant quelque impatience de ne pas voir paraître la reine, un acteur se présentait sur la scène et, humblement, informait les spectateurs que Sa Majesté n'était pas encore rasée [2]. D'Avenant obtint de Charles II, en 1662-3, l'insertion de la clause suivante dans l'autorisation que le roi lui donna, ainsi qu'à Killigrew, directeur de l'autre théâtre : « Tandis que les rôles de femmes au théâtre ont été jusqu'ici tenus par des hommes en costumes de femmes, ce dont quelques-uns ont été offensés, nous permettons et autorisons qu'à l'avenir tous les rôles de femmes soient tenus par des femmes [3]. » Les voilà donc cette fois entrant, après l'autorisation royale, de plain-pied sur la scène. Les scandales, il faut bien le dire, commencèrent aussitôt, et l'on vit à l'aide de quel stratagème le comte d'Oxford eut raison de la vertu d'une actrice [4]. Les femmes, qui avaient eu quelque peine à se faire accepter au théâtre, ne tardèrent pas à l'envahir presque tout entier et parfois à accaparer tous les rôles : le temps n'était plus où l'acteur Kynaston s'illustrait dans les rôles féminins [5]. Ce fut maintenant le contraire : des actrices, comme M<sup>me</sup> Bracegirdle, jouèrent avec talent des rôles de jeunes garçons et d'hommes, si bien, dit D'Avenant, qu'il n'y a qu'un moyen de distinguer si l'on a affaire à un homme ou à une femme : ce seul moyen, c'est le lit [6]. Il arriva même dans certaines pièces,

---

1. Malone, *Hist. of the E. Stage*, p. 109 ; D'Avenant, *Works* (Introd. p. LXVII), vol. I.

2. D'Avenant, *Works* (Introd. p. LXV), vol. I ; Beljame, *le Public et les Hommes de lettres*, p. 33, Anecdote racontée un peu différemment par Chetwood.
   *A General history of the Stage*, p. 197.

3. Genest, *Hist. of the Stage*, vol. I, p. 38 : D'Avenant, *Works* (Introd. p. LXVII).

4. D'Avenant, *Works*, vol. III, p. 249.

5. Downes, *Roscius...* pp. 18-19 ; Genest, *Hist. of the Stage*, vol. I, pp. 31-33.

6. D'Avenant, *Works* (*The Tempest*, Prologue), vol. V, p. 417. Voir aussi Wilson,

comme *Amour pour Amour*, que tous les rôles, sans exception, furent tenus par des femmes [1]. Elles parurent sur la scène pour dire des prologues et des épilogues canailles, écrits exprès pour elles par l'auteur ; on les vit, habillées en hommes, débiter, d'une voix câline et le regard effronté, des énormités « à faire rougir un homard ». Le public devint, peu à peu, si friand de ces polissonneries que vers la fin du siècle, en 1694, un auteur, ayant à se plaindre des spectateurs, leur disait comme menace : « Nous allons fermer le théâtre, et, bien pis encore, nous enfermerons nos femmes aussi ; et alors, c'est aux corsaires des rues que vous devrez vous adresser [2]. »

### III

L'influence française ne porta pas seulement sur l'organisation matérielle du théâtre, sur l'introduction des décors, sur l'entrée des actrices sur la scène anglaise, elle porta aussi sur la matière théâtrale, en quelque sorte, et donna naissance à un nouveau système dramatique.

A la Restauration, quand les portes des théâtres furent à nouveau ouvertes toutes grandes, on courut au spectacle avec une sorte de frénésie : les plaisirs de la scène avaient été condamnés comme païens, et punis quelquefois comme étant le propre des partisans de la royauté. Aussi désormais ce fut un signe de loyalisme que de fréquenter les théâtres et un désaveu de la doctrine puritaine. Le nouveau monarque avait vécu dans les cours étrangères, où les représentations théâtrales étaient alors la grande distraction, et comme il était avant tout « le joyeux monarque », le théâtre devint son plaisir favori [3]. Le roi, la reine, le duc et la duchesse d'York, suivis de toute la cour, assistaient au spectacle. Charles II se rappelait les

---

*Works*, pp. 4, 5, 8 ; Genest : *Hist of the Stage*, vol. II, p. 378 ; Austin, *Lives of the laureates*, p. 237.

1. Genest, *Hist. of the Stage*, vol. II, pp. 333-347.

2 Boyle, Prologue to *Herod the Great*.

3. Dryden, *Works (Life of J. Dryden*, by W. Scott), vol. I, p. 57.

fêtes données à la cour de France et chez le cardinal Mazarin, à Rueil, où jadis le jeune prince de Galles et le duc de Glocester avaient été émerveillés[1] ; le duc d'York se souvenait des fêtes données chez Monsieur, où la belle Anglaise Gourdon (Gordon)? « à qui l'honneur sert de guidon » s'était fait remarquer de tous[2] ; il songeait encore peut-être à cette époque où « le second Prince d'Angleterre — un des plus courtois de la terre », intervenant en faveur de Loret, le chroniqueur de la cour, permettait à celui-ci d'assister à un magnifique carrousel du haut de son balcon, à la grande colère d'une dame de la cour qui, dit Loret, « ne me croyait nullement digne — d'être assis sur la même ligne[3] ». De tous ces divertissements, la famille royale avait gardé un agréable souvenir. Il était donc naturel qu'une fois rétabli sur le trône des Stuarts, Charles II recherchât les mêmes plaisirs que ceux goûtés jadis à la cour de France, négligeant peut-être trop, parfois, de leur donner la même élégance et la même tenue littéraire[4]. A « ce monarque indolent, à ces coquettes, à ces hommes d'État, à ces jeunes seigneurs, à ces belles[5] », il fallait des amusements et surtout des représentations théâtrales.

Les hommes de lettres, les poètes de l'époque ne s'y trompèrent pas : bien vite ils comprirent qu'il fallait faire du théâtre : l'exemple de D'Avenant et de son poème épique *Gondibert*, accablé de railleries par la critique, celui de Milton et du *Paradis perdu* qu'on pouvait pressentir[6], ne laissèrent à qui que ce fût aucun doute. Il n'y avait pas d'autre genre à cultiver, c'était la seule façon de gagner sa vie, parce que c'était la seule littérature à la mode. Aussi les plus grands hommes de lettres de l'époque sont-ils, sans exception, les fournisseurs attitrés de la scène[7]. Quelques-uns, comme Dryden, pouvaient

1. Loret, *La Muze historique*, vol. I, p. 400.
2. Id., *ibid.*, vol. II, p. 9.
3. Id., *ibid.*, vol. II, p. 173.
4. Evelyn, *Diary*, 16 juin 1670, 8 oct. 1672 ; *Mémoires du chevalier de Grammont* (éd. Jouaust, pp. 279-83).
5. Pope, Works (*Essay on Criticism*), Part. II, fin.
6. Dryden, Works (*Life of J. Dryden*, by W. Scott), vol. I, p. 47.
7. Dryden, Works (*ibid.*), vol. I, pp. 47, 48, 54 ; Gosse, *Eighteenth Century Literature*, p. 41 : Garnett, *The age of Dryden*, p. 20 ; Beljame, *Le Public et les hommes de lettres*, pp. 115, 116, 118, 125, 128.

ne se sentir aucune disposition pour ce genre de production littéraire ; ils pouvaient, comme lui, en apercevoir toutes les difficultés et se voir dans l'impossibilité d'y exceller jamais[1] ; il fallait, coûte que coûte, s'engager sur cette route que l'on savait bordée de fondrières, mais qui était la seule route ouverte. On a dit de Dryden qu'il avait commis une grande erreur en s'adonnant au drame[2]. Non, ce n'est pas une erreur, mais bien une nécessité, car il avait parfaitement conscience de son inaptitude, mais comme il ne pouvait rester à l'écart, puisqu'il lui fallait faire vivre sa famille, il n'eut pas le choix des moyens. Il y a quelque chose de mélancolique et même d'attristant dans cette situation d'un homme de lettres, d'un poète qui peut-être « a senti du ciel l'influence secrète » et qui, toute sa vie, se voit courbé sur une tâche qui sera, sinon sans profits, au moins sans gloire, attelé à une œuvre qu'il sait ne pas pouvoir mener à bien. Le théâtre, ou la faim. Voilà l'alternative qui s'offrait à Dryden et à tous les écrivains d'alors.

Il était évident pour tous que le roi ne prisait guère que ce genre littéraire, et ses préférences, il les marquait de bien des façons. C'était d'abord par sa présence au spectacle, avec la reine, avec son frère et sa belle-sœur, le duc et la duchesse d'York, avec toute la cour enfin. Sans doute il se faisait comme un titre de gloire d'être le premier aux combats de coqs, aux courses de chevaux et au bal[3], mais il aima surtout, et jusqu'à la fin, le théâtre, ne permettant à personne de toucher à son plaisir favori. Ainsi il arriva un jour que « l'opposition proposa de mettre une taxe sur les théâtres qui, dit Burnet, dans un temps aussi corrompu, étaient devenus des nids de prostitution.... Les partisans de la cour combattirent cette proposition, sous prétexte que les acteurs étaient serviteurs du Roi et faisaient partie de ses plaisirs. A ce propos, Coventry demanda si c'était sur les acteurs ou sur les actrices que reposaient les plaisirs du Roi. Ces paroles, rapportées à la cour, y excitèrent la plus vive indignation[4] ». La boutade irrévérencieuse de Coventry ne fit probablement qu'accroître l'ardeur des amis du roi défendant qu'on taxât

---

1. Dryden, *Works* (Epilogue to *the Wild Gallant*), vol. II, pp. 122, 127.
2. Garnet, *The Age of Dryden*, p. 20.
3. Addison, *The Spectator*, n° 462.
4. Burnet, *Histoire de mon temps*, vol. II, p. 119.

ainsi les plaisirs du « joyeux monarque ». En toutes circonstances, Charles II témoigna son amour du théâtre et sa sympathie pour les acteurs, sans parler des actrices auxquelles, comme l'insinuait Coventry, il ne ménagea aucune sorte de faveurs, se préoccupant encore du sort de l'une d'elles, Nell Gwyn, alors qu'il allait rendre le dernier soupir, trouvant un reste de force pour dire à ceux qui l'entouraient : « Au moins, ne laissez pas mourir de faim cette pauvre Nelly. » Les acteurs n'eurent jamais à se plaindre de lui : si parfois ils étaient irrégulièrement payés, c'est que l'escarcelle royale était absolument vide. Betterton, jouant dans *Amour et Honneur* de D'Avenant, portait le riche costume que le roi avait le jour de son couronnement et dont celui-ci lui avait fait cadeau, tandis que le duc d'York et Lord Oxford avaient donné les leurs à deux autres acteurs : Harris et Price [1]. Or on sait par Pepys que le costume de ce dernier, fait en France et couvert de très riches broderies, ne valait pas moins de 200 livres [2] : cela permet de supposer quelle pouvait être la valeur des costumes royaux.

Charles II n'était pas seulement un spectateur amusé et un protecteur généreux, il devenait volontiers un conseiller écouté, un guide littéraire qui, à tort ou à raison, faisait autorité. Il avait ses pièces favorites : *la Vierge Reine* de Dryden, par exemple, était *sa* pièce. Les meilleurs juges avaient eu beau déclarer que l'entretien de Céladon et de Florimelle était la scène la plus divertissante de toute la comédie, opinion d'ailleurs sanctionnée par le succès obtenu lors de la représentation, Charles II trouva qu'il y avait là un défaut à la pièce. Et Dryden d'ajouter avec quelque complaisance : « Je suis tout disposé à reconnaître que c'est une faute, puisqu'il a plu à Sa Majesté, le meilleur juge, de penser ainsi [3]. » Tantôt le roi demandait, exigeait presque que telle pièce, comme le *Wild Gallant*, médiocre pourtant et peu goûtée du public, fût jouée plutôt que telle autre, guidé dans ce choix, il faut bien le reconnaître, par des raisons qui ne sont pas précisément littéraires [4]; tantôt il approuvait

---

1. Downes, *Roscius anglicanus*, p. 21 ; J. F. Molloy, *Famous plays*, p. 9.
2 Pepys, *Diary*, avril 22, 1661.
3. Dryden, *Works* (The Maiden Queen, Preface), vol. II, p. 420.
4. Dryden, *Works* (The Wild Gallant), vol. II, p. 23.

ou blâmait le plan d'une pièce que lui soumettait un poète, tantôt il modifiait un incident, comme dans *Aureng-Zebe*, et proclamait l'œuvre ainsi transformée la meilleure de toutes celles de l'écrivain qui lui avait permis ces petites privautés [1]; parfois enfin, il donnait à un poète deux pièces de théâtre et lui conseillait de les fondre ensemble : c'est ce qui se passa pour *Sir Courtly Nice*. Crowne, bien entendu, obtempéra au désir de Charles II, lui lut chaque acte, scène par scène, à mesure qu'il les écrivait, puis, au bout des trois premiers actes, les relut tous ensemble au roi qui les approuva, faisant cependant cette réflexion : « Ce n'est pas assez gai [2]. » Le rôle du monarque était donc essentiellement actif : c'était une véritable collaboration avec les auteurs de son temps, collaboration où la part d'initiative n'était pas égale de chaque côté, attendu que le poète n'avait guère qu'à obéir aux conseils du souverain.

Après lui, c'était la reine qui était l'arbitre suprême, c'était la cour qui constituait le grand tribunal littéraire de l'époque. Les poètes, auprès d'elles, puisaient leurs inspirations. Écoutez Waller : « L'alouette.... monte en chantant : ses ailes aériennes sont déployées vers le ciel, comme si, du ciel, elle rapportait son chant. De même pour nous, puisque la lumière qui éclaire notre siècle éclate de la cour ; cédant à son ardent désir, ma muse, semblable au hardi Prométhée, s'y envole pour allumer son flambeau aux yeux de Gloriana [3]. » Les dramaturges d'alors n'étaient pas moins disposés que les poètes lyriques à suivre le goût de la cour : elle était la grande faiseuse de réputations; son aide était indispensable : un poète échouait-il à la scène, il expliquait son échec par la chaleur qu'il faisait au théâtre, et surtout par l'absence de la cour qui n'avait pu ainsi juger de son œuvre : il n'avait eu pour l'apprécier que des spectateurs vulgaires [4]. C'était sur le langage de la cour que les poètes calquaient leur langage, et il était malséant de s'exprimer autrement que les courtisans de Charles II [5]. Si un écrivain voulait vivre de sa plume, il n'avait d'autre ressource que celle de flatter le

<hr>

1. Dryden, *Works* (Aureng-Zebe, Dedication), vol. V, p. 196.
2. Crowne, *Works* (Sir Courtly Nice), vol. III, pp. 245, 254.
3. Waller, *Poems* (Of the Queen), éd. Fenton, p. 15; éd. Drury, p. 77.
4. Crowne, *Works* (Juliana), vol. I, p. 16.
5. Lowell, *My Study Windows* (Scott Library), p. 290.

goût des grands, heureux s'il pouvait parvenir à les satisfaire [1]. C'est aux grands, en effet, que sont dédiées les œuvres dramatiques de la Restauration ; ils sont les puissants du jour ; ils peuvent, à leur gré, faire et défaire les réputations : le bel esprit et le bon goût sont l'apanage de la naissance [2]. L'approbation du vulgaire ne compte pas. « Je suis souvent vexé, dit Dryden, d'entendre le peuple rire et applaudir, comme il le fait perpétuellement, là où je n'ai mis aucune plaisanterie, tandis qu'il laisse passer ce qu'il y a de meilleur sans y faire attention. Aussi cela me confirme dans mon opinion de dédaigner les applaudissements populaires et de mépriser l'approbation que ces mêmes gens me donnent à moi, tout comme au bouffon d'un saltimbanque [3]. » Il y revient ailleurs avec la même précision : « Si par le peuple vous entendez la multitude, les οἱ πολλοί, peu importe ce qu'il pense ; il est quelquefois dans le vrai, quelquefois dans le faux : son jugement est une simple loterie. *Est ubi plebs recte putat, est ubi peccat*, dit Horace, parlant du vulgaire qui juge de la poésie [4]. » Et Dryden se range à l'opinion du poète latin. Plus loin il continue ; mais c'est toujours, malgré, de temps à autre, quelques légères concessions, le même mépris du jugement de la foule. « Le goût ou le dégoût qu'a le peuple pour une pièce lui vaut la qualification de bonne ou de mauvaise, mais en réalité ne la rend pas telle, ne la constitue pas telle. Plaire au peuple devrait être le but du poète, parce que les pièces sont faites pour son divertissement ; mais il ne s'ensuit pas que le peuple soit toujours satisfait quand il a de bonnes pièces, ou que les pièces qui lui plaisent soient toujours bonnes [5]. » Si Otway, rare exception, écrivait hardiment, en tête de *Don Carlos*, le vers d'Horace : *Principibus placuisse viris non ultima laus est* [6], Dennis pensait comme Dryden et inscrivait lui aussi sur la première page de son livre les vers d'Horace : *Neque, te ut miretur turba, labores ; Contentus paucis lectoribus* [7].

<hr>

1. *Cours et Conférences* (Cours de M. Beljame), nov. 1895, mars 1896, p. 318.
2. Beljame, *Le Public et les Hommes de lettres*, p. 73-92.
3. Dryden, *Works* (*An Evening's Love*, The Preface), vol. III, pp. 240-241.
4. Dryden, *Works* (*Essay on Dramatic Poesy*), vol. XV, p. 368.
5. Dryden, *Works* (*Defence of an Essay*), vol. II, p. 302.
6. Otway, *Works*, vol. I, pp. 75-84 (éd. Thornton, 1813).
7. J. Dennis, *Select Works*, vol. I, p. 1.

C'étaient bien là, à peu de chose près, les idées exprimées jadis par l'Académie qui, en France, à propos du *Cid*, ne cachait pas son dédain des suffrages de la foule ignorante [1].

C'est donc du côté du roi et de la cour que s'orientent la littérature en général et le drame en particulier : c'est une rupture avec le passé.

Au temps de Shakespeare, les théâtres étaient fort nombreux, grands ou petits : il y en avait dans toutes les parties de la ville et, vers les dernières années du règne d'Élisabeth, on ne comptait pas moins de onze théâtres à Londres [2] ; tous étaient accessibles à tous, jusqu'aux plus humbles : tout le monde allait au théâtre, depuis la reine, à Whitehall [3], jusqu'aux plus modestes artisans qui, volontiers, quittaient un combat de chiens, d'ours ou de taureaux, pour se rendre au Globe, à la Rose ou à La Belle Sauvage [4]. Le public arrivait au spectacle avec des habitudes d'esprit et des tempéraments différents, apportant une provision de rires et de larmes, prêt à s'émouvoir d'une scène pathétique, prêt aussi à s'égayer d'une scène où l'humour pétille en gerbes de gaieté plus ou moins bruyante, en plaisanteries plus ou moins risquées. De même qu'en France avant 1630, il y avait en Angleterre « un public grossier et tumultueux, des marchands, des clercs, des écoliers, des artisans, des pages, des soldats, des spadassins et des filous ». S'il fallait, chez nous, contenter ce public, dès le début, par un prologue facétieux, bourré de calembours et d'obscurités, et, à la fin, par une farce brutale et crue [5], de même il fallait, à Londres, pour satisfaire cet auditoire bigarré, mettre, avant et après la pièce, le comique, le drôle et le bouffon qui ne faisaient pas corps avec la pièce elle-même, mais s'y ajoutaient en hors-d'œuvre indispensable ; ils y pénétraient le plus souvent. Shakespeare devait introduire des scènes comiques en plein drame et, dans *Hamlet*, par exemple, placer les fossoyeurs aux sarcasmes amers, aux plaisanteries bouffonnes, juste à l'endroit où l'émotion dramatique

<hr>

1. Corneille, *Œuvres* (Sentiments de l'Académie...), vol. XII, p. 465 (éd. Regnier).
2. Stephen Gosson, *The Schoole of Abuse* (Arber), notes, p. 79 Churton Collins, *Essays and Studies*, p. 145.
3. Drake, *Shakespeare and his times*, p. 443.
4. Drake, *ibid.*, p. 430.
5. Lanson, *Corneille* (Grands Écrivains), pp. 30-31.

est le plus poignante. Au temps de Shakespeare, le théâtre s'adressait à tous, ce que l'on oublie trop souvent quand on fait le procès du poète anglais : le bouffon, le grossier pour être « le charme de la canaille »; les envolées de poésie, les fantaisies étincelantes de l'imagination pour les esprits cultivés. A cette époque, en effet, le théâtre était vraiment national.

Après la Restauration, il cessa de l'être : ce ne fut plus le rendez-vous général; les uns se tenaient à l'écart par suite de préventions religieuses, les autres, par simple délicatesse, pour ne pas encourager cette dépravation éhontée qui alors déshonorait la scène; le théâtre ne fut plus fréquenté que par certaines classes[1]. « La Cité, restée puritaine, choquée des mœurs du jour et de l'audace des pièces, ne venait pas aux représentations, ou fort peu. Tous ceux qui tenaient à passer pour des gens sérieux et estimables se gardaient de paraître au théâtre... Un jeune homme de loi respectable aurait compromis sa dignité; un jeune commerçant aurait fait tort à son crédit en se montrant dans ces cercles de licence effrénée. » Les œuvres mêmes qui étaient composées pour flatter les idées politiques de la bourgeoisie ne la décidaient pas à sortir de sa réserve. C'était une partie nombreuse de l'auditoire habituel des théâtres qui se trouvait supprimée, et peut-être la meilleure, celle qui est assez instruite pour apprécier, et en même temps assez simple, assez naïve encore pour connaître les rires spontanés et les émotions sincères, pour se laisser prendre par les entrailles. — Les spectateurs se réduisaient donc à la cour et à ce monde de fonctionnaires et de désœuvrés qui gravite autour du roi[2]. » C'était le comte de Rochester, c'était Villiers, duc de Buckingham, puis les Sedley, les Mulgrave, les Buckhurst, les Thomas Ogle, les Waller, le duc et la duchesse de Newcastle, bref, toute cette légion brillante des beaux esprits et des galants qui pouvaient, par leur approbation, assurer le succès d'une œuvre dramatique, et à qui les poètes reconnaissaient, du reste, une puissance sans limites, une autorité infaillible : « Les artistes seuls discernent le métal dans le minerai, disait Crowne. Y trouve-t-on de l'argent, que nous restons toujours pauvres, si vous, arbitres de l'esprit,

---

1. Otway, *Works* (Life of Otway), vol. I, p. xl (éd. 1813).
2. Beljame, *Le Public et les Hommes de lettres*, pp. 56-57.

vous estimez que c'est du cuivre; vous pouvez pour de l'or faire passer du cuivre, comme vous l'avez fait parfois grâce à votre pouvoir souverain[1]. » C'est donc aux grands, à la famille royale, aux maîtresses du roi, au roi lui-même, qu'il faut plaire surtout : c'est leur goût seul qu'il faut consulter. Comme le dit quelque part Dryden : « Les poètes qui vivent pour plaire doivent aussi plaire pour vivre. » Pour plaire, c'est vers le roi qu'il faut regarder.

Puisque c'est pour Charles II que l'on jouera, puisque c'est à lui que les actrices disant le prologue s'adresseront pour solliciter sa bienveillance et son indulgence, puisqu'il va y avoir, de par le roi, une mode en littérature, et que, au dire de Disraeli, la prose et les vers vont être réglés par le même caprice qui taille les habits et relève les chapeaux[2], quels seront les désirs du roi? Quelle mode Charles II va-t-il imposer aux poètes dramatiques de son temps ? A quelles sources enfin va-t-il leur demander de puiser leurs inspirations et, si possible, leurs chefs-d'œuvre ?

« Le roi, dit Burnet, avait pas ou peu de lettres, mais un véritable bon sens et une connaissance exacte de ce qu'est le style, car il était en France à une époque où on était très préoccupé de réformer la langue[3]. » Charles II, en effet, revenait de France, avec la plupart des royalistes qui avaient suivi la famille royale dans son exil : les mœurs, la littérature françaises lui étaient familières ; après les heures assez tristes de la Fronde, il avait pu, à la cour de France, au milieu des fêtes de toutes sortes, admirer la magnificence des spectacles et s'initier à la vie littéraire autant qu'à la vie mondaine de la haute société française. « La plupart des courtisans de Charles II, y compris quelques-uns des grands seigneurs qui, les premiers, écrivirent des drames, à la Restauration, avaient pendant longtemps résidé en France et, pendant leur exil, avaient contracté des goûts français en matière littéraire, en même temps qu'ils avaient appris à connaître la littérature française d'alors. Ils rapportèrent en Angleterre leurs connaissances littéraires et les goûts qu'ils avaient contractés et contribuèrent à substituer l'influence française à l'influence italienne qui

<hr>

1. Crowne, *Works*, vol. II, p. 241.
2. Disraeli, *Curiosities of literature*, p. 218 (éd. Routledge).
3. Burnet, cité par Rich. Garnett, *The Age of Dryden*, p. 2.

s'exerçait antérieurement et à la rendre prépondérante dans la littérature anglaise[1]. » « Le roi, comme on l'a dit, était revenu dans son pays à demi français dans ses sympathies politiques et religieuses, et entièrement français dans ses goûts littéraires[2]. Autour de lui, tous vivaient et aimaient d'après l'exemple du roi...; le soldat soupirait les galanteries de France, et chaque courtisan écrivait des romans. »

Or, que savait-on alors de la France et de sa littérature?

1. Masson, *Life of Milton*, vol. VI, p. 357.
2. Courthope, *Addison* (*Englishmen of letters*), pp. 11.

# CHAPITRE IV

## La littérature française en Angleterre.

### I

Au XVIIe siècle, en littérature comme ailleurs, l'influence française se fit vivement sentir en Angleterre, alors qu'au contraire la France, par une anomalie curieuse, avait de sa voisine une connaissance certainement très incomplète.

En effet, a-t-on dit avec quelque raison, l'Angleterre était, de tous les pays d'Europe, le moins connu des Français du grand siècle. Elle leur était suspecte par sa religion et odieuse par sa politique [1] On ignorait le pays, car peu de voyageurs franchissaient la frontière, et on ignorait la langue. Nos hommes de lettres ne lisaient pas l'anglais [2]. Nos ambassadeurs ne le savaient pas davantage. Notre personnel diplomatique est sans doute mieux instruit aujourd'hui, mais le temps n'est pas encore très éloigné où M. de Bismarck pouvait dire avec quelque humour : « On reconnaît toujours l'ambassadeur de France à ce signe qu'il ne parle jamais la langue du pays auprès duquel il est accrédité [3]. »

En ce qui concerne la littérature anglaise, on n'était guère, en France, mieux informé, même chez les grands écrivains d'alors. « A part La Fontaine, écrit M. Rathery, on aurait peine à en trouver un

---

1. J. Texte, *Jean-Jacques Rousseau et les origines du cosmopolitisme littéraire* p. 3.

2. Rathery, *Des relations sociales et intellectuelles entre la France et l'Angleterre*, p. 51.

3. Une heureuse exception, au moins : M. Jusserand, actuellement ambassadeur de France à Washington, fin lettré, très averti des choses d'Angleterre.

seul qui fasse exception parmi les littérateurs proprement dits. Corneille montrait à ses amis, comme une curiosité, la traduction du
*Cid* en anglais, qu'il conservait dans son cabinet à côté de traductions de la même pièce en turc et en esclavon. Racine, dont le fils
devait, le premier, faire passer le *Paradis perdu* dans notre langue,
n'entendit peut-être jamais parler de ce sublime interprète de la
poésie des Livres saints que comme d'un secrétaire aveugle qui rédigeait les lettres latines de Cromwell, et d'un vieux rêveur fanatique
dont le livre contre la royauté avait été brûlé à Paris de la main du
bourreau ; peut-être le nom bizarre de Shakespeare ne retentit jamais
à son oreille, qu'il aurait effrayée, comme le nom de Wurtz effrayait
celle de Boileau. Boileau lui-même n'eut qu'une idée tardive et bien
incomplète de la littérature anglaise par Prior et par Addison, qu'il
vit à Paris dans les dernières années du règne de Louis XIV. Le premier imita son *Ode sur la prise de Namur* ; le second lui parla des
productions littéraires de son pays, lui montra ses poésies latines,
qui le charmèrent, et l'auteur de l'*Art poétique* avoua en toute franchise au jeune Anglais que c'était pour lui une révélation d'apprendre qu'il y eût chez ses compatriotes autant de goût et d'instruction.
Bossuet et Fénelon eurent, parmi les Anglais, des correspondants,
des pénitents illustres ; mais l'intérêt que l'auteur de l'*Oraison funèbre de Madame*, de l'*Histoire des Variations*, etc., prenait aux affaires
politiques et religieuses de ce pays ne paraît pas s'être jamais étendu
jusqu'à sa langue et sa littérature ; on sait que Madame mourante
s'exprimait en anglais quand elle ne voulait pas être entendue de
Bossuet, présent à ses derniers moments..... En général, pour trouver
parmi les écrivains de cette époque des hommes qui avaient vu et
pratiqué l'Angleterre et les Anglais, il faut descendre jusqu'aux aventuriers littéraires, Schelandre, d'Assoucy, Saint-Amant, Boisrobert,
Le Pays, Pavillon, sans parler ici de Saint-Évremond[1]. » Parmi les
Français en Angleterre, ceux-là même qui, par le fait de leur séjour,
auraient été le mieux placés pour s'enquérir, s'ils en avaient eu la
curiosité, de tout événement littéraire, témoignent d'une indifférence,
et partant, d'une ignorance à peu près complètes. C'est ainsi que
Cominges, à qui Louis XIV s'était adressé pour connaître les hommes

---

1. Rathery, *Des relations sociales entre la France et l'Angleterre*, p. 49.

les plus illustres d'Angleterre, n'eut d'autre réponse à faire que celle-ci : « Il semble que les arts et les sciences abandonnent quelquefois un pays pour en aller honorer un autre à son tour. Présentement elles ont passé en France, et, s'il en reste ici quelques vestiges, ce n'est que dans la mémoire de Bacon, de Morus, de Bucanan, et, dans les derniers siècles, d'un nommé Miltonius qui s'est rendu plus infâme par ses dangereux écrits que les bourreaux et les assassins de leur roi [1]. » De cette ignorance des Français en ce qui concerne la littérature anglaise, chacun est prêt à témoigner. « Il est douteux, écrit Macaulay, qu'aucun des quarante de l'Académie française eût un volume anglais dans sa bibliothèque et connût, même de nom, Shakespeare, Jonson ou Spenser [2]. » Et Disraeli d'ajouter : « Il est peut-être un peu mortifiant de découvrir dans nos recherches littéraires que notre littérature n'a été connue des autres nations de l'Europe qu'à une époque relativement récente... ; quand on apprit à Boileau. les funérailles publiques faites à Dryden, il fut satisfait de savoir que des honneurs nationaux avaient été rendus au génie, mais il déclara qu'il n'avait jamais entendu prononcer ce nom auparavant. Ce grand législateur du Parnasse n'a jamais fait une seule allusion à l'un de nos poètes, tant notre gloire littéraire était alors insulaire [3]. » Et à preuve de l'ignorance où l'on était alors de la littérature anglaise, ce fait que le traducteur de l'ouvrage de Hall, paru à Paris en 1610 avec ce titre : *Caractères de Vertus et de Vices, tirés de l'Anglois de Joseph Hall*, déclare dans sa dédicace que « ce livre est *la première traduction de l'Anglois jamais imprimée* en aucun vulgaire [4] ». On peut donc, s'il n'y a pas mensonge ou ignorance du traducteur français, admettre avec M. Texte que, « prise dans l'ensemble, la France du xviie siècle demeure fermée aux littératures des peuples du Nord — ou plutôt à la seule de ces littératures qu'elle eût pu connaître », que « la carte de l'Europe intellectuelle est bornée, pour elle, par les Alpes, par le Rhin, par la Manche », et qu' « au delà, c'est le désert et la nuit », la France vivant « dans l'heureuse persuasion que tout ce qui

1. Jusserand, *A French Ambassador*, p. 58.
   Texte, *Jean-Jacques Rousseau*, p. 16.
2. Macaulay, *History of England* (trad. Montégut, vol. I, p. 228).
3. Disraeli, *Curiosities of literature*, p. 463.
4. Id., *ibid.*

n'était pas français mangeait du foin et marchait à quatre pattes [1] ».

Et pourtant ce désert était-il si solitaire, cette nuit si profonde, cette ignorance si insondable ? N'y a-t-il pas un certain nombre de menus faits — menus, soit, mais parfois cependant assez précis — qui permettent d'établir que cette ignorance n'était pas tout à fait aussi absolue qu'on a voulu le prétendre ?

Chapelain, par exemple, était assez curieux de ce qui se passait en Angleterre, et, quoique malade, lisait avec intérêt le livre de Saumaise où celui-ci plaidait la cause royale contre les vigoureuses attaques de Milton et « les impudentes déclamations et toutes les artificieuses sophistiqueries de son scélérat défenseur ». Quel dommage, écrit-il, que Saumaise n'ait répondu qu'aux trois premiers chapitres de Milton, et que « cette mort précipitée a espargné de rudes touches à ce malheureux champion de l'iniquité » ! comme il eût repoussé « l'insulte des soulevés et les insolences de leur advocat prostitué [2] » ! Chapelain était en correspondance avec M. de Montreuil, en Angleterre, en 1640, et le priait de faire rechercher certains livres italiens introuvables ailleurs. Veuillez, lui écrivait-il, « envoyer le plus habile de vos gens chés les libraires de Londres pour essayer de trouver ces volumes cy... vous m'envoyeriès le tout par la première occasion d'amy, favorable et seure, parce que je n'en suis point pressé [3]. » M. de Montreuil fit faire les recherches nécessaires et parvint à découvrir les livres désirés, car Chapelain, tout heureux, lui écrit : « Quand les livres que vous avez trouvés seront venus, je les logeray en la plus éminente partie de mon cabinet et nous marquerons dans nos fastes le jour de leur entrée et par qui ils y sont venus. » L'Angleterre est un vaste réservoir de livres de toutes sortes, surtout, paraît-il, de livres n'y ayant pas été imprimés, car Chapelain, mis en goût par l'heureux résultat des premières recherches, écrit le 5 avril 1640 : « La tentation m'est venue de vous prier qu'un de vos gens voye chés les libraires si le *Somnium Kepleri*, autrement *Astronomia lunaris*, et le *Nuntius Sidereus Galilei*, tous deux latins, n'y sont point. Et je croy asseurément qu'ils y seront, car ils ne sont point imprimés à Londres,

---

1. J. Texte, *Jean-Jacques Rousseau*, pp. 12-16.
2. Chapelain (*Lettre à Saumaise*, 13 oct. 1660), vol. II, p. 103.
3. Id. (*Lettre à M. de Monstreuil*, à Londres, 12 février 1640), vol. I, p. 572.

et cela suffit pour les y faire trouver [1]. » On savait, dans l'entourage de Chapelain, ses relations en Angleterre, et volontiers on s'adressait à lui. Il fut question, à un moment donné, de découvrir à Londres des éditeurs voulant se charger d'une édition latine d'Avicenne. Si, par l'entremise d'amis d'Angleterre, on trouvait « ces Messieurs d'Outre-mer disposés à entreprendre cette édition, on leur laisseroit le choix de la faire ou seule ou avec le texte [2] ». Ainsi, non seulement Chapelain s'enquiert des livres rares à découvrir en Angleterre, mais il se réjouit, en vrai bibliophile, que l'incendie de Londres ne leur ait pas été fatal, car, en effet, au témoignage de Pepys, des quantités prodigieuses de livres furent consumées par les flammes [3]. « Je m'estois persuadé, écrit il à Vossius, que l'embrasement de Londres avoit esté principalement funeste aux livres, dont on nous avoit assuré qu'il avoit fait un furieux dégast. Mais, à ce que je voy, le mal n'a pas esté si grand, puisque vous y en trouvés encore assés pour vous divertir et assoupir le chagrin si juste qui vous dévore ». Et Chapelain va encore recevoir d'Angleterre un dictionnaire portugais, inutilement recherché en Hollande. « Vous me ferés un singulier plaisir, écrit-il à son savant correspondant, de m'en recouvrer un exemplaire et de me l'envoyer par quelque occasion d'ami, si vous mesme ne venés pas si tost en France, avec le prix qu'y aura mis le marchand, afin qu'à l'instant mesme j'y satisface [4]. » Chapelain, pourrait-on dire, semble, après tout, n'avoir recherché que des livres de sciences ou d'histoire, et la découverte de son dictionnaire portugais n'implique pas précisément une curiosité très grande de la littérature anglaise. Il se peut ; mais est-il absolument imprudent de supposer qu'au milieu de ce va-et-vient, connu de nous assez imparfaitement, quelques ouvrages anglais aient pu se glisser en France ? Et si l'on n'en a pas abordé la lecture directement, n'a-t-on pas pu, l'idée de les connaître une fois suggérée, y parvenir au moyen de traductions ?

C'est exactement ce qui arriva pour la *Religion du Médecin* de Sir Thomas Browne, parue, après une première édition clandestine en 1635, à Londres en 1643, et dont Nicolas Lefèvre publia une traduc-

---

1. *Lettres de Jean Chapelain*, 5 avril 1640, vol. I, p. 597.
2. *Ibid.*, 12 juin 1661, vol. II, p. 137 (notes).
3. Pepys, *Diary*, 26 sept. 1666, 5 oct. 1666.
4 *Lettres de Jean Chapelain*, 8 avril (?) 1671, vol. II, p. 727.

tion française annotée, à la Haye, en 1668 [1]. Dès 1644, c'est-à-dire un an seulement après la publication du livre anglais, on connaissait en France l'œuvre du médecin de Norwich. C'est par la Hollande qu'elle avait pénétré chez nous : « Il est ici arrivé d'Hollande, écrit Guy Patin, un petit livre nouveau intitulé *Religio medici*, fait par un Anglois, et traduit en latin par quelque Hollandois. C'est un livre tout gentil et curieux, mais fort délicat et tout mystique ; l'auteur ne manque pas d'esprit : vous y verrez d'étranges et ravissantes pensées. Il n'y a encore guère de livres de cette sorte. S'il étoit permis aux savants d'écrire ainsi librement, on nous apprendroit beaucoup de nouveautés ; il n'y eut jamais gazette qui valut cela ; la subtilité de l'esprit humain se pourroit découvrir par cette voie [2]. » L'ouvrage de Thomas Browne obtint en France un véritable succès : « On fait ici grand état, écrit à nouveau Guy Patin, du livre intitulé *Religio medici* ; cet auteur a de l'esprit. Il y a de gentilles choses dans ce livre. C'est un mélancolique agréable en ses pensées, mais qui, à mon jugement, cherche maître en fait de religion, comme beaucoup d'autres, et peut-être qu'enfin il n'en trouvera aucun [3]... » Une réfutation des idées de Th. Browne parut à Londres l'année même qui suivit la publication du livre. Guy Patin l'avait entre les mains, mais ce texte anglais l'embarrassait visiblement, car il dit dans une autre lettre : « C'est ce même chevalier (K. Digby) qui a écrit aussi en anglois contre l'auteur du livre intitulé : *Religio medici*. Je voudrois ardemment que ce qu'il en a écrit fût aussi mis en latin, vu que j'ai bonne opinion de ces deux esprits, encore que je ne voudrois pas jurer qu'en tous deux il n'y eût quelque extravagance. J'ai vu ce dernier livret en anglois : c'est un in-douze imprimé à Londres l'an 1643 [4]. » Quelques années après, en 1657, le succès du livre de Thomas Browne ne s'étant pas démenti sur le continent, Guy Patin, dont les préoccupations littéraires sont partout visibles dans sa correspondance, annonçait une nouvelle édition de l'œuvre maintenant célèbre. « L'on réimprime à Strasbourg, dit-il, le *Religio medici*, in-octavo, avec des commentaires trois fois plus amples que ci-devant. J'ai céans ces commen-

1. Chapelain, *Lettre à M. Huet*, vol. II, p. 201.
2. Guy Patin, *Lettre à M. Charles Spon*, vol. I, p. 340. (éd. Reveillé-Parise)
3. Guy Patin, au même, vol. I, p. 354.
4. Guy Patin, au même, vol. II, p. 35.

taires de 1652, qui sont peu de chose : ce livre-là n'avoit pas besoin de tels écoliers. Personne n'étoit capable de traduire sur ce livre s'il n'avoit l'esprit approchant de l'auteur, qui est gentil et éveillé. Ce badin de commentateur est un gros sot. Le génie du premier auteur du livre vaut mieux que tous ces commentaires, qui ne sont que de. la misérable pédanterie d'un jeune homme allemand qui pense être bien savant [1]. » On voit en quelle estime Guy Patin, qui parlait aussi d' « un Anglois nommé Milton [2] », tenait l'œuvre de son confrère d'outre-Manche.

Shakespeare n'était pas non plus sans être connu en France dès le milieu du dix-septième siècle. Quelques bibliothèques possédaient les œuvres du grand poète anglais : le surintendant Fouquet en avait un exemplaire qui fut vendu avec le reste de ses livres après sa condamnation ; un autre exemplaire s'était glissé dans la bibliothèque du Roi-Soleil lui-même, et le bibliothécaire royal, Nicolas Clément, avait certainement cru être utile au Roi et aux courtisans qui y avaient accès en les prévenant que Shakespeare était un poète anglais ; il ajoutait cette appréciation, prouvant peut-être que le bibliothécaire royal avait lu l'œuvre ou, tout au moins, partie de l'œuvre, du grand dramaturge : « Ce poète a l'imagination assez belle, il pense naturellement, il s'exprime avec finesse ; mais ces belles qualités sont obscurcies par les ordures qu'il mêle à ses comédies [3]. » Cyrano de Bergerac écrivit en 1653 une tragédie, *Agrippine*, dans laquelllc l'ombre de Germanicus rappelait assez fidèlement le fantôme d'Hamlet, et où Séjan, en face de « cette incertitude où mène le trépas », plongeait, comme le sombre fils du roi de Danemark, « son âme et ses regards funèbres, dans ce vaste néant et ces longues ténèbres [4] ». Était-ce pure coïncidence, simple inspiration shakespearienne, ou bien imitation ? Ce pourrait bien être, après tout, ce dernier cas. Est-il bien sûr également que Molière n'ait rien connu des *Joyeuses Commères de Windsor* quand il écrivait l'*École des Femmes* ? En effet, « qu'y voyons-nous, se demande Rathery ? Comme dans l'*École des Femmes*,

1. Guy Patin, *Lettre à M. Spon*, vol. II, p. 321.
2. Guy Patin, *Lettre à M. B. fils*, vol. I, p. 179.
3. Jusserand, *A French Ambassador...* pp. 55-56. *Shak. en France*, p. 137.
4. Ward, *E. Dramatic Lit.*, vol. I, p. 301.
   Jusserand, *Shakespeare en France*, p. 66.

une scène entre deux maris, l'un jaloux et l'autre confiant (acte IV,
v) ; comme dans la *Comtesse d'Escarbagnas*, la scène épisodique d'un
précepteur ridicule qui fait réciter à un enfant, devant sa mère, une
leçon de rudiment avec force équivoques plus ou moins hasardées
(acte IV, 1). Enfin l'on y trouve jusqu'à un passage qui est textuelle_
ment dans Molière, lorsqu'à la suite d'un assaut de politesse entre
deux personnages, Slender dit à Anne, comme M. Jourdain à Dorante : « J'aime mieux être incivil qu'importun (*I'll rather be unman-
nerly than troublesome*) [1] ». Pur hasard ? Peut-être !

On a dit et répété à maintes reprises que Saint-Evremond, pendant
son séjour en Angleterre, avait appris à connaître et même à imiter
Ben Jonson, mais qu'il ignorait Shakespeare, puisque jamais il
n'avait ni parlé de lui, ni fait la moindre allusion au poète de Stratford-sur-Avon. Cette dernière assertion, au moins, est inexacte. Que
Saint-Evremond n'ait pas été un admirateur enthousiaste de Shakespeare, dont personne alors, même en Angleterre, ne se souciait beaucoup, cela se conçoit aisément, si l'on tient compte de la différence
des deux systèmes dramatiques en Angleterre et en France ; mais le
joyeux épicurien qui, aux pieds de la duchesse de Mazarin, célébrait
la beauté de ses yeux, lui écrivait un jour : « N'appréhendez pas,
Madame, de perdre vos charmes à Newmarket ; montez à cheval dès
cinq heures du matin ; galopez dans la foule à toutes les courses qui
se feront ; enrouez-vous à crier plus haut que Mylord Thomond aux
combats des cocqs ; usez vos poûmons à pousser des *Done* à droite et
à gauche ; entendez tous les soirs ou la Comédie de *Henri VIII* ou
celle de la Reine *Elisabeth* ; crevez-vous d'huîtres à souper, et passez
les nuits entières sans dormir ; votre beauté qui est échapée à la
bassette de Monsieur Morin, se sauvera bien des fatigues de Newmarket [2]. » Qu'était-ce que *Henri VIII*, sinon la pièce de Shakespeare ?
Faut-il croire que Saint-Evremond en parlait sans la connaître? C'est
bien peu vraisemblable. Ses amis Waller et le duc de Buckingham
n'avaient pas manqué, comme l'on sait, de l'initier aux beautés de
leur littérature dramatique, et il écrivait : « Il y a de vieilles Tragédies
Angloises, où il faudroit, à la vérité, retrancher beaucoup de choses :

---

1. Rathery, *Relations de la France avec l'Angleterre*, p. 62.
2. Saint-Evremond, *Lettre à M^me la Duchesse Mazarin*, vol. IV, p. 151, éd. 1740.

mais avec ce retranchement, on pourroit les rendre tout à fait belles.
En toutes les autres de ce temps-là, vous ne voyez qu'une matière
informe et mal digérée, un amas d'événements confus, sans considération des lieux, ni des temps, sans aucun égard à la bienséance. Les
yeux avides de la cruauté du spectacle y veulent voir des meurtres et
des corps sanglans. En sauver l'horreur par des récits, comme on fait
en France, c'est dérober à la vue du peuple ce qui le touche le plus [1]... »
Saint-Evremond fait tout d'abord allusion, probablement, aux pièces
de Ben Jonson, *Catilina* et *Séjan*. Mais tout nous porte à croire que
c'est bien de Shakespeare qu'il veut parler en dernier lieu. Si, d'autre
part, La Fontaine avait réalisé le projet un instant formé de passer
en Angleterre et, sur les invitations pressantes qui lui en étaient
faites, d'aller finir ses jours à Londres, il n'eût pas manqué de connaître en fait de littérature anglaise autre chose que certaines poésies
lyriques de Waller, cet « Anacréon » d'outre-Manche dont il a entendu dire tant de bien [2]. Il eût certainement été plus curieux que
Boileau, qui ignorait jusqu'au nom de Dryden [3], alors qu'on lui
annonçait la mort du plus grand poète que l'Angleterre eût à cette
époque. Cette insouciance, cette ignorance, pouvaient, d'ailleurs,
n'être pas chez tous aussi grandes, car nous savons déjà qu'un certain nombre de livres anglais s'étaient glissés en France, et Loret
admirait bien des choses chez Mazarin,

> Mais, surtout, la Bibliothèque
> Contenant maint œuvre à la Grèque,
> Et des rangs de Livres nombreux,
> Persans, Latins, Chinois, Hébreux,
> Turcs, Anglois, Allemans, Cozaques... [4].

Outre l'exemplaire de Shakespeare, Fouquet n'avait-il pas dans sa
bibliothèque, avec « 14 volumes en anglois d'histoire », une « Histori
of housse of Douglas », une « Defensio regia Miltoni », « divers


1. Saint-Evremond, *Œuvres (Sur les Tragédies)*, t. III, pp. 223-224.
    Saint-Evremond, *Œuvres de M. de La Fontaine (Lettre à M. de Bonrepaux, à
Londres)*, t. IV, p. 402-411.
3. Dryden, *Works*, vol. I, p. 393.
    Disraeli, *Curiosities of literature*, p. 463.
4. Loret, *Muze historique*, sept. 1660, vol. III, p. 252.

volumes de comédies en anglois », les « comédies de Jazon (Jonson)
en anglois », 2 vol., London, 1640, des « comédies angloises »,
enfin, « Fletcher commédies angloises, London, 1647 [1] » ?

Allons-nous conclure de là que la France du dix-septième siècle
était très au courant des choses d'Angleterre ? Ce serait un paradoxe
insoutenable ; mais qu'il soit cependant permis de croire que cette
ignorance des écrivains et lettrés d'alors n'allait peut-être pas aussi
loin qu'on s'est plu à le répéter. Une enquête très serrée, très
complète, à peine ébauchée ici, pourrait ménager quelques surprises.


## II


Si les Français ignoraient les choses d'Angleterre, non d'une manière absolue peut-être, mais tout au moins de façon peu complète,
il n'en était pas de même en Angleterre. De tout temps, en effet, les
Anglais s'étaient montrés fort curieux des moindres manifestations
de la vie littéraire en France. Au quinzième siècle, par exemple, le
premier imprimeur anglais, William Caxton, ses contemporains ou
successeurs, les Wynkyn de Worde et les Copland, firent preuve
pour la traduction et l'impression d'ouvrages reproduits du français,
d'un zèle qu'on n'a pas manqué de leur reprocher. Le premier
ouvrage imprimé par Caxton, avant même d'avoir quitté Bruges pour
l'Angleterre, est un livre d'origine française : c'est la traduction en
anglais du *Recueil des Histoires de Troye*, traduction bien précieuse
aux bibliophiles, car un exemplaire a été payé, en 1885, la somme
de 45.500 fr., tandis qu'un marchand de Chicago faisait acheter par
l'entremise de M. Bernard Quaritch, de Londres, l'unique exemplaire
du *Roi Arthur* de Malory, imprimé également par Caxton, et débour-
sait pour cela 48.750 fr. Le deuxième livre, imprimé encore à Bruges,
fut aussi un ouvrage français : la traduction en anglais du livre de
Jean de Vignay, sur le Jeu d'Echecs. Alors le grand imprimeur
anglais quitta Bruges pour l'Angleterre. En arrivant à Westminster,
son premier soin fut, non pas d'entreprendre la publication de

---

1. Jusserand, *Shakespeare en France*, p. 138 (Inventaire Ms. à la Bibl. nat. 9438).

quelque ouvrage anglais de valeur reconnue, mais encore une traduction d'un livre français, *Les dits moraux des philosophes*. Un nouveau volume, la traduction des *Fais... du Chevalier Jason*, de Raoul Lefèvre, parut la même année (1477) ou peut-être l'année suivante, de sorte que les quatre premiers livres imprimés par Caxton, soit à Bruges, soit à Westminster, sont des traductions de livres français. Ce n'est qu'à sa sixième publication que Caxton songe à une œuvre anglaise qui eût dû, tout d'abord, s'imposer à son choix, les *Contes de Cantorbéry* de Chaucer, puis, successivement, aux diverses poésies de Lydgate. Publie-t-il le *de Senectute* ou le *de Amicitia* de Cicéron, les *Fables* d'Esope? Ce n'est pas le texte latin ou grec qu'il reproduit, c'est une traduction anglaise, tirée elle-même d'une traduction française, tandis que l'*Enéide* de Caxton ne vient pas de Virgile, mais d'un roman français basé sur l'œuvre latine. Enfin si l'on parcourt la liste des publications [1] du premier imprimeur anglais, on est étonné de voir la place considérable que tiennent les traductions d'œuvres françaises aujourd'hui à peu près ignorées même chez nous, aux dépens d'œuvres classiques, grecques, latines ou anglaises, que Caxton, avec un goût plus sûr ou moins influencé par la mode, n'aurait pas dû négliger. Connaissant parfaitement le français, non seulement il imprimait les traductions d'œuvres françaises, faites par d'autres, mais il se mettait lui-même au travail, traduisait et revisait, et déclarait n'avoir pas interprété moins de vingt et un ouvrages français.

Il en fut un peu de même chez son associé et chez son successeur, Wynkyn de Worde et Copland, au seizième siècle [2]. C'est dire avec quelle profusion les livres français ou d'origine française se répandirent en Angleterre et avec quelle liberté ils y circulèrent toujours. La vogue des œuvres françaises ne se démentit pas un seul instant : on traduisit encore et toujours, et toujours aussi ce qui venait de France trouvait acheteurs et lecteurs. Un des plus fameux traducteurs d'alors fut certainement Gervase Markham, qui, très instruit des langues française, italienne et espagnole, traduisit ou compila un grand nombre d'ouvrages concernant l'art militaire, l'agriculture, la discipline du soldat, l'équitation, la science de l'arc, l'art du maré-

---

1. *Dictionary of National Biography*, mot *Caxton*.
2. Voir *Dict. of National Biography*.

chal et du vétérinaire, l'économie domestique, et se distingua par
une aptitude spéciale à traiter des sujets aussi divers [1]. Les traducteurs étaient sur le qui-vive, épiant l'apparition de tout nouvel
ouvrage français pouvant piquer la curiosité des lecteurs. Ainsi
Loveday écrivait à un de ses correspondants : « Je vous exprimerai
à nouveau mon désir, c'est que vous demandiez à M. ou à tout
autre libraire qui semblera pouvoir vous renseigner s'il y a quelque
nouveau livre français de quelque volume que ce soit méritant d'être
traduit et que personne n'a entrepris jusqu'ici : s'il s'en trouve un,
permettez-moi de vous demander de me l'envoyer avec le dictionnaire de Cotgrave de la dernière édition. » Et après avoir promis de
rembourser aussitôt les frais de l'envoi, Loveday ajoute : « Pour ce
livre, peu m'importe que ce soit roman, essai, histoire ou théologie,
pourvu qu'il vaille la traduction [2]. »

Ce n'était pas seulement en Angleterre, mais bien aussi en Écosse
que pénétraient les livres français. Le poète Drummond a pris soin
d'indiquer lui-même, année par année, les livres qu'il lisait dans sa
jeunesse : c'étaient, entre autres, des traductions françaises du Tasse
et de Sannazaro, Amadis de Gaule, les poésies de Ronsard, du Bartas
et Rabelais au complet. On avait coutume à cette époque d'apporter
le plus grand soin à la confection du catalogue de sa bibliothèque :
cela nous vaut des renseignements aujourd'hui précieux : ainsi nous
savons que l'Écossais Drummond avait chez lui 267 livres latins,
35 livres grecs, 11 livres hébreux, 61 livres italiens, 8 livres espagnols, 120 livres français et 50 livres anglais [3]. Cette forte proportion d'ouvrages français, rapprochée du nombre assez modeste de
livres anglais, ne laisse pas d'être très instructive. Quant à la variété
des lectures françaises du poète écossais à qui Ben Jonson fit de si
importantes confidences littéraires lors de son voyage en Écosse et
de son séjour à Hawthornden, on peut s'en rendre compte en pénétrant dans la salle Drummond, à la bibliothèque de l'Université
d'Édimbourg. Ouvrages religieux, traités de grammaire française, de
chiromancie, d'anatomie, d'arboriculture, de sériciculture, relations

1. Langbaine, *The Lives of the E. poets*, p. 340.
   Baker, *Biographia Dramatica*, mot *Markham*.
2. Loveday, *Letters* (Lettre XXV, à Mr. H.), p. 47.
3. David Masson, *Drummond of Hawthornden*, pp. 18-19.

de voyages et de découvertes, récits historiques des événements qui se passaient en France, tout était aliment à la curiosité intellectuelle de Drummond. Henri Estienne y figure avec l'*Introduction au traité de la conformité des merveilles anciennes avec les modernes* ; la reine de Navarre, avec *l'Heptameron, ou histoires des amans fortunez*, et aussi avec *les Marguerites* ; Honoré d'Urfé, avec *la Sireine* ; Pierre de Larivey avec *les Comédies facécieuses* ; Pétrarque s'y trouve, en rime française ; *Amadis de Gaule*, mis en françois. On y rencontre également du Bellay, avec les *Divers jeux rustiques et autres œuvres poétiques* ; du Bartas, avec *La lepanthe de Jacques VI, roy d'Ecosse*, et la *suite des Œuvres* ; puis, c'est le *Recueil de toutes les pièces faites* par Théophile ; *la Bergerie* de R. Belleau ; enfin *les premières Œuvres* de Philippe des Portes et la *Chronique* de Froissart. Nous ne citons, bien entendu, que les ouvrages présentant aujourd'hui un certain intérêt littéraire : cela suffit amplement pour montrer avec quel zèle studieux la littérature française était alors fouillée dans ses moindres recoins.

Il n'y avait certes pas que les ouvrages de poésie, d'histoire ou de religion qui passaient en Écosse ou en Angleterre ; d'autres volumes, de nature assez différente, franchissaient aussi la mer et se réfugiaient chez les libraires du Strand. Quand Pepys range avec amour ses livres dans la bibliothèque neuve en acajou que vient de lui apporter son ébéniste, qu'il les dispose en double rangée, les grands derrière les petits, quand il dresse son catalogue, qu'il numérote ses volumes, il y a un « livre français frivole et polisson », intitulé *l'Escholle des filles*, qui ne figurera pas sur les rayons ; si on l'y trouvait, ce serait une honte[1]. Mais comme une pointe de polissonnerie n'est pas pour effrayer le joyeux Pepys, il le lit d'abord et le brûle ensuite : ainsi sera sauve la « respectabilité » dont ne doit pas se départir un grave fonctionnaire. Pourtant il semble bien, s'il faut en croire certains documents publiés il y a quelques années déjà, que les livres ne pénétraient pas toujours en Angleterre avec la même facilité. Sur ce point la lettre de Barillon, ambassadeur de France à Londres, adressée à Huet, paraît assez significative[2].

1. Pepys, *Diary*, 8 févr. 1667-68.
2. *Bulletin du Bibliophile*, 15 mai 1899, p. 228-235 (art. de M. Griselle : *L'entrée*

*A londres ce 22 juin* [*1679-1688*] ?

« Monsieur,

« Je n'aurois pas différé si longtemps à vous faire response si ie n'avois pendant tout ce temps la cherche les moyens de faire passer les livres que vous aves dessein denvoyer icy : jen ai confere plusieurs fois avec Monsieur Vossius qui est de mes amis intimes et dont je cognois le merite et le scavoir. — Je ne voy point de meilleur expedient que d'adresser en holande ce quon veut faire passer icy : M$^r$ Vanbuningen s'en retourne à la haye et ma promis de se charger de m'envoyer ce qui luy sera remis entre les mains. Je ne croy pas quil faille hasarder de rien faire venir de france a droiture : Je me sers avec plaisir de cette occasion monsieur pour vous assurer que personne n'est avec plus d'estime que moy vostre tres obeissant serviteur.

« BARILLON. »

De cette lettre il résulte bien que l'Angleterre mettait certaines entraves à l'entrée des livres suspects venus de France, que le protestantisme officiel, comme le dit M. Griselle, se défendait contre l'invasion des ouvrages de provenance catholique et que ses douanes l'aidaient à appliquer rigoureusement une sorte de loi de l'Index adaptée à son usage. Il s'agissait certainement, en la circonstance, d'ouvrages de controverse religieuse, peut-être, comme on l'a noté, du dernier ouvrage paru de P.-Daniel Huet, la *Démonstration évangélique*. Aucune interdiction, croyons-nous, ne pesait sur les volumes autres que ceux traitant de religion, et cette entrave à la liberté de la presse dut être de fort courte durée. Même à quelque quarante ans d'intervalle, il y avait encore dans l'air les échos de la parole ardente de Milton, réclamant avec éloquence dans son *Areopagitica* le droit à l'existence pour ces êtres essentiellement vivants que l'on nomme les livres. « Les livres, disait le grand polémiste, déjà aussi grand poète, bien qu'il n'eût pas encore écrit son *Paradis perdu*, ne

<hr>

*des livres en Angleterre*). La lettre autographe de Barillon est à la bibliothèque de Vire, et il y a aussi à la Bibliothèque Nat. une copie de la correspondance adressée à Huet.

sont pas absolument des choses mortes, mais contiennent en réalité
une puissance de vie, pour être aussi actifs que cette âme dont ils
sont les enfants ; bien plus, ils conservent, comme en un flacon,
l'efficacité et l'essence la plus pure de cette vivante intelligence qui
les a créés. Je sais qu'ils sont aussi animés et aussi vigoureusement
féconds que les dents du dragon de la fable, et qu'étant semés ici et
là, ils ont quelque chance de faire lever des hommes en armes. Et
cependant, d'autre part, à moins de grande circonspection, il vaut
presque autant tuer un homme qu'un bon livre ; celui qui tue un
homme tue une créature raisonnable, image de Dieu ; mais celui qui
détruit un bon livre, tue la raison elle-même, tue l'image de Dieu en
la frappant à l'œil pour ainsi dire.

« Bien des hommes ne sont pour la terre qu'un fardeau ; mais un
bon livre est le précieux sang vital d'un esprit supérieur, embaumé
et conservé comme un trésor pour une vie au delà de la vie. Aucune
période de temps, il est vrai, ne pourrait rendre la vie à une créature,
dont la perte peut-être n'est pas grande ; mais des révolutions de siècles quelquefois ne réparent pas la perte d'une vérité détruite, faute
de laquelle des nations entières souffrent éternellement. Soyons donc
bien prudents et ne répandons pas cette essence vitale de l'homme,
conservée et amassée dans les livres, car nous voyons que nous
pouvons ainsi commettre une sorte d'homicide, quelquefois une sorte
de martyre, et si cela s'étend à toute la presse, une sorte de massacre,
dont l'exécution ne se borne pas au meurtre d'une vie organique,
mais frappe cette essence éthérée, le souffle de la raison elle-même ;
ce n'est point une vie qu'on égorge, c'est plutôt une immortalité [1]. »
On ne pouvait que se souvenir de cet éloquent plaidoyer, et l'interdiction à laquelle fait allusion la lettre de l'ambassadeur Barillon ne
s'appliquait qu'aux ouvrages de controverse religieuse : tout ce qui
était littérature pure circulait librement entre la France et l'Angleterre.

A cette même époque, de 1662 jusqu'à sa mort, en 1703, et aussi
durant un séjour de plusieurs années en Hollande, pendant la peste
de Londres, Saint-Évremond recevait à l'étranger, sans la moindre
difficulté, par exemple à Amsterdam, la tragédie d'*Alexandre* que

1. Milton, *Areopagitica.*

lui envoyait Mme Bourneau en lui demandant son avis sur la pièce de Racine, toute prête qu'elle était à jouer à Saint-Evremond le vilain tour de « montrer à tout le monde » la dissertation écrite en hâte qu'elle avait reçue de lui [1]. Quand Mme Mazarin se fut établie en Angleterre, en 1675, on sait que sa maison devint « le rendez-vous ordinaire de tout ce qu'il y avoit de personnes de considération. Les grands seigneurs, les ministres étrangers, les dames les plus qualifiées s'y rendoient assidûment... On s'y entretenoit sur toute sorte de sujets : on disputoit sur la philosophie, sur l'histoire, sur la religion ; on raisonnoit sur les ouvrages d'esprit et de galanterie, sur les pièces de théâtre, les auteurs anciens et modernes, l'usage de notre langue, etc. [2]. » La lecture par les uns et par les autres de ce qui s'imprimait alors pouvait seule alimenter et animer les conversations de ce petit cénacle littéraire. Si l'on dissertait sur la *Mariamne* de Tristan, la *Sophonisbe* de Mairet, l'*Alcionée* de du Ryer, le *Venceslas* de Rotrou, le *Stilicon* de Th. Corneille, l'*Andromaque* et le *Britannicus* de Racine [3], on ne le faisait qu'en connaissance de cause, et les *Réflexions sur les Tragédies* de Saint-Evremond ne pouvaient que faire naître l'envie, voire la nécessité, de connaître les textes. L'ami de Mme Mazarin lui-même, qui, dans ce cercle littéraire, donnait le ton et dirigeait la discussion avec l'autorité s'attachant à son nom, était resté en relations constantes avec ses amis demeurés en France : ceux-ci le tenaient au courant de tout ce qui se publiait à Paris et lui envoyaient même de la musique. En Hollande ou en Angleterre, jamais, en aucune occasion, croyons-nous, Saint-Evremond ne s'est plaint de la moindre difficulté éprouvée par lui à se procurer tel ouvrage désiré : au contraire, il est souvent confus de la profusion avec laquelle ses amis lui envoient tout ce qui paraît de nouveau chez Barbin ou ailleurs, et il leur manifeste à maintes reprises, avec sa reconnaissante satisfaction, l'ennui qu'il ressent de leur « coûter tant de ports ». Il est donc bien certain que si quelques restrictions furent apportées à la libre circulation des livres, ce fut seulement pour des cas bien déterminés ; toute œuvre littéraire, non suspecte de papisme outré, passait

1. Saint-Evremond, *Œuvres* (*Vie de M. Saint-Evremond*), t. I, p. 101-102 ; t. II, p. 364.
2. Id., *ibid.*, p. 147-148.
3. Id., *ibid.*, p. 149 ; t. III, p. 223.

sans encombre en Angleterre, comme en Hollande, où souvent même
elle s'imprimait huit ou dix jours après qu'elle avait paru en France[1].
La littérature française fut par tous explorée jusqu'en ses recoins les
plus obscurs.


### III


L'histoire ne fut pas négligée. Peu après la Restauration, Charles II
créa James Howell historiographe royal : ce fut le premier écrivain
qui porta ce titre en Angleterre. Louis XIII avait eu Mézerai,
Louis XIV s'assura Racine et Despréaux, dont un commis du trésor
public disait : « On n'a encore rien vu de la main de ces deux messieurs en leur qualité d'historiographes, que leurs noms au bas des
quittances[2]. » Le choix de Charles II s'arrêta sur Howell, linguiste fameux, épistolier fort appréciable et traducteur de nombreux
ouvrages : il n'eut pas le temps de témoigner beaucoup de zèle ni,
d'ailleurs, l'occasion de raconter des hauts faits bien éclatants,
car il mourut en 1666. Si Charles II attribua à cette nouvelle dignité une certaine importance, il oublia d'attacher à cette fonction
de gros émoluments, car Howell dut continuer son métier ou, si l'on
veut, sa profession d'écrivain, en demandant à sa plume ses moyens
d'existence. Il aurait pu devancer Mézerai et, comme lui, laisser sur
un sac une note ainsi conçue : « Voici le dernier argent que j'ai reçu
du roi ; aussi depuis ce temps je n'ai plus jamais dit du bien de lui ».
Le roi d'Angleterre n'était pas plus généreux. Howell donc, ni par
intérêt, ni par souci de la vérité, n'avait grand bien à dire du nouveau
roi qui cependant, à cette époque, ne connaissait pas encore les affres
d'un trésor toujours à sec. Le seul avantage, la seule consolation,
pourrait-on dire, qu'il retira de sa charge fut à peu près celle de rédiger l'épitaphe où il se déclare : *Regius Historiographus, in Anglia
primus*[3]. Et cependant Howell ne laissait pas de reconnaître

---

1. Saint-Évremond, *Œuvres* (*Lettre à M. le comte de Lionne*), t. III, p. 33.
2. Boileau, *Œuvres complètes* (*Vie de Boileau*), t. I, p. ccc,cccIII. Edit. Gidel.
3. Langbaine, *The Lives of the E. poets*, p. 279.
   *Biographia Dramatica*, mot *Howell*.

toute l'utilité de l'histoire. » A celui qui le lit, écrit-il dans une de ses lettres, aucun accident du temps présent ne peut paraître étrange, et bien moins encore l'étonner. Il cessera d'être surpris, en se rappelant qu'il a déjà lu le récit de semblables événements ou sensiblement les mêmes, qui se sont passés au temps jadis... Ne pas être historien, c'est-à-dire, ne pas savoir ce que les peuples étrangers, ce que nos ancêtres ont fait, *hoc est semper esse puer*, comme le dit Cicéron, c'est rester toujours comme un enfant qui s'étonne de tout. De là on peut conclure qu'aucune science ne mûrit mieux le jugement et ne nous affranchit mieux que l'Histoire[1]. »

C'est Dryden qui succéda à Howell. Il faut reconnaître qu'à cette époque il s'agissait moins de pénétrer jusqu'à la vérité historique que de rechercher, dans l'histoire des peuples voisins, tels événements qui se prêtaient à une comparaison facile avec ceux du temps présent. C'est dans cet esprit que le roi d'Angleterre demanda à son historiographe Dryden de traduire l'*Histoire de la Ligue* du jésuite Maimbourg. Il s'agissait d'évoquer le souvenir des guerres civiles qui avaient ensanglanté la France : le rapprochement s'imposait entre les huguenots, d'un côté, et les partisans de Shaftesbury, de l'autre. Et Dryden saisit bien l'intention royale, car, en remerciant Charles II de l'honneur qu'il lui avait fait en lui demandant de traduire l'œuvre de Maimbourg, « tous ceux, dit-il, qui ne sont pas volontairement aveugles pourront y voir, comme dans un miroir, leurs propres défauts, car il n'y eut jamais parallèle plus clair qu'entre les troubles de France et ceux de Grande-Bretagne : leurs ligues, leurs covenants, leurs associations et les nôtres, leurs Calvinistes et nos Presbytériens, c'est tout de la même famille... il n'y a pour les séparer et les empêcher d'être identiques qu'un siècle et la mer[2]. » Tel était l'esprit qui inspirait les recherches historiques autour de Charles II. Dryden ne se bornait pas, en fait de science historique, au récit de Maimbourg : il connaissait les *Mémoires* de Philippe de Commines[3], traduits depuis un certain temps déjà en Angleterre, puisque la quatrième édition est de 1674. Faut-il ajouter, pour prouver quel intérêt on prenait en Angleterre aux ouvrages d'his-

1. Howell, *Epistolæ Ho-Elianæ, Familiar Letters*, p. 460.
2. Dryden, *Works (Dedication of the translation of the League)*, vol. XVII, p. 89.
3. Dryden, *Works*, vol. XVIII, p. 38.

toire écrits en français, que, vers la même époque où Dryden traduisait l'*Histoire de la Ligue*, Otway, très au courant de la langue et de la littérature françaises, faisait également passer en anglais l'*Histoire des trois Triumvirats* [1], que le duc d'Ormond demanda à Charles Cotton de traduire les *Mémoires de M. de Pontis* [2], que Tate publia une traduction de la *Vie du Prince de Condé* [3] et que l'on trouve, parmi les livres imprimés pour le compte de Richard Baldwin, l'*Histoire secrète des amours de Mme de Maintenon avec le roi de France* [4], également mise en anglais.

La prédication et la controverse religieuse s'inspirèrent également, en certains cas au moins, de l'exemple venu de France. Les royalistes anglais, quelques-uns catholiques sincères, d'autres d'opinion religieuse assez flottante, sinon sceptiques tout à fait [5], avaient entendu — ceux de l'entourage de la reine d'Angleterre surtout — les prédicateurs de la cour de France. C'était le père Le Boux qui avait prêché l'Avent devant le roi, et dont les sermons étaient donnés au Louvre, deux fois par semaine ; c'était Bossuet qui, chez les Jacobins et chez les Feuillants, devant la reine et sa cour, aux Carmélites et ailleurs, faisait entendre la parole sacrée avec un tel succès que le gazetier Loret souhaite pour lui la mitre et la crosse ; c'étaient aussi des prédicateurs de moindre envergure, tels que l'abbé Camus, au Louvre ; l'abbé Têtu, à Chaillot, prêchant devant la reine de France et la reine d'Angleterre ; le père jésuite Catillon, inaugurant le carême au Louvre ; l'abbé Tonnerre et d'autres encore dont Loret enregistre pieusement les succès oratoires [6]. De ces prédicateurs attitrés de la cour de France les royalistes anglais, le roi lui-même, avaient gardé le souvenir. Le père Le Boux et Catillon avaient prêché le carême, l'un dans la paroisse de Saint-Germain, l'autre au Louvre, en 1658 et 1659 [7] ; et le roi errant était à peine monté sur le trône de son père que l'on trouvait, à la cour anglaise, dès 1662, certains prédicateurs

---

1. Langbaine, *The Lives of the E. poets*, p. 102.
2. Crowne, *Works*, vol. IV, p. 132.
3. Austin, *Lives of the laureates*, p. 213.
4. Rymer, *A short view of tragedy*, fin du volume.
5. Greene, *Hist. of the E. people*, vol. V, pp. 314-330.
6. Loret, *Muze hist.*, vol. II, pp. 280, 304, 309, 315, 318, 389, 396, 422, 443 ; vol. III, pp. 29, 43, 182, 344, 464, 469.
7. Loret, *Muze hist.*, vol. II, p. 453 : vol. III, p. 29.

désignés pour prêcher tous les mercredis, vendredis et dimanches, à partir du mercredi des Cendres jusqu'au dimanche de Pâques [1].

Une transformation, nous voulons dire un progrès, s'accomplit en Angleterre après la Restauration. Si, en Écosse, la prédication était d'allure simple, mais claire, sans grands développements oratoires, sans longs mouvements d'éloquence, mais de contexture serrée et de but essentiellement pratique, il n'en était pas de même en Angleterre. En Écosse, « les prédicateurs suivaient tous une même méthode. Ils faisaient d'abord des observations sur un point de dogme ou sur leur texte, ils le prouvaient ensuite par des argumens, puis ils passaient à l'application et montraient l'usage que chacun doit en tirer, soit pour s'instruire, soit pour s'exciter à la crainte ou à la confiance, soit pour se juger soi-même et y puiser des directions de conduite et des motifs d'esperance. L'avantage de cette routine était d'avoir mis le peuple en état de bien saisir un sermon, et de le suivre dans toutes ses divisions [2]. » En Angleterre, au lieu de cette simplicité, s'étalaient le pédantisme le plus hirsute et l'emphase la plus sonore. « Il est difficile, dit Burnet, de se faire une idée de la réforme que les théologiens de Cambridge ont faite dans l'éloquence de la chaire, jusqu'alors envahie par le pédantisme chez tous les prédicateurs de l'Angleterre et un mélange informe de citations tirées des Pères et des anciens écrivains. Faire un sermon, c'était le plus souvent entamer une longue explication d'un texte de l'Écriture, discuter chaque mot, en donner toutes les acceptions, avec les motifs de chacune, effleurer ensuite quelques points de controverse, et passer enfin, suivant le sujet ou l'occasion, à quelques explications pratiques succinctes et communes. Le tout était diffus et pesant, sans harmonie dans la composition et surchargé de phrases extraites de toutes les langues. Le style était communément plat ou trivial, ou plein de la rhétorique la plus emphatique et du plus mauvais goût. Le Roi n'avait que peu ou point de littérature, mais il avait du jugement et du sens, et avait pu se faire de justes idées sur le style en France, où il avait habité dans un temps où l'on s'y appliquait beaucoup à polir le langage. On s'aperçut bientôt qu'il avait un goût pur et solide. L'approba-

1. *Calendar of State Papers*, 1661-62, p. 272.
2. Burnet, *Histoire de mon temps*, vol. I, p. 350 (trad. Guizot).

tion qu'il donna aux nouveaux orateurs fit leur réputation et mit en vogue leur manière de prêcher, claire, simple et concise... Leurs sermons furent donc très suivis, et ils ne contribuèrent pas peu à diminuer les préjugés qui subsistaient encore dans le pays, et surtout à Londres, contre l'Église nationale et anglicane [1]. » L'exemple des orateurs catholiques français n'avait pas été perdu ; les prédicateurs anglais en avaient fait leur profit : l'auditoire y trouvait son compte quand, dans le silence des sanctuaires, assez peu fréquentés aussitôt après la Restauration [2], il apportait des préoccupations autres que celles de Pepys occupé, pendant le sermon, à lorgner les jolies femmes dans l'église de Sainte-Marguerite à Westminster [3]. Si, cependant, quelques prédicateurs de la cour restèrent assez grossiers [4], l'art de la prédication gagna généralement en méthode, en clarté et en élévation.

Il n'y a pas jusqu'à la controverse religieuse, aux ouvrages dogmatiques de Bossuet, qui n'aient été connus en Angleterre et n'y aient exercé une certaine influence. Ce fut, dit-on, Dryden lui-même qui traduisit, en 1685, l'*Exposition de la Doctrine catholique*. Il n'y a point là une certitude absolue, mais, à tout le moins, une vraisemblance, car l'exemplaire ayant appartenu à l'évêque Barlow, contemporain de Dryden, porte, à la première page, cette note manuscrite : « Par M. Dryden, alors seulement poète, maintenant papiste aussi ; peut avoir été papiste auparavant, mais c'est maintenant seulement qu'on vient de l'apprendre [5]. » Au surplus, peu importe que Dryden soit, ou non, le traducteur de Bossuet ; le théologien français n'en était pas moins connu du poète anglais, et, sur Dryden, l'influence de Bossuet est incontestable. On a même attribué à cette influence la conversion de Dryden au catholicisme, car on trouve chez l'écrivain anglais mainte allusion à l'œuvre théologique de « M. de Condom ». Est-ce là une simple hypothèse ? Dryden était, par nature, essentiellement versatile, ou si l'on veut, souverainement sceptique. En politique,

1. Burnet, *Hist. de mon temps*, vol. I, p. 431 (trad. Guizot).
2. Pepys, *Diary*, 29 mai 1663.
   Sorbière, *Relation d'un voyage en Angleterre*, pp. 34-35.
3. H. Wheatley, *Samuel Pepys and the world he lived in*, p. 42.
4. Pope, *Works*, vol. III, p. 182 (note).
5. Dryden, *Works*, vol. I, p. 284 (*Life of J. Dryden*).

en littérature, en religion, il est, par excellence, le roi des « turn-coats », nous dirions, en français, des « caméléons ». Avec une facilité, une hâte et une inconscience morale vraiment déconcertantes, il a chanté tour à tour Cromwell et Charles II ; en matière dramatique, il flotte perpétuellement entre des conceptions diverses, contradictoires, passant brusquement de l'une à l'autre ; en religion, il en fut de même, et Walter Scott est très indulgent en disant, à propos de sa conversion : « Il ne détacha pas sa barque du port où il était en sûreté pour s'amarrer en un passage dangereux : mais ballotté sur la houle de l'incertitude, il jeta l'ancre au premier mouillage où les vents, les vagues et peut-être un pilote habile conduisirent sa barque par hasard [1]. » Ce pilote habile pourrait bien, après tout, être Bossuet, comme l'insinue W. Scott, car il y a une singulière coïncidence entre la traduction de l'*Exposition* et la conversion de Dryden, l'une suivant l'autre à moins d'un an d'intervalle. Quoi qu'il en soit, il faut bien reconnaître aussi que la dialectique de Bossuet ne fut pas seule efficace : le désir de plaire, peut-être à sa femme Lady Élisabeth, mais sûrement au nouveau roi Jacques II, doit bien entrer en ligne de compte. Celui-ci, du reste, ne tarda pas à le récompenser en augmentant de cent livres par an la pension du poète qui, en une douce allégorie, allait représenter la religion catholique sous la forme gracieuse d' « une biche blanche comme le lait, immortelle et immuable, nourrie du gazon des pelouses, courant dans la forêt, sans tache au dehors, innocente au dedans, sans crainte du danger parce qu'elle est sans reproche », opposée à la panthère protestante, « bête de proie aux taches innées et malheureusement ineffaçables [2]. » Une seule chose nous étonne, c'est qu'après la Révolution, quand son intérêt et sa situation de poète-lauréat l'y invitaient, Dryden ne se soit pas donné le luxe d'une nouvelle palinodie pour conquérir la faveur du roi Guillaume. Rendons-lui justice : l'année qui précéda sa mort, il écrivit à ce sujet, à sa cousine Steward, une lettre très ferme, pleine de dignité et, dans son ensemble, d'une belle allure [3]. C'est une réhabilitation tardive, mais enfin c'est une réhabilitation.

---

1. Dryden, *Works*, vol. I, p. 264 (*Life of J. Dryden*).
2. Dryden, *Works*, vol. X, pp. 119, 143 (*The Hind and the Panther*).
3. Dryden, *Works*, vol. I, p. 269.

Que ce soit la doctrine de Bossuet qui lui inspira cette intransigeance absolue, nous n'oserions le prétendre, et cependant ce mélange de simplicité et de grandeur dans l'argumentation, cette vigueur rude et âpre dans l'exposé de la doctrine, où se reflète la majesté des Écritures, tout cela dut impressionner vivement l'esprit de Dryden et s'imposer avec autorité à son âme flottante.

Dans l'entourage de Dryden, aux esprits les plus cultivés d'alors les noms de Bossuet, de Fénelon, de Bourdaloue et de Fléchier étaient familiers ; des fantaisistes, comme Ch. Mordaunt, s'appliquaient, pour édifier l'équipage des vaisseaux de guerre, à composer des sermons, où ils avaient à cœur de rivaliser avec Bossuet et Bourdaloue [1], et l'on trouve dans les *Anecdotes* de Spence les récits les plus étranges concernant nos grands prédicateurs. Le moins bizarre n'est certes pas celui où il est question de Bourdaloue, dans son cabinet de travail, en soutane seulement, jouant sur son violon un air très animé et esquissant des entrechats au son de cette musique. Un ami, l'apercevant par la fenêtre entrebâillée, le crut fou et se risqua à frapper discrètement. Bourdaloue le reçut en souriant et lui expliqua que, méditant sur un sujet à traiter en chaire, il se trouvait d'humeur trop déprimée pour parler comme il le fallait, et qu'il avait recours à sa méthode habituelle de la musique et du mouvement pour retrouver la chaleur et l'animation nécessaires [2]. Sans doute il est assez difficile de savoir au juste quelle créance il faut ajouter à ces anecdotes, mais leur nombre suffit pour indiquer combien les noms des grands prédicateurs français étaient familiers en Angleterre, au moins dans le monde des lettrés.

Que l'on examine tel ou tel genre pris dans son ensemble, ou tel ou tel auteur de marque en particulier, même en retournant assez loin en arrière, c'est partout et toujours la même curiosité intelligente des choses littéraires de France. Rabelais, par exemple, dont les trois premiers livres de l'*Histoire de Gargantua et Pantagruel* furent traduits d'abord par Sir Thomas Urquhart en 1653, fut lu et admiré au dix-septième siècle. Dès les premières années du siècle, le texte français avait même, comme nous l'avons vu, pénétré jusqu'en

1. Macaulay, *Hist. d'Angleterre* (trad. Montégut), vol. II, p. 36.
2. Spence, *Anecdotes*, p. 259.

Écosse en compagnie de Drummond. Après la Restauration, le Français Pierre Motteux traduisit lui-même les trois autres livres de Rabelais et publia à nouveau le travail d'Urquhart, auquel il ajouta sa propre traduction. De cette admiration des Anglais pour l'immortel satirique, nous avons le témoignage de William Temple, qui s'exprime ainsi : « Rabelais semble avoir été le père du ridicule, homme d'un savoir et aussi d'un esprit excellents et universels ; bien que trop de sujets de satire lui aient été fournis à cette époque par les coutumes des cours et des couvents, des procès et des guerres, des écoles et des camps, des romans et des légendes, cependant il faut avouer qu'il a entretenu cette veine de ridicule en disant tant de choses si malicieuses, si graveleuses et si profanes que tout homme sage, modeste et pieux n'aurait pu se les permettre, eût-il eu à sa disposition tant et plus de la même monnaie [1]. » Bien qu'il fasse quelques réserves sur le costume dont se revêt Rabelais, William Temple sait « pour fleurer, sentir et estimer ces beaux livres de haute gresse par curieuse leçon et méditation fréquente, rompre l'os, et sugcer la substantifique moelle [2]. » S'il lui préfère Cervantès, « l'incomparable écrivain de *Don Quichotte* qu'il faut bien davantage admirer, » il n'hésite pas néanmoins à placer Rabelais et Montaigne parmi les grands esprits des temps modernes, pour ainsi dire sur le même plan que Boccace et Machiavel chez les Italiens, Cervantès et Guevara chez les Espagnols, et, chez les Anglais, Sir Philip Sidney, Bacon et Selden [3]. Pope, qui, en maint endroit de ses œuvres [4], fait allusion à Rabelais, fut peut-être moins heureux que Temple pour pénétrer tout le sens philosophique de cette satire. Il aurait, semble-t-il, assez facilement contresigné une partie au moins du jugement de La Bruyère déclarant que Rabelais est parfois « incompréhensible ». Il faut toutefois faire la part de l'humour dans la boutade de Pope : « Rabelais avait eu quelques écrits sensés auxquels le monde ne prit pas garde du tout ; je vais, dit-il, écrire quelque chose à quoi il faudra bien faire attention, et il s'assit pour écrire des

---

1. W. Temple, *Essays*: IV, of Poetry.
2. Rabelais, *Œuvres*. Livre 1er, Prologue.
3. W. Temple, *Essays* : IV, of Poetry.
4. Pope, *Works* (*The satires of Dr. Donne* : satire IV), vol. III, p. 435 ; (*The Dunciad* : book I), vol. IV, p. 103 ; (*A Key to the Lock*), vol. X, p. 496.

bêtises. Tout le monde, continue-t-il, reconnaît qu'il y a plusieurs personnages sans la moindre signification dans son *Pantagruel*. Le Dr Swift l'aime beaucoup et y voit beaucoup plus de bonnes choses que moi. » Et Pope poursuit : « Le personnage de Frère Jean reste jusqu'au bout plein d'entrain. Les personnages cachés ne sont traités qu'en partie et par instants : ainsi, par exemple, bien que la maîtresse du roi soit désignée par tel détail concernant la jument de Gargantua, il y a tel autre détail venant immédiatement après qui, tout en s'appliquant à la jument, ne s'applique pas du tout à la maîtresse[1]. » Pope, décidément, ne voyait ni « l'exquis » ni « l'excellent », et ne trouvait qu'une saveur relative à ce « mets des plus délicats ». Il en allait tout autrement du Dr Swift, dit le confident de Spence. « Il était grand lecteur et grand admirateur de Rabelais et volontiers me grondait parfois de ne l'aimer pas assez. Vraiment, il y avait dans ses œuvres tant de choses auxquelles je ne pouvais voir aucune sorte de sens que je n'ai jamais pu le parcourir sans impatience. » C'est cette admiration grande de l'auteur de *Gulliver* — ce dernier, fils de Gargantua, pourrait-on l'appeler — qui faisait dire à Lady Mary W. Montagu, avec une injuste sévérité, que Swift avait volé tout son humour à Cervantès et à Rabelais[2].

Les *Essais* de Montaigne aussi furent traduits en trois volumes par Ch. Cotton[3], et Dryden renvoyait ses critiques ignorants au chapitre du « sage Montaigne » intitulé : *De l'Inconstance des Actions humaines*[4], ou, s'il faut être plus exact que le poète citant probablement de mémoire : « De l'Inconstance de nos actions. » Sheffield, parlant de l'amitié, disait que « sur ce sujet personne n'avait égalé les anciens, excepté Montaigne, qui sur tous les sujets a été avec peine égalé par les modernes[5] ». Il pensait que sur ce point Montaigne était un écrivain plus sincère que Cicéron[6], sincère aussi quand il parle de lui-même et de ses défauts. « L'incomparable Montaigne, affirme Sheffield, reste seul de ce genre pour la postérité.

1. Spence, *Anecdotes*, p. 285, 132.
2. Id., *ibid.*, p. 132.
3. *Biographia Dramatica*, mot *Cotton*.
4. Dryden, *Works*, vol. VII, p. 314.
5. John Sheffield, *Works* (*Ode on Brutus*, notes), vol. I, p. 165. Ed. 1729.
6. Id., *ibid.* Essays : on *Friendship*, vol. II, p. 228.

Toutes les fois qu'un grand esprit sera disposé à adopter la même libre méthode pour écrire, je puis presque l'assurer du succès, car, outre l'attrait que présente un tel livre, une nature si sincère n'a pas à rougir d'être exposée aussi nue que possible [1]. » Et le duc de Buckingham continue son plaidoyer en faveur de l'écrivain français. Évidemment c'était d'un commerce constant avec Montaigne et d'une lecture raisonnée de son chef-d'œuvre qu'avait pu naître et grandir l'admiration qu'il nourrissait pour l'auteur des *Essais*.

Comme Rabelais et Montaigne, Voiture passa en Angleterre. Lui qui « mettait des diamants sur sa robe de chambre » représentait bien par l'éclat de son style, la finesse, voire la subtilité de sa pensée, l'Hôtel de Rambouillet. Il eut, de l'autre côté de la Manche, des admirateurs, mais surtout un imitateur qui fut Pope. On sait en quelle estime le tenait celui-ci quand il envoyait les œuvres de Voiture à la jeune Marthe Blount : « Son art est facile, dit-il, et, chez lui, les bagatelles elles-mêmes ont de l'élégance. » Il vante à son amie la « sage insouciance et l'innocente gaieté » de Voiture et ajoute tous les regrets ressentis à sa mort, « pleurée de tous les plus beaux yeux [2] ». C'est bien lui un des modèles dont Pope s'inspira souvent dans ses vers et un peu partout dans sa correspondance avec Lady Mary W. Montagu, dans ses lettres à Thérèse et Marthe Blount. C'est le même ton galant, le même amour alambiqué, la même afféterie dans le style, la même absence de naturel dans l'entortillement de l'idée, la même recherche dans l'image et l'allusion. Rien ne part du cœur, tout vient de la tête. Mais chez Pope, selon nous, il n'y a pas la même vivacité dans le trait : l'esprit y court moins prime-sautier, plus apprêté, plus traînant, plus empâté, en quelque sorte ; les paillettes nous y semblent moins étincelantes, l'allusion moins légère, le caprice moins varié et moins ailé. Entre ces deux écrivains toutefois, il reste assez de points communs pour que certains éditeurs aient pu attribuer à Pope des lettres adressées à Mlle Blount qui ne sont rien autre que la traduction littérale de quatre lettres de Voiture [3],

1. John Sheffield (*Essays : on Authors*), vol. II, p. 243.
2. Pope, *Works* (Epistle IX : *To Miss Blount*), vol. III, p. 217.
3 Id., *ibid.* (*Surreptitious and incorrect editions of Mr. Pope's Letters*), vol. VI, p. lii.

une parenté littéraire assez bien marquée pour que Hallam ait pu appeler Pope « le singe de Voiture[1] ».

Les philosophes les plus profonds ne sont pas non plus négligés. C'est d'abord Descartes que nous trouvons aussi en Angleterre. Dryden ne fait-il pas allusion à la théorie cartésienne dans son *Essai sur la Satire*[2] ? et William Temple, comparant la science des anciens et celle des modernes, ne cite-t-il pas Descartes et Hobbes, qui, dit-il, « n'ont en aucune façon éclipsé la gloire de Platon, d'Aristote, d'Epicure et des autres chez les Anciens[3] » ? L'opinion assez peu favorable qu'il s'est faite du philosophe français se manifeste ailleurs encore quand il traite de « roman » la doctrine cartésienne et déclare qu' « il est tout aussi agréable de voir les jeunes gens pénétrés de ses théories que de les voir prendre *Amadis* et le *Miroir de la Chevalerie* pour des histoires vraies ». Sheffield, duc de Buckingham, dans un *Essai sur la Philosophie*, témoigne, mieux que Temple, son admiration pour le philosophe français en déclarant que « l'esprit humain est incapable d'atteindre plus haut que Pythagore, Démocrite, Platon, Aristote et même Gassendi et Descartes à notre époque[5] ». Addison, de son côté, proclame ce dernier un grand philosophe : « C'est un grand homme en vérité, dit-il, le seul que nous envions à la France[6]. » A tout instant aussi, chez Pope, nous entendons les échos attardés de la doctrine cartésienne : c'est la théorie des animaux-machines à laquelle il est fait allusion dans l'*Essai sur l'Homme*[7] : on sent en maint endroit que rien de la doctrine philosophique de Descartes n'était étranger à Pope[8].

L'intérêt qui s'attacha à l'œuvre de Pascal ne fut pas moindre. Les *Provinciales* surtout ne manquèrent pas d'exciter la curiosité et l'admiration des Anglais. Dès 1657, c'est-à-dire un an après leur apparition en France, elles étaient traduites en anglais et publiées à

---

1. Hallam, *Literature of Europe*, p. 629.
2. Dryden, *Works*, vol. XIII, p. 2.
3. W. Temple, *Works* (*Essay on Ancient and Modern Learning*).
4. Id., *ibid.* (*Some thoughts upon reviewing the Essay of Ancient and Modern Learning.*)
5. J. Sheffield, *Works* (Essays : *On philosophy*), vol. II, p. 231.
6. Addison, *Works* (édit. de Hurd), vol. VI, p. 608.
7. Pope, *Works*, vol. II, pp. 404-511.
8. Pope, *Works*, vol. IV, p. 371 ; vol. VIII, p. 325, 326.

Londres. L'année suivante, ce fut une nouvelle édition des « petites lettres », corrigée et fortement augmentée. Après la Restauration, en 1664, Evelyn fit une autre édition des *Provinciales*. Le succès fut le même que pour les précédentes. Le roi Charles II félicita même le traducteur et alla jusqu'à le remercier : « J'étais ce soir à White-hall, écrit Evelyn dans son *Journal*[1] ; Sa Majesté vint vers moi qui me tenais debout dans le salon et me fit ses remerciements d'avoir publié *les Mystères du Jésuitisme*. Il me dit qu'il avait gardé l'ouvrage deux jours dans sa poche, qu'il l'avait lu, et il m'encouragea : je n'en fus pas peu surpris. Je suppose que c'est Sir Robert Murray qui le lui avait donné. » Le nombre des lecteurs anglais ne fit qu'augmenter, car deux nouvelles éditions des *Provinciales* se succédèrent, l'une en 1679, l'autre en 1688, tandis que, la même année, J. Walker traduisait et faisait imprimer à Londres *les Pensées*, et que Kennet, d'abord en 1704, puis en 1727, les publiait à nouveau, comme pour permettre à Pope d'y faire les larges emprunts que ses éditeurs signalent au début de son *Essai sur l'Homme*[2]. Dryden avait auparavant cité les « Pensées de l'incomparable Pascal et peut-être celles de M. La Bruyère » comme étant « les deux livres les plus intéressants dont puissent se vanter les Français d'à présent[3] ». Dennis avait été frappé de cet « argument extraordinaire de M. Paschal, prouvant la divinité de notre Seigneur par la simplicité de son style[4] ». Addison avait cité Pascal en commentant dans le *Guardian* la mort de Cromwell[5], et Steele nous fait retrouver un écho des *Provinciales* dans le *Spectateur*[6].

Nos moralistes La Rochefoucauld et La Bruyère passent aussi en Angleterre. Une traduction des *Maximes* y parut en 1694, une autre en 1706. Le vieux poète Wycherley associait les deux écrivains dans ses lectures favorites. Montaigne, La Bruyère, La Rochefoucauld et Racine étaient ses auteurs préférés, et on raconte que, le lendemain matin, sans s'en douter le moins du monde, il se mettait à écrire,

---

1. Evelyn, *Diary*, 25 janv. 1665.
2. Pope, *Works*, vol. II, pp. 375, 376, 377.
3. Dryden, *Works*, vol. XIII, p. 340.
4. J. Dennis, *Select Works* (*Criticism in Poetry*), vol. II, p. 447.
5. Addison, *Works* (*Guardian*, n° 136), vol. IV, p. 257 (édit. Hurd).
6. Addison, *The Spectator*, n° 545.

reproduisant, jusqu'à l'expression, les idées des écrivains qu'il avait lus avant de s'endormir : c'est ainsi qu'à son insu il empruntait les *Maximes* de La Rochefoucauld. Heureusement Pope était là, qui lui signalait ces réminiscences fâcheuses[1]. On raconte même, mais sans grande autorité, que Pope, quelque peu en désaccord avec Wycherley, lui conseilla un jour, ironiquement bien entendu, de refaire ses poésies en forme de maximes à la façon de La Rochefoucauld[2]. Celui-ci était également connu d'Addison, qui, dans le *Babillard*, le place parmi les « auteurs français à la mode » en Angleterre et, avec quelque mauvaise humeur, l'appelle « le grand philosophe pour fournir des consolations aux paresseux, aux envieux, aux vauriens de l'humanité[3] ». Pope sembla un instant partager cette aversion qui s'adressait, non à l'écrivain, mais au moraliste, et il songea à écrire une série de maximes opposées à celles de La Rochefoucauld[4], non pas tant qu'il répugnât lui-même à la théorie de l'amour-propre que parce qu'il voyait dans ce système philosophique la cause de la misanthropie de son ami Swift. Celui-ci, en effet, était persuadé, comme il le déclare à une de ses correspondantes, que « l'amour-propre étant le mobile de toutes nos actions, il est aussi la seule cause de nos chagrins[5] ». Et cette opinion fut bien la sienne jusqu'à la fin, car, six ans plus tard, parlant de sa mort, Swift écrivait : « Comme La Rochefoucauld a tiré ses Maximes de la nature humaine, je les crois vraies : elles n'accusent pas en lui la corruption de son esprit : c'est la faute de l'humanité[6]. » De son côté, Locke, après avoir recommandé aux jeunes gens de distinction de nombreux livres de voyages écrits en français, leur conseille les *Mémoires* de La Rochefoucauld et les *Caractères* de La Bruyère, « une admirable peinture[7] ».

La Bruyère avait été, bien entendu, traduit en anglais. La traduction de 1702 avait été précédée de deux autres versions, pour ceux des

1. Beljame, *Cours et Conférences* (nov. 1895-mars 1896).
2. Leslie Stephen, *Pope (Englishmen of Letters)*, pp. 16-17.
3. Addison, *The Tatler*, nº 108 (Ed. Hurd), vol. II, p. 50.
4. Pope, *Works*, vol. VII, p. 59.
5. Swift, *Letter to Mrs Moore (Pope's Works*, vol. VII, p. 63).
6. Pope, *Works*, vol. VII, p. 64 (note).
7. Locke, *Works (Some thoughts concerning reading and study)*, vol. II, pp. 502-503.

lecteurs à qui le texte français n'était pas directement abordable. William Temple n'était pas sans avoir lu les *Caractères*, et ses maximes concernant la conversation ne laissent pas de rappeler le chapitre correspondant de l'œuvre de La Bruyère : le rapprochement le plus hâtif, la comparaison la plus sommaire indiquent assez la ressemblance de ces deux esprits également pénétrants. Si John Dennis cite parfois La Bruyère [1] ; si, tout en rappelant que Boileau a noté que les *Caractères* ou *les Mœurs du siècle* ont été écrits sans transitions, Johnson estime que l'œuvre de La Bruyère mérite certainement des éloges pour « la vivacité de la description et la justesse de l'observation [2] », c'est à propos d'Addison qu'il fait cette remarque. Addison, en effet, doit bien quelque chose de son talent à l'auteur des *Caractères*. Indépendamment de cette parenté littéraire qui se révèle d'une façon générale par la même sûreté de goût, la même pénétration dans l'observation de ce qui se passe autour d'eux, la même simplicité d'expression, la même clarté de langue, la même urbanité dans la critique, le même agrément dans l'esprit, Addison prend plaisir parfois à emprunter à La Bruyère ses procédés de composition. Ainsi, en collaboration avec Steele surtout, il sème son *Spectateur* de portraits dans la manière du peintre français : c'est, par exemple, celui d'Aurélie qui s'abandonne tout entière aux charmes de la vie à la campagne et de l'intimité du foyer, entre son mari et ses enfants ; c'est, pour l'opposer à cette peinture reposante, le portrait de Fulvie [3], cette écervelée qui compte pour perdu tout le temps qu'elle passe dans sa famille, qui s'imagine qu'elle est hors du monde si elle n'est pas à la promenade, au théâtre ou dans un salon, qui vit dans une perpétuelle agitation du corps et de l'esprit et n'est jamais tranquille nulle part, quand elle pense qu'il y a ailleurs une compagnie plus nombreuse ; c'est aussi le portrait d'Eudosia [4], la femme affinée par une très bonne éducation, éloignée de toute coquetterie, pour qui la vertu est devenue comme une seconde nature. Le portrait de la fausse dévote [5] est plein de l'humour le plus savou-

1. J. Dennis, *Select Works*. Letters : (*The Dedication*), vol. II, p. 485.
2. Samuel Johnson, *Lives of the E. poets* : Addison, p. 225.
3. Addison, *The Spectator*, n° 15.
4. Steele, *The Spectator*, n° 79.
5. Steele, *ibid.*, n° 354.

reux : « Une dévote est une de ces femmes qui compromettent la religion par l'indiscrétion qu'elles mettent à parler mal à propos de la vertu en toute occasion. Elle affirme être ce dont personne ne devrait douter qu'elle fût ; elle trahit toute la peine qu'elle prend pour être ce qu'elle devrait être avec plaisir et avec joie. Elle vit dans le monde et ne se refuse aucun de ses divertissements, bien qu'elle déclare constamment que pour elle tout y est insipide. Elle n'est elle-même qu'à l'église : c'est là que sa vertu se déploie, et elle y est si fervente en ses dévotions que je l'ai vue souvent prier à perdre haleine. Pendant que, chez elle, d'autres jeunes filles sont en train de danser ou de jouer aux petits jeux des demandes et des réponses, elle lit tout haut dans son boudoir. Elle dit que tout amour est ridicule, excepté l'amour divin ; mais elle parle de la passion d'une personne pour une autre avec trop d'amertume pour une femme qui ne mêle aucune jalousie à son mépris. Si parfois elle voit un homme s'adresser à sa maîtresse avec quelque chaleur, la voilà qui lève les yeux au ciel et s'écrie : « Quelles bêtises ce sot débite-t-il ! La cloche nous appelant à la prière ne sonnera-t-elle donc pas ? » Nous avons chez nous une fameuse dame de cette trempe qui se donne des distractions bien au-dessus de celles de son sexe. Elle ne porte jamais sous le bras un chien barbet blanc avec des grelots, ni, dans sa poche, un écureuil ou une marmotte ; mais elle a toujours un abrégé de morale qu'elle tire de sa cachette lorsqu'elle est sûre qu'on la voit. Quand elle a assisté à la fameuse course aux ânes…, ce n'était pas, comme les autres dames, pour entendre braire ces pauvres animaux, ni pour voir des rustauds courir tout nus, pas plus que pour entendre des gentilshommes campagnards en perruque ronde et en écharpe blanche conter fleurette à la portière d'un coche… ; elle n'y est allée que pour prier de tout son cœur afin qu'il n'y eût personne de blessé dans la foule et pour voir si l'on pouvait remettre en place le visage de ce pauvre diable bouleversé à force de grimaces. Elle ne cause jamais en prenant son thé, mais elle se voile la face pour qu'on suppose qu'elle fait une fervente prière avant d'en goûter une gorgée. Ces manières où l'on voit tant d'ostentation choquent tellement la véritable piété qu'elles la ravalent et rendent la vertu non seulement peu aimable, mais aussi ridicule… » N'est-ce pas là Onuphre en jupons, portrait moins fouillé, moins « poussé », mais qui rappelle bien la

manière de La Bruyère ? Citerons-nous encore les portraits de la
douce et bonne Fidelia, de la gracieuse et modeste Chloé, de la jeune
et bizarre Dulcissa, de l'audacieuse conquérante qu'est Dulceo-
rella [1] ? Pour être signés de Steele, le collaborateur d'Addison, ils
n'en reflètent pas moins fidèlement l'écriture de La Bruyère. Les
portraits d'hommes ne sont pas moins nombreux dans le *Spectateur*.
Notons, entre autres, celui de Prosper, tracé par Steele, celui de
Cléanthe, peint peut-être par Pope, ceux enfin d'Eugenius et de Som-
brinus [2], de la main d'Addison, qui tous nous font souvenir du
peintre des *Caractères*. Et comme si l'imitation ne suffisait pas, il y
a aussi le calque, la traduction à peu près littérale. Budgell donne
dans le *Spectateur*, sans presque y rien changer, le portrait de
Ménalque, le distrait, tracé, dit-il, « avec beaucoup d'humour » par
« cet excellent écrivain » qu'est « M. La Bruyère [3] ». Addison et ses
collaborateurs au *Spectateur* n'étaient pas les seuls à connaître, à
admirer et, partant, à imiter La Bruyère. Pope le mettait parfois à
contribution, insérant quelques-unes de ses idées, peut-être dans
l'*Epître à Sir Richard Temple* [4], mais sûrement dans celle sur le
*Caractère des Femmes* [5], où il prétend que « la plupart des femmes
n'ont pas de caractère », rappelant ainsi, en le retournant, le mot de
La Bruyère : « Les hommes n'ont point de caractère [6]. » L'*Epître à
Marthe Blount* contient aussi sa « porcelaine qui est en pièces [7] », au
lieu de la « porcelaine brisée » de La Bruyère [8], tandis que, dans
celle à Arbuthnot [9], nous retrouvons toute la quiétude du fat, car
« aucun être ne souffre moins qu'un sot », dit Pope. En effet, si « tout
le monde dit d'un fat qu'il est un fat, personne n'ose le lui dire à lui-
même ; il meurt sans le savoir [10] ». A côté de ces emprunts de détail,
que nous n'aurions pas cités s'ils n'avaient été parfois à peu près

1. Addison, *The Spectator*, n<sup>os</sup> 449, 466, 492.
2. Addison, *The Spectator*, n<sup>os</sup> 19, 404, 177, 494.
3. Addison, *The Spectator*, n° 77.
4. Pope, *Works*, vol. III, p. 65.
5. Pope, *ibid.*, vol. III, p. 95.
6. La Bruyère, *Caractères* (chap. xi : *De l'homme*).
7. Pope, *Works*, vol. III, p. 114.
8. La Bruyère, *Les Caractères* (chap. xi, *De l'homme*).
9. Pope, *Works* (*Epistle to Dr. Arbuthnot*), vol. III, p. 247.
10. La Bruyère, *Les Caractères* (chap. xi : *De l'homme*).

textuels, nous devons rappeler le portrait de Villario, par exemple, fatigué de ses quinconces et de ses espaliers, de ses parterres et de ses fontaines auxquels il finit par préférer le champ le plus ordinaire ; celui de Sabinus, qui voit ses bosquets amputés et ses plantes vigoureuses transformées en ignobles manches à balais ; celui enfin de Timon, à la villa si somptueuse, aux jardins si artificiellement corrects, aux allées si uniformément semblables[1]. Portraits visiblement tracés d'après le modèle de La Bruyère, tels qu'avant Pope les avait compris Addison et tels que les signalait Macaulay chez l'auteur principal du *Spectateur*[2].

Faut-il, à côté des moralistes, citer un autre écrivain ? Ce sera Scarron. Il y aurait toute une étude à faire si nous voulions montrer avec quelques détails ce qu'est devenue son œuvre en Angleterre. Charles Cotton, interprète de Montaigne, traduisit les *Scarronides* en 1678[3] et se fit ainsi une certaine réputation comme homme de lettres. Les imitations furent nombreuses : la comédie de D'Avenant *l'Homme est le Maître*, n'est guère, en ce qui concerne le fond et la forme même de l'œuvre, qu'un emprunt fait en partie au *Jodelet* ou le *Maistre Valet* de Scarron, et en partie aussi à son *Héritier ridicule*[4]. Le *Roman comique* et la *Maîtresse invisible* de Scarron ont également fourni plusieurs épisodes à Otway pour *la Fortune du soldat* et l'*Athée*[5]. L'*Amour dans l'obscurité* de Francis Fane n'est-il pas une comédie aussi fondée sur la même œuvre de Scarron, la *Maîtresse invisible*[6] ? Enfin Ravenscroft ne doit-il rien à Scarron pour ses *Cocus de Londres*, et Wycherley, dans son *Homme de bonne foi*, ne lui a-t-il pas emprunté le caractère du major Old Fox[7] ?

A cette liste déjà longue qui devrait comprendre Boileau, si le

---

1. Pope, *Works* (*Epistle to the Earl of Burlington*), vol. III, p. 178 et suiv.
2. Macaulay, *Essays* (*Life and writings of Addison*), p. 760.
3. Langbaine, *Lives...*, p. 75.
   *Biographia Dramatica*, mot *Cotton*.
4. Langbaine, *Lives..*, p. 109.
   D'Avenant, *Works*, vol. V, p. 3.
5. Langbaine, *Lives...*, pp. 399, 397.
   *Biographia Dramatica*, vol. III, p. 285.
   Otway, *Works*, vol. II, p. 291 ; vol. III, p. 100.
6. Langbaine, *Lives..*, p. 188.
7. Langbaine, *Lives...*, pp. 421, 515.

plan de cet essai nous le permettait dès maintenant, à cette étude déjà trop large pour ces limites étroites, il y aurait encore beaucoup à ajouter, si l'on voulait examiner de façon forcément incomplète, ou même simplement énumérer d'une manière approximative, les ouvrages français lus, traduits ou imités en Angleterre. Nos voisins, très informés, n'ignorèrent rien, ou presque rien, de la France littéraire de cette époque. Jusqu'ici, toutefois, nous ne voyons pas où ils pourraient prendre leurs modèles dramatiques. N'y a-t-il vraiment aucune source où ils puissent puiser ?

## CHAPITRE V

## Corneille et Racine en Angleterre.

I

En même temps que la société anglaise se sentait attirée vers le reste de notre littérature, elle s'initiait aussi à la connaissance de nos grands classiques Corneille, Racine et Molière. Une troupe d'acteurs français, d'actrices aussi, parut à Londres en 1629, au théâtre de Blackfriars, puis au Red Bull. Rathery date de cette époque la représentation de *Mélite* en Angleterre [1]. Le succès de la pièce, en France, cette même année, avait été prodigieux, au point que les comédiens avaient dû se séparer en deux troupes pour jouer concurremment au Marais et à l'Hôtel de Bourgogne : cela avait pu engager une troupe française à passer la mer, et Corneille ainsi aurait été connu en même temps, la même année, en France et en Angleterre. Malheureusement cette assertion est suspecte ; elle est même contredite par des documents précis qui établissent qu'au Blackfriars on joua une « farce », ou, comme le déclare un autre contemporain, « une comédie lascive et peu chaste, en français [2] ». Nous savons également que c'est le 17 février 1634-5 qu'une troupe d'acteurs français — et nous avons eu l'occasion de parler de cette représentation — joua devant le roi et la reine, Charles Ier et Henriette de France, « une comédie française appelée *Mélise* » (Mélite) et que cette pièce

1. Rathery, *Des relations sociales et intellectuelles entre la France et l'Angleterre.* p. 65.

2. Malone, *An historical account... of the E. stage,* p. 101 (notes).

Payne Collier, *The History of E. dramatic poetry...,* vol. I, p. 451-53.

fut bien accueillie. Ce fut pour les Anglais une initiation : et c'est
une Française, la reine Henriette, qui, recommandant à Charles Ier la
troupe d'acteurs français, leur valut l'autorisation royale de jouer,
au Cockpit, à Whitehall, la première pièce de Corneille[1].

Le nom de Corneille une fois prononcé, les traducteurs, vite, se
mirent à l'œuvre, et notre grand dramaturge eut la satisfaction de
pouvoir montrer à ses amis, comme une curiosité, la traduction du
*Cid* en anglais[2]. Bayle put, avec raison, écrire plus tard : « Toute
l'Europe a vû le *Cid*, il a été traduit presque en toutes les Langues
de nos voisins : jamais Pièce n'a fait un tel éclat[3] ». En effet, le *Cid*,
joué en France en 1636, fut, dès l'année suivante, avec un empressement qu'on ne peut que remarquer, traduit en vers par Joseph
Rutter et publié à Londres[4]. Rutter était le précepteur du fils du
comte de Dorset, et c'est à la demande de celui-ci qu'il entreprit la
traduction du *Cid*, en collaboration, dit-on, avec son noble élève[5].
La pièce fut représentée devant le roi et la reine, à la cour, puis sur
la scène du Cockpit, dans Drury Lane. Elle y obtint un vrai succès,
et le roi fut tellement satisfait qu'il voulut que la seconde partie du
*Cid*, c'est-à-dire la *Vraie suite du Cid*, tragi-comédie de Desfon-
taines, représentée à Paris en 1638, fût confiée au même traducteur.
Celui-ci la publia en anglais en 1640, sous ce titre : *La seconde partie
du Cid*[6]. Il ne s'agissait pas pour le *Cid* de Corneille d'une traduction rigoureusement exacte. Rutter s'en expliquait clairement : « Il
y a dans l'original quelques endroits que j'ai changés, mais il n'y en
a pas beaucoup ; j'ai laissé de côté deux scènes qui sont des mono-
logues et se rapportent peu au sujet ; j'ai parfois ajouté quelque
chose, mais on le voit à peine ; partout où cela m'a été permis, j'ai
suivi de près et le sens et les termes de l'auteur, mais il y a quantité
de choses que l'on accepte comme preuves de bel esprit en une

1. Malone, *An historical account...* p. 102 (notes).
 Payne Collier, *The History of E. dramatic poetry...* vol. II, p. 2.
2. Rathery, *Des relations... entre la France et l'Angleterre*, p. 49.
3. Bayle, *Nouvelles de la Rép. des Lettres*, vol. I, p. 211.
4. *The Cid... acted before their Majesties at Court, and on the Cockpit stage in
Drury Lane, by the servants to both their Majesties*, by Joseph Rutter (1637).
5. Langbaine, mot *Rutter*, p. 431.
6. *The Cid*, second part (1640).

langue et qui ne le sont pas dans une autre ». Ensuite le traducteur recommandait l'œuvre de Corneille à l'imitation de ses compatriotes au point de vue du développement de l'intrigue et de l'économie de la pièce ; il en admirait les expressions naturelles et les opposait aux hyperboles à la mode qui emplissaient les oreilles de ses contemporains. « Je sais que je parle à des sourds, disait Rutter... mais s'ils savaient combien un langage affecté s'accorde mal avec une oreille délicate, ils tomberaient plutôt dans l'excès contraire et ne forceraient pas la nature au delà de ce qu'elle nous apparaît d'ordinaire[1]. » En mettant sur la scène certaines parties de l'action, rapportées en récit dans le *Cid*, Rutter pouvait sans doute se souvenir du *segnius rritant animos demissa per aurem* d'Horace ; mais, tout en croyant amender Corneille, il allait certainement contre les intentions du poète qui explique, dans l'*Examen du Cid*, les raisons sur lesquelles il s'est « fondé pour faire voir le soufflet que reçoit Don Diègue et cache aux yeux la mort du comte ». L'audace grande de Rutter, qui se permet ces modifications, montre bien que la conception du drame shakespearien était encore vivante en Angleterre : du reste, il n'y avait guère qu'une vingtaine d'années que Shakespeare était mort, et ses successeurs n'avaient fait qu'exagérer la doctrine du maître ; on s'explique donc aisément que le traducteur n'ait pas trop hésité à porter la main sur un des chefs-d'œuvre de Corneille. — Une seconde édition de la traduction du *Cid*, « corrigée et amendée », fut publiée en 1650[2].

Le succès du *Cid*, semble-t-il, ne s'épuisa pas de sitôt, car une nouvelle traduction parut en 1714[3]. Le traducteur John Ozell, ou peut-être l'éditeur, après un éloge sincère de Corneille et de Racine, revenait, avec une insistance curieuse, mais assez explicable par le contraste qu'il y avait entre notre théâtre classique et la scène anglaise pendant les quarante dernières années du xviie siècle, sur les idées émises jadis par Rutter : il opposait la simplicité du style que sa traduction lui avait révélée à l'emphase des poètes dramatiques anglais. « Le style de la traduction qui va suivre, écrivait Ozell

1. *The Cid* (To the Reader).
2. *The Cid*, second edition (1650).
3. *The Cid ; or the Heroic Daughter, a Tragedy in verse from the French of P. Corneille*, by John Ozell (1714).

dans sa préface, est très différent de ce qui se pratique généralement chez nous dans les poèmes de ce genre... il n'y a en général que deux sortes de style, l'un simple, naturel et facile, l'autre boursouflé, forcé et contre nature. Une affectation peu judicieuse du sublime, voilà ce qui a trahi pas mal d'auteurs et les a conduits à ce dernier genre, oubliant que la vraie grandeur en fait de style, comme en fait de manières, consiste en une simplicité exempte de toute recherche. Le vrai sublime n'est pas fait de métaphores tendues et d'expressions pompeuses, mais provient de nobles sentiments et de fortes images naturelles qui seront d'autant plus remarquées que le langage sera moins boursouflé, et ainsi ne les cachera ni ne les obscurcira[1]. » Jusqu'ici Rutter et Ozell s'étaient bornés à traduire le *Cid*, ajoutant parfois ou retranchant, un peu au gré de leur fantaisie, mais conservant, malgré ces remaniements, une fidélité relative au texte de Corneille.

Colley Cibber alla plus loin : ce fut une véritable transformation qu'il fit subir au *Cid*[2]. Steele assista à la répétition en 1712 et vit Mrs. Oldfield dans le rôle de Chimène. Tout en reconnaissant qu'il y avait là « un spectacle émouvant tiré d'une grande vertu exemplaire», il en voulut quelque peu à Cibber de n'avoir par marqué, « avant de vendre sa marchandise, ce qu'il avait emprunté aux autres. » Un auteur honnête, écrivait-il dans un numéro du *Spectateur*, doit « exposer au grand jour tout ce qu'il donne aux spectateurs pour leur argent, en leur faisant connaître les premiers ouvriers qui y ont travaillé[3] ». Si c'est bien de Cibber que Steele veut parler, le reproche n'est peut-être pas mérité, car l'adaptateur — nous ne pouvons guère le nommer autrement — ne se fait pas faute de nommer Corneille dans son Prologue, imprimé sans doute seulement sept ans plus tard, avec la pièce en 1719, mais qui dut être dit lors de la première représentation. Voici d'ailleurs ce qu'il écrit du chef-d'œuvre qu'il va transformer. « Une prude, collet-monté, lit-on dans le Prologue, ne souffrira pas le désordre de la passion : un amant ne doit pas, en ses hommages, dépasser les bornes établies, mais exprimer par des sou-

---

1. *The Cid...*, by John Ozell (Preface).
2. *Ximena, or the Heroic Daughter*, by Colley Cibber (28 nov. 1712).
3. *The Spectator*, n° 546.

pirs et à distance le secret de sa flamme ; et cependant si par hasard quelque joyeuse coquette entre toutes voiles dehors, un gai murmure rompt le silence de cette scène, les cœurs sont soulagés par ce feu qui ranime, en eux naissent un espoir facile et un désir sans entraves : alors les prudes frissonnent, brûlent d'une secrète envie et traitent avec mépris les petits-maîtres qu'elles n'ont su retenir. C'est ainsi qu'on juge les pièces ; se sont-elles affranchies des règles, ces prudes, les critiques, les traitent de régal pour les sots... Tel fut le cas pour le *Cid* du glorieux Corneille. » Et l'auteur du Prologue rappelle toute la querelle du *Cid*, « dont les beautés étaient si attirantes qu'en dépit de l'envie du grave Richelieu et malgré ses remarques, le théâtre fut toujours comble ». Si l'on ne peut pas trop reprocher à Cibber son manque de sincérité et d'honnêteté, on peut bien, en revanche, l'accuser de présomption. Il ne se propose pas de se rapprocher de Corneille, voire de l'égaler, mais c'est bien au-dessus de lui qu'il entendit se placer, s'il est bien lui-même l'auteur du Prologue où s'étale sa fatuité. « De même que la France, y est-il déclaré sans ambages, a amélioré le sujet venu d'une plume espagnole, nous espérons aussi, nous autres Anglais, l'avoir maintenant amélioré encore. » Cibber en prit tout à son aise avec l'œuvre de Corneille et ne lui épargna aucune transformation. C'est ainsi, par exemple, que Don Gormaz (Don Gomès) ne meurt pas dans son duel avec Don Carlos (Rodrigue). Après leur querelle, ils se rendent par des chemins différents, pour prévenir toute intervention qui empêcherait le combat, dans un endroit désert, hors des portes de la ville. Chimène, prévenue et tremblante, court au lieu du rendez-vous. Arrivée trop tard pour se jeter entre les deux combattants et empêcher le duel, elle trouve son père à terre et expirant ; elle « baigne de ses larmes ce corps pâle et inanimé », elle demande justice : la foule, qui s'est amassée autour d'elle, a pitié de ses angoisses et, comme elle, crie vengeance ; des témoins du drame, pour éviter à la jeune fille éplorée la vue d'un si triste spectacle, emportent dans un couvent voisin le corps de Don Gormaz et le confient aux soins de l'abbé du lieu[1]. Chimène court demander justice au roi, qui vient juste de prendre connaissance des derniers mots du moribond, consignés par lui-même sur ses tablettes : « Alva-

---

1. *Ximena*, A. III, p. 47 (éd. 1792).

— 353 —

rez (Don Diègue) m'a insulté au sujet de la faveur accordée par mon
maître : Carlos (Rodrigue) est brave, il a mérité Chimène. » Les événements se déroulent, sensiblement les mêmes que dans la pièce de
Corneille ; mais, à la fin, on voit Don Diègue accourir auprès de Chimène et, hors d'haleine, lui apprendre, en présence du roi, une nouvelle qui va la rendre folle de joie. « Ne me demandez aucun détail,
s'écrie-t-il, mais que la nouvelle franchisse aussitôt les limites de
votre croyance ; j'arrive, dans un transport de joie, annoncer au roi
mon maître que le soutien de sa couronne, mon ennemi vaincu, est
vivant ; il vit ayant échappé à un danger mortel : mes yeux l'ont vu,
mes bras bénis l'ont étreint[1] » ; et tandis que Don Diègue court annoncer l'heureux événement à Rodrigue, Alonzo, officier castillan, reste
auprès du roi et de Chimène et leur raconte que Don Gomés, abattu
et inerte, après avoir perdu du sang en abondance, avait été considéré comme mort, même par l'abbé du couvent. Celui-ci, en lavant les
blessures du comte, a vu tout à coup son sein se soulever ; il a appelé
du secours et compris bientôt que la blessure reçue n'était en rien
mortelle[2]. Le dénouement, c'est-à-dire le mariage de Rodrigue et de
Chimène, entrevu seulement dans la pièce de Corneille, est ici tout
autre : les deux amants sont unis sur-le-champ. « Corneille, dit Chimène dans l'Epilogue, par souci de la forme, renvoie à plus tard le
mariage et fait espérer qu'après un an ils seront unis dans le même
lit (*bedding*). Le temps ne pouvait nouer avec honneur le lien du
mariage, la mort du père laissait Chimène toujours coupable de sa
faute... ; le poète anglais, dit-elle en s'adressant aux spectateurs,
savait que votre goût ne supporterait jamais qu'on les fît attendre si
longtemps pour se becqueter, quand tous deux le désiraient. Les
Dons d'Espagne, si solennels, pourraient attendre un siècle, mais les
Anglais ont un appétit autrement aiguisé. » Il faut reconnaitre que
cet épilogue de tournure si peu classique, d'allure si légère, voire si
risquée, aurait sonné étrangement à l'oreille de l' « honnête homme »,
après la représentation du *Cid*.

Si l'on cite la suppression du rôle de l'infante et l'addition d'une
intrigue secondaire parfaitement oiseuse, on a la somme des change-

1. *Ximena*, A. V, p. 83 (éd. 1792).
2. *Ximena*, A. V, p. 84 (éd. 1792).

ments introduits par Cibber dans l'œuvre de Corneille. Ces transformations ne portèrent pas bonheur à l'adaptateur : son style était sans
chaleur, excepté aux endroits traduits du texte ; son vers, traînant et
sans vie, n'avait rien de la grande allure et de la mâle énergie cornéliennes ; la pièce n'obtint pas grand succès : elle fut jouée huit fois
seulement en 1712, resta négligée, oubliée pendant six ans, puis fut
reprise et ne réussit pas davantage [1] : cet insuccès est peut-être la
cause qui retarda l'impression de la pièce. L'auteur du prologue
avait-il eu le pressentiment de cet échec, quand il écrivait : « Si,
comme Phaéton, dans le char de Corneille, la Muse inégale malheureusement s'égare, au moins vous avouerez qu'elle est tombée de
hauteurs glorieuses et qu'il y a quelque mérite à une belle tentative » ? Il avait dit vrai en tout cas, et la chute du Phaéton anglais,
pour venir de haut, n'en fut pas moins lamentable : Cibber se brisa
les ailes, petites ailes, sur la scène de Drury Lane.

*Horace* [2] fut traduit en 1656 par William Lower, poète cavalier
bien connu sous le règne de Charles Ier. Au plus fort de la guerre
civile, il se réfugia en Hollande et s'y adonna au culte des Muses,
grand admirateur de Corneille et de Quinault, qui lui fournirent le
plan de quatre pièces sur les huit qu'il a écrites [3]. Sa traduction
d'*Horace* fut la première qui parut en anglais, et Langbaine [4], pour
une fois indulgent, veut qu'à cause de cela « on l'excuse s'il n'atteint
pas à la perfection de la version donnée par Cotton et de celle de
l'incomparable Orinda ». Ch. Cotton [5] termina sa traduction en 1665 ;
elle ne fut publiée qu'en 1671. Elle n'était pas destinée au public,
mais faite uniquement « pour le plaisir d'une jeune et belle demoiselle », sa sœur, à qui il la remit, sans même en garder le brouil-
lon : celle-ci, heureusement, la conserva et on finit, non sans difficulté, à décider Mrs. Stanhope Hutchinson à publier l'œuvre de
son frère [6]. Quand cette traduction en vers parut, Cotton, qui s'effa-

---

1. *Biographia Dramatica* : Cibber. Voir aussi Genest, vol. II, pp. 506,635 ; vol. V,
p. 334.
2. *Horatius*, Roman trag. by Sir William Lower.
3. *Biogr. Dram.*, Lower.
4. *The Lives of the E. poets*, p. 333.
5. *Horace*, trag. by Charles Cotton.
6. Langbaine, *The Lives of the E. poets*, p. 75.

çait assez volontiers devant ses rivaux, surtout lorsqu'il s'agissait
d'une grande dame, tint néanmoins à revendiquer ce qui lui appartenait en propre. C'est ce qui arriva. Mrs. Philips avait, en 1667,
fait jouer *Horace* à la Cour et publié sans retard l'œuvre de Corneille [1]. Cotton voulut expliquer au lecteur les délais apportés à sa
traduction, s'excuser de cette publication tardive et réclamer aussi
pour son compte les innovations introduites dans la pièce. « Si c'é-
tait alors, dit-il en parlant de sa traduction, une preuve de discrétion
que de la tenir cachée, à plus forte raison devrait-elle être supprimée
maintenant que cette même pièce a paru traduite par une main plus
habile, je veux parler de l'incomparable Mrs. Philips, au vertueux
souvenir de qui j'accorderai toujours un si grand respect..... Cependant, ajoute-t-il, je crois bon de faire connaître à mon lecteur que
les chants et les chœurs, ajoutés après les divers actes, sont bien de
moi : que ce soit la meilleure ou la plus mauvaise partie de l'ouvrage,
c'est à lui d'en juger en toute liberté [2]. » Ces réserves faites, Cotton
cédait volontiers la première place à la « Sapho anglaise », sa rivale,
qui s'était donné le nom d'Orinda. La traduction de Mrs. Philips eut
tous les honneurs de l'actualité, et Orinda connut toutes les douceurs
de la flatterie. Cowley célébra avec enthousiasme la beauté de ses
vers, et quand elle mourut, défigurée par la petite vérole, il pleura sa
mort, maudissant « la maladie cruelle qui s'était abattue sur la plus
belle d'entre toutes les belles », ravageant son visage, « ce trône de
l'impériale beauté [3] ». De tous côtés, ce ne furent qu'éloges hyperboliques adressés à sa mémoire. « Si notre langue, disait l'éditeur de
Mrs. Philips, était aussi connue dans le monde que le furent jadis
le grec et le latin, et que le français l'est de nos jours, ses vers
ne pourraient tenir dans les limites étroites de nos îles, mais
pénétreraient partout où le continent a des habitants et les mers
ont des rivages [4]. » Cotton s'effaçait modestement devant une pareille
réputation que la mort avait encore grandie. La traduction d'*Horace*,
brusquement interrompue par la mort de Mrs. Philips, fut termi-

1. *Horace*, trag. by Mrs. Philips.
2. *Horace*, by Cotton (To the reader).
3. Cowley, *Works* (éd. 1684), *Ode on Orinda's Poems* (p. 2), *On the death of
Mrs. Katherine Philips* (p. 32).
4. *Horace*, by Mrs. Philips (Preface).

née par John Denham, qui fit le cinquième acte. La pièce fut
jouée à la cour par des « personnes de qualité » : le duc de Monmouth se chargea de dire le prologue et de présenter à la noble
assemblée « cette histoire guerrière qui, venue par l'entremise de la
France où elle avait été tissée sur le métier du grand Corneille, avait
été apportée en Angleterre par la muse incomparable d'Orinda[1] ».
Cette traduction méritait-elle d'aussi grands éloges ? Elle est d'une
fidélité absolue et souvent d'un rare bonheur d'expression. Chaque
vers est traduit pour ainsi dire isolément, reflétant bien toute la
grandeur et toute la force de la pensée et de la langue de Corneille :
le soin de l'exactitude est tel que, dans le dialogue, chaque personnage, dans Mrs. Philips et dans Corneille, s'exprime en un même
nombre de vers. Citons ici la traduction des imprécations de
Camille : « Rome, l'unique objet de mon ressentiment.... »

> To Rome ! the only object of my hate !
> To Rome ! whose quarrel caus'd my Lover's Fate !
> To Rome ! where thou wert born, to thee so dear,
> Whom I abhor, 'cause she does thee revere.
> May all her neighbours, in one knot combine,
> Her yet unsure foundations t'undermine ;
> And if Italian Forces seem too small,
> May East and West conspire to make her fall ;
> And all the Nations of the barbarous World,
> To ruine her, o're Hills and seas be hurl'd :
> Nor these loath'd Walls may her own fury spare,
> But with her own hands her own bowels tear ;
> And may Heaven's anger kindled by my wo,
> Whose deluges of fire upon her throw ;
> May my eyes see her Temples overturn'd,
> These Houses ashes, and thy Laurels burn'd ;
> See the last gasp which the last *Roman* draws,
> And die with joy for having been the cause[2].

Dix-huit vers dans Corneille, dix-huit vers dans Mrs. Philips. Ce
n'est point là comme un métal refroidi. On retrouve, dans la force adé-
quate des termes, dans le rythme du vers, dans la sonorité de ces rimes,
toute la farouche énergie, tout l'âpre ressentiment, toutes les sombres
malédictions de l'héroïne de Corneille. Et cependant la représenta-

1. *Biographia Dram.*, mot *Horace*, vol. II, p. 310.
2. Mrs. Kath. Philips, *Poems...* (Horace, IV, 5), p. 111, éd. 1669.

tion d'*Horace* fut loin d'être un succès : jamais pourtant une traduction ne donna mieux l'impression de l'original. Evelyn, qui assista à une représentation donnée le 4 février 1668, en présence du roi et de la reine, ne formule aucune opinion sur la valeur et sur le succès de la pièce, mais s'aperçoit que les dames se montrent au théâtre d'une galanterie excessive et que la favorite du roi, la Castelmaine, éclipse de beaucoup la reine. Le 15 février 1669, soit un an après, une simple mention dans le *Journal* d'Evelyn nous indique une nouvelle représentation de la pièce d'*Horace*. Un mois environ auparavant, le 13 janvier 1668-69, Pepys avait assisté à une représentation de cette tragédie au théâtre du roi. Nettement, en trois mots très tranchants, il la déclare « une pièce sotte, *a silly play* ». L'épithète est sans réplique, et on ne se l'expliquerait guère, appliquée à l'un des chefs-d'œuvre de Corneille, si Evelyn, comme Pepys, ne prenaient soin de nous apprendre que Lacey, tour à tour maître de danse, officier et poète comique de quelque valeur, avait eu l'idée étrange d'introduire, entre chaque acte de la pièce, un « masque et une danse à l'antique », ou, comme le dit Pepys avec plus de précision, « une farce et différentes danses...... ; les paroles en étaient sottes, ajoute-t-il, et l'invention en ce qui concerne les danses n'avait rien d'extraordinaire. On y voyait seulement des Hollandais sortir de la bouche et de la queue d'une truie de Hambourg. » C'était un spectacle assez imprévu et une surprise pour le moins bizarre à la représentation d'une pièce classique. Ce contraste entre la noble grandeur du texte de Corneille et les grossières plaisanteries de Lacey n'avait rien que de très choquant : il était peu fait pour assurer le succès d'*Horace*. Cette raison suffit à peine cependant pour expliquer que Corneille lui-même ait peut-être moins bien réussi sur la scène anglaise que son imitateur William Whitehead, qui, au siècle suivant, en 1750, reprit *Horace*, l'appela *le Père romain* et y ajouta cette scène d'un réalisme violent où Horatia (Camille), blessée par son frère, meurt en perdant tout son sang par la blessure dont les bandages ont été arrachés.[1] Les Anglais retrouvaient là les émotions de leur romantisme shakespearien.

1. *Biogr. Dram.*, *The Roman Father.*
   Austin, *Lives of the laureates*, p. 292, 293.

*Cinna* ne fut traduit que fort tardivement, en 1713. On] ne peut affirmer d'une façon absolue le nom du traducteur. Daniel Defoe attribue à Colley Cibber la version de Corneille, paternité probable selon les uns [1], douteuse selon les autres [2], car on se demande en effet quels sont les motifs pour lesquels Cibber aurait gardé un anonymat que rien n'explique, en dehors de ce qu'il dit dans le prologue, où il parle de ce « hardi réformateur qui agit sagement en déguisant son nom, n'ayant à attendre aucun applaudissement de ceux qu'il blâme [3] ». Ce fut lui, en tout cas, qui dit et très vraisemblablement écrivit le prologue où il expose ses théories littéraires. Il faut encore noter ici l'insistance que mettaient les traducteurs de nos chefs-d'œuvre classiques à opposer la simplicité de ceux-ci à l'emphase bruyante du théâtre anglais depuis la Restauration. C'est là comme une protestation, osée tout au moins, sinon tout à fait efficace. « Le poète, est-il dit dans le prologue de *Cinna*, condamne d'abord la mise en scène insensée dont quelques auteurs ont gratifié la nation : pas de cour prétentieuse, pas de filles d'honneur aux trousses de la princesse, chaque fois qu'elle entre, pour se mettre à son service.... ; ici pas de Drawcansir, pas d'armées succombant sous des boucliers retentissants, pas de héroïnes haletantes encombrant la scène, pour faire les délices d'un siècle barbare, pas de mugissements, pas d'emphase, pas de pièges sonores... ; nous apprécions chez les Français le décorum de leur scène et, avec raison, nous méprisons de telles absurdités ; nous approuvons leur unité de lieu et leur unité de temps, mais nous évitons la trivialité de leurs pointes et le clinquant de leur rime. C'est le bon goût que notre poète s'efforce de satisfaire par quelque chose de très bon et de très simple. Un plat de choix, bien apprêté, voilà tout le régal ; pas de sauce pour déguiser ce que vous mangez.... » Il est étonnant que Genest déclare que la *Conspiration de Cinna* n'a jamais été joucée [4], car l'édition de 1713 reproduit la pièce « telle qu'elle a été représentée au Théâtre Royal de Drury Lane par la troupe de Sa Majesté ». Notons aussi, en face de la licence de la scène anglaise, l'épilogue dit par Mrs. Porter,

1. *Biogr. Dram.* : *Cinna's Conspiracy.*
2 Genest : *History of the stage*, vol. II, p. 511.
3 *Cinna's Conspiracy* (Prologue).
4. Genest, *Hist. of the stage*, vol. II, p. 510.

une actrice d'alors bien connue, et contenant quelques railleries
à l'adresse de ceux qui aiment à voir rougir sous le feu de plaisanteries saugrenues l'héroïne vertueuse qui baisse pudiquement les yeux
et qu'ils poursuivent de l'impertinence de leurs regards. Cet épilogue
se termine en célébrant la « gloire immortelle de Corneille ». Ses
héros « semblent si bien montrer l'esprit de l'ancienne Rome, car
les vieux Romains sont là ressuscités d'entre les morts, et il leur fait
répéter maintenant ce qu'ils ont dit jadis ».

Si la tragédie de *Cinna* ne mit guère moins de soixante-quinze ans
à passer en Angleterre, il n'en fut pas de même de celle de *Polyeucte*[1], traduite et imprimée en 1655 par les soins de William
Lower, qui allait donner l'année suivante la traduction d'*Horace* dont
il a été déjà question. Quel fut le sort de cette pièce ? Fut-elle jouée
et dans quelles conditions ? Les documents contemporains et même
postérieurs font complètement défaut. Il semble bien par conséquent
qu'aucun succès très marqué ne suivit l'apparition de *Polyeucte*. La
sécheresse des traductions de William Lower y fut peut-être pour
quelque chose et aussi sans doute, dans cette pièce essentiellement
religieuse, quelques passages, comme le fait remarquer Genest,
purent choquer les sentiments de protestants convaincus[2].

En revanche, la traduction de *Pompée*[3] fut un véritable événement
littéraire. C'est la fameuse Orinda, Mrs. Philips, qui traduisit la pièce
de Corneille à la demande du comte Orrery, « entreprise hardie », dit-
elle, qu'elle n'a tentée que pour plaire au noble comte dont les moindres désirs sont pour elle obligations impérieuses[4]. D'autre part, —
modestie bien grande pour la Sapho anglaise, — si elle se décide à publier cette traduction, c'est uniquement dans la crainte « de désobéir à
une illustre dame qui lui en a donné l'ordre ». Mrs. Philips sut se faire
violence : la comtesse d'York fut obéie et la pièce lui fut dédiée[5]. En
1663 donc parut *Pompée*. Lord Orrery ne put moins faire que d'accueillir l'œuvre nouvelle par un de ces éloges hyperboliques où, dans

---

1. *Polyeuctes ; or, The Martyr*, by William Lower (1655).
2. Genest, *Hist. of the stage*, vol. X, p. 70.
3. *Pompey*, a tragedy, by Mrs. Katherine Philips (1663).
4. Mrs. Katherine Philips, *Poems* (To the Countess of Roscomon, with a copy of
*Pompey*), p. 151 (éd. 1669).
5. Mrs. Katherine Philips, *Poems*, p. 101 (Dédicace en tête de *Pompey*).

le jargon du temps, et par galanterie, autant, croyons-nous, que par
conviction sincère, il place l'illustre Orinda au-dessus de Corneille.
Voici son compliment flatteur : « Vous traduisez *Pompée* de Corneille avec une telle flamme qu'à la fois vous excitez notre admiration
et rehaussez sa gloire ; s'il pouvait vous lire, comme nous il déclare-
rait la copie supérieure à l'original... Les Français maintenant cher-
cheront à apprendre notre langue pour entendre leur plus grand
génie s'exprimer en plus nobles accents. Rome aussi conviendrait,
si notre langue lui était connue, que César s'exprime mieux ainsi que
dans sa propre langue, et toutes les couronnes tressées autour du
front de Pompée exaltent sa gloire bien moins que vos vers maintenant[1]. » Un certain Philo-Philippa disait avec non moins d'admiration : « C'est dans le roc français que Cornélie a brillé tout d'abord,
mais elle n'a connu tout son éclat que lorsqu'elle a été tienne ; les
poèmes, comme les pierres précieuses, transportés de l'endroit où ils
sont nés, reçoivent une grâce nouvelle. Ornée de ta main et parée de
ta plume, elle n'était qu'un bijou autrefois et c'est maintenant une étoile :
pas une tache ne reste, pas une ombre, tout est lumière désormais,
tout est transparent comme le jour, les côtés brillants sont plus brillants encore. Corneille, maintenant devenu anglais, prospère comme
ces arbres qui, une fois transplantés, ont une vie d'autant plus vigoureuse[2]... » Malgré le nom d'Orinda, l'imprimeur se tenait sur ses gardes : soigneusement, prudemment, comme quelqu'un qui s'avance à pas
comptés sur un terrain dont il n'est pas parfaitement sûr, il déclarait
dans sa préface au lecteur que c'était là simplement « une traduction
du français de M. Corneille et que la main qui l'avait faite n'était responsable que de l'anglais et des chants introduits entre les actes et
ajoutés seulement pour allonger la pièce quand ceux à qui on ne pouvait résister résolurent de la faire représenter[3] ». C'était bien là cependant la responsabilité la plus lourde à porter : ces chants, glissés
par Orinda entre les divers actes, ont quelque chose de bien bizarre
parfois et d'un peu déconcertant pour un esprit de culture classique.
Ainsi, après le premier acte, on apercevait le roi et Photin assis et

---

1. Mrs. Katherine Philips, *Poems* (en tête du vol., pas de pagination), éd. 1669.
2. Id., *Poems* (*To the Excellent Orinda*), commencement du vol.
3. Id., *ibid.* (*The Printer to the Reader*), en tête de *Pompey*.

écoutant un chant où il était dit qu'aux affaires de l'État, une fois
réglées, doivent succéder les affaires de la cour : peine et plaisir, à
tour de rôle; autrement « si les princes ne pouvaient se détendre
l'esprit quand il est rouillé et courbé par les soucis, une couronne
serait un fardeau trop pesant, et personne ne voudrait gouverner le
monde ». Cette idée revenait trois fois, en termes identiques, comme
un refrain ; et, pour joindre l'exemple au précepte, des bohémiennes
paraissaient tout à coup et dansaient sur la scène [1]. Après le deuxième
acte, nouveau chant sur la scène par deux prêtres égyptiens qui célébraient l'orgueil de César victorieux [2]. A la fin du troisième acte, le
fantôme de Pompée apparaissait, ses blessures ayant été lavées dans
l'onde pure des cours d'eau, et à Cornélie, endormie sur un divan, il
chantait en récitatif qu'il n'avait pu survivre à la liberté de Rome et
faisait entrevoir à Cornélie un monde où, sans crainte, ils pourraient
« goûter un amour sans tache dans de superbes et immortels bosquets
où personne ne porterait une couronne coupable, où César ne serait
plus dictateur et où Cornélie ne verserait plus une larme [3] ». Puis
c'était, sur la scène, une danse militaire, et Cornélie s'éveillait éblouie
de son rêve, cherchant en vain la vision disparue. Après le quatrième
acte, Cléopâtre assise écoutait un certain nombre de variations sur ce
thème, manquant un peu d'originalité, que la grandeur est sans charme
quand c'est par une faute qu'on l'obtient, que ce n'est rien gagner
qu'obtenir un trône royal où l'on monte d'un pas innocent, quand au
fond il y a conflit entre l'amour et l'honneur [4]. Enfin, au dernier acte,
les deux prêtres égyptiens soutenus par un chœur [5], reparaissaient
invitant Cléopâtre à monter sur le trône. Pour terminer la pièce on
dansait un grand « masque » en présence de César et de Cléopâtre et
l'auteur de l'épilogue déclarait, la pièce finie, que « jusqu'alors Pompée n'avait jamais été grand ». *Pompée*, traduit par Mrs. Philips, fut
d'abord représenté en Irlande, sur le théâtre de Dublin, en 1662 [6],

1. Mrs Katherine Philips (*Pompey*, A. 1, sc. iii, p. 13).
2. Id., *ibid.* (*Pompey*, A. II, sc. iv, p. 25).
3. Id., *ibid.* (*Pompey*, A. III, sc. iv, p. 37).
4. Mrs. Katherine Philips, *Poems* (*Pompey*, A. IV, sc. v, p. 50).
5. Id., *ibid.* (*Pompey*, A. V, sc. v, p. 63).
6. Chetwood, *History of the stage*, p. 52.
  Genest, *History of the stage*, vol. X, p. 271.
  Voir, sur la représentation de *Pompée*, Gosse, *Seventeenth century Studies.*

deux ans par conséquent avant la mort d'Orinda qui, à trente et un ans, succomba à une attaque de petite vérole : c'est ensuite seulement que *Pompée* parut sur la scène anglaise « souvent et fortement applaudi [1] ».

Une nouvelle traduction de *Pompée* suivit celle de Mrs. Philips, en 1664 [2] : elle était faite « par certaines personnes d'honneur » qui étaient le poète Waller pour le premier acte, aidé, pour le reste, par le comte de Dorset et de Middlesex, Sir Charles Sedley et Mr. Godolphin. La pièce fut jouée par la troupe du duc d'York ; l'acteur chargé de dire le prologue offrait comme « un fruit poussé sur le continent » la pièce nouvelle. « De tout ce qui est français, ajoutait-il, c'est ce qui est placé au meilleur rang et peut devenir meilleur encore une fois paré de notre langage : telles les fleurs transplantées nous récompensent de nos peines en redoublant de beauté par suite du changement de terrain ». La pièce « venait de France où elle avait obtenu un beau succès »; c'était de bon augure, concluait l'épilogue. Les critiques, aussitôt, assaillirent cette traduction. On a de Mrs. Philips elle-même une lettre où elle s'exprime très librement et très sévèrement aussi sur la version que Waller avait donnée du premier acte de *Pompée*. Après quelques critiques de détail sur certaines expressions qui lui semblaient impropres, sur la qualité de consul, par exemple, donnée à Pompée, alors que rien de semblable n'existait dans l'original ou dans l'histoire; après avoir reproché à Waller de nombreuses additions ou omissions, elle n'hésitait pas à dire son sentiment sur les traducteurs et l'œuvre prise dans son ensemble. « Je crois, écrivait Orinda, qu'une traduction ne doit pas être traitée comme font les musiciens pour un thème sur lequel ils se permettent librement toutes sortes de variations, mais comme font les peintres quand ils copient un sujet. Ma règle de traduction, telle que je la comprenais avant que ces messieurs m'aient mieux instruite, était qu'il fallait rendre la pensée de Corneille comme Corneille l'eût fait probablement s'il avait été anglais, sans être prisonnier de ses vers ou de son rythme, à moins qu'on ne puisse le faire avec bonheur, mais

---

1. *Biographia Dram.*, mot *Pompey*, vol. III, p. 171.
2. *Pompey the Great, a tragedy... translated out of French*, by Certain Persons of Honour (1664).

toujours de sa pensée... » Et comme pour revenir un peu sur cette
critique assez sévère et terminer sans malice à l'endroit de ses rivaux, Orinda déclarait que cette traduction de *Pompée* était, en somme,
« une œuvre excellente, exécutée avec beaucoup d'entrain et de bonheur, qu'on ne pourrait attaquer que par envie ou par désœuvre-
ment[1]. » L'opinon de l' « incomparable Orinda » transpira-t-elle
dans le public? Il est difficile de le savoir d'une manière précise ;
mais il est probable que bon nombre de lecteurs ou de spectateurs
partagèrent la manière de voir de Pepys exprimée sans ambages
dans son *Journal* : « J'ai lu *Pompée le Grand*, écrit le chroniqueur,
une pièce traduite du français par plusieurs personnes nobles, entre
autres Milord Buckhurst. Pour moi, ce n'est qu'une pièce médiocre, et la forme et le fond n'ont rien d'extraordinaire[2]. »

Après la traduction de *Pompée* vint l'imitation en 1725. Colley
Cibber fit jouer sur la scène de Drury Lane *César en Egypte*[3] ; le
sujet en était emprunté à Corneille. Cibber, qui avait quelque valeur
comme poète comique, reste, inutile de le dire, au-dessous de son
modèle, et sa pièce ne fut jouée que six fois. Lui-même tint le rôle
d'Achorée lors de la première représentation et on se divertit beaucoup au parterre, paraît-il, de sa voix chevrotante, non moins que
des cygnes en carton que les charpentiers tiraient tout le long du
Nil[4]. On cite aussi un *Pompée le Grand* de Samuel Johnson, mais
cette pièce ne fut ni jouée ni imprimée[5].

Le *Menteur* parut en 1661 sans nom de traducteur et avec le
titre de *Méprise pour une beauté*[6]. La première représentation eut
lieu probablement dans Vere Street[7]. La pièce, quand elle fut
publiée pour la première fois, ne porta pas le titre de *The Lyar* (le
Menteur) qui s'ajouta au précédent dès la seconde édition en 1685.
C'était une traduction plus ou moins libre de Corneille. Il en est
question en 1688, époque à laquelle parut l'*Essai sur la poésie*

1. Waller, *Works in verse and prose* (Lettre de Mrs. Philips), édit. Fenton, CLVIII.
2. Pepys, *Diary*, 23 juin 1666.
3. *Caesar in Egypt.*, trag. by C. Cibber (1725).
4. Genest, *Hist. of the stage*, vol. III, p. 161-163.
5. *Biogr. Dram.*, *Pompey the Great*.
   Genest, *History of the stage*, vol. IX, p. 585.
6. *Biog. Dram.* : Lyar or Mistaken Beauty.
7. Genest, *Hist. of the stage*, vol. I, p. 34.

*dramatique* de Dryden. Par la bouche de Néandre, interprète de ses propres sentiments, il nous apprend le peu de succès qu'obtint le *Menteur* en Angleterre : « On sait, dit-il, quels éloges bruyants reçut en France le *Menteur* de Corneille, le poète par excellence ; mais quand il parut sur la scène anglaise, quoique bien traduit et malgré le talent de Hart dans le rôle de Dorante, si bien mis en valeur qu'il ne fut peut-être jamais mieux joué dans son propre pays, ceux qui sont le plus favorables à cette pièce ne songèrent pas à la comparer à bon nombre de celles de Fletcher et de Ben Jonson [1] ». C'est assez dire que le succès du *Menteur* n'eut rien de très retentissant. Après un assez long intervalle, la pièce fut réimprimée en 1685 et jouée au Théâtre Royal [2], sans plus de succès.

Une adaptation succéda bientôt à la traduction du *Menteur*. Steele la tenta sous le titre de l'*Amoureux menteur* et y apporta les préoccupations morales qu'il exposa dans sa préface. Jérémy Collier venait de publier, en 1698, son *Aperçu de l'impiété et de l'immoralité du théâtre anglais*[3]. Sa croisade obstinée et courageuse — ce n'était plus le temps néanmoins où l'on coupait le nez et les oreilles au malheureux Prynne — semblait ne pas devoir rester stérile. Steele était convaincu de la nécessité pour l'État de réformer la scène, de réprimer la licence déplorable qui s'était étalée au théâtre depuis la Restauration. « Ce doit être le souci de tous les gouvernements que les représentations publiques n'aient rien de choquant pour les mœurs, les lois, la religion et la politique de la ville et de la nation où ces représentations ont lieu ; cependant on se plaint généralement, chez les plus doctes et les plus religieux d'entre nous, que le théâtre anglais ait beaucoup péché à cet égard ; aussi ai-je pensé que ce serait une honnête ambition que celle de tenter une comédie pouvant constituer un divertissement non déplacé dans un État chrétien. Ainsi le jeune premier paraît dans cette pièce avec tout l'entrain et toute la vie qu'il a apportés avec lui en venant de France, et avec tout l'humour que j'ai pu lui donner en Angleterre ; mais il use des avantages d'une éducation soignée, d'une imagination vive et d'une grande fortune sans la cir-

---

1. Dryden, *Works* (*An Essay on Dramatic Poesy*), vol. XV, p. 330.
2. *Biogr. Dram.* : Mistaken Beauty.
3. Beljame, *le Public et les Hommes de lettres*, p. 244.

conspection et le bon sens qui devraient toujours accompagner les
plaisirs d'un gentilhomme, c'est-à-dire d'une créature raisonnable.
C'est ainsi qu'il fait la cour sans sincérité, il s'enivre et tue son
homme ; mais au cinquième acte, il s'éveille de sa débauche avec le
repentir et les remords qui conviennent à un homme se trouvant en
prison par suite de la mort de son ami et sans qu'il sache pourquoi.
L'angoisse qu'il y exprime et le chagrin partagé d'un fils unique et
d'un père affectueux en cette infortune sont peut-être une offense aux
règles de la comédie, mais je suis sûr qu'ils sont conformes à celles
de la morale[1]... » C'est, en effet, dans la prison de Newgate que
s'éveille le jeune Bookwit, le Dorante de Steele, qui, la tête encore
lourde des libations de la veille, se repent d'avoir tué Lovemore sur
une fausse interprétation du mot honneur, « ce mot sacré affreusement appliqué à la vengeance qu'on tire d'un ami, au mépris de la loi
et de la raison, dernière et damnée perfidie de l'ennemi envieux et
damné de la race humaine[2] ». Cette pièce, écrite avec l'intention de
renchérir sur la moralité de la comédie de Corneille, tomba à plat.

Après Steele vint Samuel Foote, qui reprit le titre du *Menteur*[3].
L'œuvre de Foote n'est qu'un emprunt plus ou moins direct à la
comédie de Steele et au *Menteur* de Corneille, malgré l'affirmation de
l'auteur prétendant que sa pièce est tirée directement de Lope de
Vega[4]. Elle appartient au genre ennuyeux, et la raison en est clairement donnée par le critique de la *Biographie dramatique* : « Il ne faut
pas s'étonner beaucoup, dit-il, si le sujet, ainsi servi pour la cinquième
fois, ne garda pas toute sa saveur primitive. Bien qu'il y eût ici et là
quelques traits d'humour assez dignes de leur auteur et quelques
touches de satire contemporaine, cependant le caractère du *Menteur*
n'avait certainement ni assez d'originalité naturelle pour plaire
comme nouveauté, ni un surcroît de beauté dans son costume et dans
son air pour pouvoir à nouveau attirer l'attention comme nouvelle
connaissance. »

La tragédie de *Rodogune* ne fut pas traduite au dix-septième

---

1. Richard Steele, *Works* (*The Lying Lover* : or, *the Ladies' Friendship*), Préface
éd. 1675.
2. Rich. Steele, *Works* (*ibid.*), A. V, 1, p. 55.
3. *The Lyar*, Com. in three acts, by Samuel Foote.
4. *Biog. Dram.*, mot *The Lyar*.

siècle. C'est en 1765 seulement que Stanhope Aspinwall, secrétaire
du comte Harcourt pendant son ambassade à la cour de France et
mort à Paris en 1771, donna une traduction de la pièce de Corneille,
sous le titre de *Rodogune, ou les Frères rivaux*. La pièce fut refusée
par les directeurs de théâtre[1].

La traduction d'*Héraclius* parut en 1664, sous le titre de *Héraclius, empereur de l'Est*. L'auteur était Ludovic Carlell, homme modeste, mais critique sévère. Il se piquait d'une grande fidélité au
texte, et l'auteur du prologue destiné à la pièce disait, en parlant
de cette traduction : « Nous ne modifions rien de ce qui touche au
sujet, bien que l'on puisse découvrir quelques changements dans les
vers ; toutes les langues ont des tournures idiomatiques qui leur sont
propres : leur élégance, dans la nôtre, est à peine visible. Ceci n'est
qu'une copie, et, comme toutes les autres, elle est inférieure à l'original : les grandes beautés perdent à changer de costume. Vous voyez
quel soin nous apportons à nous excuser qu'un auteur si médiocre
ait osé aborder Corneille, mais, nous en sommes sûrs, personne
n'enviera son sort : celui qui autrefois tenait une boutique devient
traducteur et ne tient plus qu'une échoppe. » Et le prologue continue
en censurant le goût des spectateurs : il leur reproche de prodiguer
les applaudissements sans raison et d'approuver sans réserve danses
et chansons, « voire un singe si on le leur montrait... Vous aimez ce
qui est français; si c'est futile, vous allez plus loin qu'eux ; ce qui est
solide et bon, trop peu l'imitent. » Ce prologue, d'une sévérité relative, fut-il connu à l'avance ? Y eut-il quelque raison, quelque intrigue peut-être, jusqu'ici ignorée ? En tout cas — et Carlell s'en plaint
sur un ton assez mélancolique[3] — une autre traduction fut préférée
à la sienne en vers, entreprise cependant « avec un humble respect
pour Son Altesse Royale qui aime les pièces de ce genre ». Bien qu'on
ait paru accepter celle-ci, on ne tint aucun compte de cet engagement:
on poussa même le sans-gêne jusqu'à retenir sa pièce, qu'on lui rendit
seulement le jour même où celle de son rival parut sur la scène[4]. La

1. *Biogr. Dram.*, mots *Aspinwall* et *Rodogune*.
2. *Heraclius*, by Ludowick Carlell (Prologue).
3. *Heraclius*, by Ludowick Carlell (*The Author's Advertisement*).
4. Langbaine, *Lives of the E. poets*, p. 48.
   *Biogr. Dram.*, mot *Heraclius*.
   Genest, *Hist of the stage*, vol. I, p. 73 ; vol. X, p. 138.

mélancolie de Carlell est assez naturelle. Quoi qu'il en soit, la tragédie de Corneille fut représentée au moins le 4 février 1666-1667 au
théâtre du duc d'York. Pepys, très mondain, comme on sait, et grand
coureur de distractions de toutes sortes, se rendit à la représentation
avec sa femme. « J'ai vu *Héraclius*, écrit-il dans son Journal, c'est
une pièce excellente, jouée à mon extraordinaire satisfaction. » Il
serait assurément difficile d'expliquer comment le même homme, qui
proclamait *Héraclius* « une pièce excellente », pouvait, deux ans plus
tard, déclarer *Horace* « une pièce sotte », si le joyeux chroniqueur
ne donnait quelques détails sur la représentation : « J'ai été d'autant
plus satisfait que le théâtre était absolument bondé et qu'il y avait là
le beau monde : entre autres M^me Stewart [1], très jolie, avec ses cheveux bouclés et relevés de bouffants, comme ma femme les appelle ;
plusieurs autres grandes dames coiffées de la même façon ; je n'aime
pas cela, mais ma femme en raffole : c'est uniquement parce qu'elle
voit que c'est la mode. » Au théâtre, Pepys aperçoit aussi Lord Rochester et M^me Mallet et, au parterre, le fils du duc d'Ormond, pour
qui tout le monde se lève quand il entre vers la fin de la pièce. Il est
probable que le coup d'œil de la salle et l'éclat de tout ce beau monde,
la coiffure de l'affriolante petite Stewart, dont il était un fervent admirateur, et les sourires échangés entre Lord John Butler et M^me Mallet firent sur l'esprit de Pepys au moins autant d'impression que la
valeur littéraire d'*Héraclius*. Estimons-nous heureux qu'une part de
cette bonne humeur ait rejailli sur Corneille.

La tragédie de *Nicomède* [2] fut jouée au Théâtre-Royal de Dublin,
puis imprimée à Londres en 1671. L'auteur de cette traduction en
vers rimés est John Dancer. Nous manquons malheureusement de
renseignements précis, tant sur la valeur de la pièce que sur l'accueil qui lui fut fait.

Bancroft, chirurgien dont la clientèle était composée d'amateurs
de théâtre qui lui en inspirèrent peut-être le goût, composa un *Sertorius* [3] qui fut joué au Théâtre-Royal en 1679. L'auteur de cette

---

1. Voir, sur M^me Stewart, Hamilton, *Mémoires du chevalier de Grammont* (éd.
Jouaust, pp. 100, 320, 327 et *passim*).

2. *Nicomede, a tragi-comedy...*, by John Dancer. Voir Langbaine, p. 99 ; *Biog.
Dram.*, mot *Nicomède.* et Genest, vol. X, p. 271.

3. *Sertorius*, trag. by John Bancroft. Voir Langbaine, *Biogr. Dram.* et Genest,
vol. I, p. 257.

pièce, dont le sujet est emprunté à Plutarque et à Velleius Patercu-
lus, semble n'avoir rien pris à Corneille : les personnages de Teren-
tia, femme de Sertorius, et de Fulvia, femme de Perpenna, sont de
pure fiction et sont là uniquement en vue des scènes d'amour. Il en
avait été de même pour l'*Œdipe* de Dryden, qui suivit le modèle de
Sophocle, tout en connaissant l'*Œdipe* de Corneille qu'il se défendait
d'avoir imité et dont il faisait volontiers une critique un peu jalouse.
« Il a suivi une fausse piste, disait Dryden en parlant de Corneille »,
et tout « lecteur judicieux verra aisément combien la copie est inférieure à l'original ». Et le poète dramatique anglais n'hésitait pas à
conclure : « Il (Corneille) a misérablement échoué pour le caractère
de son héros [1]. » Enfin, si l'on ajoute en 1654 la traduction du *Berger extravagant*, comédie pastorale par T. R., et en 1665 la traduction
en vers rimés de l'*Amour à la mode* de Th. Corneille sous le titre de
*Oronte amoureux* ; ou, *l'Amour à la mode*, par J. Bulteel [2], l'imitation du *Feint Astrologue*, qui devint, sous la plume de Dryden,
*l'Amour d'un soir* et fut représenté sans grand succès [3], on aura une
connaissance au moins sommaire de ce que fut en Angleterre l'œuvre de Corneille. Rien n'y était ignoré des chefs-d'œuvre de notre
poète dramatique : Dryden citait à tout instant Corneille, dans son
*Essai sur la poésie dramatique* notamment, le commentait, discutait et
parfois combattait vigoureusement, un peu par jalousie de poète, les
théories dramatiques de l'auteur des *Discours* ; Granville, se hasar-
dant à indiquer dans l'œuvre de Corneille quelques hyperboles risquées, s'excusait aussitôt d'avoir eu l'audace grande de critiquer « ce
Français célèbre dont la réputation est si universellement et si justement établie chez tous les peuples [4] » ; Rymer exposait en toute
connaissance de cause la querelle du *Cid* [5] ; Collier, dans son *Aperçu*,
montrait qu'il n'ignorait pas Corneille [6], et Addison, très familier avec

1. *Œdipus*, trag. by John Dryden (Preface), vol. VI, p. 131-132.
2. *Amorous Orontus ; or, Love in Fashion*. Com. in heroic verse by J. Bulteel.
Voir *Biog. Dram.* et Genest, vol. X, p. 140.
3. *An Evening's Love ; or, the Mock Astrologer*. Com. by J. Dryden, vol. III,
p. 227.
4. G. Granville, *Works* (*Essay on unnatural Flights in Poetry*), vol. I, p. 88, éd. 1736.
5. Rymer, *A short view of tragedy*, p. 8.
6. Beljame, *le Public et les Hommes de lettres*, pp. 247, 249.

l'œuvre du poète français, critiquait en toute indépendance la mort de Camille dans *Horace*, meurtre accompli de sang-froid, dit-il, puisqu'au lieu de la tuer dans une crise de colère, Horace prend le temps de traverser toute la scène pour aller tuer sa sœur dans la coulisse [1] Corneille donc était partout en Angleterre : les traducteurs s'en prenaient à ses œuvres, et bien peu furent laissées de côté ; les adaptateurs imitaient ses tragédies, les déformaient parfois, et les critiques commentaient ses opinions littéraires, ses théories dramatiques. Son nom était sur toutes les lèvres, ses chefs-d'œuvre dans toutes les mains, traduits ou dans le texte même : il n'était guère plus permis d'ignorer Corneille que de méconnaître Dryden.

<h2 style="text-align:center">II</h2>

Racine, comme Corneille, passa en Angleterre. La première œuvre traduite et jouée fut *Andromaque*, en 1675 [2]. On aurait pu s'attendre à une traduction soignée qui aurait permis de saisir, autant qu'il se peut, toute la pensée de Racine. Il n'en fut rien : c'est par une version des plus médiocres que les Anglais apprirent à connaître notre plus grand poète tragique. Un jeune homme, épris d'*Andromaque*, comme il l'était d'ailleurs des pièces françaises en général, entreprit de faire partager son admiration à ses compatriotes : il traduisit la plus tendre peut-être des œuvres de Racine. La pièce fut jouée au théâtre du duc d'York, sans grand succès. La faute en est au traducteur sans doute, peut-être aussi au public anglais, mais surtout à Crowne, poète dramatique lui-même, qui, sur la demande de son jeune ami, s'était chargé de revoir et de mettre au point la traduction d'*Andromaque*. On peut aisément s'en convaincre en lisant l'épître au lecteur : « Cette pièce, dit Crowne, a été traduite par un jeune homme qui a une grande estime pour toutes les pièces françaises et particulièrement pour celle-ci : pensant que c'était dommage que la ville perdît un divertissement aussi excellent faute d'une traduction, il y a

<hr>

1. Addison, *The Spectator*, n° 44.
2. *Andromache*, a Tragedy, London, 1675.

donné tous ses soins ; et comme elle se trouvait être entre mes mains
pendant les grandes vacances, époque à laquelle les théâtres sont
disposés à s'accrocher au moindre roseau pour ne pas sombrer, afin
de rendre service au théâtre et d'obliger le jeune homme qui semblait
être désireux de voir la pièce paraître sur la scène, je l'ai parcourue
volontiers, mais je me suis aperçu qu'elle ne méritait pas les éloges
qu'en faisait ce gentilhomme et que le talent de versificateur de celui-ci
n'était pas très heureux; et cependant ni l'une ni l'autre ne méritaient
un dédain absolu. Comme ni le gentilhomme ni moi-même n'avions
le loisir de faire les modifications que demandaient et la pièce et les
vers, je lui demandai la permission de la mettre en prose; je l'obtins,
et c'est dans cet état que vous la voyez. Si la pièce manque de fantaisie, c'est l'auteur même que vous devez blâmer. Je suis disposé,
autant que qui que ce soit, à être plein d'égards pour les étrangers,
mais il faut que ce soient des étrangers de mérite. Je ne voudrais
pas plus me charger de donner de l'esprit — si j'en avais quelque
peu — à une pièce française, que je ne voudrais faire les frais de
distribuer des vêtements à tous les Français déguenillés qui viennent
ici. Ni l'une ni les autres ne mériteraient cette aumône. Cependant,
pour ne pas nuire au libraire, je lui rendrai justice, ainsi qu'à la
pièce, en disant que celle-ci est loin d'être la plus mauvaise des
pièces françaises. Elle est très estimée en France et ici aussi, par
quelques Anglais, qui sont admirateurs de l'esprit français et pensent
qu'il a beaucoup perdu en passant dans cette traduction. Je ne puis
dire en quoi, si ce n'est que je n'ai pas mis cette pièce en vers, mais
c'est parce que j'ai pensé qu'elle n'en valait pas la peine; autrement
il y a, mot à mot, tout ce qui se trouve dans la pièce française, et
même un peu plus, comme on pourra le voir au dernier acte, où ce
qui est rapporté en un récit ennuyeux dans la pièce française est ici
représenté, ce qui n'est pas un mince avantage. Mais, pour que ces
messieurs, quels qu'ils soient, goûtent le plaisir de leur opinion, je
me hasarderai à affirmer que cette pièce méritait de plaire davantage,
et que si elle avait été représentée au bon vieux temps où le *Cid*,
*Héraclius* et les autres pièces françaises furent tant applaudies, elle
aurait très bien passé ; mais depuis que nos spectateurs ont goûté si
abondamment la solidité de l'esprit anglais, ils ne peuvent plus avaler ces maigres régals. Voilà ce que j'ai cru bon de dire, tant pour la

pièce que pour moi-même, afin de me disculper du scandale de cette
pauvre traduction qu'on m'a malicieusement attribuée, malgré tout
ce que j'ai pu dire en particulier, malgré ce que le prologue et l'épilogue ont affirmé en public sur la scène — et ils étaient écrits au
nom du traducteur, — afin que si la pièce obtenait quelque succès,
il pût en prendre pour lui-même toute la gloire que je n'ambitionnais
pas le moins du monde [1]. » Comme on le voit, c'est surtout Crowne
que l'on tint pour responsable de cet échec, et c'est à lui évidemment
que doivent aller presque tous les reproches. Cette traduction était
quelque chose d'informe : toute la première partie était en prose
jusqu'au milieu du quatrième acte, puis le reste était écrit en vers
rimés de dix syllabes. Est-il étonnant que l'œuvre de Racine, sous
une forme aussi négligée, n'ait pas obtenu tout le succès qu'elle
méritait? Aussi, incontestablement, y avait-il lieu de tenter un
nouvel essai ; le premier ne permettait en rien de juger la valeur
réelle de la pièce de Racine.

Ce fut Ambrose Philips qui s'y risqua en publiant une traduction
assez libre d'*Andromaque* ayant pour titre *les Angoisses d'une Mère* [2].
La préface était l'expression des idées les plus saines en matière de
style et de composition classiques. « Dans toutes les œuvres de
génie et d'invention, soit en vers, soit en prose, il n'y a en général que
trois sortes de style: l'un, sublime et plein de majesté ; l'autre, simple,
naturel et facile ; et le troisième, plein d'enflure, forcé et pas naturel.
Une affectation maladroite du sublime, voilà ce qui a trahi nombre
d'auteurs et les a fait tomber dans ce dernier genre sans songer que
la réelle grandeur dans les écrits, comme dans les manières, consiste
dans une simplicité exempte de toute affectation. Le sublime véritable n'est pas dans des métaphores tendues, ni dans la pompe des
mots, mais se dégage de nobles sentiments et de fortes images naturelles qui paraîtront toujours d'autant mieux que l'enflure du langage ne les cachera ni ne les obscurcira. Telles sont les considérations qui m'ont poussé à écrire cette tragédie en un style très différent
de celui dont nous nous servons d'ordinaire dans les poèmes de
cette nature. J'ai l'avantage que ma copie soit faite d'après un très

---

1. *Andromache* (*The Epistle to the Reader*).
2. *The Distresst Mother*, by Ambroise Philips (1712).

grand maître dont les écrits sont justement admirés dans toutes les parties de l'Europe et dont le mérite est trop bien connu des hommes de lettres de ce pays pour qu'il soit nécessaire de l'indiquer davantage ici. Si j'ai pu, dans cet essai, rester à la hauteur des beautés de M. Racine et ne pas lui nuire par la liberté que j'ai prise souvent de m'écarter d'un aussi grand poète, je n'aurai aucune raison d'être mécontent de la peine prise pour mettre sur la scène anglaise son œuvre la plus complète [1]. » Le prologue, écrit par Steele et dit par Wilks, était d'une allure plus classique encore peut-être. « Puisque l'imagination est d'elle-même vagabonde et frivole, les sages, par des règles, maintiennent cette puissance aérienne : ils prennent pour des fous ces écrivains qui, tout à leur aise, transportent ce théâtre et ces spectateurs partout où cela leur plaît, qui confondent les distances établies par la nature et font de cet endroit tous les pays que le soleil visite. Ce n'est rien pour eux, quand ils imaginent une scène, de bondir de Covent-Garden jusqu'au Pérou. Sans doute Shakespeare lui-même a péché de la sorte ; mais faut-il que chaque nain, chaque pygmée de quelque talent cite l'exemple du grand Shakespeare? Quel est le critique qui ose prescrire ce qui est juste et convenable ou tracer des bornes à un tel esprit sans limites ? Shakespeare pouvait parcourir la terre, la mer et l'air, et peindre toutes les puissances, toutes les merveilles qui s'y trouvent : dans les déserts stériles il fait sourire la nature et nous donne des festins dans ses îles enchantées. Notre auteur avoue sa faible force : il n'ose prétendre à dépasser un pareil mérite, il n'a pas en partage un pareil don de génie éclatant ; aussi a-t-il le souci du decorum et vous sert-il pour régal la décence à laquelle il s'applique. Ce n'est pas seulement les unités de temps et de lieu qu'il observe, c'est aussi l'unité de caractère qu'il s'efforce de conserver entière avec la correction des Français et la passion des Anglais [2]... » Après avoir déclaré qu'en France la pièce de Racine, cent fois reprise, était toujours nouvelle, Steele ajoutait que si, dans les vers du traducteur, Andromaque brillait autant que dans son grand modèle, elle n'avait rien à redouter que d'auditeurs barbares.

1. *The Distresst Mother* (the Preface).
2. *The Distresst Mother* (the Prologue).

*Le Spectateur*, qui tenait à devenir pour ses lecteurs un guide modeste, mais éclairé et sûr, fit à la pièce nouvelle, avant la représentation, une précieuse réclame sous la forme d'une dissertation qui n'était rien autre, après tout, que l'apologie de la tragédie racinienne, opposée à la tragédie héroïque telle que l'avait conçue Dryden. « Bien que le plaisir de cette lecture remonte à quelques jours, écrivait Steele, je dois avouer que les passions des différents personnages impressionnent encore fortement mon imagination, et je suis heureux que ce siècle puisse enfin voir la vérité et la vie humaine représentées dans les incidents qui concernent des héros et des héroïnes. Le style de la pièce est celui qui convient aux personnes les plus cultivées, et les sentiments sont ceux des gens du plus haut rang. J'ai un plaisir extrême à voir quelques vraies larmes couler des yeux de ceux qui, depuis longtemps, font profession de feindre l'affliction [1]... » À peine laissait-il entrevoir quelques appréhensions : il craignait peut-être un peu que la pièce « n'eût pas assez de mouvement pour le goût d'alors » ; mais Will Honeycomb était là, et ses conseils éclairés pouvaient remédier à tout. C'était par un appel direct aux spectateurs que se terminait l'éloge de la pièce.

La première représentation des *Angoisses d'une Mère* eut lieu le 17 mars 1712 : la pièce fit sensation, à cause surtout de la publicité faite par le journal d'Addison : le 25 du même mois, nous pouvons, par le récit qui nous est fait dans *le Spectateur*, assister au spectacle [2]. Roger de Coverley rencontre au cercle son ami le Spectateur et lui fait part du grand désir qu'il a de voir la nouvelle tragédie, bien qu'il ne soit pas allé au théâtre depuis près de vingt ans. C'est assez dire que la pièce nouvelle fait quelque bruit à Londres. Une crainte cependant le retient : n'y a-t-il aucun danger à rentrer chez soi un peu tard ? Si l'on faisait la rencontre fâcheuse des Mohocks [3], ces malandrins d'alors, ces « apaches » du commencement du dix-huitième siècle, qui semaient la terreur de tous côtés par leurs expéditions nocturnes : il l'a échappé belle la nuit précédente ; heureusement, en vieux chasseur, il a pu les dépister et rentrer chez lui sans encombre. Néanmoins, pour plus de sûreté, on pourrait inviter le capitaine Sentry à venir aussi au

1. *The Spectator*, n° 290.
2. *The Spectator*, n° 335.
3. Voir au sujet des Mohocks, dans *le Spectateur*, les n°ˢ 324, 332, 347.

théâtre. C'est entendu, ce sera pour le lendemain : on partira à quatre
heures, de façon à arriver au théâtre avant que la salle soit pleine.
Le capitaine Sentry est présent à l'heure indiquée ; la voiture est
prête. Que, d'ailleurs, Roger de Coverley n'ait pas peur des Mohocks :
Sentry emporte avec lui le sabre dont il s'est servi à la bataille de
Steinkerque! Ils prennent place dans la voiture : toute une escorte de
valets de pied les accompagne : les voilà donc partis ! Ils s'installent
bientôt au parterre, Roger de Coverley entre ses deux amis. Peu à
peu les spectateurs emplissent la salle : les chandelles s'allument.
Roger de Coverley se tient debout, regarde de tous côtés autour de
lui : il est heureux, de ce bonheur communicatif que l'on ressent
entre gens qui vont partager le même plaisir. Le spectacle commence : voilà Pyrrhus qui fait son entrée ; Roger de Coverley trouve
que le roi de France n'a pas une démarche plus imposante ; il s'intéresse à tout et n'est pas avare de remarques. Il craint tantôt pour
Andromaque, tantôt pour Hermione, et se demande avec anxiété ce
que va devenir Pyrrhus. A tout instant et à tout propos, Roger de
Coverley pose des questions et donne son avis. Il suit avec attention
le récit d'Oreste et il est heureux que la mort de Pyrrhus n'ait pas
lieu sur la scène. Tout le monde n'imite pas Sir Roger, car les spectateurs écoutent la pièce dans le plus grand silence et applaudissent
vigoureusement Hermione. La tragédie finie, la foule s'écoule : le
Spectateur, le capitaine Sentry et Sir Roger, qui avaient été les premiers à pénétrer dans la salle, sont les derniers à en sortir. Sir Roger
de Coverley est absolument satisfait de la pièce : ses amis le recon-
duisent chez lui, et comme le Spectateur est lui aussi enchanté, tout
va pour le mieux[1]. Ce succès, affirmé par Addison, ne fut pas néanmoins de longue durée : la pièce fut jouée environ neuf fois[2], et ce
fut tout. Les pressentiments de Steele se trouvaient confirmés : les
spectateurs pensèrent peut-être que la pièce « manquait de mouvement », et peut-être aussi l'épilogue comique écrit par Addison
trancha-t-il un peu trop, malgré le succès des premières représentations, sur le fond sombre de la tragédie[3]. En tous cas, les représen-

1. *The Spectator*, n° 335.
2. Genest, *Hist. of the stage*, vol. II, p. 496.
3. *The Spectator*, n°ˢ 338, 341.

tations furent interrompues pour n'être plus reprises qu'environ vingt-trois ans après, en 1735[1]. Il semble bien, en somme, que l'indifférence du public, comme la lourde pierre lancée par Hector contre l'entrée du camp des Grecs[2], ait pesé de « son poids prodigieux » sur la pièce de Racine et d'Ambrose Philips.

Bien que le public anglais ne parût pas s'éprendre d'un goût très vif pour la tragédie racinienne, Crowne, qui avait déjà publié pour un ami l'*Andromaque* de Racine, ne fut pas sans connaître sa *Bérénice*, publiée en 1670, quand il écrivit *la Destruction de Jérusalem*. On retrouve, abrégées toutefois, les scènes d'amour entre Titus et Bérénice, dans cette tragédie « plutôt calculée pour le méridien de Paris que pour celui de Londres[3] ». Crowne, accusé d'avoir emprunté à Racine, se défendit vigoureusement : son amour-propre, ou plutôt sa vanité, souffrit de cette accusation : il voulut se disculper et aborda la question du plagiat : « Je veux aussi dire quelque chose, écrit-il à la fin de son Épître au lecteur, pour me justifier d'un vol ; quelques personnes m'ont accusé d'avoir pris les caractères de Titus et de Bérénice à une pièce française écrite par M. Racine sur le même sujet ; mais un gentleman ayant dernièrement traduit cette pièce et l'ayant exposée aux regards du public sur la scène, m'a épargné cette peine, m'a justifié bien mieux que je ne pourrais le faire moi-même. Je n'aurais aucune honte, si l'occasion m'y forçait, à emprunter à un riche auteur ; mais toute monnaie étrangère doit subir une refonte complète et recevoir une nouvelle empreinte, sinon une addition de nouveau métal, avant de circuler librement en Angleterre et d'être considérée comme de bon aloi. Cet emprunt ou ce vol, fait à Racine, n'aurait pas rempli mon but, et puis, je ne suis pas tellement nécessiteux, je n'ai pas vécu en tel prodigue sur mon fonds de poésie que j'en sois déjà réduit à ces misérables expédients[4]. » La traduction dont parlait Crowne ne pouvait être que le *Titus et Bérénice* d'Otway, paru, comme *la Destruction de Jérusalem*, en 1677. Otway connaissait les œuvres de Racine, *Bérénice* même,

1. Genest, *Hist. of the stage*, vol. III, p. 459.
2. *The Distresst Mother* (Epilogue).
3. *The Destruction of Jerusalem*, by Crowne, vol. II, p. 318, note des édit.
4. *The Destruction of Jerusalem* The Epistle to the Reader), by Crowne, vol. II, p. 238.

car, dans la préface de *Don Carlos*, et à propos de cette pièce, il rappelait qu'il pouvait affirmer ce que Racine avait dit de *Bérénice*, à savoir
que jamais elle ne manquait de tirer les larmes des spectateurs [1]. En
février, parut *Titus et Bérénice* [2], imitation servile, traduction littérale parfois, de l'œuvre de Racine. De cinq actes cependant, la pièce
était réduite à trois et les discours perdaient par là toute l'ampleur,
toute la psychologie raciniennes. D'autre part, Antiochus qui, dans
la tragédie française, ne découvre sa passion à Titus qu'à la dernière
scène, la lui révèle tout au début de la pièce [3]. Ce résumé, en vers
rimés, de l'œuvre de Racine, n'obtint qu'un succès très relatif, et
comme ces trois actes suffisaient à peine pour constituer un spectacle
de longueur suffisante, Otway le compléta par les *Fourberies de
Scapin*, de sorte que l'on vit, le même jour et sur la même scène,
associés sans exciter un grand enthousiasme cependant, les deux
noms de Racine et de Molière.

L'année suivante, en 1678, parut la tragédie de *Mithridate*.
Nathaniel Lee en était l'auteur : nous disons l'auteur, et non le traducteur, car il ne doit rien à Racine, au moins pour ce qui concerne
le sujet de la pièce. Alors que les traducteurs ou imitateurs s'étaient
fait comme un devoir de transformer les vers de Racine en vers anglais
rimés, Lee employa le vers blanc, ne se servant guère de la rime que
pour marquer la fin d'un acte et se réclamant volontiers des tragiques
anglais, Shakespeare et Fletcher, que, du reste, il n'espérait pas pouvoir égaler [4], et auxquels, certainement, il n'atteint pas, car s'il fait
preuve d'un talent incontestable, il tombe parfois dans une enflure et
une outrance ridicules.

L'année 1699 vit la représentation de l'*Iphigénie* de Dennis [5] et de
l'*Iphigénie* de Boyer [6], l'une au théâtre de Lincoln's Inn Fields, l'autre
à celui de Drury Lane. Dennis se flattait de ramener en grande pompe
la Muse tragique, « cette vierge céleste qu'il avait rencontrée délaissée

1. *Don Carlos*, prince of Spain (Preface), by Otway, vol. I, p. 84.
2. *Titus and Berenice*, a tragedy, by Otway, vol. I, p. 161. — *Roscius Anglicanus*
p. 38. — *Biogr. Dram.*, mot *Titus and Berenice*.
   Genest, *Hist. of the stage*, vol. I, p. 205.
3. Otway, *Titus and Berenice* (Préface des éditeurs), vol. I, p. 164.
4. *Mithridates*, by Nathaniel Lee (*The Epistle Dedicatory*), vol. II, p. 7 (éd. 1734)
5. *Iphigenia*, by John Dennis. *Select Works*, vol. II, p. 2.
6. *Achilles, or Iphigenia in Aulis*, by Abel Boyer (1700).

et désolée, inconsolable parmi les solitudes et errant comme une bacchante affolée ; son regard, vainqueur jadis, était désespéré ; elle déchirait l'air de ses cris douloureux, meurtrissant son sein immortel et arrachant ses cheveux d'or[1]. » C'était la muse antique, la muse grecque, celle qui avait inspiré Sophocle et Euripide, que Dennis voulait rappeler sur la scène anglaise, et c'était, suivant son expression, « de la flamme des Grecs qu'il désirait voir les cœurs anglais s'embraser ». En vain, dans l'épilogue, un ami déclara que le poète n'avait pas infligé à la muse tragique « la honte d'un costume étranger », et que c'était « aux sources grecques qu'il était remonté ». Si l'*Iphigénie* de Dennis, qui n'était pas, d'ailleurs, absolument celle d'Euripide[2], fut bien accueillie lors de la première apparition, cette faveur se changea vite, dès la troisième représentation, en une froideur bien marquée, au point qu'un témoin oculaire, après avoir assuré que la pièce de Dennis était une bonne tragédie bien jouée, avoue qu'elle ne produisit même pas la somme nécessaire pour payer les costumes des acteurs[3]. Ce fut donc un échec.

Après l'*Iphigénie* grecque restait l'*Iphigénie* de Racine, qui pouvait tenter un traducteur ou un adaptateur. Il y avait alors en Angleterre un protestant français, Abel Boyer[4], né à Castres en 1667. Après un séjour en Hollande, il avait passé à Londres et s'était mis courageusement à l'étude de l'anglais, poussé par cet aiguillon irrésistible qu'est la pauvreté. Au bout de quelque temps il était capable, tant son travail avait été opiniâtre, d'écrire en anglais, non seulement avec correction, mais avec élégance. Il devenait le directeur d'un journal appelé *le Petit Postillon* (The Post Boy), éditait une publication mensuelle : *la Situation politique de la Grande-Bretagne*, écrivait une *Vie de la Reine Anne*, composait un *Dictionnaire* et une *Grammaire* de la langue française et entreprenait de traduire l'*Iphigénie* de Racine. Il s'en acquitta avec honneur, si bien qu'on a pu dire : « En ce qui concerne la pièce elle-même, il n'est que juste de reconnaître que, malgré la gène qu'impose toute traduction et les

1. *Iphigenia,* by J. Dennis (Prologue).
2. Genest, *Hist. of the stage,* vol. II, p. 173.
3. J. Downes, *Roscius anglicanus,* p. 45.
4. Consulter sur Boyer (Abel) la *Biographia Dramatica* et le *Dictionary of National Biography.*

autres inconvénients auxquels est exposé son auteur, la langue, tout
en n'étant peut-être pas aussi sublime, aussi poétique, aussi élégante
en poésie que celle de nos écrivains nationaux, était si correcte
néanmoins et si parfaitement exempte de tout gallicisme et de toute
trace révélant un étranger qu'elle est, même à ce point de vue, supérieure à celle de bon nombre de nos tragédies modernes, surtout aux
pièces écrites à l'époque où celle-ci fut publiée, et qu'aucun Anglais
ne saurait avoir honte de s'avouer l'auteur d'un pareil essai [1]. »

Malgré tout le talent du traducteur, malgré les corrections qu'y avait
faites Dryden et l'approbation que Boyer nous dit avoir reçue du
poète anglais, son *Iphigénie*, écrite — chose étonnante pour un Français traduisant Racine — en vers non rimés, ne vit qu'un petit nombre de représentations. En vain son ami Creek avait-il, dans le
Prologue, placé Boyer sous l'égide d'Euripide et de Racine, dont il
rappelait les succès ; en vain avait-il prévenu le public que le poète,
« tout en restant fidèle aux règles dramatiques, ne voulait pas passer
pour un de ces écrivains fanfarons et vaniteux qui prescrivent leurs
règles impérieusement, mais qu'il reconnaissait comme loi suprême
le goût des spectateurs, car, affirmait Creek, « il dit n'écrire bien que
quand il sait vous plaire ; » tout fut inutile, même l'aide de son compatriote Motteux, qui composa en anglais, avec une élégance au moins
égale à celle de Boyer, l'épilogue d'*Iphigénie*. On joua la pièce quatre
fois, et ce fut tout. Quand, l'année suivante, en 1700, Boyer publia
sa tragédie, il écrivit, en anglais bien entendu, une préface où il
expliquait son insuccès, tout en rendant hommage à la courtoisie des
Anglais qui, en dehors de la foule, dit-il, ne sont pas, comme Horace
le leur reproche, inhospitaliers et grossiers pour les étrangers. Voici
comment il s'exprimait sur l'échec de sa pièce : « Quelques-uns de
mes amis ont été surpris qu'une pièce jouée avec tant d'applaudissements ait eu sa carrière si vite arrêtée. La raison en est évidente.
Cette tragédie a paru sur le cou (*on the neck*) d'une autre du même
nom qui, étant l'œuvre d'un esprit-géant et d'un critique-géant,
comme la montagne en travail dont parle Horace, avait misérablement trompé l'attente du monde ; aussi bon nombre de personnes,
s'étant ennuyées au théâtre de Lincoln's Inn Fields, ne se sont pas

1. *Biogr. Dram.*, mot *Boyer.*

souciées de mettre leur patience à l'épreuve à celui de Drury Lane, supposant à tort que les deux *Iphigénies* se ressemblaient beaucoup, tandis qu'elles diffèrent entre elles autant qu'une vierge jeune et vaporeuse d'une vieille fille défraîchie et démodée. — Une autre difficulté qu'a rencontrée cette pièce, c'est qu'elle a été jouée à une époque où la ville entière se délectait à juste titre aux douceurs du Jubilé. Les distractions joyeuses sont assurément peu propres à préparer le goût des spectateurs à savourer une tragédie grave et solennelle, car nous sommes naturellement furieux contre ceux qui voudraient nous faire pleurer au milieu d'un éclat de rire. Et cependant, malgré tous ces contretemps, mon *Iphigénie* a satisfait la plus belle partie de la ville, je veux dire les dames, et, ce point une fois acquis, j'ai ce que je désire. — Maintenant, quand je dis que cette pièce est à moi, qu'on ne me croie pas assez arrogant pour m'attribuer entièrement l'honneur de cette composition : le sujet en est emprunté à une tragédie grecque d'Euripide. C'est ce que M. Racine a mis sur la scène française, en y ajoutant l'épisode d'Eriphile, la captive d'Achille, qui remplit et complète l'intrigue. M. Racine a traité son sujet avec beaucoup de maîtrise : ses expressions sont libres et élevées, ses sentiments nobles et vertueux, ses passions émouvantes et naturelles, ses péripéties bien ménagées et surprenantes, la pièce entière régulière. Le succès a accueilli son œuvre extraordinaire : *Iphigénie*, lors de sa première apparition sur la scène française, a tiré des larmes et s'est imposée à l'admiration de la cour et de la ville plusieurs mois de suite, et a placé M. Racine au-dessus du niveau de tous les poètes dramatiques de France. — Le grand succès de l'*Iphigénie* de Racine et les encouragements que j'ai reçus de quelques personnes d'un goût sûr m'ont fait me risquer à la faire paraître sur un théâtre anglais : a-t-elle gagné ou perdu sous ce nouveau costume ? Je laisse aux gens judicieux le soin de le déclarer. Tout ce que je puis dire en sa faveur, c'est que les vers en sont faciles et coulants, et qu'elle parle anglais comme une jeune fille distinguée et bien élevée, et non comme une précieuse affectée et pédante. Sur ce point, il me faut reconnaître toutes les obligations que j'ai à mon honorable et éclairé ami, M. Creek, à qui je dois quelques-uns de mes vers les plus doux. J'aurais voulu qu'il eût une plus large part à toute la pièce, car je suis sûr qu'alors la ville l'aurait bien mieux appréciée. » Il n'y a dans toute cette dissertation aucune amertume, si ce n'est quelques railleries à l'adresse de Dennis ; mais on y sent comme une résignation pénible, une sorte de désenchantement subi et un peu douloureux. On n'entendit donc plus parler d'*Iphigénie*. Boyer, n'en pouvant mais, accepta la défaite.

En 1714 toutefois, un Anglais du nom de Charles Johnson fit jouer à Drury Lane une pièce intitulée *la Victime* [1]. Boyer, qui, malgré l'échec éprouvé quelque quinze ans auparavant, avait gardé beaucoup de tendresse pour sa tragédie, vit un rival dans ce nouveau venu, réimprima *Iphigénie* avec un nouveau titre, à peu près celui que Johnson venait de donner à sa pièce : *la Victime, ou Achille et Iphigénie en Aulide* [2], et, en tête de cette nouvelle édition, accusa violemment son rival de plagiat [3]. Il se peut, en effet, que Johnson ait emprunté à Boyer quelques passages de la dernière scène, mais celui-ci cria au plagiat évidemment un peu haut. La vérité est que l'un et l'autre imitèrent de très près l'*Iphigénie* de Racine et que tous deux d'ailleurs éprouvèrent le même insuccès. Si la pièce de Boyer fut jouée quatre fois [4], celle de Johnson ne dépassa pas six représentations [5]. Encore et toujours les traducteurs et imitateurs de Racine échouaient lamentablement.

Au commencement du xviiie siècle seulement, *Phèdre* tenta les traducteurs ou les adaptateurs anglais. Sir Edward Sherburne fit en 1701 une traduction de la pièce de Sénèque et l'intitula *Phèdre et Hippolyte* [6]. Six ans plus tard, Edmund Smith écrivit, fit représenter au théâtre de Haymarket et publia *Phèdre et Hippolyte* [7]. Il y avait peut-être quelque imprudence, mais cela n'arrêta pas Smith, à mettre en scène le caractère d'Hippolyte après ce qu'en avait dit Dryden dans une diatribe vigoureuse contre le théâtre français et surtout contre ce caractère tel que l'a tracé Racine. « C'est dans la distinction des manières, avait écrit l'auteur de *Tout pour l'Amour*, que


1. *The Victim*, trag. by Charles Johnson.

2. *The Victim, or Iphigenia in Aulis*, by A. Boyer (1714).

3 *Ibid.* (To the Plagiary of Mr. Boyer's *Iphigenia*).

4. Genest, *Hist. of the stage*, vol. II, p. 166. — Signalons une reprise de la pièce de Boyer, en 1778, par les soins de Thomas Hull.

5. Genest, *ibid.*, vol. II, p. 523.

6. *Phaedra and Hippolitus*, by Sir Edward Sherburne (1701).

7. *Phaedra and Hippolitus*, by Edmund Smith (1707).

consiste l'excellence de la poésie française. Les héros y sont les plus polis qui existent, mais leur bonne éducation va rarement jusqu'à une parole sensée : tout leur esprit, ils le mettent à faire des cérémonies, il leur manque le génie qui anime notre scène... Ainsi leur Hippolyte est si scrupuleux en matière de bienséance qu'il aime mieux s'exposer à la mort que d'accuser sa belle-mère auprès de son père, et la critique, j'en suis sûr, ne manquera pas de l'en louer. Mais nous dont la compréhension est plus épaisse, nous sommes disposés à croire que cet excès de générosité ne se pratique que chez les imbéciles et chez les fous... alors que le poète aurait dû conserver le caractère tel qu'il nous a été transmis par l'antiquité, alors qu'il aurait dû nous représenter un rude jeune homme, un joyeux chasseur que sa profession et son habitude de se lever matin rendaient ennemi mortel de l'amour, il a voulu lui donner une tournure galante, l'a fait voyager d'Athènes à Paris, lui a appris à conter son amour et a transformé l'Hippolyte d'Euripide en M. Hippolyte[1]. » Smith cependant reprit ce caractère tel que l'avait conçu Racine, et *Phèdre* fut représentée à Haymarket.

Tentative sans succès. Quatre représentations, et ce fut tout. La pièce tomba à plat, au grand scandale d'Addison, qui en avait écrit le prologue et s'accommodait fort bien d'une tragédie à la manière classique. Quatre ans plus tard, il protestait encore contre le mauvais goût du public. « Croyez-vous, écrivait-il dans son *Spectateur*, qu'à une époque où vivait un auteur capable d'écrire *Phèdre et Hippolyte*, il ait pu exister un peuple assez stupidement amateur de l'opéra italien pour accorder à peine une troisième représentation à cette admirable tragédie ? La musique est certainement un divertissement très agréable ; mais si elle devait s'imposer tout à fait à nos oreilles, si elle devait nous rendre incapables d'écouter la voix du bon sens, si elle devait exclure des arts qui tendent beaucoup mieux au perfectionnement de la nature humaine, je dois avouer que je ne saurais lui faire de quartier, non plus que Platon qui l'excluait de sa république[2]. » L'échec de *Phèdre* restait, aux yeux d'Addison, une honte pour son pays. Un contemporain, Oldisworth, essaya vainement en

1. Dryden, *All for Love* (Preface), vol. V, p. 329.
2. Addison, *The Spectator*, n° 18.

1714 de masquer cet insuccès. « La *Phèdre* de Smith, écrivait-il, avec toute la prévention que peut inspirer l'amitié, est une tragédie parfaite, et le succès a été aussi grand que l'attente la plus sympathique de ses amis pouvait le promettre ou le prévoir. Le nombre des représentations et la méthode habituelle de remplir le théâtre ne sont pas toujours les marques les plus sûres pour juger quels encouragements une pièce a rencontrés. » Après avoir rappelé tout le bienveillant intérêt qu'Addison avait témoigné à l'auteur, il ajoutait : « Pour ce qui est de *Phèdre*, elle a certainement fait meilleure figure, sous la conduite de Smith, sur la scène anglaise, que jadis à Rome ou à Athènes ; et, si elle l'emporte sur la *Phèdre* grecque et latine, je n'ai pas besoin de dire qu'elle dépasse la *Phèdre* française, de quelque beauté régulière et de quelque douce émotion que Racine lui-même ait pu l'embellir [1]. » Oldisworth fut probablement à peu près le seul à voir un succès dans cette représentation, et Johnson, rapportant un peu plus tard le jugement d'Oldisworth et commentant l'opinion d'Addison, déclarait que c'était là « la pièce d'un érudit, pouvant plaire aux lecteurs plutôt qu'aux spectateurs, l'œuvre d'un esprit vigoureux et élégant, habitué à se plaire à ses propres conceptions, mais connaissant peu le cours habituel de la vie [2] ». Il est étrange, comme on l'a noté [3], que Johnson parle d' « une pièce d'érudit », alors que l'auteur suit Racine de préférence à Euripide ou à Sénèque. Dennis, d'un autre côté, qui avait songé un instant à écrire une tragédie sur Phèdre, avait trouvé le sujet trop mythologique et y avait renoncé. Toutes ces raisons ont peut-être leur valeur, mais ce qui causa surtout l'échec de *Phèdre* en Angleterre, c'est, il faut le déclarer franchement, que Racine avait écrit cette tragédie et que les Anglais n'ont pas et n'ont jamais eu la tête racinienne.

La même année 1714, qui vit une traduction régulière du *Cid*, vit aussi celle d'*Alexandre le Grand* [4] et de *Britannicus* [5]. Ce fut Ozell qui, après sa version de Corneille, se chargea de traduire ces deux pièces de Racine, avant d'aborder *les Plaideurs* et de toucher à *l'Avare* de

1. Oldisworth, cité par Johnson dans *Lives of E. poets* (Smith), p. 197.
2. Johnson, *Lives...*, p. 201.
3. Genest, *Hist. of the stage*, vol. II, p. 371.
4. *Alexander the Great*, trag. by J. Ozell (1714).
5. *Britannicus*, trag. by J. Ozell (1714).

Molière. Admirateur de notre théâtre classique, il se fit de la traduction une sorte de spécialité. « Si le talent d'Ozell, a-t-on dit, est moins attrayant, il n'a peut-être pas été moins utile au monde que celui d'autres écrivains ; car, bien qu'Ozell n'ait rien produit qui fût primitivement à lui, cependant il a revêtu d'un costume anglais plusieurs pièces des plus précieuses : quoique ses traductions n'aient pas peut-être toute cette élégance et tout cet entrain que possèdent les originaux, cependant il faut avouer qu'elles sont très exactes et qu'elles rendent, sinon la beauté poétique, au moins le sens littéral des auteurs respectifs...[1] » Le succès de *Britannicus* avait passé nos frontières, et Ozell crut utile de faire connaître à ses compatriotes les beautés encore ignorées de Racine. Il trouva un libraire qui fut de cet avis et entreprit la publication de diverses traductions françaises. L'éditeur s'en expliqua en tête de la version de *Britannicus*, en disant : « Nous avons eu, ces dernières années, si peu de pièces nouvelles publiées en Angleterre, qu'un homme qui fréquente le théâtre les sait toutes par cœur. Aussi j'ai l'intention d'offrir au monde, une fois par mois, une couple de tragédies traduites et brochées ensemble. Ce seront celles qui ont le plus de vogue en France, où l'on excelle incontestablement dans cette sorte de poésie. L'accueil que quelques-unes de ces tragédies ont rencontré sur notre scène avec peu ou pas de changements, si ce n'est dans la langue, m'est un encouragement à donner une version anglaise de celles qui n'ont pas encore été traduites ; et bien que je commence par Racine, cela ne m'empêchera pas de prendre dans d'autres auteurs, quand l'occasion s'en présentera : aussi, le mois prochain, gratifierai-je le public de deux pièces qui toutes deux ont obtenu ces derniers temps une série de plus de cent vingt représentations, comme je l'ai appris de source certaine par deux Anglais arrivés récemment de Paris [2]. » Il est difficile de savoir exactement quelles sont les pièces de théâtre auxquelles il est fait allusion ici ; mais nous voyons que, même au commencement du xviiie siècle, on épiait encore, pour s'en saisir aussitôt, tout ce qui venait de France. Ozell semble avoir tenu sa promesse et n'être pas resté inactif.

1. *Biogr. Dram.*, mot *Ozell*.
2. *Britannicus*, trag. by Mr. Ozell (*The English Bookseller's Advertisement*). — Nouvelle trad. de *Britannicus* par Sir Brooke Boothby en 1803.

En 1715, parurent *les Plaideurs* [1], que Wycherley avait déjà
lus, avant cette traduction, pour en tirer un des rares caractères vraiment amusants du théâtre comique anglais à cette époque, celui de
la veuve Blackacre dans l'*Homme de bonne foi* ou, comme dit Voltaire,
l'*Homme au franc procédé*. C'est Ozell qui traduisit la comédie de
Racine que Genest cite parmi les pièces imprimées, mais non
jouées [2].

Cette même année, Thomas Brereton publia *Esther* [3], dédiée
par le traducteur à l'archevêque d'York. « L'original, dit-il dans
sa dédicace, a été joué par les jeunes filles de Saint-Cyr devant le
roi et applaudi. Votre Grâce sait que c'est une société religieuse
de demoiselles du meilleur rang qui soit en France. Ce serait, chez
moi, plus de vanité qu'il ne convient de conclure que les demoiselles
de la suite de nos reines — il y a, si je ne m'abuse, dans le palais un
appartement réservé aux représentations dramatiques — pourraient
n'être pas inutilement exercées à ce genre de spectacle : cependant,
à l'époque de Johnson (*sic*), il est certain que les reines elles-mêmes
prenaient part aux masques et interludes de nature moins sérieuse...
Elles le pourraient d'autant mieux qu'il y a, semés un peu partout, à
la manière des chœurs de l'antiquité, depuis longtemps recommandés
à notre imitation par un critique aujourd'hui décédé, M. Rymer,
divers psaumes et diverses hymnes qui produiront sur ceux qui ont
un goût spécial pour la musique tous les bons effets de l'opéra
moderne, sans aucune de ses absurdités. » Et Brereton d'ajouter que
c'est là une tragédie qu'il sera inutile de mutiler, comme on le fait
généralement pour celles que l'on joue, alors que, d'autre part, on
verra par là qu'il est parfaitement possible de se passer des dieux
de l'antiquité, de leurs adultères, de leurs assassinats et autres abo-
minations du monde païen, que la tragédie deviendra ainsi presque
aussi morale et presque aussi efficace que le sermon [4]. Malgré les
insinuations du traducteur, malgré ses intentions louables, *Esther* ne
fut pas représentée [5]. D'où grande déception probablement pour

---

1. *The Litigants*, com. by Mr. Ozell (1715).
2. Genest, *Hist. of the stage*, vol. X, p. 154.
3. *Esther, or, Faith Triumphant*, trag. by Mr. Th. Brereton (1715).
4. *Esther...* (Dedication).
5. Genest, *Hist. of the stage* (Plays not acted), vol. X, p. 154.

Brereton, qui, bien qu'ayant annoncé dans sa dédicace son intention de « tenter en ce genre quelque chose de plus parfait », tarda un peu, semble-t-il, à commencer la traduction d'*Athalie* [1]. Élevé dans la pension que tenait à Chester un réfugié français du nom de Dennis — probablement Denis, — venu ensuite à Paris, il professait un goût manifeste pour nos chefs-d'œuvre classiques ; une mort imprévue, résultat d'une imprudence, puisqu'il se laissa surprendre par la marée et se noya en 1722 [2], empêcha Brereton de poursuivre sa traduction d'*Athalie*, restée, par conséquent, incomplète. L'œuvre fut menée à bien par William Duncombe ; dans sa dédicace, il déclarait avoir commencé au moins huit ans auparavant la traduction d'une œuvre « écrite par un des meilleurs écrivains de la nation française, qui n'avait pas cru s'abaisser en mettant son esprit et son savoir au service de la cause de la religion et de la vertu [3] ». Les chœurs, quoique traduits avec élégance, ne furent jamais chantés, et la pièce ne parut jamais sur la scène, soit que les dépenses à faire pour la musique, indispensable ici, fussent trop considérables, soit que le public goûtât peu ces sujets religieux [4]. Ainsi donc *Esther* et *Athalie* furent traduites, — celle-ci ne fut même pas terminée, — mais non représentées.

Entre temps avait paru au théâtre de Drury Lane, en 1717, *la Sultane* de Charles Johnson [5], qui n'est guère, selon l'auteur de la *Biographie dramatique*, qu'une traduction du *Bajazet* de Racine, « pièce qui d'elle-même passe pour la plus mauvaise des œuvres de cet auteur ; comme le talent de M. Johnson convient plutôt à la comédie qu'à la tragédie, il ne faut pas beaucoup s'étonner si cette pièce, ainsi servie une seconde fois par un cuisinier aussi médiocre, n'a fait qu'un mets insipide et déplaisant [6] ». *La Sultane* cependant obtint quelque succès, mais ce fut surtout à cause du prologue, où l'on vit une attaque assez malicieuse contre certains contemporains.

1. *Athaliah*, trag. by Th. Brereton. Left unfinished.

2. Consulter *Biogr. Dram.* et le *Dictionary of National Biography*, mot *Brereton*.

3. *Athaliah* trag. by W. Duncombe (Dedication : To William Lowndes). Au moins trois édit., en 1724, 1726, 1746.

4. *Biogr. Dram.*, mot *Athaliah*.

5. *The Sultaness*, trag. by Charles Johnson (1717).

6. *Biogr. Dram.*, mot *Sultaness*.

Ce succès fut de courte durée, et la pièce ne fut jouée que trois
fois [1]. Ce fut le même insuccès pour la traduction ou, plutôt, pour
l'adaptation de *la Thébaïde*, qui devint, par les soins d'un jeune écrivain, J. Robe : *Le legs fatal* [2]. Jouée au théâtre de Lincoln's Inn
Fields, cette pièce fut accueillie avec froideur et ne parut que trois
fois sur la scène.

Il n'y a donc pas dans l'œuvre de Racine une seule pièce importante qui n'ait été connue en Angleterre, traduite toujours et très
souvent jouée. Mais, s'il faut marquer cette curiosité pour nos chefs-
d'œuvre classiques, il faut noter aussi la persistance inlassable du
public anglais à ne vouloir rien admirer de ce qui fit en France la
gloire de Corneille et de Racine. Quelque attention que les auteurs
aient apportée à leurs traductions, quelque soin qu'ils aient mis —
ce soin leur était-il favorable ou nuisible? — à modifier l'œuvre
première pour la mieux adapter au goût de leurs contemporains, ce
fut encore et toujours la même froideur, la même insouciance, on
pourrait presque dire la même répulsion pour nos chefs-d'œuvre
dramatiques du xviie siècle. Ce n'était donc pas de ce côté-là qu'il
fallait chercher des modèles à imiter, une formule dramatique pour le
théâtre anglais.

1. Genest *Hist. of the stage*, vol. II, p. 598.
2. *The Fatal Legacy*, trag. by J. Robe (?). Voir *Biog. Dram.*, mot *Fatal
Legacy* et *Genest*, vol. III, p. 125.

## CHAPITRE VI

## Les romans français en Angleterre.

Les héros de romans traqués, ridiculisés en France, passèrent en Angleterre. Ils y avaient été précédés par les bergers de l'*Astrée*, qui y avaient reçu un accueil des plus sympathiques. L'œuvre de d'Urfé n'était pas encore entièrement publiée en France que déjà une première traduction, partielle, cela va sans dire, s'élaborait à Londres, par les soins de John Pyper, en 1620[1], en avance, par conséquent, de quelque huit ans sur le dernier volume de ce roman champêtre. En 1657, une autre version anglaise parut en trois volumes, signée d' « une personne de qualité ». L'avertissement au lecteur témoigne assez le goût très vif que l'on avait alors en Angleterre pour ce genre de productions littéraires. Les romans, dit l'auteur dans sa préface, sont « les plus hautes et les plus nobles productions de l'esprit de l'homme... Ce que l'on blâmait jadis comme le produit d'une imagination extravagante est maintenant ramené à la vraisemblance et limité par le jugement ». Ce ne sont plus là, poursuit-il, des « aventures à la Don Quichotte », mais bien des exemples qui « doucement enflamment l'esprit et le portent à égaler cette perfection, ne lui inspirant que sympathie pour les faiblesses et les souffrances qu'il y trouve représentées ». Que si le romancier propose un idéal un peu élevé, il en est de lui « comme de ces maîtres de chant qui haussent la voix plus qu'il ne convient pour entraîner leur élève à atteindre la note ». Et pour en finir avec les éloges que l'on peut faire de cette œuvre, le traducteur ajoutera seulement le jugement qu'en a

1. Dunlop, *History of prose fiction*, vol. II, p. 392 (notes).

porté le fameux cardinal de Richelieu, à savoir que personne n'était digne d'entrer à l'Académie qui n'avait lu l'*Astrée*[1]. Chaque volume nouveau, lors de sa publication, contenait une nouvelle adresse au lecteur, à qui on rappelait le mérite de l'œuvre. Et ces éloges ne sont, affirmait le préfacier, « ni cajoleries, ni artifices » ; de tels procédés ne conviendraient que pour des livres où l'on ne trouve que « les misérables exhibitions auxquelles il faut une trompette ou un paillasse à la porte pour surprendre la crédulité des gens, au grand préjudice de leurs yeux, de leur mémoire, de leur intelligence et de leur bourse ». L'ouvrage offert ici n'est pas inspiré par l'intérêt personnel, il n'a d'autre but que la satisfaction du public. Aussi « quelle reconnaissance ne doit-on pas à ceux qui consacrent leurs efforts et dépensent leur fortune pour satisfaire notre curiosité, aiguiser notre imagination, rectifier notre jugement, justifier notre langue, perfectionner notre morale, régler notre conduite, élever et enflammer nos penchants les plus généreux !... ils conviennent à l'amant, au soldat et à l'homme d'Etat[2]. »

L'*Endymion* de Gombault passa aussi en anglais dès 1639, sous la plume de Richard Hurst, « voyageur bien connu, excellent linguiste, très instruit, esprit pénétrant au jugement très sûr qui, en interprétant cet original, vanté des critiques les plus dédaigneux, non seulement l'a égalé, mais encore l'a dépassé par l'élégance de sa phrase et de son style[3] ». Pour rendre l'œuvre plus attrayante encore, l'éditeur l'avait ornée de nombreuses gravures sur cuivre.

L'*Histoire de Polexandre* de Gomberville fut également traduite en 1647 par William Browne, mais sans le moindre luxe d'impression : pas la moindre préface non plus, pas le moindre avertissement au lecteur ; le texte anglais parut tout sec, sans ornements d'aucune sorte[4].

Il en fut de même pour la première édition en anglais de la *Cassandre* de La Calprenède « par une personne de distinction », en 1652[5].

1. *Astræa, a Romance* written in French by H. d'Urfé and translated by a Person of quality, 1657, vol. I (To the Reader).
2. *Astræa*, trad. de 1657, 2º vol. (To the Reader).
3. *Endimion*, an excellent Fancy, interpreted by R. Hurst, 1639 (To the Reader).
4. *The History of Polexander*, done into English (1647).
5. *Cassandra...*, elegantly rendered into English by an Honorable Person (1652).

Cette traduction, d'ailleurs incomplète, puisqu'elle ne contient que les trois premiers livres, est d'un tout petit format, très ordinaire comme impression et comme reliure : le traducteur avait été fort modeste et l'éditeur fort réservé. Néanmoins Sir Charles Cotterell, en train lui-même de faire imprimer une traduction de *Cassandre*, fut un peu décontenancé par la présence de ce rival inattendu et expliqua avec modestie, dans sa dédicace à Charles II, qu'il ne venait pas disputer la palme au traducteur qui l'avait devancé et « méritait à tous égards la priorité » ; il voulait calmer « l'appétit qu'avait excité cette traduction chez tous ceux qui y avaient goûté, et qui, peut-être, seraient contents de compléter leur repas avec un plat de ce même aliment, encore qu'il soit moins habilement assaisonné et aussi moins bien garni ». Et Cotterel d'ajouter : « Celui qui s'est épris des charmes d'une maîtresse offerte à ses baisers sous les riches ornements de sa parure de fiancée, ne dédaignera peut-être pas ensuite sa conversation, quand elle sera en costume ordinaire de plus simple apparence. Tel est ici le cas de *Cassandre*... ; elle a été accueillie en France et en bien d'autres pays avec une estime trop générale, pour rester en des limites étroites et s'adresser simplement, à présent, à une unique personne en Angleterre ; aussi elle se présente à tous ceux qui ne l'ont pas comprise jusqu'ici et qui, ayant besoin d'un interprète, excuseront peut-être les erreurs d'un mauvais traducteur. Quant aux autres, qu'ils fassent leurs délices des beautés de l'original, comme s'ils contemplaient quelque curieuse tapisserie, admirablement dessinée en vives couleurs et avec une symétrie parfaite, sans s'occuper des imperfections de l'envers où de gauches personnages perdent toute la grâce de leur pose naturelle et où quantité de bouts de fil et de nœuds, en faisant un travail grossier, empêchent presque d'en distinguer le sujet[1]. » Après l'édition de 1661, celle de 1676 est absolument complète. Cette fois, en ouvrant l'énorme in-folio, on a tout de suite l'impression d'un ouvrage de grande importance, d'une œuvre en très grande faveur. En tête, tenant toute la page, se détache une gravure soignée : sous un soleil rayonnant à travers les nuages semés dans le ciel, où, au milieu de lauriers tressés, on lit le mot : *Cassandre*, deux Amours arrivent voletant et déposent chacun

1. *Cassandre*, trad. de Sir Ch. Cotterell (To the Reader).

une couronne sur la tête de deux personnages ; c'est, d'un côté, à gauche, Oroondates, debout, vêtu en guerrier avec une cotte de mailles et un casque de fer orné de grandes plumes ; de l'autre, Cassandre, portant une couronne et parée de vêtements de reine, flottants, majestueux sous un grand manteau d'hermine. Les deux héros se donnent la main et, sous leurs mains tendues, au milieu d'un écusson, on lit ces mots, faisant suite au titre qui plane, dans les nuages, sur toute l'œuvre : « Roman célèbre, complet en cinq parties, élégamment rendu en anglais par Sir Charles Cotterell. » Le luxe de cette gravure et de l'impression elle-même indique assez la vogue de *Cassandre*, dont les lecteurs anglais, du reste, ne se lassèrent pas aisément, car une nouvelle traduction suivit en 1703, à laquelle collaborèrent plusieurs auteurs (several Hands). Celui de la Préface au Lecteur parle avec enthousiasme de l'ouvrage de La Calprenède, « accueilli par la plus grande partie de l'Europe » et conservant dans cette traduction « sa beauté et son éclat admirables, sous la riche parure d'un style élégant et d'une langue très douce, approchant de l'original de très près ». Quant à La Calprenède, « il s'est acquis une réputation et une estime placées si haut sur la pyramide d'une gloire méritée que toute prévention n'y saurait atteindre et que même les yeux de l'Envie faiblissent et restent éblouis, quand elle essaie en vain d'élever ses regards et de ternir une gloire qui brille si haut au-dessus de sa sphère. » L'intérêt qui s'attachera à la lecture de ce chef-d'œuvre ne lui paraît pas douteux, « même pour le très petit nombre de ceux qui peut-être l'ignorent encore ». Qu'ils l'entreprennent seulement, et ils seront « entraînés à la continuer jusqu'au bout, ne pouvant s'empêcher de mêler leurs larmes à celles de ces dames infortunées et de ces vaillants héros, dont la vie vertueuse et des plus glorieuses couvre l'espace de ces nombreux feuillets ». Il ne trompera personne en affirmant qu' « il a vu l'original en maint endroit tout taché de larmes tombées certainement de ces yeux brillants qui ont parcouru les lignes passionnées et émouvantes qui se trouvent dans cette traduction [1] ». L'éditeur avait raison : le succès de *Cassandre* ne s'épuisa pas facilement ; en 1725 le besoin d'une nouvelle édition se fit encore sentir, et l'on réimprima — car

---

1. *The Famous History of Cassandra* (1703). The Preface to the Reader.

ce fut une simple réimpression — la traduction que Sir Ch. Cotterell avait donnée en 1676.

*Cléopâtre* suivit *Cassandre* de très près, si elle ne la précéda pas [1]. C'est la même année, en 1652, c'est-à-dire cinq ans seulement après l'apparition du commencement de l'œuvre de La Calprenède, que Robert Loveday publia la première partie de *Cléopâtre*, « ce roman si admiré », comme il est dit dans le sous-titre, alors que le titre de cette première partie était : *les Préludes de l'Hymen ou le Chef-d'œuvre de l'Amour*. Il offrait au lecteur « l'Histoire recouverte de cet émail qu'est la Fiction, et la Vérité parée comme une reine de mai qui, sous le travestissement de sa parure de fleurs, laisse souvent apercevoir toute sa simplicité ». Ce fut, autour de l'auteur et du traducteur, comme un concert d'éloges, enregistrés en tête du volume. James Howell les félicitait d'avoir mis en pleine lumière « cette passion qu'est l'amour et qui, telle une vraie perle parmi les pierreries, l'emporte sur toutes les autres passions et roule en des sphères plus élevées ». John Chapperline, après avoir rappelé « l'art splendide » de l'auteur français, remerciait Loveday d'avoir accompli pour ses compatriotes « ce chef-d'œuvre de style ». John Wright déclarait à son « très estimé ami » que, si « la belle Cléopâtre était encore en vie, elle reconnaîtrait n'avoir jamais brillé d'un éclat pareil à celui dont elle venait d'être entourée ». G. Warton affirmait que cette traduction était bien au roman français « ce qu'est le Nil fertile à la Tweed stérile »; puis, le nom du traducteur Loveday contenant le mot *love* (amour), Warton jouait assez habilement sur les mots et déclarait qu'il faudrait appeler cette œuvre, non pas *le Chef-d'œuvre de l'Amour*, mais *le Chef-d'œuvre d'un Amour*. Ce fut le même concert d'éloges lors de l'apparition de la deuxième partie en 1653. Il faut remarquer le luxe croissant de l'édition qui se manifeste par un format plus grand et par la présence d'une gravure en tête du volume, attestant l'accueil favorable fait au premier essai. Quand, en 1655, Loveday arriva à la troisième partie, il lui fallut — on le sent par les excuses que contient la préface — calmer l'impatience des lecteurs qui lui reprochaient de « déchirer son auteur membre par membre », et leur

1. *Cleopatra*, Hymen's Proeludia or Love's Master-Piece.., now rendered into English by R. Loveday (1652).

déclarer que « s'il leur donnait l'esquisse de tout ce qui a été jusque-
là publié en français, cela ne vaudrait pas beaucoup mieux que de
leur donner un cadavre sans tête [1] ». Il était indispensable d'exhorter
à la patience ceux qui, avides de tout savoir, le suppliaient de n'omettre, dans sa *Cléopâtre*, « ni une épingle, ni une frisette, ni un sourire,
ni un froncement de sourcils », de lui conserver « son langage enchanteur, son allure qu'on admire et qu'on imite », de la leur donner
enfin tout entière et « al-a-mode [2] ». Il ne s'agissait pas là d'un hommage personnel rendu à Loveday, en raison peut-être d'une situation
spéciale, hommage inspiré par le dévouement d'amis empressés ou
de flatteurs suspects. On retrouve, en effet, ces mêmes éloges en tête
des volumes contenant la suite de *Cléopâtre*, quand successivement
John Coles et James Webb, en 1658, John Davies de Kidwelly, en
1659, reprirent et menèrent à bien la traduction complète du roman
de La Calprenède. A John Coles furent dédiés ces vers : « Quand,
pour la première fois, je contemplai Cléopâtre parée à la française,
jamais beauté étrangère ne fut par moi plus admirée ; mais, à présent, j'affirme qu'elle est plus charmante encore sous son costume
anglais. » Ce n'était pas là une poésie d'une envolée très haute, mais
ces compliments témoignaient de l'empressement qui se manifestait
autour des traducteurs des romans français. Ces vers furent accompagnés de beaucoup d'autres [3], parfois assez risqués, où l'on remerciait le traducteur d'avoir dépouillé Cléopâtre de sa toilette française
et d'avoir par là « permis à ses adorateurs d'apprécier, d'admirer, de
chérir sa beauté et de se glisser entre ses draps ». C'est ainsi que
s'exprimaient les amis de John Coles, leur imagination étant un peu
bien surchauffée.

Après *Cassandre* et *Cléopâtre*, ce fut le tour de *Pharamond*[4], dont
les douze parties furent aussi, pour la première fois, traduites par
J. Phillips en 1677, et ensuite par plusieurs interprètes en 1703.

Mlle de Scudéry et son frère ne laissèrent pas d'obtenir le même
succès que Gomberville et La Calprenède. Après avoir passé en

<hr>

1. *Cleopatra*, éd. de 1655, 3e partie (To the Reader).
2. *Cleopatra*, éd. de 1655, 3e partie. En tête du volume.
3. *Cleopatra*, éd de 1658, 7e partie. En tête du volume.
4. *Pharamond, or, the History of France*, a fam'd Romance... Translated by
J. Phillips (1667).

— 393 —

Allemagne, par l'entremise de Philip Zesen, en 1645, et avant de
paraître en Italie, à Venise en 1684 [1], *Ibrahim ou l'Illustre Bassa* fut
traduit en 1652 par Henry Cogan [2], et dédié à Lady Mary, duchesse
de Richmond et Lennox, comme l'auteur l'avait fait pour « la grande
et vertueuse duchesse de Rohan ». *Artamène ou le Grand Cyrus* suivit
de très près, l'année suivante, en 1653 [3]. De même que le roman français avait été dédié à la duchesse de Longueville, de même, faisait
remarquer l'éditeur, il se risquait à dédier cette traduction à la « très
honorable et parfaitement noble Lady Anne Lucas ». Il avertissait
aussi le lecteur qu'il allait suivre l'exemple de l'auteur même du
*Grand Cyrus* en publiant les divers livres les uns après les autres
et qu'il y avait tout intérêt à les acheter au fur et à mesure de leur
apparition, car ils ne seraient pas réimprimés ; c'était une résolution prise, nonobstant son regret de n'en avoir pas imprimé un
plus grand nombre d'exemplaires. *Clélie* eut son tour en 1656 [4]. C'est
encore à Lady Dorothée Heale que Davies dédiait sa traduction, tant
il est vrai que ces ouvrages s'adressaient surtout aux dames. *Almahide ou l'Esclave Reine* eut également l'honneur de la traduction, en
1677 [5], par J. Phillips, qui, lui, par exception, ne dédiait pas son
œuvre à une noble dame, mais à l'honorable Thomas Tynn. Les traducteurs ne se contentèrent pas de prendre dans l'œuvre des Scudéry ce qu'il y avait de toute première importance ; ils ne dédai-
gnèrent pas, tant le goût public témoignait de faveur aux romans
héroïques et à tout ce qui sortait de la plume de leurs illustres
auteurs, l'histoire de *Célinte* [6], de ses géants et de ses monstres, version entreprise par le traducteur, « non par amour de la gloire ou
par intérêt personnel, ni par bonté, ni par vengeance, mais pour la


1. Dunlop, *Hist. of Fiction*, vol. II, p. 430.

2. *Ibrahim, or the Illustrious Bassa*, an excellent new romance... Englished by
H. Cogan (1652), autre édit. en 1674.

3. *Artamenes. or the Grand Cyrus*, an excellent new romance. . Englished by
F. G. (1653-55).

4. *Clelia*, an excellent new romance... Translated by J. Davies. Downes aurait
traduit la 3e partie, G. Havers les 4e et 5e. Autre édition en 1678.

5. *Almahide, or The Captive Queen*, an excellent... Done into English by J.
Phillips (1677).

6. *Zelinda*, an excellent... Translated from the French by T. D. (1676).

seule personne au monde à qui il désire plaire », la dame de ses pensées, son « adorée Celia ».

On traduisit aussi *les Femmes illustres, ou les Harangues héroïques*[1]. Ce fut James Innes qui se chargea de confectionner « ce bouquet où se mêlent en une confusion calculée les roses et les jasmins, la fleur de l'oranger et celle du grenadier, les tulipes et les jonquilles, pour que ce mélange de couleurs réjouisse la vue par une agréable variété ». Vinrent ensuite les *Femmes orateurs*[2], ces grands exemples offerts à l'imitation des « jolies lectrices » qui la transmettront à leur descendance : « Ainsi elles porteront avec honneur et gloire la noblesse de leur naissance, elles brilleront comme des étoiles de première grandeur en leur génération et exciteront les autres, de naissance moins noble, à égaler leurs vertus. » Le *Discours de la Gloire*[3] passa également en anglais en 1708. La « personne du même sexe » que Mlle de Scudéry prit plaisir de rappeler, en tête de sa traduction, l'anecdote concernant celle-ci et Mlle de la Vigne, le petit paquet venu par le courrier de Provence et apporté par un inconnu, la jolie boîte qui s'y trouve tout ornée de rubans et entourée d'une guirlande de lauriers, et l'ode qu'elle contient en l'honneur de Mlle de Scudéry. Les *Conversations sur divers sujets*[4] furent aussi traduites par Ferrand Spence, qui présentait à la comtesse d'Ossory, en termes très flatteurs, Mlle de Scudéry, « cette favorite qui fait les délices de la cour de France, cette personne de qualité d'une éducation si parfaite, si célèbre par toute l'Europe par la chasteté de son style, l'innocence de sa conversation, le pureté de son imagination, la solidité de son jugement en ses écrits élégants qui, depuis bien des années, excitent l'envie des plus grands esprits du siècle ». Quant au lecteur, auquel s'adresse l'éditeur, « sans nul doute, la Renommée a souvent empli son oreille des merveilles de Mlle de Scudéry, un des meilleurs écrivains de l'époque, dont le nom seul est un éloge assez grand et, dans tout pays, un passeport suffi-

---

1. *Les Femmes Illustres*, or the Heroick Harangues of the Illustrious Women... translated by James Innes (1681).

2. *The Female Orators*, or the courage and constancy of divers Famous Queens and Illustrious Women (1714) ; éd. en 1728 et 1768.

3. *An Essay upon Glory*... Done into English by a Person of the same sex (1708).

4. *Conversations upon several subjects*... Done into E. by Mr. F. Spence (1683).

sant ». Il n'y a pas jusqu'au dialogue poétique entre *Amaryllis et Tityre* [1] sur les avantages et les inconvénients de la vie rustique, sur les ennuis d'être loin de la cour, qu' « une personne de qualité » n'ait fait connaître à ses contemporains... Bien plus, si un ouvrage comme les *Discours de Manzinie* [2] est traduit par Scudéry, le nom de celui-ci est tellement répandu et tellement en faveur que c'est de la traduction qu'il en a faite, et non de l'original, que s'inspire l'interprète pour sa traduction anglaise [3]. On voit par là tout le succès obtenu par les Scudéry en Angleterre et toute la vogue des romans héroïques sur les bords de la Tamise.

Mais où pouvait-on se procurer ces romans ? Certains libraires avaient-ils la spécialité de ce genre d'ouvrages ? C'était d'abord Humphrey Moseley, dont la boutique était dans Saint Paul's Churchyard, et Pierre Parker, dont on apercevait l'enseigne près du Royal Exchange dans Cornhill. C'est là qu'on allait acheter les exemplaires si recherchés des interminables romans, *Cassandre* et *Cléopâtre*, *Pharamond* et *Ibrahim*, le *Grand Cyrus* ou la *Clélie* [4]. On y trouvait jusqu'au *Recueil de Lettres* à la mode, traduites du français du Sieur de la Serre. La vente des romans héroïques étant chez Moseley et Parker une spécialité, ils durent réaliser des bénéfices considérables ; car si, en France, Richelieu avait dit que nul n'était digne d'entrer à l'Académie qui n'avait lu l'*Astrée*, nul aussi, en Angleterre, noble dame ou grand seigneur, ne pouvait se permettre d'ignorer *Clélie* ou le *Grand Cyrus* : c'eût été se rayer de la société des beaux esprits.

M^lle de Scudéry régnait en Angleterre, comme elle avait régné en France. « Bien que, sous Charles II, le temps de la chevalerie fût complètement passé, dit Walter Scott, cependant les sentiments qui

---

1. *Amaryllis to Tityrus.* . Englished by a Person of Honour (1681).

2. *Manzinie his most exquisite and academicall discourses* (1655).

3. Autres œuvres de Scudéry traduites alors :

*Curia Politiæ*, or the Apologies of severall Princes... Rendered into English by E. Wolley] (1654 et 1673).

*A Triumphant Arch.*, erected and consecrated to the Glory of the Feminine Sex... Englished by J. B. Gent (1656).

4. Liste des romans vendus par Moseley, à la fin du vol. II d'*Artamène ou le Grand Cyrus* (1654).

Liste des romans vendus par Parker à la fin de la trad. de *Cassandre*.

avaient cessé d'être des mobiles d'action n'étaient pas assez démodés pour que leur expression eût un son étrange à l'oreille du public. Les romans français du dernier ordre, tels que *Cassandre*, *Cléopâtre* et les autres, ces pesants et impitoyables in-folio, abandonnés maintenant dans l'oubli le plus profond, furent alors le passe-temps favori des dames et conservèrent toutes les extravagances des sentiments chevaleresques, unissant l'ennui de la forme aux subtilités de la métaphysique. Il y eut parfois des personnes assez romanesques pour calquer leur correspondance et leurs amours sur ce genre aujourd'hui désuet. La fameuse M^{me} Philips entretint une longue correspondance avec des personnages distingués des deux sexes, sous le nom d' « Orinda », et donnait à son mari le titre d' « Antenor ». Shadwell, observateur pénétrant de la nature, décrit, dans une de ses comédies, un fat compassé de ce genre qui fait la cour à sa maîtresse d'après le *Grand Cyrus* et se réjouit de l'occasion qu'il a de montrer que sa passion est capable de subsister malgré le dédain de la belle. Il est probable qu'il avait rencontré un pareil original au cours de ses observations [1]. » On trouvait assurément dans la société d'alors des personnages qui, pareils à celui de Shadwell, ne voulaient pas se laisser consoler de l'abandon de leur maîtresse par cette raison qu'après tout « il y avait bien d'autres dames » et répondaient, comme lui, d'un air fâché, voire menaçant : « Soit, Monsieur, il y a d'autres dames ; mais s'il se trouve un homme pour affirmer que ma belle Dorinda a son égale, je suis prêt à lui jeter le gant et à demander de me battre en son honneur ; voilà, je crois, pour moi un joli point d'honneur [2]. » Personne, parmi ceux ou celles qui se piquaient de quelque littérature, ne songeait à déclarer son amour sur un ton personnel ; c'était dans l'*Astrée*, c'était dans le *Grand Cyrus* ou la *Clélie* qu'on cherchait ses déclarations : Céladon parlait par la bouche de l'amoureux qui jamais ne désignait sa belle de son vrai nom. Pour que celle-ci daignât jeter un regard sur le malheureux soupirant, il ne fallait pas songer à l'appeler autrement qu'Amaranthe ou Phyllis. Les jeunes filles ne parlaient plus que la langue des romans. Ce n'était guère que *dards* et *flammes*, et *soupirs languis-*

---

1. Dryden, *Works* (*Life of Dryden by W. Scott*), vol. I, pp. 56, 110.
2. Dryden, *Life of Dryden*, vol 1, p. 111 (citation de *Bury Fair*).

*sants.* Que si quelque vieille tante plus raisonnable reprochait à sa nièce Brigitte ces étranges façons de parler, lui disant que « les romans lui avaient tourné la tête », bien vite la jeune fille se redressait pour répondre : « Que de fois je vous ai demandé de laisser de côté ce nom vulgaire de Brigitte ! Je ne puis jamais m'entendre appeler ainsi sans rougir. A-t-on jamais vu une héroïne de ces romans oiseux, comme vous dites, s'appeler Brigitte ? » Le nom qui convient à une belle, c'est « un nom qui glisse doucement à travers une demi-douzaine de syllabes tendres, comme Elismonde, Clidamire, Déidamie, un nom qui passe, tout en voyelles, sur la langue, et ne siffle pas, entre les dents, en les brisant du choc de ses consonnes ». « Quelle étrange grossièreté il y a, reprend Brigitte, à nous donner des noms si familiers, quand il y a Aurélia, Sacharisse, Gloriana pour les personnes de condition, Celia, Chloris, Corinne et Mopsa pour celles qui viennent ensuite et celles de rang inférieur ! » C'est au grand scandale de la péronnelle que la tante répond avec quelque mauvaise humeur : « Dis donc, Brigitte, c'est insupportable ; je ne sais où tu as appris ces finesses, mais ce que je puis te dire, en vérité, malgré ton mépris, c'est que ta mère, avant toi, était une Brigitte et qu'elle était une excellente ménagère. — Ma mère, une Brigitte ! reprend la nièce hors d'elle-même. — Oui, ma nièce, je te le répète, ta mère, ma sœur, était une Brigitte. Sa mère s'appelait Margot, sa grand'mère Suzon et son aïeule Alice. » La jeune précieuse a beau crier pitié et supplier qu'on lui fasse grâce d'une généalogie aussi barbare, la vieille tante remonte de plus en plus haut dans l'arbre généalogique où perchent des Winnifred et des Janneton. Et il faut entendre la sortie de la tante contre ces romans « bons à corrompre les jeunes filles et à leur farcir la tête de rêves imbéciles », il faut voir aussi l'air navré de la nièce s'écriant : « Quoi ! brûler *Philoclès, Artaxercès, Oroondatès* et les autres amants héroïques, et prendre pour mari ce nigaud de campagnard, mon cousin Humphrey ! » Il n'y faut pas songer. Comme elle préfère entendre Clérimont parler de « l'haleine fraîche du matin », des « perles de la rosée, des doux zéphirs » ! Mais quel embarras et quelle confusion pour elle quand il lui faut avouer à Clérimont un nom détestable comme celui de Brigitte ! Qu'il ne parle d'elle, s'il en a l'occasion, que sous le nom de Parthénisse. Et comme l'amoureux, de son côté, maudit « l'insupportable tyrannie des parents qui donnent à de pauvres enfants sans défense un nom dont ils devront ensuite rougir toute leur vie » ! Brigitte deviendra donc Parthénisse, et ses charmes seront célébrés en un sonnet [1]. Tel était le ton de la galanterie. Une amoureuse venait-elle à être contrariée ? On lui répondait que son cas était le même que dans la *Clélie*, et aussitôt une discussion s'engageait, longue, fade et subtile, avec comparaisons et déductions entortillées, pour établir si le cas présent était bien de tous points semblable à celui du roman. Le théâtre n'était que le reflet de la vie sociale. Steele, comme Molière pour ses *Précieuses*, avait ses originaux, et comme ils passaient sous ses yeux, il s'appliquait à en reproduire les traits. L'amie de Pope, Marthe Blount, n'avait-elle pas adopté le surnom de Parthénisse, et sa sœur Thérèse celui de Zéphalinde ? Aphra Behn elle-même ne portait-elle pas celui d'*Astrée*[2] ? On prenait des noms héroïques, on se pénétrait des théories romanesques et de la casuistique amoureuse : gentilshommes et grandes dames parcouraient avec délices la carte du Tendre, et l'offre d'un roman nouveau était un cadeau toujours bien accueilli. A ses amies, Marthe et Thérèse Blount, Pope envoyait des éventails, mais aussi, par le coche de Reading, les cinq volumes du *Grand Cyrus*, avec ce mot à l'adresse de ses correspondantes : « C'est l'habitude chez les femmes jeunes et malheureuses de s'adonner à la lecture des romans, et par là de nourrir et d'entretenir cette mélancolie qu'occasionne l'absence d'un amant..... Il me semble qu'actuellement c'est assez votre cas pour que les cinq volumes du *Grand Cyrus* ne soient pas pour vous un cadeau déplacé. Si vous êtes disposée, chère Mademoiselle, à vous égarer au milieu de pareilles aventures, souffrez que le malheureux Artamène soit votre compagnon. Quelque grand qu'il ait été, il aurait certainement mieux aimé régner sur votre cœur que sur l'empire des Mèdes et des Perses [3]. »

Le succès de ces romans héroïques était tel que le moindre détail biographique des grands romanciers français était recueilli avec curiosité et pieusement conservé. Dryden, bien que ne s'expliquant

1. Steele, *The Tender Husband*, A. II, sc. I.
2. Pope, *Works*, vol. III, pp. 225, 227, 366 (éd. Elwin, Courthope).
3. Pope, *Works* (Letters), vol. VIII, p. 17 ; vol. IX, pp. 260, 270, 271.

guère qu'une Française pût comprendre le vieil anglais, rappelait qu'une dame de sa connaissance, entretenant une correspondance avec des auteurs du beau sexe en France, avait appris que M^lle de Scudéry, aussi vieille maintenant que Sibylle, et inspirée comme elle du même dieu de la poésie, était, à cette époque, en train de traduire Chaucer en français moderne[1]. La lecture des romans était conseillée à tous. Dans ses avis aux voyageurs, Fynes Morison prétendait qu' « aucun livre ne pouvait mieux convenir à former ses élèves qu'*Amadis de Gaule* : car les chevaliers errants et les dames de la cour y échangent les discours du meilleur ton[2] ». C'était, d'autre part, un bonheur très grand de connaître personnellement l'auteur d'un de ces romans héroïques : quand Lister vint à Paris en 1698, il prit bien garde, alors que le nom de M^lle de Scudéry était en Angleterre dans toutes les bouches, d'oublier le fameux auteur du *Grand Cyrus*. Voici comment il rend compte lui-même de sa visite : « Parmi les personnes de distinction et de célébrité, je désirais voir M^lle de Scudéry, qui a présentement quatre-vingt-onze ans. Son esprit a encore de la vigueur, quoique son corps soit en ruine. Cette visite, je le confesse, fut quelque chose de tout à fait mortifiant : ce triste délabrement de la nature chez une femme autrefois si fameuse, ces lèvres pendantes autour d'une bouche édentée, et qui semblent incapables de retenir les paroles qui en tombent au hasard, me rappelaient les sibylles quand elles prononçaient leurs oracles[3]. » Ce n'était pas une banale curiosité qui inspirait à Lister le désir de voir M^lle de Scudéry : on sent, à n'en pas douter, une sympathique estime et une grande admiration dans ces regrets éprouvés en face de ce « corps en ruine » et de cette « bouche édentée ». Lister, comme chacun alors, appréciait hautement le talent des romanciers à la mode. Cet enthousiasme, sincère et ardent, ne fut pas passager. Si, dans le poème de Pope, le baron aventureux, en quête de la *Boucle de cheveux* si convoitée, ne voit pas d'offrande plus capable de lui rendre Phébus propice que de lui élever un autel de « douze romans français bien dorés », nombreux furent les gentilshommes de cette

1. Dryden, *Works*, vol. XI, p. 236.
2. Dryden, *Works*, vol. IV, p. 2 (noté).
3. Lister, *Voyage à Paris*, p. 92.

sorte qui conservèrent le même culte pour ces productions littéraires. Longtemps l'*Astrée* et le *Grand Cyrus* donnèrent le ton à la société anglaise, où les romans passaient de main en main, toujours recherchés et toujours admirés. Addison, voulant donner aux lecteurs du *Spectateur* une idée de ce qu'était en 1711 la bibliothèque d'une dame anglaise, se prit à en faire l'inventaire. Après avoir cité toutes les bizarreries qu'elle contenait, les plus grotesques ouvrages de porcelaine, des singes et des lions, des arbres, des coquillages et autres futilités de ce genre, après avoir signalé, sur une petite table japonaise, un cahier de papier doré avec, pour en retenir les feuilles, une tabatière en argent ayant la forme d'un petit livre, il aperçoit non seulement quelques volumes en bois sur les rayons supérieurs, mais aussi, entre autres ouvrages, *Cassandre* et *Cléopâtre*, l'*Astrée* et le *Grand Cyrus*, celui-ci avec une épingle plantée au milieu du livre pour marquer le passage lu et médité, l'*Arcadie* de la comtesse de Pembroke, voisinant avec la *Recherche de la Vérité* par le Père Malebranche, traduite en anglais. Si les classiques sont représentés par des volumes en bois, il constate aussi que le roman de la *Clélie* s'ouvre de lui-même à un endroit où deux amants se rencontrent sous un berceau. Léonora — c'est sa bibliothèque qu'Addison s'est chargé d'inventorier — est une jolie veuve, une femme charmante qui, bien que seule depuis deux ou trois ans, ayant été malheureuse après un premier mariage, n'a pas cru devoir se risquer à prendre un second mari. N'ayant pas d'enfants, elle vit à l'écart, à la campagne, où, pour se distraire sans doute des ennuis de son veuvage, elle tâche de reconstituer, de faire revivre, en quelque sorte, les paysages de l'*Astrée*, et où « la passion des livres a remplacé la passion de son sexe ». Les romans sont en bonne place dans sa bibliothèque : *Pharamond* figure en tête du catalogue, et le second rang revient de droit à *Cassandre*. Et ce zèle pour la lecture des romans est le même chez toutes les femmes. Qu'il ne soit pas question de couture, de broderie ou de tapisserie, Cleora préfère son thé et ses visites ; que celle-ci représente en tapisserie la bataille de Blenheim, qu'elle brode des fleurs de toutes sortes, si cela lui plaît : ce n'est pas son goût à elle ; ce qui a plus d'attraits pour elle, c'est de « tuer cent amoureux ». Que si elle passe par Saint-Paul's Churchyard, ce ne sera pas assurément pour acheter de la laine ou de la soie, mais, foin des leçons d'une morale

surannée, ce sera pour commander un écran et des tentures [1], et nul
doute qu'elle ne donne en passant un souvenir ému, un regret attendri à ce cher Moseley, dont elle entend peut-être encore bénir le
nom, à ce libraire incomparable qui vers 1660 donnait l'hospitalité à
*Pharamond* et à *Cassandre*, au *Grand Cyrus* et à *Clélie*.

Que les romans héroïques aient eu en France la vogue que l'on
sait, cette mode s'explique aisément, puisqu'il y avait là comme un
reflet des mœurs du siècle, une peinture enfin de la société d'alors :
on se plaisait à retrouver sur le visage de tel héros de roman les traits
de son propre visage ou ceux de quelque noble personnage bien en
vue à la cour ; les dames étaient enchantées d'y admirer, comme en
un miroir, mais avec un éclat moins passager, les charmes de leur
beauté qu'elles espéraient ainsi voir transmettre à la postérité. Rien
de tout cela n'existait pour une Anglaise du xviie siècle, et l'on s'explique peu que les romans de d'Urfé, de La Calprenède et de M<sup>lle</sup> de
Scudéry aient obtenu en Angleterre le même succès qu'en France.
Cromwell ou Charles II auraient assez mal figuré en Grand Cyrus,
et les courtisans, débauchés sans vergogne, parfois même sans pro-
preté [2], qui s'appelaient Rochester, Buckingham ou Sedley, jouaient
médiocrement, surtout en compagnie de la comtesse de Shrewsbury,
le rôle d'amoureux esclaves et désintéressés, respectueusement prosternés aux pieds de leur belle. On ne peut guère comprendre cette
vogue que par le contraste entre la société anglaise d'alors, peinte par
Hamilton, ce Tallemant des Réaux d'outre-Manche, et celle que les
femmes surtout pouvaient souhaiter et appeler de tous leurs vœux.
Cette idéalisation de la femme leur plaisait malgré tout, car c'est bien
un besoin inné chez la femme de se sentir grande, belle, aimée surtout : au milieu même de cette cour, si débauchée sans la moindre
élégance, elles étaient nombreuses sans doute celles qui rêvaient
quelque coin frais, où, comme Cowley, elles auraient respiré un air
plus pur et retrouvé la simplicité de l'âge d'or, loin des courtisans,
oasis sans autres habitants que les bergers de l'*Arcadie* ou ceux qui
dans l'*Astrée* soupiraient, languissants et amoureux infiniment, sur
les bords du Lignon [3]. Si donc, en France, la vogue des romans

1. Addison, *The Spectator*, nᵒˢ 37, 92, 606, 609.
2. Beljame, *le Public et les Hommes de lettres*, pp. 5, 6.
3. Cowley, *Prose Works* (The Dangers of an Honest Man in much compagny).

héroïques s'explique par la ressemblance qu'il y avait entre la société
d'alors et la peinture qui en était faite dans les romans, c'est, semble-
t-il, le contraste seul qui permet de comprendre un engouement
autrement à peu près inexplicable.

Et cet engouement fut bien réel, car nos romans eurent, en
Angleterre, non seulement des lectrices enthousiastes et de chauds
admirateurs, mais ils eurent aussi des imitateurs. L'*Arcadie*, roman
pastoral, né en Angleterre et écrit par un Anglais, aurait dû,
selon toute vraisemblance, servir de modèle à d'autres romans du
même genre. Fait étrange ! il n'en fut rien ; à peine essaya-t-on,
assez brièvement d'ailleurs, de lui donner une suite. L'*Arcadie*
inspira cependant quelques poètes dramatiques qui lui empruntèrent
tel ou tel épisode, tel ou tel trait de caractère. Lodge a pu demander à l'amazone de Sidney le déguisement de *Rosalinde* en
page, bien que ces déguisements, alors très fréquents, fussent un
des principaux amusements de la société contemporaine. Après
Shakespeare qui doit peut-être au roman de Sidney quelque chose
du caractère de Valentin, dans les *Deux Gentilshommes de Vérone*,
et certainement beaucoup de celui du *Roi Lear*, y compris sa cécité
et la description de l'affreuse tempête qui fait rage dans ce sombre
drame, Beaumont et Fletcher, Shirley lui-même [1], connurent l'œuvre
du romancier anglais et y puisèrent [2]. Il n'y a pas jusqu'à Pope
qui dans ses *Pastorales* (l'Automne) n'ait parfois imité l'*Arcadie* de
Sidney [3]. On ne peut pas dire néanmoins que l'*Arcadie* eut des
imitateurs directs. La préférence alla aux romans français. Lord Orrery écrivit et publia, d'abord en 1654, les six premiers volumes de
*Parthenissa*, puis, en 1665 et 1677, une édition complète de ce roman [4],
que Langbaine mettait sur le même pied que ceux de La Calprenède
et Scudéry [5], « quelque éminents que ceux-ci puissent être chez les
Français ». L'*Eliana* de Samuel Pordage, parue en 1661, et les romans
de la fameuse duchesse de Newcastle tiennent à la fois de l'*Euphues*
de Lyly et de l'*Astrée* de d'Urfé. On retrouve dans *New Atlantis* de

1. Dunlop, *History of Fiction*, vol. II, p. 401.
2. Langbaine, *Lives of the E. poets*, pp. 476, 521, 522.
3. Pope, *Works*, vol. I, p. 287.
4. *Dictionary of National Biography* : Boyle, Roger.
5. Langbaine, *Lives of the E. poets*, p. 29.

Miss Manley quelque chose à la fois de l'*Astrée* et du *Grand Cyrus*, tandis que dans l'*Oroonoko* de Mrs. Behn, qui avait lu les romans des Scudéry, réapparaît toute cette casuistique amoureuse de nos œuvres françaises, mêlée à d'étranges grossièretés, « effarouchant, comme le dit Dryden[1], la modestie de son sexe » et que l'on est fort surpris de trouver sous la plume d'une femme. Enfin, ne reste-t-il pas quelques traces des longueurs de La Calprenède et de Scudéry dans les six volumes de *Sir Charles Grandisson* et les sept tomes de *Clarisse Harlowe* par Richardson[2] ?

Telle fut, à peu de chose près, la portée des romans héroïques français. Le jour vint où cette vogue baissa, mais lentement toutefois et comme à regret. Segrais, en France, s'était efforcé de modifier, d'amender, les romans de M^lle de Scudéry en mettant en scène indirectement les événements contemporains. Son Richard II, obligé de signer lui-même son arrêt, n'est autre que Charles I^er d'Angleterre, dont le fils, échappé à la tempête qui a bouleversé sa maison, est venu se réfugier en France ; sous les traits du duc de Clarence, on reconnaît aisément le prince de Galles, plus tard Charles II. M^me de La Fayette déclarait qu' « une période retranchée vaut un louis et un mot vingt sols ». Sorel se moquait de ces histoires prolixes, rattachées les unes aux autres « comme la corde ou la natte qu'on peut allonger sans fin, en y ajoutant toujours de la filasse ou de la paille[3] ». De même aussi, en Angleterre, on essaya, sans y avoir même encore aujourd'hui complètement réussi, de débarrasser le roman des longueurs et des fadaises qui l'encombraient. Sans doute, il ne se trouva pas un Boileau pour attaquer vigoureusement les héros de roman, ni un La Bruyère pour accueillir avec satisfaction « ces romans qui ont une fin » et bannissent « le prolixe et l'incroyable » ; mais il se rencontra au moins une Charlotte Lennox qui, en 1752, publia un *Don Quichotte en jupons* (Female Quixote) avec l'intention bien marquée de ridiculiser les romans du type de l'*Astrée*, le *Grand Cyrus* et *Parthenissa*[4].

1. Dryden, *Works* (Letters), vol. XVIII, p. 166.
2. Stanhope, *Reign of Queen Anne*, p. 565.
3. Brédif, *Segrais, sa vie et ses œuvres*, pp. 188-189
4. Dunlop, *Hist. of Fiction* (notes), p. 569.

La vogue des romans français ne fut pourtant ni hésitante ni passagère. Or, pendant que les héros de romans ravissaient d'enthousiasme la plus grande partie de la société anglaise, n'était-il pas possible de les transporter sur la scène et de faire, des héros de romans, des héros de théâtre ?

# CHAPITRE VII

## La tragédie héroïque.

### I

« Il est trois heures et demie de l'après-midi, au mois de mai, vers
la fin de la saison de Londres ; le théâtre de Drury-Lane, le Théâtre
du Roi, est plus que d'habitude bondé, car on va jouer une pièce
nouvelle. Comme toujours en pareille circonstance, les prix sont
doublés. Le parterre vaut cinq shillings, et les loges supérieures deux
shillings : je vous promets que les spectateurs sont disposés à exprimer leur mécontentement de la manière la plus vigoureuse si la pièce
ne leur donne pas du plaisir pour leur argent. Un coin du parterre
semble, par convention tacite, être évité des gens modestes, habillés
de droguet ou d'étoffe sombre, et être réservé exclusivement aux
jeunes élégants, en longue perruque blanche, tenant sur leurs genoux
des chapeaux aux plumes énormes, faisant un cliquetis avec leurs
épées qui se heurtent contre les bancs et balayant le parquet avec les
rubans à franges qui pendillent de leurs genoux... C'est le coin des
Petits-Maîtres, car on appelle ainsi cette partie réservée du parterre.
Le coin des Petits-Maîtres est particulièrement bruyant pendant toute
la représentation ; mais, pour leur rendre justice, les Petits-Maîtres
semblent s'amuser cordialement des insultes dont on les abreuve
dans le prologue et l'épilogue. Près de la scène, dans une loge de
côté, se trouve Sa Majesté Sacrée — la mine solennelle du monarque
voluptueux s'éclairant de temps en temps d'un sourire quand quelque
joyeuse beauté saxonne, aux cheveux blonds et aux yeux bleus,
improvise sur la scène une boutade impertinente dont elle augmente
le piquant en lançant une œillade du côté de ladite Majesté Sacrée.

Dans une des loges en haut nous remarquons un homme beau et revêtu d'un costume de velours rose : il a une jolie femme à côté de lui. La dame a quelque chose d'étranger dans son air. Ses cheveux retombent négligemment en boucles sur son cou, à l'exception d'une frisette lissée avec art le long de chaque tempe. On s'étonne de voir un couple si gai, et pourtant si comme il faut, dans ces loges supérieures, partie du théâtre que ne fréquentent guère les gens de bonne réputation. C'est M. Pepys, secrétaire de l'Amirauté, qui a offert à sa femme le régal d'une pièce de théâtre. Bien qu'ami du plaisir, il est d'esprit pratique : s'il a pris place à la rangée supérieure des loges, c'est, comme il en fait la remarque, pour économiser ainsi six shillings. Il est évident qu'à passer ainsi l'après-midi, ils sont enchantés : seulement nous observons que M^me Pepys prend un air très sérieux quand Knip, une actrice du second ordre, se met à chanter et que son mari applaudit avec plus d'entrain que la chose ne vaut. Entre les actes, les marchandes d'oranges enjambent les bancs en criant bien haut leur marchandise, et ceux qui occupent le coin des Petits-Maîtres en achètent à profusion pour en bombarder certaines dames masquées qui leur retournent le compliment d'un bras vigoureux et en visant juste. Et tout ceci fait rire la Majesté Sacrée plus que tout ce qui est dans la pièce [1]. »

Mais quel genre de spectacle pouvait intéresser et amuser un pareil auditoire ! C'était évidemment la comédie, avec ses boutades joyeuses ou ses plaisanteries de « haulte gresse » ; le roi n'avait-il pas manifesté une prédilection bien marquée pour cette sorte de divertissement ? Pourtant la tragédie ne laissa pas, quoique à un degré moindre, d'exciter la curiosité royale. De même que Charles II avait indiqué l'Espagne comme la source où les comiques anglais pouvaient puiser, non seulement les sujets, mais aussi la manière de leurs pièces, de même il montra la France comme devant servir d'exemple aux tragiques de la Restauration. Nous avons sur ce point le témoignage de deux contemporains, le comte d'Orrery, Roger Boyle, et Dryden. C'est en ces termes que le premier de ces deux poètes écrivait à un ami, lui annonçant son œuvre, *le Prince Noir* : « Je viens de finir une pièce à la manière française, parce que j'ai

1. *Frazer's Magazine*, August., 1854 (art. Glorious John), p. 162.

entendu le roi lui-même se déclarer en faveur de la manière d'écrire
des Français plutôt que de la nôtre. Le pauvre essai que je tente
pourra ne pas faire plaisir à Sa Majesté, mais il se peut que mon
exemple en suscite d'autres qui y parviendront. Sir William D'Avenant veut faire jouer cette pièce vers Pâques. Comme elle est écrite
d'une façon nouvelle, il se risquera peut-être à inviter le roi à la
voir ; si Sa Majesté y condescend, et si, en même temps, vous l'accom-
pagnez, je vous en supplie, ne lui dites pas qui en est l'auteur, à
moins que vous ne soyez doublement sûr qu'elle ne lui déplaît pas. »
« *Le Prince Noir* fut joué, en effet, ajoute l'éditeur, et reçut l'approbation du roi par conséquent aussi celle de la cour. Sa Majesté n'était
pas seulement souveraine du royaume, mais également des Grâces, des
Muses et des Amours. Les poètes accordaient une obéissance aveugle
à ses lois, et elle régnait despotiquement sur les fils d'Apollon, sans
même avoir recours à un Conseil Privé. Tout ce que le roi applaudissait était sûr de recevoir l'approbation du peuple, de sorte que
lorsque le goût royal était vicié, le poison se répandait partout dans
le royaume et atteignait Dryden lui-même [1]. » Celui-ci ne manqua
pas non plus d'attribuer à la cour l'apparition et le succès de la tragédie nouvelle, appelée tragédie héroïque : « La faveur que les pièces
héroïques ont récemment rencontrée sur nos théâtres, écrit-il, leur
vient entièrement de l'appui et de l'approbation qu'elles ont trouvés
à la cour [2]. » Il arrivait même que certaines tragédies héroïques
étaient jouées à Whitehall par les gentilshommes et les dames d'honneur : cela se produisit notamment pour *l'Impératrice du Maroc* de
Settle. Sans doute il y eut là quelque malice de Rochester, qui se
donna le plaisir méchant de faire pièce à Dryden, en assurant ainsi
le plaisir de son rival ; mais ce triomphe n'eût pas été complet si la
pièce n'avait pas satisfait le goût de la cour en même temps que celui
du roi [3]. Les partisans du système dramatique français ne manquaient pas, du reste, d'affirmer leurs préférences ; il y avait, en littérature, deux factions rivales, deux partis opposés : le parti français
et le parti anglais. On trouve dans *Un Essai de Poésie Dramatique*


1. Roger Boyle, *The Dramatic Works*, the Preface, vol. I, édit. 1739.
2. Dryden, *An Essay of Heroic Plays*, vol. IV.
3. Dryden, *Life of Dryden* (Walter Scott), vol. I, p. 156.

de Dryden un écho des querelles littéraires d'alors éclatant entre les partisans des deux systèmes dramatiques. Lisidéius, qui, dans la pensée de Dryden, ne serait autre que Charles Sedley, se plaît à rompre des lances en faveur de la poésie dramatique française : « Si, il y a quarante ans, dit-il, on avait demandé lesquels écrivaient le mieux, des Français ou des Anglais, j'aurais été de votre avis et aurais adjugé cet honneur à notre nation ; mais, depuis cette époque, nous avons été sans cesse de si mauvais Anglais que nous n'avons pas eu le temps d'être de bons poètes... Les Muses sont allées se fixer dans un autre pays. C'est alors que le grand cardinal de Richelieu les a prises sous sa protection et que, grâce à cet encouragement, Corneille et quelques autres Français ont réformé leur théâtre qui était alors au-dessous du nôtre autant qu'il le surpasse maintenant, ainsi que celui du reste de l'Europe... » Et Lisidéius fait à Néandre (Dryden), qui, lui, prend parti pour la poésie dramatique anglaise, une longue apologie de la règle des trois unités et de tout le système dramatique français [1]. Les partisans de chaque système dramatique se retrouvent dans une comédie de Dryden, intitulée le *Marriage à-la-Mode*. Cette fois les femmes s'en mêlent, et la discussion a lieu entre Doralice et Mélantha, une précieuse d'outre-Manche.

MÉLANTHA. — Vous êtes une de celles qui applaudissent les pièces de notre pays, où les tambours, les trompettes, le sang et les blessures tiennent lieu d'esprit.

DORALICE. — Et vous, vous êtes une admiratrice de cette ennuyeuse poésie française, si mince que ce n'est que la vraie feuille d'or de l'esprit, de vrais pains à cacheter, la crème fouettée du bon sens : on ouvre la bouche, on bâille, mais on n'avale rien. Pour admirer quelque chose de si profondément ennuyeux, il faut être pourvu d'une forte dose d'impudence et d'ignorance.

MÉLANTHA. — Je ferai le sacrifice de ma vie pour la poésie française. (*Elle s'avance menaçante.*)

DORALICE. — Et moi, je mourrai sur-le-champ pour le bel esprit de mon pays. (*On sépare les deux adversaires qui vont en venir aux mains.*)

Et Mélantha de s'écrier : « Oh ! si j'étais un homme ! » Comme si

1. Dryden, *Works* (*An Essay on Dramatic Poesy*), vol. XV, pp. 316-329.

cette protestation énergique ne suffisait pas pour nous faire connaître son admiration très vive de la poésie française, elle lance à la face d'un courtisan ce suprême argument : « Je veux mourir, si jamais j'entre dans une paire de draps avec un homme qui déteste les Français[1] ! » Voilà de la gallomanie bien sentie et vigoureusement affirmée ! Le roi et la cour, tout le public enfin pensait un peu comme Mélantha : les poètes durent, de bon gré ou de force, sacrifier à la mode régnante, d'autant plus facile à imposer qu'il n'y avait plus que deux théâtres après la Restauration : le théâtre du roi, et celui du duc d'York ; il fallut donc s'incliner et dire comme Granville : « Le poète est tenu de plaire, et non de bien écrire ; il sait qu'il y a une mode pour les pièces de théâtre, aussi bien que pour les vêtements[2]. »

Quelle était donc cette mode, et qu'étaient au juste ces pièces héroïques que l'on disait être dans le goût français et qui avaient toute l'admiration du roi, de la cour et du public ? « Une pièce héroïque, déclare Dryden, doit être l'imitation, en petit, d'un poème héroïque, et, par conséquent, l'amour et le courage doivent en être le sujet. » Toute liberté est donc laissée au poète dramatique de grandir ses personnages et de leur faire accomplir des actions bien au-dessus du niveau habituel de la vie humaine : qu'il ne cherche pas à représenter les actions et les passions humaines telles que nous les concevons, telles que nous les étudions, qu'il ne s'évertue pas « à montrer la nature comme en un miroir ». Inutile de conserver aux personnages qu'il va mettre en scène nos habitudes ordinaires : il n'est tenu « ni à la vérité, ni même à la vraisemblance » ; il devra, ainsi que Dryden, « modeler une pièce héroïque d'après les règles mêmes du poème héroïque[3] ». L'action se passera toujours dans les sphères les plus élevées, il ne pourra s'agir que de chutes de royaumes, de renversements d'empires, de fêtes magnifiques, de défilés somptueux et de grandes batailles sur terre et sur mer. Les personnages ne seront jamais que des ducs, des princes ou des rois. « Le sujet d'un poète, soit dans la tragédie, soit dans le poème épique, dit Dryden, est une grande action de quelque héros illustre. Il en est de même

<hr>

1. Dryden, *Works* (*Marriage à-la-Mode*). A. IV, sc. IV, vol. IV, pp. 335-336.
2. Granville, *Works* (*Essay on Unnatural Flights in Poetry*), vol. I, pp. 92-102.
3. Dryden, *Works* (*Essay on Heroic Plays*), vol. IV, pp. 19-25.

qu'en peinture : ce n'est pas n'importe quelle action, ni n'importe quel personnage, qui sont assez considérables pour figurer sur la toile [1]. » Même idée, même théorie avait été émise ailleurs : « Une pièce, pour être comme la nature, doit la dépasser, de même que les statues qui sont placées sur une hauteur doivent être faites plus grandes que nature, de façon qu'en s'abaissant au niveau de l'œil elles aient leurs justes proportions [2]. » Bien entendu, pour que le langage, aussi bien que l'action, dépassât le niveau du vulgaire, il ne fallait pas songer à la prose ou au vers shakespearien : le vers rimé seul pouvait exprimer des sentiments aussi élevés. C'était une forme nouvelle qui était nécessaire, et la rime au théâtre fut bien une des caractéristiques des tragédies de la Restauration. Une pièce, enfin, c'était, comme l'a définie Walter Scott, « un roman de la chevalerie en vers sous la forme d'un drame [3] », et ce drame était, de l'avis même de Dryden, d'autant meilleur qu'il se rapprochait davantage du poème héroïque [4].

Les thèmes à variations héroïques n'étaient pas nombreux : l'amour et l'honneur étaient comme les pivots autour desquels tournait tout le système dramatique. Les poètes lyriques chantaient l'amour : « O toi, extase divine, s'écriait Sheffield, où l'âme, dégagée des mortels soucis, s'envole d'un libre essor et, montant vers le ciel, y puise son inspiration et peut ainsi nous enseigner de grands mystères où notre faible raison ne pourrait atteindre [5] ! » Toute l'œuvre de Waller ne parle que d'amour : c'est un hymne perpétuel aux charmes des grandes dames d'alors. On fouille dans Anacréon ; on traduit Virgile et Ovide : c'est l'amour qui est partout, il devient le grand ressort tragique ; l'amitié a disparu, c'est à peine si on la comprend dans ce siècle : « Nos tragédies, dit Sheffield en les opposant à celles des anciens, ne sont remplies que d'amour [6]. » Quelle que fût donc l'opinion des poètes dramatiques, il fallut parler d'amour. Phraorte, roi des Parthes, a voulu parler de religion ; ce n'est pas ce

1. Dryden, *Works* (*A parallel of poetry and painting*), vol. XVII, p. 305.
2. Dryden, *Works* (*Essay of Dramatic Poesy*), vol. XV, p. 370.
3. Dryden, *Works* (*Life of Dryden by Walter Scott*), vol. I, p. 108.
4. Dryden, *Works* (*Aureng-Zebe*, Dedication), vol. V, p. 197.
5. Sheffield, *Works* (*Ode on Love*), vol. I, p. 19-23.
6. Sheffield, *Works* (*Ode on Brutus*), vol. I, p. 152.

qu'on attendait de lui après sa victoire, et les spectatrices surtout ont
témoigné à l'auteur toute leur mauvaise humeur : « Après avoir
employé ce héros et deux autres encore, nous dit Crowne, pendant
près de dix actes, à rien autre chose qu'à l'amour, je croyais leur en
avoir donné assez pour des femmes raisonnables, et je pensais pouvoir employer ce héros à distraire les hommes un instant en leur
parlant un peu raison, au moins pour lui donner le temps de respi-
rer ; mais je vois que satisfaire les dames est plus difficile que je ne
le pensais... J'avoue que, depuis que l'amour s'est à lui seul emparé
de la scène, la raison n'a pas grand'chose à y faire ; ce prince effé-
miné nous a affaiblis et émasculés... Moi qui suis à la fois ami de
l'amour et du bon sens, j'ai voulu les réconcilier et remettre la raison
en honneur, sans toutefois espérer la voir dominer ; j'ai voulu lui
donner un petit rôle sur la scène, mais cela a fait un beau vacarme :
l'amour n'a pas voulu souffrir semblable innovation qui menaçait sa
puissance établie : la raison n'est pas du tout populaire ; les dames
n'ont su que faire de sa conversation, et les hommes s'y sont généralement endormis [1]. » Ainsi donc la mode d'alors et le goût du
public imposaient leurs caprices. Au théâtre, comme à la cour, il
fallut encore et toujours ne parler que d'amour.


## II


Quel fut le créateur de ce genre dramatique nouveau, si différent,
à maints égards, du système shakespearien ? Dryden s'en explique
clairement. « Sir William D'Avenant en commença l'esquisse, mais il
le fit comme les premiers explorateurs dessinent leurs cartes, avec
les caps et les promontoires et les contours de quelque chose aperçu
à distance et que le dessinateur n'a pas vu clairement [2]. » Dryden,
en écrivant ces lignes, songeait probablement aux pièces *l'Amour
et l'Honneur* et *les Amants infortunés*, que D'Avenant avait écrites,
qu'il avait fait autoriser, jouer et imprimer avant la Restauration. Le

1. Crowne, *Works* (*The Destruction of Jerusalem*. The Epistle to the reader',
vol. II, p. 336-338.
2. Dryden, *Works* (*Essay on Heroic Plays*), vol. IV, p. 21.

critique avait raison : les deux pièces ne constituent guère, en effet,
qu'une esquisse du drame héroïque ; il n'y a pas là une véritable
création : les tragi-comédies de D'Avenant ne se détachent pas complètement du passé, tant il est vrai qu'en littérature il n'y a guère
de brusques révolutions, de cassures nettes entre ce qui a été et ce
qui sera. Ces pièces rappellent la manière de Shakespeare, par le
fond même comme par la forme, car la rime est absente, mais elles
présagent une orientation nouvelle : elles sont comme le trait d'union
entre le passé et l'avenir, entre hier et demain ; ce sont des 'pièces
de transition entre deux systèmes dramatiques, celui de Shakespeare
et celui de Dryden. Si la mort d'Amaranthe nous retient dans le
voisinage d'Ophélie [1], les lamentations amoureuses du jeune prince
Alvaro nous annoncent les héros de roman [2]. On ne s'y trompa pas,
du reste, à la Restauration : *l'Amour et l'Honneur* reparut sur la
scène avec un très grand luxe ; les costumes des acteurs Betterton,
Harris et Price étaient très riches, puisque c'étaient ceux qui avaient
servi au roi, au duc d'York et au comte d'Oxford lors du couronnement, et dont ceux-ci leur avaient fait cadeau. Ce fut un succès, et les
acteurs en retirèrent gloire et profit [3]. Qui sait également si Dryden
ne pensait pas au *Siège de Rhodes*, qui, modifié et complété, venait de
reparaître sur la scène, en 1661, puis en 1662, mi-partie opéra, mi-
partie drame héroïque ?

Ce ne furent là, en tous cas, que des essais assez timides et
absolument incomplets. Roger Boyle, comte d'Orrery, peut, à juste
titre, être appelé le père du drame héroïque anglais. La première
tragédie héroïque, tout entière rimée, pourrait bien être celle du
*Prince Noir*. A quelle époque fut-elle composée? Il n'est pas aisé
d'être très exactement fixé sur ce point, non plus que sur la date
précise de la première représentation, car nous nous trouvons en
face de témoignages contradictoires : l'éditeur de 1739 dit dans sa
préface que la pièce du *Prince Noir* fut « la première que Lord
Orrery mit à la scène » et que, « encouragé par le succès du *Prince
Noir*, il composa sa seconde pièce appelée *Tryphon*, à laquelle

---

1. D'Avenant, *Works* (*The Unfortunate Lovers.* A. IV), vol. III, p. 70.
2. D'Avenant, *Works* (*Love and Honour*. A. IV), vol. III, p. 169.
3. Downes, *Roscius Anglicanus*, p. 21. Genest, *Hist. of the Stage*, vol. I, p. 41 ;
D'Avenant, *Works*, vol. III, p. 93.

succéda *Henri V* [1] », puis *Mustapha*. Or, comment concilier ces faits, dans l'ordre où ils sont donnés, avec les dates fournies par Pepys, qui a vu jouer *Henri V* le 13 août 1664, et le *Prince Noir*, pour la *première fois*, seulement le 19 octobre 1667 [2]? Sur la représentation de ces premières pièces héroïques, le fonctionnaire de l'Amirauté nous donne des renseignements intéressants. Il a vu jouer *Mustapha*, dit-il; c'est une pièce qui « n'est pas bonne... Tout ce qui a fait plaisir, c'est que le roi et lady Castelmaine étaient là ; il y avait aussi la jolie et spirituelle Nell et la jeune Marshall : elles étaient assises à côté de nous et j'en étais ravi. » Environ deux ans après, Pepys retournait au théâtre avec Mme Pepys. Cette fois, il n'est pas distrait par le voisinage de ces jolies femmes ; aussi, soit qu'il suive avec plus d'attention, soit que son goût ait changé, la même pièce devient « une pièce des plus excellentes ». Il assiste à une troisième représentation : plus d'hésitation maintenant : « Je suis allé au théâtre du duc d'York, et j'y ai vu *Mustapha*. Plus je le vois, et plus je l'aime, c'est une pièce des plus admirables et crânement jouée. » A peine fait-il quelques réserves sur la façon dont les deux principaux acteurs, de grand talent du reste, se sont mis à rire au milieu d'un passage très sérieux, par suite d'une maladresse commise sur la scène [3]. Evelyn lui aussi assiste à une représentation de *Mustapha* à la cour. Sans doute il voit d'un mauvais œil ces actrices, nouvelles venues sur les planches; il les considère comme « des femmes corrompues et indécentes qui ont enflammé plusieurs jeunes nobles et gallants, sont devenues leurs maîtresses et même leurs femmes..., au grand scandale des familles, au grand préjudice de leur corps aussi bien que de leur âme »; sans doute aussi il ne comprend pas qu'on aille au théâtre en des temps de si grandes épreuves où la peste et l'incendie ont fait tant de victimes ; mais, après tout, il trouve que cette tragédie est « excessivement bien écrite [4] ». Même succès pour *Henri V* [5]. Quant au *Prince Noir*, l'accueil fut moins sympathique la première fois

<hr>

1. Roger Boyle, *Dramatic Works*. Preface, éd. 1739.
2. Pepys, *Diary*, 19 oct. 1667.
3. Pepys, *Diary*, 3 avril 1665 ; 5 janvier 1667 ; 4 sept. 1667.
4. Evelyn, *Diary*, 18 oct. 1666.
5. Pepys, *Diary*, 13 août 1664 ; 28 décembre 1666 ; 6 juillet 1668 ; Downes, *Roscius*, p. xxv.

que le vit Pepys. « Nous sommes venus à deux heures, rapporte-t-il, et cependant il n'y avait plus de place au parterre ; nous avons été obligés d'aller dans une des loges supérieures à quatre shillings l'une, et c'est la première fois de ma vie que j'ai été dans une loge. » Comme il y a derrière lui lord et lady Barkeley, il leur tourne le dos tout le temps de la représentation pour n'avoir pas à leur céder sa place, car les décors sont vraiment superbes et il les voit beaucoup mieux que du parterre. « Le théâtre était absolument comble, poursuit Pepys ; le roi et le duc d'York étaient là. Tous les spectateurs ont été enchantés jusqu'à la lecture d'une lettre si longue et si peu nécessaire qu'on s'est mis souvent à rire ; on a sifflé une vingtaine de fois, et les sifflets auraient eu raison de la pièce sans la présence du roi. » A la représentation suivante, quatre jours après, tout alla pour le mieux ; la fameuse lettre fut supprimée : on se contenta de l'imprimer et de la faire distribuer à l'entrée, tandis que, à l'endroit voulu, pendant la représentation, l'acteur y faisait allusion. Si nous sommes fixés sur l'accueil fait aux premières pièces héroïques, nous le sommes un peu moins sur la date et l'ordre de leur représentation ; cependant, il semble bien que l'ordre dans lequel elles ont été jouées est le suivant : *Mustapha* en 1663, reprise en 1665 ; *Henri V* (13 août 1664) ; *le Prince Noir* (19 octobre 1667) et *Tryphon* (3 décembre 1668) [2]. Cela n'a d'ailleurs qu'une importance relative, et on ne songe guère à contester que Lord Orrery fut le prédécesseur de Dryden dans le genre héroïque.

Dryden, en effet, lui dédia sa première pièce, en partie rimée, *les Dames rivales*, et, dans sa dédicace, après un long éloge de la rime dont il énumérait les avantages, il ajoutait : « Il faut que je me rappelle que c'est Votre Seigneurie à qui je parle, et que c'est vous qui, par vos écrits dans ce genre, avez recommandé cette façon de faire, mieux que je ne le puis moi-même, en écrivant en sa faveur [3]. » Il est bien clair que Dryden connaissait alors, en 1664, une ou plusieurs tragédies rimées de Roger Boyle, puisqu'il se vantait de suivre son exemple. Dans le Prologue [4], ne disait-il pas aussi aux spectateurs :

1. Pepys, *Diary*, 19 octobre 1667 ; 23 oct. 1667.
2. Genest, *Hist. of the Stage*, vol. I, pp. 47-48.
3. Dryden, *Works* (*Rival Ladies*, Dedication), vol. II, p. 139.
4. Dryden, *Works* (*Rival Ladies*, Prologue), vol. II, p. 141.

« Vous avez maintenant des costumes, des danses, des décors et des rimes ». Samuel Johnson, lui aussi, reconnaissait bien en Roger Boyle le créateur du genre héroïque quand il disait : « La pratique de faire des tragédies en vers rimés fut introduite bientôt après la Restauration par Lord Orrery, semble-t-il, pour se conformer à l'opinion de Charles II, qui s'était formé le goût d'après la scène française, et Dryden, qui écrivait seulement pour plaire, sans faire la moindre difficulté pour l'avouer, et qui peut-être se savait, par son talent de versification, capable d'éclipser les autres au moyen de la rime, plutôt que s'il s'en passait, adopta très volontiers les prédilections de son maître. Aussi Dryden fit-il des tragédies rimées [1]. » *La Reine indienne* parut en janvier 1664, écrite en collaboration avec Sir Robert Howard, suivie de l'*Empereur indien* et de presque tout le théâtre de Dryden et de ses contemporains. Mais si Boyle reste « le père du genre héroïque », il faut bien reconnaître que c'est à Dryden, à l'éclat de son style et à la splendeur de sa versification, que la tragédie héroïque dut les succès ou plutôt les triomphes qu'elle obtint sur la scène d'un public ravi non moins de la poésie somptueuse du tragique anglais que de la magnificence des décors et des costumes. Quelques-uns eurent beau faire quelques restrictions, Howard vainement donna ses préférences au vers non rimé et discuta abondamment avec Dryden la question de la rime [2], la mode était aux pièces rimées, à la tragédie héroïque : pendant dix ans au moins, il fallut subir cette mode impérieuse et partager l'enthousiasme qu'excitèrent les représentations de ces pièces à grand effet qui s'appellent l'*Amour tyrannique, la Conquête de Grenade, Anreng-Zebe*, et que traversent des héros à grand panache, bruyants et indomptables.

Maximin, Almanzor et Montezuma sont, de tous les héros du théâtre d'alors, ceux qui sont le plus en vue et peuvent le mieux marquer le caractère du genre héroïque : ils les résument tous, ils sont comme la synthèse de leurs qualités et de leurs défauts. Que sont donc ces héros ? — L'amour et la vaillance, voilà les seuls mobiles de leurs actions. L'Amour eût pu dire de l'un quelconque d'entre eux ce que

---

1. Johnson, *Lives of the poets* (Dryden), p. 133 (édit. Warne).
2. Rob. Howard, *Five New Plays* (*The Duke of Lerma*. Preface).
   Dryden, *Works* (*A Defence of an Essay of Dram. Poesy*), vol. II, p. 291.

Granville avait tracé comme inscription pour une statue élevée à ce dieu : « Qui que tu sois, vois ton seigneur et maître ; tu as été mon esclave, tu l'es, ou le dois être [1]. » Et cet amour n'est point un amour de tête ou le balbutiement de phrases plus ou moins tendres, c'est un amour absorbant et fatal. « L'amour, comme une léthargie, s'est emparé de ma volonté, dit l'un d'eux [2] ; l'amour, ajoute un autre, est un dieu devant qui tous les cœurs doivent s'incliner, et il est certain que tout être vivant n'est pas plus à l'abri de l'amour que de la mort [3]. » Une parole, un geste suffisent : le héros est conquis, surpris lui-même « d'être ainsi vaincu dès la première heure [4] ». Le guerrier le plus farouche, le conquérant le plus inexorable sont aussitôt transformés en amoureux soumis : tantôt cet amour gronde comme l'orage, fait de violence et de furie, tantôt il s'adoucit, et du paroxysme où il s'exaltait, devient la passion souple et caressante qui enveloppe l'être aimé. Il suffit que le plus fier des guerriers sache l'arrivée de celle qu'il aime ou qu'il doit aimer pour que son cœur en émoi batte à se rompre et qu'il s'écrie : « Elle vient ; et maintenant il me semble que je pourrais obéir : ses formes glissent en moi et je sens que mon cœur cède ; ce cœur de fer, où les guerres n'ont fait la moindre impression, se fond et tressaille sous un seul de ses regards [5]. » C'est en vain que les reproches les plus indignés, les malédictions les plus violentes sortent des lèvres de celle qui lui reproche la mort de ses parents tombés, l'un, son père, sous le glaive, l'autre, sa mère, terrassée par l'orgueil du héros ; celui-ci ne peut que soupirer : « Je dépose mon sceptre aux pieds de sa fille [6]. » Quel est, pour un héros, la récompense suprême ? C'est l'amour d'une femme. « Je ne me suis battu ni par amour de conquête, s'écrie Guyomar, ni pour la gloire, ton amour seul peut récompenser ma flamme [7]. » Montezuma, voyant les ennemis en déroute, dit tout haut, son sabre à la main, agitant


1. Granville, *Works*, vol. I, p. 104. »

2. Dryden, *Works* (*First part of the Conquest of Granada*, A. III, ı), vol. IV, p. 61.

3. Earl of Orrery, *Two New Tragedies* (*The Black Prince*, A. I, ı), édit. 1672, p. 5.

4. Earl of Orrery, *Two New Tragedies* (*ibid.*), p. 16.

5. Dryden, *Works* (*Tyrannic Love*, A. III, 1), vol. III, p. 409.

6. Dryden, *Works* (*The Indian Emperor*, A. I, ıı), vol. II, p. 329.

7. Dryden, *Works* (*The Indian Emperor*, A. IV, ııı), vol. II, p. 381.

son panache : « Je ne demande pas d'empires ; ceux-là, mon glaive peut les conquérir ; mais pour mes services passés et mes services futurs, pour ce que j'ai fait et pour ce que je veux faire, pour ce royaume du Mexique que j'ai vaincu et pour ces royaumes encore inconnus que je conquerrai, c'est uniquement des yeux de la belle Orazia que je veux recevoir la récompense de toutes mes victoires... Orazia! oh! comme ton nom a enchanté mon glaive[1] ! » Plus de bonheur pour un héros. « Sans sa présence à elle, s'écrie l'un d'eux, toutes mes joies sont vaines : le pouvoir est une malédiction, la vie elle-même un fardeau[2]. » Un guerrier suit en aveugle l'impulsion de sa belle, et un ordre de celle-ci ne saurait, en aucun cas, être transgressé ; aussi l'on peut voir une reine, experte en l'art d'exciter au combat les héros, envoyer sur le champ de bataille un corps de réserve de ses filles d'honneur : elles animeront les combattants de leurs sourires et, par là, contrebalanceront les charmes puissants des jeunes Mauresques, présentes elles aussi dans la mêlée[3]. Un héros vraiment digne de ce nom n'a pas à discuter un ordre de sa belle : le loyalisme le plus sincère ne résiste pas longtemps aux désirs d'une femme, quand elle commande à un guerrier de ne point lutter contre des ennemis que son devoir l'obligerait pourtant à combattre[4]. En effet, « l'honneur suprême, c'est de bien aimer[5] ». Or, bien aimer, c'est abdiquer toute volonté et devenir un instrument docile, voire un jouet, entre les mains de celle qu'on aime ; bien aimer, c'est « se laisser mener en aveugle par une impérieuse maîtresse[6] ».

Si le loyalisme d'un héros est parfois de courte durée, ses sentiments de reconnaissance, même à l'égard d'un homme qui lui a pourtant sauvé la vie, ne sauraient longtemps persister en face d'un ordre donné. A peine hésitera-t-il un instant à mettre à mort son sauveur, si une femme exige la mort de celui-ci : « Puis-je donc résister aux larmes d'Almeria, dit Montezuma, et quelqu'un doit-il vivre quand

1. Dryden, *Works* (*The Indian Queen*, A. I, i), vol. II, p. 230.
2. Dryden, *Works* (*The Conquest of Granada*, 1ʳᵉ part. A. III, i), vol. IV, p. 78.
3. Dryden, *Works* (*ibid.*, Introduction), vol. IV, p. 6.
4. Dryden, *Works* (*The Indian Emperor*, A. II, ii), vol. II, p. 347.
5. Dryden, *Works* (*ibid.*, A. II, iv), vol. II, p. 352.
6. Dryden, *Works* (*ibid.*, A. III, ii), vol. II, p. 362.

elle veut sa mort [1] ? » Une seule raison pourra faire échapper à ses coups celui qui va devenir sa victime et dont il est le rival jaloux, c'est la crainte — sentiment bien quintessencié ! — de rencontrer sous son poignard, dans le cœur de l'ennemi qu'il va frapper, l'image de l'être aimé [2]. Qu'il veuille lui-même se donner la mort ; s'il hésite, dans son désespoir, à se porter le coup fatal, c'est que ce même coup dont il se transpercerait le cœur y atteindrait l'image de la femme aimée [3]. S'est-il fait le champion de la cause féminine, il n'a rien à craindre, quel que soit le nombre des assaillants : « L'influence des belles est si grande pour guider nos épées que nous ne pourrions que vaincre une armée en défendant leur cause [4]. » Que s'il faut se disputer une belle, pas un instant un héros n'hésitera à mettre l'épée à la main et à lutter pour elle [5]. Pour elle aussi deux rivaux seront heureux de se battre et de se blesser grièvement : c'est le bonheur suprême de mourir pour elle et, s'il se peut, avec elle, pour que leurs cendres se mêlent sur le même bûcher [6]. Parfois cependant le héros bénira le sort qui le fait mourir le premier, car, ainsi, il n'aura pas la douleur immense de voir mourir sa bien-aimée [7]. Faire le sacrifice de sa vie, ce n'est pour lui qu'un jeu : il est prêt à mourir au premier reproche de sa belle [8]. Sûr de son amour, il est capable de tous les sacrifices : il renoncera même à tout jamais à son amante, s'il peut par là lui sauver la vie [9]. Est-il besoin d'ajouter que la constance et la fidélité sont inséparables d'un aussi puissant amour ? Une fois sa parole donnée, un héros ne saurait être parjure : prières, promesses, menaces, rien ne prévaudra contre sa foi jurée [10] ; l'inconstance n'est-elle pas le pire des maux [11] ? et un héros ne doit-il pas pouvoir toujours dire : « Je suis encore le même qu'au premier jour de notre


1. Dryden, *Works* (ibid., A. III, iv), vol. II, p. 369.
2. Earl of Orrery, *Two New Tragedies* (*The Black Prince*, A. IV), p. 37.
3. Earl of Orrery, *ibid.* (ibid., A. III), p. 25.
4. Settle, *Cambyses*, p. 37-38.
5. Dryden, *Works* (*The Indian Emperor*, A. V, i), vol. II, p. 394.
6. Dryden, *Works* (*The Indian Queen*, A. IV, ii), vol. II, p. 268-270.
7. Dryden, *Works* ( ibid., A. V, i), vol. II, p. 274.
8. Dryden, *Works* (*The Indian Emperor*, A. II, iv), vol. II, p. 354.
9. Dryden, *Works* (ibid., A. V, i), vol. II, p. 391.
10. Dryden, *Works* (ibid., A. IV, ii), vol. II, pp. 375-78, 383.
11. Earl of Orrery, *Two New Tragedies* (*The Black Prince*, A. II), p. 18.

amour[1] » ? Qu'importent la mauvaise fortune et les revers que peut avoir à endurer l'être aimé? L'amour héroïque survit à tout, toujours égal à lui-même, toujours inaltérable[2].

Mais cet amour si humble, si soumis, si fidèle, si désintéressé, a aussi des retours tragiques. Si un héros pleure parfois sur ses malheurs, si le plus brave reste désarmé en face des larmes de sa belle[3], s'il s'attendrit souvent et verse des pleurs abondants[4], son amour, désenchanté ou méprisé, peut lui inspirer, en même temps que tous les dévouements, toutes les violences et toutes les vengeances; il menacera de mort le père de son amante, si celui-ci ne consent pas à lui donner la main de sa fille[5]. Maximin, offrant son cœur à sainte Catherine qui se détourne, passera très vite des prières aux menaces en disant : « Sachez, princesse, que vous allez brûler d'un autre feu[6]. » Et c'est le bûcher qu'il veut dire. Il arrive même parfois qu'un amour dédaigné ou malheureux pourra inspirer la vengeance et la trahison, quand il n'ira pas jusqu'à faire commettre un assassinat[7].

Un héros n'est pas seulement amoureux : il y a dans son cœur les sentiments les plus chevaleresques. S'il est fier, hautain, en face des provocations d'un adversaire[8]; s'il lutte contre un rival, en un combat singulier dont, en cas de victoire, quelque Chimène héroïque sera le prix, il n'y a pas à craindre de lui la moindre surprise, la moindre manœuvre déloyale, la moindre traîtrise ; c'est le front haut et le regard droit qu'il affronte son ennemi. Brave et magnanime[9], il restera toujours tel en face d'un rival abhorré, grandiloquent, emphatique, discutant longuement les cas les plus subtils de casuistique amoureuse[10], s'attardant en déclamations aussi oiseuses qu'alambi-

1. Dryden, *Works* (*The Conquest of Granada*, A. IV, ii), vol. IV, p. 182.
2. Earl of Orrery, *Two New Tragedies* (*The Black Prince*, A. III, i), p. 21.
3. Dryden, *Works* (*The Indian Emperor*, A. III, iv), vol. II, p. 369.
4. Dryden, *Works* (ibid., A. IV, iv), vol. II, pp. 389, 400.
   Earl of Orrery, *Two New Tragedies* (*The Black Prince*, A. III), p. 26.
5. Dryden, *Works* (*The Indian Queen*, A. I, i), vol. II, p. 231.
6. Dryden, *Works* (*Tyrannic Love*, A. III, i), vol. III, p. 411.
7. Dryden, *Works* (*The Indian Emperor*, A. IV. iii), vol. II, pp. 382, 391.
8. Dryden, *Works*, ibid, A. I, ii), vol. II, p. 341.
9. Dryden, *Works* (ibid., A. I, ii), vol. II, pp. 335, 336, 339.
10. Dryden, *Works* (ibid., A. II, iv), vol. II, pp. 352, 353.

quées[1], mais incapable d'un faux-fuyant ou d'un coup imprévu, encore moins d'une lâcheté; il se gardera même de profiter d'un heureux hasard qui fait tomber entre ses mains un adversaire sans défense : il pourrait le tuer, il n'en fait rien; il l'arme aussitôt d'une épée et lui dit de se défendre. Celui-ci est-il blessé à la main et laisse-t-il échapper son arme ? Le héros arrête le combat, ne reprend la lutte pour tuer son adversaire que lorsque les chances sont redevenues égales des deux côtés[2].

De tous les héros du drame de Dryden ou de ses contemporains, le plus connu, celui qui reste le héros-type, amoureux et chevaleresque, sonore et grandiloquent, c'est bien Almanzor, non pas l'Almanzor de Quinault[3], de taille bien petite à côté du héros de *la Conquête de Grenade*, mais une manière d'Artaban anglais, bruyant et batailleur, dont la grande voix et le panache flottant valent bien qu'on s'arrête un instant à le considérer. Almanzor est tout prêt à défendre les faibles : peu lui importe la bonté de la cause; c'est celle de l'opprimé, et cela, lui suffit. « Je ne puis m'attarder à demander laquelle de ces deux causes est la meilleure : c'est celle-ci pour moi, car c'est celle de l'opprimé[4] », s'écrie-t-il, résolu. Avec lui, pas de surprise à craindre, pas de manœuvre traîtresse à redouter ; il ne fondra sur l'ennemi qu'après l'avoir défié selon les règles les plus sévères de la chevalerie ; c'est alors seulement qu'on le verra s'avancer, en tête, au tout premier rang, décrivant des moulinets de son glaive invincible[5]. Il est le héros redoutable entre tous : la victoire le suit partout, enchaînée à ses pas; fidèle toujours, elle est à ses côtés, et toujours elle lui sourit. « Alors vers le vaincu son destin l'entraîna ; le vaincu triompha et le vainqueur s'enfuit. Immense est son courage et sans bornes est son esprit, violent comme un orage, léger comme le vent : il n'y a d'autre idole à ses yeux que l'honneur; comme la peste il fuit l'attrait de la beauté ; né dans l'obscurité, sa valeur l'a grandi; il n'existe pour lui de pouvoir que le sien[6]. » La


1. Earl of Orrery, *Two New Tragedies* (*The Black Prince*, A. IV), pp. 37, 42,
2. Dryden, *Works* (*The Indian Emperor*, A. III, iii), vol. II, p. 363.
3. Quinault, *La Généreuse ingratitude*, éd. 1739, vol. I, p. 165.
4. Dryden, *Works* (*The Conquest of Granada*, 1re part., A. I, i), vol. IV, p. 40.
5. Dryden, *Works* (*The Conquest of Granada*, 1re part., A. I, i), vol. IV, p. 42.
6. Dryden, *Works* (*ibid.*), vol. IV, p. 45.

conscience qu'il a de sa puissance le rend indomptable et il s'écrie
plein de forfanterie : « Les Maures n'ont-ils pas pour défendre leur
cause le ciel et moi [1] ? » On ne se trompe pas, d'ailleurs, sur la valeur
de son bras, et c'est bien à lui, c'est bien à l'invincible Almanzor que
l'on attribue toutes les victoires passées et futures[2]. Est-il en face
d'un ennemi qui le menace ? Très magnanime, il le met aussitôt en
liberté pour que son adversaire puisse se battre et lui disputer la victoire[3]. Les femmes, admiratrices ravies, sont à ses pieds, subjuguées,
implorant de lui un regard. « Tourne, ô puissant vainqueur, tourne
les yeux vers moi, soupire Almahide, la reine de Grenade. — Mais,
grand Dieu, que peut bien me vouloir cette femme ? reprend Almanzor. — Ce qu'une infortunée implore de son Dieu, » répond la reine
tristement[4]. Almanzor roule maintenant des yeux effrayants ; sa voix
devient terrifiante : « De vous dire un seul mot, où trouver le courage ? se risque à murmurer Almahide ; votre voix est terrible ainsi que
votre épée. Mais vous avez éteint les éclairs de vos yeux ; de même,
s'il vous plaît, laissez votre tonnerre[5]. » Aussi, dès maintenant, c'en
est fait d'Almanzor, le voici désormais amoureux : comme un lion
qui, subitement, se sent pris et se débat, ainsi le héros se voit
vaincu et demande grâce : « Je sens naître l'amour, il étouffe ma
voix..... je ne veux pas t'aimer, rends-moi mon pauvre cœur, mais
tel que tu l'as pris, et fier et courageux : il n'a pas été fait pour servir
une femme ; semblable à un lion et nourri au désert, il errait librement, impossible à dompter[6]. » Le lion n'en est pas moins prisonnier. Qu'un rival se présente : fort de son nouvel amour, Almanzor
se croit invincible ; il luttera volontiers, non contre un individu, mais
contre des armées entières, voire contre tout l'univers armé. « Toi
seul, tu ne vaux pas, certes, qu'on te réponde : va chercher des amis,
amène des armées et convoque des mondes : quand vous serez unis,
à votre oreille alors grondera mon tonnerre[7]. » A qui prétend l'épar-

---

1. Dryden, *Works* (*The Conquest of Granada*), vol. IV, p. 48.
2. Dryden, *Works* (*ibid.*, A. II, i), vol. IV, p. 50.
3. Dryden, *Works* (*ibid.*), vol. IV, pp. 51, 75.
4. Dryden, *Works* (*ibid.*, A. III, i), vol. IV, p. 70.
5. Dryden, *Works* (*ibid.*), vol. IV, p. 71.
6. Dryden, *Works* (*ibid.*), vol. IV, p. 72.
7. Dryden, *Works* (*ibid.*, A. III, i), vol. IV p. 76.

gner et lui laisser la vie, il répond sur un ton méprisant : « Moi, je suis un dieu pour toi... Adieu, quand je serai parti et loin de toi, pas une étoile au ciel ne te sera propice ; sur un coup de sifflet, ton destin prisonnier suivra sur mes talons ; partout où je fuirai, avec moi je saurai entraîner la fortune [1]. » Partout, en effet, la victoire le suit, « la victoire, en tous lieux, accompagne Almanzor [2] ».

Que peut en face d'un tel héros la résistance d'une femme ? Que celle qu'il aime ne songe pas un instant à échapper à son amour qui, bien vite, deviendra obsédant, effrayant. « Si je ne suis esclave, alors je suis fantôme, et nul endroit, tu sais, n'est clos à un fantôme. Endormie, éveillée, à tes côtés toujours ; des plis de mon suaire, à ton oreille émue, près de toi, gémissant, je dirai mon amour : quand aux bras d'un amant tu dormiras, la nuit, glacée, entre vous deux, mon ombre glissera pour reprendre ses droits. Dis, ne vaut-il pas mieux dans ta couche nuptiale avoir le corps vivant de ton amant, plutôt que d'avoir un cadavre [3] ? » Voilà, certes, de quoi faire frissonner toute autre amoureuse qu'une héroïne de Dryden. Rien, d'ailleurs, n'est au-dessus des efforts d'Almanzor : les entreprises les plus hardies ne sont qu'un jeu pour lui : il saura tout tenter pour mériter celle qu'il aime. « Né pour donner des ordres, et non pour implorer, tu verras cependant ce que je puis pour toi. Que si ton père veut avoir une couronne, qu'il me nomme un royaume, il sera bientôt sien [4]. » A sa fantaisie, il dispose des couronnes, prêt toujours à braver les plus terribles ennemis sur un signe de sa belle. Telle est, en simple esquisse, la haute silhouette d'Almanzor, le héros de Dryden ; il a, très apparents, tous les traits qui caractérisent le premier personnage des drames héroïques : la fierté, la bravoure, la courtoisie, l'impétuosité, l'amour violent et fatal ; autour de lui retentissent le cliquetis des armes, le bruit des combats, les fanfares éclatantes, au milieu desquelles on distingue pourtant, tonnante en face d'un ennemi, assouplie aux pieds d'une belle, la grande voix de ces héros qui, panache en tête, passent avec fracas sur le théâtre de la Restauration.

1. Dryden, *Works* (*ibid.*, A. III, I), vol. IV, p. 77.
2. Dryden, *Works* (*ibid.*, A. IV, II), vol. IV, 94.
3. Dryden, *Works* (*ibid.*, A. IV, II), vol. IV, p. 95.
4. Dryden, *Works* (*ibid.*, A. IV, II), vol. IV, p. 97.

Derrière ces héros, si fatalement amoureux, si parfaitement dé-
voués à leur belle, se profile la silhouette moins chevaleresque des
héroïnes du drame. Celles-ci sont amoureuses sans doute, d'un amour
quelque peu subit et « en coup de foudre », comme celui de Cyderia,
par exemple, qui, à peine a-t-elle entrevu Cortez, nouvellement dé-
barqué, sent son souffle haleter, son pouls devenir plus fréquent et
son sein se gonfler ; elle s'attache aux pas du héros sans pouvoir
jamais s'en écarter, se plaignant, d'ailleurs, que cet étranger lui ait
ravi le calme dont elle jouissait, pour faire naître en elle mille tourments[1]. Cet amour, toutefois, est rarement absorbant : ces héroïnes
conservent, en général, une merveilleuse présence d'esprit, ne perdant
pas souvent de vue les avantages qu'elles recevront d'un héros en
échange de leur amour. Pour elles, presque toujours, *love is business*.
Qu'un amoureux n'essaie pas trop tôt de leur baiser la main ; d'un
geste l'une d'elles saura l'arrêter et lui dire : « Halte, Monsieur, je ne
puis pas encore vous accorder cette grâce, il faut d'abord que vous
placiez la couronne sur ma tête ; vous me paierez ce que je vaux, et
c'est un trône que je veux si l'on désire mon amour en échange. Si vous
aviez cette couronne, alors peut-être pourrais-je me baisser pour la
ramasser. » Que le héros amoureux lui demande : « Voudriez-vous, si
j'étais roi, accepter mon amour ? » L'héroïne n'hésite pas un instant à
lui déclarer avec une franchise plus brutale que flatteuse : « Oui, je
l'accepterais, comme je l'accepterais, d'ailleurs, de tout autre que
vous[2]. » Qu'il ne s'enorgueillisse pas trop vite, qu'il ne croie pas trop
tôt la tenir sous le charme, elle a vite fait de se redresser très hautaine
et de lui rappeler qu'après tout elle n'a pas abdiqué sa volonté, qu'elle
reste bien maîtresse d'elle-même, libre de disposer de son cœur à sa
guise. S'il se récrie, s'il proteste au nom de la parole donnée, elle lui
répondra avec un beau cynisme : « C'était en une heure de plaisir,
je reprends mon amour à cette heure. Et maintenant appelle-moi
perfide et raille-toi de la femme, c'est tout le remède que vraisemblablement tu trouveras à tes maux. » Le héros déçu a quelque raison
de s'écrier : « Avec quelle insouciance elle parle, avec quelle indiffé-

---

1. Dryden, *Works* (*The Indian Emperor*, A. I, 1), vol. II, p. 340.
2. Dryden, *Works* (*The Conquest of Granada*, 1ᵉ part. A. II, 1), vol. IV, pp. 53,
54, 55.

rence elle rompt ses engagements [1] ! » Une héroïne, digne de ce nom,
ne perd jamais la tête. « Pendant que je m'élève, dit Lyndaraxe, mon
pied doit rester sûr [2]. » Qu'une décision prise puisse compromettre
ses intérêts, aussitôt elle deviendra hésitante. Qu'il s'agisse d'avantages à recueillir, elle se fera, froidement et de parti pris, souple et
enveloppante, rusée et caressante : le héros ne pourra échapper au
piège qu'elle lui tend : « je me serai fondue en lui avant que son
cœur y ait pris garde [3]. » Perfidement enjôleuse, elle manie l'équi-
voque avec habileté, elle évite les engagements pris, les promesses
formelles [4], sachant admirablement manœuvrer à travers les écueils,
tour à tour tendre [5] et brutale, quand le héros, lancé par elle dans la
mêlée, revient sans succès et sans espoir. Il n'a pas conquis le trône
qu'elle convoitait ; pas un instant elle n'hésite à lui dire sans ambages :
« Vous n'êtes qu'un homme quelconque, vous n'êtes pas roi. » Aussi
comprend-on aisément l'indignation de celui-ci quand il s'écrie :
« Oh ! fille ingrate, est-ce pour cela que je me suis révolté ? Je n'ai
plus rien à dire ; je vous ai trop aimée. » Et elle d'ajouter, cynique-
ment indifférente : « Est-ce ma faute, si vous n'êtes pas heureux ?
J'aimerais un roi, mais je déteste un pauvre révolté [6]. » Abdallah
vraiment a quelque raison de s'écrier dans sa rage désespérée : « Il y
a plus à se fier aux chiens de chrétiens qu'à toi [7]. » N'est-ce pas elle,
en effet, qui déclare : « Ce que l'on appelle la constance n'existe pas :
la fidélité ne lie pas les cœurs : tout n'est qu'inclination. Quelque
esprit déformé ou quelque beauté à son déclin ont seuls pu faire une
vertu de la constance en amour [8]. » Une héroïne sait qu'elle est
toute-puissante sur la volonté de son amant, et celui qui, il y a un
instant, proclamait que « l'honneur, une fois perdu, ne se retrouve
plus », ne tardera pas, sous l'influence de la belle, à s'écrier : « Honneur, va-t'en ; es-tu autre chose qu'un souffle ? Je vivrai désormais

---

1. Dryden, *Works* (*The Conquest of Granada*, 1re part. A. III, i), vol. IV, p. 64.
2. Dryden, *Works* (*ibid.*, A. IV, ii), vol. IV, p. 85.
3. Dryden, *Works* (*ibid.*, 2e part. A. III, iii), vol IV, p. 170.
4. Dryden, *Works* (*ibid.*, 1re part. A. IV, ii), pp. 86-87.
5. Dryden, *Works* (*ibid.*, *ibid.*, A. IV, ii), vol. IV, p. 81.
6. Dryden, *Works* (*ibid.*, *ibid* , A. V, i , vol. IV, p. 99.
7. Dryden, *Works* (*ibid.*, *ibid* , A. V, i), vol. IV, p. 100,
8. Dryden, *Works* (*ibid.*, 2e part. A. III, iii), vol. IV, p. 173.

fier de mon infamie et de ma honte [1]. » De cette puissance irrésistible, elle abuse à tout instant, au gré de son caprice, promettant son amour au plus brave, sans cesse plus exigeante, imposant une tâche toujours nouvelle à ceux qui se disputent son cœur [2]. Rarement voit-on passer en elle une lueur de tendresse ou trembler une larme au bord de sa paupière ; cette amazone hautaine, guerrière, sait surtout se complaire au son des fanfares et au cliquetis des armes. Elle peut, comme lady Macbeth, mais sans trouble aucun, tramer un assassinat, manier l'épée et frapper une rivale à coups de poignard [3], virago sauvage, dont l'esprit n'est jamais troublé et dont le cœur est toujours de marbre, héroïne peut-être, femme jamais.

Voilà quels étaient les héros et les héroïnes du drame de la Restauration, de ces pièces à succès dont Nathaniel Les donnait la recette : « Prenez-moi, disait-il, une princesse jeune et belle, puis prenez un vainqueur éclatant, tout enivré d'émotion guerrière ; qu'il ne doive pas à une vaine rumeur sa renommée, mais que sous les yeux des dames il mette en pièces des escadrons entiers ; que celui qu'elles ont vu remporter la victoire et, de son glaive, soumettre des armées entières, aborde l'héroïne craintif et surpris, et reconnaisse qu'aucun courage ne saurait résister à l'éclat de deux beaux yeux, alors les loges sont pour vous, le but est atteint, et les dames, assises l'une à côté de l'autre, s'écrient : « Oh ! avec quelle émotion cette scène est écrite [4] ! » Et le succès, chez l'auteur, couronne ses efforts ; le parterre, les loges, les premières galeries et les galeries supérieures, tout retentit d'applaudissements enthousiastes : c'est là, en effet, la formule héroïque.


### III


Quels étaient les défauts de ces pièces ? On les a déjà entrevus. C'est d'abord l'extravagance et l'emphase, extravagance dans la pensée, extravagance dans l'expression. Parmi les héros de Dryden, voire

1. Dryden, *Works* (*The Indian Emperor*, A. II, ii), vol. II, pp. 347-348.
2. Dryden, *Works* (*ibid.*. A III, i), vol. II, p. 356-358.
3 Dryden, *Works* (*Ibid.*, A IV, i), vol. II, p. 370-394.
4. Mrs. Manley, *Luciu* (Pro ogue by Sir Richard Steele), éd. 1720.

du dramé héroïque tout entier, ceux qui détiennent le record de la grandiloquence et de l'enflure, ce sont certainement Maximin et Almanzor. Sans doute, le héros de l'*Amour tyrannique* de Scudéry est déjà *vastus corpore, animo ferus*, comme le dit Dryden[1], mais il est plus énorme encore dans l'œuvre du dramaturge anglais, où la sonorité des plaintes de Maximin en présence du corps de son fils[2] n'a d'égale que le vacarme de ses rodomontades et de ses provocations à l'adresse des dieux : « Quel besoin avaient les dieux de se mêler de moi ou des miens ? Ai-je jamais molesté votre ciel ? Alors pourquoi avez-vous fait votre ennemi de Maximin, qui vous payait un tribut qu'il ne vous devait pas ?... Et vous, pour tout cela, vous m'avez envoyé ces tourments ; mais, par les dieux, par Maximin plutòt, désormais c'est moi, c'est mon monde, qui vous déclarons la guerre à vous et aux vôtres. Veillez-y, ô dieux, car c'est vous qui êtes les agresseurs[3] ! » Cette emphase n'était pas, d'ailleurs, un accident : elle entrait dans les vues de Dryden ; elle était calculée : « Les poètes, comme les amoureux, disait Dryden dans le prologue de l'*Amour tyrannique*, doivent être hardis et audacieux[4]. » S'autorisant du *serpit humi tutus* d'Horace, il n'avait que railleries et mépris pour ceux qui, « rampant après le bon sens, commun et ennuyeux », sont par là même « à l'abri des absurdités », mais incapables aussi d'atteindre les sommets[5]. Son Almanzor de la *Conquête de Grenade* fut au moins aussi extravagant[6]. Ce sont les mêmes rodomontades, et, dans sa bouche, se retrouvent les métaphores les plus audacieuses, les hyperboles les plus risquées, les fanfaronnades les plus ronflantes, les vanteries les plus ridicules, celles qui, très voisines aujourd'hui de la parodie, n'auraient pas manqué, comme on l'a dit[7], de charmer le Chevalier de la Manche. Qui sait même si celui-ci n'aurait pas souri en entendant un ennemi lui déclarer : « Partout où tu seras, je dirigerai vers toi le jet de mon sang et t'en inonderai le visage... ;


1. Dryden, *Works* (*Tyrannic Love*. Preface), vol. III, p. 377.
2. Dryden, *Works* (*ibid.*, A. I, ı), vol. III, p. 393.
3. Dryden, *Works* (*ibid.*, A. V, ı), vol. III, p. 464.
4. Dryden, *Works*, vol. III. p. 383.
5. Dryden, *Works* (*Tyrannic Love*. Preface), vol. III, p. 381.
6. Johnson, *Lives of the poets* (Dryden), pp. 138, 184, éd. Warne.
7. *Frazer's Magazine*. Aug., 1854, p. 161.

bien plus, mes bras lanceront ma tête contre la tienne[1]. » Don Quichotte ne se serait-il pas déridé en voyant une Bérénice ingénieuse,
rencontrée sur sa route, lui déclarer, pour qu'il puisse la reconnaître
dans l'autre monde où l'on n'a pas de corps, qu'elle portera un par-
chemin avec cette inscription : âme de Bérénice[2] ? Tant de pittoresque et tant d'imprévu n'eussent pas manqué de divertir même le
héros de Cervantès : il est évident qu'on est là en plein galimatias.
Il existe toutefois des circonstances atténuantes en faveur de Dryden : d'abord, il a reconnu ses erreurs et regretté de s'être trop laissé
séduire par ces grandes images, cette emphase continuelle, ces tirades
sonores, ces *rants*, comme il les appelle, qui sont « les Dalilas du
théâtre », irrésistibles enchanteresses qui l'ont trop longtemps tenu
sous le charme[3]. Et puis, ce style élevé, ces grands sentiments, cette
déclamation, ces images forcées dont la littérature française elle-
même n'avait pas été exempte jusqu'en 1630[4], et dont on aperçoit
quelques traces encore dans *le Cid*, étaient fort à la mode en Angleterre ; on les retrouve chez tous les poètes de l'époque, chez Boyle
comme chez Howard, chez Settle comme chez Lee : c'est partout le
même ton ; et si Granville condamne ces écarts chez Dryden, il les
excuse presque aussitôt par la nécessité où se trouvait le poète dramatique de se soumettre à la mode[5]. Que celle-ci ait amené l'explo-
sion de cette passion bruyante, soit ; mais ce ton uniformément élevé,
cette enflure constante, cette extravagance de la pensée et de l'expression, se manifestant par ces images hautes en couleur et ces métaphores échevelées que l'acteur Powell[6] excellait à mettre en valeur,
tout cela ne constitue pas moins un défaut capital dans l'œuvre
dramatique des poètes de la Restauration. Pope fut le bienvenu quand,
dans son *Art de sombrer en poésie*[7], il se prit à ridiculiser l'hyperbole
et à la condamner à tout jamais.

1. Dryden, *Works* (*Tyrannic Love*, A. IV, 1), vol III. p. 443.
2. Dryden, *Works* (*ibid.*, A. V, 1), vol. III, p. 460.
3. Dryden, *Works* (*The Spanish Friar*. Dedication), vol. VI, p. 407.
4. Faguet, *Cours et Conférences*, nov. 1895, mars 1896, p. 193-194.
5. Granville, *Works in verse and prose* (*Essay upon unnatural Flights in Poetry*),
vol. I, p. 88, éd. 1736.
6. *Tatler* n° 3 ; *Spectator*, n°s 31, 40 ; *Biographica Dramatica*, mot *Powell*.
7. Pope, *Works* (*Life of Pope*, p. 360) ; aussi vol. X, p. 380-393.

La stature de ces héros était tellement haute, leur voix si sonore, qu'on eût pu dire de Maximin et d'Almanzor ce que Rymer[1] disait des héros d'opéra, à savoir que si Rabelais ressuscitait, son Gargantua, auprès d'eux, ne lui semblerait plus qu'un pygmée. De ces attitudes grandioses jusqu'à l'excès, de ces métaphores forcées jusqu'à la dernière tension, de ces grands sentiments sans cesse plus élevés, il résulte forcément des invraisemblances choquantes. Ainsi, dans l'*Empereur indien*, Montézuma apprend que, du rivage, on a aperçu « de grands arbres flottant tout droit sur les eaux, avec des ailes à leurs côtés, en guise de feuilles, emprisonnant tout le souffle des vents », tandis qu' « à leurs racines poussaient et voguaient des palais dont les flancs gonflés fendaient la mer soumise ». Et des « monstres venus du ciel », bien vivants, ont été entendus sur le rivage poussant des clameurs : on a vu étinceler leurs glaives, si bien qu'aucun courage humain n'est à l'abri de l'épouvante[2]. Tout ce galimatias pour annoncer que la flotte espagnole arrive faire la conquête du Mexique. Tandis que la terreur est à son comble, car les prophéties, par la voix du grand prêtre, annoncent la ruine, nul ne songe à courir aux armes, à agir enfin pour repousser l'envahisseur : on ne sait que discourir d'amour dans le camp menacé[3]. Ailleurs, dans *l'Amour tyrannique*, ce sont les mêmes invraisemblances : la reine Bérénice a dit de Maximin, son mari, en même temps assassin de son frère : « Je hais ce tyran, et sa couche me répugne » ; elle s'est réjouie de ne pas lui avoir donné d'enfants[4]. D'autre part, elle aime Porphyrius, qu'elle appelle « le pirate de son cœur » quand, prosterné à ses pieds, il lui baise la main. Tout à coup, sans hésitation, elle le livre à ses gardes, seulement parce que Porphyrius, voyant la mort de Bérénice certaine, et sentant que celle-ci redoute le coup suprême qui approche, lui a dit sans réflexion, uniquement pour la sauver elle-même, qu'il tuerait plutôt Maximin et se sacrifierait ainsi à son amour[5]. Contre toute lutte intérieure, partant contre toute vraisemblance, Bérénice retrouve subitement une loyauté entière, un

1. Rymer, *A short view*, p. 10.
2. Dryden, *Works* (*The Indian Emperor*, A. I, ii), vol. II, p. 331-334.
3. Dryden, *Works* (*Tyrannic Love*, A. III, i), vol. III, p. 418.
4. Dryden, *Works* (*ibid.*, A. I, i), vol. III, p. 395.
5. Dryden, *Works* (*Tyrannic Love*, A. IV, i), vol. III, p. 439.

dévouement absolu à la cause de son mari, au point de livrer et de perdre celui qui a eu l'idée de se sacrifier pour elle.

Si les héros de la Restauration étaient grandiloquents et hors nature, par conséquent invraisemblables, ils étaient aussi terriblement uniformes. Voltaire, dans le *Temple du Goût*, reproche à Racine que ses Pyrrhus et ses Néron, ses Hippolyte et ses Achille se ressemblent tous. Macaulay blâme chez Byron l'uniformité de ses héros[1] : Harold, Conrad, Lara, Manfred, Azzo, Ugo, Lambro, Don Juan, Caïn, sont essentiellement les mêmes personnages ; « ses femmes, dit-il, comme ses hommes, sont toutes d'une seule et même race : Haidee, Julia, Leila, Zuleika, ne font qu'une », et on peut dire, avec le critique anglais, que Byron n'a créé, en réalité, qu'un seul homme et qu'une seule femme. Le reproche est bien autrement fondé quand il s'agit des personnages du drame héroïque. En effet, dit M. Churton Collins, dans presque chaque drame nous retrouvons les mêmes principales marionnettes, les unes habillées en hommes et les autres en femmes. Les hommes représentent, soit un tyran faisant l'énergumène et le tapageur, tout fanfaronnade et emphase, comme Almanzor et Boabdelin, Maximin et Montezuma, soit, comme héros, quelque pseudo-chevalier tristement éprouvé, comme Cortez et Aurengzebe : les femmes, quelque Dulcinée courtisane qui est l'objet des désirs honnêtes ou malhonnêtes de l'homme qui est le héros. Elle a généralement pour rivale quelque autre Dulcinée qui l'inquiète, tandis que le preux chevalier a lui aussi quelque rival qui traverse son amour. Et derrière « ces marionnettes attifées d'un clinquant bizarre, celui qui les agite vivement sur le théâtre ne prend même pas la peine de parler en fausset, mais cause simplement de sa voix naturelle[2] ». Partout le même thème choisi par les dramaturges : c'est toujours l'amour. « Cette passion, dit Walsh, fait tout dans nos tragédies modernes. Un héros ne peut pas davantage lutter, être malade ou mourir sans amour qu'il ne peut naître sans une femme[3]. » En effet, cette uniformité des thèmes tragiques, cette ressemblance des héros se retrouve dans toutes les pièces de théâtre et chez tous

1. Macaulay, *Essays (Moore's Life of Lord Byron)*, pp. 161-162, éd. Longmans.
2. J. Ch. Collins, *Essays and Studies*, p. 27.
3. Dryden, *Works (Works of Virgil*, Preface Walsh), vol. XIII, p. 338.

les poètes de la Restauration. Il n'y a pas loin, certes, de la *Destruction de Jérusalem* de Crowne à la *Conquête de Grenade* de Dryden, et Settle voisine de très près avec les Howard, les Boyle et les Lee. Perses, Anglais et Marocains parlent la même langue. Ce que Pepys reprochait aux pièces du comte d'Orrery s'applique à toutes les pièces de la Restauration. Les adversaires de Dryden ne s'y trompèrent pas, et Clifford eut raison de dire : « Les personnages sont tous pareils, ou tout au moins se ressemblent tellement qu'en toute sincérité je ne puis distinguer l'un de l'autre[1]. » Si Scudéry voulait que la Muse ne se trompât pas et ne jouât pas du flageolet en croyant sonner de la trompette[2], Dryden ne se trompe pas, il embouche la trompette éclatante, et c'est toujours la même fanfare qu'il joue sur le même instrument.

Voltaire était surpris que Corneille ait pu, en si peu de temps, produire tant de chefs-d'œuvre, se suivant d'année en année, et il ajoutait en parlant de Lope de Vega, de Garnier et de Calderon : « Quand on ne s'asservit à aucune règle, quand on n'est gêné ni par la rime, ni par la conduite, ni par aucune bienséance, il est plus aisé de faire dix tragédies que de faire *Cinna* et *Polyeucte*[3]. » Les dramaturges anglais s'étaient de leur plein gré, assujettis à la rime et à certaines règles de l'art classique, mais cela ne les empêchait pas d'écrire avec une hâte tout aussi blâmable. Les raisons en sont connues : le public étant relativement restreint, il fallait renouveler souvent le spectacle en représentant presque chaque fois, ou au moins à intervalles très rapprochés, des pièces nouvelles ; d'un autre côté, les auteurs étaient fort mal rétribués, puisqu' « à cette époque dix grosses pièces, c'était le plus haut prix payé pour une tragédie ou une comédie, et s'ils obtenaient cinquante livres de plus en jouant, ils s'estimaient heureux » ; de là, la nécessité d'écrire « au moins une pièce par an[4] ». Dryden, écrivait plus vite encore. Il ne lui fallut que sept semaines pour mettre debout *l'Amour tyrannique*. Aussi, disait-il avec quelque modestie : « Je ne prétends pas que

---

1. Johnson, *Lives...* (Dryden), p. 139.
2 Scudéry, *Alaric*, Préface, p. 13.
3. Corneille, *Polyeucte* (Preface de Voltaire).
4. Spence, *Anecdotes*, p. 113.

rien de ce que j'écris puisse être correct, cette pièce surtout qui a été composée et écrite en sept semaines, bien que la représentation immédiate en ait été ensuite empêchée par plusieurs accidents [1]. » Toutes les compositions dramatiques de la Restauration se ressentent en effet de la trop grande hâte avec laquelle elles ont été composés. Tous les poètes de l'époque pourraient tenir le langage que Guéret, dans son *Parnasse réformé*, met dans la bouche de la Serre : « Pour moi, je vous l'avoue, je n'ai presque point travaillé pour l'immortalité de mon nom ; j'ai mieux aimé que mes ouvrages me fissent vivre, que de faire vivre mes ouvrages, et j'ai toujours vû qu'un homme sage devait préférer les pistoles de son siècle aux vains honneurs de la postérité... Je laisse aux autres le soin de bien écrire, et je n'ai pour moi que celui d'écrire beaucoup. Enfin, dans un temps où j'ai vû qu'on vendait si bien les méchans livres, j'aurois eu tort, ce me semble, d'en faire de bons [2]. »

Un caractère encore à noter, c'est la licence déplorable de certaines situations. On a dit de la littérature au temps de Charles II qu' « elle ressemblait à une Messaline rentrant du lupanar [3] ». C'est souligner d'un trait vigoureux l'obcénité de certaines situations sur la scène anglaise. Ce jugement est sévère, mais juste, surtout en ce qui concerne la comédie : il est équitable toutefois de ne pas marquer l'époque de Dryden comme le point de départ de cette immoralité et de placer aux côtés du poète la source d'où jaillit toute cette corruption. Si, à la fin du xviie siècle, Jeremy Collier fit entendre ses protestations violentes contre la licence du théâtre [4], il avait été précédé, un siècle auparavant, par Northbrooke [5], par Stephen Gosson [6], qui conseillait déjà aux « gentlewomen » de ne pas assister aux représentations théâtrales, par Prynne [7], de douloureuse mémoire, et enfin

---

1. Dryden, *Works* (*Tyrannic Love*. Preface), vol. III, p. 379.

2. Frères Parfaict, *Hist. du théâtre français*, t. VI, p. 152.

3. *North American Review* (Prof. Frisbie's Inaugural Address delivered in the Chapel of the Univ. of Cambridge), vol. VI, p. 233.

4. Jeremy Collier, *A short View of the Immorality and Profaneness of the E. Stage* (1698).

5. Northbrooke, *Treatise against Dicing, Dancing, Plays and Interludes* (1577, circ.).

6. Stephen Gosson, *The Schoole of Abuse* (1579).

7. Prynne, *Histrio-Mastix* (1633). Voir Gardiner, *Hist. of England*, vol. VII, p. 327 ; Greene, *Hist. of the E. people*, vol. V, pp. 166-182.

par Sir Richard Blackmore [1]. L'immoralité de la cour anglaise pouvait, à l'époque de la reine Élisabeth, se cacher sous le voile de la grâce et de la chevalerie, mais elle ne fit que s'étaler au grand jour sous Jacques I[er][2], sous Charles II et sous Jacques II[3]. Or, cette immoralité des courtisans se retrouvait, bien entendu, dans la littérature d'alors : les dramaturges romantiques, y compris le sacro-saint Shakespeare, n'en sont pas exempts ; il n'y a pas jusqu'au « moral » Massinger qui, par le choix des sujets et par la façon de les traiter [4], n'ait mérité, en une certaine mesure, les reproches que l'on entasse, avec une profusion peut-être exagérée, sur le nom de Dryden. On peut dire, à la décharge de celui-ci, avec un critique anglais, que l'obscénité de la Restauration était « un legs de l'ancien théâtre, et particulièrement des pièces de Beaumont et de Fletcher qui étaient, sur la scène, les pièces les plus populaires [5] ». Il n'y a pas à nier toutefois que, sous le règne de Charles II, cette grossièreté licencieuse devint absolument scandaleuse, soit à la cour [6], soit au théâtre. La muse comique en fut souillée tout entière ; dans le drame héroïque on vit parfois étalées les situations les plus brutales : c'est ainsi que le jeune Harman, après une scène de séduction qui, du reste, très vite, se poursuit en termes fort grossiers, saisit une jeune fille tout récemment mariée : malgré ses cris et ses efforts pour échapper à des étreintes coupables, et avant le premier baiser du mari, il l'attache à un arbre de la forêt et la viole presque sur la scène [7]. Ces brutalités sont rares toutefois dans les pièces héroïques, mais il suffit qu'elles s'y rencontrent pour qu'on s'en détourne et qu'elles y restent comme autant de taches indélébiles.

Un autre défaut capital, c'est la longueur de certaines tragédies héroïques. L'une ayant réussi, l'auteur croit devoir prolonger la

---

1. Sir Rich. Blackmore, *Preface to « Prince Arthur » an Epic Poem* (1695) et *Satire upon Wit* (1700).

2. Greene, *Hist. of the E. people*, vol. V, p. 84.

3. Macaulay, *Hist. of England*. Jacques II et Arabella Churchill ; Monmouth et Lady Henriette Wentworth (trad. Montegut, vol. 1, pp. 503, 679, 681).

4. Ward, *E. Dramatic Lit.*, vol. III, pp. 506, 507. Gardiner, *Hist. of England*, vol. VII, pp. 291, 327, 337.

5. Pope, *Works*, vol. II, p. 67 (éd. Courthope, note).

6. Macaulay, *Hist of England* (trad. Montégut, vol. 1, pp. 199-200).

7. Dryden, *Works (Amboyna*, A. IV, ii), vol. V, p. 57-60.

pièce, le succès et, partant, les bénéfices, en y ajoutant une suite qui est le développement du premier thème héroïque. Il en fut ainsi pour *la Reine indienne*. Cette œuvre ayant été fort applaudie, Dryden songea, sans la collaboration de Howard, à en donner une autre sur le même sujet ; des principaux personnages, deux seulement restaient vivants ; il en créa de nouveaux et écrivit *l'Empereur indien*. Le jour de la représentation il fit distribuer, à la porte du théâtre, une notice où il expliquait comment cette nouvelle pièce se rattachait à la précédente[1]. A l'espoir de retrouver le succès de *la Reine indienne* s'ajoutaient probablement aussi des raisons d'économie indiquées par le poète : « Les décors ont déjà servi, les costumes sont les mêmes que ceux que nous portions l'an dernier[2]. » Cela ne nuisit pas au succès de l'œuvre qui fut alors fort applaudie, et Montezuma put, sans cesser d'intéresser le public, rester sur la scène pendant dix actes. Toutefois les ennemis de Dryden s'en divertirent fort[3], et chez nous, aujourd'hui, on voit mal M. Sardou ou M. Rostand faisant distribuer à la porte du théâtre un petit imprimé indiquant aux spectateurs comment la pièce qu'ils offrent au public se rattache à une œuvre jouée l'année précédente. *Don Sébastien* était aussi d'une longueur demesurée. « Est-ce parce que, ayant perdu depuis longtemps l'habitude d'écrire, j'ai oublié la longueur ordinaire d'une pièce ? dit Dryden, est-ce parce qu'en entassant les caractères et les incidents, j'ai été dans la nécessité d'allonger l'action principale ? je l'ignore, mais la première représentation m'a convaincu de mon erreur : j'ai compris que la pièce était insupportablement longue[4]. » L'acteur Betterton y pratiqua de telles coupures que plus de douze cents vers furent supprimés sans que l'unité de la tragédie en ait souffert. On objectera peut-être que *Don Sébastien*, une des meilleures œuvres de Dryden, n'est plus, à proprement parler, la pièce héroïque. — Elle la rappelle encore en maint endroit par la grandiloquence et l'enflure habituelles aux héros de Dryden, et l'on voit reparaître

1. Dryden, *Works* (*The Indian Emperor*. Connection of the Indian Emperor to the Indian Queen), vol. II, p. 321.

2. Dryden. *Works* (*ibid.*), vol. II, p. 323.

3. *Biog. Dram.*, mot *Indian Emperor* ; Dryden, *Works*, vol. II, p. 321.

4. Dryden, *Works* (*Don Sebastian*. Preface), vol. VII, p. 306.

« les Dalilas du théâtre », compagnes ordinaires des Maximin et des Almanzor.

Un défaut, non moins grave peut-être, des tragédies de cette époque, c'est leur peu de valeur historique ; bien plus, c'est le mépris absolu et la contrefaçon même de l'histoire. Que ce soit chez le comte d'Orrery avec *le Prince Noir*, que ce soit chez Dryden avec *la Conquête de Grenade* et *l'Empereur indien* qui marquent le développement de la puissance espagnole, avec *Amboyna* où sont décrites les souffrances des marchands anglais à la merci des Hollandais, avec *le Roi Arthur* où est développée une des légendes nationales, avec *le Duc de Guise* où l'histoire de France sert de voile à une allégorie politique [1] ; que ce soit chez Lee avec *Néron* et *Sophonisbe*, chez Otway avec *Alcibiade* ou *Don Carlos*, partout l'histoire est sacrifiée ; historiens modernes ou historiens de l'antiquité, Tite-Live et Tacite, Cornelius Nepos ou Plutarque, tous sont jetés par-dessus bord, quand il s'agit de tracer le caractère d'Annibal ou de Néron : le poète « reproduit les récits de ces historiens comme un cauchemar reproduit les incidents chaotiques qui s'y entassent [2]. » Otway déclare qu'il a appelé son héros Alcibiade, mais qu'il pourrait tout aussi bien l'appeler Nabuchodonosor [3]. Néron, Annibal, Massinissa, Alcibiade, tous enfin deviennent ces héros braves et amoureux, terribles et faisant merveille sur le champ de bataille, mais faibles et désarmés, prosternés et geignants aux pieds de leur belle : ce sont tous des héros de roman, si bien que, devant « le calme Scipion » devenu subitement « éperdu et affolé », en face d'Annibal transformé en « esclave amoureux et plaintif », Rochester ne peut retenir un éclat de rire [4].

S'il faut aller jusqu'au bout, et ne rien omettre des défauts inhérents aux pièces héroïques, notons tout ce qu'il y a d'artificiel dans l'emploi si fréquent de l'antithèse, dans ce parallélisme d'expression dont Corneille avait peut-être donné l'exemple [5]. « O journée la meil-

---

1. *Edinburgh Review*, July 1855, p. 38.
2. Ward, *English Dramatic Lit.*, vol. III, p. 413.
3. Otway, *Works (Don Carlos. Preface to the Reader)*, vol. I, p. 83. Voir aussi *Alcibiade* (Préface de Thornton) ; Langbaine, p. 396 ; *Biogr. Dram.* Alcibiades.
4. Langbaine, *Lives of the E. poets*, p. 326.
5. Corneille, *Polyeucte*, A. II, ii ; A. IV, iii.

leure et la plus heureuse de ma vie ! s'écrie Valeria. — O journée la plus maudite que j'aie jamais connue ! » réplique Placidius [1]. Et à l'acte suivant mêmes procédés de style. C'est ce que l'on a justement appelé un dialogue en tierce et en quarte, où chaque interlocuteur répond sur le même ton en usant presque des mêmes termes, sorte de jeu de raquette où le volant passe de l'un à l'autre joueur, vite reçu et, d'une main preste, aussitôt renvoyé.

Le drame de la Restauration, pourtant, n'avait pas que des défauts. Quelque nombreux et quelque apparents que ceux-ci aient été, il y a, chez certains poètes de l'époque, des qualités de tout premier ordre qu'on aurait mauvaise grâce de nier, ou même de déguiser. On trouve autre chose que de l'emphase dans les pièces de Dryden : on rencontre dans *Don Sébastien*, par exemple, telle scène d'une grandeur imposante — celle entre Dorax et Sébastien [2] — qui, à elle seule, au dire de Walter Scott, suffirait pour assurer à Dryden l'immortalité [3], car elle ne le cède pas beaucoup aux scènes les plus belles, même de Shakespeare. Sans parler de *Tout pour l'Amour*, où la manière de Dryden s'était modifiée pour créer presque un chef-d'œuvre, il y a, dans *l'Empereur indien*, comme dans *l'Amour tyrannique* et *la Conquête de Grenade*, des passages étincelants, quelques-uns de ces éclairs de génie — hélas ! éclairs seulement ! — qui nous éblouissent. W. Scott a signalé à notre admiration [4] les beaux vers mélodieux où Cortez et ses compagnons décrivent, ravis, les richesses du nouveau monde qu'ils viennent de découvrir [5]. Avec quelle grandeur tragique Cortez ne parle-t-il pas du calme qui suit la mort : « Dans la tombe, dit-il, aucune passion n'emplit le cœur : tout ce que nous gagnons par la mort, c'est d'être en repos [6]. » Avec quelle grâce et quelle fraîcheur ailleurs n'exprime-t-il pas le silence de la nuit : « Toutes choses se taisent et, comme la nature même, semblent mortes ; les montagnes paraissent pencher leur tête assoupie ; les petits oiseaux en leurs rêves répètent leurs chansons, et les fleurs

1. Dryden, *Works* (*Tyrannic Love*, A. 1, i, A. II, i), vol. III, pp. 397, 399.
2. Dryden, *Works* (*Don Sebastian*, A. IV, iii), vol. VII, p. 433 et suiv.
3. Dryden, *Works* (*Don Sebastian*. Introduction), vol. VII, p. 292.
4. Dryden, *Works* (*The Indian Emperor*. Introduction\, vol. II, p. 319.
5. Dryden, *Works* (*ibid.*, A. I, i), vol. II, p. 325.
6. Dryden, *Works* (*ibid*, A. II, iv), vol. II, p. 334.

endormies sont tout humides des pleurs de la nuit [1]. » La description
d'une ville en proie à la famine ne manque pas de force tragique :
« Vous savez, et je sais aussi la détresse de la ville que le glaive et la
famine oppressent en même temps, famine si terrible que ce qui est
interdit à l'homme, même les plantes mortelles et les herbes au suc
vénéneux, la faim farouche les recherche, et pour prolonger notre
existence, nous dévorons avec avidité ce qui est pour nous la mort
assurée : le soldat tombe sous l'assaut de la famine : ce sont des fantômes, et non des hommes, qui veillent sur les remparts. Tels des
oiseaux frais éclos, dont la mère est tuée tandis qu'elle est en quête
de sa proie, crient dans leur nid, la trouvent longtemps absente, et à
chaque feuille qui tremble, à chaque coup de vent ouvrent le bec
pour recevoir la nourriture qu'ils n'auront jamais ; de même crient
les gens dans leur misère [2]. » Les dernières prières de Montezuma,
avant de se poignarder, ne sont ni sans fierté ni sans grandeur :
« Celui qui, né pour l'empire, vit amoindri, mérite le mépris du vainqueur ; les rois et leur couronne n'ont qu'un même destin ; le pouvoir, c'est la vie : quand il expire, ils meurent. Qu'on ne me parle
plus de la vie : c'est maintenant une torture pire que tout ce que j'ai
enduré : aucune tentation ne me la fera supporter, je veux mourir, malgré votre clémence qui s'abuse. J'ai été votre esclave et j'ai
été traité comme tel ; la honte demeure quand la souffrance a disparu :
je suis roi tant que j'ai ceci, mon épée, à la main. Il n'a pas besoin de
sujets celui qui peut commander à la mort : il eût fallu l'enchaîner pour
pouvoir me vaincre, mais elle est toujours à moi, et voici qu'elle
me donne la liberté. (Il se frappe de son arme.) [3] »

Veut-on des images gracieuses ? On en trouvera jusque dans la bouche du rodomont Maximin : « Sois le bienvenu, ô Porphyrius, bienvenu
comme la lumière aux oiseaux joyeux et la nuit aux amoureux [4]. »
Avec quelle émotion Almahide sait opposer le calme de sa vie d'autrefois aux inquiétudes de l'heure présente ! « Quelle bénédiction
avant ce jour fatal, quand tout ce que je connaissais de l'amour, c'était
l'obéissance ! C'était la vie tranquille, sans la moindre rafale ; moins

1. Dryden, *Works (The Indian Emperor*, A. III, ii), vol. II, p. 360.
2. Dryden, *Works (ibid.,* A. IV, ii), vol. II, p. 375.
3. Dryden, *Works (ibid.,* A. V, ii), vol. II, p. 404.
4. Dryden, *Works (Tyrannic Love,* A. I, i), vol. III, p. 390.

froide que la mort et pourtant aussi calme, calme bien profond ; mais l'amour ! tout est lutte et vertige, c'est l'ouragan de la vie [1]. » Elle peut aussi, en douces images, exprimer l'amour pressentant le danger qui menace : « Comme deux ramiers aimants, quand l'orage est proche, lèvent les yeux et le voient s'amonceler dans le ciel, chacun appelle sa compagne pour s'abriter dans les bosquets, laissant, non sans un murmure, leurs amours inachevées : perchés sur quelque branche qui se penche, ils sont là tout seuls et roucoulant, chacun écoutant la plainte de l'autre [2]. » Quelle grâce pour marquer comment l'âme va s'envoler du corps qu'elle habite ! « C'est fini ; cette chose active, l'âme, se prépare au départ ; la voici qui prend son vol, semblable aux hirondelles qui s'en vont chercher le printemps : comme elles, à l'heure dite, elle part, et s'envole vers d'autres contrées plus lointaines que celles-ci [3]. » Ce n'est pas, non plus, sans une profondeur philosophique vraiment shakespearienne que sainte Catherine dépeint les hésitations — on dirait celles d'Hamlet — en face de la mort : « Si nous pouvions vivre toujours, dit-elle, la vie vaudrait le prix que nous la payons ; mais nous mettons tous nos soins à garder ce qu'il faut perdre un jour. Nous sommes là, frissonnant sur la rive, et nous nous lamentons quand nous devrions plonger dans l'éternité. Un instant finit notre souffrance, et cependant ce choc de la mort, nous n'osons l'affronter. La pensée peut à peine le mesurer ; il passe trop vite pour le sablier : c'est parce que les vivants ne savent pas ce qu'est la mort qu'ils en redoutent l'épreuve, comme une chose nouvelle. Laisse-moi, devant toi, tenter l'expérience, et je vais te montrer comme on meurt aisément [4]. » Quelle tendresse Félicia ne met-elle pas à exprimer son attachement pour sa fille ! « Tu as été l'enfant que depuis ta jeunesse j'ai bien le mieux aimée : tu m'aimes bien aussi. Tout autour de mon cou tu te plaisais à passer tes petits bras d'enfant ; tu ne pouvais dormir sans moi au lit à tes côtés : tu recherchais mon sein à l'heure du sommeil ; pendant toute la nuit tu dormais, en travers, couchée sur ma poitrine. Ce n'était pas sans cause que tu m'aimais ainsi : tu peux te souvenir,

1. Dryden, *Works* (*The Conquest of Granada*, 1re part. A. V, ii), vol. IV, p. 110.
2. Dryden, *Works* (*ibid.*, 2e part., A. I, ii), vol. IV, p. 133.
3. Dryden, *Works* (*ibid.*, A. IV). p. 182.
4. Dryden, *Works* (*Tyrannic Love*, A. V, i), vol. III, p. 451.

quand, près des ondes du Nil, sur la rive du fleuve, tu jouais innocente, traçant dans l'eau des cercles avec une baguette, que le fleuve
monta et déjà t'entraînait vers une mort rapide. T'apercevant de loin,
j'accourus toute pâle, hors d'haleine ; je m'y jetai en hâte et j'arrachai
des vagues mon trésor flottant, tant mon amour était plus puissant que
la crainte [1]. » Il ne faut pas, non plus, omettre ce passage où Bérénice
promet de revenir, au lendemain de la mort, invisible et fidèle, auprès
de l'être aimé : « La mort fera disparaître ce qu'il y a en moi de ter-
restre, dit-elle. Toute âme et tout esprit, je reviendrai à l'appel de
ton amour. A pas silencieux je te suivrai tout le jour, ou bien, au milieu des rayons de soleil, je jouerai devant toi. Puis je t'entraînerai
vers les bosquets songeurs, et là nous revivrons nos amours d'autrefois. La nuit, sous tes rideaux, mon regard glissera, et pendant
ton sommeil, entre mes deux bras vides, je reviendrai t'étreindre.
Dans tes rêves souvent je serai près de toi, passant rapidement sous
tes yeux demi-clos ; tout danger de ton lit je saurai écarter, mais
surtout garde-le de tout nouvel amour. Et puis quand, à la fin, regretté, tu mourras, quand je te verrai naitre à l'immortalité, comme
une tourterelle à son ami retourne, je viendrai t'enseigner comment
prendre l'essor dans l'étendue des airs [2]. »

Ces passages admirables, clous d'or étincelant au milieu de la
pourpre héroïque, se trouvent non seulement dans l'œuvre de Dryden, mais aussi chez tous les poètes du temps. Chez Lee surtout ils
se détachent particulièrement brillants. C'est, par exemple, le dialogue entre Néron et Sénèque, où celui-ci montre quels regrets un prince
bon et généreux peut laisser derrière lui et combien, sans ces regrets,
« les cendres d'un prince sont semblables à celles d'un mendiant,
passant comme le sable au sablier du temps » [3]. C'est aussi le passage où Pison, ayant surpris la conversation de Petronius et de Poppée, s'indigne et accable celle-ci, qui, dit-il, ne sait plus rougir [4]. Les
accents de Britannicus, son doute en face de la mort, ne manquent

1. Dryden, *Works* (*Tyrannic Love*, A. V, 1), vol. III, p. 432.
2. Dryden, *Works* (*ibid.*, A. III, 1), vol. III, p. 418.
3. Nathaniel Lee, *The Dramatic Works* (*The Tragedy of Nero*, A. I, sc. The Court),
vol. III, p. 88, édit. 1734.
4. Nathaniel Lee, *The Dram. Works* (*ibid.*, A. III, sc. The Country), vol. III,
p. 104.

pas de grandeur tragique : « Vérité ou mensonge, quand la tradition nous dit que l'âme ne meurt pas, mais, cachée sous un suaire
comme sous un manteau funèbre, reste présente et active, semblable
à la lune quand elle est frangée d'une auréole de nuages ? Quand la
douce compagne de nos chagrins et de nos joies fermera de ses
mains tremblantes nos yeux mourants, quand, tout éplorés, nos amis
seront là debout et en deuil pour voir la torche fatale consumer ces
restes, sera-ce la fin de toute pensée ? N'y aura-t-il plus d'autre
souci, ni trône de bonheur, ni cavernes de désespoir, ni antres
de ténèbres, ni séjours de gloire ? Alors tous nos discours faits sur
les tombes ne sont que des contes. C'est quelque prêtre repu, som-
nolant sous la lampe, qui a fabriqué ces histoires de Champs Élysées
et de lac de tristesses. Où, mais où donc allons-nous quand nous
mourons ? Eh bien, là où sont les enfants qui ne sont pas encore
conçus, la mort, c'est le néant : il n'y aura plus rien après la mort ; le
Temps et le noir Chaos nous dévoreront tous [1]. » Le monologue
d'Othon, déçu et désespéré, sur la perversité des femmes, vaut aussi
d'être cité : « O enfer ! ton horreur ne peut égaler ses crimes ; hâte-
toi, ô mon épée, dépêche et ses amours et sa vie... Comme tout ce
que j'ai jamais aimé m'est aujourd'hui ravi ! Mon cœur est un fardeau,
je voudrais m'en défaire. Jadis elle était belle : c'était la plus douce, la
plus aimable des femmes ; elle était de mon cœur et l'amour et la joie,
le joyau de ma vie. Fût-elle restée telle, quel bonheur j'aurais eu !
Mais la voici tombée et fière de sa faute. Ce sexe entier n'est rien ; il
est faux et méchant plus que la mer perfide et que les vents chan-
geants ; de craintes harassantes et d'espoirs palpitants il torture nos
cœurs, nous privant brusquement des douceurs du sommeil et du
repos moelleux. Oh ! elles sont habiles, expertes à user de fard et
d'artifice, nous souriant en face, nous poignardant au cœur [2]. » Plus
loin, dans cette même tragédie de Lee, Néron mourant a quelque
chose des énergies farouches de Prométhée [3]. On pourrait encore citer
les adieux de Massinissa et de Sophonisbe avant de boire à la coupe

<hr>

1. Nathaniel Lee, *The Dram. Works* (*The Tragedy of Nero*, A. IV, iii), vol. III,
p. 114. Une série de jeux de mots à peu près intraduisibles dépare la fin du
morceau.

2. Nathaniel Lee, *The Dramatic Works* (*ibid.*, A. V, iii), vol. III. p. 123.

3. Nathaniel Lee, *The Dram. Works* (*ibid.*, A. V, iii), vol. III, p. 129.

fatale [1], ceux de Statira et d'Alexandre [2], et bien d'autres passages qui, se détachant en plein relief sur le fond des tragédies héroïques, offrent les beautés de premier ordre du grand art de Shakespeare. Mais ce sont là, sans doute, des beautés éparses, des pierreries étincelantes qui, même serties dans le vers somptueux de Dryden, pouvaient valoir au poète un succès passager, sans lui assurer la même gloire auprès des générations futures. Ces passages lumineux, ces points phosphorescents, sont aujourd'hui comme des bijoux retrouvés dans des écrins pâlis et fanés sous la poussière des ans, presque de l'oubli.


## IV


Pendant un temps au moins, il ne se rencontra personne pour élever la voix et protester contre pareilles exagérations. A une époque où le courage personnel pouvait décider du sort d'une bataille, où un guerrier, seul et confiant en la puissance de son bras, se tenait sur la brèche et couchait à ses pieds de nombreux assaillants, comme on le voit dans les récits de Froissart ou de Joinville, on eût compris l'enthousiasme du public pour les hauts faits d'un Maximin ou d'un Almanzor ; mais, au temps de Dryden, la cotte de mailles était, comme l'a dit Walter Scott, oubliée depuis longtemps et les armes à feu avaient remplacé la lance et la hache de combat ; la discipline militaire et l'habileté stratégique avaient succédé à la force et à la valeur personnelles. Le passé toutefois revivait en de nombreuses légendes, et les prouesses de jadis étaient transmises de génération en génération par la tradition fidèle des grands souvenirs d'autrefois. Cette tradition les perpétuait en quelque sorte, et les héros du moyen âge, retrouvés dans les romans venus de France, continuaient de vivre en des récits attachants, de sorte que si le public, familiarisé avec des exploits aussi chevaleresques que ceux d'Almanzor, n'y croyait pas d'une façon absolue, au moins ces prouesses ne révoltaient-elles pas

1. Nathaniel Lee, *The Dram. Works* (*Sophonisba ; or Hannibal's Overthrow*, A. V, fin), vol. III, p. 70-72.
2. Nathaniel Lee, *The Dram. Works* (*Rival Queens*, A. V, 1), vol. III, p. 275.

l'imagination des spectateurs[1]. Et puis, les Anglais, tout comme Boileau et Mme de Sévigné, s'abandonnèrent volontiers à l'admiration de ces grands sentiments et de ces « belles âmes » : comme eux, ils ne haïrent pas « les grands coups d'épée » et ne laissèrent pas de s'y « prendre comme à de la glu ».

Cependant, à mesure que cette atmosphère romanesque se dissipa un peu et que quelques rayons de claire lumière pénétrèrent dans ce milieu assez favorable au succès des héros de roman, on sentit vite ce qu'il y avait d'outré dans ces caractères plus grands que nature, écrasants, invraisemblables. Ce succès avait duré une dizaine d'années, de 1660 à 1670; cette dernière date, en effet, marque bien l'apogée de la tragédie héroïque. Le vers facile, brillant et sonore de Dryden, la grande voix de Betterton, l'appui assuré des grands et des lettrés ne suffirent plus pour conserver aux poètes d'alors les applaudissements enthousiastes qui avaient accueilli *la Conquête de Grenade*. La première attaque, coup de tonnerre dans un ciel jusqu'ici toujours bleu, se produisit inopinément. Ce fut en 1671 que Villiers, duc de Buckingham, un des courtisans les plus dissolus de son temps, aidé dans la composition de cette comédie-satire par d'habiles collaborateurs, tels que Clifford, peut-être Butler, probablement Sprat et d'autres encore, fit jouer la pièce intitulée *la Répétition*. Le plan, au moins, en avait été esquissé bien longtemps auparavant. Dès les premières années de la Restauration, c'est-à-dire, presque dès l'apparition des pièces héroïques, alors que D'Avenant et Howard inauguraient le nouveau système dramatique, le duc de Buckingham s'y était montré hostile : les tragédies héroïques lui avaient tout de suite déplu et, imité par quelques partisans, il était allé jusqu'à siffler une de ces premières pièces, *les Royaumes unis*, ce qui, d'ailleurs, avait failli lui coûter cher au sortir du théâtre[2]. Probablement obligé de se taire pour l'instant, soit à cause de la prédilection qu'avait marquée le roi, soit parce qu'il n'y avait rien à faire contre l'engouement général, il déguisa ses antipathies sans, pour cela, abandonner son projet de critique. Dès 1665, en effet, sa

1. Dryden, *Works* (*Conquest of Granada*. Introduction), vol. IV, pp. 1-2.
2. Dryden, *Works* (*Life of Dryden*), vol. I, p. 115. — George Villiers, *The Rehearsal*; Introduction, pp. 15-16 (Arber).

pièce était debout. Bilboa en était le principal personnage, représentant peut-être Howard, un des créateurs, comme on sait, du genre héroïque, mais, plus vraisemblablement, son contemporain D'Avenant. Le héros, en effet, portait, sur le nez, un morceau d'étoffe, tout comme D'Avenant, dont les narines étaient fort endommagées ; les circonstances n'étaient pas propices pour l'attaque, il fallut temporiser encore. Le moment vint pourtant où le duc de Buckingham put risquer sa satire. Aidé de ses collaborateurs, il transforma le type de Bilboa en celui de Drawcansir, parodie joyeuse et bruyante du héros favori de Dryden, l'invincible Almanzor, tandis que Dryden lui-même était représenté sous les traits de Bayes : ce nom rappelait les baies de laurier du poète-lauréat, et, par conséquent, désignait clairement celui que Villiers voulait atteindre. Au surplus, le noble duc avait pris la peine d'enseigner lui-même à l'acteur Lacy la façon d'imiter la voix, la manière de s'exprimer de Dryden : il lui avait appris les exclamations familières à l'auteur de *la Conquête de Grenade*, sa démarche, son costume, jusqu'à ses tics, tandis que de nombreuses allusions ou parodies de certains passages foisonnaient dans *la Répétition*. A quels mobiles obéit l'auteur de cette comédie-satire ? Peut-être y eut-il quelque sincérité chez le duc, comme chez ses collaborateurs, détracteurs de la tragédie héroïque, quand ils prirent la défense de Shakespeare, de Jonson et de Fletcher, mais il y eut aussi beaucoup de jalousie et pas mal de vanité blessée. Ils semblent moins défendre l'ancien théâtre qu'attaquer Dryden, le rival qui les domine tous. Ces attaques furent nombreuses et passionnées : les amis du poète intervinrent[1] ; le ton devint violent, la critique dégénéra en attaques personnelles, et Clifford déclara tout net qu'Almanzor était un échappé de Bedlam, le Charenton de l'Angleterre. *La Répétition* toutefois, quelque sévère et acerbe qu'elle ait été, ne dépassa pas les limites de la critique permise : elle mit admirablement en relief ce qu'il y avait d'exagéré, voire de ridicule dans toutes ces rodomontades héroïques.

Pourtant les attaques de Villiers et de ses amis n'eurent pas une

---

1. Contre et pour Dryden : *The Censure of the Rota* on *Mr. Dryden's Conquest of Granada* (1673). *A description of the Academy of Athenian Virtuosi... A Friendly Vindication of Mr. Dryden...* Voir Dryden's Life, vol. 1, p. 133-135.

portée immédiate, et le ridicule que le duc de Buckingham avait
accumulé sur la tête de Drawcansir ne tua pas Almanzor. Dryden,
d'abord, eut assez d'habileté et de sang-froid pour simuler une
parfaite indifférence ; il sut, pendant un temps au moins, déguiser
le dépit qu'il ressentait intimement ; il fit semblant de ne pas se reconnaître dans le portrait de Bayes ; il alla même, dans la conversation, jusqu'à avouer que cette satire ne manquait pas de certaines
qualités : tactique parfaitement habile. La première représentation fut
un peu houleuse, car les amis du comte d'Orrery, de Rob. Howard
et autres poètes héroïques se fâchèrent ; mais, comme le dit Walter
Scott, ceux qui rient ont toujours raison de ceux qui se fâchent [1]. Le
succès, d'ailleurs mérité, s'affirma bientôt, et on se moqua très heureusement des rodomontades de Drawcansir. On pouvait donc
craindre, ou espérer, la disparition des pièces héroïques ; il n'en fut
rien. *La Répétition*, que Rymer [2] compare aux *Grenouilles* d'Aristophane et dont il demande une représentation par semaine pour pré-
server la scène du vacarme qu'on y fait et des exagérations auxquelles on s'abandonne, n'eut pas une portée directe et immédiate.
Le coup ne fut pas mortel, et le public ne fit pas comme les amis de
Bayes et les acteurs qui, dans *la Répétition*, quittent le théâtre et s'en
vont dîner sans dire au revoir à l'auteur, avant même la fin de la
représentation des *Deux Rois de Brentford*. Néanmoins il est manifeste que Dryden ne se sentit plus aussi sûr de lui désormais. Sans
doute il défendait encore passionnément son œuvre dans son *Essai sur*
*les pièces héroïques* [3] publié en 1672, et tâchait, sans faire la moindre
allusion aux attaques dirigées contre lui, de soutenir son Almanzor
faiblissant ; mais, quand il écrivit une œuvre nouvelle, ce ne fut
plus une tragédie héroïque qu'il composa, ce fut une comédie en prose,
*le Rendez-vous, ou l'Amour dans un couvent* (1672), puis son *Marriage*
*à-la-Mode*, écrit surtout en prose et représenté en 1673. Enfin, après
un stérile effort dans *Amboyna*, tragédie horrible qui rappelle plutôt
la décadence shakespearienne, et une manière d'opéra, imité du
*Paradis perdu* et portant pour titre : *l'Etat d'innocence et la chute de*

1. Dryden, *Works* (Life of Dryden), vol. I, p. 118.
2. Rymer, *A short view*, p. 24.
3. Dryden, *Works*, vol. IV, p. 26.

*l'homme*, Dryden tenta un dernier essai de tragédie héroïque rimée dans *Aureng-Zebe*. Le prologue indique assez la pensée de Dryden et le profond revirement qui s'est produit en lui : il y dit adieu à la rime, « cette maîtresse si longtemps aimée », et déclare que, vraiment, « la passion est trop farouche pour se laisser ainsi enchaîner [1] ».

La tragédie héroïque ne mourut donc pas aussitôt ; mais il est certain que si le coup porté par Villiers ne lui fut pas fatal sur l'heure, elle fut néanmoins mortellement atteinte. Dryden lui-même, dont les illusions s'envolent lors de la représentation d'*Aureng-Zebe*, ne tarde pas à confesser que quelques-uns des vers mis dans la bouche de Maximin et d'Almanzor « crient vengeance contre lui » ; il se repent de s'être laissé séduire par les tirades emphatiques, « ces Dalilas du théâtre [2] ». Enfin le désenchantement est complet en 1685, et Dryden regrette avec quelque mélancolie les vingt années perdues pour l'art dramatique [3]. En 1690, il fait en ces termes l'oraison funèbre de la tragédie héroïque, morte depuis longtemps déjà : « L'amour et l'honneur, ces mauvais sujets de tragédie, sont maintenant complètement épuisés[4]. » Aussi, ces « monstres d'extravagance et de folie », comme les appelle Hume [5], disparaissent peu à peu de la scène, envahie désormais par la farce, le chant et la danse, ce qui fait dire à Crowne que les « faiseurs de jambes ont plus de succès à la cour que les poètes avec tout le noble feu qu'ils peuvent mettre dans leurs écrits [6] ». A la façon dont Almanzor est traité irrespectueusement de « lourdaud endormi » (*sleepy dowdy* [7]), il est visible que le prestige des héros de roman s'évanouit. La politique, la religion envahissaient la scène ; *Caïus Marius*, l'*Athée*, la *Venise sauvée* d'Otway en étaient remplis. Et avant Otway même, Dryden avait, dans son *Moine espagnol*, exploité l'esprit anticatholique de l'époque. Le *Duc de Guise* ne rappelle-t-il pas la Ligue et le Covenant,

1. Dryden, *Works* (*Aureng-Zebe*. Prologue), vol. V, p. 201.
2. Dryden, *Works* (*The Spanish Friar*. Dedication), vol. VI, pp. 406-407.
3. Dryden, *Works* (*Albion*. Preface), vol. VII, p. 242.
4. Dryden, *Works* (*Don Sebastian*. Preface), vol. VII, p. 307.
5. Hume, *Hist. de la maison de Stuart*, t. III, p. 470.
6. Crowne, *Works* (*The Married Beau*), vol. IV, pp. 234, 240, 241.
7. Dryden, *Works* (Epistle the 13th, note), vol. XI, p. 63.

et Crowne, dans *Henri VI*, n'avait-il pas « aspergé le pape d'un peu de vinaigre [1] » ? Or, ces œuvres de polémique où intervinrent en faveur du roi les Dryden, les Lee et les Otway ne contribuèrent pas pour peu à la décadence du théâtre. Ceux-ci oublièrent trop aisément que le génie, voire le talent, sont, mieux que le loyalisme le plus pur, des gages d'immortalité.

Ce fut alors l'époque des spectacles à grand effet, des exhibitions parfois bizarres : il fut question, pour reveiller l'attention fatiguée du public, d'amener sur la scène un éléphant d'une grosseur extraordinaire ; on recula seulement devant le danger qu'il y avait de voir le théâtre s'écrouler, si une trop large brèche était ouverte dans les murs pour faire entrer le pachyderme [2] ; on lâcha une volée d'oiseaux sur la scène [3], ce qui fit sensation tout autant que le fameux tonnerre inventé par Dennis [4]. On avait essayé, à un moment donné, de recourir au chant et à la danse pour soutenir les pièces de théâtre. Mauvais expédient, dit Motteux, « ces vessies ne peuvent les empêcher de sombrer ; les pièces deviennent si laides que toute aide est inutile : trois fois elles s'enfoncent, et c'est pour ne plus remonter [5] ». Cette constatation mélancolique du déplorable état de la scène, nous la retrouvons en tête de *la Double Détresse*, tragédie de Mrs. Pix : « Une pièce sérieuse en cet âge fantasque, sans ballade ou chanson, ne saurait plaire sur la scène... alors que les farces d'un paillasse français font les délices de la ville. Nos ancêtres n'avaient besoin ni de ragoûts français, ni de danses. Nourris simplement de beefsteaks, bravement ils vainquirent la France ; Ben Jonson et Shakespeare conquirent d'éternels lauriers ; l'esprit y suffit, au mépris de ces misérables artifices. » Et qu'est-ce qui plaît maintenant au théâtre ? Rien que les « bateleurs et les singes ». C'est en vain qu'à la fin du spectacle Miss Porter souhaitait un changement dans le goût de ses compatriotes : « Puissent vos plaisirs s'allier au bon sens, votre esprit s'amender, les gestes, les grimaces et la farce

---

1. Crowne, *Henry VI*. Prologue.
2. Genest, *Account of the E. Stage*, vol. II, p. 315.
3. Genest, *ibid.*, p. 351.
4. Pope, *Works*, vol. X, p. 332.
5. Ravenscroft, *The Anatomist or the Sham Doctor* (Prologue by Motteux).

enfin passer de mode [1] ! » Tout fut inutile : rien ne put sauver la
tragédie mourante, ni les appels désespérés de Dennis, ni le talent
de Rowe et d'Otway, pas même les préceptes et l'exemple du classique Addison et de ses successeurs.

1. Mrs. Pix. *The Double Distress* (Prologue and Epilogue), éd. 1701.

# CHAPITRE VIII

## La tragédie en Angleterre et l'influence française.

### I

Comment se fait-il que cette chute ait été ainsi irrémédiable ?
Comment s'expliquer que cette déchéance se soit produite si vite et
si définitive ? Y a-t-il donc dans ce système dramatique un germe
de décomposition et de destruction fatales ?

Nous allons le trouver dans l'hétérogénéité des éléments qui le
constituent et l'inaptitude des auteurs dramatiques, soit à concevoir
une formule nouvelle, pourtant entrevue un instant par Dryden,
soit enfin à se hisser jusqu'à la hauteur de Corneille et de Racine.

Quels étaient les éléments constitutifs du drame héroïque ? Un
large courant romantique parcourait en tous sens ce monde bruyant
où les Maximin et les Almanzor faisaient entendre le fracas de leur
colère et le cliquetis de leurs armes. Sans doute les théoriciens de
cette tragédie à panache, les Dryden et les Howard surtout, parlaient des unités de temps, de lieu et d'action, mais c'était plutôt
parce que, troublés par leurs lectures et aussi par l'exemple de la
France, ils cherchaient une sorte de compromis entre le drame
shakespearien et le drame nouveau, une formule qu'ils ne trouvèrent pas. Le génie d'une nation, qui est en quelque sorte l'âme de
son âme et comme l'émanation de sa vie intime, ne saurait disparaître en un jour, quelque violent que soit le caprice du moment. Le
présent a toujours ses racines dans le passé : il en est le prolonge-
ment : on ne peut l'en isoler. Le drame shakespearien ne pouvait
donc subitement mourir tout entier, et la littérature dramatique
subir une orientation absolument nouvelle. La floraison des œuvres
romantiques avait été trop luxuriante et trop embaumée pour que sa
vigueur se fût tout d'un coup étiolée et son parfum à tout jamais

évanoui. La formule héroïque pouvait exclure Shakespeare — et cette exclusion, d'ailleurs, ne s'y trouvait pas absolue, car Dryden a fait du grand Will un des plus beaux éloges qui aient jamais été écrits, — sans que le génie shakespearien fût pour cela impuissant à pénétrer les œuvres nouvelles. Le romantisme de Shakespeare se retrouve donc un peu partout dans le drame de la Restauration, même dans les œuvres qui semblent devoir s'en écarter le plus et s'inspirer de la mode nouvelle plus que du génie national. Ce qui nous rappelle le passé, ce sont les cris d'assaut : en avant ! en avant ! que l'on entend dans *l'Empereur indien*[1] ; c'est le choc des épées qui y retentit avec violence entre les Indiens et Vasquez[2] ; c'est l'éclair et le tonnerre des canons apportant « la mort invisible sur des ailes de feu » ; c'est le vacarme de la lutte résonnant jusque sur la scène[3]. Qu'on ne s'étonne pas des roulements de tambour et des fanfares guerrières, Dryden est là pour les justifier : « A ceux qui trouvent mauvais le fréquent usage que je fais des tambours et des trompettes, des combats représentés par moi, je réponds que ce n'est pas moi qui les ai introduits sur le théâtre anglais : Shakespeare en usait fréquemment, et, bien que Jonson ne montre aucun combat dans son *Catilina*, cependant on entend, derrière la scène, le son des trompettes et les cris des armées qui combattent. Mais je vais plus loin et j'ajoute que ces instruments guerriers et même ces batailles qui se livrent sur le théâtre ne laissent pas d'être nécessaires pour produire les effets d'une pièce héroïque, c'est-à-dire pour exciter l'imagination des spectateurs et leur persuader pour un instant que ce qu'ils voient sur la scène s'accomplit réellement... Que le théâtre du Red Bull en ait autrefois fait autant, cela ne prouve rien contre notre manière de voir, pas plus qu'il ne conviendrait à un médecin de s'abstenir de prescrire un remède éprouvé parce qu'un charlatan l'a employé avec succès[4]. » Pope viendra trop tard pour qu'on entende sa voix, protestant dans la *Dunciade* contre le bruit fait sur la scène et le tonnerre de Dennis retentissant aux

---

1. Dryden, *Works* (*The Indian Emperor*, A. II, iii), vol. II, p. 349.
2. Dryden, *Works* (*ibid.*, A. IV, iv), vol. II, p. 386.
3. Dryden, *Works* (*ibid.*, A. II, iv), vol. II, p. 351.
4. Dryden, *Works* (*Essay on Heroic Plays*), vol. IV, p. 25.

oreilles des spectateurs[1]. La dague et le poison font aussi merveille dans la tragédie héroïque et le sang y ruisselle à flots. Les scènes les plus violentes rappelant, en la dépassant peut-être, l'horreur pourtant bien tragique du théâtre de Ford et de Webster, se passent sur le théâtre, y jetant l'épouvante. Dans *l'Amour tyrannique*, par exemple, il y a telle scène où Placidius poignarde Maximin, qui, luttant avec lui, finit par lui arracher le poignard et l'en frappe à son tour. Placidius tombe, et l'empereur, qui lui a porté ce coup mortel, trébuche, puis s'assied sur le corps de son ennemi à terre, voulant, dit-il, savourer seul sa vengeance : il essaie de se relever, retombe sur le corps de Placidius, le poignarde à nouveau, et quand celui-ci meurt, Maximin le frappe encore et expire lui-même sur le corps pantelant de son ennemi[2]. Dans *Amboyna* on voit sur la scène les Anglais mis à la roue et les Hollandais en train de les torturer, véritables brutes lâchées sur le théâtre[3].

Dryden n'était pas seul à représenter des scènes de sauvagerie repoussante. C'est ainsi que, dans *Cruauté des Espagnols au Pérou*, on apercevait à distance une prison sombre, puis des roues et autres instruments de supplice avec lesquels les Espagnols torturaient les indigènes et les marins anglais récemment débarqués pour reconnaître la côte. On voyait deux Espagnols, en longs manteaux, le rapière et la dague au côté, occupés, l'un à tourner la broche, l'autre à arroser, rôti humain, un prince indien qui cuisait sur le feu. On peut citer également dans *Titus Andronicus* de Ravenscroft ce passage où, le rideau tiré, on apercevait la tête et les mains de Demetrius et de Chiron accrochées au mur, tandis que les corps, assis sur des chaises, étaient enveloppés de linges ensanglantés. Ce n'était pas plus horrible que la vue de Lavinia paraissant, les mains et la langue coupées, les cheveux épars et les vêtements en désordre, comme si elle venait d'être violée[4]. Settle, dans son *Impératrice du Maroc*, représentait une chambre de torture toute hérissée de crochets, toute piquée d'ossements, de membres mutilés et jonchée de corps morts. On ne vit jamais peut-être pareil entasse-

---

1. Pope, *Works (Dunciad)*, vol. IV, p. 284, éd. Elwin, Courthope.
2. Dryden, *Works (Tyrannic Love*, A. V, i), vol. III, p. 464
3. Dryden, *Works (Amboyna*, A. V, i), vol. V, p. 85.
4. Beljame, *Le Public et les Hommes de lettres en Angleterre*, p. 36 (texte et notes).

ment de cadavres. Il n'y a pas moins de quatre morts dans *l'Empereur indien*, sans compter les blessés. Dans *l'Amour tyrannique*, on voit au moins sept cadavres, et dans *Neron* de Lee nous allons jusqu'à huit. Nous ne sommes plus au théâtre, nous sommes dans une boucherie.

Et pour ajouter encore, s'il se peut, à l'horreur de pareilles exhibitions, sur ces cadavres étalés à la scène glissent des fantômes terrifiants. C'est Almanzor qui tressaille en face de l'ombre qui lui dit : « Je suis le fantôme de celle qui t'a donné le jour [1] » ; c'est Hérode et Marianne qui, chez Boyle, se trouvent en face d'une troupe de spectres [2] ; c'est Britannicus qui aperçoit le fantôme de Gyara au moment où Poppée s'est évanouie dans ses bras et où il reçoit ses aveux, tandis que l'ombre de Caligula apparaît également à Néron endormi [3] ; c'est aussi le fantôme de Darius richement vêtu, « plus vivant que lorsqu'il était réellement en vie », qui sourit et montre du doigt ses meurtriers [4]. Chants et danses d'esprits aériens pour plaire à la duchesse de Monmouth [5], danses et chœurs des Maures [6], enchantements de Nigrinus, antres de magiciens [7], charmes et incantations, apparitions d'esprits évoqués par ces magiciens [8], hippocentaures et chimères, fées et pygmées, tout l'arsenal romantique de Shakespeare et de son école peut, au gré du poète, être fouillé, toutes les fictions poétiques sont de mise sur la scène [9].

Bien plus, les poètes de la Restauration ne se contentaient pas d'emprunter à leurs devanciers leurs procédés littéraires, leur méthode de composition, ils allaient parfois jusqu'à imiter tel passage, telle scène des grands romantiques. Ne retrouve-t-on pas quelque chose de Lady Macbeth sous les traits d'Almeria engageant son frère Orbellan à assassiner Cortez ? Elle le pousse au crime, elle le

---

1. Dryden, *Works* (*Conquest of Granada*, 2e part., A. IV, in), vol. IV, p. 188
2. *Biogr. Dram.*, mot *Herod the Great*.
3. Lee, *The Dramatic Works* (Nero, A. IV, in), vol. III, pp. 115-116.
4. Crowne, *Works* (Darius, A. V, fin), vol. III, p. 455.
5. Dryden, *Works* (*Prince Arthur*, Dedication ; *Tyrannic Love*, Introduction); Settle, *Works* (*Cambyses*, A. I, i), p. 49.
6. Settle, *Works* (*The Empress of Morocco*, A. I, i), pp. 7-11.
7. Dryden, *Works* (*Tyrannic Love*, A. I, i), vol. III, p. 387.
8. Dryden (*The Indian Emperor*, A. II, i), vol. II, p. 341.
9. Dryden, *Works* (*The author's apology for heroic poetry*), vol. V, p. 120.

soutient quand il hésite, craignant le remords : les reproches d'Almeria quand Orbellan a échoué, ses emportements, tout cela n'é-
veille-t-il pas en nous le souvenir du drame shakespearien [1] ? Cumana
et Aglave, les prêtresses de Bellone s'adressant à Annibal, ne rappel-
lent-elles pas les sorcières prédisant l'avenir à Macbeth [2] ? Et ne
retrouve-t-on pas les mêmes sorcières dans ces esprits chantants
qui viennent recevoir Timandra à l'entrée de l'Élysée [3] ?

Sous ces couleurs romantiques et dans ce milieu éclairé parfois
des rayons mourants du génie shakespearien, un spectateur quelque
peu attentif reconnaissait, d'un simple coup d'œil, le type du héros
de roman, tel que l'avaient créé d'Urfé et Gomberville, La Calprenède et les Scudéry. Les romans français avaient été lus, admirés et
traduits avant même le retour en Angleterre des exilés venus de
France. Le faux héroïsme fleurissait déjà outre-Manche quand les
royalistes arrivèrent, eux-mêmes tout disposés à relire dans leur
langue maternelle les hauts faits des héros de roman. On sait tout le
succès qu'avaient obtenu en Angleterre les œuvres de nos romanciers héroïques, où, de nos jours même, nous assure-t-on, il n'est pas
rare de trouver, dans telle antique demeure de province ou en quelque
coin perdu d'un grenier, les romans de longue haleine signés de
Mlle de Scudéry ou de Gomberville [4]. Les grandes dames de la cour
de Charles II voyagèrent elles aussi au pays du Tendre. Celles qui,
semblables à l'Aurelia de Dryden dans *Amour d'un soir* [5], relevaient
leurs cheveux en face du miroir, l'appelaient aussi « le conseiller
des grâces », ainsi que le faisaient leurs devancières parisiennes.
Comme aux Françaises d'alors, car les *Précieuses ridicules* sont de
1659 et *Sganarelle* est de 1660, quelque Gorgibus anglais, après avoir
pesté contre ces « sottes billevesées », aurait pu dire à ses compatriotes :

> Voilà, voilà le fruit de ces empressements
> Qu'on vous voit nuit et jour à lire vos romans ;


1. Dryden, *Works* (*The Indian Emperor*, A. III, i), vol. II, p. 359.
2. Nath. Lee, *The Dram. Works* (*Sophonisba*, A. IV, i), vol. III, p. 49.
3. Otway, *Works* (*Alcibiades*, A. V, ii), vol. I, p. 65, éd. 1813.
4. Ed. Gosse, *From Shakespeare to Pope*, p. 261.
5. Dryden, *Works* (*An Evening's Love*, A. III, i), vol. III, p. 296.

De quolibets d'amour votre tête est remplie,
Et vous parlez de Dieu bien moins que de Clélie.
Jetez-moi dans le feu tous ces méchants écrits
Qui gâtent tous les jours tant de jeunes esprits.

*(Sganarelle*, sc. i.)

Chacune d'elles, en effet, partagea l'engouement dont ne pouvaient se déprendre ni Boileau ni Mme de Sévigné, et l'on eût pu entendre mainte grande dame de la cour anglaise dire elle aussi : « ... Je ne laisse pas de m'y prendre comme à de la glu. La beauté des sentiments, la violence des passions, la grandeur des événements, et le succès miraculeux de leur redoutable épée, tout cela m'entraîne comme une petite fille, j'entre dans leurs affaires [1]. » Et cette mode du roman héroïque n'était pas florissante à Londres seulement. Elle pénétra jusque dans le pays de Galles [2]. La vie sociale refléta quelque chose de cet héroïsme des romans : on se complut dans la société anglaise à afficher, sans grande conviction du reste, le dévouement chevaleresque à la femme, si bien que les dames de la cour devinrent les reines de la littérature. Waller emplissait ses vers de leurs louanges. Le théâtre n'exista plus que par elles et pour elles : c'est pour elles que les poètes dramatiques écrivirent, fiers de leurs éloges, désespérés de leurs blâmes. Dryden, Lee, Southern s'efforcèrent de leur plaire et mendièrent leur bienveillance. Elles furent les arbitres du bon goût et les reines de la critique. Longtemps elles exercèrent leur puissance quasi tyrannique, si bien que Steele prit bien garde de les négliger quand il s'agit d'assurer le succès du *Spectateur* [3] et que, bien plus tard encore, Upton constatait toute leur influence sur la littérature ; il notait le soin mis par tous à leur plaire en leur parlant d'honneur, d'amour et de galanterie [4]. Toutes les dames d'outre-Manche, qui avaient, elles aussi, « la tête farcie de romans », furent flattées en voyant que ces héros, assez audacieux pour insulter les rois et provoquer les dieux en termes sonores, tombaient à leurs pieds sans force et sans énergie [5]. Aussi le succès de la tragédie

1. Boileau, *Œuvres complètes,* t. III, p. 176 (note), édit. Gidel.
2. Jusserand, *le Roman anglais au temps de Shakespeare*, p. 27.
3. *The Spectator*, n° 4.
4. Upton, *Critical Observations on Shakespeare*, p. 32.
5. Langbaine, *Lives of the E. poets*, Préface.

héroïque fut-il tout de suite assuré, l'amour envahissant le théâtre et devenant le ressort unique de toute action dramatique. Des passions multiples que Shakespeare avait jadis montrées sur la scène, la mélancolie rêveuse et inagissante dans *Hamlet*, la cupidité vindicative dans *le Marchand de Venise*, l'ingratitude filiale dans *le Roi Lear*, l'ambition dans *Macbeth*, la misanthropie dans *Timon*, la jalousie dans *Othello*, il ne resta qu'une, l'amour, non plus même l'amour enchanteur de Roméo et de Juliette, mais l'amour romanesque, l'amour extravagant, sonnant faux, comme une mauvaise pièce. Et c'est dans les romans français du xviie siècle que les dramaturges anglais allèrent chercher, avec cette conception de l'amour, le sujet de leurs drames. C'est là que doivent regarder ceux qui, à l'exemple de Langbaine [1], veulent découvrir l'origine de nombreuses tragédies héroïques, ou ceux qui, avec Addison, désirent retrouver le prototype de tous ces héros sans cesse exposés aux blessures d'une passion fatale, toujours prêts à « mourir d'amour [2] ». Il ne faut pas songer à indiquer tous les rapprochements qu'il y aurait à faire ici entre les deux littératures, même après les indications précieuses fournies par Langbaine, qui a eu la longue patience, un peu systématique peut-être, de rechercher dans les romans français l'origine de quantité d'épisodes, de caractères ou de pièces héroïques ; notons toutefois quelques-uns de ces rapprochements.

Les romans de La Calprenède ont été une source abondante à laquelle les poètes anglais n'ont pas manqué de puiser ; sa *Cléopâtre* a fourni à Mrs. Behn son *Jeune Roi* [3] ; à Lee, sa *Gloriana* ou *la Cour d'Auguste* [4] ; à Samuel Pordage, le sujet d'*Hérode et Mariamne* [5]. Son *Pharamond* a engendré le *Théodose ou la Force de l'Amour* de Lee [6]. Sa *Cassandre* a donné à Banks l'histoire de ses *Rois rivaux*, surtout le caractère d'Oroondates [7] ; à Edward Cook, son *Triomphe de l'Amour*,

---

1. Langbaine, *Lives of the E. poets*. Préface.
2. *The Spectator*, n° 377.
3. Langbaine, *Lives…*, p. 12 ; *Biogr. Dram.*, Young King ; Genest, *Hist. of the Stage*, vol. I, p. 272 ; Ward, *E. Dram. Lit.*, vol. III, p. 309.
4. Langbaine, *Lives. .*, p. 322 ; *Biogr. Dram.*, Gloriana ; Ward, *E. Dram. Lit.*, vol. III, p. 309.
5. Langbaine, *Lives…*, p. 406.
6. Langbaine, *Lives…*, p. 327 ; *Biogr. Dram.*, Theodosius.
7. *Biogr. Dram.*, The Rival Kings ; Genest, *Hist. of the Stage*, vol. I, p. 200.

tragédie qui ne fut jamais jouée, mais imprimée en 1678[1]. Les *Reines rivales* de Lee ne sont pas sans rien devoir au roman de La Calprenède, non plus que *le Siège de Babylone* de Sam. Pordage[2], et Artaban semble bien être un ancêtre d'Almanzor.

Les Scudéry eux aussi n'ont pas manqué de fournir beaucoup aux poètes dramatiques anglais : ils furent, plus qu'aucun autre romancier peut-être, mis à contribution par les imitateurs. A *Ibrahim ou l'Illustre Bassa*, Settle doit son propre *Ibrahim*[3], tandis que lord Orrery empruntait, pour en faire son *Mustapha*, l'épisode de Mustapha et Zéangir détaché du roman de Georges Scudéry[4]. Il y a certaine situation, même de comédie, dans les *She Gallants*, qui se rattache aussi à cette œuvre de Scudéry[5]. A *Artamène ou le Grand Cyrus* Killigrew aurait pris sa *Cicilia et Clorinda*[6]. Walter Scott, sur l'autorité de Langbaine, et d'après l'aveu même de Dryden qui n'en fait pas mystère[7], reconnaît que le dramaturge anglais a emprunté le fond de l'histoire de *la Vierge Reine* au *Grand Cyrus*[8]. Une scène d'*Aureng-Zebe* viendrait également du roman de Scudéry. Banks, évidemment, doit à ce même roman sa pièce intitulée *Cyrus le Grand ou la Tragédie de l'amour*. Il n'y a pas jusqu'à la comédie du *Marriage à-la-Mode* qui ne puisse être rapprochée de certains passages du *Grand Cyrus*[9]. C'est *Clélie* qui a fourni à Lee une partie du sujet de *Lucius Junius Brutus*[10], et c'est à *Almahide ou l'Esclave Reine* que Dryden est surtout redevable pour sa *Conquête de Grenade*[11].

Les dramaturges anglais qui avaient tiré des romans français, comme on le voit, nombre d'incidents, de caractères et de sujets de pièces, allèrent jusqu'à puiser même dans les quelques imitations de ces romans que certains écrivains anglais avaient faites. Lord

---


1. Langbaine, *Lives...*, pp. 71-72.
2. Langbaine, *Lives...*, p. 406.
3. Langbaine, *Lives...*, p. 441.
4. Ward, *E. Dram. Lit.*, vol. III, p. 343.
5. *Biogr. Dram.*, The Gallants.
6. Langbaine, *Lives...*, p. 312.
7. Dryden, *Works* (*The Maiden Queen*, Préface), vol. II, p. 421.
8. Dryden, *Works* (*ibid*, Introduction), vol II, pp. 415-416.
9. Langbaine, *Lives...*, p. 166.
10. Langbaine, *Lives...*, p. 323 ; Genest, *Hist. of the E. Stage*, vol. I, p. 310.
11. Langbaine, *Lives...*, p. 157 ; Dryden, vol. IV, p. 1.

Orrery, par exemple, n'était pas seulement un poète dramatique ; il fut romancier à son heure et écrivit *Parthenissa*, qui, dit Langbaine, « ne le cède en rien, comme beauté, comme langue et comme plan, aux ouvrages des fameux Scudéry ou La Calprenède, quelque éminents qu'ils puissent être chez les Français pour des compositions de ce genre ». Le roman d'Orrery, publié en 1664 et rappelant beaucoup le style des romans français, romans héroïques du dix-septième siècle, fut, pour l'une de ses parties au moins, dédié à la duchesse d'Orléans[1], qui ne put manquer, en Française lettrée qu'elle était, d'en reconnaître l'origine et l'inspiration. Or, ce fut de *Parthenissa* que Lee tira sa tragédie de *Sophonisbe*, où l'on retrouve aisément, en Rosalinde, l'héroïne des romans français, belle entre les plus belles, inspirant un amour enthousiaste et fatal, recherchant avant tout, non la jeunesse et la beauté, mais la bravoure et l'honneur, car « l'amour sourit aux épées qu'on brandit et aux armes qui scintillent », et sachant, le glaive en main, mourir courageusement, héroïquement. Le roman de Lord Orrery inspira encore à Colley Cibber *Perolla et Izadora*, où se retrouvent tous les caractères du roman héroïque.

Si l'on voulait, sans recourir au texte anglais, se faire une idée à peu près exacte du ton général du drame héroïque anglais, tel que le comprirent Dryden et ses contemporains, il suffirait, à défaut des romans français, d'ouvrir les œuvres dramatiques de Quinault et de Scudéry. Si l'on en excepte la splendeur luxuriante des vers de Dryden, on aura dans cette tragédie héroïque française le modèle des tragédies anglaises ; ce sont parfois les mêmes personnages, portant les mêmes noms. Ainsi dans *la Généreuse Ingratitude* de Quinault, on retrouve Almanzor, Lindarache, Zegry et les Abencerrages de *la Conquête de Grenade*. Si Almanzor y est peut-être un peu moins batailleur, il n'y est pas moins amoureux. Par *l'Amour tirannique* de Scudéry on jugera fort bien de *l'Amour tyrannique* de Dryden. Il sera impossible de ne pas remarquer la parenté certaine qu'il y a entre le Tiridate français et le Maximin du poète anglais. Si celui-ci s'écrie : « Ainsi jusqu'à ce jour mes armes de succès ont été couronnées : pour elles nul obstacle qu'elles n'aient renversé », Tiridate avait dit bien avant lui, en rodomontades pareilles :

1. Dunlop, *Hist. of the E. fiction*, p. 566.

TIRIDATE.

Nostre rare valeur a passé comme un foudre ;
Les plus superbes tours ne sont qu'un peu de poudre,
Tout fléchit, tout se rend, et mes heureux projets
N'ont point eu d'ennemis qui ne soient mes sujets.

PHARNABASE.

Contre tant d'ennemis que peut un Roy de Pont?

TIRIDATE.

Mais que ne peut-il point ? et que peuvent les autres
Quels efforts suffiront pour s'opposer aux nostres ?
Et quel de mes voisins osera concevoir
Le penser seulement de choquer mon pouvoir ?
Après ce coup d'essay de ma force infinie,
Qu'on arme contre moy toute la Bithinie,
Et que le Frizien aide à mes ennemis,
Si je veux tourner teste, on les verra soumis.
Non, non, rien désormais ne peut ternir ma gloire ;
La victoire me suit, et tout suit la victoire [1].

Ici et là, mêmes procédés de composition, mêmes hémistiches renvoyés de l'un à l'autre interlocuteur.

TIGRANE.

Quoy ? frapper ce que j'ayme !

POLIXÈNE.

Et quoy, l'abandonner !

TIGRANE.

Lui donner le trépas !

POLIXÈNE.

Ne le luy pas donner !

TIGRANE.

Se montrer inhumain !

POLIXÈNE.

Se montrer sans courage !

TIGRANE.

T'outrager en t'aimant !

POLIXÈNE.

Endurer qu'on m'outrage [2] !

1. Scudéry, *L'Amour tirannique*, I, ii.
2. Id., *ibid.*, II, v.

C'est la même exagération dans les sentiments que l'on retrouve partout dans *la Mort de César*, *Ibrahim*, *Annibal* et *l'Amant libéral* de Scudéry; c'est partout la même emphase dans l'expression. Dryden, en somme, c'est Scudéry avec un vêtement plus brillant et plus somptueux ; mais Scudéry, plus richement vêtu, c'est encore Scudéry.

## II

N'y avait-il, en France, aucun modèle à imiter, en dehors de nos romans ou de nos tragédies romanesques? Les dramaturges anglais ne pouvaient-ils pas trouver au delà de leurs frontières quelque exemple à suivre, sans s'abandonner, bien entendu, à une imitation servile, simple aveu d'impuissance ? Ne leur était-il pas possible de combiner les théories littéraires admises en France avec certaines données dramatiques pouvant convenir à leur génie national essentiellement romantique ? Il y eut en Angleterre, après la Restauration surtout, un groupe de gallomanes bien convaincus. Dès l'ère précédente, chez Godolphin, Denham et Waller, on avait aperçu les précurseurs du classicisme en Angleterre. Un changement était manifeste dans la littérature anglaise. D'où était parti ce mouvement? Venait-il de France? On l'a contesté violemment en affirmant qu'il n'y avait dans cette orientation nouvelle, dans cette recherche attentive d'une pensée plus simple, d'une forme plus claire et plus régulière, rien qu'une réaction contre les exagérations de forme et de fond de l'école romantique. On a soutenu ardemment que ce mouvement s'était produit chez tous les peuples de l'Europe, et que l'Angleterre n'était pas plus redevable à la France qu'à l'Allemagne ou à la Hollande [2]. Il y a là un paradoxe. Assurément, pour dénier à la France son rôle d'initiatrice, on peut objecter que Marston et Hall, Sackville dans son *Ferrex et Porrex*, Ben Jonson dans ses comédies et ses tragédies, ainsi que les autres poètes de tournure pseudo-classique, avaient puisé à la source même de tout classicisme, remontant directement aux œuvres latines elles-mêmes, aux pièces de Térence et de Sénèque,

---

1. Mrs. Pix. *The Double Distress* (Prologue and Epilogue), éd. 1701.
2. Gosse, *From Shakespeare to Pope*, p. 14-22.

aux satires de Juvénal et de Perse [1]. Tout cela est exact. Mais ce que l'on ne saurait nier, croyons-nous, c'est que le goût classique, s'il est né spontanément sur le sol anglais, n'a pu qu'être encouragé et fortifié par l'exemple de la France. Les exilés qui disaient : « A Paris, nous sommes chez nous », ne purent qu'observer avec intérêt tout ce qui se passait dans le monde des lettres, eux, si curieux pour la plupart des choses littéraires de l'époque. Lors du séjour de Waller à Rouen, il n'y avait guère moins de dix ans que Corneille avait publié le *Cid*. *Horace*, *Cinna*, *Polyeucte* étaient également connus. On nous persuadera difficilement que les exilés anglais, poètes et grands seigneurs, négligèrent de regarder autour d'eux, et l'exemple donné, pensons-nous, ne contribua pas peu à confirmer leurs vues classiques, tant au point de vue de la poésie lyrique, d'ailleurs, que de la poésie dramatique. Quand ils rentrèrent en Angleterre, tout ce qu'il pouvait y avoir de flottant dans leur esprit s'était précisé et fixé par la connaissance des théories de Malherbe et de son école, au contact enfin des poètes dramatiques français.

Et, en effet, quand, lors des premières années qui suivirent la Restauration, deux théâtres furent organisés par ordre royal, les deux directeurs furent précisément deux exilés, D'Avenant et Killigrew. Un groupe littéraire tout à fait gallomane s'était constitué. Au dire de Butler dans une de ses satires, « cracher du grec et du latin était considéré comme un ridicule et un travers de pédant, tandis que baragouiner du français était chose méritoire [2] ». La France pouvait s'enorgueillir d'avoir acquis une civilisation supérieure à celle des autres nations, et les jeunes lords, au contact de cette politesse raffinée, témoins de ces élégances de cour auprès desquelles les manières anglaises leur paraissaient quelque peu primitives, sentirent cette différence et rougirent de ce contraste [3]. Par peur du ridicule, par snobisme enfin, car la chose existait bien avant le mot, un grand nombre d'Anglais, poètes et courtisans, devinrent des gallomanes décidés. Et ce goût si marqué pour les choses de France ne les poussa pas seulement à s'habiller à la mode de Paris, à saluer, à manger, à

1. Craik, *A compendious history of E. Lit.*, vol. II, p. 117.
2. Rattery, *Relations intellectuelles entre la France et l'Angleterre*, p. 59.
3. Lowell, *My Study windows*, p. 344, éd. W. Scott.

danser à la française ; il modifia leurs habitudes littéraires au point
que toutes leurs préférences allèrent invinciblement aux productions
dramatiques conçues à la manière de France. Ce groupe de gallomanes
convaincus, Dryden l'a personnifié dans Lisideius, déguisant à peine,
sous un anagramme transparent, Sidleius, c'est-à-dire Sir Charles
Sedley, un des quatre interlocuteurs du dialogue intitulé *Essai sur la
Poésie dramatique*. C'est lui qui y fait l'apologie du système dramatique français, alors que, montés sur une barque, les quatre amis
glissent sur la Tamise, les rames des bateliers plongeant en cadence
dans l'onde silencieuse. « Si, dit en substance Lisideius, on m'avait
demandé, il y a quarante ans, lesquels des Français ou des Anglais
avaient le mieux écrit, je me serais prononcé en faveur de mon pays.
Mais, depuis lors, nous avons été trop mauvais Anglais pour être
bons poètes. Depuis la mort de Beaumont, Fletcher et Jonson, l'esprit
s'en est allé : les Muses se sont fixées dans un autre pays : le grand
cardinal de Richelieu les a prises sous sa protection, et, grâce à ces
encouragements, Corneille et quelques autres Français ont réformé
leur théâtre, qui était inférieur au nôtre autant qu'il l'emporte maintenant sur nous et sur le reste de l'Europe. De toutes les nations, ce
sont les Français qui ont le mieux observé les règles des anciens : ils
sont fidèles à l'unité de temps, observateurs plus scrupuleux encore
de l'unité d'action, ne surchargeant pas leurs pièces d'intrigues secondaires, comme le font les Anglais. Ceux-ci mêlent volontiers le
rire et les larmes ; c'est absurde : on croirait que tous ces personnages sont des pensionnaires de Bedlam. Conformément au précepte
d'Horace, l'action, chez les Français, repose toujours sur un fait historique connu, y mêlant juste la part de fiction qui constitue un agrément précieux. Ce ne sont pas eux qui, comme Shakespeare, resser-
reraient en un espace de deux heures et demie des événements qui ont
en réalité duré trente ou quarante ans, ce qui est ridicule. Ils évitent
également une action trop touffue : une seule intrigue importante
leur suffit. Pas de caractères trop nombreux, mais, bien au centre de
l'action, un personnage très en vue sur lequel se concentre tout l'intérêt. Quant aux personnages secondaires, ils ne sont pas négligés,
mais tous concourent à la marche générale de la pièce et au développement de l'intrigue. Pas de récits indépendants et comme en dehors
de l'action : au contraire, tout récit est mis dans la bouche d'un per-

sonnage intéressant, mêlé aux événements qui se déroulent sur la
scène. Les poètes y évitent le tumulte et le désordre qu'en Angleterre
nous n'hésitons pas à introduire au théâtre, sous la forme de duels,
de batailles et autres choses de ce genre ; chez nous, la mort d'un
personnage de tragédie provoque généralement le rire de l'auditoire :
c'est l'endroit le plus comique de la pièce ; mieux vaut certainement
ne pas faire mourir les personnages sur la scène, mais conter leur
mort en un récit fait avec art. En France, les poètes évitent la faute
que nous commettons volontiers et qui consiste à introduire un dénouement produit par un simple changement de volonté, un brusque
revirement, d'ailleurs inexplicables, et, par conséquent, invraisemblables. Que dire également de la rime ? Est-ce que leurs vers rimés
ne l'emportent pas de beaucoup sur nos vers sans rime ? Comme nous
avons raison d'adopter cette façon d'écrire, et la rime ne peut manquer, encore que nous soyons assez maladroits à la manier, d'embellir nos tragédies. » — C'est, comme on voit, sans restriction
aucune, l'apologie du théâtre tel que le conçoivent Corneille et ses
contemporains.

A côté de Sedley, le porte-parole, pour ainsi dire, du groupe gallomane, se trouve Néandre, c'est-à-dire Dryden, partisan lui aussi,
en une certaine mesure, de l'art dramatique français. « Oui, dit-il,
les Français combinent mieux que nous leurs intrigues et observent
mieux aussi le décorum de la scène ; mais, quelles que soient nos
fautes et quelles que soient leurs qualités, elles ne sont pas suffisantes
pour leur assigner le premier rang. Il faut reconnaître aux Français
plus de régularité : en ce qui concerne le mélange des genres, quand
le rire est voisin des larmes on ne saurait le condamner absolument,
mais on ne peut l'approuver non plus ; toutefois, il y a là un moyen
d'éviter une gravité trop continue, et de détendre l'esprit. » Et Dryden réfute nombre d'arguments donnés par son interlocuteur en
faveur du théâtre français, admettant cependant que les Français ont
raison de concentrer l'action sur un seul personnage et d'éviter de
manquer au décorum par trop de désordre sur la scène. Dans ce cas,
il vaut mieux évidemment avoir recours au récit, tout en tenant
compte de la différence de tempérament et de caractère des Anglais,
qui s'accommodent fort bien des combats et des spectacles violents ou
horribles. La stricte observation de la règle des unités n'est pas,

objecte Dryden, sans présenter certains dangers en limitant trop souvent le champ d'action du poète dramatique, qui se voit par là obligé d'écarter certains sujets et de se contenter, comme l'a fait Corneille, de quelque plate intrigue dont on devine aussitôt le dénouement, comme on trouve la solution d'une énigme mal posée. Et Néandre fait de Shakespeare un superbe éloge, tempéré cependant, ici et là, de quelques reproches assez vifs, puisque, s'il le trouve « toujours grand, » il le voit aussi « souvent plat et insipide », prodiguant « les coups de poing » et confondant l'élévation avec « l'enflure ». En ce qui concerne la rime, Néandre s'en déclare le chaud partisan et il s'attache à réfuter l'opinion de ceux qui ne la trouvent pas naturelle. Qu'on ne cite pas, dit-il, l'exemple des Ben Jonson, des Fletcher et des Shakespeare, ce sont maintenant des ancêtres : ils ne pourraient plus être actuellement ce qu'ils ont été, ils ont épuisé leur domaine avant de le transmettre aux mains de leurs enfants ; il nous faut, ou ne pas écrire, ou nous lancer dans quelque voie nouvelle : *tentanda via est, qua me quoque possum tollere humo* [1]. »

Dryden, en effet — et il était le seul, — pouvait, grâce à l'autorité que confèrent le talent et le succès, indiquer une route nouvelle. Quel fut le point de départ de celui que nous pourrions appeler, qu'il eût, ou non, voulu l'être, le législateur du théâtre? « Sans aimant, sans boussole, déclare Dryden, je voguais sur un vaste océan, sans autre secours que l'étoile polaire des anciens, et les règles de la scène française chez les modernes, règles si différentes des nôtres par suite de nos goûts absolument différents [2]. » Aussi y eut-il, dans sa manière, la preuve d'un éclectisme littéraire dont les limites sont fort difficiles à établir. « Chaque fois, dit-il, que j'ai trouvé dans un roman ou une pièce étrangère une histoire à mon goût, je ne me suis pas fait faute, et je n'y manquerai jamais, d'en prendre le fond, de bâtir sur cette base, et de l'approprier à la scène anglaise. Mais cela m'a toujours donné tant de peine de rehausser l'histoire pour notre théâtre... que, ma pièce étant finie, elle ressemblait au navire de Sir Francis Drake, si étrangement transformé qu'il restait à peine une planche du bois qui avait servi à le construire primitivement [3]. » Toute la doctrine

1. Dryden, *Works* (*An Essay of Dramatic Poesy*), vol. XV, p. 367.
2. Dryden, *Works* (*Essay on Satire*), vol. XIII, p. 3.
3. Dryden, *Works* (*An Evening's love. Preface*), vol. III, p. 250.

de Dryden tient dans ce mot : rehausser. Jamais il n'a fait autre chose que rehausser, relever, agrandir, ennoblir ses héros. Et c'est ce qui l'a conduit, prenant Scudéry pour Corneille et Racine, à ces créations énormes, tapageuses, hors nature, ridicules : Maximin et Almanzor.

III

Veut-on, après cela, juger la distance qui sépare Dryden de Corneille et de Racine ? Quelques points, envisagés même succinctement, y suffisent amplement.

Et d'abord combien la conception de l'amour est différente chez Dryden et chez Corneille ! Dans les pièces héroïques anglaises l'amour, comme dans *l'Astrée, le Grand Cyrus* et les tragédies romanesques de Scudéry, est fatal : il est, de tous points, absolument irrésistible. C'est la force qui tend toutes les énergies, c'est le mobile qui détermine les actes de tous les héros soumis, sans résistance possible, malgré leur jactance emphatique, à cette puissance entraînante. Il n'en va pas ainsi chez Corneille. Ses héros ne sont pas à la merci de leur passion. Dans la société française de l'époque, encore que la femme y ait joué le rôle que l'on sait, on peut, à l'occasion, secouer le joug de l'amour : il suffit de citer l'exemple de Mlle de Montpensier [1]. Corneille sait, de son côté, « remettre en honneur l'asservissement du cœur à la volonté ». L'amour, dans le théâtre de Corneille, est sous la dépendance d'une passion plus noble et plus mâle, comme l'honneur ou l'ambition : il n'y est pas enveloppant au point d'absorber le héros tout entier, d'annihiler ses forces vives et de le laisser inerte à la merci de sa passion, puissance irrésistible. C'est, au contraire, la volonté qui le guide et qui l'entraîne ; c'est la raison qui toujours intervient pour lui montrer où est le devoir et museler, si j'ose dire, la passion grondante et déchaînée. « Si la raison s'éclaire brusquement, dit un critique, la volonté tourne aussitôt, et l'on a ces volteface instantanées qui ont tant étonné et fait accuser Corneille de n'être

---

1. *Revue des Deux Mondes* (1er oct. 1899, p. 588).

pas un psychologue habile. Ses personnages pivotent sur eux-mêmes,
et de la même démarche ferme dont ils allaient vers le nord, ils repar-
tent vers le Sud, l'œil fixe, sans un arrêt, sans une hésitation... » Ce
n'est pas que l'amour des héros de Corneille soit moins sincère que
chez les héros de Dryden ; c'est qu'il est plus éclairé : « Dans ces
grandes âmes, l'amour fait une partie de leur vertu. Mais — ce qui
est très différent — en gardant leur amour, ils s'abstiennent de le
suivre... ; ils se défendent d'y prendre leur maxime de conduite ; ils le
subordonnent à un bien supérieur. » C'est tout ce qui se passe pour
Chimène et Rodrigue, et l'on a pu prétendre avec raison que « la
tragédie de Corneille est comme l'épopée de la volonté [1] ». On ne
saurait en dire autant de celle de Dryden : elle peut être l'épopée de
l'amour, elle n'est certainement pas celle de la volonté, puisque les
Maximin et les Almanzor ne sont que jouets entre les mains de leur
belle.

Combien. à d'autres points de vue aussi, les héros de Dryden sont
différents de ceux de Corneille ! Les héros de la tragédie anglaise
sont, en quelque sorte, tout d'une pièce ; aucune lutte en leur âme,
aucun de ces combats intérieurs dont le spectateur suit les péripéties avec une attention émue et dont il attend l'issue avec angoisse. Deux caractères peuvent être comparés dans deux pièces qui
ne sont pas sans présenter d'autres ressemblances : c'est Maximin
de *l'Amour tyrannique* et Félix de *Polyeucte*, la pièce de Corneille
étant antérieure de quelque vingt-huit ans à celle de Dryden. Maximin, tyran de Rome, se trouve, comme Félix, en face de chrétiens
résolus à souffrir pour leur foi les pires tourments. Aucune hésitation chez le héros de Dryden ; aucun combat dans cette âme inac-
cessible à un sentiment généreux. Ces chrétiens peuvent être des
personnages qui devraient lui être sacrés : ils le touchent pourtant
de très près, puisque l'une a partagé sa couche nuptiale. Eh bien,
peu importe, ils mourront. Que ce soit Apollonius, le grand prêtre,
le philosophe païen, converti subitement par sainte Catherine : c'en
est fait aussitôt, qu'on l'entraîne au supplice [2]. Sainte Catherine,
cette « sorcière chrétienne » qui ose prêcher sa foi et faire des prosé-

1. Lanson, *Corneille*, pp. 105, 116, 93, 139.
2. Dryden, *Works* (*Tyrannic Love*, A. II, iii), vol. III, p. 405.

lytes jusque dans les légions romaines, mourra elle-même. Si Maximin hésite un instant, c'est que, tout d'un coup, il s'éprend des charmes de la vierge chrétienne. Que l'impératrice Bérénice se convertisse elle aussi à la foi chrétienne, elle mourra, par ordre de l'empereur, tout comme Félicia, la mère de sainte Catherine. Porphyrius, capitaine des légions prétoriennes, ne sera pas davantage épargné. Maximin ne sait qu'un langage, c'est celui du tyran implacable : pas d'autres paroles sur ses lèvres que des paroles de haine et des ordres homicides. Combien plus humain et plus vrai le Félix de Corneille! Polyeucte s'est fait chrétien ; Néarque et lui se sont moqués hautement des mystères sacrés et ont proclamé le mépris des dieux : ils ont d'une main sacrilège abattu à leurs pieds la statue de Jupiter. Et cependant Félix, après s'être écrié, au premier instant d'indignation : « Il en mourra, le traître ! » demande bien vite à Pauline si elle pense que Polyeucte persiste dans son aveuglement. Et quand il apprend que celui-ci a vu d'un œil d'envie mourir son ami Néarque, on sent que la volonté de Félix chancelle C'est sans surprise, sinon sans émotion, qu'on l'entend témoigner en ces termes son angoisse :

> On ne sait pas les maux dont mon cœur est atteint :
> De pensers sur pensers mon âme est agitée,
> De soucis sur soucis elle est inquiétée :
> Je sens l'amour, la haine, et la crainte, et l'espoir,
> La joie et la douleur tour à tour l'émouvoir :
> J'entre en des sentiments qui ne sont pas croyables :
> J'en ai de violents, j'en ai de pitoyables,
> J'en ai de généreux qui n'oseraient agir,
> J'en ai même de bas, et qui me font rougir.
> J'aime ce malheureux que j'ai choisi pour gendre,
> Je hais l'aveugle erreur qui le vient de surprendre,
> Je déplore sa perte, et, le voulant sauver,
> J'ai la gloire des dieux ensemble à conserver.

> *(Polyeucte, A. III, v.)*

On sent toute l'émotion qui s'est emparée du cœur de Félix. Or, ces combats intérieurs, ces luttes furieuses entre deux sentiments également violents qui se partagent le cœur de l'homme, voilà ce qui fait le fond de la tragédie française au dix-septième siècle. Et au lieu de ces hommes, vraiment hommes, auxquels nous nous assimilons parfois et que nous voudrions pouvoir égaler toujours, nous n'avons plus, chez Dryden, que des héros sans âme, sans chaleur et sans vie, des automates enfin.

Que si nous considérons les héroïnes de Dryden pour les rapprocher de celles de Corneille, la différence qui les sépare sera bien plus marquée encore. Pauline, par exemple, est, dans *Polyeucte*, entre son mari et Sévère, assez proche de Bérénice placée, dans *l'Amour tyrannique*, entre Maximin et Porphyrius. La situation est sensiblement la même; mais, à côté de ces ressemblances, quelles différences aussi ! Bérénice, c'est le devoir, mais c'est la marmoréenne, impassible et prudente ; quelques vœux silencieux lui eussent suffi [1]; elle ne peut pas écouter les paroles de Porphyrius sans commettre une faute; elle raisonne ses actions avec une sérénité d'âme merveilleuse, un calme et un sang-froid vraiment surprenants. C'est à peine si, à un moment donné, elle croit se sentir faiblir un peu quand elle dit : « L'amour aveugle ma vertu : si je m'attarde un peu plus, l'obscurité se fera et je perdrai mon chemin. » Un baiser sur la main, c'est tout ce qu'elle peut accorder, réflexion faite, et tout bien pesé, à ce malheureux Porphyrius. Sans doute Bérénice fait son devoir, mais elle le fait froidement, sans lutte, sans crise, sans déchirements, parce que, semble-t-il, sans passion, partant sans mérite. En toute circonstance elle est, et reste, parfaitement sûre d'elle-même. Ce n'est pas une femme, c'est un mannequin. — Pauline, certes, est bien autre : à tout instant on sent battre en elle, fortement, un cœur de femme. Quelle peine elle a pour « étouffer les restes de sa flamme »! Et quel trouble s'empare d'elle quand elle va revoir Sévère !

> Moi ! moi ! que je revoie un si puissant vainqueur
> Et m'expose à des yeux qui me percent le cœur !
> Mon père, *je suis femme et je sais ma faiblesse ;*
> *Je sens déjà mon cœur qui pour lui s'intéresse*
> Et poussera sans doute, en dépit de ma foi,
> Quelque soupir indigne et de vous et de moi.
> Je ne le verrai point.
>
> (*Polyeucte*, A. I, iv.)

C'est que Pauline est femme, en effet, et qu'elle sent dans sa chair de femme et dans son cœur d'amante « ces troubles puissants que

1. Dryden, *Works* (*Tyrannic Love*, A. II, i), vol. III, p. 397.

fait en elle la révolte des sens ». Bérénice, comme Pauline, a été
mariée contre son choix, sinon tout à fait contre son gré ; mais tandis
que celle-ci redoute le réveil d'une passion mal endormie et qu'elle
crie sa souffrance, l'héroïne de Dryden peut, sans danger, songer à
« un amour qui ne connut jamais la chaleur d'un désir, mais brûle
toujours aussi inoffensif qu'une flamme légère [1] ». Entre ces deux
femmes, il y a toute la distance qui sépare la tragédie de Corneille et
celle de Racine des pièces héroïques de Dryden et de ses contemporains. Ni shakespeariennes, ni cornéliennes, raciniennes moins encore,
ces héroïnes sont sans intérêt, parce que sans passions ; leur sein est
toujours froid, leurs sens sont toujours calmes, et leur cœur toujours
maître de ses émotions ; elles peuvent, sans danger, s'aventurer au
pays du Tendre, s'égarer dans les bosquets de l'Amitié, et se risquer
jusqu'aux îlots de l'Amour platonique : ce sont des héroïnes de
roman, ce ne sont pas des femmes.

Une ou deux fois pourtant on put croire, un instant au moins, à
cette heure tardive, en 1675, où la tragédie héroïque se mourait, si
elle n'était pas morte déjà, qu'un Racine était peut-être né à l'Angleterre ; ce fut quand Nathaniel Lee publia son *Néron*. Il sut trouver
ici, comme dans toute son œuvre, des accents de douceur, de tendresse et de passion qui émurent : ses scènes d'amour furent très
souvent pathétiques et firent verser bien des larmes. Il ne suffisait pas
toutefois de rencontrer Néron et Britannicus, Agrippine et Junie,
cette dernière sous les traits de Cyara, pour retrouver du même coup
le génie de Racine. On en entrevit une étincelle, et ce fut tout. C'est
assez de sentir avec quelle emphase Britannicus supplie Néron d'épar-
gner Agrippine, appelant à son aide la Clémence, les Dieux, Jupiter,
le tonnerre et les éclairs [2], quelle soudaineté il y a dans l'amour de
Britannicus pour Cyara [3], de quelle façon artificielle Néron exprime
son admiration et sa passion pour Poppée, faisant, dans ses aveux,
intervenir tout l'Olympe, Vénus et Pâris, les ombres de l'Élysée et
tout l'attirail mythologique [4]. La jactance de Néron parlant de sa
puissance n'est pas sans une certaine grandeur, mais manque

---

1. Dryden, *Works* (*Tyrannic Love*, A. V, I), vol. III, p. 459.
2. Nath. Lee (*The Dram Works*, *Nero*, A. I, I), vol. III, p. 83, éd. 1734
3. Nath. Lee, *ibid.* (*ibid.*, A. II, III), vol. III, p. 94.
4. Nath. Lee, *ibid.* (*ibid.*, A. III, II), vol. III, p. 105.

assurément de naturel. Tout cela nous rappelle un peu trop les héros de romans et prévient chez nous toute surprise quand nous voyons ensuite Lee compulser les œuvres de La Calprenède pour tirer de *Cléopâtre* sa *Gloriana*, et de *Pharamond* le sujet de *Théodose*.

A côté de Lee on a aussi placé Rowe, que l'on a voulu également comparer à Racine. L'élégance de son style, la douceur de son vers, non rimé pourtant, le petit nombre de personnages mis en scène dans certaines de ses tragédies, sa manière d'exciter la pitié, l'importance qu'il donne aux caractères de femmes, contrairement à Shakespeare, dit-il, dont le génie a su tracer des caractères d'hommes, sans s'attacher à ces héroïnes qui doivent cependant nous émouvoir par leurs peines et leur colère, et aussi par leur amour[1], tout cela peut rappeler, jusqu'à un certain point, la manière de Racine; mais quand, dans la *Belle Pénitente*, nous entendons sans cesse le cliquetis des armes faisant des victimes, quand nous voyons une chambre toute tendue de noir, avec, d'un côté, un cadavre sur une bière, et de l'autre, une table sur laquelle on aperçoit, à la pâle clarté d'une lampe, un crâne et autres ossements[2], alors, en côtoyant ainsi le macabre et l'horrible, nous sentons vite la distance qui sépare Rowe de notre Racine.

Un peu plus tard, Addison se rapprocha aussi du genre racinien. Sous l'influence de la critique et des idées françaises[3], il se rallia franchement aux théories classiques et composa une tragédie, *Caton*, conçue d'après les règles posées par nos auteurs français. Persuadé que la terreur et la pitié étaient indispensables à une tragédie et que la vertu ne peut pas être toujours récompensée, il mit à la scène Caton, l'honnête homme luttant contre l'adversité. A l'exemple de Corneille et de Racine, il voulut que la pensée soutînt l'expression, contrairement à l'exemple de ses compatriotes chez qui l'expression seule était majestueuse et revêtait mal une pensée enfantine ou banale. Il condamna les *rants*, c'est-à-dire l'enflure et la jactance tapageuses, rejeta tous les moyens artificiels de grandir les person-

---

1 Nich. Rowe, *Plays* (*The Ambitions Step-mother*, Prologue).

2. Nich. Rowe. *Plays* (*ibid.*, A. V, 1), p. 60.

3. Addison, *Cato*. Prologue by Pope ; *The Spectator*, n° 40 ; Courthope, *Addison*, p. 118.

nages, le casque à plumes pour les héros, la longue traîne pour les
héroïnes ; il supprima le bruit des tambours et des trompettes, les
grands cris de joie ; il prêcha la simplicité des artifices scéniques, le
tailleur et le peintre devant céder la place au poète ; il recommanda
de mettre en récit les meurtres et les empoisonnements, la torture et
toutes les scènes violentes[1], donnant ainsi raison aux critiques français. Et joignant l'exemple au précepte, il risqua *Caton* sur la scène.
Ce fut un succès[2]; mais ce fut surtout un succès politique ; les allusions qu'on y vit soutinrent la pièce, et l'esprit de parti en assura le
triomphe, d'ailleurs sans lendemain. Voltaire eut beau comparer
l'auteur à Pierre le Grand introduisant la civilisation en Russie et
regretter que Shakespeare n'ait pas vécu à l'époque éclairée d'Addison, on sentit vite que cette tragédie, écrite suivant les règles classiques, contenait, non des caractères, mais des personnages, et que la
rhétorique, inspirant de beaux discours, de belles descriptions et de
fort beaux vers, y tenait lieu trop souvent d'accents sincères et de
passion vraie. Et cependant Macaulay déclare que, parmi les pièces
écrites sur le modèle français, il faut reconnaître que *Caton* est au
premier rang, non pas sans doute sur le même plan qu'*Athalie* ou
*Saül*, mais, à son avis, non au-dessous de *Cinna* et certainement
au-dessus de toute autre tragédie anglaise de la même école, au-
dessus d'un grand nombre de pièces de Corneille, de Voltaire et
d'Alfieri, au-dessus même de quelques pièces de Racine[3]. Quoi qu'en
dise Macaulay, *Caton* ne peut guère plaire aujourd'hui qu'aux lettrés ;
on trouverait difficilement, maintenant que la passion politique s'est
refroidie, un Bolingbroke assez enthousiaste pour faire appeler le
principal acteur, Booth à cette époque, et lui remettre, sous les yeux
du public, une bourse remplie de cinquante guinées.


IV


D'autres, vers le même temps ou à la suite d'Addison, s'essayèrent
encore à écrire des tragédies dans le goût classique, avec une ten-

1. Addison, *The Spectator*, n°⁵ 39, 40 et 595, 42, 44.
2. Stanhope, *Reign of Queen Anne*, p. 555.
3. Macaulay, *Essays (Life and writings of Addison)*, p. 762, éd. Longmans.

dance très marquée à se réclamer, non de Corneille ou de Racine, mais de l'antiquité grecque ou latine.

C'est Dennis, par exemple, si violemment gallophobe. Il prétend avoir retrouvé la muse tragique, fille du ciel, folle de douleur et égarée dans la solitude, farouche comme une bacchante, le regard morne, déchirant l'air de ses cris retentissants, frappant son sein immortel et arrachant ses cheveux d'or en se voyant de tous abandonnée. Dans *Iphigénie* il ramène à ses compatriotes la muse qui va tenter d'escalader les sommets où s'éleva Sophocle : il veut que les cœurs anglais s'embrasent au foyer de la Grèce antique[1]. Il désire conduire sa barque dans une voie nouvelle et remonter jusqu'aux sources grecques : c'est là, en effet, qu'il a aperçu pour la première fois la muse, vierge chaste et sévère ; son œil en a observé les charmes, il les a exprimés d'une touche hardie sans chercher à les déguiser sous un vêtement anglais[2]. Le résultat démontra clairement combien les compatriotes de Dennis étaient peu disposés à accueillir la muse grecque. *Iphigénie* fut jouée en 1700, et la recette ne suffit pas à payer les dépenses de costumes. Il fut pourtant un peu plus heureux dans sa *Liberty Asserted* (1704), à cause vraisemblablement des tendances gallophobes qu'il y manifestait. Dans *Appius et Virginia* (1709), le tonnerre de Dennis, d'invention toute récente, fit plus de bruit que son talent. Ses insuccès au théâtre et la science de sa critique ont fait dire de lui : « Dennis est le maître le plus parfait que puisse avoir un poëte dramatique, puisqu'il peut apprendre à distinguer les *bonnes* pièces par ses préceptes et les *mauvaises* par ses exemples[3] ».

Edmond Smith dans sa *Phèdre et Hippolyte* rappelle *Phèdre* et *Bajazet* de Racine. La pièce n'eut aucun succès. Addison[4], maudissant le goût naissant et déjà très marqué de ses compatriotes pour la musique italienne, a quelque peine à croire « qu'à une époque où vit un auteur capable d'écrire *Phèdre et Hippolyte* il y ait une nation assez stupidement amateur d'opéra italien pour accorder à peine trois représentations à cette admirable tragédie ».

---

1. J. Dennis, *Iphigenia*, Prologue (*Select works*, vol. II, p. 7).
2. J. Dennis, *Iphigenia*, Epilogue (*ibid.*, vol. II, p. 98).
3. *Biographia Dramatica*, mot *Dennis*.
4. Addison, *Spectator*, n° 18.

Goring avec *Irène*, Théobald avec ses deux traductions de Sophocle, *Electre* et *Œdipe*, avec sa *Princesse persane*, qui eut juste
deux représentations, et son *Frère perfide*, n'obtinrent pas plus de
succès.

Young parut. Il n'écrivit pas seulement des satires ; il ne composa
pas seulement le poème des *Nuits*, son meilleur titre de gloire auprès
de la postérité, et son *Centaure non fabuleux*, il fut auteur dramatique. Nous avons de lui *Busiris*, *la Vengeance* et *les Frères*. Corneille et Racine eurent-ils sur lui une influence marquée? Nous ne le
croyons pas. Les préférences de Young sont allées aux romantiques
anglais, et non à l'antiquité grecque et latine, ou à la scène française.
Elles sont nettement marquées dans une lettre où il fait la comparaison entre le drame shakespearien et la tragédie cornélienne ou racinienne. « Les Français, dit-il, sont raffinés et dirigent délicatement
le fil qui doit conduire à travers le dédale d'une intrigue serrée.
Notre génie à nous affecte plutôt le grandiose que le beau, notre
vigueur sait faire valoir une action grande et simple. Ils excitent, il
est vrai, fortement la curiosité de voir arracher le héros à sa sombre
perplexité. Pour nous, nous soulevons les émotions et nous mon-
trons ce héros haletant sous quelque coup formidable. Ils soupirent
et nous pleurons. L'inquiétude et le doute gaulois, nous les exaltons
en terreur et en désespoir : nous frappons au cœur, nous faisons hardiment appel aux passions les plus fortes et nous ne craignons pas que
nos auditeurs soient trop sous le charme. Nous reproduisons en un
tableau grandiose ce que la nature présente de grand et nous ne
devons pas nos beautés à la loi du drame [1]. » Cette profession de foi,
à laquelle s'ajoute l'éloge de Shakespeare, ce poète de génie « qui ne
fit qu'écrire le drame composé par le Tout-Puissant », marque très
bien les prédilections de Young.

S'il fait son profit des remarques du classique Addison, s'il main-
tient la séparation des genres, il fait très bon marché aussi de la
question des trois unités ; il reprend hardiment l'emploi des rodomontades et de l'emphase, retombe dans l'exagération perpétuelle du
langage et des sentiments, retrouve les formules galantes des héros

---

1. *An Epistle to Lord Lansdowne*, citée dans W. Thomas, *Edward Young*,
p. 275.

de romans, et, comme le note M. Thomas, multiplie, dans *Busiris*,
les incidents de tout ordre, réception d'ambassadeurs, sombre entrevue dans un caveau sépulcral, retour en triomphe d'un général
victorieux, réunion nocturne de conjurés, banquet d'apparat que
trouble l'annonce de la sédition, apparition des révoltés dans le
palais et bataille rangée dont divers épisodes se succèdent sur les
planches, se terminant par la mort violente des principaux acteurs.
Nous reconnaissons là tout l'attirail shakespearien, voire l'imitation
tout à fait directe, le calque parfois trop fidèle du texte même de
Shakespeare[1], auxquels se joignent en un mélange assez bizarre quelques données classiques et aussi quelques formules héroïques. Ces
éléments si hétérogènes, Young a pu cependant les grouper avec un
bonheur relatif dans *Busiris* et dans *la Vengeance*, sans conquérir
une place bien en vue dans la galerie des poètes dramatiques
anglais.

Si, dans ces deux œuvres-là, Young ne doit rien aux Français que
certaines théories addissonniennes dont il fait parfois son profit, en
est-il de même pour sa dernière tragédie *les Frères* ? — Là Young
est vraiment trop redevable à un de nos tragiques, nous voulons parler de Th. Corneille : l'œuvre anglaise n'est, en effet, qu'un plagiat
soigneusement dissimulé de *Persée et Démétrius*.

La ressemblance de *Persée et Démétrius* avec *les Frères* ne repose
pas seulement sur certains passages isolés et peu étendus où des rencontres fortuites seraient possibles, ni sur des réminiscences permises
à tout auteur habitué à beaucoup de lecture, dit M. Thomas ; elle se
manifeste sur tous les points principaux. C'est d'abord l'identité
presque complète entre les personnages correspondants de part et
d'autre, entre leurs noms mêmes et les situations dramatiques qui
constituent le fond de l'intrigue. C'est ensuite la même ressemblance
dans les détails de l'action. Bien plus, en dehors des personnages et
de l'intrigue, il y a des passages entiers traduits presque littéralement
et d'autres formant une paraphrase fort peu différente de l'original[2].
C'est à peine si quelques légères additions, comme l'introduction
d'un ou deux personnages nouveaux, quelques modifications de

1. W. Thomas, *Edward Young*, pp. 286, 291, 295.
2. W. Thomas, *Edward Young*, p. 299-303.

détail, dans le dénouement, par exemple, permettent de faire du
poète Young un adaptateur servile au lieu du plus effronté des plagiaires.

On se demande pourquoi Young a choisi dans Th. Corneille une de
ses œuvres les plus faibles, pourquoi il a pris *Persée*, alors que cette
tragédie, « anneau ajouté à la longue chaîne interminable des tragédies copiées sur le patron du *Grand Cyrus* et de la *Clélie* », n'avait
obtenu en France aucun succès. M. Thomas croit que Young a imité
*Persée* parce que cette pièce risquait moins d'être reconnue. Il pourrait bien y avoir une autre cause. Le poète anglais savait tout l'enthousiasme ressenti jadis par ses compatriotes pour les héros de
romans, dont les tirades retentissaient encore en échos attardés. La
lignée des admirateurs des héros de romans n'était certainement pas
éteinte, et Young peut-être espérait-il pouvoir réchauffer cet enthousiasme et retrouver ainsi, à bon marché, le succès de Dryden. Et cet
espoir n'était pas trop tardif si l'on se souvient que la pièce de Young
avait été écrite environ trente ans avant l'époque où elle fut représentée sur la scène en 1753. Cet espoir fut néanmoins déçu, et *les Frères*
furent très froidement accueillis.

Thomson, à son tour, ne doit-il rien à Corneille, à Racine, à
la France enfin ? Le nom de *Sophonisbe* éveille aussitôt l'attention
et on se souvient de Corneille vieillissant. Thomson connaissait
la tragédie cornélienne, mais il faut admettre qu'il ne s'en est
guère souvenu que pour mieux s'écarter d'une héroïne qui aurait
pu être son modèle. La farouche Carthaginoise de Tite-Live, à laquelle Corneille a « prêté un peu d'amour », est loin d'avoir été
conservée intacte par Thomson, comme le remarque M. Morel.
« L'amour de Carthage, dit-il, la haine du nom romain, l'horreur de
la servitude et le culte passionné de la gloire, voilà les sentiments
dont le dramaturge veut pétrir l'âme de sa Sophonisbe. Thomson
est à cet égard plus cornélien que Corneille lui-même, dont l'héroïne
est amoureuse, au moins autant qu'elle est patriote [1]. » Plus cornélien
peut-être, et pourtant si différent de Corneille ! Où trouve-t-on, en
effet, dans l'œuvre de Thomson cette atmosphère héroïque où se
meuvent les héros de notre poète français et où ils sont vraisemblables

1. L. Morel, *James Thomson*, p. 644.

et vivants, malgré l'exaltation parfois assez accusée de leurs sentiments et les proportions un peu extraordinaires de leur stature ? Où chercher cette puissance, cette noblesse, cette éloquence qui sont en quelque sorte inhérentes à Corneille ? Que nous importe, après tout, que Thomson respecte scrupuleusement les trois unités ? Ce n'est pas cela uniquement qui constitue la tragédie française de Corneille et de Racine ! Au lieu de cette grandeur vraie qui emplit l'âme des héros et héroïnes de Corneille, que trouvons-nous ? De l'emphase très souvent, un fracas de grands mots, une rhétorique plus bruyante que sincère, l'exagération de la forme masquant mal l'exagération trop visible des sentiments, tout cela ne rappelle Corneille que de fort loin, et, s'il faut rattacher la tragédie thomsonienne à quelque modèle français, disons qu'elle nous paraît, sur certains points, se rapprocher plutôt de la tragédie héroïque dont les racines, comme on voit, se prolongent bien loin.

Retrouvons-nous en Thomson quelque chose de Racine ? « Avait-il plutôt, comme se le demande M. Morel, ce qu'il faut de subtile puissance d'analyse, de pénétrante observation des replis cachés du cœur pour pouvoir, comme un Racine, deviner les secrets des sentiments, leurs mobiles mystérieux et leurs répercussions lointaines ? Avait-il cette puissance de synthèse qui permet à notre grand classique de ramasser ces observations délicates ou profondes et d'en former ces créatures générales auxquelles manquent sans doute le trait individuel et la personnalité concrète, mais non pas l intensité de vie ?

« Un impartial examen de l'œuvre de Thomson ne permet pas de répondre affirmativement à cette question. Il n'eut pas plus le don du psychologue que le talent du dramaturge ; il ne sut ni faire mouvoir des groupes nombreux, ni créer de vivants personnages. Si l'action de son drame est mortellement lente et froide, l'intérêt n'en est pas davantage soutenu par une subtile analyse des cœurs ou par une fidèle et précise représentation de leurs agitations. Sa tragédie ne nous offre ni cohésion dans les caractères, ni logique, vérité ou vraisemblance dans le développement des passions[1]. » Nous sommes loin de nos classiques français.

1. L. Morel, *James Thomson*, p. 547

N'ayant presque rien de cornélien ou de racinien, Thomson s'efforça plutôt de se rapprocher de la tragédie antique, soit en limitant le nombre des personnages, comme on l'a noté, soit en réduisant les circonstances extérieures de l'intrigue à une action aussi simple qu'il se pourra, soit en faisant, bien trop timidement, intervenir le chœur dans *Sophonisbe* et dans *Agamemnon* [1].

Thomson a-t-il, par ailleurs, quelque qualité ou quelque défaut qui révèle l'imitation française en dehors même de Corneille et de Racine? M. Morel aperçoit dans *Édouard et Éléonore* quelque chose de Voltaire. « Le poète, écrit-il, s'incline devant l'opinion du public qui trouve trop aride et trop nue la tragédie classique d'*Agamemnon* ; il s'efforce d'introduire dans son œuvre nouvelle de nouveaux éléments d'intérêt. Nous pouvons facilement imaginer quelle influence il subit à ce moment, et de quel modèle il s'inspire. Voltaire est depuis plusieurs années le maître de la scène française. S'il a reçu de l'Angleterre une impression profonde et permanente, il exerce de son côté une action efficace et très apparente sur les lettres et en particulier sur le théâtre d'outre-Manche. C'est bien sa formule de la tragédie renouvelée et rajeunie que nous retrouvons dans *Édouard et Éléonore* [2]. » Et le critique français voit cette influence de Voltaire dans l'ingénieuse subtilité de l'intrigue, dans les allusions politiques, dans le souci de la couleur locale, aussi nouveau sur la scène anglaise du XVIIIe siècle qu'il pouvait l'être sur la scène française. Nous voudrions nous-mêmes découvrir, très claires, des traces de cette influence de Voltaire ; nous n'y parvenons guère ; en tous cas, ces traces nous paraissent bien vagues, fort peu profondes. Admettons, si l'on veut, ces ingénieux « retournements » de situation ; mais, si l'on convient que « les dramaturges y ont de tout temps recherché des effets frappants », il ne nous semble guère possible d'affirmer que c'est vraiment Voltaire à qui Thomson a emprunté l'ingéniosité du procédé. En ce qui concerne les allusions politiques, point n'est besoin de recourir à Voltaire pour en découvrir des exemples. Thomson, n'avait pas à aller bien loin, ni à remonter très haut dans le passé. Surtout il n'avait pas à sortir des frontières pour trouver telle pièce de

1. L. Morel, *James Thomson*, pp. 545, 554.
2. L. Morel, *ibid.*, p. 570.

théâtre, ou tel passage, faisant écho aux préoccupations politiques de l'époque. Dryden ne s'était pas privé d'employer ce moyen très risqué de piquer la curiosité du public et d'exciter la malignité d'un auditoire attentif à la moindre allusion politique ou religieuse. Il est même étrange qu'il ait pu, sans encombre, parler de « ces marchés publics où pour de l'or étranger le prince le plus pauvre se vend au plus riche[1]. » Charles II devait être terriblement distrait ou bien volontairement aveugle pour ne pas voir l'insolence de cette allusion si blessante pour son amour-propre. Presque aussitôt après la Restauration, mais surtout vers la fin du règne de Charles II, la scène fut envahie par la politique et la religion : les diatribes y abondent. Faut-il citer Otway dans l'*Orphelin*[2] ou *Venise sauvée*[3] ? Dans l'*Athée*, les allusions religieuses ne sont-elles pas aussi faciles à saisir que dans *le Moine espagnol*, où est exploité sans mesure l'esprit anticatholique de l'époque ? N'est-ce pas, comme le dit Dryden lui-même, « une pièce protestante » ? *Le Duc de Guise* est-il autre chose qu'une pièce politique ? Dennis ne se propose-t-il pas dans sa *Liberty asserted* « d'animer les Anglais contre les Français[4] » ? Crowne ne se vanta-t-il pas d'avoir aspergé « le pape d'un peu de vinaigre »[5], alors, d'ailleurs, qu'il lui fait bonne mesure ? En somme, le théâtre après la Restauration a le plus souvent l'aspect d'une arène où luttent les partis[6], et Thomson, s'il veut lancer quelques allusions politiques sur la scène, n'a pas à regarder très loin derrière lui pour trouver de nombreux exemples. Quant à l'invention de la couleur locale qui « relève nettement de Voltaire et de son esthétique dramatique », M. Morel avoue que, chez Thomson, « la tentative est timide et reste fort gauche », et que « ce scrupule de couleur locale n'est pas poussé très loin ». C'est assez dire que si Thomson doit quelque chose à Voltaire, cette dette n'est pas de toute première importance. Le vrai, peut-être, c'est qu'il a recueilli quelques-unes des idées émises par Addison et flottant en quelque sorte dans l'atmosphère poétique de l'époque, qu'il a écouté Dennis


1. Dryden, *Works (Conquest of Granada)*, vol. IV, p. 79.
2. Th. Otway, *The Orphan* (Préface), p. 205. Ed. Thornton, 1813.
3. Th. Otway, *Venice preserved* (Préface), p. 7.
4. Dennis, *Select Works : Liberty asserted* (Préface), éd. 1704.
5. Crowne, *Henry the sixth* (Prologue). Voir aussi *The E. Friar* de Crowne.
6. Genest, *Some Account...*, vol. I, pp. 297, 307, 318, 353, 355, 359, 394.

prôner les règles de l'antiquité classique, car, il ne faut pas l'oublier,
. Dennis fut en tout violemment antifrançais, que la conception shakespearienne l'a assez fréquemment séduit dans *Coriolan*, et que de
tout cela est sortie une esthétique dramatique un peu confuse, où il
est assez difficile de discerner des éléments français bien distincts.

Contemporain de Thomson, Mallet donna à la scène une *Eurydice*
qui, reprise quelque trente ans plus tard par des acteurs comme Gar-
rick et Mrs. Cibber, ne réussit pas mieux que lors de la première
représentation ; un *Mustapha* qui eut quelque succès grâce à sa forme
poétique et aussi à certaines allusions politiques ; enfin une *Elvire* qui,
en opposition directe avec le sentiment populaire, fut par là même
condamnée à une chute irrémédiable.

Glover composa une *Boadicée* et une *Médée* sur le modèle des anciens, chaque acte se terminant par un chœur, l'auteur ayant sans
cesse les yeux fixés sur la *Médée* de Sénèque. Le succès ne récompensa pas d'aussi louables efforts. « Ces longues déclamations, ces
pompeuses évocations de fantômes, cette puissance de la sorcellerie
et ces chœurs composés en une mesure bizarre comme l'iambe et le
dithyrambe ne sont en aucune façon adaptés à la mode anglaise »,
lit-on dans la *Biographia*. De pareilles pièces ne sont pas destinées
au théâtre ? poursuit le même critique ; mais ce n'est pas une excuse.
Que dirait-on d'un homme qui, se vêtissant du mantelet et du haut-
de-chausses du temps du roi Jacques Ier, ferait et recevrait des visites
dans ce costume et dirait, pour se justifier, qu'il n'a pas l'intention
de danser dans cet accoutrement ou d'aller à la cour? Il n'y a pas plus
de raison pour habiller notre langage que pour parer nos personnes
à la mode d'il y a deux mille ans [1]. »

Mason, dans la seconde moitié du xviiie siècle, écrivit une *Elfrida*
en se conformant scrupuleusement aux règles de la tragédie grecque,
bornant à trois le nombre de ses personnages, le reste de la pièce
n'étant qu'odes et chœurs lyriques, comme dans son *Caractacus*,
œuvre également non destinée à la scène, mais composée uniquement pour le plaisir des lettrés.

C'en est fini, comme on voit, des grands succès sur la scène. Les
poètes anglais du xviiie siècle, tiraillés par des tendances diverses,

---

1. *Biographia Dramatica*, mo *Medea*.

ballottés entre des systèmes qu'ils ne savent pas concilier, n'ont en
réalité aucune esthétique dramatique. Il ne leur resterait qu'à se fier
à leur talent, à leur génie, mais c'est ce qui leur manque le plus.
Jouées ou non, ces tragédies, plus ou moins classiques, plutôt grecques et latines que françaises, n'ont laissé dans les lettres anglaises
qu'une trace bien légère : ce sont des œuvres de lettrés qui ne sortent
guère des bibliothèques, quand elles parviennent à y entrer.


## V


La tragédie classique, quoi qu'on ait dit et quoi qu'on ait fait, ne
put donc jamais s'acclimater en Angleterre. Ni Corneille, ni Racine
ne pouvaient y être compris, partant appréciés. De même qu'un
Shakespeare était impossible en France, de même un Corneille, un
Racine surtout, étaient impossibles en Angleterre. Chaque peuple a,
en effet, sa conception particulière du drame, en rapport avec sa tournure d'esprit, son tempérament, reçus et transmis en quelque sorte
par atavisme. La tragédie, en France, avant Corneille et Racine,
pouvait être romantique ; si, entre les deux routes qui s'offraient à
elle, la tragédie a choisi la grand'route classique, ce n'est pas évidemment par pur hasard.

On nous a reproché, à l'étranger, d'avoir trop scrupuleusement
observé la règle des trois unités, et Schlegel ne s'est pas fait faute de
nous dire, dans ses *Lectures sur l'Art et la Littérature dramatiques*,
que « le cours puissant des destinées humaines procède, comme le
changement des saisons, d'un pas mesuré, les grands desseins mû-
rissant lentement ». Et, à l'appui de son assertion, le critique allemand cite l'exemple du drame de *Macbeth*, qui aurait perdu toute sa
beauté sublime si les événements avaient été simplement racontés
au lieu de se dérouler tragiquement sur la scène, si enfin le sujet
avait été enfermé dans le cadre étroit de l'unité de temps[1]. Après
Schlegel, à tout instant et à tout propos, on est revenu, en Angle-

---

1. W. Schlegel, *A Course of lectures on Dramatic Art and Literature*, lecture XVIII
(éd. Bohn, p. 254).

terre, sur ces critiques ; on les a reproduites et on les reproduit
encore sans se lasser.

C'est que nos voisins se placent toujours à un point de vue spécial
et qu'ils apportent dans leurs jugements littéraires des habitudes
d'esprit dont il leur serait, d'ailleurs, assez difficile, presque impossible même, de se déprendre. Si nos grands maîtres ont cru devoir
limiter l'action à une crise, à une intrigue unique, c'est qu'ils ont
obéi à un besoin inné d'ordre, de simplicité et partant de clarté,
toutes qualités inhérentes à l'esprit français. Nous sommes allés aux
trois unités par une pente en quelque sorte fatale : nous ne pouvions
pas résister aux lois que nous dictaient notre nature, notre tempérament dramatique, non plus que, dans le monde matériel, les corps
ne peuvent résister aux lois de la pesanteur. Les Grecs, comme on l'a
justement fait remarquer [1], ont eu leur théâtre qui correspondait à
leur idéal, la beauté ; les Anglais ont eu le leur qui correspond aussi
à leur idéal, action et vie ; les Français, le leur également, qui répond
à un besoin, inné chez eux, de logique, d'ordre et de clarté.
De même que nos voisins ne sauraient s'accommoder de notre théâtre, de même nous ne saurions être entièrement satisfaits du leur,
notre tournure d'esprit, nos goûts littéraires étant sur bien des points
si différents !

Quand les Anglais ont voulu se rapprocher de nous, nous imiter,
nous égaler, nous battre en quelque sorte avec nos propres armes,
ils y ont misérablement échoué. Sans doute les œuvres de Racine
étaient, après la Restauration, arrivées trop tard, alors que le drame
anglais s'était déjà engagé dans une voie nouvelle ; mais quand, soit
directement, soit par des traductions, — celle d'*Andromaque*, la première, est de 1675, — ils connurent Racine, leur premier soin fut, au
lieu d'en faire leur profit, de le défigurer lamentablement. Ils mélan-
gèrent la prose et les vers, mirent en scène ce qui était en récits,
ajoutèrent un épilogue comique à une action essentiellement tragique,
comme pour *Andromaque* de Crowne, amputèrent *Bérénice* de Racine en réduisant les cinq actes de la pièce française aux trois actes
de *Titus et Bérénice* d'Otway, négligeant toute analyse, toute psychologie, laissant s'évaporer toute poésie. Le théâtre de Racine était

1. E. Faguet, *Drame ancien et drame moderne*, passim.

trop original, trop national, trop français enfin, pour pouvoir facilement être imité de l'étranger : les Anglais ne pouvaient ni voir ni sentir ces qualités, qui sont, comme le dit M. Brunetière, « celles que nous goûtons peut-être le plus dans Racine : profondeur, subtilité d'analyse ou d'observation morale ; négligence apparente, mais étudiée, du style, dont le contour sinueux imite en quelque sorte ce qu'il y a de plus caché dans les mouvements de la passion ; harmonie des proportions ; et, généralement, tout ce que la forme oratoire de sa tragédie semble, en vérité, dérober à ceux qui n'ont pas, en naissant, respiré l'air de France [1] ». Les Anglais ont pu, encore que ce soit de bien loin, nous rappeler la tragédie de Corneille, ne craignant pas d'avancer que « le sujet d'une belle tragédie doit n'être pas vraisemblable [2] » et encadrant de son vers empanaché des actions rares et parfois quelque peu complexes, comme on le voit dans *le Cid, Horace, Rodogune, Héraclius* ; ils se sont absolument égarés quand ils ont voulu se rapprocher de Racine. Son action simple et chargée de peu de matière, d'expérience quotidienne, comme on l'a dit avec raison [3], ses caractères qui, selon le mot de Fontenelle, « ne sont vrais que parce qu'ils sont communs », qui sont voisins de nous, que nous reconnaissons parfois pour les avoir coudoyés dans la vie réelle, voilà ce que Dryden n'a jamais même entrevu. Cherchez dans toute l'œuvre de la Restauration une Hermione ou une Bérénice, une Iphigénie ou une Phèdre raciniennes, vainement vous tâcherez de les y découvrir.

Que si vous comparez le style de Dryden à celui de Corneille et de Racine, vous pourrez rapprocher parfois le vers de Dryden des tirades cornéliennes, mais vous ne trouverez nulle part la simplicité de Racine, qu'on distinguerait peu de la prose si l'on n'entrevoyait, sous le réseau tissé en apparence sans art, toute l'élégance cachée mais réelle, toute l'harmonie, toute la chaleur, toute la hardiesse du style racinien. Ce sont là autant de qualités que l'œil d'un étranger ne discerne pas, mais que nous voyons et savons apprécier, nous Français ; et cela précisément parce que nous sommes Français.

---

1. Brunetière, *Manuel de l'Hist. de la Lit. franç.*, p. 193.
2. Corneille, Préface d'*Héraclius.*
3. Brunetière, *Manuel de l'Hist. de la Lit. franç.*, p. 203.

Un Anglais peut écrire que « les chefs-d'œuvre français du dix-septième siècle auraient perdu, s'ils n'étaient pas rimés, la place qu'ils
occupent sur la scène moderne[1] » ; nous nous l'expliquons fort bien ;
mais ce que nous savons aussi, c'est que dans l'œuvre de Corneille
et de Racine il y a autre chose que la rime : il s'y trouve un antisep-
tique autrement puissant qui, précisément, a échappé aux yeux,
pourtant clairvoyants, de M. Arnold, comme auparavant à ceux de
Schlegel, c'est l'ensemble de ces qualités éminemment françaises
qui constituent le talent, le génie de nos deux grands poètes. Si la
critique moderne étrangère — à quelques rares exceptions près —
n'est pas encore parvenue à distinguer les qualités de nos classiques,
à en sentir les beautés, devons-nous être étonnés que Dryden et ses
contemporains n'aient presque rien vu et rien senti de l'œuvre de
nos poètes dramatiques ?

N'étant plus eux-mêmes, puisqu'ils s'étaient écartés de la tradition
nationale pour devenir, si l'on ose dire, les reflets de l'étranger,
ayant rompu le lien qui les rattachait au romantisme, s'attachant
ensuite à reproduire un idéal romanesque qu'ils s'étaient formé
d'après nos romans français, s'attardant à la copie d'un système dramatique qui est celui de Scudéry, et non celui de Corneille et de
Racine, confondant les pièces héroïques avec les tragédies classiques,
les poètes anglais de la Restauration ne réussirent pas à créer une
œuvre nouvelle, un théâtre vivant. On peut dire de la poésie dramatique française plus ou moins imitée sur le théâtre anglais au
dix-septième siècle ce que Rymer disait de la tragédie grecque trans-
plantée à Rome : « Cette poésie dramatique resta comme une plante
étrangère : le climat ne lui étant guère favorable, et cultivée assez
mal, elle put produire des feuilles et des fleurs, sans jamais donner
aucun fruit de quelque valeur[2]. » C'est qu'un poète dramatique ne
peut pas impunément s'extérioriser en quelque sorte, ne tenant plus
aucun compte, à un moment donné, du passé littéraire, du tempérament, des habitudes, du génie d'une nation, surtout quand il est lui-
même peu apte à s'assimiler des formes nouvelles, peu capable
d'exprimer avec toutes ses nuances, toutes ses profondeurs philoso-

<hr>

1. Arnold, *Essay on Dramatic Poetry*. Préface, p. xiii.
2. Rymer, *A short view...*, p. 28.

phiques, la pensée qu'il entrevoit et qu'il ne pourra jamais atteindre. Ayant perdu tout contact avec le sol national, incapable de s'élever aux hauteurs splendides où s'ébat le génie d'un Corneille ou d'un Racine; le nouvel Icare, aux ailes très fragiles, ne peut qu'être entraîné dans une chute lamentable. C'est ce qui est arrivé à Dryden, aux autres poètes anglais de la Restauration, à tous ceux enfin qui, plus tard, se sont risqués à poursuivre l'idéal classique. Et, du royaume des ombres, Corneille et Racine durent ressentir quelque pitié, peut-être un peu moqueuse, en voyant ces pauvres ailes de cire fondre au grand soleil de leur génie, resté si haut et si resplendissant sur l'horizon.

CHAPITRE IX

## La comédie : Molière en Angleterre.

I

Charles II préférait la comédie à la tragédie. Ce genre convenait
mieux à ses habitudes d'esprit, à son tempérament de joyeux viveur :
la gaieté naturelle à la comédie, la morale moins sévère sur laquelle
elle repose étaient pour lui autant de raisons pour la préférer à la
tragédie ; et il était en cela d'accord avec la plus grande partie de
la cour anglaise. « Charles II, pendant son exil, avait vécu sur le pied
d'égalité avec les nobles exilés et partagé librement la promiscuité
des plaisirs et des fredaines par lesquels ils s'efforçaient d'adoucir
l'adversité. A une telle cour les distractions du drame auraient paru
insipides, à moins d'être relevées par cet esprit de libertinage qui
régnait dans l'existence des courtisans et que l'exemple du monarque
ne faisait qu'encourager[2]. » Ce fut donc la comédie qui eut toutes les
préférences royales, non pas la comédie française, mais la comédie
espagnole.

Walter Scott a expliqué cette prédilection du roi, surprenante quand
on sait son goût pour les choses de France. « La comédie française,
bien que Molière fût au zénith de sa gloire, semble ne pas avoir eu
les mêmes charmes pour le monarque anglais. La même entrave du
décorum, qui arrêtait le développement de la passion naturelle dans
la tragédie, empêchait toute licence indélicate dans la comédie... Or
le joyeux monarque ne voyait aucune bonne raison pour que la muse
de la comédie fût forcée de rester toujours confinée dans la décence,

1. Pope, *Works*, vol. III, p. 359 (éd. Elwin, Courthope).
2. Dryden, *Works* (*Life of J. Dryden*, by W. Scott), vol. I, p. 61.

et ne croyait pas se dégrader quand il se réjouissait de quelque grossière plaisanterie ou de quelque boutade impie, au milieu des éléments très mélangés d'un auditoire populaire. » Et puis, comme le
dit encore Walter Scott, « un auditoire anglais ne pouvait supporter
avec patience la régularité de la comédie chez ses voisins, provenant
de tours délicats dans l'expression et d'une plus fine peinture de caractère. La comédie espagnole, par son mouvement, ses machines, ses
déguisements et ses intrigues compliquées, plaisait davantage à son
goût. Cette préférence ne résulta pas entièrement de ce que les Français appellent le flegme de notre caractère national, que de puissants stimulants peuvent seuls exciter. Il est certain qu'un Anglais
compte que son œil, aussi bien que son oreille, doit être charmé dans
une représentation dramatique ; mais la soif de nouveauté fut une
autre raison très distincte qui influa sur le drame renaissant. Le
nombre des pièces nouvelles représentées à chaque saison était incroyable, et les auteurs étaient forcés d'avoir recours au mode de
composition qui était le plus facile à exécuter. Le soin apporté à la
justesse de l'expression, les beaux traits de caractère ajoutés à un
arrangement de l'action pouvant être à la fois agréable, intéressant
et vraisemblable, tout cela demande une étude sérieuse, une profonde
réflexion, une correction, une revision, longues et répétées. Il ne
fallait pas s'y attendre de la part d'un dramaturge qui devait produire trois pièces de théâtre en une seule saison. Aussi substituait-on
à tout cela des aventures, des surprises, des rencontres, des méprises, des déguisements, des fuites, ce que l'on produisait facilement au moyen de panneaux glissants, de cabinets, de voiles, de
masques, de grands manteaux et de lanternes sourdes. Si le poète
était embarrassé pour employer cet attirail commode, les quinze
cents pièces de Lope de Vega étaient là sous sa main pour lui servir
de modèles... C'est sous les auspices de Charles II, qui avait dû voir
les originaux pendant son séjour à l'étranger, et, dans quelques cas,
sur sa demande formelle, qu'on fit des traductions des pièces espagnoles les meilleures et les plus mouvementés [1]. »

Si les poètes comiques de la Restauration, ne continuant pas la
tradition des Shakespeare, des Massinger, des Beaumont et des

1. Dryden, *Works* (*Life of J. Dryden*, by W. Scott), vol. I, p. 62.

Fletcher, voire des Ben Jonson, prirent pour modèle la comédie espagnole, et non la comédie française, c'est assurément pour les raisons données par Walter Scott. Mais il y en a d'autres aussi, et peut-
être sont-elles tout aussi concluantes. Qu'avions-nous, en effet, à leur
offrir comme modèles ? Pendant la première moitié du xviie siècle, la
comédie française n'est-elle pas presque toujours une imitation des
pièces italiennes ou espagnoles [1] ? Ne valait-il pas mieux, dans ce
cas, remonter directement aux sources, au lieu de se contenter des
eaux mélangées de l'imitation française ? Entre *le Menteur* et *les
Précieuses*, c'est-à-dire entre 1640 et 1660, la période, par conséquent,
la plus rapprochée de la Restauration, celle où tout chef-d'œuvre
produit en France n'eût pas manqué d'attirer l'attention et probablement l'imitation anglaise, y a-t-il rien autre chose... qu'un trou ? On
savait « où était la source des larmes, on ignorait encore l'art de
toucher celle du rire [2] ». Il n'y avait donc rien en France à offrir aux
Anglais en dehors du *Menteur*. Ils prirent leur bien où ils le trouvèrent, en Espagne, pays dont ils connaissaient déjà le chemin pour
l'avoir pratiqué à maintes reprises, puisque Massinger, par exemple,
et avant lui Beaumont et Fletcher ne s'étaient pas fait faute de puiser aux sources espagnoles [3]. C'est bien de ce côté aussi que le roi
orienta la comédie anglaise, et si les personnages comiques eurent
« l'effronterie de venir étaler leur blanc d'Espagne », ce fut Charles II
qui les y encouragea et qui lui-même, en quelque sorte, les conduisit en scène.

Il y avait à l'époque de la Restauration un colonel de cavalerie
qui s'était distingué au service de Charles Ier, royaliste fervent, mi-
partie soldat, mi-partie conspirateur. Quand Charles II fut remonté
sur le trône, Samuel Tuke manifesta l'intention de renoncer à la littérature à laquelle il apportait sa contribution, mais le roi l'en empêcha : il lui soumit une pièce espagnole de Calderon, lui demandant de
l'adapter à la scène anglaise. Ecoutons le colonel-poète nous conter

1. Despois, *le Théâtre sous Louis XIV*, p. 55.
2. Brunetière, *Manuel de l'Histoire de la Littérature française*, pp. 153, 154
(notes).
3. Ward, *English Dram. Literature*, vol. II, p. 753; vol. III, p. 13 et seq., p. 266.
— Downes, *Roscius anglicanus*, p. 26. Langbaine, *Lives...*, pp. 18, 19, 117, 198. —
Garnett, *The Age of Dryden*, pp. 82, 83.

lui-même la chose en son langage métaphorique : « Comme à une lampe qui meurt une seule goutte d'huile rend une flamme nouvelle et la fait revivre un instant, ainsi l'auteur, voyant sa lumière mourante et se disposant, par conséquent, à disparaître de la vue, en fut empêché par un rayon tombé des sphères supérieures, juste au moment où il songeait à se retirer. Il eut la chance d'entendre Sa Majesté dire un jour qu'elle aimait cette intrigue : il resta et écrivit la pièce. Ainsi doivent les sujets soumis saisir la pensée des princes, comme les marins le font pour le vent [1]. Samuel Tuke n'éprouve pas cette crainte que ressent tout poète dramatique se risquant à la scène : c'est qu'il a pour le succès de sa pièce une double sécurité : « Assurément, dit-il, le sujet n'a pas besoin d'excuse ; il est tiré de Don Pedro Calderon, célèbre auteur espagnol, dont la nation est celle du monde qui est la plus heureuse pour la force et la délicatesse de ses inventions ; il m'a été recommandé par Sa Sainte Majesté comme étant un plan excellent, et l'on ne doit pas davantage douter de son jugement qu'il ne faut désobéir à ses ordres [2]. »

Le roi avait eu la main heureuse : la pièce espagnole adaptée à la scène anglaise eut un vrai succès ; les costumes des acteurs étaient superbes, la comédie fut bien jouée et eut treize représentations consécutives [3]. Pepys assista à la première ; il nous a conservé ses impressions : « Comme c'était la fameuse pièce nouvelle que l'on jouait pour la première fois (8 janvier 1663) au Théâtre du Duc, celle que l'on appelle *les Aventures de cinq heures* et qui est faite ou traduite par le colonel Tuke, et comme il me tardait de la voir, nous y sommes allés ; bien qu'il fût de bonne heure, nous avons été forcés de nous asseoir, presque trop loin pour voir, au bout de l'un des bancs les plus bas, tant la salle était comble. En un mot, la pièce est la meilleure que j'aie vue et que je verrai jamais, je crois, pour ce qui concerne la variété de l'intrigue et sa parfaite continuité jusqu'au bout... ; pas un mot obscène, et la salle, par ses applaudissements nombreux, a témoigné toute son approbation. » Enthousiasmé, Pepys voulut revoir

1. *The Adventures of Five Hours* (The Prologue at Court), in Dodsley, *Old Plays*. vol. XV, p. 192.

2. *The Adventures of Five Hours* (Preface to the 3rd edition), Dodsley, vol. XV, p. 193.

3. Downes, *Roscius anglicanus*, p. 22. — Genest, *Hist. of the stage*, vol. I, p. 45.

*les Aventures* quelques jours après : le 17 du même mois, il retourna
au théâtre et trouva la comédie moins bonne que la première fois ; mais
il avoue que, ce jour-là, il était lui-même un peu indisposé et qu'en
réalité c'était « une très belle pièce ». N'allait-il pas, dans son enthousiasme un peu exagéré, jusqu'à déclarer qu'il venait de lire *Othello*,
qu'il avait toujours pris jusque-là pour une œuvre excellente, mais
qu'après avoir lu récemment *les Aventures de cinq heures*, *Othello* ne
lui semblait plus qu' « une pièce médiocre [1] » ? Evidemment, c'est
tant pis pour Pepys. Trois ans plus tard, Pepys allait encore au
Théâtre du Duc pour voir jouer à nouveau la comédie de Tuke. Son
appréciation fut la même : c'était toujours « une pièce absolument
excellente [2] ». Environ trois semaines après, n'avait-il pas la chance,
étant chez son libraire, d'y rencontrer l'auteur, le fameux Sir Samuel
Tuke ? Pepys, malgré ses préventions en faveur du colonel, le trouva
cependant un peu fat, mais très bon causeur. Le colonel aurait eu
une excuse à sa fatuité s'il avait su quelle opinion favorable Pepys
avait de sa pièce et s'il avait appris que le bon chroniqueur allait,
pour la quatrième fois, voir jouer *les Aventures*. Celui-ci fut moins
satisfait de cette représentation, mais ce n'était pas de l'œuvre que
Pepys était mécontent. « J'étais placé si loin, écrit-il dans son Journal,
que je ne pouvais pas bien entendre, et puis il n'y avait là aucune
jolie femme, si ce n'est la mienne... Le théâtre était comble : la représentation a fini tard ; aussi nous ne sommes rentrés chez nous
qu'après onze heures [3]. » Evelyn, autre chroniqueur de l'époque et
cousin de Samuel Tuke, nous a laissé son témoignage. « La pièce
a obtenu un succès si général qu'on l'a jouée chaque jour pendant
plusieurs semaines et qu'on croit qu'elle vaudra aux comédiens quatre
ou cinq cents livres [4]. » Succès d'estime, succès d'argent, tout fut
pour le mieux ; l'amour-propre du roi ne put qu'être très flatté.
Grâce aux conseils de Charles II, qui lui avait suggéré l'idée de cette
adaptation, l'auteur avait pu, suivant son expression, « prendre
l'Angleterre tout entière avec une intrigue espagnole [5] ».


1. Pepys, *Diary* (20 août 1666).
2. Pepys, *Diary* (27 janv. 1669).
3. Pepys, *Diary* (15 févr. 1669).
4. Evelyn, *Diary* (23 déc. 1662, 8 janvier 1663).
5. *The Adventures of Five Hours* (Preface). Dodsley, vol. XV, p. 191, 199.

Le roi conserva jusqu'à la fin de ses jours cet amour de la comédie
espagnole. Nous savons comment Charles II conseilla Crowne vieillissant, collaborant en quelque sorte avec lui pour la production
de *Sir Courtly Nice*. Le poète voulait quitter la scène et sollicitait un
poste sûr pour le reste de ses jours. « Le roi, rapporte Dennis, eut
la bonté de lui assurer qu'il aurait une situation ; mais Charles ajouta
qu'il voulait auparavant voir une autre comédie. M. Crowne s'efforça
de s'excuser en disant au roi que, maintenant, il ne combinait une
intrigue que lentement et mal ; le roi expliqua qu'il l'aiderait et même
lui en fournirait une : il mit alors entre ses mains la comédie espagnole appelée *No pued Esser*. M. Crowne fut obligé de commencer
la pièce aussitôt ; mais, après en avoir écrit trois actes, il apprit, à sa
grande surprise, que la comédie espagnole avait déjà été traduite quelque temps auparavant, jouée et condamnée. Soutenu cependant par
l'injonction du roi, il continua hardiment la pièce et la termina [1]. »
La comédie allait être jouée ; la répétition avait satisfait tout le monde ;
Crowne était tout heureux d'être agréable à son roi. Tout à coup,
rencontrant un acteur qu'il se disposait à gronder pour avoir manqué
la dernière répétition, celui-ci s'écria : « Grand Dieu, nous sommes
perdus, le roi est mort ! » Adieu les grands espoirs du pauvre
Crowne ! Sa pièce, imitée de Moreto, fut cependant représentée avec
succès après l'avènement de Jacques II, avec Mountfort dans le rôle
de Sir Courtly Nice.

Entre temps, Dryden, le grand poète anglais de l'époque, s'était
lui aussi inspiré du théâtre espagnol. C'est d'abord dans le *Wild
Gallant*, sa première pièce, que l'auteur « se risque à un sujet espagnol [2] ». Le roi, la comtesse de Castelmaine, favorite du roi, encoura-
gèrent le poète, lors de la reprise de la pièce en 1669 ; mais il semble
bien que le jugement de Pepys, daté du 23 février 1663, soit resté à peu
près celui de la postérité : « La pièce a été mal jouée, et c'est bien la
chose la plus misérable que j'aie jamais vue de ma vie : pendant toute
la représentation le roi n'a pas paru satisfait, ni personne. » Dryden
ne s'en tint pas là. En 1664, il fit représenter une autre comédie, également puisée aux sources espagnoles : *les Dames rivales*. Elle obtint

---

1. Crowne, *Works*, vol. III, pp. 245, 246.
2. Dryden, *Works The Wild Gallant*, Prologue), vol. II, p. 30.

plus de succès, s'il faut en croire Pepys, qui y vit « une pièce très
jolie et très spirituelle », dont il fut « très satisfait ». A la lecture,
elle lui parut encore « une pièce des plus agréables et des mieux
écrites [1] ». Dryden, pour ses deux premières productions dramatiques, s'était donc conformé au goût du roi en empruntant ainsi au
théâtre espagnol. Quelques années après, en 1668, il était, semble-
t-il, revenu de ses illusions et condamnait ces comédies où l'on trouve
toujours « un voile et un fidèle Diego ». Et il ajoutait : « Il n'y a pas
plus d'une bonne pièce à écrire sur toutes ces intrigues : elles sont
trop uniformes pour plaire souvent, et nous n'avons pas besoin des
expériences faites sur notre scène pour justifier cette assertion [2]. Plus
tard, ses regrets paraissent être devenus encore plus amers, car dans
*Amour d'un soir*, il fait dire par Wildblood : « Oui, vous parlez
d'honneur. Je hais votre honneur espagnol depuis qu'il a gâté nos
pièces anglaises [3]. » Dryden, au surplus, n'était pas seul à penser de
la sorte. Howard, un autre poète dramatique du temps, n'hésitait pas
à déclarer que les pièces espagnoles étaient de simples romans dé-
coupés en actes et en scènes n'offrant pas plus d'intérêt qu'une histoire bien racontée qu'on ferait mieux, si on ne veut pas en rehausser
les incidents, de dire au coin du feu que de la représenter sur la
scène [4]. Les poètes anglais s'arrogeaient maintenant le droit de médire du théâtre espagnol, voire d'en faire fi. Cervantes, Mendoza,
Alarcon, Moreto, Calderon, n'en avaient pas moins été les grands
fournisseurs de la scène anglaise, ceux à qui les Digby, comte de
Bristol, les Samuel Tuke et les Richard Fanshawe étaient redevables
d'un grand nombre d'intrigues, d'incidents et de situations [5].

On a donné plusieurs raisons pour expliquer ce changement d'orientation. Si les poètes comiques anglais renoncèrent, à un moment donné,
à l'imitation du théâtre espagnol et se détournèrent de cette « forme
éminemment attrayante par son action rapide, ses changements subits
et l'habile développement de l'intrigue », c'est, dit un critique anglais,


1. Pepys, *Diary* (4 août 1664, 18 juillet 1666).
2. Dryden, *Works* (*Essay on Dramatic Poesie*), vol. XV, pp. 330, 331.
3. Dryden, *Works* (*An Evening's Love*, A. V, 1), vol. III, p. 351.
4. Sir Rob. Howard, *Five New Plays* (To the Reader, fin). En tête de l'édit. de
1700.
5. Ward, *E. Dramatic Lit.*, vol. III, p. 306.

qu' « une pièce d'intrigue est forcément une pièce d'incidents, laissant peu de place au développement des caractères ; or, les Anglais
sont friands d'études de caractères jusqu'en leurs nuances les plus
délicates ». Et puis, ajoute-t-il, « l'autre raison, c'est que les Anglais
n'excellent pas particulièrement dans la combinaison des incidents et
que peu même de nos meilleurs poètes dramatiques pourraient rivaliser d'habileté avec les dramaturges espagnols de troisième ordre[1] ».

Inhabiles à embrouiller les fils d'une intrigue espagnole, et à évo-
luer avec une aisance réelle au milieu de ces situations compliquées,
les comiques anglais n'avaient-ils pas là, à portée de la main, pour
ainsi dire, un modèle à imiter, un maître enfin auprès de qui ils
pouvaient puiser les plus utiles leçons d'art dramatique ? Nous avons
nommé Molière. Sans doute, aux premiers jours de la Restauration,
en 1660, l'œuvre du grand comique ne faisait que commencer
d'éclore, et la comédie espagnole offrait aux poètes anglais les ressources toutes prêtes et assez aisément transportables de ses études,
plus variées que profondes, de son art plus surprenant que vraiment
humain. Et dans la hâte où ils se trouvaient, par suite du besoin de
variété incessante, de laisser aller leur plume « la bride sur le cou »,
les comiques anglais cueillirent dans la floraison abondante des
œuvres espagnoles les gerbes les plus rapprochées et les plus aisées
à utiliser.

Ils ne tardèrent pas, pourtant, à distinguer tout ce qu'il y avait de
superficiel, d'uniforme et d'artificiel dans les pièces espagnoles
imitées sur la scène anglaise. Dryden le signala, et c'est vers cette
époque qu'on s'avisa de songer à d'autres modèles.

1. Garnett, *The Age of Dryden*, p. 82

## II

Molière, plus que Corneille, plus que Racine surtout, fut connu, pillé sans pitié, imité, plagié sans vergogne en Angleterre au dix-septième siècle[1], et un poète anglais, D'Urfey, avait de bonnes raisons de dire : « Molière est complètement dévalisé, aussi pourquoi écrirais-je[2] ? » Et à la mort de notre grand poète comique, en 1673, tout était loin d'être écrit en fait d'imitations et de plagiats. Afin de savoir jusqu'à quel point Molière était alors connu en Angleterre, il est bon, croyons-nous, pour plus de précision, de prendre à part chacune de ses pièces et de voir ce qu'elle est devenue chez nos voisins d'outre-Manche.

*L'Etourdi ou les Contre-temps* fut d'abord traduit par William Cavendish, duc de Newcastle, qui, après avoir fait vaillamment son devoir à la tête des troupes royalistes, avait dû s'enfuir et passer à Amsterdam, puis à Paris, où, s'étant épris d'une des filles d'honneur de la reine d'Angleterre, Henriette de France, il l'avait épousée en 1645. William Cavendish est l'auteur de plusieurs comédies anglaises. Il offrit sa traduction de *l'Etourdi* à Dryden ; celui-ci aussitôt

1. Bibliographie des ouvrages principaux consultés ici, et à consulter pour une étude plus détaillée de *Molière en Angleterre* :
   *a*) John Downes, *Roscius anglicanus.*
   *b*) Langbaine, *The Lives of the E. poets.*
   *c*) Baker, Reed et Jones, *Biographia Dramatica.*
   *d*) Genest, *History of the stage.*
   *e*) Lowndes, *Bibliographer's Manual.*
   *f*) Henri van Laun, *The Dramatic Works of Molière.*
   *g*)     Id.     *Le Moliériste* (les Plagiaires de Molière en Angleterre,) n[os] août, nov. 1880 ; janv., mai, août 1881.
   *h*) Regnier, *Œuvres de Molière*, tome XI et *Notices.*
   *i*) Beljame, *Le Public et les Hommes de lettres.*
   *j*) De Grisy, *Hist. de la comédie anglaise au XVIIe siècle.*
   *k*) Dr. Claas-Humbert, *Molière in England.*
   *l*) H. Krause, *Wycherley und seine franz. Quellen.*
   *m*) A. Bennewitz, *Molière's Einfluss auf Congreve.*
   *n*) A. Bennewitz, *Congreve und Molière.* (Réimpression de l'ouvrage précédent, édit. considérablement augmentée.)
   *o*) E. Gosse, *Life of W. Congreve.*
2. Genest, *Hist. of the stage*, vol. IV, p 426.

arrangea cette pièce pour le théâtre sous le titre de *Sir Martin Gâte-Tout*. Elle fut jouée le 16 août 1667 et obtint un véritable succès, car elle n'eut pas moins de trente-trois représentations et fut interprétée quatre fois à la cour : les qualités de l'acteur Nokes, indépendamment de la valeur de l'œuvre, contribuèrent probablement au succès de cette comédie, s'il faut en croire Downes, qui nous dit que ce fut pour la troupe un gros succès d'argent[1]. Pepys nous raconte aussi ses impressions lors de la première représentation : « Ma femme et moi, écrit-il, nous allâmes au Théâtre du Duc où nous vîmes jouer hier la nouvelle pièce : *la Feinte Ignorance ou Sir Martin Gâte-Tout*, pièce faite par le duc de Newcastle, mais, comme tout le monde le dit, corrigée par Dryden. C'est certainement la pièce la plus entièrement joyeuse, farce complète d'un bout à l'autre, qui ait jamais été écrite. Je n'ai jamais tant ri de ma vie, l'esprit y est excellent, il n'y a pas de grosses bêtises. La salle était comble, et, à tous égards, j'ai été entièrement satisfait. » Le 1er janvier 1668, c'est-à-dire quelque quatre mois après, Pepys retournait au théâtre : « J'y ai vu *Sir Martin Gâte-Tout*, pièce à laquelle j'ai déjà assisté si souvent, dont je suis cependant absolument enchanté et que je trouve tout à fait spirituelle : c'est, de toutes les pièces qui ont été écrites, celle qui contient le plus de matière pour rire, et je vois clairement que les acteurs qui y jouent font de réels progrès. » Et Pepys s'étonne que tant de bourgeois, d'apprentis et même de menu peuple se paient maintenant au parterre des places à deux shillings et demi, alors que, pendant plusieurs années, il s'est contenté, lui Pepys, déjà gros fonctionnaire de la marine, des places à douze ou dix-huit pence[2].

La comédie de *Sir Martin*, appelée la comédie du duc de Newcastle, fut publiée en 1668, chez Herringman, sans nom d'auteur. C'est plus tard seulement, en 1697, que Dryden la réclama pour une de ses œuvres et qu'elle parut signée de son nom. La pièce de Dryden est une imitation de *l'Etourdi* de Molière, et non une traduction. Bien que le reste de la comédie soit à peu près le même chez Dryden et chez Molière, à cela près que la scène est à Londres et non à Paris, le dénouement est complètement différent : tandis que, dans *l'Etourdi*,

1. Downes, *Roscius*, p. 28.
2. Pepys, *Diary*, 17 août 1667, 1er janv. 1668.

Célie finit par épouser Lélie, l'étourdi dont Mascarille a, par ses
ruses et ses stratagèmes, servi les desseins, l'héroïne anglaise,
M^lle Millisent, épouse, non le maître, mais le valet, l'habile Warner,
à qui elle accorde sa main et sa fortune pour le récompenser de ses
bons offices. « L'alternative était un peu embarrassante, dit Walter
Scott, mais le décorum de la scène française n'aurait pas permis
l'union d'une dame avec un valet intrigant, et un auditoire anglais
n'aurait pas été moins choqué de la voir épouser un imbécile. »
D'autre part, ajoute-t-il, « Sir Martin Gâte-Tout est un personnage
plus méprisable que Lélie, qui est moins fat et moins sot qu'étourdi et
illogique[1] ». Enfin, en plus d'une sous-intrigue, ajoutée par Dryden
et empruntée à *l'Amant indiscret* de Quinault, il y a également un incident comique d'une assez joyeuse venue, c'est lorsque Sir Martin
prétend donner une sérénade à sa belle : il tient le luth et fait semblant de jouer, tandis qu'en réalité c'est son domestique Warner qui
chante et s'accompagne ; mais la sérénade est terminée, et Sir Martin
commet l'imprudence de vouloir continuer la chanson et essayer de
jouer du luth. La belle aussitôt s'aperçoit de la supercherie et s'écrie :
« Ah ! ah ! je vois maintenant ; sur ma vie, voilà qui est plaisant :
c'est son valet qui a joué et chanté à sa place, et lui, je crois, n'a pas
su quand s'arrêter. » Et les rires de partir sans contrainte. « Ils se
tordent les côtes », comme dit le Mascarille anglais[2].

*Le Dépit amoureux.* — Cette pièce suscita également des imitations.
Dryden, qui avait, dans *Sir Martin*, mis à contribution et Molière et
Quinault, ne s'arrêta pas là dans la voie des emprunts, partiellement
avoués par lui. Au duc de Newcastle, qui ne pouvait guère se méprendre puisqu'il était très familier avec l'œuvre de Molière, il dédia
*Amour d'un soir ou le Feint Astrologue*. « Cette pièce, dit Dryden
lui-même dans sa Préface, était d'abord espagnole : elle s'appelait
*El Astrologo fingido*, puis elle a été francisée par Corneille le jeune
et elle est maintenant traduite en anglais et imprimée sous le nom :
*le Feint Astrologue*. Ce que j'ai fait de celle-ci paraîtra mieux en la
comparant avec celle-là : vous verrez que j'ai retranché certaines
aventures que je n'ai pas jugées assez divertissantes, que j'ai relevé

---

1. Dryden, *Sir Martin Mar-All*, Introduction de W. Scott, vol. III, p. 1.
2. Dryden, *ibid.*, A. V, i, vol. III, p. 76.

celles que j'ai choisies et que j'en ai ajouté d'autres qui n'étaient ni en français ni en espagnol[1]. » Dryden a le grand tort ici d'oublier de citer Molière, à qui il a fait des emprunts vraiment un peu trop nombreux pour négliger de lui en marquer quelque reconnaissance. « Notre auteur, dit Walter Scott, reconnaît que cette pièce, *The Mock Astrologer*, est fondée sur le *le Feint Astrologue* de Corneille le jeune..., mais Dryden a aussi mis Molière à contribution. La plus grande partie de la querelle entre Wildblood et Jacintha, au quatrième acte, est littéralement copiée sur celle qui a lieu entre Lucile, Eraste, Marinette et Gros-René, dans *le Dépit amoureux*. La loquacité absurde de Don Alonzo et la façon dont son ami le réduit au silence au moyen d'une sonnette qu'il agite à ses oreilles sont imitées de la scène entre Albert et Métaphraste de la même pièce, et il faut reconnaître que c'est un expédient auquel on peut mieux avoir recours pour se protéger contre un déluge de sottises que débite un pédant de maître d'école, comme c'est le cas dans Molière, que pour clore la bouche à un noble vieillard espagnol, l'oncle de l'amante de Don Lopez... Le caractère d'Aurélia a peut-être été suggéré par *les Précieuses ridicules* de Molière, mais il ne serait pas juste de dire qu'il a été copié[2]. » Ces emprunts ou ces « suggestions » seraient déjà une raison suffisante pour ne pas taire le nom de Molière, comme Dryden le fait ici; mais le poète anglais va plus loin encore dans cette voie, tout en maugréant dans sa Préface[3] contre les pièces françaises que l'on traduit trop, affirme-t-il, et d'où trop de farce se glisse dans la comédie anglaise. Ainsi, la deuxième scène du quatrième acte, où Camilla rappelle à Don Melchor certain magasin où elle a cherché à le rencontrer et devant lequel il lui a promis une robe de soie[4], c'est Marinette disant à Eraste :

MARINETTE.

A propos, savez-vous où je vous ai cherché
Tantôt encore ?

ERASTE.

Eh bien ?

1. Dryden, *An Evening's Love* (Preface), vol. III, p. 250.
2. Dryden, *Works* (*An Evening's Love*, Introd. de W. Scott), vol. III, p. 237.
3. Dryden, *Works* (*An Evening's Love*, Preface), vol. III, p. 242.
4. Dryden, *Works* (*An Evening's Love*, A. IV, II), vol. III, p. 334.

MARINETTE.

Tout proche du marché
Où vous savez.

ERASTE.

Où donc ?

MARINETTE.

Là... dans cette boutique
Où, dès le mois passé, votre cœur magnifique
Me promit, de sa grâce, une bague [1].

Bague ou robe, c'est, à cela près, la même idée exprimée en termes identiques.

Après Dryden, c'est Ravenscroft qui, dans ses *Amants en querelle ou la Maîtresse invisible* (1676), emprunte largement au *Dépit amoureux*.

Au commencement du XVIIIe siècle, en 1706, Vanbrugh, poète déjà connu par six comédies appréciées, fit jouer à Haymarket une pièce ayant pour titre *l'Erreur*. Ce fut un Français, Pierre Motteux, réfugié en Angleterre après la révocation de l'édit de Nantes, auteur de compositions dramatiques et musicales, traducteur très habile, qui écrivit en anglais, d'un style un peu risqué, — c'était le goût du temps, — l'épilogue de la pièce de Vanbrugh. Cette comédie, jouée neuf fois, est aussi tirée du *Dépit amoureux*, et la dispute entre Carlos et Leonora ne peut que nous faire souvenir de la querelle entre Eraste et Lucile, au quatrième acte de la pièce de Molière.

*Les Précieuses ridicules* et les *Damoiselles à la mode* de Flecknoe voisinent également de bien près. Coïncidence probablement voulue, c'est encore au duc et à la duchesse de Newcastle qu'est dédiée cette comédie, sans doute pour qu'ils puissent y reconnaître les nombreux emprunts faits à Molière. Cette pièce, imprimée en 1667, ne fut jamais jouée : les acteurs ne voulurent pas l'accepter. Il semble qu'il y ait eu de part et d'autre quelque entêtement, ici, à ne mettre aucune bonne volonté à la représentation de la pièce ; là, chez l'auteur, à ne vouloir rien tenter pour faire revenir les acteurs sur leur première décision. Flecknoe écrit, en effet, dans sa préface : « En ce qui concerne la représentation de cette comédie, ceux qui

---

1. Molière, *le Dépit amoureux*, A. I, II.

ont la direction de la scène ont leur caractère et voudraient qu'on les suppliât ; moi, j'ai aussi le mien et ne veux pas les supplier ; si tous les auteurs dramatiques étaient de mon avis, on les laisserait user leurs vieilles pièces jusqu'à la corde avant de leur en donner de nouvelles : on attendrait qu'ils comprissent mieux leur intérêt, sachant distinguer le bon du mauvais [1]. » De part et d'autre donc on resta sur ses positions, et les *Damoiselles à la mode* se morfondirent à attendre sous l'orme. Flecknoe ne dut pas en être autrement surpris, car il n'avait guère été plus heureux auparavant, et, sur cinq productions dramatiques, son *Royaume de l'Amour* seul avait eu les honneurs de la scène. La comédie des *Damoiselles* n'était guère d'ailleurs, de l'aveu même de l'auteur, qu'une sorte de mosaïque composée des *Précieuses ridicules*, en ce qui concerne l'intrigue principale, y compris le : « Au voleur ! » de Mascarille, qui devient : « Arrêtez le voleur ! » chez Flecknoe, de *Sganarelle* pour l'intrigue secondaire, et de scènes empruntées à *l'École des Femmes* et à *l'École des Maris*. Quelle étrange idée avait eue Flecknoe de coudre ainsi ensemble les lambeaux un peu disparates de quatre comédies de Molière !

Il y eut, semble-t-il, à cette même époque, une traduction des *Précieuses ridicules*, et la pièce de Molière fut représentée au Théâtre du Roi, le 15 septembre 1668. Pepys, dont le témoignage est décidément très précieux en pareille matière, nous dit dans son *Journal* : « Je suis allé au Théâtre du Roi voir une pièce nouvelle, jouée hier seulement, une traduction du français par Dryden (?), appelée *les Dames à la mode* ; c'est une chose si médiocre que, lorsqu'on a prévenu qu'on la rejouerait encore le lendemain, celui qui est venu annoncer la nouvelle Beeson, (pour Beeston ?), et le parterre sont partis d'un éclat de rire. » On voit par là quel accueil était fait à Molière en personne, pour ainsi dire, puisque ce n'était pas une imitation, mais une simple traduction que Pepys attribue, on ne sait pourquoi, à Dryden et dont on ne retrouve aucune trace. Ne serait-ce pas, simplement, l'œuvre de Flecknoe, ainsi morte en voyant le jour ?

En 1682, M^me Aphra Behn, — femme auteur, femme galante aussi, qui écrivit de nombreux ouvrages : pièces de théâtre, romans, lettres

---

1. Langbaine, *Lives of the E. poets*, p. 200.

et poésies, — fit jouer au Théâtre du duc d'York une pièce intitulée *le faux Comte ou Une nouvelle façon de jouer un vieux jeu*. L'orgueilleuse Isabelle, facilement abusée par un ramoneur habillé en comte par son amant Carlos, y rappelle trop exactement Madelon, Mascarille et La Grange des *Précieuses ridicules* pour qu'on ne les reconnaisse pas aussitôt.

Un poète comique, Shadwell, que nous retrouverons plus loin voisinant encore avec Molière, fit représenter en 1689 une pièce intitulée *la Foire de Bury*. Il y avait là un certain La Roche, perruquier français, affublé du titre de comte des Cheveux et en imposant aux Madelons et Cathos d'outre-Manche par la prétendue distinction de ses manières et de son langage. Cet imposteur n'eût pas manqué d'être reconnu, comme membre de leur famille, par Mascarille et Jodelet des *Précieuses ridicules*, et certainement le valet de La Grange et celui de Du Croissy se fussent écriés en l'embrassant : « Que je suis aise de te rencontrer ! — Que j'ai de joie de te voir ici ! »

*Sganarelle ou le Cocu imaginaire*. — Cette comédie fut l'objet et la victime d'un traitement tout à fait particulier. Le poète anglais D'Avenant eut l'idée, car il s'agissait de ruser avec l'autorité qui avait fait fermer les théâtres, d'un spectacle composé de quatre pièces distinctes, formant chacune comme un acte à part, le tout précédé d'un premier acte qui relierait l'ensemble. Le titre de cette pièce était *le Théâtre à louer*. Au premier acte, on apercevait deux femmes assises sur des tabourets : l'habilleuse et la femme de peine, qui, désœuvrées par suite de l'absence de spectacles après la fermeture des théâtres, occupaient leurs loisirs, l'une à écosser des haricots, l'autre à un travail de couture. Tout à coup on frappait à la porte. Un « Monsieur », c'est-à-dire un Français, entrait avec celui qui avait la garde du théâtre maintenant à louer, puisque, dans ce but, une affiche était apposée sur la porte. Il venait louer la salle pour y donner des représentations, car il arrivait en Angleterre avec une troupe de ses compatriotes. La location faite, le spectacle commençait : c'était *Sganarelle*. Comme dans la pièce française, Gorgibus, Célie et sa suivante s'entretenaient sur la scène, et le bourgeois de Paris, s'adressant à sa fille éplorée, lui faisait la leçon en mauvais anglais, évidemment avec la prononciation, traditionnelle en quel-

que sorte, que l'on prête si volontiers en Angleterre, au théâtre et au
music-hall, aux Français qui se risquent à parler anglais. La scène
première était la reproduction exacte, mais cependant un peu condensée, de cette même scène dans la pièce française ; puis la traduction reprenait, mot à mot presque, et se condensait à nouveau, résumant fort exactement toutefois la pensée de Sganarelle et
de sa femme. Gros-René disparaissait dans la traduction anglaise ;
le long monologue de Sganarelle s'y raccourcissait en de notables
proportions, mais la version se poursuivait, toujours fidèle, encore
que réduite à l'essentiel. Comme tout le monde était heureux à la
fin, après que Sganarelle avait formulé son fameux : « Et quand vous
verriez tout, ne croyez jamais rien » ! On manifestait sa joie par
une ronde générale que l'on dansait en chantant : « Ah ! l'amour est
chose délicate ! Ah ! l'amour est chose délicate, — En hiver il crée un
nouveau printemps, — Il rend le Hollandais, si lourdaud à la danse,
— Aussi agile qu'un Monsieur venu de France...[1] etc. » Sganarelle
s'éclipsait sous prétexte qu'il ne pouvait danser la ronde ; mais il
allait, disait-il, chercher quelqu'un pour exécuter une sarabande avec
des castagnettes. La ronde était à peine terminée, que Sganarelle
reparaissait en costume de bouffon et dansait une gigue mouve-
mentée. C'est par cette innovation de D'Avenant que finissait la
comédie de Molière.

Thomas Rawlins, principal graveur de la Monnaie, intimement
lié avec la plupart des beaux esprits et des poètes de son temps,
écrivit en amateur, comme simple distraction, sans vouloir en retirer un profit quelconque, plusieurs pièces de théâtre et un volume
de poésies. Littérateur modeste, il ne souhaitait pas du tout qu'on fît
attention à son nom, disant qu'il désirait ne pas « se montrer
en habit usé jusqu'à la corde, alors que sa situation lui permettait d'en avoir un de laine ». Parmi ses œuvres, peu nombreuses il
est vrai, se trouve une comédie portant comme titre : *Tom Essence,
ou l'Épouse à la mode*, autorisée en 1676 et jouée en 1677. Elle contient deux intrigues : la seconde est empruntée à *Don César d'Avalos*
de Thomas Corneille, et l'autre à *Sganarelle* de Molière. « Le dialogue, dit M. Van Laun, est des plus graveleux, et il me paraît impos-

1. D'Avenant, *Works* (*The Playhouse to be let*), vol. IV, p. 48.

sible qu'on ait jamais pu dire le prologue comme on l'a imprimé. Les parades les plus grivoises peuvent à peine en donner une idée. »

Otway vint, qui, vers la fin de sa carrière dramatique, en 1681, fit jouer avec succès au Théâtre du duc d'York une comédie, *la Fortune du Soldat*. Si elle abonde, plus que toutes celles d'Otway, en incidents d'une obscénité flagrante, elle ne pèche pas par excès d'originalité. Scarron, dans son *Roman comique*, a été mis à contribution par le poète anglais quand il montre aux spectateurs Sir Davy sortant brusquement d'un cabinet et surprenant sa femme et Beaugard en train de s'embrasser ; sans parler de Marmion et de son *Antiquaire*, de Fletcher et de sa comédie *Monsieur Thomas*, il faut reconnaître que la conduite de Sganarelle, d'Isabelle et de Valère du *Cocu imaginaire* diffère assez peu de celle de Sir Davy, de Lady Dunce et de Beaugard. Des protestations s'élevèrent, car la dédicace en fait foi, non pas contre les plagiats commis, bien qu'on trouve dans cette comédie « la neuvième scène de *Sganarelle*, quatre scènes de *l'École des Maris*, une plaisanterie de *l'École des Femmes* et une autre des *Précieuses ridicules* », mais contre l'indécence de certains incidents. Une dame osa dire de la pièce d'Otway : « Pouah ! c'est si dégoûtant, si plein de prostitution, qu'aucune femme comme il faut ne devrait être vue à la représentation : que je meure ! j'en ai eu des nausées. » L'auteur avait beau prétendre, à propos de ses pièces, qu'il était un père dénaturé et qu'une fois son marmot mis au monde, il le laissait se débrouiller tout seul, il n'accepta pas avec indifférence le reproche d'obscénité qui lui était fait et que cette dame avait probablement formulé devant Bentley, l'ami et l'éditeur d'Otway. Il protesta de l'innocence de sa pièce et décocha à la dame en question cette grosse insolence : « On ment donc par le monde si on dit que cette même dame a digéré un morceau beaucoup plus rance dans une petite brasserie du côté de Paddington, et cela sans faire la moindre grimace. Mais cette coquette fieffée est une créature qui peut extraire de la prostitution du sentiment le plus chaste, aussi facilement qu'une araignée peut extraire du poison d'une rose. » La riposte n'était pas précisément galante : elle manquait fort d'atticisme, Otway était franchement grossier. Voilà en quelles mains était tombé Molière !

En 1715 fut jouée trois fois seulement, au théâtre de Lincoln's Inn

Fields, une pièce attribuée à Charles Molloy, écrivain habile dont le concours était fort recherché, journaliste le plus souvent au *Journal du brouillard* et au *Sens commun*, poète comique aussi à ses heures. Une de ses comédies porte pour titre *le Couple perplexe ou Méprise sur méprise*. « Dans la préface, dit M. Van Laun, l'auteur avoue que l'incident du portrait, quelque chose dans le quatrième acte et une « suggestion » dans le cinquième de sa comédie sont pris de *Sganarelle*, mais que tout le reste est bien à lui. Il a dit une fausseté sciemment, car tout ce qui n'appartient pas à *Sganarelle* est composé principalement de lambeaux pillés des comédies de Molière. Il a pris des *Précieuses ridicules* la description que fait Madelon d'un « amant agréable »; de Mascarille et de Gros-René il a fait un valet qu'il nomme Crispin, et il emprunte un personnage à *George Dandin*. » C'est au moyen de ce remplissage que Molloy arriva à faire d'une comédie en un acte, celle de Molière, une farce en trois actes, la sienne, que rien ne sauva de l'insuccès, pas même les obscénités qui y abondaient et que savouraient les connaisseurs d'alors.

*Don Garcie de Navarre ou le Prince jaloux.* — Charles Johnson, qui, grâce à son intimité avec l'acteur Wilks et ses relations avec les beaux esprits de l'époque, trouvait assez aisément le moyen de faire représenter ses pièces, composa une comédie, *la Mascarade*, avec un talent facile et une aisance dans le dialogue qu'il ne conservait pas toujours dans ses tragédies. Sa pièce fut jouée six ou sept fois. Ses ennemis ne manquèrent pas de crier au plagiat et lui reprochèrent d'avoir pillé la *Dame de plaisir* de Shirley. Plus familiers avec l'œuvre de Molière, ils se fussent aperçus que Johnson avait incontestablement imité, presque traduit, une partie du second acte de *Don Garcie*, la quatrième, la cinquième et la sixième scène, puis la huitième, la neuvième et la dixième scène de la même pièce. Les circonstances qui excitent la jalousie de Sir George et une bonne partie du dialogue ne sont guère, par conséquent, que des emprunts faits à Molière, emprunts d'ailleurs inavoués.

*L'École des maris.* — Richard Flecknoe, écrivant ses *Damoiselles à la mode*, avait, comme on l'a vu, imité les *Précieuses*, mais aussi certaines scènes de *l'École des Maris*. C'est un plagiat en règle que l'auteur anglais avait commis là. M. Van Laun, chercheur diligent, un Langbaine moderne, par conséquent plus précis, plus documen-

— 500 —

tairement exact, a noté que Flecknoe, la bête noire de Marvell et de
Dryden [1], avait imité une très grande partie de *l'École des Maris* [2].
« En outre, dit-il, pour donner bonne mesure, il a fait entrer dans
sa pièce deux Léonores, qu'il nomme Anne et Marie. »

Après Flecknoe, Wycherley publia deux comédies, *le Gentilhomme maître de danse*, en 1673, et *l'Épouse campagnarde*, imprimée
en 1675, mais jouée en 1672 ou 1673. Toutes deux sont visiblement
imitées de Molière, au moins en quelques scènes. William Wycherley fut, à l'âge de quinze ans, envoyé en France ; il s'y fit catholique, puis, de retour en Angleterre, il retrouva sa foi protestante avec
la même facilité qu'il l'avait perdue jadis. Très mêlé à toutes les intrigues amoureuses du temps, amant, dit-on, de la duchesse de
Cleveland qui l'avait cueilli au passage en le traitant, par la portière
de son carrosse, de maraud, de drôle, et dont il partageait les faveurs
avec le roi, il retourna en France plus tard pour passer l'hiver dans
le midi, car l'air de Montpellier était alors considéré par les Anglais
comme souverainement sain et réconfortant ; il revint en Angleterre
absolument rétabli : les cinq cents livres que lui avait données le roi
pour le défrayer de ses dépenses de voyage et de séjour en France
n'avaient donc pas été déboursées en pure perte. Poète comique
extrêmement licencieux, il imita trop souvent Molière, et nous verrons
plus loin comment il s'y prit. Pour l'instant, contentons-nous d'indiquer que dans son *Gentilhomme maître de danse* il a inséré la
deuxième et la cinquième scène du second acte de *l'Ecole des Maris*,
et que dans son *Epouse campagnarde* nous retrouvons la lettre
d'Isabelle à Valère et la deuxième scène du troisième acte de cette
même comédie de Molière.

Otway, qui, dans *la Fortune du soldat.* avait de si près imité Sganarelle, ne se contenta pas de ces emprunts pourtant peu discrets. Dans
cette même pièce, il n'inséra pas moins de quatre scènes de *l'École
des Maris*, les troisième, cinquième, huitième et neuvième scènes du
second acte. C'est le sans-gêne le plus absolu qui présida à ces sortes
de démarquages.

1. Voir la satire de Marwell, spirituelle et pittoresque, et celle de Dryden, *Mac-
Flecknoe*, dans les *Œuvres de Dryden*, vol. X, p. 436.
2. Acte I, scènes I, II, V, VI ; acte II, les cinq premières scènes et les scènes VIII, IX
et XIV ; acte III, les dernières scènes.

En 1668, le 18 mai, Sir Charles Sedley, poète non moins fameux
par ses fantaisies obscènes en compagnie de Rochester et de Buckingham[1] que par ses productions dramatiques, avait fait représenter
au Théâtre du Roi sa comédie *le Jardin des Mûriers*, où l'on trouvait
deux Isabelles, deux Léonores et quatre amoureux, et où plusieurs
scènes de *l'École des Maris* avaient été imitées. C'est ce que constate
Langbaine quand il écrit : « Je n'ose dire que le caractère de Sir
John Everyoung et celui de Sir Samuel Forecast sont des copies de
Sganarelle et d'Ariste, dans *l'École des Maris* de Molière, mais je
puis dire qu'il y a quelque ressemblance; cependant quiconque connaît les deux langues donnera facilement, et avec justice, la préférence à notre bel esprit anglais, car Sir Charles n'a pas à apprendre
des Français à copier la nature[2]. » Pourtant Sedley copia mieux
Molière que la nature, s'il faut en croire Pepys, qui assista à la première représentation du *Jardin des Mûriers*, alors que le roi et la
reine, ainsi que toute la cour, avaient cru devoir donner, par leur
présence, une marque d'estime au courtisan homme de lettres
qu'était le brillant Sir Charles Sedley. « La pièce, dit le chroniqueur
anglais, bien qu'il y eût par-ci par-là quelques bons mots, mais pas
beaucoup cependant, n'avait rien de très extraordinaire dans son
ensemble, soit comme langue, soit comme plan ; d'ailleurs, depuis le
commencement jusqu'à la fin, je n'ai vu ni le roi, ni la société qui
était là, rire ou manifester leur contentement, si bien, je crois, que
de ma vie je n'ai jamais vu une nouvelle pièce qui m'ait causé moins
de plaisir[3]. »

*Les Fâcheux.* — Les premiers jours du mois de mai en 1668, on
joua au Théâtre du duc d'York, douze fois de suite, une pièce intitulée
*les Amants maussades ou les Impertinents*. Ce fut par conséquent un
grand succès pour Shadwell. Pepys, le coureur de théâtres, assista
aux trois premières représentations et en revint chaque fois plus
satisfait, d'accord en cela avec le reste des spectateurs qui, de jour en
jour plus enthousiastes, portèrent la pièce aux nues. Nous ne savons
au juste si ce fut le mérite littéraire de l'œuvre qui créa l'enthou-

---

1. Beljame, *Le Public et les Hommes de lettres...*, pp. 5, 6.
2. Langbaine, *Lives of the E. poets*, p. 487.
3. Pepys, *Diary*, 18 mai 1668.

siasme de Pepys, ou si ce fut le voisinage des jolies femmes, la Castelmaine et sa compagne Willson, dont il observa les moindres
gestes. Il note, en effet, que, pendant la représentation, la maîtresse du roi s'adresse à une de ses suivantes, lui demande une
mouche déjà collée sur le visage de celle-ci, la met elle-même à la
bouche, l'humecte, puis la pose sur son propre visage, près de la
bouche, où vraisemblablement elle sent poindre un bouton. Une
autre cause de succès put bien être les personnalités que l'on chercha
à reconnaître sous le masque de Sir Positif-en-Tout. Quoi qu'il en
soit, *les Amants maussades* réussirent à merveille, encore qu'on
comprenne assez difficilement pourquoi l'enthousiasme créé à la première heure fut si intermittent. Le 26 août de la même année,
Pepys retournant au théâtre pour voir jouer cette même pièce, trouva
fort peu de monde dans la salle, si peu que la représentation n'eut pas
lieu. Cela n'empêcha pas, l'année suivante, le bon Pepys d'éprouver
toujours autant de plaisir à voir jouer cette comédie, alors même que
la lumière gênait ses pauvres yeux déjà malades [1]. Bien plus, quand
le roi alla avec la cour, en 1670, au-devant de la duchesse d'Orléans
venant de France, la troupe royale reçut l'ordre de se rendre à
Douvres et y joua *les Amants maussades*, à la grande satisfaction
d'Henriette d'Angleterre et de tous les courtisans, qui se divertirent
aussi de la façon plus ou moins courtoise dont le duc de Monmouth
se moqua des Français nouvellement arrivés, en singeant leurs
modes sur la scène [2]. Mais qu'était donc cette comédie? Une
pièce toute d'originalité sans doute, puisque Shadwell déclare dans
sa préface que « celui qui vole habituellement l'esprit des autres
volerait aussi toute autre chose, s'il pouvait le faire avec la même
impunité ». Il n'en faut rien croire Dryden, le rival de Shadwell, ne
s'y trompa pas, car il savait la façon dont trop souvent procédait
l'auteur et parlait non sans ironie de « ces poètes, qui le sont, non
par la tête, mais par la main, qui peuvent passer pour poètes-lau-
réats où l'on prise le vol et qui font leur bénéfice du travail
des autres [3] ». Langbaine, malgré sa tendresse pour Shadwell, écrivait
de son ami : « Je ne puis vraiment absoudre complètement notre

1. Pepys, *Diary*, 5 mai 1668, 26 août 1668, 14 avril 1669.
2. Downes, *Roscius anglicanus*, Preface, xxv et p. 29.
3. Dryden, *Works* (Prologue to Albumazar), vol. X, p. 419.

lauréat actuel de ses emprunts, ses plagiats étant parfois trop audacieux et trop apparents pour qu'on puisse les déguiser : je les noterai
donc à mesure que je les rencontrerai, en faisant toutefois cette
remarque que plusieurs d'entre eux m'ont été mis sous la main par
l'auteur lui-même qui s'en est excusé en grande partie quand, dans ses
diverses préfaces, il les a reconnus comme emprunts faits auprès des
personnes dont il reste l'obligé [1]. » Malheureusement pour la mémoire de Shadwell, ses aveux sont un peu trop sommaires. Ainsi,
quand, dans la préface des *Amants maussades,* il avouait avoir connu
simplement par ouï-dire *les Fâcheux* de Molière avant d'écrire sa
pièce, à peu près terminée lorsque la comédie de Molière parvint
entre ses mains et à laquelle il n'avait emprunté que la première
scène du second acte et la partie de piquet transformée en partie de
trictrac, il se gardait bien, comme le fait remarquer M. Van Laun, de
parler des emprunts faits au *Misanthrope* et au *Mariage forcé ;* il oubliait aussi de citer la cinquième scène du premier acte, la deuxième
et la troisième du second acte. Shadwell, suivant son habitude, rédui-
sait l'aveu de ses emprunts à un minimum vraiment un peu trop strict.

*L'École des Femmes.* — Deux pièces furent jouées à Douvres
quand le roi alla au-devant de sa sœur Henriette : *les Amants maussades,* comme nous l'avons vu, et aussi *Sir Salomon ou le Petit-Maître
circonspect.* Quelle dut être la surprise de la princesse quand,
après avoir reconnu Molière dans la comédie de Shadwell, elle le
retrouva dans la pièce de John Caryll ! Elle dut sourire un peu de la
façon tout à fait cavalière dont les auteurs comiques anglais s'entendaient à traiter et à maltraiter leurs émules des bords de la Seine.
Caryll, il faut le reconnaître en toute justice, fit preuve d'une très
grande franchise en avouant tout haut ce qu'il devait à Molière,
qu'il appelait « le fameux Shakespeare de ce siècle et comme auteur
et comme acteur ». Dans son Épilogue, il disait nettement : « Ce que
nous avons apporté devant vous n'est pas destiné à passer pour une
pièce nouvelle, mais pour la copie d'une œuvre récente, car nous
avouons avec modestie notre larcin — il y a même dans le vol une
façon d'être consciencieux — et nous déclarons ouvertement que si
le mets que nous vous servons flatte votre palais, c'est Mollière (*sic*)

1. Langbaine, *The Lives of E. poets,* p. 443.

qu'il faut remercier [1]. » On retrouve, en effet, dans *Sir Salomon*, Arnolphe et Agnès, Horace, Alain et Georgette de *l'École des Femmes*; mais John Caryll a eu le soin, s'accommodant mal, ainsi que tous ses compatriotes, de la simplicité de plan et de l'unité d'action de nos pièces françaises, d'ajouter une seconde intrigue dont notre esprit, imbu d'un classicisme en quelque sorte atavique, conçoit difficilement l'utilité. La comédie de Caryll, avec Nokes et Betterton comme principaux interprètes, fut très bien jouée en 1669, ou, au plus tard, en 1670; elle eut douze représentations consécutives [2]. Ce fut un succès incontestable.

Wycherley, qui dans sa pièce *l'Épouse campagnarde* avait déjà imité *l'École des Maris*, ne se fit aucun scrupule d'aller plus avant dans la voie des imitations. C'est sur *l'École des Femmes* qu'il s'exerça à un patient démarquage. « Il a emprunté, dit M. Van Laun, toutes les scènes où se trouvent Arnolphe et Agnès, ainsi que plusieurs autres. Dans la pièce anglaise, c'est aussi Pinchwife (Arnolphe) qui dicte la lettre à Horner (Horace), et c'est M^me Pinchwife (Agnès) qui en écrit une autre pour son amant. » Nous aurons plus loin l'occasion d'étudier ce qu'est devenue, entre les mains de Wycherley, la jeune fille innocente élevée par Arnolphe et qui s'appelle Agnès.

Langbaine, le premier, a noté que, dans *les Cocus de Londres*, comédie fort licencieuse, signée de Ravenscroft et jouée en 1682 avec beaucoup de succès, Wiseacre et Peggy pourraient bien n'être, après tout, qu'Arnolphe et Agnès de *l'École des Femmes*. L'imitation, toutefois, n'est pas très directe, et l'on peut, avec moins d'hésitation, ou tout au moins pour une plus large part, accuser Ravenscroft d'avoir emprunté, un peu au-delà du permis pour rester original, à la *Précaution inutile* de Scarron, aux *Contes* d'Ouville et aussi aux *Contes* de La Fontaine.

*La Critique de l'École des Femmes.* — Cette comédie de Molière qui était la défense d'une pièce déterminée semblait, par sa nature même, devoir être à l'abri de toute imitation. Il n'en fut rien : il suffisait, en effet, à l'auteur d'une pièce en butte aux attaques du public d'introduire dans la comédie de Molière un nouveau nom et quelques détails

---

1. Langbaine, *The Lives of the E. poets*, p. 549.
2. Downes, *Roscius anglicanus*, p. 29.

précis sur son œuvre à lui pour pouvoir, dans un cadre à l'avance tout tracé et sur le ton donné par le poète français, glisser un plaidoyer *pro domo*. C'est exactement ce que fit Wycherley dans son *Franc Parleur*, comédie jouée en 1674. Sa pièce *l'Épouse campagnarde*, où il avait pris plaisir en quelque sorte à risquer toutes sortes d'obscénités, surtout dans le caractère de Horner, souleva des protestations. Il mit alors dans la bouche d'Olivia une défense de son œuvre, tout comme Élise avait défendu *l'École des Femmes* contre cette prude de Climène. L'imitation est certaine, bien que réduite ici à un simple incident.

. La forme que Molière avait donnée à sa comédie se prêtait bien à toute œuvre de combat ou de justification. Jérémie Collier avait violemment attaqué le théâtre et les auteurs dramatiques de son temps dans un livre intitulée : *Aperçu de l'impiété et de l'immoralité du théâtre anglais*. Un humoriste, de verve un peu grosse, espèce de bohème de lettres, plus instruit que diligent, toujours prêt aux amours faciles et toujours disposé à lancer un bon mot quelque cinglant qu'il fût, écrivit une comédie-satire en trois actes : *les Petits-Maîtres de la scène passés à la couverture ou l'Hypocrisie à la mode*, dont le premier acte est visiblement imité de *la Critique de l'École des Femmes*. C'est moins une pièce — bien que divisée en actes et en scènes — qu'un dialogue où Collier et son livre sont discutés et ridiculisés : l'ennemi du théâtre anglais était représenté par Sir Jerry, dont le langage doucereux et hypocrite n'est pas sans analogie avec celui de Tartufe, surtout peut-être dans la scène de séduction aux genoux d'Elmire. La comédie de Tom Brown, faite pour la lecture plutôt que pour la scène, fut imprimée en 1704, mais ne fut jamais représentée.

*Le Mariage forcé*. — De tous les plagiaires de Molière, Ravenscroft, que nous avons déjà rencontré, fut bien le plus éhonté. Il fit jouer en 1677 une pièce de titre bizarre : *Scaramouche philosophe, Arlequin écolier, bravo, marchand et magicien*, comédie dans le goût italien, dit l'auteur. Or, ce n'est qu'un mélange de trois pièces de Molière, *le Mariage forcé*, « pris presque tout entier », déclare Langbaine, *le Bourgeois gentilhomme* et *les Fourberies de Scapin*, tandis que les scènes où paraît Arlequin sont vraisemblablement de source italienne. Ce qu'il doit au *Mariage forcé*, comédie seulement en un acte, comme l'on sait, c'est la seconde, la quatrième, la sixième, la huitième et la seizième scène, de sorte que Langbaine n'est pas bien loin d'avoir

tout à fait raison. Ravenscroft, qui prétendait « faire un essai dangereux et renoncer au genre ordinaire de toutes les pièces connues », a
été vivement pris à partie par l'ingénieux chercheur de toute fraude
littéraire au xviie siècle. « Notre auteur, écrit-il, voudrait passer pour
avoir pris beaucoup de peine à composer cette pièce et avoir introduit sur la scène une nouvelle sorte de comédie... ; mais, malgré ses
fanfaronnades, il n'est qu'un nain habillé dans le vêtement d'un géant
et bourré de paille, car, à mon avis, il ne peut avec justice réclamer
la moindre partie d'une scène comme le vrai produit de son cerveau ; il est l'accoucheur, plutôt que le père de cette pièce. Cet auteur
a suivi sa vieille habitude de tout balayer nettement devant lui et de
ne laisser rien derrière ; ce qu'il a laissé ailleurs du *Bourgeois gentilhomme*, il l'a mis dans cette pièce, comme le verront ceux qui compa-
reront le premier acte avec cette comédie. Presque tout le *Mariage
forcé* a passé également dans cet ouvrage ; quant aux *Fourberies de
Scapin*, je crois que notre auteur a non seulement vu cette œuvre,
mais qu'il lui a fait des emprunts. » Le critique anglais, assez juste
en ses appréciations — encore que bien en colère et d'une indignation parfois imagée, — avait déjà dit de Ravenscroft : « C'est un monsieur qui veut passer aux yeux du vulgaire pour un écrivain et qui
me pardonnera cependant, je l'espère, si je le compte au nombre des
« collecteurs d'esprit », car je ne puis reconnaître que tout l'esprit
qui est dans ses pièces soit bien à lui. » Et plus loin, avant de passer
en revue les différentes œuvres de Ravenscroft, il ajoutait avec véhé-
mence : « Il faut que je lui arrache son déguisement et que je montre
l'habile plagiaire qui se cache là-dessous... Je ne doute pas de
pouvoir démontrer que, bien qu'il veuille passer pour imiter le ver
à soie qui tisse sa toile avec la substance tirée de ses propres entrailles, il est semblable à la sangsue qui vit du sang des hommes,
à l'aide de son suçoir, et qui, frottée de sel, rend ce sang à nouveau[1]. » L'expression est vive, chez Langbaine, assez dure même ;
aussi est-il juste de faire remarquer — ce qui ne diminue en rien
l'étendue vraiment exagérée des emprunts de Ravenscroft — que, pour
*Scaramouche*, il ne dissimula pas absolument ce qu'il avait glané
dans les champs d'autrui, puisqu'il disait : « Que d'autres aient le

1. Langbaine, *Lives of the E. poets*, pp. 423-417.

renom, que les Français et les Italiens se partagent la gloire, mais si la pièce est mauvaise, qu'ils en portent aussi tout le blâme [1]. »

La comédie intitulée *l'Amour sans intérêt, ou le Valet trop rusé pour son maître*, et dont la dédicace au moins est signée de Penketh-man, bien qu'adressée à quelque trois douzaines de lords, chevaliers et écuyers, fut jouée sans grand succès au Théâtre Royal en 1699. Il s'agit dans cette pièce d'un habile valet, Jonathan, à qui son maître a confié des papiers concernant la fortune de deux jeunes filles, ses deux nièces, et qui vend ces papiers aux amoureux de celles-ci, faci-litant ainsi un mariage qui n'aurait peut-être pas lieu sans cela ou, en tout cas, se ferait attendre trop longtemps. Les papiers, une fois en la possession des jeunes gens, c'est le « mariage forcé », et aussi l'imitation des scènes six, sept et huit de la pièce de Molière avec les caractères de Wrangle et de Sobersides.

*Les Amants maussades*, le succès de Shadwell, comme nous l'avons vu, n'étaient pas sans rappeler, outre *les Fâcheux*, la quatrième et la sixième scène du *Mariage forcé*, visiblement imitées de Molière.

Enfin en 1703, M^{me} Centlivre, dont nous allons avoir à parler bien-tôt, imitait aussi dans *l'Invention de l'Amour* la première, la deuxième et la quatrième scène du *Mariage forcé* où il est question de Sir Toby.

*Don Juan ou le Festin de Pierre.* — Il y a des ressemblances certaines entre *la Tragédie d'Ovide* de Sir Aston Cokain et la pièce de Molière : le spectre qui soupe et dîne avec Annibal fait songer à la statue du Commandeur ; mais il ne faut pas perdre de vue que la pièce anglaise fut publiée en 1662, tandis que *Don Juan* ne fut représenté qu'en 1665. Les ressemblances que l'on remarque dans les deux pièces proviennent probablement de ce fait que Cokain et Molière ont puisé aux mêmes sources, italiennes ou espagnoles.

Mais où l'on peut conclure avec certitude à l'imitation de *Don Juan*, c'est dans *le Libertin* de Shadwell, en 1676, comédie dans laquelle tout ce qui concerne la statue est emprunté à Molière. Jacomo est simplement un Sganarelle anglais. Aussi s'explique-t-on aisément que Shadwell ait pu se féliciter qu'aucun acte de sa pièce ne lui ait pris plus de cinq jours à l'écrire et que deux jours lui aient suffi pour composer les deux derniers actes.

---

1. Genest, *Hist. of the E. Stage*, vol. I, p. 203.

Dans *Amour pour amour* de Congreve, comédie représentée et imprimée en 1695, M. Van Laun a retrouvé la troisième scène du quatrième acte de *Don Juan*, tandis que les caractères de Scandal et de Tattle, de M^me Foresight et de M^me Frail lui semblent empruntés au *Misanthrope*, et que M. Foresight ressemble beaucoup à Harpagon de Molière.

*L'Amour médecin.* — John Lacy, tour à tour maître de danse, lieutenant, acteur et auteur, publia en 1672 une pièce probablement jouée vers cette époque, intitulée : *la Dame muette, ou le Maréchal ferrant devenu médecin*. Ce n'est, en somme, qu'une comédie-farce en cinq actes, dont l'intrigue principale est tirée du *Médecin malgré lui* et le dénouement de *l'Amour médecin*.

Dans *Sir Patient Fancy* de Aphra Behn, comédie publiée en 1678, on trouve une combinaison de différentes pièces de Molière. *L'Amour médecin* a fourni les scènes entre les docteurs et le cinquième acte, pris presque tout entier au poète comique français. *Le Malade imaginaire* a suggéré Sir Patient qui se croit toujours malade, tandis que *Monsieur de Pourceaugnac* a donné Sir Credulous Easy et son groom Curry.

*Les Charlatans ou l'Amour médecin* rappellent Molière autant par le fond de la pièce que par le titre même. Sorte de farce en trois actes, la pièce fut deux fois refusée ou interdite au théâtre de Drury Lane. Swiney, qui en est l'auteur, prétend, dans sa préface, que sa comédie devait être supprimée à cause de l'autre théâtre qui allait jouer une pièce sur le même sujet. L'auteur parvint pourtant à faire représenter, le 18 mars 1705, cette comédie, qui n'est guère autre chose qu'une traduction très délayée et souvent augmentée de la pièce de Molière.

*Le Misanthrope.* — La pièce de Molière valait par la psychologie plutôt que par l'intrigue. Wycherley aurait pu dire : « Nous avons changé tout cela. » La comédie anglaise est certainement plus intéressante, comme le veut Voltaire, si les allées et venues, les prouesses d'un capitaine de vaisseau qui fait sauter son navire dans un combat et revient à Londres « sans secours, sans vaisseau et sans argent », sont pour nous d'un intérêt plus puissant que la philosophie un peu amère de cet honnête homme qui hait et dénonce les défauts et les vices de l'humanité. Wycherley imite donc Molière : plus tard, nous verrons comment. Pour l'instant, notons que *le Misanthrope* devient *le Franc Parleur*, qu'Alceste s'y change en un capitaine de vaisseau brutal, appelé Manly ; Philinte, l'ami d'Alceste, se nomme Freeman ; les deux marquis, Acaste et Clitandre, deviennent Novel et Lord Plausible, tandis que Célimène est aisément reconnaissable sous les traits d'Olivia et qu'Eliante, cousine de Célimène, n'est autre qu'Eliza, cousine d'Olivia. Le succès de Wycherley fut très grand à la scène et les éditions se succédèrent rapidement. Les ressemblances entre l'œuvre du poète anglais et celle de Molière n'ont échappé à personne, et l'auteur de la *Biographia Dramatica* s'est contenté d'écrire comme excuse : « *Le Misanthrope* de Molière et autres œuvres [1] semblent avoir été présents à l'esprit de Wycherley quand il a tracé ses caractères ; mais quand des sujets sont si bien traités, c'est une simple chicane que d'insister beaucoup ; en revanche, s'il a eu recours aux écrivains français, les écrivains anglais ont eu recours à lui, et cela au point de faire croire au monde que leurs peintures sont originales, alors qu'ils les ont simplement tracées sur sa toile. »

Dans *les Amants maussades* de Shadwell, où on a déjà vu l'auteur imiter *les Fâcheux*, on a trouvé des emprunts faits au *Misanthrope*. « Son héros principal Stanford, dit M. Van Laun, est un composé d'Eraste et d'Alceste ; Lovel est une sorte de Philinte ; Emilie et Caroline ressemblent plus ou moins à Célimène et à Eliante, et Lady Vaine n'est qu'une Arsinoé grossière. » Shadwell nous a aussi donné dans sa comédie un abrégé de la première scène du premier acte du *Misanthrope*.

Congreve lui-même, dans *Amour pour amour*, s'est souvenu de Molière. Valentin, Scandal, Tattle et M^{me} Frail ne sont pas sans ressembler à Alceste, Acaste, Clitandre et Arsinoé du *Misanthrope*. Dans *Le Double Jeu* ne s'était-il pas aussi rappelé la fameuse scène du sonnet ? A un moment donné, tout au moins, Lady Froth, avec son madrigal, est-elle autre qu'un Oronte en jupons [2] ?

*Le Médecin malgré lui.* — Flecknoe écrivit peut-être pour la scène une traduction de cette comédie de Molière, car Langbaine se rap-

---

1. Le *Roman comique* de Scarron pour le major Old Fox et *les Plaideurs* de Racine pour la plaideuse enragée qu'est la veuve Blackacre.

2. De Grisy *Hist de la comédie anglaise*, p. 206 et suiv.

E. Gosse, *Life of W. Congreve*, p. 54.

pelle un prologue destiné à cette pièce [1] : le prologue ne fut jamais imprimé, et l'on ne retrouve aucune trace de traduction ou d'adaptation intitulée *le Médecin contre sa volonté*.

M^me Centlivre fut, tour à tour, semble-t-il, maîtresse d'un étudiant de l'université de Cambridge, où toute jeune elle s'était glissée, sous des habits de garçon, comme parent du jeune étudiant venu pour visiter l'université, femme d'un gentilhomme de petite noblesse, puis d'un officier et enfin du chef cuisinier de la reine. Elle s'adonna au théâtre, en qualité d'actrice parfois, mais surtout comme auteur comique, nouant bien une intrigue, traçant nettement un caractère, mettant beaucoup de mouvement dans ses pièces et obtenant par ces qualités un réel succès. La deuxième comédie écrite par elle est celle déjà citée de *l'Invention de l'Amour* ou — ce second titre est en français — *le Médecin malgré lui*. M^me Centlivre, par conséquent, ne cache pas la source à laquelle elle a puisé et avoue dans sa préface que « quelques scènes sont en partie empruntées à Molière ». L'auteur, dans ses aveux, ne va pas jusqu'à une franchise excessive, s'il peut y avoir excès en pareille matière. En réalité, *l'Invention de l'Amour*, jouée en 1703, n'est guère autre chose qu'une traduction de Molière, l'intrigue y étant plus développée et les personnages plus nombreux. Ce qu'il y a de plaisant dans les aveux ou appréciations de M^me Centlivre, c'est la façon dont elle le prend de haut avec Molière : « Là où j'ai trouvé le style trop pauvre, dit-elle sans grande humilité, j'ai essayé de donner un autre tour. » Ce ne fut, en effet, qu'un essai : les lecteurs de M^me Centlivre et de Molière voient aisément si l'auteur a réussi. Le style de Molière enrichi par M^me Centlivre ! Prétention quelque peu audacieuse !

*Le Sicilien, ou l'Amour peintre.* — John Crowne, dédiant *le Bel Esprit campagnard*, en 1675, à Charles, comte de Middlesex, écrivait : « Il est vrai, milord, que je n'ai pas grand'chose à déposer à vos pieds. La pièce que je vous offre ne peut prétendre à un mérite extraordinaire : ce n'est pas une pièce du meilleur genre. Une chose peut être bonne dans son genre et être tout de même mauvaise en soi, parce que le genre est mauvais ; ceux qui n'aiment pas la basse comédie ne seront pas satisfaits de celle-ci, car elle se compose en

1. Langbaine, *Lives of the E. poets*, p. 203.

grande partie de comédie rabaissée jusqu'à la farce ; pourtant, si on veut m'accorder qu'elle est bien dans son genre, je ne demande pas d'autre faveur : il sera facile de s'apercevoir, d'après les misérables fondations que j'ai faites, que je n'ai pas voulu élever une construction très haute, et cependant il est arrivé que ma construction tenait plus ferme que je ne le pensais et qu'elle a résisté au feu de toute une troupe de gens qui m'ont fait l'honneur de se déclarer mes ennemis [1]... » Il dut, en effet, y avoir une levée de boucliers contre Crowne, malgré l'approbation que le roi donna à la pièce, et les ennemis auxquels il fait allusion ne purent que lui reprocher ses plagiats : ils avaient la partie belle, car il est à remarquer que, ni dans le prologue, ni dans la dédicace, ni dans l'épilogue, le nom de Molière n'est prononcé. Langbaine, à qui rien n'échappe en fait d'imitations déguisées ou avouées, a dit du *Bel Esprit campagnard* : « Une partie du plan est tirée de comédie de Molière appelée *le Sicilien ou l'Amour peintre*, et je dois prendre la liberté de dire à notre auteur anglais qu'une partie du dialogue ainsi que de l'intrigue est empruntée à cette pièce. Voyez, par exemple, Rambler se faisant peintre de portraits pour avoir l'occasion de s'entretenir avec Betty Frisque : le lecteur pourra trouver quelque plaisir à comparer cela avec l'intrigue entre Adraste et Isidore, acte Ier, scène X, etc., et bien d'autres passages encore. Je laisse à ceux qui savent le français le soin de juger si notre auteur a mis en pratique la règle qu'il a posée dans son épître en tête de *la Destruction de Jérusalem*, d'après laquelle toute monnaie étrangère doit être refondue et recevoir une nouvelle empreinte, sinon une addition de métal, avant de circuler comme monnaie courante en Angleterre et de passer pour être de bon aloi [2]. » M. Van Laun, de son côté, allant encore plus avant, trouve deux personnages, Lady Faddle et Sir Mannerly Shallow, qui lui semblent des réminiscences de la comtesse d'Escarbagnas et de M. de Pourceaugnac, tandis que les scènes entre Ramble (Adraste) et Merry (Hali) sont basées sur quelques scènes d'*Amphitryon*. Don Pèdre est changé en lord Drybone et Isidore devient Betty Frisque, de sorte que si « le style, comme les gants venus de Rome, doit parfumer une pièce », et

---

1. J. Crowne, *Works* (*The Country wit*), vol. III, pp. 15-16.
2. Langbaine, *Lives of the E. poets*, p. 94.

si « chaque pensée doit avoir en soi son parfum [1] », c'est de Molière
que venait directement ce parfum.

*Le Sicilien* fournit encore à Sir Richard Steele certains incidents
et certaines scènes du *Tendre mari* (1705). On y trouve notamment la
scène où Adraste fait le portrait d'Isidore.

*Tartuffe.* — La pièce de Molière fut traduite, augmentée et agrémentée d'une danse finale, puis mise à la scène par un acteur nommé
Mathieu Medbourne : ce fut *Tartuffe, ou le Puritain français.* Le sous-
titre indique assez clairement les visées du traducteur. Imprimée en
1670, la comédie de Molière eut un très grand succès dû, pour une
grande part, aux allusions faciles que l'on voulut voir aux puritains
anglais : les pédants de vertu, fouaillés par Molière, rappelèrent les
« têtes rondes » de Cromwell, les « saints », comme on les avait
appelés. Sans aucun doute la malice contemporaine, toujours aiguisée,
ne contribua que pour peu de chose au succès de *Tartuffe* : c'était la
revanche des royalistes contre les parlementaires, et Charles II dut
éprouver, à la représentation, un contentement au moins égal à celui
de Louis XIV en face de Tartuffe. Medbourne, catholique lui-même,
ne laissa pas de goûter un malin plaisir à cette satire appliquée aussitôt à ces parlementaires qui avaient affecté, dans leur costume
comme dans leurs maximes, une rigueur inflexible, une sévérité sans
exemple.

On a vu également quelque ressemblance entre *le Moine anglais*
de Crowne, comédie jouée en 1689, et le *Tartuffe* de Molière. Le Père
Finical, moine du couvent de Saint-James, serait imité de Tartuffe.
Ce saint homme, qui en impose par ses grands airs de vertu, met en
coupe réglée la bourse d'autrui, ce qui remplace, chez Crowne, la
donation et la cassette de Molière ; il tient à M^me Pansy un langage
non moins édifiant que celui qu'entend Elmire : il n'ignore pas lui
aussi qu' « il est une science — d'étendre les liens de notre conscience — et de rectifier le mal de l'action — avec la pureté de notre
intention ». Qu'on écoute le moine anglais : « Nos étreintes seront
chastes, dit-il à celle qu'il veut séduire, puisque nous aurons de
chastes intentions [2]. » Des témoins cachés et dont Finical est loin de

1. J. Crowne, *Works* (*The Country wit*, Prologue), vol. III, p. 11.
2. J. Crowne, *Works* (*The English Friar*, A. V), vol. IV, p. 116.

— 513 —

soupçonner la présence écoutent ces propos. Lord Stanly, s'entendant malmener, veut entrer brusquement, comme Orgon s'efforce, à un moment donné, de sortir de dessous la table : il en est lui aussi empêché. C'est bien encore à Tartuffe que l'on songe quand le Père Finical, l' « âme ravie », s'approche amoureusement de M<sup>me</sup> Pansy et lui dit, l'œil luisant de passion : « Soyez sûre que je viens vers vous dans un saint but, et, pour calmer nos désirs charnels, embrassons-nous en Dieu, et aimons-nous pour toujours d'un amour séraphique ; venez dans mes bras, ô ma pieuse sœur[1]. » Et là-dessus, brusque apparition de tous les témoins, à la grande confusion du moine : c'est Orgon sortant de sa cachette. Il n'y a pas jusqu'à M<sup>me</sup> Pernelle qui ne revive en Lady Credulous, pour se scandaliser avec elle des bruits honteux, abominables, que les méchants font courir sur ce saint homme[2]. Il y a donc entre la comédie de Crowne et celle de Molière des ressemblances certaines : elles nous paraissent trop nombreuses et trop frappantes pour être absolument fortuites.

Notons simplement la comédie du *Non Assermenté* de Colley Cibber. Elle parut en 1717. C'est une imitation de la pièce de Medbourne et de celle de Crowne, mais aussi, directement, du *Tartuffe* de Molière, de sorte que les ennemis de Cibber eurent quelque raison de dire : « Écrire des pièces de théâtre est assez facile en vérité, comme vous l'avez vu par Cibber dans *Tartuffe*. Il a volé la pièce, mais c'est lui qui a écrit le titre, à la première page[3]. »

*Amphitryon.* — Plaute, Molière, Dryden, ont successivement donné à la scène *Amphitryon*, et la pièce de Molière est de près imitée par Dryden, qui, en dehors de cette fantaisie consistant à écrire les parties sérieuses de sa pièce en vers et les parties comiques en prose, conserve malgré tout une certaine originalité. Walter Scott a comparé les deux pièces française et anglaise. « Les poètes modernes, dit-il, ont traité le sujet qu'ils tenaient de Plaute, chacun à la manière de son pays, et la correction de la scène française l'a tellement emporté sur la nôtre à cette époque que la palme, en fait d'œuvre comique, doit être, tout de suite, décernée à Molière ; car, bien que

1. J. Crowne (*The English Friar*, A. V.), p. 118.
2. J. Crowne, *ibid.*, p. 112.
3. Genest, *Hist. of the Stage*, vol. II, p. 615.

Dryden ait pu profiter de l'œuvre du poète français d'où, comme de celle de Plaute, il a traduit longuement, le goût détestable de l'époque l'a porté à piquer sa pièce d'obscénités inutiles. Il est en général grossier et vulgaire où Molière est spirituel, et où le français risque un mot à double sens, l'anglais fait en sorte qu'il n'y en ait jamais qu'un. Cependant, bien qu'inférieur à celui de Molière et adapté au goût grossier du xviie siècle, *Amphitryon* est une des plus heureuses productions de la muse comique de Dryden. Il a enrichi le sujet de l'intrigue de Mercure et de Phèdre, et la pétulante et intéressée Reine des Bohémiens, comme son amant l'appelle, est bien la maîtresse qui convient au dieu des voleurs. Pour toutes les scènes d'allure plus élevée, Dryden l'emporte de beaucoup, à la fois sur le poète français et sur le poète latin. » M. Saintsbury, le savant éditeur de Dryden, renchérit sur son prédécesseur Walter Scott, et écrit : « Je ne crois pas que Scott ait bien entièrement fait ressortir les avantages qui restent à Dryden après la lecture des trois *Amphitryons*. Il est probable qu'au point de vue de l'originalité il n'y a pas grand choix à faire entre eux, car Plaute a dû, presque certainement, avoir un modèle. C'est le poète latin qui a le plus d'humour des trois, comme Molière reste le plus décent en traitant une situation où être décent sans être ennuyeux est la preuve d'un art consommé. Mais, en ce qui concerne la vie et l'entrain qui conviennent à la comédie, Dryden l'emporte sur ses deux formidables prédécesseurs, et deux innovations personnelles, la création du juge Gripus et la séparation des caractères de la femme de Sosie et de la suivante d'Alcmena, sont excessivement heureuses. Il serait bon aussi de faire remarquer que parler de la pièce de Dryden comme d'une simple adaptation de celle de Molière, comme le font fréquemment les écrivains français ou allemands, est une erreur absolue[1]. » Ne nous joignons donc pas à eux, et laissons à Dryden, si peu original en maint endroit de son œuvre dramatique, la part d'originalité qui, en toute bonne foi, lui revient ici. Il faut remarquer d'ailleurs le ton parfaitement modeste avec lequel Dryden parle de Molière dans sa dédicace d'*Amphitryon* et aussi l'insistance, bien légitime, qu'il met à revendiquer sa part dans l'œuvre nouvelle : « Si cette comédie était toute à moi, vraiment

---

1. Dryden, *Works* (*Amphitryon*), vol. VIII, pp. 1, 2, 4.

je l'appellerais une bagatelle et peut-être ne la croirais-je pas digne
de votre patronage ; mais comme Plaute et Molière y sont associés, c'est-à-dire les deux plus grands noms de la comédie ancienne
et moderne, je ne dois pas faire bon marché de leur réputation au
point de croire que leurs œuvres les meilleures et les plus indiscutées
puissent être traitées de minces. Je ne veux pas vous donner la peine
de vous faire connaître ce que j'ai ajouté ou changé chez l'un ou
chez l'autre, d'autant plus que c'est peut-être pour le pire ; je veux
seulement vous dire que c'est la différence entre la scène latine et la
scène française qui l'a exigé. Mais je crains bien, dans mon intérêt,
que le monde ne découvre trop facilement que plus de la moitié de la
pièce est de moi, et que le reste est plutôt une imitation boiteuse de
leurs qualités qu'une traduction exacte. Il me suffit que le lecteur
sache par vous que je ne mérite ni ne désire aucun applaudissement : si je suis arrivé à quelque chose, c'est le génie de ces auteurs
qui m'a inspiré ; et si on a eu quelque plaisir à la représentation,
que les acteurs s'en partagent la gloire. Quant à Plaute et à Molière,
ce sont de dangereuses gens, et je suis un trop piètre joueur pour me
risquer à leur genre de jeu[1]. » On aurait mauvaise grâce, après cela,
de ne pas reconnaître — sa modestie, à elle seule, suffirait à nous y
inciter — la part d'originalité à bon droit réclamée par Dryden.

*George Dandin, ou le Mari confondu.* — Betterton, qui était un très
grand acteur, était aussi un auteur dramatique apprécié. En 1670, au
théâtre de Lincoln's Inn Fields, il produisit une comédie en cinq
actes : *la Veuve amoureuse ou la Femme dévergondée.* C'était une imitation très libre de *George Dandin*, agrémentée d'une sous-intrigue
qui, suivant une coutume fréquente, allongeait les trois actes de Molière. La partie prise à *George Dandin*, dit Genest, est très bonne, et
le reste est quelconque. *La Veuve amoureuse* obtint un certain succès,
grâce à Molière d'abord, grâce aussi au nom de Betterton et au talent
de l'actrice M^me Long.

*L'Avare.* — Il y a entre *les Faiseurs de projets* de Wilson et *l'Avare*
de Molière des ressemblances qui n'ont pas manqué d'attirer l'attention. Le caractère de Suckdry, une manière d'usurier grippe-sous,
toujours préoccupé de son or et tremblant à la moindre alerte pour

1. Dryden, *Works* (*Amphitryon*, Dedication), vol. VIII, p. 9.

son trésor, ressemble d'assez près à Harpagon, et Leanchops n'est pas sans analogie avec Maître Jacques. Ferdinand, affichant auprès de l'avare, par la modestie même de son costume, un grand amour d'économie, afin de s'attirer la confiance de Suckdry et obtenir de l'usurier la main de sa fille Nancy, n'est pas sans nous rappeler Valère, amant d'Élise, fille d'Harpagon. Est-ce à dire que Wilson, après avoir traduit Plaute, ait emprunté à Molière au moins quelques caractères ? En dépit de ces ressemblances, toute affirmation serait bien téméraire, puisque nous ne connaissons pas exactement la date de la première représentation de *l'Avare*. Nous savons sans doute que la pièce de Molière fut représentée au théâtre du Palais-Royal le 9 septembre 1668, mais était-ce bien pour la première fois ? Or, la comédie de Wilson, qui ne fut probablement jamais jouée, fut imprimée en 1665, c'est-à-dire trois ans avant la représentation de *l'Avare* au Palais-Royal. Donc, tout ce que nous pouvons faire ici, c'est signaler les ressemblances curieuses qui existent entre les deux pièces anglaise et française. Il nous faut suspendre notre jugement sur la question d'imitation : jusqu'à plus ample informé, c'est au poète anglais que revient l'honneur d'avoir mis *l'Avare* à la scène.

Shadwell écrivit « en moins d'un mois » et fit représenter, en 1671, un *Avare* qui est une imitation de la pièce de Molière. Veut-on savoir pourquoi le poète anglais a refait l'œuvre du comique français, alors qu'il prétend cependant dans son prologue que « l'on trouve aussi rarement de l'esprit dans une pièce française que des mines d'argent en Angleterre » ? Il peut parfaitement se passer d'un modèle. « Ce n'est pas, dit-il, par stérilité d'esprit ou d'invention que nous empruntons aux Français, mais par paresse : voilà pourquoi je me suis servi de *l'Avare*. » Il n'y a pas lieu, du reste, suivant Shadwell, de lui faire le moindre reproche : il se charge très volontiers de se rendre justice à lui-même ; il le fait avec plus de conviction que de modestie, et Molière, à son avis, lui doit une vraie reconnaissance : « Je crois, écrit Shadwell dans l'avertissement de *l'Avare*, pouvoir dire sans vanité que Molière n'a rien perdu entre mes mains. Jamais pièce française n'a été remaniée par un de nos poètes, quelque méchant qu'il fût, sans qu'elle ait été rendue meilleure. » Voilà, ou nous nous trompons fort, ce qu'on appelle, en argot anglais, « sonner sa propre trompette », et Voltaire a fort bien dit, en parlant de Shadwell :

« On peut juger qu'un homme qui n'a pas assez d'esprit pour mieux
cacher sa vanité n'en a pas assez pour faire mieux que Molière. » Le
poète anglais, pour améliorer sans doute son modèle, a ajouté dix
nouveaux personnages. Un écrivain de l'envergure de Shadwell ne
pouvait évidemment s'accommoder de la simplicité d'action de son
modèle français. On le voit, ici comme ailleurs, c'est toujours la
complication de l'intrigue que le dramaturge recherche et qu'il
obtient, soit par un plus grand nombre de personnages, soit en dou-
blant l'intrigue première, fond de la pièce, d'une seconde intrigue.

*M. de Pourceaugnac.* — Ravenscroft, le grand plagiaire de Molière,
fit jouer et imprimer en 1671 ou 1672 son *Mamamouchi ou le Bourgeois devenu gentilhomme.* La comédie française y entre pour une très
large part, et l'avocat de Limoges est le prototype de Sir Simon
Softhead. Les emprunts faits à la pièce de Molière y sont très nombreux [1] : Sbrigani devient Trickmore, et Eraste revit dans Cleverwit.
Suivant Langbaine, Ravenscroft n'a laissé de *M. de Pourceaugnac* que
ce qu'il avait pris — il faudrait dire ce qu'il allait prendre — pour
une autre de ses pièces, *les Amoureux négligents.* Deux parts ont donc
été faites par l'auteur anglais dans la comédie de Molière; c'est la
seconde qui a passé dans *les Amoureux négligents* : les hommes allèrent dans *Mamamouchi*, les femmes et les enfants dans *les Amoureux* ;
c'est un étrange procédé littéraire que cette sorte de séparation des
sexes, et nous comprenons aisément maintenant comment il pouvait
être agréable aux jeunes gentilshommes qui venaient lui demander
une pièce, ne lui laissant guère que huit jours pour la composer ;
nous nous expliquons très bien comment il parvenait « en trois jours
à écrire les trois premiers actes, à les recopier et à les remettre aux
jeunes acteurs, les deux derniers actes ne lui demandant pas plus de
temps, une seule semaine ayant suffi pour le tout » ; les avantages
commodes du plagiat s'offraient à l'esprit peu inventif ou paresseux
de Ravenscroft : il se garda bien de les négliger, au grand dommage,
d'ailleurs, de sa réputation future.

Satisfait sans doute de ce procédé de démarquage qui, suivant le

1. M. Van Laun a noté dans *le Moliériste*, 3ᵉ année, p. 137, que Ravenscroft « a
imité surtout les 5ᵉ, 6ᵉ, 9ᵉ, 10ᵉ, 11ᵉ, 12ᵉ, 13ᵉ, 14ᵉ, 15ᵉ et 16ᵉ scènes du premier acte,
et les 7ᵉ et 8ᵉ scènes du second ».

mot de Scarron parlant des auteurs de romans, consistait, pour mieux déguiser l'opération, à « dépouiller l'anguille en commençant par la queue », Ravenscroft transporta dans ses *Convives de Cantorbéry* les septième et huitième scènes de la comédie de Molière déjà copiées presque littéralement dans ses *Amoureux négligents*.

John Crowne, après Ravenscroft, s'est peut-être souvenu de M. de Pourceaugnac dans le personnage de Sir Mannerly Shallow du *Bel Esprit campagnard*.

En 1704 on traduisit et l'on imprima *Monsieur de Pourceaugnac*, appelé aussi *Squire Trelooby*. Cette traduction fut attribuée à Vanbrugh, Congreve et Walsh; des acteurs de choix, comme Dogget, Cibber, Betterton, Johnson et Pinkethman, des actrices de la valeur de M^me Bracegirdle et M^me Prince, interprétèrent Molière sur la scène de Lincoln's Inn Fields, et ce fut à peu près à la satisfaction de tous.

*Le Bourgeois gentilhomme*. — Ravenscroft, plagiaire effronté de Molière dans son *Mamamouchi*, où « Sir Simon Softhead n'est que M. de Pourceaugnac en costume anglais », ne se fit pas faute de continuer ses emprunts : « Le reste de sa pièce, dit Langbaine, est volé au *Bourgeois gentilhomme*, de sorte que voici une pièce tout entière d'emprunt, sans que l'auteur ait fait le moindre aveu, procédé qui sent la plus belle ingratitude ». Le *Mamamouchi*, condamné par les critiques qui trouvèrent la pièce « sotte », eut cependant neuf représentations de suite avec salle comble, et le roi et la cour applaudirent l'acteur Nokes dans le rôle de M. Jourdain[1]. Dryden, soit qu'il eût quelque raison d'auteur pour ne guère aimer Ravenscroft, qui l'avait provoqué en se moquant d'une de ses tragédies héroïques, soit qu'il désapprouvât réellement le goût et la manière de faire de Ravenscroft, ainsi cousant ensemble, sans vergogne, deux pièces de Molière, l'attaqua assez vivement dans le Prologue de *The Assignation*. A lire ces attaques, on voit bien que le succès de la pièce n'avait pas été mince : « Il vous faut, dit Dryden aux spectateurs, votre Mamamouchi, une espèce de fat qui dans une boutique semblerait être un phénomène. Il emplit jusqu'aux bords votre parterre et vos loges, où, entassés en masse, vous vous reconnaissez en lui. Il y a certainement dans *hullibabilah de*, et *chu, chu, chu*, quelque charme

1. Genest, *Hist. of the Stage*, vol. I, p 127.

que notre poète n'a jamais soupçonné, et *Marababath sahem*, c'est-à-
dire : Oh! comme nous aimons le Mamamouchi! vous a profondément touchés. Grimaces et costume vous ont complètement satisfaits :
vous avez condamné le poète et vous avez porté la pièce aux nues [1]. »
Voilà le jargon de Molière indirectement mais nettement blâmé par
Dryden. Le public ne fut pas de cet avis : l'opinion des critiques ne
prévalut pas, car dès la sixième représentation la salle était comble,
et le compilateur de *Monsieur de Pourceaugnac* et du *Bourgeois gentilhomme* put, sans crainte, ajouter ces deux vers à l'épilogue de sa
pièce : « Les critiques viennent pour siffler et condamner la pièce ;
cependant, malgré tout, ils ne peuvent s'empêcher d'y venir. »

Dans *l'Amour et une bouteille*, comédie de Farquhar, jouée en
1699, le jeune hobereau Mockmode, le maître de danse et le maître
d'armes rappellent M. Jourdain, le maître de musique et le maître
à danser du *Bourgeois gentilhommme*.

*Psyché.* — La tragédie-ballet de *Psyché*, fruit de la collaboration
de Molière, de Quinault et de Corneille, fruit hâtif, puisqu'il fallait
aller vite, selon les ordres du roi, pour pouvoir donner ce « magnifique divertissement plusieurs fois avant le carême », fut aussi
imitée par Shadwell. Le poète anglais, qui avait acquis en sa jeu-
nesse·une certaine science musicale, fut heureux de donner une
preuve de son talent en composant *Psyché* en 1673. Ce n'était pas
les paroles dont il était surtout fier, car il s'y sentait inférieur et
disait volontiers qu' « une seule scène de comédie, comme certaines
de Ben Jonson, est préférable aux meilleures pièces qui, semblables
à celles-ci, ont été ou seront jamais écrites, et que la bonne comédie
exige beaucoup plus d'esprit ou de jugement chez l'écrivain que
toutes les pièces rimées et artificielles » ; il voulait surtout qu'on lui
tînt compte du soin apporté à tracer lui-même la voie au compositeur
en lui désignant quel vers devait être chanté par une, deux ou trois
voix. Les paroles lui importaient peu : il les avait composées en
cinq semaines et, depuis seize mois qu'elles étaient écrites, il n'y
avait pas seulement changé six vers. C'est à la pièce de Molière
que, de son propre aveu, il avait emprunté, avec une certaine liberté,
du reste, et son but était, avant tout, « de divertir la ville par un

1. Dryden, *Works* (Prologue to *The Assignation*), vol. IV, p. 379.

ensemble varié de musique, de danses curieuses, de décors splendides et de machines [1] ». Sur ce point, grand succès pour Shadwell.
Si, plus tard, Dryden, dans sa satire de *Mac-Flecknoe*[2], ridiculisa
sans pitié la musique et les danses de ce pauvre Shadwell dont les
échos de certaine allée, plus hygiéniquement utile que glorieuse à
parcourir, proclamèrent le nom fameux, l'auteur de la *Psyché* anglaise avait néanmoins obtenu un grand succès, presque un triomphe : la mise en scène avait fait merveille, ainsi que les décors
nouveaux, les machines nouvelles, les costumes neufs et les danses
françaises avec Saint-André, le célèbre maître de danse français, si
habile et si fort admiré. La recette vraiment magnifique avait dépassé
huit cents livres, et, les représentations ayant duré huit jours, les
bénéfices avaient été très appréciables [3].

*Les Fourberies de Scapin.* — La manie de la traduction et de l'imitation des pièces de Molière était telle au dix-septième siècle que l'on
voyait parfois des écrivains se précipiter à deux sur une œuvre
française, et celui qui avait été devancé se plaignait ensuite amèrement de son concurrent plus heureux. Cela se produisit pour Otway
et Ravenscroft. Otway fit jouer et imprimer en 1677 une farce portant le même titre, mais en anglais, que la pièce française : *les
Fourberies de Scapin*. Il suivit son modèle de si près que les endroits
où il s'écarte de l'original ne valent pas qu'on les signale, comme le
reconnaît l'éditeur d'Otway[4]. Que nous importe, après tout, que la
scène soit à Douvres, au lieu d'être à Naples, et qu'au-dessus du sac
où Scapin ne s'enveloppe pas, mais y enveloppe le Géronte anglais,
il y ait, pour remplacer le Gascon, le Basque et la demi-douzaine de
soldats, des marins descendus d'un vaisseau corsaire, l'un parlant
en habitant du pays de Galles, l'autre s'exprimant en dialecte du
comté de Lancastre, un troisième avec l'accent irlandais, un quatrième avec la voix d'un vieux loup de mer, un dernier causant à
la façon conventionnelle dont les Anglais imitent les Français qui

1. Dryden, *Works* (citations de Shadwell et notes de W. Scott), vol. X, pp. 444,
445, 446.
2. Dryden, *Works* (Mac-Flecknoe), vol. X, p. 445.
3. Downes, *Roscius anglicanus*, p. 35.
4. Otway, *Works*, vol. I, pp. 205-206 (éd. Th. Thornton).

parlent mal anglais? Ce sont là de minces différences. En somme, l'œuvre d'Otway, jouée comme une seconde pièce et imprimée aussi, à la suite de *Titus et Bérénice*, n'est guère qu'une imitation assez servile de la comédie-farce de Molière.

A la même époque, non plus au théâtre de Dorset Gardens, mais au Théâtre-Royal, Ravenscroft produisit son *Scaramouche*, qui était, comme nous l'avons vu, une sorte de mosaïque formée du *Bourgeois gentilhomme*, du *Mariage forcé* et des *Fourberies de Scapin*. Il est assez amusant de voir Ravenscroft se plaindre avec quelque mauvaise humeur, dans le prologue de sa comédie, d'avoir été devancé par Otway : il s'imaginait sans doute que les pièces de Molière devaient lui être réservées pour ses profanations sans exemple : il lui en coûtait, semble-t-il, de renoncer à cette sorte de monopole.

*Les Femmes savantes.* — Un certain Thomas Wright, simple machiniste de théâtre, composa, ouvertement d'après Molière, une pièce dont le titre serait *les Femmes virtuoses*, si le sens de ce dernier mot ne s'était pas rétréci en passant de l'italien en français, pour ne plus guère s'appliquer qu'au talent musical. Cette comédie fut représentée au Théâtre-Royal en 1693. Chaque personnage de la comédie de Wright a son prototype dans celle de Molière. Sir Maurice Meanwell et Lady Meanwell, c'est le bonhomme Chrysale et sa femme Philaminte ; leurs deux filles Armande et Henriette revivent dans M^me Lovewit et Mariana ; M. Meanwell, le frère de Sir Maurice, n'est autre qu'Ariste, frère de Chrysale ; Bélise se retrouve dans Catchat, tandis que Clitandre reparaît en Clérimont. Quant au bel esprit Trissotin, il revit en Sir Maggot Jingle, qui, en véritable précieux, vient aussi lire ses vers et, comme son nom anglais l'indique, faire tinter ses rimes. Toutefois, celui qui doit épouser Mariana (Henriette) n'est pas Sir Jingle (Trissotin), mais un certain Witless, sans esprit, savant de Cambridge, création originale de Th. Wright.

En 1721, *les Femmes virtuoses* reparurent sous le nom de *Rien de plus sot que les beaux esprits* ; c'est la même pièce, le titre seul est différent, et la reprise de la comédie de Wright n'avait pour but que de faire échec, par une représentation organisée en toute hâte, à la pièce de Cibber : *le Refus ou la Philosophie des Dames*, basée également sur *les Femmes savantes*, avec l'addition d'une intrigue se rapportant à des événements contemporains devenus bientôt sans intérêt.

*Le Malade imaginaire.* — M^me Aphra Behn, qui avait déjà montré son habileté à faire trop vite et aussi trop facilement sienne l'œuvre du voisin, ne se priva pas de plus larges emprunts : elle fit d'Argan le prototype de *Sir Patient Fancy* et, dans cette comédie, assaisonna d'obscénités une grande partie du troisième acte du *Malade imaginaire*; c'est ce qu'avait vu Langbaine quand il disait : « L'idée de Sir Patient Fancy est empruntée d'une pièce française appelée *le Malade imaginaire.* » — Que reste-t-il, en somme, des œuvres de Molière qui n'ait été imité ou plagié au xvii^e siècle ? A peine cinq ou six pièces, plutôt d'arrière-plan : *l'Impromptu de Versailles, la Princesse d'Elide, Mélicerte, la Pastorale comique, les Amants magnifiques* et *la Comtesse d'Escarbagnas.* Tout ce qu'il y a de bon et d'excellent dans l'œuvre de Poquelin a été connu, démarqué, amputé, mélangé en un désordre sans art, déshonoré le plus souvent avec un irrespect sans exemple.

## III

Examinons maintenant, en négligeant les détails, ce qu'est devenue la comédie de Molière sur la scène anglaise. On a vu avec quel sans-gêne les comiques anglais avaient traité l'œuvre française et quelle série de démarquages, de plagiats éhontés avaient été commis. Un des procédés les plus employés, à côté d'actes et de scènes presque littéralement empruntés à Molière, consistait à coudre ensemble plusieurs de ses comédies pour n'en former qu'une, plus longue par conséquent, allant jusqu'à cinq actes au lieu de trois. C'est ainsi que les *Damoiselles à la mode* de Flecknoe ne furent autre chose que la combinaison bizarre, un peu déconcertante, de quatre pièces de Molière, l'une formant l'intrigue principale, l'autre l'intrigue secondaire, les deux autres étant utilisées pour telle scène particulière. De même, les pièces de *Sganarelle*, des *Précieuses* et de *George Dandin* ne furent-elles pas fondues en une seule comédie où Molloy n'eut guère d'autre originalité que celle d'y semer à profusion les obscénités au goût du jour ? Que devenaient, dans ces conditions, la cohésion des pièces de Molière, leur forte unité ? On ne sent plus ce « courant qui s'est formé, qui nous porte, nous emporte et ne nous lâche plus. » Chez le Français, « nul arrêt, nul écart, point de hors-d'œuvre qui viennent nous distraire... ; chaque scène, chaque acte relève, termine ou prépare l'autre. Tout est lié et tout est simple : l'action marche et ne marche que pour porter l'idée, nulle complication, point d'incidents. Un événement comique suffit à la fable[1]... » ; chez les Anglais, une mosaïque de teintes disparates, disjointe, presque toujours craquelée, rompue parfois : deux intrigues le plus souvent s'enchevêtrant, se confondant au milieu d'un brouillamini, d'un pêle-mêle, d'une confusion de contretemps et de surprises où il est difficile, voire impossible, de retrouver même un reste de la belle unité, de la forte et simple ordonnance des pièces de Molière. Et dans la bouche de ces personnages de comédie, en Angleterre, comment retrouver cette conversation où rien ne dévie ni dans le ton, ni dans la pensée, ni dans l'expression, où l'idée se développe, se déroule librement, naturellement, se complète, éclate parfois en saillies heureuses, en « fusées d'éblouissante gaieté qui font aurore à l'autre pôle du monde dramatique » ? Tout cela a disparu : « On ne sait où l'on va ; à chaque instant, on est détourné de son chemin. Les scènes sont mal liées ; elles changent vingt fois de lieu. Quand l'une commence à se développer, un déluge d'incidents vient l'interrompre. Les conversations parasites traînent entre les événements. On dirait d'un livre où les notes sont pêle-mêle entrées dans le texte. Il n'y a pas de plan véritablement calculé et rigoureusement suivi : ils se sont donné un canevas, et en écrivent les scènes au fur et à mesure, à peu près comme elles leur viennent. La vraisemblance n'est pas bien gardée ; il y a des déguisements mal arrangés, des folies mal simulées, des mariages de paravent, des attaques de brigands dignes de l'opéra comique. C'est que, pour atteindre l'enchaînement et la vraisemblance, il faut partir de quelque idée générale. Une conception de l'avarice, de l'hypocrisie, de l'éducation des femmes, de la disproportion en fait de mariage, arrange et lie par sa vertu propre les événements qui peuvent la manifester. Ici cette conception manque . » Pas d'unité donc. Pas de

---

1. Taine, *Hist. de la Lit. angl.*, vol. III, p. 100.
2. Taine, *ibid.*, vol. III, p. 110.

gaieté non plus : au lieu de répliques vives et joyeuses, un bavardage étourdissant et graveleux où passent toutes les futilités à la mode, tous les riens plus ou moins scintillants de la société d'alors, toutes les fantaisies des beaux esprits de l'époque, hors-d'œuvre trop souvent sans saveur, menue monnaie, vraiment trop menue, verroterie sans valeur encore que les facettes en soient parfois brillantes. Partie donc, la gaieté de Molière, cette gaieté qui est « le plus clair de notre avoir à nous gens de France », qui consiste, chez notre grand comique, à « effacer l'odieux », à faire oublier « les crudités triviales et les passions douloureuses », à faire « taire l'indignation et à empêcher que le divertissement ne périsse sous la colère et l'indignation [1] ». Et qu'est-ce qui a remplacé cette gaieté si franche et de si bon aloi ? Une jovialité bruyante, un éclat de rire tout en secousses physiques; l'humour enjoué de Molière a été remplacé par le sel le plus grossier semé à profusion dans le dialogue ; et cette substitution s'aperçoit aisément quand on compare, dans *le Dépit Amoureux* et *Amour d'un Soir*, la même scène, ici traitée par Molière, là imitée par Dryden [2].

Disparue également la souplesse du talent de Molière, qui passait si aisément « de la farce un peu bouffonne et de la lie un peu scarronesque » de *l'Étourdi* et de *Sganarelle*, à la satire des ridicules contemporains des *Précieuses ridicules* et des *Femmes savantes*, pour s'étaler en peintures plus larges, en « fresques » somptueuses dans *le Misanthrope*, *le Tartuffe* et *l'Avare*. Évanouis sans retour, cette largeur de vues, cette profondeur de philosophie, ce caractère d'universalité qui, chez Molière, le faisaient partir d'une idée générale exposée en développements vraiment classiques, en même temps peintre d'une époque et peintre plus large de l'humanité [3]. Rien de tout cela n'a subsisté.

Bien plus, incapables d'imiter des qualités qui, il faut le dire, sont à peu près inimitables si on n'est pas un second Molière, les comiques anglais l'ont perverti et sali parfois d'assez triste façon. C'est dans le caractère d'Alceste surtout que cette perversion est le plus apparente,

1. Taine, *Hist. de la Lit. angl.*, vol. III, p. 102-105.
2. Ward, *English Dramatic Lit.*, vol. III, p. 320.
3. Molière, *Œuvres* (Notice de Sainte-Beuve), p. 2.

et dans celui d'Agnès que la souillure est le plus manifeste. Voltaire a exposé le sujet du *Franc Parleur* [1] : il trouve la pièce anglaise « trop hardie pour nos mœurs ». Voltaire est indulgent. Taine a mieux marqué la brutalité de *Manly* : « Manly est peint d'après Alceste, et l'énormité des différences mesure la différence des deux mondes et des deux pays. Il n'est pas gentilhomme de cour, mais capitaine de vaisseau, avec les allures des marins du temps, la casaque tachée de goudron et sentant l'eau-de-vie, prompt aux voies de fait et aux jurons sales, appelant les gens chiens et esclaves, et, quand ils lui déplaisent, les jetant à coups de pied dans l'escalier. « Mylord, dit-il à un seigneur avec un grondement de dogue, les gens de votre espèce sont comme les prostituées et les filous, dangereux seulement pour ceux que vous embrassez. » Puis, quand le pauvre homme essaie de lui parler à l'oreille : « Mylord, tout ce que vous m'avez appris en me chuchotant ce que je savais d'avance, c'est que vous avez l'haleine puante... » Voilà ses façons d'homme sincère [2]. » Nulle part on ne sent mieux cette brutalité de parole que dans la scène où Oldfox, l'Oronte anglais, vient montrer à Manly, l'Alceste de Wycherley, les vers qu'il a composés : voici comment celui-ci le reçoit : « Écoutez, vieux major, vous vous figurez que vous savez écrire et que vous êtes devenu auteur. Permettez-moi de vous dire ce que je disais un jour à quelqu'un de ma connaissance qui était possédé de la même fantaisie. — Eh bien, Monsieur ? interroge l'Oronte anglais. — Eh bien, Monsieur, reprend Manly, je lui ai dit franchement qu'il devenait bête comme un âne. » Cette grossièreté de termes, cette perversion du caractère du misanthrope n'a pas échappé davantage aux critiques anglais. Écoutons Macaulay, plus sévère que Voltaire, dire tout ce qu'il pense de l'Alceste de Wycherley : « Molière peignit, dans *le Misanthrope*, une âme noble et pure qui a été aigrie par le spectacle de la perfidie et de la malveillance cachées sous les formes de la politesse. Comme tout extrême engendre naturellement son contraire, Alceste adopte une théorie du bien et du mal complètement opposée à celle de la société qui l'entoure. La courtoisie lui semble

---

1. Voltaire, *Lettre de la Comédie anglaise* (citée dans la Préface de l'*Histoire du Théâtre françois* des frères Parfaict, t. IX, p. xvj).
2. Taine, *Hist. de la Lit. angl.*, t. III, p. 60.

un vice, et il fait trop exclusivement l'objet de sa vénération ces
vertus austères que négligent les fats et les coquettes de Paris. Il est
souvent blâmable, il est souvent ridicule. Mais il reste toujours un
homme vertueux, et le sentiment qu'il inspire, c'est le regret de voir
qu'un homme si estimable soit si peu agréable. Wycherley emprunte
Alceste et le transforme, pour citer les paroles du très indulgent
critique, M. Leigh Hunt, « en un sensualiste féroce, qui se croit un
aussi grand coquin que tout le reste des humains ». Il a copié et ca-
ricaturé la mauvaise humeur du héros de Molière. Mais il a remplacé
l'intégrité et la pureté de l'original par le libertinage le plus dégoûtant
et la mahonnêteté la plus éhontée [1]. »

Les femmes de Molière ne sont pas mieux respectées : elles sont
même traitées avec plus d'indécence peut-être par Wycherley. Il faut
voir ce que devient Agnès entre ses mains, la façon dont il la défigure
et la souille. « C'est un spectacle curieux, dit Macaulay, que de voir
comment tout ce qu'il touchait, si pur et si noble que le modèle pût
être, prenait à l'instant la teinte de son esprit. Comparez *l'École des
Femmes* à *l'Épouse campagnarde*. Agnès est une jeune fille simple et
aimable qui a, il est vrai, le cœur plein d'amour, mais d'un amour
permis par l'honneur, la morale et la religion. Elle a naturellement
beaucoup d'esprit. Une éducation systématiquement négligée a pu
cacher et semble avoir étouffé ses mérites ; mais une passion vertueuse réveille toute leur énergie. Son amant, tout en adorant sa
beauté, est un trop honnête homme pour abuser de la tendresse con-
fiante d'une créature si charmante et si inexpérimentée. Wycherley
s'empare de cette intrigue, et voilà que cette gracieuse et douce intimité devient une indécente intrigue de l'espèce la plus choquante et
la moins sentimentale entre un débauché impudent de Londres et la
femme idiote d'un propriétaire de province. Nous n'entrerons pas
dans les détails. A vrai dire, l'indécence de Wycherley est à l'abri
des critiques comme certaines bêtes puantes sont à l'abri des
chasseurs ; elle nous échappe parce qu'elle est trop dégoûtante
pour qu'on y touche, et malsaine même à regarder de près [2]. » Tra-

_______

1. Macaulay, *Essais littéraires* (*les Auteurs comiques de la Restauration*). Trad.
Guizot, p. 185. Voir dans Taine, *Hist. de la Lit. angl.*, une étude du caractère de
Manly, vol. III, p. 59-63.

2. Macaulay, *ibid.*, p. 184.

duit-il le rôle de Célimène ? « Il efface d'un trait les façons de grande
dame, les finesses de femme, le tact de maîtresse de maison, la politesse, le grand air, la supériorité d'esprit et de savoir-vivre, pour
mettre à la place l'impudence et les escroqueries d'une courtisane
« forte en gueule [1] ».

On voit combien le théâtre de Molière a été profané, et le peu
d'avantages que les comiques anglais ont su tirer de cette œuvre
pourtant très connue de tous, qu'ils n'ont guère ouverte que pour
la mutiler, la piller sans vergogne, ou bien encore y semer les obscénités auxquelles les spectateurs d'alors trouvaient une saveur toute
particulière. Est-ce à dire pourtant que la scène anglaise n'ait tiré
aucun profit de l'exemple de Molière?

On s'est ingénié à découvrir l'influence heureuse que l'œuvre de
notre grand comique a pu exercer sur le théâtre anglais. M. Bennewitz a patiemment disséqué l'œuvre de Congreve. A chaque personnage de Molière il a opposé, allant jusqu'à la précision du tableau
synoptique [2], le personnage correspondant dans l'œuvre du poète
anglais. Il a analysé tout ce que Congreve doit à son maître français : il a indiqué comment, aux prototypes de Molière, Congreve a
ajouté des traits empruntés aux hommes de cette époque spéciale
de la vie anglaise, transportant les créations de Molière dans un
milieu, dans un cadre purement anglais, ce qui permet sans doute à
l'adaptateur de revendiquer une certaine part d'originalité. Le critique allemand a montré, ou plutôt affirmé, que la langue de Congreve, avec sa saveur d'ailleurs indéniable, est la plupart du temps
« absolument égale à celle de Molière, gracieuse et pleine d'esprit,
mobile et pétillante de vie », que « l'esprit et l'humour de l'un pro-
cèdent de l'esprit et de l'humour de l'autre ». Mais, s'il constate que
Congreve, dans la composition même de ses pièces, s'est bien assimilé la technique du maître, il reconnaît aussi que le poète anglais
— et cette observation, pensons-nous, peut s'appliquer à tous les
contemporains — n'a rien retenu de la gravité morale du comique
français. Tandis que Molière reste sérieux, délicat de sentiments, plein de dignité, de mœurs sévères, Congreve, au contraire,

---

1. Taine, *Hist. de la Lit. angl.*, vol. III, p. 54.
2. A. Bennewitz, *Congreve und Moliere*, p. 142 et suiv.

est léger, superficiel, exubérant, sensuel, cynique, frivole comme son époque. Rien n'a subsisté chez l'Anglais de la conception élevée qu'avait Molière de son art, de sa mission moralisatrice et de son rôle social.

En somme, comme résultats de l'influence française sur la comédie anglaise, il n'y en a guère d'immédiats. Sans doute Molière a donné aux Anglais des modèles d'intrigues simples, claires, transparentes, faisant un contraste frappant avec les sujets espagnols si complexes et si embrouillés [1] ; mais c'est à peine si, à la clarté lumineuse du talent français, ils entrevirent, comme Dryden, les défauts du théâtre espagnol qu'ils ne cherchèrent d'ailleurs pas toujours à éviter, dès qu'ils crurent les avoir découverts. Sans doute aussi, par la variété et la vérité de ses caractères, Molière aurait pu empêcher les Anglais de tomber dans la peinture uniforme et exclusive des défauts, des mœurs, des folies des hommes de ce temps-là ; malheureusement son exemple ne servit pas à grand'chose, et si le théâtre est le reflet d'une époque, jamais peut-être, en aucun temps et en aucun pays, on ne vit défiler sur la scène, plus fidèlement reproduits, les débauchés, les viveurs, les courtisanes qui formaient surtout le monde de la Restauration. Ils passaient sur la scène tels qu'ils étaient dans la réalité : ce n'étaient pas des types, c'étaient des portraits dont, à tout instant, on pouvait coudoyer les originaux. Et c'est à cette peinture que les comiques de la Restauration ont surtout excellé.

Il est un comique anglais pourtant à qui Molière a pu être utile : c'est Etheredge. Celui-ci s'était attardé à Paris assez longtemps pour que Molière lui ait été directement révélé. *La Vengeance comique* est la pièce d'un homme qui a vu et compris *l'Étourdi, le Dépit amoureux* et *les Précieuses ridicules*, et qui est revenu en Angleterre avec une idée complètement différente de ce que doit être désormais la comédie [2]. « Mon impression, déclare un critique anglais, M. Gosse, c'est que de 1658 environ jusqu'à 1663 Etheredge fut surtout à Paris. Son français, en prose et en vers, est aussi coulant que son anglais, et ses pièces sont pleines d'allusions nous le montrant

1. Ward, *Eng. Dram. Lit.*, vol. III, p. 318.
2. *The Cornhill Magazine*, mars 1881, p. 288 (art. de M. Gosse, *Sir G. Etheredge*).

tout à fait au courant des choses de Paris. Ce qui, chez les autres
dramaturges de la Restauration, semble une affectation, de la gallomanie, semble chez lui tout naturel. La raison qui me fait supposer
qu'il n'arriva pas à Londres lors de la Restauration, mais un ou
deux ans après, c'est qu'il paraît avoir été complètement inconnu à
Londres jusqu'à ce que sa *Vengeance comique* fût jouée, et aussi
parce que, dans cette pièce, on voit qu'il connaît la nouvelle école
de comédie française[1] », celle dont Molière venait, par *l'Étourdi*,
*les Précieuses ridicules*, *Sganarelle*, *l'École des Maris* et *l'École des
Femmes*, *l'Impromptu* et *le Tartuffe*, de se déclarer le grand propa-
gateur et le grand maître. C'est vers ce nouveau genre de comédie
qu'Etheredge se tourna, comme on le voit par le prologue même de
sa pièce : « L'esprit, déclare-t-il, a eu, comme la peinture, ses heureuses envolées, et, à certains moments donnés, il a atteint les
hauts sommets, bien qu'il ait maintenant baissé ; et cependant,
quand bien même quelque plume habile pourrait égaler le naturel de
Fletcher et l'art de Ben Jonson, les gens les plus graves de l'ancienne école permettraient à peine que ces pièces soient déclarées
bonnes, si nous les écrivions de nos jours. » Aussi Etheredge deman-
da-t-il au public d'oublier le passé pour ne songer, en appréciant
sa pièce *la Vengeance comique*, qu'à « la façon d'écrire moderne[2] ».
C'est, en somme, une innovation qu'il va tenter, et c'est Molière
qu'Etheredge va imiter. « Le vrai héros des trois premières comédies de Molière est Mascarille, déclare M. Gosse ; de même tout
l'intérêt de *la Vengeance comique* se concentre autour d'un valet,
nommé Dufoy » ; et le critique anglais a probablement raison de
trouver que « le mouvement de *Elle voudrait si elle pouvait* est fondé
sur une réminiscence de *Tartuffe* », bien que cette pièce n'ait pas été
aussitôt imprimée. Si donc quelque chose de l'esprit, de la manière
de Molière a passé en Angleterre, c'est Etheredge qui en a été le
dépositaire. De même que celui-ci peignit dans Sir Frederic Frollick
le portrait d'un beau en perruque que tout le monde reconnaît pour
l'avoir vu au théâtre ou dans le Jardin aux mûriers ; de même Molière
avait représenté les précieuses et allait se montrer dans *Monsieur*

1. *The Cornhill Magazine*, mars 1881, p. 285.
2. Sir George Etheredge, *Works* (*The Comical Revenge*, Prologue), pp. 4-5 (éd.
Verity).

*de Pourceaugnac* et le *Bourgeois gentilhomme*, peintre de son temps, en même temps que peintre de l'humanité. Mais si Etheredge met à la scène une manière de Tartuffe en jupons dans Lady Cockwood [1], il est inutile, croyons-nous, de montrer ici que tout ce qu'il y a de large, de grand, d'humain enfin dans l'œuvre de Molière fut absolument perdu pour le comique anglais comme, du reste, pour tous ses contemporains. Ni Dryden, ni Wycherley, ni Shadwell, ni Congreve lui-même, ne nous laissent entrevoir grand'chose, dans leurs œuvres, du talent si puissant, si varié et si large du grand comique français. L'auteur du *Misanthrope* ne put s'acclimater réellement aux côtés des Rochester, des Villiers et des Sedley : Molière vint trop tard dans un monde trop gai.

1. Sir George Etheredge, *Works* (*The Would if she could*), p. 121.

# CHAPITRE X

## La critique : Boileau en Angleterre.

### I

Il y aurait inexactitude et injustice certaines à dater, comme on le fait souvent, l'origine de la critique anglaise de l'époque où parut l'*Essai sur la Poésie dramatique* de Dryden, voire les *Découvertes* de Jonson. L'un et l'autre ont eu des prédécesseurs qui, pour être moins grands qu'eux, ne laissent pas d'être fort estimables. Leurs noms et leurs œuvres sont autant de points de repère sur la route qu'a parcourue la critique anglaise.

T. Wilson, au seizième siècle, se signala par son *Art de la Rhétorique* (1553) ; Sir Thomas Elyot dans *le Précepteur* (1538), Ascham dans *Toxophile* et dans *le Maître d'école* (1570), ne se contentèrent pas de donner des préceptes d'éducation où la morale tenait toute la place : ils abordèrent la question des langues avec une compétence qu'on ne songe pas à leur discuter. George Gascoigne, en 1575, écrivit *Certaines Notes d'instruction*. Ce sont des conseils sur l'art de composer un poème en anglais. En dehors de l'invention, la question de la forme, de la rime surtout, y est traitée avec une certaine insistance, encore que cet opuscule n'excède pas une dizaine de pages. *L'École des Abus* de Stephen Gosson (1579), suivie d'*Une Apologie*, rentre également dans le cadre de la critique littéraire, puisqu'il s'agit d' « invectives contre les poètes, musiciens, acteurs, bouffons et autres chenilles d'une république ». Il en est de même d'*Une Apologie pour la Poésie* écrite vers 1580 et publiée en 1595, où Sidney prend copieusement et doctement la défense des poètes et du théâtre contre les attaques de Gosson. Un *Discours sur la Poésie anglaise* de William Webbe, imprimé en 1586, *l'Art de la Poésie anglaise* de George Putthenham, publié en 1589, ce dernier surtout, sont de véritables traités que tout historien de la rime au théâtre, par exemple, ne saurait négliger.

A la liste des principaux critiques anglais du seizième siècle, c'est-à-dire antérieurs ou contemporains de Shakespeare, il y a lieu d'ajouter les *Observations sur l'Art de la Poésie anglaise* de Th. Campion et la *Défense de la Rime* par Daniel en 1602. Hobbes, dans ses dissertations sur la poésie épique et dramatique, à propos du *Gondibert* de D'Avenant, Cowley dans sa préface et ses *Essais*, apportèrent également leur contribution à la critique anglaise.

Que ce soit ici ou là, au seizième ou au dix-septième siècle, partout nous voyons passer les noms d'Homère et de Pindare, d'Aristote et de Longin, d'Horace et de Virgile, de Cicéron et de Quintilien. Si les critiques anglais veulent, à l'appui de leurs dires, apporter l'aide et l'autorité d'une citation, c'est toujours l'opinion d'un ancien que leur plume transcrit; c'est la pratique de Hobbes lui-même qui, pourtant, n'avait pas fait moins de quatre séjours en France. A peine si, chez Cowley, le familier de la reine d'Angleterre Henriette de France, réfugiée à Paris, voit-on passer de temps à autre le nom de Montaigne, de sorte que l'on peut dire, en toute vérité, que la critique anglaise, primitivement, procède surtout de l'antiquité grecque et romaine.

Les partisans de l'antiquité persistèrent dans leur admiration aussi vive que réfléchie. Critès, pseudonyme qui représente Howard, dans l'*Essai sur la Poésie dramatique* de Dryden, les personnifie, comme Lisideius représente les partisans de l'imitation française. Défenseur des anciens, Critès exalte leur système dramatique. « C'est notre plus belle gloire, s'écrie-t-il, de les avoir bien imités, car nous ne nous contentons pas de bâtir sur leurs fondations, mais aussi d'après leurs modèles. Et nous avons raison, car ils s'évertuaient à bien écrire, la poésie étant, chez eux, en plus grand honneur que chez nous : témoin les grands triomphes de ces grands vainqueurs qui s'appellent Eschyle, Euripide, Sophocle et Lycophron. Aujourd'hui, chez nous, il n'en est plus ainsi : nous passons notre temps à médire des autres, à les condamner, sans songer à mieux faire; nous avons quantité de juges sévères, et bien peu de bons poètes ; d'ailleurs, l'imitation fidèle de l'antiquité demanderait beaucoup de soins, car ils ont été les imitateurs scrupuleux de la nature, si mal représentée, si défigurée sur notre théâtre. Que l'on sache bien jusqu'à quel point nous leur sommes redevables. Ce sont eux qui sont nos maîtres, et toutes les règles dramatiques viennent d'eux : la *Poétique* d'Aristote et l'*Art poétique* d'Horace sont les deux codes qui nous régissent. Les Français en ont tiré la règle des trois unités qui devrait être observée dans toute pièce régulière et dont ils ne se sont pas écartés eux-mêmes. L'unité de lieu, n'est-ce pas, en effet, ce que Corneille appelle : *la liaison des scènes* ? Maintenant, ce qui devrait être l'affaire d'un jour occupe l'espace d'un siècle ; au lieu d'une action unique, nous avons le résumé de la vie d'un homme ; ce n'est pas en un seul lieu que nous sommes, mais parfois en plus de pays que la carte ne peut nous en montrer. Les anciens excellaient dans l'ordonnance de leurs pièces ; leur manière d'écrire est supérieure encore. Nous ne retrouverons l'esprit ni d'un Ménandre, ni d'un Térence, ni d'un Aristophane ou d'un Plaute. Les tragédies d'Euripide, de Sophocle et de Sénèque, si on les rapproche de celles que l'on écrit de nos jours, ne font qu'augmenter notre admiration pour les anciens. Ben Jonson, toujours disposé à leur faire place en toutes choses, n'était-il pas un admirateur déclaré d'Horace et aussi le savant plagiaire des autres ? Sur leur neige on retrouve partout la trace de ses pas. Les meilleurs, comme les pires, de nos poètes nous apprennent de même à admirer les anciens [1]. » Faut-il également citer John Dennis, le violent défenseur de l'antiquité ?

Mais, à côté de ces partisans ardents et éclairés de l'imitation grecque et latine, se trouvait un groupe de critiques anglais dont l'admiration, grande encore, était moins absolue cependant, moins exclusive. Avaient-ils de l'antiquité une connaissance moins précise ? Etaient-ils plus au courant des choses de France ? Les deux suppositions sont permises. Dryden, par exemple, appartenait à ce groupe. Walter Scott pense que Dryden, pourtant, connaissait très bien ses classiques grecs et latins [2]. Si pareille assertion n'est guère contestable en ce qui concerne ces derniers, elle est moins que cer-

1. Dryden, *Works* (*An Essay on Dramatic Poesy*), XV, p. 293-301.
2. Dryden, *Works* (*Life of Dryden*, par W. Scott), vol. I, p. 383.

taine quand il s'agit des Grecs. Nous savons, en effet, que, sous la
direction du Dr Bushy, à Westminster d'abord, à Cambridge ensuite, il fut largement initié à la culture classique. Si ses traductions
de Virgile, d'Horace, d'Ovide, de Juvénal et de Perse ne marquent pas, peut-être, un soin très précis, une fidélité absolue à
rendre exactement le sens de l'auteur, elles accusent une connaissance de la langue latine incontestable [1]. En fait de grec, on est moins
sûr de lui, et l'on a pu écrire : « Il apporta au collège de la Trinité
assez de latin pour lire avec facilité les classiques romains et assez
de grec pour lui permettre de suivre un texte grec dans une traduction latine. Nous nous demandons bien si sa science du grec alla
jamais au delà, et il nous a donné de nombreuses occasions d'en
juger. Tout en tenant compte de la hâte et des exigences d'un système
de traduction qui visait à rendre l'esprit plutôt que la lettre, il est
évident que ses connaissances en grec sont essentiellement inexactes,
peu éclairées et déshonnêtes. Dans ses traductions d'Homère et de
Théocrite, il suit toujours l'interprétation latine ; sa science de
Polybe et de Plutarque est évidemment de seconde main ; d'Aristophane et des tragiques il semble avoir connu peu de chose. A Thucy-
dide, à Platon et aux orateurs, il a rarement fait même une allusion.
Vraiment, nous allons jusqu'à nous demander s'il aurait pu lire sans
secours dix lignes d'Homère ou d'Euripide [2]. Et, en dehors même de
la connaissance exacte de la langue grecque, on peut citer telles
erreurs qui sembleraient indiquer chez Dryden une science, certainement incomplète, de l'antiquité. C'est ainsi qu'il prend, à l'occasion,
Euripide pour Sophocle [3] et que son opinion sur Sénèque [4], pour être
fort judicieuse, n'en est pas moins un peu sommaire. Ne fait-il pas
parfois un stoïcien d'Horace, à qui, dit-il, il doit beaucoup pour son
instruction [5] ? Le « pourceau du troupeau d'Epicure » en eût été quelque peu surpris. Si Dryden connut Aristote, ce fut très vraisemblablement par la traduction latine de la *Poétique,* publiée à Londres en
1623, et aussi à l'aide des *Réflexions* de Rapin *sur le Traité de la Poésie*

1. Dryden, *Works (ibid.),* vol. I, p. 426-436.
2. *Quaterly Review,* oct. 1878, p. 297.
3. Genest, *Some Account...,* vol. I, p. 483.
4. Genest, *ibid.,* vol. IV, p. 245.
5. Dryden, *Works (Essay on Satire),* vol. XIII, p. 85.

d'Aristote, parues en anglais en 1674 avec préface de Rymer. Il en fut
de Dryden comme de Corneille : ni l'un ni l'autre, probablement, ne
connurent directement la *Poétique* d'Aristote ; ils eurent recours aux
« doctes commentateurs de ce divin traité ». Il leur fallut les Robor-
tello, les Castelvetro et les Rapin pour leur servir de guides dans ces
régions pour eux à peu près impénétrables. Et cependant on sent le
joug de l'antiquité peser sur eux. Vainement ils se débattent et
déclarent qu'il ne faut pas songer à imiter les anciens, qui, du reste,
affirme Dryden, ne seraient plus maintenant égaux à eux-mêmes,
car ils ont épuisé le sol avant de le transmettre à leurs fils[1] ; vainement aussi ils proclament la supériorité du drame anglais [2], et ils
s'insurgent contre « la plus longue tyrannie qui ait jamais régné,
celle qui a entraîné nos ancêtres à abandonner leur raison née libre
au Stagyrite et à faire de sa torche leur lumière universelle[3] » ; ce
sont là tentatives inutiles. Après ces essais d'indépendance, ils
se mettent volontiers sous l'égide de Sophocle, composent un
*Œdipe tyran,* mélangent, dans leurs compositions dramatiques,
Sophocle et Shakespeare, le classicisme et le romantisme en un pêle-
mêle un peu choquant[4]. Ils en sont quittes, après avoir échoué, à
reprendre leurs protestations contre l'antiquité, qui, après tout, n'a
enseigné que les rudiments du théâtre, et leurs invectives contre les
Grecs, depuis longtemps dépassés en Angleterre [5].

Outre l'influence classique indéniable qui s'exerça en Angleterre
au dix-septième siècle, d'une façon plus ou moins prépondérante,
plus ou moins exclusive, une autre influence, surtout au déclin du
siècle, agit non moins puissamment peut-être : c'est celle de la critique
française. Nous avons le témoignage de Dryden lui-même : « De la
pratique d'Eschyle, de Sophocle et d'Euripide, Aristote a tiré ses
règles pour la tragédie... Ainsi, parmi les modernes, les critiques
italiens et français, étudiant les préceptes d'Aristote et d'Horace et
ayant l'exemple des poètes grecs sous les yeux, nous ont donné les

---

1. Dryden, *Works* (*Essay on Dramatic Poesy*), XV, p. 367.
2. Dryden, *Works* (*ibid.*), XV, p. 367. Sedley, *Works* (The Preface), vol. II,
p. 3.
3. Dryden, *Works* (*Epistle the third*), XI, p. 14.
4 Dryden, *Works* (*Œdipus* ; Introduction), VI, p. 123 et suivantes.
5. Dryden, *Works* (*Essay on Satire*), XIII, p. 14.

règles de la tragédie moderne [1]. » Ce n'était pas en vain qu'ils avaient donné ces règles ; on était, en Angleterre, assez disposé à s'y conformer, car on y proclamait très volontiers l'excellence et l'autorité de la critique française. Dryden, malgré ses fréquents accès de gallophobie, d'autant plus fréquents peut-être qu'il savait lui-même devoir davantage à la France, fut un des premiers qui dirigèrent de ce côté l'attention de leurs compatriotes ; ce fut lui, comme on l'a dit, qui leur « montra les classiques de l'ancienne Rome et de la France moderne comme modèles de composition et règles de critique [2] ». Or Walter Scott n'écrit-il pas : « Il est probable que la tyrannie des critiques français, la littérature française étant alors à la mode chez Charles II et ses courtisans, se serait étendue sur toute l'Angleterre, à la Restauration, si un champion moins puissant que Dryden ne se fût pas placé à l'entrée [3] » ? Sans doute, Dryden résista jusqu'à un certain point, et pour un instant au moins, à l'invasion du goût français, dans son *Essai sur la Poésie dramatique*; mais cette résistance, même à cette époque, n'avait rien d'acharné, elle faiblissait en bien des points : Dryden tendait volontiers la main à l'ennemi en certaines rencontres, et lui rendait justice parfois assez volontiers [4]. Le jour vint où il faiblit tout à fait. Dryden, initié aux beautés, pourtant d'ordre un peu secondaire, de Tannegui Lefèvre, de Henri de Valois et de Segrais, devint un admirateur convaincu de la critique française [5]. En effet, n'est-ce pas lui qui écrit : « Pour parler avec impartialité, les Français sont autant supérieurs aux Anglais comme critiques qu'ils leur sont inférieurs comme poètes. Ainsi nous reconnaissons généralement qu'ils comprennent mieux l'organisation de la guerre que nous insulaires, mais nous savons que nous leur sommes supérieurs au jour de la bataille. Ils comptent sur leurs généraux ; nous, sur nos soldats [6] » ? Or en Angleterre les critiques furent tous, plus ou moins, des critiques à la Chedreux, comme on les appelait alors, c'est-à-dire pénétrés des idées françaises, ne se contentant

1. Dryden, *Works* (*A Parallel of Poetry and Painting*), XVII, p. 310.
2. Ch. Collins, *Essays and studies*, pp. 86-87.
3. Dryden, *Works* (*Life of Dryden*), vol. I, p. 442.
4. Dryden, *Works* (*An Essay of Dramatic Poesy*), vol. XV, p. 329-355.
5. Dryden, *Works* (*Dedication of the Æneis*), vol. XIV, pp. 146-189.
6. Dryden, *Works* (*ibid.*), vol. XIV, p. 162.

pas d'être poètes, mais, à l'exemple de Corneille, écrivant sinon des discours, au moins des préfaces, prologues, dédicaces et épilogues où ils discutaient la technique de leur art. « Alors, constate Johnson, les principes de la critique furent aux mains de quelques-uns qui les avaient tirés en partie des anciens, et en partie des Italiens et des Français[1]. » Et ce ne sont pas seulement les Dryden, les Howard, les Granville et les Sedley qui agirent ainsi : l'influence de la critique française se fit sentir surtout peut-être à l'époque de Pope et d'Addison. Elle fut alors à peu près toute-puissante, et Pope reconnaissait aisément que « l'art de la critique était florissant surtout en France[2] ». Elle s'exerça sur lui si bien qu'on a pu dire de l'*Essai sur la Critique* que c'était là « un manuel de critique dogmatique, un résumé d'opinions qui venaient de France, qu'en Angleterre Dryden avait soutenues et qui étaient aussi celles d'Addison[3] ».

Or, comment les principes de la critique française avaient-ils passé en Angleterre ?

Les Anglais s'en remirent assez vite « à l'autorité de ces critiques vivants qu'ils avaient eu l'honneur de connaître à l'étranger[4] ». C'était Rapin, dont Rymer traduisait en 1674 les *Réflexions sur le Traité de la Poésie d'Aristote*, les faisant précéder d'une préface où il déclarait que les nations voisines avaient, en fait de critique, une grande avance sur l'Angleterre, où « il n'y avait pas plus de critiques que de loups ». Il n'en est pas de même en France, ajoutait Rymer, où « l'auteur de ces *Réflexions* est aussi connu parmi les critiques qu'Aristote l'est des philosophes ». Et « jamais jugement ne fut plus libre et plus impartial », poursuit-il, encore qu'il reproche un peu à Rapin d'avoir prétendu que « si les Anglais ont quelque talent pour la tragédie, c'est que cette nation prend plaisir aux spectacles cruels ». Personne, d'ailleurs, ne tint rigueur à Rapin, car ses Œuvres critiques furent, un peu plus tard, traduites entièrement par Kennet en 1706.

Le *Traité du Poème épique* de Le Bossu eut aussi en Angleterre de nombreux admirateurs. On n'était pas éloigné de l'y proclamer, à

---

1. Johnson, *Lives* (*Dryden*), p. 161.
2. Pope, *Works* (*An Essay on Criticism*), vol. II, p. 81, éd. Elwin, Courthope.
3. Beljame, *Cours et Conférences*, avril-juillet 1896, p. 170.
4. Dryden, *Works* (*Troïlus and Cressida*, Dedication), vol. VI, p. 253.

l'exemple de Boileau, « l'un des meilleurs livres de poétique qui, du consentement de tous les habiles gens, aient été faits en notre langue. »

L'influence de Rapin n'est pas douteuse : on accepte ses jugements, car « à lui seul il serait suffisant, même si les autres critiques avaient disparu, pour enseigner à nouveau les règles du style[1] ». Dryden n'hésite pas un instant à contresigner son opinion sur le Tasse en ce qui concerne l'emploi du merveilleux[2]. Veut-il, comme Corneille, écrire sa théorie de la Tragédie[3] : à tout instant il cite Rapin, qu'il appelle « un critique judicieux » et Le Bossu, qu'il juge « le meilleur des critiques modernes »[4] et avec qui il est d'accord sur ce point que « la première chose par où l'on doit commencer pour faire une fable est de choisir l'instruction et le point de morale qui luy doit servir de fond, selon le dessein et la fin que l'on se propose[5] ». A-t-il l'intention de répondre à Rymer au sujet des remarques faites par celui-ci sur les tragédies shakespeariennes, il s'appuiera volontiers sur l'autorité de Rapin[6]. « Veut-on entreprendre un poème épique, dit Dryden, la chose est impossible si l'on n'a pas étudié fidèlement Homère et Virgile comme modèles, Aristote et Horace comme guides, Vida et Le Bossu comme commentateurs, ainsi que beaucoup d'autres pris parmi les critiques italiens et français[7]. » Rien n'est possible sans lui. « Spenser, par exemple, avait sans doute le génie épique, mais il avait le tort d'ignorer Le Bossu : il ne lui manquait que de connaître les règles que celui-ci avait données[8]. »

Ce n'est pas Dryden seulement qui se range à l'opinion des critiques français, c'est Sheffield lui aussi. Sans doute, dit-il, sans Le Bossu on eût admiré Homère, mais quel service Le Bossu n'a-t-il

---

1. Dryden, *Works* (*The Author's Apology for Heroic Poetry*), vol. V, p. 115.

2. Dryden, *Works* (*ibid.*), vol. V, p. 124.

3. Dryden, *Works* (*Troïlus and Cressida*, Preface, *The Grounds of criticism*), vol. VI, p. 260.

4. Dryden, *Works* (*Troïlus*, Preface, *The Grounds of criticism*), vol. VI, pp. 263 266, 272.

5. Langbaine, *Lives of the E. poets*, p. 62.

6. Dryden, *Works* (*Heads of an answer to Rymer*), vol. XV, p. 391.

7. Dryden, *Works* (*Essay on Satire*), vol. XIII, p. 37.

8. Dryden, *Works* (Dedication of the *Æneïs*), vol. XIV, p. 210.

pas rendu au poète grec ! N'est-ce pas lui qui a montré « en quoi
consiste toute cette puissante magie [1] » ? Comme l'admiration pour
·le poète est mieux raisonnée, partant plus éclairée, après les commentaires du critique français ! Dennis lui-même, pourtant si gallophobe [2], cite Le Bossu quand il critique *la Boucle de cheveux
enlevée*. Pope n'est pas non plus sans accepter l'autorité de Le Bossu
et, à propos de la *Dunciade*, sans renvoyer le lecteur aux règles qu'il
a posées [3]. On ne manque pas également de retrouver les traces de
Rapin et de Le Bossu dans l'*Essai sur la Critique* [4]. Spence, s'il n'oubliait pas Boileau, aurait probablement raison de dire : « Pope citait,
parmi ses lectures, les critiques de Rapin et de Le Bossu, et c'est
peut-être ce qui l'a amené à écrire son *Essai sur la Critique* [5]. » Horace
et Le Bossu enfin étaient mis sur le même pied par Goring dans
l'épilogue d'*Irène*, et Rapin, comme Corneille et Racine, avait souvent
les honneurs du café Will.

A côté de Rapin et de Le Bossu, dont l'autorité n'était guère con-
testée en Angleterre, peuvent prendre place Hédelin d'Aubignac et
Dacier. *La Pratique du Théâtre* fut traduite en anglais en 1684. Le
traducteur s'exprime ainsi : « Quelques-uns peuvent s'étonner qu'un
ouvrage d'une telle importance et plein de remarques si judicieuses,
aussi bien que d'une science si profonde, ait jusqu'ici échappé à la
plume de nos traducteurs, interprètes d'une langue qui a presque
fatigué nos presses de ses productions incessantes. La raison en est
peut-être que cet ouvrage a été publié à une époque où nous étions
plongés dans les guerres civiles, ici, en Angleterre, et où nous avions
cessé toutes ces innocentes représentations théâtrales, le royaume
entier étant devenu le théâtre de réelles tragédies, si bien que jusqu'à
l'heureuse restauration de Sa Majesté, avec qui les muses semblaient
avoir été aussi bannies de cette île, on ne pouvait pas espérer qu'un
livre de cette nature trouvât par le monde un accueil favorable. Mais,
à cette époque-là, toutes les impressions furent vendues, et on ne le

1. Sheffield, *An Essay on Poetry*, vol. I, p. 144.
2. Dennis, *Works* (*On the Battle of Blenheim*), vol. I, p. 151. Pope, *Works*, vol.
IV, p. 418 (note), vol. X, p. 451. Genest, *Some Account...* vol. II, p. 307.
3. Pope, *Works*, vol. IV, pp. 79, 83, 85 ; VI, p. 79 ; VIII, p. 77.
4. Pope, *Works*, vol. II, p. 42 (note).
5. Spence, *Anecdotes*, p. 19.

rencontrait nulle part ailleurs que dans la bibliothèque des curieux. C'est grâce à la communication d'une personne de ce genre que le traducteur a eu la première idée de le traduire en anglais, ce qu'il a° eu le loisir de faire [1]... » *La Pratique du Théâtre* fut donc, même dans son texte français, connue en Angleterre, et le « lourd et ennuyeux commentaire d'Aristote », comme l'appelle La Harpe, y fit autorité : nul ne trouva qu'il était « fait par un pédant sans esprit et sans jugement », Smith moins que tout autre, car c'est du haut des théories de d'Aubignac, aussi bien que de celles d'Aristote, qu'il juge, approuve ou condamne [2].

Les noms de Dacier et du Père Bouhours reviennent aussi à tout instant sous la plume des critiques anglais. Dryden les cite à tout propos, et il y aurait quelque mauvaise grâce à leur dénier une influence qu'un parti pris évident pourrait seul leur contester et dont témoignent toutes les discussions littéraires d'alors, notamment au sujet de la fameuse règle des trois unités, tour à tour prônée et combattue, question toujours agitée.

Mais, dira-t-on avec M. Churton Collins [3], Aristote en costume français, c'est encore Aristote, et comme la critique française d'alors était elle-même si redevable à la Grèce et à Rome, il ne faut pas confondre l'influence de Rapin et de Le Bossu avec l'influence de ces ouvrages auxquels Rapin et Le Bossu ont eux-mêmes si largement emprunté. » Tout cela serait exact s'il n'y avait chez eux qu'un écho absolument fidèle, le calque rigoureusement exact de ce qu'avait dit avant eux Aristote, si la doctrine poétique de ce dernier avait été par eux transmise intacte, aux Français d'abord, aux Anglais ensuite. Il n'en est pas ainsi. Aristote, vu par Corneille, d'Aubignac, Rapin et Le Bossu, est un Aristote différent du premier, non pas absolument sans doute, mais en bien des points. Les commentateurs l'ont interprété, complété. En faut-il donner quelques exemples ? Ainsi, quelles passions seront émues par la tragédie ? La pitié et la crainte, répond Aristote [4]. Or, la doctrine du critique grec n'a-t-elle pas été

<hr>

1. *The Whole Art of the stage... written in French by the command of Card. Richelieu by Mons. Hedelin, abbot of Aubignac and now made English*, London, 1684.
2. Johnson, *Lives...* (Smith), p. 196.
3. *Quarterly Review*, oct. 1886, p. 320.
4. Aristote, *La Poétique*, éd. Hatzfeld et Dufour, p. xxxi.

élargie sur ce point ? Corneille n'a-t-il pas admis les passions nobles, l'ambition, la vengeance, l'amour enfin, placé par lui cependant au second rang [1] ? Et Rapin, après avoir exposé les vues d'Aristote, n'établit-il pas que les Français ont dû concevoir autrement la tragédie et s'appliquer à émouvoir des sentiments plus doux, comme la tendresse et l'amour [2] ? Après l'exemple de Corneille, après les exhortations de Rapin que Rymer fit connaître par sa traduction de 1674, le système plus moderne, préconisant l'emploi de l'amour au théâtre, était définitivement admis par Dryden. Le poète anglais ne pense pas, en effet, que la pitié et la terreur puissent être les seuls ressorts tragiques. Shakespeare est d'autant plus excusable, dit Dryden, que « Rapin avoue que, maintenant, les tragédies françaises roulent toutes sur *le tendre*, l'amour étant la passion qui domine dans nos âmes ». Il insiste même : « L'amour, étant une passion héroïque, convient à la tragédie, et on ne saurait le nier... ; il n'y a personne dont les souffrances nous touchent autant que celles des amoureux [3]. » Est-ce là un simple écho de la parole d'Aristote, ou bien est-ce la doctrine de Corneille, de Rapin et des autres critiques français ? D'autre part, où, dans Aristote, les poètes et critiques anglais avaient-ils trouvé que la tragédie devait tendre à « instruire [4] », à « réformer les mœurs », à « encourager la vertu et détourner du vice » ? Aristote voyait-il autre chose pour le poète dramatique que de « plaire » aux spectateurs ? N'était-ce pas Corneille, n'était-ce pas Rapin et leurs contemporains qui avaient proclamé le but moral que doit se proposer le poète dramatique ? Était-ce le critique grec que l'on rencontrait au fond de la querelle entre Dryden et Howard au sujet des unités [5] ? Avait-on trouvé dans Aristote l'unité de lieu ? Était-ce Aristote aussi qui avait recommandé les dénouements, heureux pour les bons, malheureux pour les méchants ? La *Poétique*, au contraire, les condamne. N'est-ce pas Corneille, peut-être après les commentateurs italiens, connus de lui, qui est l'inventeur ou, tout au moins, le vulgarisateur, si j'ose dire, de « la justice poétique [6] », reconnue nécessaire

---

1. Lemaître, *la Poétique d'Aristote*, p. 13.
2. Dryden, Works (*Heads of an Answer to Rymer*), vol. XV, pp. 388, 383, 390.
3. Dryden, Works (*Troïlus and Cressida*, Preface), vol. VI, p. 262.
4. Dryden, Works (*Heads of an Answer to Rymer*), vol. XV, p. 383.
5. Dryden, *Defence of an Essay*, vol. II.

par Dryden[1] ? Qui, avant Dryden, et non d'après Aristote, muet sur
ce point, a proclamé la nécessité des règles ? N'est-ce pas Corneille,
d'Aubignac, Rapin et Le Bossu ? Reconnaissons donc, sans doute,
l'influence d'Aristote, mais ne soyons pas injustes en nous refusant
à admettre celle de la critique française, absolument distincte.

Nous avons parlé de Corneille, de d'Aubignac, de Rapin et de Le
Bossu. Nous avons omis le nom même de Boileau. C'est que Despréaux méritait une place à part.

## II

L'influence de Boileau est manifeste en Angleterre au xviie, voire
au xviiie siècle, où, pour être moins directe, elle n'est pas moins réelle.
Dryden fut le grand vulgarisateur de la doctrine et du talent de
Despréaux. Son opinion personnelle, il l'a exprimée en disant du
critique français qui faisait autorité en deçà mais aussi au delà de
la Manche : « Si je voulais seulement traverser les mers, je pourrais
trouver en France un Horace et un Juvénal vivants, dans la personne de l'admirable Boileau, dont les vers sont excellents, dont les
expressions sont nobles, dont les pensées sont justes, dont le langage est pur, dont la satire est piquante et dont le sens est serré ; ce
qu'il emprunte aux anciens, il le rend avec usure pour sa part, en
monnaie aussi bonne et dont la valeur est presque aussi universelle. »
Et, un peu plus loin, d'ajouter, en parlant du merveilleux chrétien :
« Il y a une objection, c'est celle qu'a faite un grand critique français, également poète admirable, encore vivant, que j'ai déjà cité
avec l'honneur que son mérite exige de moi, je veux dire Boileau[2]. »
Au café Will, sorte d'Académie où se réunissaient, pour discuter les questions littéraires, tous les beaux esprits de l'Angleterre,
l'autorité de Boileau s'exerçait souvent sous l'égide de Dryden, qui y
régnait en véritable souverain et dont l'avis pour tous faisait loi.
Saint-Evremond, qui était fréquemment l'hôte du café Will, où

1. Dryden, *Troïlus*, Preface, vol. VI, p. 263.
2. Dryden, *Works* (*Essay on Satire*), vol. XIII, pp. 14, 22.

s'agitait ardemment, bruyamment même, la question des Anciens et des Modernes, ne manquait pas d'intervenir au moment propice pour calmer les esprits, et le nom de Boileau passait et repassait dans la conversation, dans la discussion, car il y avait là, comme l'on sait, deux camps bien distincts, « un parti pour Perrault et les Modernes, un parti pour Boileau et les Anciens[1] ». Dryden, qui présidait à ces tournois littéraires, était fort au courant de tout ce qu'avait écrit Despréaux.

Il avait lui-même revu et remanié la traduction en anglais de l'*Art poétique* faite en 1680, par William Soame. Celui-ci, très lié avec Dryden, l'en avait prié. « Pendant plus de six mois, dit Jacob Tonson, l'éditeur du poète anglais, je vis le manuscrit entre les mains de Dryden, qui y fit des changements considérables, surtout au commencement du quatrième chant ; pensant qu'il vaudrait mieux appliquer le poème à des écrivains anglais que de garder les noms français, comme il l'avait fait primitivement dans sa traduction, Sir William lui demanda de vouloir bien prendre la peine d'introduire ces changements : c'est ce que fit Dryden[2]. » On retrouve, en effet, dans cette traduction de l'*Art poétique* de Boileau la trace de la main de Dryden, ses goûts de critique, ses principes et aussi ses préventions. La traduction, en vers également, est exacte ; mais il est curieux et d'un effet assez surprenant pour le lecteur français, si familier avec l'œuvre de Boileau, de lire l'interprétation anglaise et d'y retrouver, par exemple, Malherbe déguisé sous le nom de Waller et Racan sous celui de Spenser. Le Parnasse n'y parle plus le langage des Halles, mais le « jargon de Billingsgate », ce qui est tout un, car ce quartier, grand entrepôt de marée, à Londres, est tout aussi odorant, et même un peu plus. Tabarin devient Arlequin, Villon est remplacé par Fairfax, Marot par Butler, Ronsard par D'Avenant, et le : « enfin Malherbe vint », par « enfin survint Waller[3] ». Dryden se servit à merveille du procédé qui consiste à changer les noms français en noms anglais : il le tenait d'Etheredge, qui l'avait employé pour traduire et transformer de cette sorte une satire de Boileau[4]. A l'excep-

---


1. Macaulay, *Hist. d'Angleterre* (trad. Montégut), vol. I, p. 104.
2. Dryden, *Works* (*The Art of Poetry*), vol. XV, p. 223.
3. Dryden, *Works* (*ibid.*), vol. XV, p. 228.
4. Dryden, *Works*, vol. XVIII, p. 94.

tion des noms propres français ainsi supprimés, les modifications à
l'*Art poétique* sont de bien minime importance : le « ruisseau qui sur
la noble arène — dans un pré plein de fleurs lentement se promène »,
le « torrent débordé qui, d'un cours orageux, — roule, plein de gra-
vier, sur un terrain fangeux », se retrouvent dans les termes anglais
tout à fait correspondants. Si la bergère, qui, « au plus beau jour de
fête, — de superbes rubis ne charge point sa tête », se change en « une
nymphe jolie qui au saut du lit n'orne point sa tête de diamants », c'est
là un exemple des seules libertés que prennent Soame et Dryden en
traduisant Boileau. A peine se sont-ils permis de couper ici et là le
texte par un titre : élégie, ode, épigramme, satire, tragédie, épopée, à
l'endroit où le critique français fait l'historique des différents genres.
Il n'y a pas jusqu'au médecin de Florence et ses méfaits qui n'aient
été conservés, jusqu'à l'architecte Wren qui n'ait détrôné Mansard.
L'*Art poétique* traduit, le *Lutrin* le fut aussi par Rowe et par Ozell ;
ce dernier maltraita fort le satirique français, paraît-il, qu'il « assas-
sine », au dire de Pope[1].

On ne se contenta pas de traduire Boileau, on l'imita : ainsi Roscommon et Rochester firent la guerre à leurs ennemis, « à ce petit
empesé de Thomas Crowne » par exemple, en leur décochant des
flèches empruntées au carquois de Boileau[2], et en écrivant à nouveau
*le Repas ridicule*, sous le titre de *Timon*, « en imitation de M. Bo-
leau (*sic*)[3] ». Qui pourrait prétendre, d'autre part, qu'il n'y a rien du
*Lutrin* dans le *Dispensaire* de Garth, c'est-à-dire dans le récit de la
querelle qui éclate entre le Collège des Médecins de Londres et la
Chambre des Apothicaires[4], et qui oserait soutenir que Swift dans
sa *Bataille des Livres* ne doit rien à Boileau, qu'il nomme du reste, et
à qui il confie, dans le combat qui s'apprête entre les Anciens et les
Modernes, le soin de conduire, avec Cowley, la cavalerie légère[5] ?
On sait aussi l'opinion favorable de Walsh au sujet de Boileau, qu'il
appelle « un des plus précis parmi les modernes, parce qu'il ne perd

1. Pope, *Works,* vol. IV, p. 463.
2. Crowne, *Works,* vol. I, p. 125 ; vol. II, p. 217.
3. Beljame, *le Public et les Hommes de lettres en Angleterre*, p. 13 (note).
4. Pope, *Works,* vol. V, p. 106.
 Beljame, *Cours et Conférences* (avril-juillet 1896, p. 595).
5. Swift, *Battle of the books* (Cassel, édit., p. 30).

jamais de vue les anciens [1], » et l'on n'ignore pas davantage, comme
le fait remarquer Warton, que le duc de Buckingham, dans son *Essai
sur la Poésie*, a suivi, avec moins de talent, la méthode de Boileau
traitant des différents genres poétiques [2].

Mais nulle part peut-être l'imitation de Boileau ne s'est manifestée
plus clairement que chez Pope. Ce sont deux esprits de même nature :
il y avait une parenté intellectuelle certaine entre ces deux poètes,
aussi les a-t-on souvent comparés l'un à l'autre. Assez récemment
encore, M. Gosse a tracé avec précision et vérité le parallèle à établir entre les deux écrivains. « Il y a entre eux, déclare le critique
anglais, certains points de ressemblance. Boileau a suivi La Fontaine et complété son œuvre comme versification, un peu comme
Pope a suivi Dryden. Boileau et Pope ont fait chacun une étude très
serrée d'Horace et sont devenus toujours plus attachés à Horace à
mesure qu'ils ont avancé en âge. Chacun d'eux a été le premier satirique de son temps, et chacun a été excessivement venimeux et personnel. Chacun a écrit très habilement un poème héroï-comique fort
remarquable. Chacun a levé le fouet pour en cingler les sots et les
chasser du Parnasse. Mais l'étude approfondie de Boileau nous
apprendra combien le poète anglais est plus grand que le français.
Pope, c'était Boileau avec, en plus, l'oreille sensible à la musique
des vers, l'œil, à la couleur et à la forme convenant à chaque genre,
et une imagination qui le faisait vraiment pénétrer jusqu'au fond des
caractères. Ce qui ne s'élevait guère au-dessus du talent chez Boileau
était du génie chez Pope [3]. »

Génie ou talent chez Pope ? Admettons le génie, mais non pas toutefois sans enregistrer les protestations autorisées qui se sont élevées
contre l'originalité et la perfection de son art. Alors que certains,
comme Byron, voyaient en lui « le poète par excellence, le seul
poète à qui on ait pu faire un reproche de sa perfection même [4] »,
d'autres au contraire, et Hazlitt est de ceux-là, cherchaient à prendre
l'artiste en défaut et y parvenaient au moins quelquefois. Tout en
admettant la « mélodie de ses vers », la « douceur de sa versifica-

1. Dryden, *Works* (Preface *to the Pastorals* by Walsh), vol. XIII, p. 329.
2. Pope, *Works*, vol. II, p. 80
3. Gosse, *Eighteenth Century Literature*, p. 132.
4. Pope, *Works*, vol. II, p. 28 (citation faite par l'édit.)

tion », le soin minutieux de sa composition, si minutieusement étudiée, l'harmonie de son mètre [1], Johnson, sans s'arrêter outre mesure
au reproche adressé à Pope pour sa poésie trop uniformément musicale, fatiguant l'oreille de sa douceur monotone, trouve néanmoins
plus « imaginaires » que réelles ces beautés résultant de l'adaptation
du mot au sens et des effets de l'harmonie imitative ; il lui reproche
de s'être contenté, en dépit des remontrances de Swift, de ces rimes
qu'un long usage et une manière de « prescription » avaient conjointes, sans parité de sons bien marquée, de s'être permis dans ses
décasyllabes l'insertion d'alexandrins et de tercets, d'épithètes de
remplissage, d'explétifs encombrants [2]. Il ne faudrait pas assurément,
en ouvrant les œuvres de Pope, prendre pour de fausses rimes ce
qui n'est en réalité que rimes conventionnelles, aujourd'hui incontestablement défectueuses, mais alors admises, parce que tels mots,
qui ne présentent plus une parité de sons suffisante, rimaient parfaitement à l'époque de Chaucer, de Gower et même de Shakespeare :
un long usage les avait fait adopter et leur avait, en quelque sorte,
conféré droit de cité. Swift voulait qu'on usât avec discrétion de ces
rimes conventionnelles, et c'était assurément avec raison qu'il
reprochait à Pope de les trop prodiguer : elles avaient pu être
bonnes à un moment donné, elles ne l'étaient plus. Il y a aussi, chez
Pope, ce qu'on appelle la rime pour l'œil, et non pour l'oreille : ces
rimes, qu'une orthographe identique a fait appeler rimes pour l'œil,
sont en réalité d'anciennes rimes, primitivement correctes, qu'un
changement graduel dans la prononciation a rendues défectueuses à la
longue. Rimes conventionnelles, rimes pour l'œil, cela ne constituerait peut-être pas un reproche très grave à l'adresse de Pope, surtout
si l'on se souvient que la rime n'est pas, après tout, un élément
indispensable de la versification anglaise, le rythme, la musique de la
poésie reposant sur d'autres éléments que le tintement de la rime.
Mais il y a aussi nombre de rimes absolument fausses [3], que rien

---

1. Johnson, *Lives of the poets* (Pope), pp. 375, 420, 425, 427, 431.
2. Johnson, *ibid.*, pp. 424, 431.
3. Avant de condamner catégoriquement une rime chez un auteur qui n'est pas
un contemporain, il faut user de quelque prudence et tenir compte de l'évolution
de la langue. Il est bon dans ce cas de consulter les vieux ouvrages de métrique du

n'autorise, ni une prononciation archaïque, ni une ressemblance de graphique que l'œil perçoit, sans que l'oreille soit satisfaite. Les récents éditeurs de Pope, dont la sympathie pour leur auteur est loin d'aller jusqu'à l'aveuglement, relèvent dans l'*Essai sur la Critique* — le pire des ouvrages de Pope, assure-t-on, au point de vue de la versification — quantité de rimes « imparfaites » : c'est fausses que souvent ils pourraient dire. Quelle ressemblance de son, quelles vagues assonances même peut-on trouver entre des vocables comme ceux-ci : *none* et *own, steer* et *character, esteem* et *them, take* et *track, joined* et *mankind, delight* et *wit, appear* et *regular, sun* et *upon, worn* et *turn, speaks* et *makes* [1], etc., etc.? Si les mauvaises rimes avaient élu domicile uniquement dans l'*Essai sur la Critique*, on pourrait le noter comme exception, mais on en retrouve un peu partout dans l'œuvre de Pope, sans cependant qu'elles s'y trouvent, il faut le reconnaître, avec la même abondance que dans l'*Essai*. A ce reproche, concernant la non-parité des sons, viennent s'en ajouter quelques autres qui sont tout aussi fondés. C'est d'abord la monotonie de ces rimes. Hazlitt n'a pas relevé dans l'*Essai sur la Critique* moins de dix distiques rimant avec le mot *sense* ; les éditeurs de Pope ont compté dans cette même œuvre le mot *wit* fournissant une douzaine de rimes [2]. Et les mêmes mots se retrouvent à quelques vers seulement d'intervalle. On ne pourra que s'en rendre compte très facilement, si on parcourut la *Forêt de Windsor*, par exemple [3], et la *IVe Epître du premier livre d'Horace*, où la même rime en *old* revient à quatre vers consécutifs. A ce reproche formulé par Johnson, ajoutons l'emploi de rimes riches non autorisé en anglais [4], et enfin l'accent tombant, comme le dit Johnson,

seizième et du dix-septième siècles qui témoignent des changements qu'a subis depuis lors la langue anglaise :

Peter Levins, *Manipulus Vocabulorum*, a rhyming dictionary of the E. langunge, 1570, edited by Henry B. Wheatley, London, 1867.

Th. Willis, *Vestibulum linguæ latinæ*, London, 1651.

J. Poole, *The E. Parnassus. or a Helpe to E. Poesie*, London, 1657.

Edw. Bysshe, *The Art of E. Poetry*, London, 1702.

1. Pope, *Works*, vol. II, p. 26.

2. Pope, *Works*, vol. II, p. 25.

3. *Old* revient six fois entre les vers 395 et 412 ; *ide* (4 fois, 399-405) ; *ood* (4 fois, 213-220), avec les mêmes mots *woods* et *floods* ; la rime en *ain* se trouve aux vers 151, 152, 159, 160, 163, 164, etc.

4. Guest, *History of E. rhythms*, p. 120.

en parlant de Denham. sur des mots trop faibles pour en supporter le poids, surtout quand ce sont de simples explétifs [1]. On pourra dire sans doute que Pope a rimé aussi bien que ses contemporains, mais y aurait-il une grosse injustice à dire qu'il a rimé tout aussi mal ?

Si l'art de Pope n'est pas une vérité admise sans discussion, son originalité inspire aussi parfois quelques doutes. Telle était, sans aucun doute, la pensée de Lady Mary Montagu écrivant : « J'ai d'abord admiré beaucoup l'*Essai sur la Critique* : c'est qu'alors je n'avais lu aucun des critiques anciens et je ne savais pas que Pope l'avait volé tout entier [2]. » Le mot est dur : il l'est même avec excès. Cependant, il faut bien reconnaître qu'en dehors de Quintilien, de Rapin et de Le Bossu, étudiés par Pope, et cela de son propre aveu, Boileau, avec Horace, est celui de tous les critiques à qui il a le plus emprunté. Si, « chez une nation qui, née pour servir, obéit aux règles », Boileau, comme le lui reproche Pope, « règne à la place d'Horace [3] », on peut bien dire aussi que Pope doit à Boileau une part très importante de sa doctrine littéraire, et partant, de l'autorité qui s'attacha jadis à son nom. Et d'abord, savait-il notre langue ? Voltaire a prétendu que Pope — et c'était, affirme-t-il, de notoriété publique en Angleterre — pouvait à peine lire le français, qu'il ne pouvait dire un mot et qu'il était incapable d'écrire une seule ligne en cette langue [4]. De Quincey, d'autre part, est d'avis qu'il ne pouvait pas lire le français facilement [5]. Si l'on peut discuter sur le plus ou moins de facilité qu'avait Pope pour s'exprimer de la sorte, il est un point sur lequel on est d'accord, c'est qu'il pouvait lire — avec peine, disent les uns — le français. Cette difficulté ne semble pas cependant avoir été invincible, s'il faut en juger par les emprunts directs faits à Boileau, son prédécesseur. Sans doute, dans l'ensemble Pope pouvait se passer de l'original, puisque la traduction de Soame et de Dryden lui avait fait connaître de façon bien précise *l'Art Poétique* du critique classique. Le fameux « Aimez donc la raison » passa fidèlement de la traduction anglaise dans l'*Essai*

---

1. Pope, *Works*, vol. II, p. 25.
2. Pope, *Works*, vol. II, p. 19.
3. Pope, *Works*, vol. II, p. 79 (*Essay on Criticism*, v. 715) et p. 19.
4. Pope, *Works*, vol. II, p. 291.
5. Pope, *Works*, vol. II, p. 126 (citation de De Quincey).

de Pope [1] ; il en est de même du passage : « Conservez à chacun son propre caractère. », qui, grâce aux mêmes interprètes, alla se blottir dans les vers du critique anglais [2], où on lit également que « quelquefois dans sa course un esprit vigoureux, — trop resserré par l'art, sort des règles prescrites — et de l'art même apprend à franchir les limites [3] ». Ainsi les imitations de l'*Art poétique* à travers la traduction de Soame et Dryden sont fréquentes dans l'*Essai sur la Critique* [4]. Il y a aussi des emprunts directs à l'œuvre de Boileau ; ils se révèlent par la forme autant que par l'idée [5], et les derniers vers de l'*Essai* sont certainement plus proches du texte de Despréaux que de celui des traducteurs anglais.

Qu'importe, d'ailleurs, que ces emprunts soient directs ou indirects? Boileau, vu à travers une traduction, n'en reste pas moins Boileau. Il est intéressant néanmoins d'observer la façon — ou plutôt le sans-façon — dont procède Pope. Sa manière de faire est parfois assez curieuse : il lui arrive notamment de prendre un passage des *Satires*, de le généraliser, puis, une fois le passage modifié à sa guise, de le transporter ainsi dans son *Essai sur la Critique*, sans avouer ce démarquage [6]. Boileau est, décidément, bon à fourrer partout. On sait les vers de son *Art poétique* par exemple où il fait la revue succincte de la poésie française, à commencer par Villon ; ils sont transportés par Pope dans son *Épître à Auguste*, où il trace en traits rapides l'histoire de la poésie anglaise [7]. C'est bien aussi la dixième satire de Boileau contre *les Femmes* qui a fourni à Pope l'idée au moins de son *Épître sur le Caractère des Femmes* [8] : en effet, l'analogie du sujet est frappante. Johnson n'a vraisemblablement pas tort quand il prétend que la satire de Despréaux : *A mon esprit*, a inspiré

---

1. Boileau, *Art poétique*, ch. i. — Pope, *Essay on Criticism* (*Works*, vol. II, p. 37).

2. Boileau, *ibid.*, ch. iii. — Pope, *Works* (*ibid.*), vol. II, p. 40.

3. Boileau, *ibid.*, ch. iv. — Pope, *Works* (*ibid.*), vol. II, p. 43.

4. Pope, *Works* (*ibid.*), vol. II, pp. 37, 39, 44, 48, 51, 56, 62, 65, 66, etc.

5. Pope, *Works* (*ibid.*), vol. II, pp. 55, 82.

6. Pope, *Works* (*ibid.*), vol. II, p. 73.

7. Boileau, *Art poétique*, ch. i. — Pope, *Works* (to Augustus), ol. III, p. 365.

8. Pope, *Works*, vol. III, p. 75.

à Pope l'*Épître à Arbuthnot* [1], où celui-ci trouve, entre temps, le
loisir de ramasser quelques glanes sur le terrain d'autrui [2]. L'imitation de Boileau revêt chez Pope des formes différentes : tantôt c'est
le ton général du morceau que l'on retrouve aisément sous le texte
anglais [3], tantôt ce sont les termes français eux-mêmes qu'il fait entrer
dans un passage correspondant [4] ; parfois c'est un vers seulement,
comme « le pénible fardeau de n'avoir rien à faire », qui se cache à
peine sous un vers de la *Dunciade* [5] ; ici c'est, de l'aveu de Pope,
une traduction littérale de l'aventure de *l'Huître et les Plaideurs* [6] ; là,
c'est la bergère de Boileau, personnifiant l' « élégante idylle » qui,
sous l'inspiration de Pope lui-même et de Wycherley, se place au
seuil des Pastorales du disciple de Despréaux [7]. *Art poétique, Épîtres,
Satires*, l'œuvre de Boileau a été fouillée dans tous les sens.

*Le Lutrin*, nous l'avons vu, ne devait pas échapper aux imitateurs,
et il fallait s'y attendre. *Le Lutrin* était connu de Pope — il le dit lui-même, — et c'est certainement le poème héroï-comique de Despréaux
qui a suggéré au poète anglais l'idée de sa *Boucle enlevée*. Des deux
côtés, en effet, on voit une querelle qui éclate, ici entre le trésorier
et le chantre au sujet d'un énorme pupitre ou lutrin qu'il s'agit d'enlever de sa place ou l'y laisser ; là, c'est une brouille survenue entre
une belle, Miss Fermor, et le baron Lord Petre au sujet d'une boucle
de cheveux que celui-ci lui a coupée par surprise. Tandis que chez
Boileau la fantaisie dévie bientôt pour se jouer des défauts et des
ridicules du clergé, chez Pope elle décrit avec une abondance de
détails satiriques la frivolité d'une élégante qui s'attarde à sa toilette
plus qu'il ne convient, éprise des maintes futilités dont est faite alors
l'existence d'une femme à la mode. Ce parallélisme dans le plan,
dans l'idée générale, sinon dans les détails d'exécution, n'avait
pas échappé à Johnson [8], et chacun reconnaîtra que si Ariel

---

1. Johnson, *Lives* (Pope), p. 406.
2. Pope, *Works*, vol. III, p. 263.
3. Id., *ibid.*, pp. 457-481.
4. Id., *ibid.*, vol. IV, p. 219.
5. Boileau, *Épître XI* ; Pope, vol. IV, pp. 208, 361.
6. Pope, *Works*, vol. IV, p. 464.
7. Id., *ibid.*, vol. I, p. 23.
8. Johnson, *Lives...* (Pope), p. 425.

« aux ailes de pourpre s'ouvrant au soleil [1] » apparaît à Belinda
conduisant la troupe aérienne des sylphes et des sylphides et prédisant à la belle quelque « cruel désastre causé par la force ou par la
ruse », la Discorde, « encor toute noire de crimes », apparaît aussi
au prélat « dormant d'un léger somme » et lui annonce le pire destin
s'il ne renonce à son oisiveté [2]. Que Pope ait apporté à cette « délicieuse petite chose », comme l'appelle Addison, plus d'élégante
légèreté, plus de gracieux enjouement, plus d'ingénieuse invention,
nul ne songe à le nier ; mais nous revendiquons pour Boileau l'idée
et les grandes lignes du sujet.

Pope, d'ailleurs, était souvent fort heureux de s'appuyer sur l'autorité de Despréaux : il invoquait volontiers son exemple pour légi-
timer sa guerre contre les sots ; c'était un peu à tort cependant, car
Boileau n'avait attaqué les Chapelain et les Cotin que parce qu'ils
étaient de mauvais écrivains, tandis que la satire de Pope était née
de considérations surtout personnelles [3]. Boileau, assez malmené
depuis par la critique anglaise ou américaine [4], pesait alors d'un
grand poids dans les discussions du café Will : il fut connu à
cette époque, et même un peu plus tard, de tous les lettrés d'Angleterre. Prior parodia son *Ode sur la prise de Namur* et écrivit son
*Épitre à Boileau* [5]. Smith, traduisant le *Traité du Sublime* de Longin,
complétait la traduction que Despréaux en avait faite par des notes,
des observations personnelles, et y ajoutait un système complet
d'Art poétique en trois livres, sous le titre de *Pensée*, *Diction* et
*Figures* [6].

A côté du nom de ces écrivains à qui la pensée de Boileau était
familière, il faut bien se garder d'omettre celui d'Addison. Boileau
était personnellement connu d'Addison, qui, après son séjour à Blois,
où il avait appris à parler français couramment, rencontra à Paris

---

1. Pope, *Works* (*The Rape of the Lock*), vol. II, p. 155.
2. Boileau, *Œuvres* (*le Lutrin*, chant I).
   Pope, *Works*, vol. V, p. 100-115, étude comparée du *Lutrin* et de *la Boucle
enlevée*.
3. Pope, *Works*, vol. V, p. 216.
4. *North American Review*, vol. XVI, janv. 1823. Article signé Prescott.
5. Johnson, *Lives...* (Prior), p. 262.
6. Johnson, *Lives ..* (Smith), p. 199.

Malebranche et Despréaux. Le récit de cette visite est contenu dans une lettre d'Addison qui s'exprime ainsi [1] : « Lors de mon séjour à Paris, j'ai vu le Père Malebranche, qui a particulièrement en estime la nation anglaise, où il compte plus d'admirateurs que dans son propre pays. Les Français se soucient peu de le suivre dans ses profondes spéculations et, en général, considèrent toute la nouvelle philosophie comme chimérique et irréligieuse. Malebranche m'a dit lui-même qu'il n'avait pas moins de vingt-cinq ans quand il entendit prononcer le nom de Descartes... Il a fait un grand éloge des mathématiques de Newton, a hoché la tête au nom de Hobbes et m'a dit qu'il le tenait pour un «pauvre d'esprit ». Il était très préoccupé de la traduction de son œuvre en anglais et craignait qu'on ne l'eût faite sur une mauvaise édition. Entre autres savants j'ai eu l'honneur d'être présenté à Boileau, qui est maintenant en train de retoucher ses œuvres et en fait une nouvelle édition. Il est vieux et un peu sourd, mais cause incomparablement bien de ce qui touche à sa profession. Il déteste cordialement tout mauvais poète et se met en colère quand il parle de quelqu'un qui n'a pas un profond respect pour Homère et Virgile. Je ne sais pas si c'est le fait de la vieillesse ou si c'est la vérité quand il censure les écrivains français, mais il rabaisse énormément le présent et vante beaucoup ses premiers contemporains, surtout ses deux amis intimes Arnaud et Racine. » Après avoir pris l'avis de Boileau sur *Télémaque*, « qui mieux qu'aucune traduction nous donne une idée de la manière d'écrire d'Homère », Addison le consulte sur Corneille. « Il a beaucoup causé de Corneille, dit l'écrivain anglais, reconnaissant en lui un excellent poète, mais non un des meilleurs poètes tragiques, car il déclamait trop fréquemment, et faisait souvent de très belles descriptions, quand il n'y avait pour cela aucune occasion. Aristote, dit Boileau, prétend qu'il y a deux passions qu'il convient d'exciter par la tragédie, la terreur et la pitié ; mais Corneille tâche d'en exciter une nouvelle, qui est l'admiration. C'est ce qu'il a montré dans *Pompée*, où, à la première scène, le roi d'Égypte se lance dans une longue et pompeuse description de la bataille de Pharsale, bien qu'il soit très pressé de veiller à ses affaires et qu'il n'y ait pas lui-même assisté... » Cet entretien ne fut pas,

---

1. Addison, *Works* (Addison to Bishop Hough), vol. V, p. 332 (éd. Hurd).

comme on voit, sans intérêt, puisqu'il roula en entier sur la littérature française contemporaine. A Boileau, peu sensible, paraît-il, aux
beautés plus ou moins artificielles du latin moderne, Addison montra ses poésies latines [1]. C'est par la lecture des *Musæ anglicanæ* que
Despréaux se fit, au dire de Tickell, quelque idée du génie anglais
pour la poésie. Heureux de posséder un exemplaire de ce recueil,
Boileau témoigna toute sa satisfaction et toute l'estime qu'il avait
pour ces poésies.

Johnson ne veut pas que ces éloges aient été sincères. Pure « politesse », dit-il, bien plus que réelle « approbation ». Ce n'est pas l'avis
de Macaulay, qui se porte garant de la franchise de Boileau. « On ne
sait rien de plus positif sur Boileau, écrit l'auteur des *Essais*, que son
extrême réserve en fait de compliments. Nous ne nous souvenons
pas que l'amitié ni la crainte l'aient jamais entraîné à louer une composition dont il ne faisait pas cas. Sur les questions littéraires, son
esprit caustique, dédaigneux et confiant en lui-même, se révoltait
contre cette autorité devant laquelle tout se courbait en France. Il
eut le courage de dire à Louis XIV avec fermeté et même avec rudesse que Sa Majesté n'entendait rien à la poésie et qu'elle admirait
des vers détestables. Qu'y avait-il donc dans la position d'Addison
qui pût porter le satirique, dont l'humeur méprisante et sévère avait
fait l'effroi de deux générations, à devenir un sycophante pour la première et pour la dernière fois ? Le mépris de Boileau pour le latin
moderne n'était d'ailleurs ni maussade ni peu judicieux. Il croyait, il
est vrai, qu'aucune poésie du premier ordre ne pouvait être écrite
dans une langue morte. Se trompait-il donc ? L'expérience des siècles n'est-elle pas venue confirmer son opinion ?... Voilà les raisons
qui nous persuadent que les louanges décernées par Boileau aux
*Machinæ gesticulantes* et à la *Gerano-pygmæomachia* étaient sincères.
Il s'ouvrit assurément à Addison avec une franchise qui était une
marque assurée de son estime. La littérature fut le principal sujet de
leur conversation. Le vieillard parla bien et beaucoup sur son thème
favori : il parla même d'une façon incomparable, au gré de son jeune

1. Johnson, *Lives...* (Addison), p. 222. (Chandos Library).
Macaulay, *Essays (Life and writings of Addison)*, p. 470 (éd. Longmans, Green
and Co.).

auditeur[1]. » En tous cas, Addison crut certainement à la sincérité de
Boileau, car celui qui tenait en France le sceptre de la critique parut
aux yeux de l'écrivain anglais une autorité considérable, souveraine
peut-être. C'est sans réserve aucune qu'il adopte le jugement de Boileau sur le Tasse : « Je partage entièrement cet avis de M. Boileau,
écrit-il dans le *Spectateur*, qu'un seul vers de Virgile vaut tout le
clinquant du Tasse [2]. » Addison montre partout sa vénération pour
Despréaux. Déjà dans *le Babillard*, voulant peindre un pédant, il
n'avait trouvé rien de mieux que de citer, pour compléter son portrait, les six vers que voici :

> Un Pédant enyvré de sa vaine science,
> Tout hérissé de Grec, tout bouffi d'arrogance,
> Et qui de mille Auteurs retenus mot pour mot,
> Dans sa tête entassez n'a souvent fait qu'un Sot,
> Croit qu'un Livre fait tout, et que sans Aristote
> La Raison ne voit goutte, et le bon Sens radote.

Quand Addison distingue le véritable esprit, consistant dans la
ressemblance des idées, du faux esprit, consistant dans la ressemblance des mots, il ajoute qu'il y a une troisième sorte d'esprit, appelé l'esprit mixte, qui tient de l'un et de l'autre : « Ce genre
d'esprit, dit-il, abonde dans Cowley... M. Waller en a beaucoup
aussi. M. Dryden en a usé modérément. Le génie de Milton était
bien au-dessus de cela, Spenser est de la même classe que Milton. Les
Italiens, même dans leur poésie épique, en sont remplis. M. Boileau,
qui s'est formé sur les anciens poètes, l'a rejeté partout avec dédain [3]. »

Est-on tenté de croire que l'*Essai sur la Critique* de Pope peut parfois manquer d'originalité, qu'il n'abonde pas en pensées neuves, en
doctrines nouvelles, c'est Boileau qu'Addison appelle au secours de
l'auteur de l'*Essai* ; son opinion est connue, elle est tout en faveur de
Pope, dont elle légitimera par avance la banalité de certains vers.
« Permettez-moi, écrit Addison, de rapporter ce que M. Boileau

---

1. Macaulay, *Essays* (*Life... of Addison*), p. 740. — Trad. Guizot, *Essais d'Histoire et de Littérature*, p. 146-149.
2. *The Tatler*, nᵒ 158 (*Addison's Works*, vol. II, p. 135, éd. Hurd).
3. Addison, *The Spectator*, nᵒ 62.

a si bien développé dans la préface de ses œuvres, à savoir que l'esprit et le beau style ne consistent pas tant à avancer des choses qui soient neuves qu'à donner aux choses qui sont connues un tour agréable. Il est impossible pour nous, qui vivons dans ces derniers siècles du monde, de faire en critique, en morale, sur un art ou une science quelconque, des observations qui n'aient pas été effleurées par d'autres [1]. » C'est bien là, en effet, l'idée émise par Boileau dans sa préface de 1701. « Qu'est-ce qu'une pensée neuve, brillante, extraordinaire ? Ce n'est point, comme se le persuadent les ignorants, une pensée que personne n'a jamais eue, ni dû avoir : c'est au contraire une pensée qui a dû venir à tout le monde, et que quelqu'un s'avise le premier d'exprimer. Un bon mot n'est bon mot qu'en ce qu'il dit une chose que chacun pensoit, et qu'il la dit d'une manière vive, fine et nouvelle [2]. »

S'agit-il de savoir si l'allégorie est bien de mise dans un poème héroïque ? Virgile, répond Addison, a bien introduit la Renommée dans l'*Énéide* ; Garth dans son *Dispensaire* et Boileau dans son *Lutrin* n'ont-ils pas introduit des personnages allégoriques « qui sont très beaux dans ces compositions et peuvent peut-être nous permettre de prétendre que ces auteurs étaient d'avis que de pareils personnages avaient à l'occasion leur place dans une œuvre épique [3] » ? C'est bien l'avis d'Addison, qui s'appuie sur l'exemple et l'autorité de Boileau. Il esquisse une seule fois, semble-t-il, un blâme à l'adresse de Despréaux, c'est lorsqu'il lui reproche, comme à Juvénal d'ailleurs, d'avoir dans ses œuvres critiqué « le beau sexe en général sans rendre justice aux femmes qui ont du mérite. De telles satires, mettant tout le monde au même rang, ne sont pour personne d'aucune utilité ». Mais aussitôt les correctifs abondent : « C'est pour cette raison, reprend Addison, que je me suis souvent demandé comment l'auteur français cité plus haut, qui était un homme d'un jugement exquis et aimait la vertu, avait pu croire que la nature humaine était un sujet propre à la satire, dans une autre de ses poésies fameuses qu'on appelle la *Satire sur l'Homme*. Quel vice ou quel faible peut-on

1. Addison, *The Spectator*, n° 253.
2. Boileau, *Œuvres* (Préface de 1701).
3. Addison, *The Spectator*, n° 273.

corriger par ses discours quand on critique toute l'espèce sans distinction [1] » ?

Constante donc fut l'estime des écrivains anglais pour Boileau et grande aussi fut son autorité. Elle ne le céda en rien à celle des autres critiques français, les Corneille, les d'Aubignac, les Le Bossu et les Rapin, auxquels vint se joindre Dacier, également fort en honneur alors en Angleterre. Peut-être même l'influence de Boileau fut-elle supérieure à la leur. En tous cas, elle se manifesta longtemps en Angleterre, et, en 1714 même, Addison, faisant, dans *le Spectateur*, le procès de l'ignorance envieuse des critiques anglais, disait encore à ses concitoyens : « J'ai une véritable estime pour les bons critiques, tels qu'Aristote et Longin chez les Grecs, Horace et Quintilien chez les Romains, Boileau et Dacier chez les Français [2]. »

### III

S'il est intéressant de voir les Anglais marcher à la suite des Grecs et des Latins et s'engager dans le sillon tracé par les Français, il n'est pas moins curieux de noter les résultats produits, d'examiner comment et jusqu'à quel point ces diverses influences, agissant successivement ou simultanément, ont modifié le goût public, à cette époque, en Angleterre ; comment, après avoir accepté comme un dogme la nécessité d'une forme soignée et l'infaillibilité des règles venues des anciens ou des modernes, les Anglais en sont arrivés à rendre ces jugements qui nous frappent aujourd'hui par leur étrangeté et leur injustice, à condamner enfin les plus grands chefs-d'œuvre de leur littérature.

Et d'abord, la littérature anglaise antérieure à Shakespeare était-elle bien connue des écrivains du xvii⁰ siècle? De même que Boileau, chez nous, n'était pas très au courant de la vieille littérature française [3], de même Dryden semble avoir erré en maintes occasions,

1. Addison, *The Spectator*, n⁰ 209.
2. Id., *ibid.*, n⁰ 592.
3. Saint-Amant, *Œuvres*, notice par Charles Livet, p. xxiii.

quand il parle des anciens auteurs anglais. Les prédécesseurs de Shakespeare paraissent n'avoir pas existé pour celui qui faisait dire par l'acteur Betterton, représentant sur la scène le fantôme du grand Will : « Je n'ai pas trouvé, mais c'est moi qui ai créé le théâtre. » Or, Shakespeare n'a rien créé du tout, encore que le Dr Johnson, en plein xviiie siècle, ait partagé la même erreur que Dryden [1]. Udall, Sackville et Norton, Marlowe, Peele, Greene, Nash et Lodge méritent bien, Marlowe surtout, qu'on rappelle leur nom avant celui du poète de Stratford-sur-Avon. Dryden, toutefois, n'ignorait pas absolument *Gorboduc ou Ferrex et Porrex*, la première tragédie anglaise écrite par Sackville ; mais il ne la connaissait que bien superficiellement, par ouï-dire peut-être, car, prenant un peu le Pirée pour un nom d'homme, il fait du roi Gorboduc, père de Ferrex et Porrex, une reine [2]. Et comme pour ne pas rester à mi-chemin sur la route de l'erreur, il trouve que cette tragédie est écrite en vers rimés, alors qu'elle est bel et bien composée en vers sans rimes. Il est évident que Dryden n'a jamais lu l'œuvre, non de Sackville seulement, mais de Norton aussi, qu'il néglige de nommer. Cette ignorance de l'auteur des *Dames rivales*, partagée par Oldham, n'a pas manqué d'attirer les protestations de Pope écrivant dans une lettre à Robert Digby : « C'est vraiment un scandale que des hommes traitent avec mépris une pièce qu'ils n'ont jamais vue, comme ces deux poètes l'ont fait, ignorant même le sexe et également le sens de Gorboduc [3]. » Si Dryden fut mal renseigné sur les prédécesseurs de Shakespeare, faisant à tort de celui-ci le premier qui, sans exemples et sans leçons, ait écrit des drames [4], il ne savait pas, même approximativement, comme le lui a reproché Malone, l'ordre dans lequel les pièces de Shakespeare ont été écrites, et, dit Walter Scott, « ce sera de la charité de croire qu'il ne connaissait pas intimement les pièces de Shakespeare qu'il censure si sommairement et si injustement [5]. »

Il n'en est pas de même pour Chaucer, bien que, cependant, il

<hr>

1. Genest, *Some Account...*, vol. I, p. 2, 3.
2. Dryden, *Works* (*The Rival Ladies*, Dedication), vol. II, p. 135. Langbaine, *Lives*, p. 168.
3. Pope, *Works*, vol. IX, p. 68.
4. Dryden, *Works* (*All for Love*, Preface), vol. V, p. 339.
5. Dryden, *Works* (Defence of the Epilogue), vol. IV, p. 229.

fasse de lui, au lieu de Langland, l'auteur des *Visions de Pierre le Laboureur*[1]. Tout antérieur qu'est Chaucer, Dryden le voit mieux pourtant que n'importe lequel peut-être de ses contemporains, ce qui ne l'empêche pas, au milieu même de l'éloge qu'il en fait et de la traduction qu'il en donne, d'insérer ses réserves : « Chaucer, je l'avoue, est un diamant grossier, et il faut le polir avant qu'il brille..... ; il n'écrit pas tout d'une pièce, mais parfois mêle des choses triviales aux choses d'une plus grande valeur : il tombe dans l'excès, comme Ovide, et ne sait pas quand il en a dit assez. » Aussi Dryden ne se gêne-t-il pas avec le poète qu'il traduit et souvent trahit. Il supprime, de son propre aveu, tout ce qui ne lui semble « pas nécessaire ou digne de paraître à côté de choses mieux pensées ». Il ajoute lui-même aux endroits où il trouve que Chaucer est incomplet et n'a pas donné à sa pensée tout son éclat par suite d'un vocabulaire insuffisant, à l'origine de la langue. Qu'on ne prétende pas que pour Chaucer quelque chose de la beauté de sa pensée sera perdu dans une traduction et qu'elle conserverait mieux toute sa grâce sous le costume d'autrefois. Si l'ancien poète perd ici ou là quelque beauté, Dryden saura lui en donner de nouvelles. Et puis la langue de Chaucer a vieilli : celle d'aujourd'hui est autrement épurée ; sa versification, d'autre part, est trop rudimentaire, il faut la mettre au point[2]. Et le traducteur a commencé son œuvre, paraphrasant, mutilant, défigurant son modèle, le privant de cette simplicité dans le costume, de cette naïveté dans l'expression qui font son plus grand charme[3]. Pour Pope, encore que celui-ci, au dire de Spence[4], ait déclaré lire Chaucer avec autant de plaisir qu'aucun des poètes anglais, il est infiniment probable que « le père de la poésie anglaise » restait, au fond, un de ces « braves Bretons qui n'ont pas été civilisés[5] », en un mot « le diamant grossier » dont avait parlé Dryden.

Si Spenser fut mis sur le même pied que Théocrite et Virgile et si

1. Dryden, *Works* (Preface to Fables), vol. XI, p. 227.

2. Dryden, *Works* (*ibid.*), vol. XI, pp. 233, 236, 232, 224.

3. Voir sur ces transformations : Dryden, *Works*, vol. XII, p. 16-24 ; p. 281, 289 ; Pope, *Works*, vol. I, p. 115-122 ; Saintsbury, *Dryden* (*Englishmen of letters*), p. 154-159 ; Garnett, *The Age of Dryden*, p. 33.

4. Spence, *Anecdotes*, p. 84.

5. Pope, *Works* (*An Essay on Criticism*), vol. II, p. 80, vers 715.

l'on déclara que son *Calendrier du Berger* n'avait pu être égalé en aucune langue moderne[1], il fut aussi en butte à bien des reproches. « Il n'y a aucune uniformité dans le plan de Spenser, déclara Dryden ; il ne tend pas à l'accomplissement d'une action unique, il crée un héros pour chacune de ses aventures et... les fait tous égaux, sans subordination, sans préférence possible. Sa langue est vieillie et sa versification fautive. Waller lui est certainement supérieur. » Bref, « il manqua à Spenser d'avoir lu Le Bossu[2] ! »

Chapman n'est pas mieux traité. Dryden, voyant dans la traduction d'Homère des alexandrins, alors que les vers de Chapman ont sept pieds, montre la même légèreté qu'il a mise à faire de Chaucer l'auteur des *Visions de Pierre le Laboureur*. Il n'hésite pas non plus à condamner la tragédie de *Bussy d'Ambois*. Il avait cru, prétend-il, ramasser « une étoile tombée » ; or il s'est aperçu que ce n'est là qu' « une méduse, masse froide et terne, la pensée y étant minuscule sous des termes gigantesques, avec redites en abondance, de la négligence dans l'expression, d'énormes hyperboles, le sens, bon pour un vers, délayé en dix lignes. En somme, un anglais incorrect, et un mélange hideux de fausse poésie et de vraies sottises[3] ». Comme traducteur, Chapman est tout aussi malmené : ses nombres sont discordants, son anglais impropre, et ses vers de longueur monstrueuse : il a manqué à Homère la version harmonieuse d'un des meilleurs écrivains vivant de ce siècle, bien supérieur au dernier[4].

Jonson, cependant, au milieu de l'oubli assez général dont fut comme enveloppée l'ancienne littérature anglaise, jouit d'une estime relative. Mais, s'il a été proclamé « l'homme le plus grand du siècle dernier », c'est évidemment que « le père Ben était revêtu de tous les ornements et portait le costume des anciens[5] ». Son *Séjan* et son *Catilina* furent repris avec empressement sous la Restauration par les comédiens du roi, disputant à la troupe du duc d'York le droit de représenter les deux pièces de Ben Jonson[6]. Hart s'y fit applaudir.

---

1. Dryden, *Works* (*Works of Virgil*, Dedication), vol. XIII, p. 324.
2. Dryden, *Works* (*Essay on Satire*), vol. XIII, p. 17, 18.
3. Dryden, *Works* (*The Spanish Friar*, Dedication), vol. VI, p. 404.
4. Dryden, *Works* (*The third Miscellany*, Dedication), vol. XII, p. 68.
5. Dryden, *Works* (*Essay on Dramatic Poesy*), vol. XV, p. 300.
6. Jonson, *Works*, p. 21 (éd. W. Gifford).

Dryden put sans doute, comme par boutade, parler des dernières
œuvres de Ben comme étant de simples « radotages » ; mais il s'empressa de faire de lui « l'écrivain le plus instruit et le plus judicieux
qu'aucun théâtre ait jamais eu..., le modèle d'un style soigné[1] ». Il
put le malmener quelque peu, estimer qu'il n'écrivait pas correctement[2], oubliant que jadis il l'avait proclamé un écrivain correct[3] ; ce
fut là simplement de la mauvaise humeur. Le but de ces attaques
était uniquement, comme le dit Dryden lui-même, de montrer chez
les autres écrivains, comme justification de ses défauts à lui, des
fautes aussi graves que les siennes propres[4]. Une fois sorti de la
mêlée, Dryden revint à de meilleurs sentiments, à son appréciation
première du talent de Ben Jonson[5]. Shadwell, de son côté, plus ou
moins spontanément, fit de Jonson « le puissant prince des poètes,
le savant Ben, qui seul sut plonger au cœur des hommes[6] ». Oldham,
dans son *Ode à Jonson*, chanta en lui le poète qui, sans être à la
recherche d'une « gloire précaire » et de « grossiers applaudissements » d'une foule ignorante, s'éloigne d'elle, dédaigne ses préférences, contrecarre ses goûts et ramène le théâtre à des pratiques
plus saines, plus conformes à la règle classique. Pope vint ensuite,
apportant lui aussi son tribut d'admiration aux pieds de Ben Jonson,
qui, pour un auditoire ignorant les règles, mit en vogue une docte
critique[7]. Jonson fut donc, après la Restauration, considéré comme
le poète « sans défaut », le représentant de la règle et du bon ordre
littéraires, le réformateur de la scène, en face de l'irrégularité shakespearienne ; et c'est à ce titre surtout qu'il bénéficia de l'estime et de
la faveur dont il jouit auprès des lettrés d'alors.

1. Dryden, *Works* (*Essay on Dram. Poesy*), vol. XV, p. 346.
2. Dryden, *Works* (*Conquest of Granada*, Epilogue, *Defence of the Epilogue*), vol. IV,
pp. 224, 231.
3. Dryden, *Works* (*Essay on Dram. Poesy*), vol. XV, p. 347.
4. Dryden, *Works* (*Defence of the Epilogue*), vol. IV, p. 231.
5. Dryden, *Works* (*Troilus and Cressida*, Préface, *Grounds of criticism*), vol. VI,
pp. 265, 271, 273 ; XVIII, p. 285.
6. Dryden, *Works*, vol. X, p. 456.
7. Pope, *Works* (Preface to the *Works* of Shakspeare), vol. X, p. 577.

## IV

En ce qui concerne Milton, son chef-d'œuvre, le *Paradis perdu*, fini en 1665 et publié en 1667, n'obtint pas le succès qu'aurait dû lui assurer sa valeur littéraire. Le nom de Milton, républicain resté fidèle à la cause vaincue, ne pouvait guère concilier au poète la faveur du public royaliste qui se pressait à la cour de Charles II, où, avec Evelyn, on regardait d'un mauvais œil « ce Milton qui avait écrit une apologie du régicide ». Ce titre de *Paradis perdu*, disait aussi l'éditeur, manquait de précision et n'annonçait ni l'histoire de Satan avant la création du monde, ni les guerres des anges dans le ciel. Il y avait une autre raison qui ne pouvait que contribuer à l'insuccès du poème : c'était l'emploi par Milton du vers sans rime à une époque où Dryden maintenait que « le vers blanc ne saurait convenir pour une tragédie et qu'il serait trop bas pour une simple pièce de poésie ». Si l'on estimait que le vers non rimé ne pouvait être employé même pour une fantaisie poétique, c'était, de la part de Milton, une audace bien singulière, voire quelque peu provocante, de se servir du vers sans rime pour un poème épique d'une si haute envolée. La rime, après l'exemple de la France et le brillant plaidoyer de Dryden[1], était admise sans réserve, Milton ne pouvait que souffrir de cette fidélité à une forme littéraire maintenant surannée. Même en littérature on ne résiste pas aux caprices de la mode. Milton en fit la dure expérience. Waller, cette sorte de Malherbe de la poésie anglaise, dont on a voulu faire, à tort du reste, l'inventeur ou, tout au moins, l'introducteur du distique rimé en Angleterre, ne vit dans le *Paradis perdu* qu'un poème « remarquable seulement par sa longueur[2] ». A la cour, dit Johnson, où l'on comparait l'harmonie de ses vers au roulement d'une brouette, Milton ne pouvait passer pour un bon poète[3]. C'était la revanche de ceux qui ne lui pardonnaient pas de déclarer en tête du *Paradis* : « Le vers héroïque anglais con-

---

1. Dryden, *Works* (*An Essay on Dramatic Poesy*), vol. XV.
2. Waller, *The Poems*, éd. Thorn Drury, p. lxxiii.
3. Johnson, *Lives...*, p. 130 ; Beljame, *le Public et les Hommes de lettres*, p. 26.

siste dans la mesure sans rime, comme le vers d'Homère en grec
et de Virgile en latin : la rime n'est ni une adjonction nécessaire, ni
le véritable ornement d'un poème ou de bons vers, spécialement
dans un long ouvrage : elle est l'invention d'un âge barbare, pour
relever un méchant sujet ou un mètre boiteux. A la vérité elle a été
embellie par l'usage qu'en ont fait depuis quelques fameux poètes
modernes, cédant à la coutume; mais ils l'ont employée à leur grande
vexation, gêne et contrainte, pour exprimer plusieurs choses (et souvent de la plus mauvaise manière) autrement qu'ils ne les auraient
exprimées... » La rime, ajoute Milton, est « une chose d'elle-même
triviale, sans vraie et agréable harmonie pour toute oreille juste.
Cette harmonie naît du convenable nombre, de la convenable quantité des syllabes, et du sens passant avec variété d'un vers à un
autre vers ; elle ne résulte pas du tintement de terminaisons semblables ». Il poursuit en se félicitant de voir, comme les meilleures
tragédies anglaises, le poème héroïque « affranchi de l'incommode
et moderne entrave de la rime [1] ».

Lee avouait que Milton avait découvert une mine riche, mais uniquement pour en tirer un minerai grossier ensuite épuré par Dryden.
C'était Milton qui, le premier, avait contemplé la beauté de la vierge
rustique; mais c'était Dryden qui l'avait « conduite à la cour, parée
de pierres précieuses, tissant à nouveau la trame mal formée de
sa pensée et lui apprenant un langage plus doux, des manières plus
agréables [2] ». Milton, en somme, était, à peu de chose près, le
« gaillard grossier », comme on l'appelait dans *le Rat de ville et le
Rat des champs*. Rymer, critique et poète, promettait, par condescen-
dance, « quelques réflexions sur ce *Paradis perdu* de Milton que
certains veulent bien appeler un poème [3] ». Pope enfin disait que
« le style de Milton, dans son *Paradis perdu*, n'était pas naturel et
que c'était un style exotique [4] ». Par tous Milton fut, à cette époque,
sévèrement, voire injustement traité, quand, à l'occasion, il ne fut pas
complètement délaissé par des hommes comme Whiteloke, qui,

1. Milton, *Paradis perdu*, liv. I (Argument), trad. Chateaubriand.
2. Dryden, *Works* (Lee, *To Mr. Dryden on his Poem of Paradise*), vol. V, p. 109.
3. Genest, *Some Account*, vol. I, p. 219.
4. Spence, *Anecdotes*, pp. 94-280.

cependant, n'était pas sans culture[1], et par William Temple dans son *Essai sur le savoir des anciens et des modernes*. Injustice ou bien oubli, tel était donc, après la Restauration, le sort de Milton.

Un destin pire peut-être lui était réservé. Aveugle, vieux, misérable, maintenant au bord de la tombe, comme son Samson, « calme d'esprit et toute passion éteinte », le poète reçut un jour, au dire d'Aubrey, la visite de Dryden. Celui-ci était-il en quête d'un nouveau sujet à traiter? Voulait-il simplement reprendre l'idée de Milton de donner une forme dramatique au *Paradis perdu*? Était-ce enfin dans l'espoir de faire mieux que le poète dont il signalait volontiers, tour à tour, les défauts et les qualités et dont la versification lui paraissait démodée[2]? Quelle qu'ait été la pensée de Dryden, il ne faut pas voir, en tout cas, dans cette visite la preuve d'un respect bien affirmé pour le chef-d'œuvre de Milton. Dryden, en effet, venait demander au grand poète l'autorisation de remanier le *Paradis perdu* et de le mettre en vers rimés. Qu'il l'ait ou non voulu, la proposition était impertinente, quelques précautions qu'il ait prises pour atténuer ce qu'elle avait d'insolite et d'audacieux. Milton reçut le visiteur avec politesse et lui répondit avec une indifférence, semble-t-il, assez méprisante: « Oh ! certainement vous pouvez, si vous voulez, mettre des aiguillettes à mes vers », c'est-à-dire ajouter à mes vers ces pointes brillantes, en or ou en argent, si à la mode, qui scintillent au bout de vos dentelles et qui, en poésie, s'appellent des rimes. Dryden ne sentit pas, vraisemblablement, l'ironie de la réponse de Milton, et, en toute hâte, il se mit à l'œuvre. Un mois après, le *Paradis perdu* était transformé en une pièce de théâtre, sorte d'opéra, en cinq actes, appelée *l'État d'innocence ou la Chute de l'homme*, reproduisant, en les condensant, bien entendu, les principaux épisodes du poème de Milton, dont le vers portait maintenant les aiguillettes qu'il avait lui-même ironiquement autorisées ; à peine restait-il quelques passages, comme le monologue de Lucifer, par exemple, n'ayant pas la parure du temps, la rime.

Les craintes de Marwell se réalisaient : « une main malhabile,

<hr>

1. Hume, *Hist. des Stuarts*, vol. II, p. 258.

2. Voir Dryden, *Works*, vol. I, p. 140, et suiv. ; Masson, *Life of Milton*, vol. VI, p. 708 ; Dryden (Bell's édit ), vol. I, p. xxxvii; Christie's Dryden, Memoir, p. xxxvi.

comme il en est toujours pour déranger ce qui est bien et, par une imitation maladroite, chercher à briller », n'hésitait pas à intervenir pour « mettre en scène le jour de la création tout entier et le montrer en une pièce [1] ». Cette sorte d'adaptation, cependant, ne fut pas exécutée par Dryden sans qu'il y fît preuve de talent. Parfois il retrouva presque toute la grandeur sublime de Milton, notamment dans le discours de Lucifer et le monologue de Satan en présence du monde nouvellement créé. Mais, à côté de ces passages où se déploie le vers de Dryden dont la majesté rivalise avec les nombres imposants de Milton, on en trouve d'autres moins heureux, certes, où apparaît « la main malhabile » dont Marwell redoutait l'intervention. Les caractères d'Adam et d'Ève sont singulièrement rabaissés dans la pièce de Dryden : Adam y devient raisonneur au delà du permis : il se prend à discuter gravement le problème du libre arbitre, et on n'est pas peu étonné de retrouver dans sa bouche le « Je pense, donc je suis » de Descartes. Les devoirs du mariage, tels qu'il les conçoit et les expose, seraient, comme on l'a dit, une citation heureuse dans la bouche d'un pasteur unissant deux fiancés [2]. Ève, de son côté, n'est guère qu'une coquette de la cour de Charles II : elle se pose volontiers comme reine de la création ; vers elle, du haut des branches, les oiseaux se penchent pour la voir, et, à terre, les autres animaux quittent l'ombre où ils sont cachés et lèvent vers elle des regards d'admiration, presque d'envie. Et Ève de dire tout haut : « Vraiment, je suis fière de moi-même ! » On l'avait, du reste, un peu deviné. Toutes les réflexions qu'elle fait en face du miroir des eaux sont un peu bien profondes, un peu trop vécues peut-être, pour celle qui vient juste de naître [3]. Il faut entendre aussi comment Adam et Ève se disent des douceurs à la façon des héros de romans, l'un suppliant longtemps sa belle, l'autre résistant toujours et refusant ses faveurs. N'y a-t-il pas à sourire un peu aussi en assistant à cette sorte de querelle de ménage qui éclate en plein paradis, comme à l'entresol le plus bourgeois, et au cours de laquelle Adam dit maintenant tout le mal qu'il peut du mariage et de la femme en général, tandis

1. Dryden, *Works* (Marwell's Address to Milton), vol. V, p. 99.
   Johnson, *Lives* (Dryden), p. 143.
2. Dryden, *Works* (*The State of Innocence*), vol. V, pp. 152, 133, 135.
3. Dryden *Works* (*ibid.*), vol. V, pp. 139, 140, 141.

qu'Ève, nerveuse et pointue, répond sur le même ton[1] ? On est heureux de voir que tout se calme enfin et se termine par une réconciliation sincère, bien que lamentablement prosaïque. Milton barbote dans le pot-au-feu ! Sait-on encore que cette petite agitée qui s'appelle Ève se permet volontiers, après sa désobéissance, des blasphèmes assez vigoureux et qu'elle a presque sa crise de nerfs et son évanouissement traditionnels à la pensée qu'il va falloir quitter le paradis pour passer dans ce séjour moins confortable « où croissent les épines et les chardons[2] » et où elle craint, on le conçoit, de meurtrir ses jolis pieds de coquette poudrée ?

Voilà ce qu'était devenue la noble épopée de Milton. On a dit, sans doute, que l'irrespect dont fit preuve Dryden n'était pas dans sa pensée, puisqu'il avouait plus tard, après la mort du poète, tout ce qu'il devait à son modèle, auquel, assurait-il, il ne fallait pas comparer « ses médiocres productions », trop aisément reconnaissables, « l'original étant sûrement un des plus grands, des plus nobles et des plus sublimes poèmes que ce siècle ait jamais produits[3] ». On prétendra aussi qu'à l'époque où Dryden compila cette sorte d'opéra, « il ne connaissait pas la moitié de la portée de l'œuvre de Milton », ainsi qu'il l'avoua lui-même à Dennis. On ajoutera même que le jour vint où il se repentit peut-être d'avoir ainsi mis en vers et profané le *Paradis perdu*. L'opéra est là qui plaide contre son auteur, et si l'irrespect n'existe pas dans l'intention, il existe au moins dans le fait. Sans aucun doute Dryden pensait que l'œuvre de Milton était démodée, que la versification en était archaïque et que le poète, même dans sa jeunesse, n'avait jamais su rimer[4] ; il estimait que l'idée s'étendait longuement, platement, que Milton abusait des vieux mots jusqu'à obscurcir le sens de la phrase[5], qu'il lui manquait « l'élégance du tour[6] », bref, qu'il fallait l'habiller à la mode du temps. Cette opinion de Dryden, c'était celle des poètes et des critiques de l'époque, souvent plus favorables à Le Bossu qu'à

1. Dryden, *Works* (*The State of Innocence*), vol. V, p. 170, 171.
2. Dryden, *Works* (*ibid.*), vol. V, p. 173.
3. Dryden, *Works*, vol. V, p. 111.
4. Dryden, *Works*, vol. I, p. 142 (*Essay on Satire*), vol. XIII, p. 18.
5. Dryden, *Works*, vol. VIII, p. 309.
6. Dryden, *Works* (*Essay on Satire*), vol. XIII, p. 117.

Spenser ou à Milton [1]. Il appartint à Dennis — on a trop attribué ce mérite à Addison — de sentir le premier tout ce qu'il y a de grandeur et de noblesse dans le *Paradis perdu* [2] et de mettre en honneur l'œuvre du grand poète épique dont, à juste titre, s'enorgueillit l'Angleterre.

V

Si l'œuvre de Milton parut archaïque, celle des poètes élizabéthains parut bien autrement vieillie. Comme le disait Evelyn : « Dans ce siècle raffiné on se dégoûta des anciennes pièces. » On se mit donc à remanier le théâtre shakespearien ; tragédies et comédies subirent le même sort ; Marlowe, Webster, Beaumont et Fletcher, Chapman, Massinger, furent tour à tour repris et transformés ; le goût public ne pouvait plus s'accommoder de l'ancien théâtre. Les adaptateurs, les imitateurs, résolus à faire mieux que leurs devanciers, ne manquèrent pas de présomptueuse assurance. Ils ressemblaient à ce peintre disant à un de ses clients qu'il avait là un tableau de Claude Lorrain et que, certes, quand il en aurait un peu retouché le ciel, cela ferait un tableau excellent. Eux aussi voulurent retoucher le ciel où avait plané Shakespeare et, la plupart du temps, se perdirent dans les nuages.

Il est juste de reconnaître — et ce sont là des circonstances atténuantes — que les spectateurs furent au moins aussi coupables que les mutilateurs eux-mêmes. Ceux-ci ne se prêtèrent pas toujours de bon gré à la perpétration de cette œuvre sacrilège ; souvent ils allèrent jusqu'à la protestation et ne se gênèrent pas, en tous cas, pour laisser au public la responsabilité de ces perversions impies. « La scène ne fait que refléter le goût du siècle, nous tenons simplement le miroir, dit en substance Granville ; la faute n'en est pas à nous, mais à vous, spectateurs : nous nous soumettons à vos fan-

1. Sheffield, *Works (An Essay on Poetry)*, vol. I, p. 145.
2. John Dennis, *Select Works (The Grounds of Criticism in Poetry)*, vol. II, p. 429 et suiv.

taisies, il vous faut de la musique et des danses quand vous ne demandez pas des lutteurs ou des danseurs de corde ; nous sommes bien obligés de céder à vos exigences ; autrement la meilleure pièce ne réussit pas. Ce n'est pas notre faute à nous si Shakespeare n'est plus rien sans la musique de Purcell [1]. » Rowe constate également que le public veut des danses, de la musique, de la farce ; il s'en plaint et s'écrie : « Faut-il que Shakespeare, Fletcher et le laborieux Ben soient délaissés pour Scaramouche et Arlequin [2] ? » Tomber dans la farce était évidemment la dernière chute possible. Sans doute, on n'alla pas toujours jusque-là ; mais ce qui nous frappe, ce qui nous choque, c'est ce degré de présomption qui aveugle les poètes d'alors. Ils se lancent sur la trace lumineuse des grands maîtres disparus sans la moindre hésitation, sans la moindre crainte de rester en chemin, aveuglés par l'auréole qui brille autour de leurs noms, meurtris aussitôt au contact des obstacles rencontrés. Jamais pareille insouciance, jamais semblable irrespect. Lee savait quelles difficultés il allait trouver sur sa route pour réussir : il lui fallait à la fois le talent de Shakespeare et de Ben Jonson réunis, car l'un et l'autre avaient, selon lui, séparément, échoué. Cela ne diminuait en rien sa confiance présomptueuse [3]. Ravenscroft, le médiocre Ravenscroft, n'était pas plus modeste : « Si le lecteur, dit-il, veut bien comparer l'ancienne pièce et la nouvelle — il s'agit de *Titus Andronicus*, — il trouvera qu'aucune des œuvres de cet auteur n'a jamais reçu de plus grands changements et d'additions plus nombreuses ; le langage n'est pas seulement épuré, mais plusieurs scènes sont absolument nouvelles, tandis que la plupart des principaux caractères y sont ennoblis et que l'intrigue est beaucoup augmentée [4]. » Les moins audacieux pensèrent que le goût public s'était beaucoup affiné depuis l'époque de Shakespeare, dont l'imagination un peu fruste devait être maintenue dans de sages limites. Avec Waller, ils estimaient que la tragédie shakespearienne, « longtemps fameuse », était « négligemment parée » ; que « des vers réformés, mais non composés en hâte, polis comme du marbre, dureraient

---

1. Granville, *Epilogue to the « Jew of Venice »*, vol. I, p. 137.
2. Rowe, *The Ambitions Step-Mother*. Epilogue, vol. I, p. 194.
3. Lee, *Lucius Junius Brutus*, Dedication, vol. I.
4. Dryden, *Works*, note de W. Scott, vol. VIII, p. 379.

comme du marbre aussi [1] » ; bref, que l'on sortait d'un âge grossier et
qu'il fallait désormais écrire autrement, c'est-à-dire mieux. Quand
Dryden et ses semblables, après les transformations et les mutilations dont ils se rendaient coupables, se voyaient mettre sur le même
plan qu'Homère et Virgile ; quand ils entendaient un Richard Duke
leur dire d'une œuvre de Shakespeare : « Vous l'avez trouvée boue,
mais vous en avez fait de l'or [2] », pourquoi auraient-ils hésité à
« crucifier ce pauvre Shakespeare une fois par semaine [3] » ?

Il ne peut entrer dans nos vues de prendre chaque pièce à part
et de montrer ce qu'est parfois devenu un chef-d'œuvre entre des
mains profanes : ces sacrilèges sont réellement trop nombreux [4].
Il nous suffira de montrer sur quels points ont surtout porté ces
transformations, inspirées par un goût nouveau et une critique soi-
disant plus éclairée. Ce que l'on peut affirmer en tous cas, c'est l'entière bonne foi des adaptateurs. Ils faisaient, pensaient-ils, œuvre
pie et ils eussent été, certes, bien étonnés, s'ils avaient entendu, à leurs
côtés, crier au sacrilège !

Et cependant combien furent audacieuses ces transformations,
ces mutilations de l'œuvre shakespearienne ! Elles portèrent un peu
sur tous les points : le vers de Shakespeare, quand il ne fut pas
remplacé par la prose, devint le vers rimé, puisque c'était là le vers
à la mode. S'il fut conservé, parfois presque intact, dans sa forme
originale, on n'hésita pas, à l'occasion, à introduire, ici ou là, un
mot malencontreux, une exclamation imprévue, remplaçant un
repos très significatif pourtant. Le vers shakespearien contenait-
il quelque superbe cri laissant, dans ce vers inachevé, le
rythme tragiquement suspendu ? Il était plus régulier de terminer
la ligne, même par un remplissage plus ou moins plat. Le vers était-
il intentionnellement brisé, partant plus varié ? Le poète de la nouvelle école crut devoir le souder en toutes ses parties, bouleversant
la ponctuation et transformant le sens, au grand dommage de
Shakespeare.

Le style n'est pas moins remanié que la versification. Toute

1. Waller, *Prologue to the « Maid's Tragedy »*, p. 224, éd. Thorn Drury.
2. Dryden, *Works*, vol. VI, p. 288.
3. Pope, *Works (The Dunciad. Book I)*, vol. IV, p. 275.
4. Ward, *Hist. of Dram Poetry*, vol. I, p. 513 et suiv. ; vol. III, p. 326 (note).

— 569 —

audace d'expression est supprimée, et même toute vigueur dans les
termes est bannie trop souvent. Le sang coule-t-il avec abondance
dans la tragédie shakespearienne ? Le mot va disparaître et l'on ne
retrouvera plus « le fil rouge qui court à travers tout le drame ».
Une guerre impitoyable est faite aux images fortes, puissantes ou
violentes, remplacées désormais par des métaphores de moindre
allure, simplement gracieuses, quand elles ne sont pas bizarres,
voire incohérentes [1]. L'auteur s'applique aussi à rajeunir les termes :
bref, c'est partout l'adoucissement continuel, le délayage fade, sub-
stitués à l'expression vigoureuse de la pensée shakespearienne si
condensée, si ramassée en son laconisme [2]. Les anachronismes les·
plus surprenants, pardonnables peut-être à Shakespeare, deviennent
tout à fait condamnables dans un siècle soi-disant éclairé et chez des
poètes qui veulent passer pour instruits et raffinés. Pourtant ils s'é-
talent de tous côtés dans leur excentricité parfois un peu réjouis-
sante. Ce n'est pas sans quelque surprise que l'on entend Coriolan
s'adresser à sa mère en l'appelant : Madame [3]. Ne trouve-t-on pas dans
*Cymbeline*, altérée par d'Urfey, une allusion assez inattendue aux
puritains, et ne voit-on pas Ursaces donner à son domestique une
lettre pour le paquebot ? Ailleurs, dans le *Songe d'une Nuit d'été*
transformé [4], c'est la beauté d'Hélène qui est célébrée bien avant la
naissance de celle-ci. Parfois c'est l'admission des notions les plus
absurdes, comme cette définition de l'âme : « une petite chose
bleue qui court ici et là et que nous portons en nous », et que
l'on aperçoit, « par une matinée froide, sortir fumante de la
bouche [5] ».

Ailleurs encore, c'est l'omission de scènes entières, d'actes complets,
la perversion de tel passage comme la jolie description de la reine
Mab, gâtée par Otway, la suppression de tel caractère que rien n'au-
torisait. Pourquoi, en effet, la disparition du fou dans *le Roi Lear*

1. Genest, *Some Account of the stage*, vol. I, pp. 77 ; vol. II, p. 205.
2. Une étude un peu attentive de *Macbeth*, une comparaison de cette pièce avec
celle de D'Avenant permettront de contrôler et d'illustrer toutes nos assertions.
3. Genest, *Some Account*, vol. I, p. 327.
4. Id., *ibid.*, vol. II, p. 25.
5. Id., *ibid.*, vol. I, p. 77.

de Tate ? Pourquoi les derniers discours de Lady Macbeth, si tragiques, ont-ils disparu chez D'Avenant? Comment expliquer la suppression de Lancelot et de Gobbo dans *le Juif de Venise* de Granville, alors surtout que la pièce de Shakespeare était transformée en une sorte de farce où Shylock est plutôt comique que tragique? Comment admettre que Sheffield ait fait de la fort belle scène entre Brutus et Portia du *Jules César* de Shakespeare une banale entrevue entre deux amoureux, le farouche conspirateur romain ne faisant plus que soupirer comme un simple héros de roman ? Peut-on excuser D'Avenant d'avoir enlevé à Lady Macbeth tout son relief tragique, toute son énergie indomptable, pour la ramener à la taille d'une simple héroïne de quelque drame de boulevard, cherchant, en face des pénalités probables, à rejeter sur autrui, ici sur son mari, les responsabilités encourues, par un : « Ce n'est pas moi, c'est toi », qui reste sans noblesse ? Il y a loin de la « reine endiablée » de Shakespeare à la femmelette apeurée de D'Avenant. Ces transformations, ces perversions sont sans excuse. Rien qu'un caprice malheureux ou un goût déplorable ne sauraient les expliquer.

Un autre procédé de transformation, non moins blâmable, consiste à intervertir parfois les actes ou scènes d'une même pièce, ou bien encore à transporter tel passage d'une pièce dans une autre, empruntant sans vergogne et risquant fort, dans ces emprunts, de prendre ce qu'il y a de mauvais, ou, en tous cas, de moins bon. La nouvelle pièce constitue ainsi une sorte de mosaïque où l'on a grand'-peine, assez souvent, à découvrir ce qui est de tel ou tel auteur. Il arrive aussi que le poète établit une sorte de parallélisme, non seulement entre deux intrigues, mais également entre plusieurs personnages d'une même pièce. Ainsi, dans *la Tempête*, en face de Prospero et de Miranda, cette femme qui ignore ce qu'est un homme, on aperçoit plantés Dorinda et Hippolito, l'homme qui n'a jamais rencontré une femme. Le poète orne le tout de la musique de Banister ou de Purcell, de chants, de danses, de machines, de décors et de costumes somptueux et, en le transformant en opéra, enlève au drame de Shakespeare toute sa simplicité, toute sa grandeur tragiques.

Quelques pièces échappèrent-elles aux mutilations perpétrées de tous côtés? Nous ne voyons guère qu'*Othello*, au moins parmi les grands drames de Shakespeare, encore qu'on ait voulu, mais à tort, attribuer à Dryden une imitation de cette pièce[1]. *Hamlet* fut aussi, semble-t-il, à peu près respecté. Était-ce parce que Betterton, le grand acteur, prenait plaisir à interpréter Hamlet suivant la tradition shakespearienne, transmise par un artiste du nom de Taylor, à qui Shakespeare lui-même avait enseigné la façon de iouer ce rôle difficile entre tous ? Ou bien était-ce parce que ce drame, dans sa forme originale, avait, pendant plusieurs années, obtenu force succès et rapporté beaucoup d'argent[2]? On pouvait ne pas vouloir s'exposer à tarir cette source de revenus. Néanmoins une modification, légère, c'est vrai, mais réelle, eut lieu vers 1673 : la première entrevue d'Hamlet avec le fantôme de son père était transformée, et les conseils, bien connus, aux acteurs étaient supprimés[3]. *Jules César* fut modifié assez tardivement, en 1684 [4], mais cette modification, quelque légère et tardive qu'elle ait été, ne laissa pas intact le drame romain de Shakespeare.

Quel était donc le but poursuivi par les auteurs de ces remaniements, parfois vraies mutilations ? Plusieurs raisons les incitaient à agir de la sorte. C'était, à l'occasion, une pensée politique qui les guidait dans leur entreprise. N'est-ce pas Tate qui disait, à propos de son *Ingratitude d'une république* : « En regardant cette histoire de près, il apparut que quelques passages avaient une ressemblance assez frappante avec la faction bruyante de nos jours, et j'avoue que j'ai plutôt rapproché des yeux la comparaison établie que je n'ai essayé de l'en reculer [5]. » Coriolan est là pour rendre plus saisissant le rapprochement que tout le monde va faire entre le passé et le présent. Ce même Tate, dans la pièce de *Richard II*, qui s'appelait maintenant *l'Usurpateur sicilien*, ne témoignait-il pas un loyalisme très respectueux en adoucissant, pour se concilier la faveur royale [6], les invectives des nobles ? Crowne, à son tour, ne se faisait-il pas le courtisan de la royauté quand il écrivait : « Le droit d'un monarque est un droit inébranlable..... La couronne d'Angleterre est un

1. *Lownde's Manual* : *Othello*.
2. Downes, *Roscius anglicanus*, p. 21.
3. Genest, *Some Account*, vol. I, p. 156.
4. Id., *ibid.*, p. 422.
5. Id., *ibid.*, p. 326.
6. Id., *ibid.*, p. 294.

don du ciel, et c'est au ciel seulement qu'il peut être révoqué [1]. »
Parfois aussi la galanterie se mêlait à l'affaire, et le poète n'hésitait
pas à transformer un caractère au goût du public féminin dont il
voulait conquérir les suffrages. Cressida, que Shakespeare représentait comme infidèle à Troilus, ne fait plus que feindre l'amour
qu'elle témoigne à Diomède, se poignardant quand elle voit que
Troilus jaloux doute de sa fidélité. Dryden sacrifiait ainsi le caractère de Cressida, tel que l'avait conçu et tracé Shakespeare après
Chaucer. Quelquefois il s'agissait simplement d'une réclame pour tel
ou tel théâtre. Cela se produisit pour *Macbeth*. La pièce de Shakespeare avait été jouée avec succès au Théâtre du Roi ; le théâtre
rival, celui du duc d'York, pour détourner la faveur publique d'un
spectacle qui menaçait les intérêts matériels de la troupe, imagina
de transformer l'œuvre shakespearienne, d'y introduire des machines pour les sorcières, des danses et du chant, bref, d'en faire
un véritable opéra, indépendamment des suppressions et additions
diverses qu'y pratiqua D'Avenant. Toutes ces raisons pouvaient,
sans doute, être d'un certain poids auprès des auteurs, fournisseurs
attitrés des deux théâtres d'alors ; mais il y en avait une dernière
qui poussa les poètes à remanier l'œuvre de Shakespeare.

Ce qu'il importe d'établir tout d'abord, c'est la parfaite bonne foi
des adaptateurs. Tous, très sincèrement, crurent que Shakespeare
n'avait qu'à gagner à cette transformation, nécessaire selon eux,
puisque son œuvre avait vieilli et ne répondait plus au goût du
jour. Fielding met en scène Apollon et Lierre-Rampant — le nom
est un portrait, — un de ces adaptateurs.

« *Apollon.* — Comment, Monsieur, cette pièce n'a-t-elle pas été
écrite par Shakespeare, et Shakespeare n'était-il pas un des plus
grands génies qui aient jamais vécu ?

« *Lierre-Rampant.* — Non, Monsieur, Shakespeare était un joli
garçon, et il a dit certaines choses qui n'ont besoin que d'être un
peu fignolées par moi et ne feront pas mal ensuite. *Le Roi Jean,* tel
qu'il est, ne saurait convenir. Mais, un mot tout bas à votre
oreille ! Je vais le faire aller.

« *Apollon.* — Comment cela ?

---

1. Genest, *Some Account,* vol. I, p. 307.

« *Lierre-Rampant.* — En le transformant, Monsieur ; c'était un principe chez moi, quand je m'occupais de théâtre : aucune pièce, quelque bonne qu'elle fût, ne pouvait passer sans être transformée. »

C'était l'opinion générale : en tous cas, ils étaient fort peu nombreux
ceux qui auraient répondu, comme Medley à Sowrwit, ce critique
pince-sans-rire qui se moquait des remaniements apportés par
Lierre-Rampant à l'œuvre shakespearienne : « Shakespeare est
déjà assez bon pour les gens de goût : il faut maintenant qu'on
l'adapte au palais de ceux qui n'en ont pas [1]. »

Ce n'était pas en vain que l'œuvre de Corneille, de Molière et de
Racine avait, sinon servi d'exemple, au moins été connue en Angleterre ; ce n'était pas en vain que les théories et jugements de la critique grecque, romaine et française y avaient été médités, que les
idées de Boileau, de Le Bossu et de Rapin avaient été pesées et discu-
tées au café Will ; une transformation certaine s'était opérée dans le
goût public : de ces notions éparses dans tous les esprits et chez tous
les critiques anglais était née une conception nouvelle de la tragédie
qui convenait à un siècle si éclairé. On s'imaginait une forme
plus récente, une pièce-type, en quelque sorte, calquée d'assez près
sur un modèle français, dont la formule, peut-être vaguement entrevue à l'origine, s'était précisée peu à peu. L'œuvre de Shakespeare, naturellement, ne répondait pas à cette formule, et le drame
romantique éclatait quand, de vive force, on tentait de le faire
entrer dans le cadre classique. Voilà pourquoi Dryden, comme la
plupart de ses contemporains, voyant nombre de défauts dans
l'œuvre shakespearienne, n'hésitait pas à intervenir pour la débarrasser « de cet amas de décombres sous lesquels sont enfouies bien
des pensées excellentes ». Il s'efforçait de « refondre l'intrigue, de rejeter certains personnages inutiles, d'améliorer des caractères esquis-
sés seulement et laissés inachevés » ; il établissait « un ordre et une
liaison de toutes les scènes » ; il se conformait autant que possible à
l'unité de lieu, il épurait la langue bien trop archaïque et allait, trop
audacieux, jusqu'à se présenter comme « un nouveau lutteur qui
entre dans la lice pour y disputer le prix avec le premier champion [2] ».

1. Genest, *Some Account*, vol. III, p. 519.
2. Dryden, *Works* (*Troilus and Cressida*, Preface), vol. VI, p. 255-258.

Chez tous les adaptateurs on sent cette même idée préconçue de ramener le drame shakespearien à une forme plus sobre, plus conforme à l'idée nouvelle qu'ils se font d'une pièce de théâtre. Shakespeare est pour eux « un beau jardin, mais il faut en enlever les mauvaises herbes ». Sans doute ils n'ont pas réussi, sans doute ils n'ont fait que déformer l'œuvre romantique, y introduisant à peine, ici ou là et par hasard, quelque modification heureuse, loin de compenser le dommage causé; mais ils se sont tous placés au même point de vue, obéissant à la même impulsion. C'est Tate, par exemple, qui déclare : « J'ai découvert dans *le Roi Lear* un tas de joyaux défilés et mal polis, cependant si éblouissants dans leur désordre que bien vite je me suis aperçu que j'avais là un trésor. Et c'est ma bonne fortune d'avoir trouvé un moyen de rectifier ce qui était défectueux dans la régularité et la vraisemblance du sujet. » C'est encore pour obéir à la loi de la justice poétique, exigeant que les bons soient récompensés et les méchants punis, qu'il laisse entrevoir pour Lear et Cordelia bien des chances de redevenir parfaitement heureux[1]. C'est pour accommoder Shakespeare à la sauce des trois unités que Sheffield, repentant de n'avoir pas observé l'unité de lieu dans son *Marcus Brutus*, pièce tirée du *Jules César* de Shakespeare, se flatte, dans le prologue, d'être resté fidèle à l'unité de temps. Et il n'hésite pas, pour arriver à ce résultat, à chausser ses héros de bottes de plus de sept lieues pour leur faire franchir, en vingt-quatre heures, des distances colossales[2]. Théobald, de son côté, ne se réserve-t-il pas toute liberté pour pouvoir mieux observer l'unité d'action dans son *Richard II* ? Dryden, pour mieux concilier à ses héros la pitié de l'auditoire, ne se gêna pas pour modifier leur caractère : « Sans doute, dit-il, ces passions sont bien les leurs, telles que les leur a données l'histoire ; seulement leurs défauts ont été rejetés dans l'ombre, pour en faire des objets de compassion, tandis que si j'avais choisi pour eux la lumière du plein jour, quelque chose eût été découvert qui aurait excité notre haine plutôt que notre pitié[3]. » Tous donc s'évertuent à rendre Shakespeare plus conforme à l'idée

---

1. *Biographia Dram.*, mot, *Lear.* Addison, *Spectator*, n° 40.
2. Genest, *Some Account*, vol. III, p. 91.
3. Dryden, *Works* (*A Parallel of Poetry and Painting*), vol. XVII, p. 327.

qu'on se faisait alors d'une œuvre plus régulière, en quelque sorte plus
classique. Et s'ils s'avisent de composer une pièce modèle, ce sera,
suivant eux, d'après « la pratique des anciens et le bon sens de tous
les âges », au risque d'écrire, comme Rymer composant son
*Edgar*, une des plus mauvaises tragédies de tous les temps et de
tous les pays.


VI


Shakespeare ne souffrit pas seulement aux mains des mutilateurs
qui rendirent son œuvre méconnaissable, il eut à subir les attaques
des critiques les plus violents, parmi lesquels se distingua, entre
tous, ce même Rymer. La bouche toute pleine d'Aristote, il compare à des « empiriques », à des « charlatans du théâtre », ceux qui
ont la prétention de posséder la « recette » pour plaire et de pouvoir
ainsi se passer des règles, notamment de celle des trois unités,
toutes trois indispensables. « Que si la poésie du siècle dernier, dit
Rymer, a été aussi grossière que notre architecture, il y a une
cause à cela, c'est que le *Traité de la Poésie* d'Aristote a été très peu
étudié chez nous. Nous n'en connaissions pas l'existence, qu'il était
déjà peut-être commenté par tous les grands hommes de l'Italie[1]. »
Aussi Ben Jonson est-il son auteur favori. Rymer ne lui repro-
chera pas d'avoir emprunté à autrui. « Je ne puis pas être choqué,
dit-il, de voir l'honnête Ben aimer mieux emprunter un melon à un
de ses voisins que de nous régaler avec une citrouille de son
cru. » Souvent très partial pour le classique Jonson, Rymer est trop
injuste envers Shakespeare. Jamais peut-être la critique ne revêtit
une forme plus violente, plus brutale.

Veut-on savoir ce qu'il pense d'*Othello*? Shakespeare, en touchant
à l'original, l'a altéré et gâté[2] : un Maure de Venise, cela n'existe
pas, c'est une insulte à tous les chroniqueurs. Et ce nègre épouse

1. Rymer, *The Tragedies of the last age considered and examined by the Practice of
the ancients*, pp. 5, 24, 142.
2. Rymer, *A Short View of tragedy with some Reflections on Shakespeare and
other Practitioners for the stage*, p. 87.

Desdémone, la fille d'un sénateur ! C'est bien étrange, bien invraisemblable ; et ceux-là seuls pourront se plaire au spectacle, qui ne réfléchiront pas à l'invraisemblance de ce mariage. Desdémone meurt : cela apprendra aux jeunes filles, dit-il avec ironie, aux jeunes filles de qualité à ne pas s'enfuir avec un nègre, sans le consentement de leurs parents. Quelle est la cause de cette mort ? C'est le mouchoir entre les mains de Cassio : un avertissement pour les bonnes épouses d'avoir à veiller à leur linge. Othello s'est laissé entraîner par la jalousie : c'est une leçon pour les maris, poursuit Rymer avec la même ironie ; ils apprendront qu' « avant que la jalousie devienne tragique, les preuves doivent être mathématiques ». Comment la fille d'un sénateur a-t-elle pu se laisser prendre aux vantardises, aux rodomontades de ce bravache ? C'est là le charme, le philtre, la poudre d'amour qui ont séduit la fille de ce noble Vénitien ! Mais il n'y a rien en la noble Desdémone qui ne soit au-dessous d'une quelconque de nos femmes de chambre. Quant à Othello, comment admettre que les Vénitiens aient fait choix d'un nègre pour leur général ? Tandis que, chez nous, il arriverait peut-être au grade de trompette, Shakespeare en a fait un lieutenant-général. Ici un Maure épouserait peut-être une petite souillon ; Shakespeare lui donne la fille d'un grand seigneur. Othello n'a rien de ce qui convient à un général : il n'a jamais rien fait pour le devenir ; son amour, sa jalousie, sont plutôt comiques. Desdémone n'est qu'une sotte. Voyez-vous cette fille de sénateur s'enfuyant avec un nègre et se réfugiant dans une auberge de charretiers, au « Sagittaire » ! Elle n'est pas plus tôt mariée avec son nègre que, la nuit même de ses noces, elle l'ennuie et l'agace au sujet d'un blanc-bec de lieutenant du nom de Cassio. Elle s'aperçoit de la jalousie du Maure et elle n'en continue pas moins à lui rebattre les oreilles du nom de Cassio. Pas une femme élevée dans un toit à porcs ne parlerait en termes aussi bas. — Iago est bien le plus insupportable de tous. Ce n'est pas un soldat nègre, lui ; donc nous pouvons être certains qu'il devra ressembler aux autres soldats, tels que nous les connaissons ; eh bien, cependant, nulle part, dans aucune tragédie, dans aucune comédie, dans la nature même, on ne trouve son pareil, Horace a dit ce que doit être un soldat ; mais Shakespeare, pour plaire aux spectateurs en leur montrant quelque chose de nouveau et

de surprenant, contre le bon sens et contre la nature, a voulu nous
faire passer un coquin fermé, dissimulé, hypocrite et insinuant, pour
un soldat ouvert, franc, loyal, tels que nous les connaissons depuis
des milliers d'années. Les autres personnages et le reste de la pièce
sont à l'avenant. Bref, « dans le hennissement d'un cheval, dans le
grognement d'un mâtin, il y a une signification, autant de vivante
expression et, je puis dire, bien des fois plus d'humanité que dans
les transports tragiques de Shakespeare ». Le poète transporte son
auditoire de Venise à Chypre. Or, on ne voit pas de navires, peu
lui importe. Jadis, sans doute, les Israélites passaient la mer Rouge ;
mais, hélas ! à notre époque, nous n'avons plus de Moïse pour nous
frayer un passage à travers les flots. Jamais aucun poète païen n'a
eu autant la cervelle à l'envers ; Shakespeare est digne de figurer à
côté des charpentiers et des savetiers qui ont été ses guides : il est le
charme de la canaille, il a enlevé au théâtre son auréole, il a profané
le nom de la tragédie : la morale, le bon sens, l'humanité ne sont
chez lui que moquerie et dérision. Que d'importance donnée à un
mouchoir? Pourquoi n'avoir pas appelé cette pièce la Tragédie du
Mouchoir ! Encore si cela avait été la jarretière de Desdémone, le
Maure avisé aurait peut-être pu « flairer le rat » ; mais un mouchoir !
Quel nigaud pourrait donner de l'importance à une pareille bagatelle ? Et puis Shakespeare nous apprend qu'une femme ne perd
jamais sa langue, même quand elle a été étouffée, car Desdémone
la retrouve pour protester de son innocence et faire ses adieux.
D'autre part, quel enseignement tirer de la pièce? Une innocente y
est assassinée. Cela se retourne contre la Providence et nous aigrit
contre elle. Il y avait un autre dénouement possible, car celui-ci
n'est que sang et boucherie : un poète païen n'aurait pas laissé ainsi
périr une noble Vénitienne, uniquement parce qu'elle est sotte ; il
aurait inventé quelque machine pour la délivrer. Rien ne se passe
donc ici suivant les règles de la justice. Aussi quelle impression les
spectateurs pourront-ils emporter de ce spectacle? Quelle édifica·
tion en résultera? *Othello*, en somme, n'est « qu'une farce sanglante, sans sel et sans saveur [1] ».

Si Rymer étudie *Jules César*, il n'est pas plus tendre pour Shakes-

1. Rymer, *A Short View of tragedy...*, p. 86-146.

peare. Celui-ci, dans *Othello*, a péché contre la nature et la philosophie ; ici, c'est contre l'histoire ; il a calomnié les plus nobles
Romains : c'est un véritable sacrilège. Shakespeare a habillé César
et Brutus en costumes de fous et de paillasses ; la vérité, dit Rymer,
c'est que Shakespeare avait la tête pleine d'images communes et pas
naturelles. Il met dans la bouche de Brutus le langage d'un garçon
d'abattoir ou d'un fils de boucher. Les sénateurs, dans *Jules César*,
sont aussi insouciants, aussi insignifiants que ceux d'*Othello* : au
lieu d'organiser le complot, quand ils se réunissent à minuit dans le
jardin de Brutus, c'est pour bayer aux étoiles, ne trouvant rien de
mieux à imaginer qu'une discussion sur les points cardinaux. Brutus
et Cassius sont rabaissés au rôle de bouffons, et c'est ainsi que
Shakespeare traite indignement les plus nobles Romains. « Il n'y a
pas d'autres vêtements dans sa garde-robe, poursuit Rymer. Tous
ceux qu'il doit habiller doivent se contenter d'un costume de fou. »
Les dames romaines ne sont pas mieux respectées. La noble Portia
est la cousine germaine de Desdémone : elle est de la même chair et
du même sang, tout aussi impertinente et tout aussi sotte. « Le talent
de Shakespeare convient à la comédie et à l'humour. Dans la tragédie, il est hors de son élément : sa cervelle est à l'envers, il divague
et bat la campagne, incohérent, sans la moindre étincelle de raison,
sans règle pour maintenir ou limiter sa frénésie. Son imagination est
toujours courant après ses maîtres, les savetiers, les sacristains et
les cabotins qui représentaient l'Ancien Testament. Il a pu se permettre toutes les audaces avec Portia, comme ils l'ont fait pour la
Vierge Marie. Jouant dans une église la pièce intitulée *l'Incarnation*,
ils faisaient mâchonner l'*Ave Maria* à une vagabonde qui, représentant la Vierge sainte, avait un chapeau de paille, un tablier bleu, un
ventre proéminent et une immaculée conception lui remontant jusqu'au menton. » La femme de César a été tout aussi maltraitée. « On
sait que les peintres italiens dessinaient la Madone d'après leur femme
ou leur maîtresse : on peut se demander quelle sorte de Betty
Mackerel Shakespeare a rencontrée sur sa route pour la prendre
comme modèle de sa Portia et de sa Desdémone. » Enfin, conclut
Rymer : « Pour Shakespeare une tragédie pleine de burlesque, une
tragédie pleine de gaieté, ce n'était ni un monstre, ni une absurdité, ni
le moins du monde un défaut : pour un aveugle toutes les couleurs se

ressemblent. Le tonnerre et les éclairs, les cris et la bataille, l'alarme jetée partout dans la pièce, peuvent tenir les spectateurs éveillés : autrement aucun sermon ne serait un soporatif plus puissant. » « Est-il bien étonnant, ajoute-t-il, que la scène se corrompe et que le scandale s'y accumule ? La poésie, de son ancienne réputation et de son ancienne dignité, a sombré dans la dérision et le mépris le plus profond[1]. »

Voilà comment Shakespeare est jugé. Après avoir été pillé, mutilé, il est maintenant injurié. Comme on le voit, la critique tourne au pugilat : Rymer ne pèse pas, il ne juge pas, il fait de la boxe et du chausson.

Il est toutefois douloureux de constater le discrédit où était tombé Shakespeare, encore qu'on puisse entrevoir l'époque, pas trop lointaine, où il reviendra à la vie, où Rowe, Pope, Johnson, vont contribuer à sa réhabilitation, à sa résurrection pour ainsi dire, timidement peut-être, mais effectivement.

Que s'était-il donc passé à la Restauration ? Avant même cette époque, et aussitôt après la mort de Shakespeare en 1616, la période de déchéance, presque d'oubli, commença : la faveur du public alla à d'autres poètes, et la réputation de Fletcher surtout éclipsa presque immédiatement la gloire du grand Will. « Les pièces de Fletcher, rapporte Malone, semblent pendant plusieurs années avoir été plus admirées, ou tout au moins plus fréquemment jouées que celles de notre poète... ; elles avaient pour elles l'avantage de la nouveauté[2]. » La cour leur fit un accueil empressé, et les listes de pièces jouées à cette époque indiquent assez que les œuvres de Shakespeare étaient maintenant négligées, à peu près oubliées. A peine y relevons-nous une représentation à Whitehall en l'absence du roi, le 18 janvier 1623, du *Conte d'Hiver*, par la troupe royale, et en 1624, le soir du nouvel an, une représentation de la première partie de *Sir John Falstaff*[3]. Il est question, en 1627, d'un versement d'argent de cinq livres dans le but d'interdire aux acteurs du Red Bull la représentation des pièces de Shakespeare[4]. Le 16 novembre 1633, jour anniversaire de

---

1. Rymer, *A Short View of tragedy...*, p. 147-164.
2. Malone, *Historical Account of the E. stage*, p. 222.
3. Malone, *ibid.*, p. 225.
4. Malone, *ibid.*, p. 226.

la naissance de la reine, en présence de celle-ci et en présence du roi, la troupe royale joue à Saint-James le drame de *Richard III* [1]. Le 26 novembre, c'était le tour de *la Mégère apprivoisée*, également devant le roi et la reine, tandis que Charles Ier prenait plaisir à voir jouer *Cymbeline* à la cour le 1er janvier de cette même année. Le *Conte d'Hiver* reparaissait avec quelque succès une quinzaine de jours plus tard [2]. Enfin, c'est le 31 janvier 1636 que *Jules César* était représenté au palais de Saint-James [3]. Nous perdrions ici toute trace de Shakespeare, si Shirley, dans le prologue d'une de ses pièces jouée en 1640, ne se plaignait ainsi : « Vous voyez quel auditoire nous avons et quelle société vient pour Shakespeare, dont la gaieté jadis trompait les heures d'ennui et qui, chaussé du cothurne, faisait sourire même le chagrin... ; il n'a maintenant que peu d'amis [4]. » Les théâtres fermés par ordre supérieur, pendant vingt ans le silence se fit autour du nom de Shakespeare, déjà, du reste, à moitié oublié.

Lors de la Restauration en 1660 et presque dès la réouverture des théâtres, Shakespeare reparut, sans éclat il est vrai, mais comme pour réclamer son droit à l'existence, voire à la renommée. *Othello* fut joué le 11 octobre 1660, et Burt s'y fit applaudir. *Henri IV* fut représenté le 31 décembre de la même année. *Hamlet* ne tarda pas à reparaître sur la scène, et Betterton se distingua dans le rôle d'Hamlet. Ce drame, qui valut à la troupe gloire et profit, fut ensuite plusieurs fois repris, et Pepys ne manque pas de nous dire son enthousiasme pour le talent du grand acteur shakespearien. Le 29 septembre 1662, on jouait au Théâtre du Roi *le Songe d'une Nuit d'été*, qui avait précédé, le 1er mars de cette même année, une reprise de *Roméo et Juliette*, où une actrice, du nom de Mme Holden, entrant brusquement en scène, prononça les mots : « O mon cher comte ! » de telle façon que l'auditoire entier éclata de rire si bruyamment, dit Downes, que le Pont de Londres, à marée basse, n'est que silence comparé au bruit qui se fit ce jour-là au théâtre [5]. On peut également citer une représentation de *la Douzième Nuit* ou *Comme vous voudrez* au commencement de

---

1. Malone, *Hist. Account of the E. stage*, p. 230.
2. Id , *ibid.*, p. 231.
3. Id , *ibid.*, p. 235.
4. Genest, *Some Account...*, vol. I, pp. 35, 36, 41, 42, 46.
5. Downes, *Roscius anglicanus*, p. 22.

l'année 1663 : le succès fut grand, tous les rôles ayant été bien joués [1].
*Henri VIII* fut repris avec un grand luxe de costumes et de décors, le
1er janvier 1664. Betterton joua le rôle du roi avec une telle perfection, observant si rigoureusement la tradition shakespearienne, que
personne ne pourra songer à l'égaler, affirme Downes. La pièce fut
maintenue pendant quinze jours consécutifs et applaudie de tous [2].
Le drame de *Macbeth*, au dire de Pepys, fut également représenté
cette même année sous sa forme première [3]. On pourrait ajouter la
reprise du *Roi Lear* entre 1662 et 1665 [4], celle des *Joyeuses Commères
de Windsor* le 15 août, et de *Henri IV* le 2 novembre 1667 [5].

Ce n'est donc pas l'oubli complet, puisque, de temps à autre, on
peut encore assister à la représentation d'une pièce de Shakespeare et
que de grands acteurs comme Hart, Betterton, Peer et Barton Booth
se font applaudir, parfois avec enthousiasme, comme acteurs shakespeariens. L'anecdote de Mme Mountfort, se rappelant dans un moment de lucidité qu'elle a joué jadis le rôle d'Ophélie dans *Hamlet*,
trompant la vigilance de ses gardiens dans l'asile où elle est internée,
courant sur la scène reprendre son rôle, écartant brusquement l'actrice à laquelle il avait été confié et le jouant elle-même à merveille [6],
prouve bien que Shakespeare vivait toujours dans l'estime de quelques-
uns. Mais on ne l'aimait plus comme il le méritait. Dès 1667, Shirley
écrivait : « Dans nos anciennes pièces, l'humour, l'amour et la passion
comme le manteau, ne sont plus à la mode ; ce que le monde appelait
esprit à l'époque de Shakespeare est ridicule maintenant et impropre
à la scène [7]. » Un an plus tard, Dryden déclarait que « d'autres étaient
maintenant préférés à Shakespeare [8] », les Orrery, les Howard, sans
nul doute, qui, pour plaire au roi, coupaient en quelque sorte leurs
pièces sur le patron français. Pepys, assistant à la représentation des
diverses œuvres de Shakespeare, se montrait parfois admirateur du
grand poète, mais ne se gênait pas pour dire que « *le Songe d'une*

1. Downes, *Roscius anglicanus*, p. 23 ; Genest, *Some Account*, vol. I, p. 46.
2. Downes, *ibid.*, p. 24 ; Genest, *ibid.*, vol. I, p. 51.
3. Pepys, *Diary*, 31 oct. 1664.
4. Downes, *Roscius anglicanus*, p. 26.
5. Genest, *Some Account*, vol. I, p. 70, 72.
6. Id., *ibid.*, vol. II, p. 659.
7. Id., *ibid.*, vol. I, p. 426.
8. Id., *ibid.*, vol. I, p. 426.

*Nuit d'été* était la pièce la plus insipide et la plus ridicule qu'il
ait vue de sa vie, que c'était la première et aussi la dernière fois
qu'il la voyait ». Sans hésiter, il déclarait avec sa franchise habituelle
que *les Joyeuses Commères de Windsor* ne lui avaient « pas plu
du tout, en aucun endroit », et qu'*Othello* était une pièce médiocre
si on la comparait aux *Aventures de cinq heures* de Samuel Tuke [1].
Le temps n'était pas éloigné (1680) où un satirique pourrait écrire :
« Dans toutes les boutiques, tandis que le grand style de Shakespeare
reste négligé, la proie des souris et des vers, un apprenti vous montre, le dos doré et tout fumants au sortir de la presse, l'*Hudibras* de
d'Urfey, le *Masque* de Crowne, reliés avec un choix des meilleures
œuvres de Settle [2]. » Voilà ce qu'est devenue celle du grand romantique dans un siècle qui se dit raffiné, sous l'influence de cette
critique qui veut passer pour éclairée, puisqu'elle s'appuie sur l'autorité d'Aristote et de Longin, d'Horace et de Boileau, de Rapin et de
Le Bossu. A cette œuvre réputée incomplète et grossière, il faut des
remaniements immédiats, une refonte complète : autrement elle est
méprisable.

Mais pendant que cette déformation sacrilège s'accomplit, il est
doux de songer qu'il existe au moins un coin paisible où un ministre
protestant très rigide, Elias Travers, note en latin ses impressions de
chaque jour et pieusement, dans sa retraite, vers la fin du xviie siècle,
admire Shakespeare. Dans ses loisirs, ses lectures sont extrêmement
variées : théologie, histoire, poésie, géographie, histoire naturelle,
rien qui ne l'intéresse. Pourtant ce qu'il préfère à tout, c'est Shakespeare : son plus grand régal, c'est *Beaucoup de bruit pour rien* et *Peines
d'amour perdues*, ou, comme il le dit dans son journal, *Multum laboris
circa nihil* et *Amoris labor perditus*. Combien curieux et combien intéressant de retrouver Shakespeare caressé, adulé au foyer de ce
demi-puritain et d'apercevoir *le Roi Lear* qui a pris place entre trois
ou quatre psaumes et les méditations de M. de Brieux *Sur la vanité
des désirs humains* [3] ! C'est dans cette oasis, et aussi dans quelques autres semblables, dans le calme et loin de l'injustice, qu'en

1. Pepys, *Diary*, 29 sept. 1662, 15 août 1667, 20 août 1666.
2. Genest, *Some Account...*, vol. I, p. 426.
3. *Notes and Queries*, June 5, 1880. Voir dans la *British Quarterly Review*, janvier 1872, un article intitulé : *Un Intérieur anglais au dix-septième siècle.*

dépit d'Aristote, d'Horace, de Boileau, de Rapin et de Le Bossu, se
conserve modeste, intacte et toujours embaumée, cette fleur de poésie
qu'a su faire éclore Shakespeare, éternellement jeune, éternellement
belle. Et c'est là qu'ira la recueillir, pour la transplanter en pleine
lumière, la main pieuse d'un Lessing, d'un Coleridge, d'un Gœthe,
d'un Schlegel et d'un Victor Hugo.


## VII


Proclamer l'infaillibilité des règles fut donc excessif, tyrannique,
surtout quand on songe que ce dogme nouveau amena la condamnation brutale, mais heureusement non sans appel, de ce qui est resté
le plus bel ornement et la gloire des lettres anglaises. Pourtant, en
retranchant de ces jugements portés sur Shakespeare et Milton ce
qu'ils ont de trop absolu, de trop sommaire et d'injuste, on ne
saurait nier la portée véritable et l'action bienfaisante de la critique
classique, grecque, latine et française. En effet, on vit naître d'abord
et grandir chaque jour, chez les écrivains anglais, le souci de la forme,
le soin de la correction et de l'observation des règles. On sentit dès
lors qu'il y avait un art d'écrire, comme il y avait un art de se vêtir
ou de danser. D'Avenant se prit à corriger ses écrits avec sévérité,
consacrant à les polir deux fois autant de temps et de peine qu'il en
avait mis dans l'invention [1]. Dryden oublia ce qu'il avait dit jadis :
« Il y a une musique que l'art n'a pas formée dans ces chants sauvages que, d'un cœur joyeux, font entendre sous les ombrages solitaires ces oiseaux qui, mieux instruits chez nous, cependant nous
plaisent moins [2]. » S'il avait autrefois écrit à la diable une pièce en
quelques jours, la nécessité d'une forme soignée s'imposait maintenant à lui. « Il y a peu de bonnes peintures, dit-il, qui aient été terminées en une seule séance: une pièce vraiment au point, devant supporter l'épreuve des siècles, ne peut pas davantage être faite d'un seul
coup ou par la seule force de l'imagination, sans la maturité du juge-

1. D'Avenant, *Works* (*The Tempest*, Preface), vol. V, p. 415
2. Dryden, *Works* (Epistle II), vol. XI, p. 7.

ment. Pour ma part, j'ai tant de juste défiance envers moi-même et un si grand respect pour mon auditoire que je n'ose rien risquer sans un sévère examen ; j'ai autant de honte à offrir au public une pièce décousue et informe que j'en aurais à offrir pour un paiement de la monnaie de billon : on l'acceptera sans doute — et cela se passe souvent au théâtre, — mais on s'en apercevra à deuxième vue, et un lecteur judicieux découvrira, une fois dans son cabinet, ce grossier métal dont le clinquant l'a séduit pendant l'action... Ces fausses beautés de la scène ne durent pas davantage que l'arc-en-ciel : elles disparaissent en un clin d'œil [1]. » Un poète veut-il faire vivre une œuvre dramatique, qu'il ne néglige pas le *labor limæ*. Il y a des « beautés cachées dans une pièce », et « le critique le plus avisé ne peut pas mieux juger de l'importance de ces charmes muets que le cavalier courant la poste et traversant un pays inconnu ne peut distinguer la position des divers endroits et la nature du sol. La pureté de la phrase, la clarté dans la conception et l'expression, la hardiesse conservée à la majesté, le sens et le son des mots non forcés jusqu'à l'enflure, mais atteignant une juste élévation, bref, ces mots et ces pensées mêmes que l'on ne peut changer sans y perdre beaucoup, tout cela peut échapper au premier coup d'œil [2]. » Cependant ces beautés, pour être cachées, n'en doivent pas moins être présentes. Un auteur désire-t-il recommander son œuvre ? Il proteste de son obéissance aux lois du théâtre. « Celui qui a écrit ceci, non sans peine et sans réflexion, a pris aux théâtres français et anglais les règles les plus précises pour composer une pièce, les unités d'action, de lieu et de temps, la liaison des scènes et le carillon où se mêlent l'humour de Jonson et la rime de Corneille [3]. » Le soin de la forme, le souci de la règle, voilà ce qui apparaît à tout instant et chez tous les écrivains d'alors [4]. Eux aussi deviennent, comme les Français, partisans du « délicat et bien tourné [5]. » Il y a bien, ici ou là, quelques affirmations contraires. Cibber pourra plus tard, en 1719, dire qu'il

---

1. Dryden, *Works* (*The Spanish Friar*, Dedication), vol. VI, p. 403.
2. Dryden, *Works* (*ibid.*), vol. VI, p. 409.
3. Dryden, *Works* (*The Maiden Queen*, Prologue), vol. II, p. 422.
4. Dryden, *Works* (*A Parallel of Poetry and Painting*), vol. XVII, pp. 316 et suiv.
5. Dryden, *Works* (*Essay on Satire*), vol. XIII, p. 117.

en est des pièces comme des femmes : qu'entre la prude, sanglée dans
son corset, c'est-à-dire la pièce écrite correctement, suivant les
règles, et la gaie coquette, c'est-à-dire la pièce d'allures plus libres, le
choix est bientôt fait : un joyeux murmure accueille celle-ci [1]. Il
aura beau citer l'exemple du *Çid* et de Richelieu et prétendre que la
passion bien représentée, en des pièces imparfaites, peut cependant
nous tirer des larmes ; il sera aussi forcé d'avouer que les critiques
font bonne garde et n'admettent d'autres pièces que celles écrites
suivant les règles. On ne perd pas de vue les préceptes de Sheffield :
« Apprenez à bien écrire ou à ne pas écrire du tout [2]. — Le grand
chef-d'œuvre de la nature, c'est d'écrire bien. » Personne n'oublie
qu'il a dit encore : « L'imagination n'est rien que les barbes de la
plume ; la raison, voilà la partie substantielle et utile, qui gagne la
tête, tandis que l'autre gagne le cœur [3]. » Désormais donc, à la fantaisie, à l'imagination, à l'indépendance, la critique oppose la raison,
le bon sens et la règle.

Ce revirement est sans conteste, semble-t-il, moins le résultat
d'une évolution naturelle que l'œuvre d'Aristote et d'Horace, de Boileau, de Rapin et de Le Bossu.

Excès d'imagination chez les romantiques anglais, excès de fantaisie, excès d'indépendance ! Excès aussi de régularité, d'ordre, de
correction et de toutes ces qualités un peu extérieures, après tout,
assez artificielles en somme, qui apparaissent chez les écrivains,
après la Restauration, et atteignent un développement exagéré chez les
classiques de l'âge de Pope. Si l'on n'écrit guère de chefs-d'œuvre en
laissant aller sa plume la bride sur le cou, l'art, d'un autre côté,
ne saurait à lui seul, quelque merveilleux qu'il soit, créer une œuvre
maîtresse. Rien, en effet, ne peut remplacer cette étincelle de génie,
cette flamme intérieure d'où jaillit la vie. Grâces donc soient rendues aux critiques français, dignes propagateurs de la pensée antique,
d'avoir, même si on les accuse de rechercher la prépondérance de
l'élément artistique, essayé d'indiquer l'heureux mélange, la combinaison rêvée du génie et de l'art qui seuls permettent l'éclosion
d'un chef-d'œuvre vraiment classique !

1. Cibber, *Ximena* (Prologue).
2. Sheffield, *An Essay on Satire*, vol. I, p. 124.
3. Sheffield, *An Essay on Poetry*, vol. I, p. 127, 134.

## CONCLUSION

L'influence française s'exerça donc puissamment en Angleterre au xviie siècle. De bonne heure, sans doute, dès le viie siècle, c'était déjà la coutume, chez les Anglo-Saxons, d'envoyer leurs fils dans les monastères de France pour y faire leur éducation, et, dès cette époque, c'était faire preuve de distinction que d'apprendre, non seulement la langue, mais encore les manières de France. Sous le règne d'Édouard le Confesseur, les Normands, à leur tour, fréquentaient si souvent la cour d'Angleterre que ce devint la mode générale, chez les Saxons de quelque naissance, d'imiter aussi fidèlement que possible les coutumes françaises : la noblesse fit tous ses efforts pour s'assimiler l'idiome des étrangers qui lui en imposaient probablement par une élégance relative et une culture supérieure. Au xie siècle, la conquête normande ne laissa pas d'étendre davantage l'influence française, qui porta sur les coutumes et aussi sur la langue et la littérature. Le normand-français fut le langage parlé pendant trois cents ans par toute la haute société normande établie en Angleterre, grands propriétaires, abbés, évêques, barons, et grands dignitaires normands, venus à la suite de Guillaume le Conquérant. La médecine, la science du temps étaient aux mains des moines normands, qui, soit par la prédication, soit par leurs fréquentations, rendirent une foule de mots familiers à leurs auditeurs parmi les artisans et les classes moyennes. « L'architecture, naturellement, devint française en ses termes ; les dames normandes introduisirent des termes français pour la toilette, pour tous les arts et tous les métiers qui contribuaient à leur luxe. Le chevalier apporta des termes français pour tout ce qui concernait la guerre, la chasse et la cuisine ; l'homme de loi, les termes français concernant la loi et le gouvernement, tandis que les moines, parlant au peuple des vices, du luxe, des coutumes et du genre de vie des classes supérieures, rendirent ces nouveaux mots français familiers aux oreilles de ceux qui parlaient anglais [1]. » Il serait aisé de suivre l'influence française à travers les siècles et d'en marquer le cours : à aucun moment elle n'est absente, moins que jamais au xive siècle, par exemple, avec Chaucer, encore qu'elle ait été ensuite, pendant près de deux siècles, un peu éclipsée en Angleterre par l'influence latine et italienne. Dès le commencement du xvie siècle, on demandait la façon de danser les danses de France, et plus tard, au xviie, la reine d'Angleterre, Henriette de France, chantait de sa voix ravissante les compositions et les airs de cour des Lefèvre, des Guédon et des Boisset.

Mais, si l'influence française se fit sentir plus ou moins, à toute époque, en Angleterre, on peut dire que la gallomanie date du retour à Londres des royalistes anglais, après leur long séjour en France. C'est à cette époque qu'il fallut, bon gré, mal gré, pour rester gentilhomme et dame de distinction, se parer du costume français : on s'habilla à la française, on meubla ses appartements, on mangea à la française, et la suprême élégance pour un courtisan anglais fut de paraître absolument français. Médecins, peintres, architectes et musiciens français eurent leur heure de notoriété : remèdes et instruments de chirurgie, fleurs et fruits, venus de France, furent recherchés avec grand empressement : on dansa, on se battit à la française ; il fut de bon ton de parler français, et la conversation, au théâtre comme dans la société, s'émailla de mots et d'expressions français.

Tout compte fait, pourtant, il faut reconnaître que l'influence française eut ses limites. Les modes, à cette époque, ne pénétraient pas avec la même rapidité, et, comme aujourd'hui, jusque dans les moindres villages. Les communications étaient difficiles, et la lenteur du coche était un obstacle sérieux aux voyages fréquents. Aussi, les modes françaises et ce goût pour la toilette, que l'on a jugé excessif, ne franchirent-ils guère les limites de la cour et de la capitale. On les retrouva sans doute à Tunbridge Wells, cette ville d'eaux où se rendait alors la société élégante de Londres, cherchant à s'y divertir, car « tout y respirait les plaisirs et la joie ». C'étaient des

_____

1. Stopford Brooke, *English literature*, p. 35.

courtisans, auxquels le chevalier de Grammont apprenait à porter
« le plus bel habit du monde », des dames d'honneur — ne pour-
rions-nous pas dire des courtisanes? — qui arrivaient parées de tous
les colifichets de l'époque et s'arrêtaient volontiers devant cette
« longue suite de boutiques, garnies de toutes sortes de bijoux, de
dentelles, de bas et de gants », venus peut-être de chez Martial, le
fameux gantier parisien. Il y avait là aussi de riches marchands de
Londres qui, arrivés avec leurs familles, calquaient sans doute avec
empressement, et de leur mieux, toutes les élégances de la cour en
voyage, s'étalant sous l'ombrage des arbres touffus, sur les boulin-
grins du Mont de Sion ou, le soir, dans les salons de danse. Tunbridge, « à la même distance de Londres que Fontainebleau l'est de
Paris », c'est Londres encore, c'est la cour. La gallomanie put, sous
toutes ses formes, pénétrer dans ce monde brillant et frivole qui
gravitait autour du roi et de la famille royale; mais, si elle fit là, en
quelque sorte, tache d'huile, son champ d'action fut néanmoins
borné. Dans la société, les habitudes françaises purent s'étendre au
delà du monde des courtisans et pénétrer chez ceux qui se piquaient
de quelque distinction, elles ne modifièrent pas très sensiblement le
mode d'existence du peuple anglais dans son ensemble : le ragoût et
les vins de France furent le régal des « galants », mais on ne renonça
pas pour cela au solide beefsteak et à l'ale substantielle. En somme,
l'influence française resta limitée.

Dans cette imitation tout fut bénéfice pour l'Angleterre.

Sans doute on a dit et répété à satiété que la cour anglaise était
rentrée de France dangereusement atteinte, profondément viciée.
Comme la littérature de cette époque, on l'a comparée à Messaline
sortant d'un mauvais lieu[1]. Mais nous ne voyons nulle part en
France cette débauche si amèrement reprochée. La galanterie du
xviie siècle n'est pas la dépravation ; les coquetteries de Mlle de
Montpensier auprès du prince de Galles n'ont rien de commun avec
les gredineries de la comtesse de Shrewsbury ; c'est à peine si
Lauzun rappellerait, de fort loin encore, le dévergondage crapuleux
de Charles II, du comte de Rochester, du duc de Buckingham, de

1. Prof. Frisbie, *Inaugural Address delivered in the Chapel of the University at
Cambridge* (*North-American Review*, vol. VI, p. 233).

Sir Charles Sedley, de lord Buckhurst et autres grands seigneurs de l'époque. Il nous est donc difficile, quelque effort que nous fassions pour en découvrir chez nous des exemples, de prendre à notre compte semblables indécences et pareilles débauches.

Se plaindrait-on du développement un peu excessif du goût pour la toilette qui, plus tard, scandalisa tant le vertueux Addison ? Il est vraisemblable pourtant que « les jupons historiques » agrémentés de peintures pieuses et de broderies bibliques furent, avec quelque avantage, remplacés par les corps de jupes que faisait Guillet, mandé de France par la reine Henriette. Il y eut quelque excès, sans doute, dans la recherche des modes de France, mais l'extravagance cessa à un moment donné ; l'élégance et le bon goût restèrent. Les petits soupers, les « ambigus » du chevalier de Grammont compensèrent avec avantage les saouleries de Monk, et ce ne fut pas sans marquer un certain progrès qu'à la table, garnie de fleurs de France, l'ale alourdissante fut remplacée, dans les soupers fins ou les dîners d'apparat, par « l'honnête bourgogne » et le champagne joyeux.

Les Anglais, il faut d'ailleurs le reconnaître avec Lowell[1], n'opposèrent aucune résistance lors de cette invasion des modes françaises : soit par timidité naturelle, soit par suite d'une certaine défiance à l'égard d'eux-mêmes en matière de goût, ils se laissèrent volontiers subjuguer par leurs voisins. Bien vite les jeunes lords qui allaient former la cour de Charles II trouvèrent à Paris une élégance auprès de laquelle la rudesse de manières de leurs compatriotes sembla rustaude et grossière, et, au xviie siècle, l'Anglais était assez intimement persuadé que, jusque-là, il avait manqué de distinction : il s'appliqua donc à imiter notre air et nos manières. Dryden en témoigne un peu sévèrement peut-être[2] : « Son esprit, dit-il en substance, qui était auparavant étouffé par la contrainte d'une éducation mélancolique, commença à montrer sa force en mêlant la solidité anglaise à l'air et à la gaieté des voisins ; il s'affranchit des formes guindées de sa conversation pour devenir de commerce facile et souple. » A leurs qualités natives, les Anglais ajoutèrent donc des qualités nouvelles. La société anglaise, après avoir entrevu chez nos héros de romans

---

1. Lowell, *My study windows,* p. 344 (éd. Walter Scott library).
2. Dryden, *Defence of the epilogue,* vol. IV, p. 241.

un idéal chevaleresque plus élevé, se laissa gagner par l'exemple. A
calquer les manières de la cour de France, à s'imprégner, en quelque
sorte, de ce bon goût qui régnait dans le salon des Précieuses et s'ir-
radiait au dehors, elle s'affina, acquérant par là même une distinction plus grande, une élégance de meilleur aloi, quelque chose de
plus délicat, en somme une civilisation plus éclairée. Tel fut le résultat heureux, le bénéfice incontestable que produisit en Angleterre
l'influence française.

Cette influence, toutefois, ne porta pas que sur la vie matérielle : elle
s'exerça également sur la vie intellectuelle de la nation anglaise. En
effet, si l'on s'habilla à la française, si l'on chanta et dansa à la française, on s'appliqua aussi à devenir Français pour tout ce qui a trait
aux choses de l'esprit. C'est à la France que les Anglais s'adressèrent
pour l'organisation matérielle de leurs théâtres : premiers décors,
danseurs et danseuses, chanteurs et cantatrices, acteurs et actrices
vinrent de France. Nos livres français pénétrèrent partout en Angleterre. Ni nos historiens, ni nos prédicateurs, ni nos humoristes,
pas plus que nos moralistes et nos philosophes, ne furent ignorés
outre-Manche. Corneille et Racine furent connus, traduits et imités
à Londres. Nos romans obtinrent en Angleterre un succès presque
égal à celui qu'ils avaient obtenu en France, et la tragédie anglaise
avec Dryden et ses contemporains s'inspira de nos romans et de nos
tragédies héroïques. Molière y fut mis au pillage. Avec une grande
partie des œuvres françaises connues à cette époque, la critique,
représentée surtout par Boileau, Rapin et Le Bossu, passa en Angleterre et y fit autorité, amenant un changement profond dans la
méthode et les habitudes littéraires d'alors. En littérature comme
dans la vie mondaine, la mode française, déjà recherchée à l'époque
de Chaucer, qui empruntait à Guillaume de Machault notamment
nombre de sujets, une bonne part de son vocabulaire et quelque
chose de sa métrique, s'imposa avec une autorité irrésistible. En
tout, pour rester gentilhomme ou femme de distinction, poète dramatique en renom ou critique estimé, il fallut se parer à la mode de
France. Période d'imitation sans réserve et de gallomanie aiguë !

Y a-t-il lieu pour l'Angleterre de regretter outre mesure cette
hégémonie de la France qui s'exerça à Londres peut-être plus puissamment qu'ailleurs?

Si le goût et l'habitude des choses françaises avaient profondément entamé son originalité et défiguré en quelque sorte son génie
national, elle pourrait, à bon droit, manifester ses regrets. Il n'en fut
pas ainsi. Notre littérature put être fouillée en tous ses recoins : les
œuvres aujourd'hui les plus obscures purent, à cette époque, être
lues, traduites et commentées, nos romanciers français accueillis
avec enthousiasme et nos poètes dramatiques traduits, mal imités ou
pillés sans vergogne, tandis que nos critiques étaient consultés et
élevés sur le pavois ; les conversations purent, au café Will, rouler
sur les lois de la poésie et les unités de temps et de lieu, il put y avoir
un parti pour Perrault et les modernes, un parti pour Boileau et les
anciens[1] ; le vieux fond anglo-normand, comme on l'a constaté après
Taine[2], ne fut jamais gravement entamé : la littérature resta le reflet
de la vie de la cour ; elle ne traduisit pas l'âme de la nation, elle
manqua de caractère national. On suivit d'un œil attendri et d'un
cœur ému les aventures d'une héroïne de roman ; Corneille, Racine
et Molière furent imités ; sous l'influence de la critique française, le
goût anglais se modifia assez gravement ; toutefois cette modification
ne fut que passagère, et Shakespeare, à l'écart dans le silence, conserva ses dévots, en attendant sa réhabilitation définitive.

Mais si cette influence s'exerça surtout en surface, sans atteindre
jamais aux profondeurs où se cachait, frissonnante, hors de toute
atteinte, l'âme de la nation anglaise, faut-il conclure de là que cette
influence fut, de tous points, stérile ou malfaisante ?

Qu'on n'en croie rien. De même que la société, en Angleterre,
s'était affinée au contact d'une civilisation autre que la sienne et avait
gagné en élégance en imitant les coutumes et la mode de France, de
même, en littérature, l'action française fut également bienfaisante,
au moins pendant la dernière période, quand nos critiques firent
autorité à Londres. En tournant les yeux vers la France, où l'influence
classique se faisait si vigoureusement sentir, où, à tout instant, on
citait l'exemple de l'antiquité et ses règles infaillibles, les hommes
de lettres, les poètes surtout, s'habituèrent peu à peu aux théories
classiques ; ils ne songèrent plus à se tenir aussi complètement à

---

1. Macaulay, *History of England* (trad. Montégut, vol. I, p. 404).
2. J. Texte. *Cours et Conférences*, nov. 1895, mars 1896, p. 321.

l'écart du mouvement lancé par les Wilson, les Sidney, les Webbe, les Puttenham, et ensuite par Ben Jonson lui-même. Athènes, Rome, Aristote et Horace les effrayèrent moins quand ils connurent, pour interprètes de l'antiquité, Boileau, Rapin et Le Bossu. Leurs yeux s'accoutumèrent d'abord au reflet de cette lumière, un peu surprenante au sortir de l'ère shakespearienne, et la contemplation leur en devint ensuite plus facile. L'influence française a, en quelque sorte, accéléré la vitesse du courant classique qui coulait parallèle au courant romantique et s'attardait un peu depuis Ben Jonson. A la clarté des théories classiques que nos poètes et nos critiques se plaisaient à répandre, la littérature anglaise n'a pas laissé d'acquérir des qualités qui jusqu'alors lui faisaient défaut, chez ses prosateurs au moins autant que chez ses poètes, c'est-à-dire plus de limpidité dans la phrase, plus de concision dans les termes, plus de précision dans la pensée, plus de correction enfin dans le style. Ni la force, ni l'élévation, ni la splendeur même, ni l'originalité surtout, n'avaient manqué aux lettres anglaises. Ce qu'on pouvait souhaiter pour elles, c'était une construction plus logique, quelque chose de plus lucide, de moins recherché, de plus décent aussi, toutes vertus d'ordre éminemment classique. Si elles perdirent un peu de la hardiesse et de la spontanéité shakespeariennes, elles gagnèrent des qualités d'ordre, de proportion, de mesure, de goût enfin, qui ne sont pas moins précieuses. La saveur de terroir, si marquée à l'époque de la reine Élisabeth, une fois atténuée mais non complètement disparue, la littérature anglaise, qui courait grands risques de rester longtemps insulaire, acquit une valeur didactique, une force d'expansion qui la rendirent bientôt européenne.

Et tandis que l'influence française persistait en Angleterre, s'affirmant chez les Pope et les Addison, chez Hume et Gibbon, chez Horace Walpole et chez Bolingbroke, soulevant les protestations, même d'Upton, au milieu du dix-huitième siècle [1], cette littérature britannique, qui s'était inspirée de l'Italie, de l'Espagne et de la France, sortit de son isolement, passa « le ruban d'argent » et pénétra sur le continent. La France, en retour, ne tarda pas à s'éprendre des beautés anglaises et à devenir anglomane. Muralt, Prévost, Vol-

1. Upton, *Critical Observations on Shakespeare*, p. 28.

taire se firent les vulgarisateurs de l'influence anglaise. Bientôt les Français s'enthousiasmèrent à la lecture de *Pamela*, de *Clarisse Harlowe* et de *Grandison*, tout comme les Anglais s'étaient, au siècle précédent, enthousiasmés de *Cassandre* et de *Cléopâtre*, du *Grand Cyrus* et de *Clélie*. Richardson ne fut pas moins admiré en France que La Calprenède et Scudéry l'avaient été en Angleterre. Pendant tout le xviii° siècle, il y eut entre les deux pays une réciprocité d'influence vraiment remarquable.

Est-ce à dire que l'influence française ait, de nos jours, disparu ? Elle n'a pas cessé de s'exercer au delà de la Manche. S'il est parfois de bon ton en France, dans certains milieux masculins surtout, d'emprunter le plus possible aux modes anglaises, en revanche, les élégantes — et il y en a un grand nombre en Angleterre — accueillent encore avec empressement toute nouveauté parisienne et obéissent au moindre caprice de la mode française. Un coup d'œil aux devantures de Regent Street indique assez la nationalité des fournisseurs attitrés de l'élégance anglaise. Nul ne prétendra, d'autre part, que les vins de France et la cuisine française ne sont pas en grand honneur dans la haute société anglaise, tout comme au Café Royal ! Notre littérature, maintenant, n'est pas plus ignorée qu'autrefois. Alexandre Dumas a été lu avec autant d'intérêt en Angleterre qu'en France. Zola, traduit et discuté, n'a-t-il pas trouvé en George Moore un imitateur convaincu ? Nos pièces de théâtre ne sont-elles pas aussitôt traduites et accueillies à Londres, depuis *la Poupée*, opérette d'Audran, jusqu'aux œuvres de M. Sardou et de M. Rostand ? Nos artistes, peintres ou musiciens, nos grands acteurs ne franchissent-ils pas à tout instant le détroit ? Gounod est-il moins connu et Sarah Bernhardt moins fêtée à Londres qu'à Paris ? Pourrait-on prétendre aussi que ce grand acteur qu'était Henry Irving ne devait rien à Mounet-Sully ? Ces temps derniers encore, la presse anglaise constatait l'afflux sans cesse plus considérable de mots français et s'en plaignait un peu. Ayant eu un instant, en matière économique, quelque tendance à renoncer au libre échange qui a fait sa fortune, l'Angleterre se convertirait-elle à un protectionnisme littéraire étroit et déprimant ? Qu'il n'en soit rien ; qu'elle reste fidèle à son passé. Le protectionnisme ne saurait enrichir le trésor littéraire d'une nation. Il est à souhaiter au contraire que de grands et nouveaux courants littéraires, véhicules de la pensée, s'établissent entre les diverses nations, les pénètrent, les inondent, pour que la conception la plus généreuse, la forme la plus esthétique, l'idéal le plus élevé circulent sur ces « chemins qui marchent », parviennent chez les différents peuples et y soient acceptés. Le jour où, entre les divers modes de la pensée humaine, par conséquent entre les diverses littératures qui en sont l'expression, il n'y aura plus ces différences fondamentales, ces écarts choquants, ces arêtes aiguës, si j'ose dire, qui nous séparent ; le jour où, par suite d'une pénétration constante et plus intime, sous la pression d'idées communes à un plus grand nombre, tomberont, en partie au moins, les hautes barrières qui tiennent encore divisés les différents peuples, vite ils se comprendront mieux et, à leur grande surprise, ils se haïront moins. Alors, peut-être, le moment sera-t-il venu de reprendre le beau rêve d'une littérature européenne où, communiant dans le même idéal, les peuples pareront d'une forme également pure, enfermeront dans un rythme également harmonieux, la même idée de justice et d'humanité.

# TABLE DES MATIÈRES

## PREMIÈRE PARTIE

### LA VIE SOCIALE



## CHAPITRE I.

### La mode française : le costume, le mobilier, la cuisine, un gentilhomme anglais.

## CHAPITRE II.

### Sciences et arts : médecine, peinture, architecture, horticulture, musique, danse, escrime.

## CHAPITRE III.

### La langue française en Angleterre. Maîtres et livres. Le français chez le roi, à la cour, dans la société, chez les écrivains, au théâtre.

# SECONDE PARTIE

## LA VIE LITTÉRAIRE

### CHAPITRE I<sup>er</sup>.

### Le théâtre à la Restauration.



### CHAPITRE II.

### Classicisme ou romantisme?

## CHAPITRE III.

### L influence française au théâtre.

## CHAPITRE IV.

### La littérature française en Angleterre.

## CHAPITRE V.

### Corneille et Racine en Angleterre.

## CHAPITRE VI.

### Les romans français en Angleterre.



## CHAPITRE VII.

### La tragédie héroïque.

## CHAPITRE VIII.

### La tragédie en Angleterre et l'influence française.

## CHAPITRE IX.

### La comédie. Molière en Angleterre.

*Les Précieuses ridicules* et les *Damoiselles à la mode* de Flecknoe ;
mosaïque faite de quatre comédies de Molière. Mᵐᵉ Aphra Behn,
dans *le Faux Comte*, et Shadwell, dans *la Foire de Bury*, se sou-
viennent de la pièce française.

*Sganarelle*, traduit et remanié par D'Avenant, paraît dans *le
Théâtre à louer* et dans *Tom Essence* de Th Rawlins. On le retrouve
dans *la Fortune du Soldat* d'Otway et dans *le Couple perplexe* de
Charles Molloy.

*Don Garcie de Navarre* fournit à Charles Johnson une partie de
*la Mascarade*.

*L'Ecole des Maris* et les *Damoiselles à la mode* de Flecknoe.
Wycherley imite aussi Molière dans *le Gentilhomme* maître de
danse et dans *l'Epouse campagnarde*. Plusieurs scènes de *l'Ecole
des Maris* dans *la Fortune du Soldat* d'Otway ; Sganarelle et Ariste
revivent dans *le Jardin des Mûriers* de Charles Sedley.

*Les Fâcheux* et les *Amants maussades* de Shadwell. Pepys témoigne du succès de la pièce ; l'imitation des *Fâcheux* jouée à
Douvres devant Henriette d'Angleterre, duchesse d'Orléans.

*L'Ecole des Femmes* imitée par John Caryll dans *Sir Salomon* et
jouée aussi devant Henriette d'Angleterre : succès de la pièce,
Wycherley, après ses emprunts à *l'Ecole des Maris*, imite aussi
*l'Ecole des Femmes* dans son *Epouse campagnarde*, et Ravenscroft
pourrait avoir emprunté à la comédie de Molière dans *les Cocus de
Londres*.

*La Critique de l'Ecole des Femmes* dans *le Franc Parleur* de
Wycherley, et dans *les Petits-maîtres de la scène* de Tom Brown.

*Le Mariage forcé*, en même temps que *le Bourgeois gentilhomme*
et *les Fourberies de Scapin*, plagié par Ravenscroft dans *Scaramouche philosophe*. La comédie de Molière et *l'Amour sans intérêt*
de Penkethman. Plusieurs scènes du *Mariage forcé* dans *les Amants
maussades* de Shadwell et dans *l'Invention de l'Amour* de Mᵐᵉ Cent·
livre.

*Don Juan* et *la Tragédie d'Ovide* de Sir Aston Cokain. Imitation
dans *le Libertin* de Shadwell et dans *Amour pour Amour* de Congreve.

*L'Amour Médecin* fournit le dénouement de *la Dame muette* de
John Lacy, tandis que Mᵐᵉ Aphra Behn emprunte largement à la
pièce française dans *Sir Patient Fancy* et que *les Charlatans* de
Swiney ne sont qu'une traduction délayée de la comédie de Molière

*Le Misanthrope* et *le Franc-Parleur* de Wycherley ; ce que
Shadwell doit aussi à Molière dans ses *Amants maussades* : ce que
Congreve lui a emprunté dans *Amour pour Amour*.

*Le Médecin malgré lui* dans *le Médecin contre sa volonté* de
Flecknoe, dans *l'Invention de l'Amour* de Mᵐᵉ Centlivre.

## CHAPITRE X.

### La critique : Boileau en Angleterre.

---

Poitiers. — Imprimerie Masson.

## CHAPITRE X.

### La critique : Boileau en Angleterre.

Poitiers. — Imprimerie Masson.

# L'Influence Française en Angleterre

AU XVIIᵉ SIÈCLE

## LA VIE SOCIALE – LA VIE LITTÉRAIRE

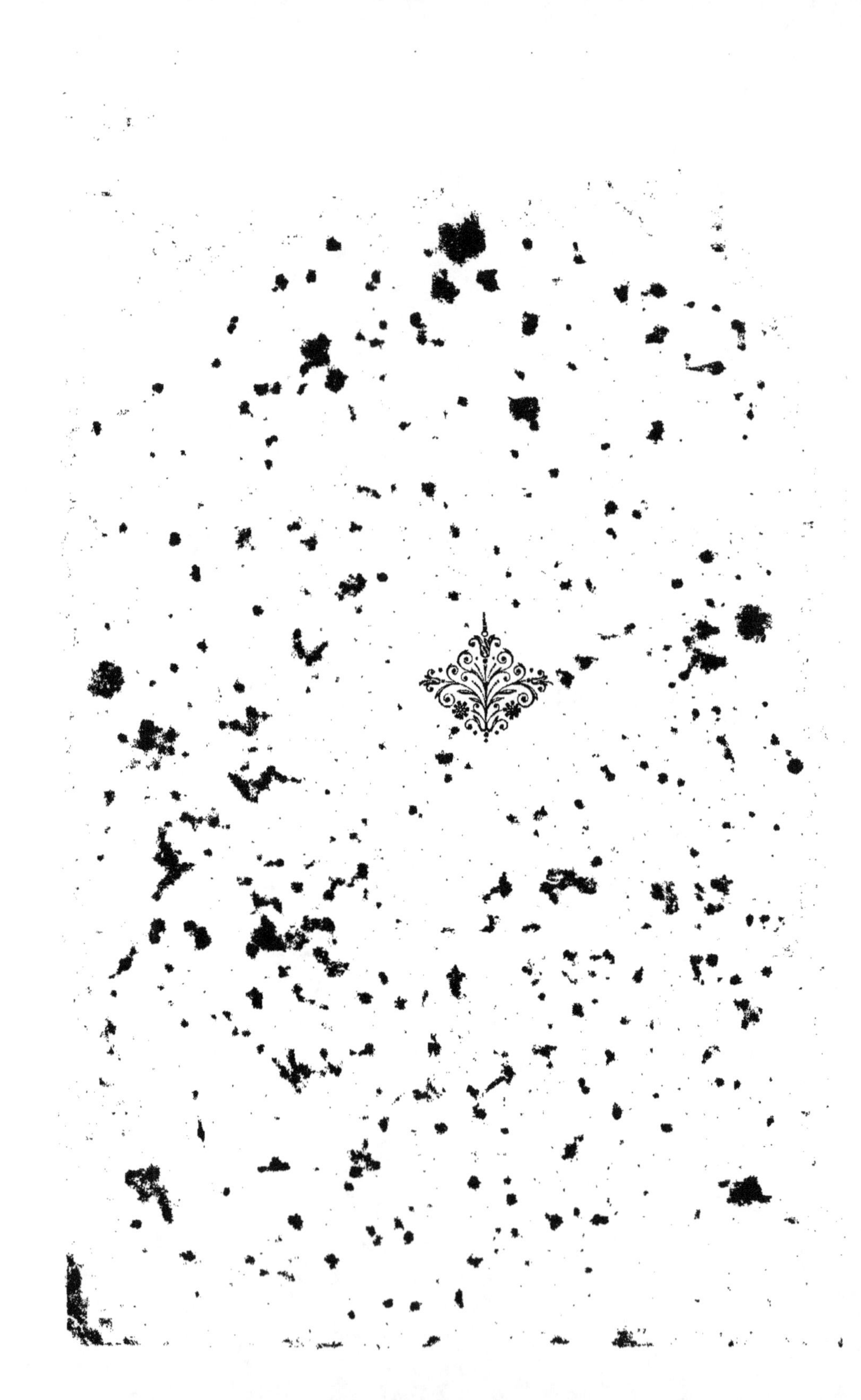